*Ángel Felicísimo Rojas*

# EL ÉXODO DE YANGANA

## NOVELA

*Edición crítica*
*Flor María Rodríguez-Arenas*

- STOCKCERO -

Rojas, Angel Felicísmo
    El éxodo de Yangana / Angel Felicísmo Rojas ; edición literaria a cargo de: Flor María Rodríguez-Arenas - 1a ed. - Buenos Aires : Stock Cero, 2007.
    316 p. ; 22x15 cm.

    ISBN 978-987-1136-63-6

    1. Narrativa Ecuatoriana. 2. Novela. I. Rodríguez-Arenas, Flor María, ed. lit. II. Título
    CDD Ec863

1º edición: 2007
Stockcero
ISBN-13: 978-987-1136-63-6
Libro de Edición Argentina.Libro de Edición Argentina.

Hecho el depósito que prevé la ley 11.723.
Printed in the United States of America.

stockcero.com
Viamonte 1592 C1055ABD
Buenos Aires Argentina
54 11 4372 9322
stockcero@stockcero.com

Ángel Felicísimo Rojas

# El éxodo de Yangana

## Yangana

### Novela

CRITERIO

Para la presente edición se han cotejado los textos de la edición de Losada, Buenos Aires 1949, con la de las Obras Completas, UTPL 2004.
En ciertos casos se ha modificado el estilo de encomillado para hacer más claros los cambios de narrador.

Stockcero, Marzo 2007

# ÍNDICE

## EL ÉXODO DE YANGANA

### PRIMERA PARTE

### INTERLUDIO

### SEGUNDA PARTE

### INTERLUDIO

### TERCERA PARTE

### POSTLUDIO

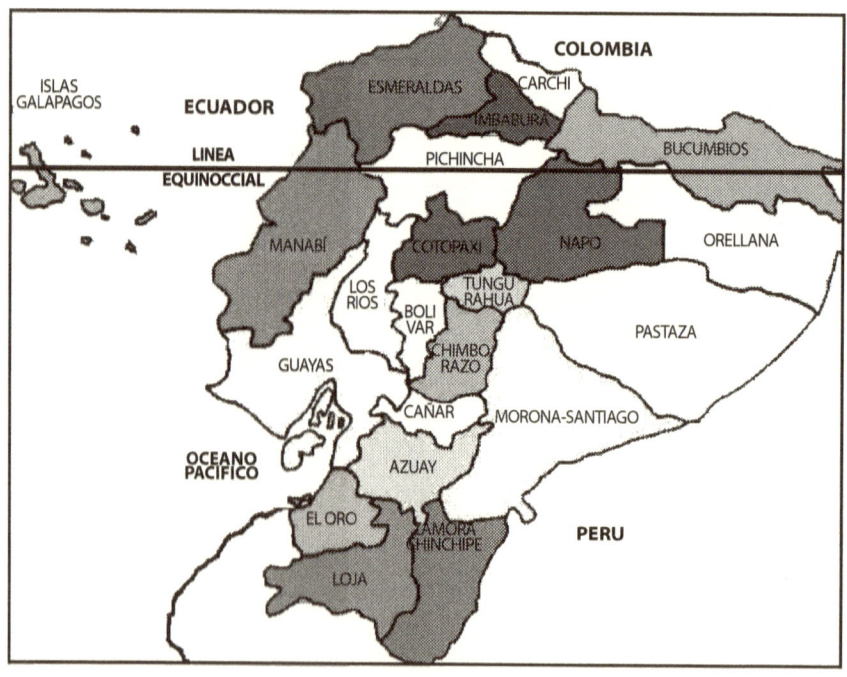

# El éxodo de Yangana: CONCIENCIA HISTÓRICA E INNOVACIONES LITERARIAS

FLOR MARÍA RODRÍGUEZ-ARENAS
COLORADO STATE UNIVERSITY-PUEBLO

*El éxodo de Yangana*, una de las novelas de apertura a la modernidad para la literatura ecuatoriana, es considerada dentro de esta literatura como la obra que cierra el ciclo de escritura de los miembros de la Generación del 30. Sin embargo, en sí misma, es una obra que ofrece novedosos aportes al manejo de la ficción en las letras ecuatorianas de la primera mitad del siglo XX; aportes que anticipan la labor literaria de la llamada «Generación del Boom». No obstante, su importancia histórica, generacional y narrativa, esta novela es un texto desconocido para la crítica y los estudiosos de las letras ecuatorianas e hispanoamericanas. Escrita entre 1938 y 1940, pero publicada en 1949, señala en sus páginas tanto la intensa labor intelectual de su autor y el compromiso político que poseía, como su denodado esfuerzo para ubicar la narrativa de ficción de su tierra dentro del marco de las letras internacionales.

Ángel F. Rojas nació en 1910, pasó los primeros seis años de su vida en El Plateado, cerca a Loja, su región natal y de la cual su madre era maestra rural. Desde esos momentos aprendió a entender y a distinguir las causas de las pugnas sociales que se daban entre las razas y clases que conformaban su patria. Como hijo de pedagoga, creció en una época de grandes cambios sociales y culturales que marcaron su forma de ver el mundo.

Llevado a Loja a realizar sus estudios primarios y secundarios, conoció durante esa época a aquéllos que años después servirían de referentes para su relato: «Un idilio bobo» (1849) y «Banca» (1940), su primera novela, escrita entre 1931 y 1932. Asimismo, debido a las desigualdades económicas que veía tanto en su medio escolar como a sus alrededores, aprendió a comprender algunos de los problemas sociales. Rojas describe esta situación con sus propias palabras:

> [P]resentía que había algo que marchaba mal en la sociedad y una extremada diferencia entre ricos y pobres; (...). Yo pertenecía a una clase depauperada, la lucha de mi madre por sostenerme y el comprender que esa lucha llevaba las de perder porque era muy desigual, me obligó a que desde muy poca edad comenzara a buscar cómo ganarme la vida (...). Por eso es que la injusticia social la comprendí desde un punto de vista negativo. La injusticia social me impresionaba (...) De modo que cuando tenía quince años comencé a leer literatura de noción socialista y a los dieciséis años ya busqué afiliarme al Partido Socialista» (Rojas en Calderón Chico, 13).

Durante este tiempo, se convirtió en un ávido lector, ya no sólo de obras literarias sino de escritos socialistas y comunistas. Su generación creció pensando que: «la Revolución Rusa iba a desbordarse por el mundo entero, creando una situación de maravilla que iba a desaparecer la injusticia continental» (Rojas en Calderón Chico, 13). Asimismo comenzó a escribir en la revista: *Renacimiento*; posteriormente se convirtió en editor de la *Revista Universitaria*, y, más adelante, de *Bloque* (véase Calderón Chico, 17-18).

Empezó su vida universitaria en Guayaquil, pero regresó a Loja apenas pasado un año, donde estudió y se recibió de abogado. Retornó a Guayaquil en 1935, ciudad donde ejerció su profesión en el bufete de José de la Cuadra; al mismo tiempo que entró en contacto con los socialistas del Guayas. «Entre sus 28 y 30 años de edad, escribió su novela *El éxodo de Yangana*» (Aguirre, 13), que sería publicada en Buenos Aires 9 años más tarde, en 1949.

Diez años después de haber entrado a las filas del Partido Socialista, Rojas «por motivos de orden personal, tomó la decisión de desafiliarse de dicho partido; pero como él mismo lo declaró, esa separación no significó ruptura con la concepción ideológica socialista» (González Arciniega, 231).

> En los tormentosos y aciagos años 41 y 42, Rojas, como secretario general del Partido Socialista en Guayaquil trató de que el Presidente Arroyo del Río se reconciliase con la oposición para formar un frente común que rechazase la agresión armada peruana. Aquello le valió prisión en el Panóptico. Estuvo en prisión desde fines del 41 hasta febrero del 42, y en esos meses escribió su tercera novela: CURIPAMBA. (...). Hasta agosto de 1946, Rojas vivió en Quito y desempeñó la cátedra de cuestiones económicas ecuatorianas en la Universidad Central. Ese mismo año volvió a Guayaquil, para alternar la cátedra de Economía Política en la Universidad estatal con su actividad de abogado, hasta el año de 1961 en que, dejada la cátedra, dedicaría su tiempo casi exclusivamente a la actividad profesional. (Rodríguez Castelo 2004, 751).

En 1948, se publicó *La novela Ecuatoriana*, libro que surgió de artículos de crítica que Rojas había escrito anteriormente. Luego, como había recibido como honorarios de un juicio 400 hectáreas de terreno en El Oro, dejó de hacer literatura y se dedicó a la agricultura. Por inundaciones, con el tiempo perdió el terreno; regresó a ejercer la abogacía, la enseñanza, la crítica y el periodismo. Murió en Guayaquil en agosto de 2003.

Durante los años en que transcurrieron la infancia y la juventud de Rojas, en el Ecuador social y políticamente sucedieron cambios que comenzaron a hacer crisis en la manera de pensar y de actuar de los intelectuales, los que gradualmente incidirían en el futuro escritor. Durante esa época, se dio la segunda administración de Leonidas Plaza (1912-1916), nacido en Manabí, quien:

> Logró un cese de fuego con la Iglesia, a cambio de estabilizar las reformas sin ir más allá. Buscó un consenso de oligarquías, haciendo incluso importantes concesiones al latifundismo serrano. Entregó, cada vez más sin mediaciones, el control directo del poder político a la todopoderosa banca guayaquileña, especialmente al Banco Comercial y Agrícola. Plaza y su sucesor, Baquerizo Moreno, tuvieron que afrontar la insurrección montonera de Carlos Concha, abanderado de lo que podría calificarse como el alfarismo de izquierda que movilizó por más de cuatro años al campesinado de Esmeraldas y Manabí (Ayala Mora, 36).

En el gobierno del guayaquileño Alfredo Baquerizo Moreno (1916-1920), se concedió amnistía a los revolucionarios seguidores de Concha, se abolió al concertaje[1] y la prisión por deudas y se promulgó la jornada de ocho horas diarias de trabajo. Durante el gobierno de José Luis Tamayo Terán, [nacido en Chanduy, provincia del Guayas] (1920-1924), se produjo en 1922 una manifestación de obreros en Guayaquil que fue reprimida violentamente dejando cientos de personas muertas y heridas. Mientras que en 1923, se originó un levantamiento indígena, en la hacienda «Leito» (Tungurahua), por au-

---

1    El *concertaje* o *peonaje* creó una categoría de trabajadores rurales atados a la hacienda por las deudas y desvinculados de su comunidad de origen. Este sistema era una forma de servidumbre para indígenas y campesinos. El concertaje se basaba en un convenio, de ordinario, vitalicio entre el hacendado y el trabajador campesino carente de tierras (el concierto). Éste se comprometía a trabajar para un hacendado por determinado tiempo y por un pago en anticipos de dinero, grano o animales o un pedazo de tierra prestado (huasipungo) para el sustento de su familia. Aunque estaba convenido el pago de un jornal, se le descontaban de él los daños, la muertes de los animales, etc. Muchas veces, los indígenas y peones eran obligados a aceptar el concertaje quisieran o no; pero cuando no cumplían con el pago oneroso de la deuda, eran llevados presos para pagar su delito. De esta manera, vivían constantemente endeudados y se convertían en esclavos; pero si no seguían produciendo renta, eran castigados con prisión. Las deudas creaban una dependencia que no sólo condenaba al deudor, sino a sus descendientes. El registro del concertaje se marcaba en la codificación de los días de trabajo en los libros de hacienda, denominados «libros de rayas», y en la entrega de anticipos en especie o anticipos monetarios conocidos como «suplidos» y «socorros», y también codificados en esos mismos libros, como «libros de socorros» (véase Guerrero 1991). Sobre la abolición de este sistema, Alfredo Pareja Diezcanseco dijo: «No hay ecuatoriano que pueda olvidar cómo funcionó en la República el concertaje de peones en el sistema productor de hacienda. Aunque jurídicamente abolido desde la revolución liberal alfarista, continuó practicándose, con la persistencia de las instituciones sociales no escritas, hasta bien entrado el siglo XX, en razón de una triquiñuela en la interpretación de un artículo del Código Civil» (1989).

mento de jornal y horas de trabajo legales, que fue sofocado por el gobierno (a pedido del propietario); causando la masacre de casi un centenar de indígenas. «Actos de protesta de menor proporción producidos en otras ciudades fueron también reprimidos. La prensa, los políticos y hasta la jerarquía eclesiástica, cuando no aplaudieron la masacre, al menos guardaron silencio sobre el hecho» (Ayala Mora 1990, 161).

Cuando Gonzalo S. Córdova y Rivera [nacido en Cuenca] asumió el poder como Presidente de la República (1924-1925), surgieron numerosos opositores a su mandato; sectores conservadores dirigidos por Jacinto Jijón y Caamaño y Manuel Sotomayor y Luna atacaron militarmente el gobierno desde el norte del país. Este estado de caos, produjo: «En julio de 1925 un movimiento encabezado por la joven oficialidad de las fuerzas armadas y se dio inicio a la llamada "Revolución Juliana"» (Durán Barba 1990, 196). El 9 de julio, un grupo de oficiales tomaron prisioneros a todos los ministros del gobierno y establecieron una Junta de Gobierno Militar formada por 5 miembros: Luis Napoleón Dillon, José Rafael Bustamante, Modesto Arízaga Luque, Modesto Larrea Jijón, Francisco Gómez de la Torre.

> La derecha reorganizó las fuerzas. La crisis de poder y el evidente desmoronamiento del «liberalismo plutocrático» revivió la ambición de suplantarlo en la dirección del Estado. Luego de una fallida acción de armas en 1924, los trabajos organizativos desembocaron en 1925, con la reunión de la Asamblea Nacional que delineó una fuerte y vertical estructura partidista, al mismo tiempo que lanzó un Programa fuertemente influido de «reformas sociales» inspiradas en la nueva doctrina católica y en el fascismo triunfante en Italia. Desde entonces el partido Conservador expresaría una sólida alianza entre latifundistas grandes y medianos de la sierra con la Iglesia Católica, que apoyaba activamente con su aparato de control ideológico. Las bases populares del conservadurismo serían fundamentalmente los grupos artesanales, varios de ellos fuertemente organizados (Ayala Mora 1990, 164).

Seis meses después, la Junta de Gobierno Militar entregó el mando a una Junta de Gobierno Provisional: constituida por 7 miembros: Isidro Ayora, Homero Viteri Lafronte, Humberto Albornoz, Alberto Hidalgo Nevárez, José Antonio Gómez Gault, Pedro Pablo Eguez Baquerizo; la cual para calmar a la sociedad ofreció la amnistía política, aunque no es su totalidad. Al mes de estar al mando este nuevo grupo de dirigentes, se sublevó el Batallón Marañón acampado en Ambato. Ante la imposibilidad de los militares de controlar el gobierno, lo entregaron al lojano Isidro Ayora Cueva (1926-1929), para que en calidad de Presidente Provisional lo reorganizara; sin embargo, éste se convirtió en dictador. Durante su mandato se crearon entre otras instituciones el Banco Central del Ecuador y se otorgó el voto expreso a la mujer.

En 1929, la Asamblea Nacional Constituyente eligió a Ayora como Presidente Interino y posteriormente como Presidente Constitucional de la República; período que se prolongó hasta 1931.

Para 1925, la explotación del cacao que había servido de grandes ingresos al Ecuador durante las décadas anteriores, había decaído grandemente, debido a la propagación de las enfermedades de la Escoba de Bruja y la Monilla, que habían destruido masivamente los cultivos, en toda la zona cacaotera. Esto causó una prolongada depresión económica que se agudizó en la década del 30, trayendo como resultado que el latifundismo de la sierra experimentara un nuevo robustecimiento y se lanzara a reconquistar lo que había perdido en los años anteriores. «[L]as divisas generadas por el cacao fueron aprovechadas fundamentalmente para el consumo suntuario de las élites económicas guayaquileñas, tanto en el plano local, como para mantener su lujoso tren de vida en Europa. Muy pocas inversiones se realizaron en otros sectores de la economía, por lo que el país dependía de la importación para "asegurar el consumo ordinario" de la población» (Chiriboga 1990, 108).

En los primeros años del siglo XX se había iniciado un debate intelectual alrededor del socialismo, pero sólo en la década del 20 comenzó a fortalecerse ideológica y políticamente.

> En sus inicios el socialismo fue una fuerza más bien heterogénea. Confluían allí sectores progresistas del liberalismo, tendencia de derecha latifundista con planteamientos de corte utópico y grupos de orientación marxista. (...) Con el tiempo el socialismo fue definiéndose como una fuerza de izquierda, aunque conservó su heterogeneidad y su amplia base social que incluía a la pequeña burguesía y los sectores populares. Una división socialista a inicios de los treinta dio origen al Partido Comunista Ecuatoriano (Ayala Mora 1990, 165).

En 1931, un motín callejero, en contra del gobierno, y la sublevación de un batallón del ejército en Quito, obligaron a Ayora a renunciar. Tomó el control, el Ministro de Gobierno, Luis Larrea Alba [nacido en Guayaquil] (24 de agosto de 1931 - 15 de octubre 1931). Lo sucedió interinamente Alfredo Baquerizo Moreno [guayaquileño] (15 de octubre de 1931 - 27 de agosto de 1932), pasando el mando al riobambeño Carlos Freire Larrea (28 de agosto de 1932 - 1° de septiembre de 1932) y luego a Alberto Guerrero Martínez [guayaquileño] (2 de septiembre de 1932 - 4 de diciembre de 1932). Muy poco tiempo después, la burguesía comercial y los latifundistas de la sierra apoyaron el gobierno de Neftalí Bonifaz Ascazubi; pero comenzó una pugna de descalificación cuando se lo acusó de poseer la nacionalidad peruana; este nombramiento ocasionó la Guerra de los cuatro días (1932).

En seguida, asumió el gobierno, Juan de Dios Martínez Mera [guayaquileño] (5 de diciembre de 1932 - 19 de octubre de 1933), miembro del

Partido Liberal y ex gerente de la Compañía Agrícola del Litoral, legendaria por la explotación de miles de pequeños productores de tabaco y caña de azúcar. Martínez Mera fue depuesto. Se le encargó el gobierno al quiteño Abelardo Montalvo Alvear (20 de octubre de 1933 - 31 de agosto de 1934); después fue nombrado Presidente Constitucional José María Velasco Ibarra [nacido en Quito] (1° de septiembre de 1934 - 21 de agosto de 1935), quien inició el primero de los cinco periodos en que fue presidente del Ecuador; éste mandato terminó derrocado por los militares.

> [S]e iniciaba una etapa marcada por su presencia caudillista, en la escena nacional. El velasquismo fue una nueva fórmula de alianza oligárquica que, intentando superar la disputa ideológica conservadora - liberal, movilizaba una clientela de grupos medios y populares firmemente identificados con la electrizante figura del líder. El primer velasquismo, como casi todos los restantes, cayó estrepitosamente en el primer intento dictatorial (1935), dejando una vez más al país en manos del arbitraje militar (Ayala Mora 1993, 38).

En los doce años siguientes se sucedieron once presidentes, encargados y dictadores en el mando del gobierno del país: Antonio Pons Campuzano [Guayaquil], (20 de agosto de 1935 - 26 de septiembre de 1935); Federico Páez Chiriboga [Quito], (26 de septiembre de 1935 - 23 de octubre de 1937); Gil Alberto Enríquez Gallo [Latacunga], (23 de octubre de 1937 - 10 de agosto de 1938); Manuel María Borrero González [Cuenca], (20 de agosto de 1938 - 2 de diciembre de 1938); Aurelio Mosquera Narváez [Quito], (2 de diciembre de 1938 - 17 de noviembre de 1939); Carlos Alberto Arroyo Del Río [Guayaquil], (17 de noviembre de 1939 - 10 de diciembre de 1939); Andrés Fernández de Córdova Nieto [Cañar], (10 de diciembre de 1939 - 10 de agosto de 1940); Julio Enrique Moreno Peñaherrera [Quito], (10 de agosto de 1940 - 31 de agosto de 1940); Carlos Alberto Arroyo del Río (1° de septiembre de 1940 - al 28 de mayo de 1944) y José María Velasco Ibarra (29 de mayo de 1944 - 23 de agosto de 1947).

Es decir, en el lapso de treinta y cinco años, El Ecuador tuvo 23 presidentes encargados o constitucionales o dictadores, más dos Juntas de Gobierno (12 miembros), para un total de 35 estadistas. Este forcejeo político por la dirección del estado señala una de las características de El Ecuador: su polarización en dos regiones: La Costa,[2] cuyo centro es Guayaquil con una población en su mayoría mestiza y con un porcentaje bajo de pobladores de origen africano; y La Sierra,[3] comandada por Quito, con población indígena y mestiza. Quito y Guayaquil han poseído desde antaño un peso poblacional y económico semejante.

La Sierra y La Costa han sido, desde los tiempos coloniales, regiones con economías y gobiernos separados. La sierra norte del país, sede de la Au-

---

2    La costa pacífica del Ecuador = Región de la Costa, cuenta con las provincias de: Esmeraldas, Manabí, Los Ríos, Guayas y El Oro.

3    La región de los Andes del Ecuador = La Sierra, está formada por las provincias: Carchi, Imbabura, Pichincha, Cotopaxi, Tungurahua, Chimborazo, Bolívar, Cañar, Azuay y Loja

diencia de Quito, pertenecía a la jurisdicción del virreinato de la Nueva
Granada (Santa Fé de Bogotá); la región de Guayaquil, formaba parte del
virreinato del Perú (Lima). Esta diversidad de identificación cultural ha producido una antítesis de intereses de los dos grupos para controlar el estado, y
con esto, imponer a todo el país sus propias ideas. La Costa con su capital Guayaquil, ya desde la colonia, se organizó en torno al comercio mundial y desa-
rrolló una economía y una sociedad con gran autonomía. Para los guayaqui-
leños, antes de la construcción del ferrocarril en 1908, para ir a Quito tomaba
10 días en mula; así que era más fácil viajar a Lima.

Mientras que en La Sierra, con su capital Quito, la estructura de la sociedad ha sido desde tiempos coloniales más compleja, ya que constituyó el
asentamiento tradicional de la oligarquía colonial española y sus descendientes, que en parte se mestizaron; aunque con predominio siempre de la
población indígena andina. Además, los hacendados tradicionales serranos
eran mercantilistas y patrimonialistas, acostumbrados a buscar protección y
prebendas en el estado.

Ahora, mientras esto sucedía política y económicamente, cuando Ángel
Felicísimo Rojas radicó en Guayaquil, entró a formar parte de la Sociedad de
Artistas «Allere Flaman» que se dividió debido a la Guerra Civil española,
entre los que debían hacer una literatura comprometida y los que declaraban
que lo político debía quedar fuera de las letras. Rojas, escritor comprometido,
pasó a formar parte del grupo de intelectuales que fundaron la Sociedad de
Artistas y Escritores Independientes, con tendencias izquierdistas.

Además, cuando fue a trabajar al bufete de José de la Cuadra (Guayaquil
1903 - 1941),[4] a quien conocía desde antes, entró en cercano contacto con un
hábil dirigente ideológico y político, que no sólo era abogado, profesor, sino
también periodista y activo militante socialista, quien llegó a ser Secretario
General de la Administración del gobierno-dictadura del presidente Gil Alberto Enríquez Gallo (1937) y, posteriormente, fue diplomático en Perú,
Chile, Argentina, Brasil y Uruguay. Este vínculo y la amistad que ya tenía
con Joaquín Gallegos Lara (Guayaquil, 1911-1947)[5] y Enrique Gil Gilbert
(Guayaquil, 1912-1973)[6] le permitieron continuar observando, estudiando,
conociendo, reflexionando y escribiendo sobre la realidad social de la gente
de El Ecuador. Del mismo modo, conoció a los otros miembros del «Grupo
de Guayaquil» del que de la Cuadra, Gil Gilbert y Gallegos Lara hacían parte:

---

4  José de la Cuadra: **Cuento**: *Repisas* (Guayaquil, 1931); *Horno* (Guayaquil, 1932); *Gua-
    sintón*: relatos y crónicas (Quito, 1938). **Novela**: *Los Sangurimas* (Madrid, 1934); *Los monos
    enloquecidos* -póstuma- (Quito, 1951). **Ensayo**: *12 siluetas* (Quito, 1934); *El montuvio ecua-
    toriano* (Buenos Aires, 1937). *Obras completas* (Quito, 1958). (Véase Robles, 1976).

5  Joaquín Gallegos Lara: **Cuento**: *Los que se van* -coautor- (Guayaquil, 1930); *La última
    erranza* (Guayaquil, 1947); *Cuentos completos* (Guayaquil, 1956). **Novela**: *Las cruces sobre
    el agua* (Guayaquil, 1946); *Los guandos* -coautor- (Quito, 1982). **Ensayo**: *Biografía del
    pueblo indio* (Quito, 1952); *Escritos literarios y políticos* (Guayaquil, 1995). (Véase Litera-
    turaEcuatoriana.com. Quito, 2000-2005).

6  Enrique Gil Gilbert: **Cuento**: *Los que se van* -coautor- (Guayaquil, 1930); *Yunga* (Gua-
    yaquil, 1933); *Relatos de Emanuel* (Guayaquil, 1939); «La cabeza de un niño en un tacho
    de basura» (Guayaquil, 1967). **Novela**: Nuestro pan (Guayaquil, 1942). (Véase Litera-
    turaEcuatoriana.com. Quito, 2000-2005).

Alfredo Pareja Diezcanseco (Guayaquil, 1908-1993)[7] y Demetrio Aguilera Malta (Guayaquil 1909 - México en 1981).[8]

Las intenciones que tuvo el «Grupo de Guayaquil» con la escritura, las señaló Alfredo Pareja Diezcanseco en su «Discurso de ingreso a la Academia Ecuatoriana de la Lengua», en el que además confirmó y destacó la posición escritural que adoptó Ángel Felicísimo Rojas como destino de su narrativa:

> Estalló entonces el descontento indignado de los trabajadores. Una huelga general fue violentamente reprimida, con un saldo trágico de alrededor de mil doscientos o mil quinientos muertos, el 15 de noviembre de 1922. Conviene recordar que por entonces la población de Guayaquil era de aproximadamente noventa mil habitantes.
>
> Los adolescentes y niños que, ocho años después, integraríamos el Grupo de Guayaquil, vimos espantados la bárbara matanza. Es apenas obvio suponer que, parcialmente, cuando menos, aquel hecho brutal marcase la resolución íntima en nosotros de crear una literatura de denuncia y protesta. Lo cual nos condujo a poner una excesiva atención en el mundo exterior de las relaciones humanas. Porque, además, carecíamos de una ascendencia narrativa que hubiese puesto los ojos en los problemas de la tierra. (...).
>
> Fue así posible que surgiera la generación de los escritores ecuatorianos de, 30, al comienzo los tres de *Los que se van*, luego los cinco miembros

---

7    Alfredo Pareja Diezcanseco: **Cuento:** *Los gorgojos* (Quito, 1954). **Novela:** *La casa de los locos* (Guayaquil, 1929); *La señorita Ecuador* (Guayaquil, 1930); *Río arriba* (1931); *El muelle* (Guayaquil, 1933); *La Beldara* (Santiago de Chile, 1935); *Baldomera* (Santiago de Chile, 1938); *Hechos y hazañas de don Balón de Baba y su amigo don Inocente Cruz* (Buenos Aires, 1939); *Hombres sin tiempo* (Buenos Aires, 1941); *Las tres ratas* (Buenos Aires, 1944); *La advertencia* (Buenos Aires, 1956); *El aire y los recuerdos* (Buenos Aires, 1959); *Los poderes omnímodos* (Buenos Aires, 1964); *Las pequeñas estaturas* (Madrid, 1970); *La manticora* (Buenos Aires, 1974). **Poesía:** *El entenao* (Guayaquil, 1988). **Ensayo:** *La lucha por la democracia en el Ecuador* (Quito, 1956); *Thomas Mann y el nuevo humanismo* (Quito, 1956); *El Ecuador de Eloy Alfaro* (1966); *Ensayos de Ensayos* (Quito, 1981); *Notas de un viaje a China* (Quito, 1986). **Biografía:** *La hoguera bárbara -vida de Eloy Alfaro* (México, 1944); *Vida y leyenda de Miguel de Santiago* (México, 1952). **Historia:** *Pequeña historia del Ecuador* (México, 1946), *Historia del Ecuador.* 4 vols. (Quito, 1954), *Historia del Ecuador.* (corregida y aumentada) 2 vols. (Quito, 1958), *Historia del Ecuador: Compendio para segunda enseñanza* (Quito, 1962), *El Ecuador de Eloy Alfaro* (México, 1966), *Historia de la República (Ecuador de 1830 a 1972.* 2 vols. (Guayaquil, 1974), *Las instituciones y la administración de la Real Audiencia de Quito* (Quito, 1975), *Ecuador: de la prehistoria a la conquista española* (Quito, 1978), *Ecuador: la República de 1830 a nuestros días* (Quito, 1979), *Historia de la República: desde la independencia hasta los dos primeros años de la llamada «Reconstrucción nacional».* (46 fascículos), (Quito, 1988). (Véase Neira, 1990).

8    Demetrio Aguilera Malta: **Cuento:** *Los que se van* -coautor- (Guayaquil, 1930). **Novela:** *Don Goyo* (Madrid, 1933); *Canal Zone* (Santiago de Chile, 1935); *Madrid, reportaje novelado de una retaguardia heroica* (Barcelona, 1936); *La isla virgen* (Guayaquil, 1942); *Una cruz en la sierra Maestra* (Buenos Aires, 1960); *La caballeresa del sol* (Madrid, 1964); *El Quijote de El Dorado* (Madrid, 1964); *Un nuevo mar para el Rey* (Madrid, 1965); *Siete lunas y siete serpientes* (México, 1970); *El secuestro del general* (México, 1973); *Jaguar* (México, 1977); *Réquiem para el diablo* (México, 1980); *Una pelota, un sueño y diez centavos* -póstuma- (México, 1988). **Teatro:** *España leal* (Quito, 1938); *Campeonatomanía* (1939); *Carbón* (1939); *El sátiro encadenado* (1939); *Lázaro* (Guayaquil, 1941); *Sangre azul* (Washington,1946); *Dos comedias fáciles* (1950); *No bastan los átomos, Dientes blancos* (Guayaquil, 1955); *El tigre* (1955); *Honorarios* (Quito, 1957); *Infierno negro* (México, 1967); *Fantoche* (1970); *Muerte S. A. -La muerte es un gran negocio-* (1970); *Una mujer para cada acto* (1970); *Teatro completo* (México, 1970). (Véase Abad, 2001).

iniciales del «Grupo de Guayaquil», e inmediatamente después, quienes
se sumaron al movimiento: Adalberto Ortiz, Ángel Felicísimo Rojas y
Pedro Jorge Vera. (Pareja Diezcanseco, 1989).

En ese momento histórico, no fueron únicamente los intelectuales,
quienes reaccionaron ante la destrucción habitual de la sociedad y de la
cultura por parte de las clases altas; los artesanos, los trabajadores y los indígenas lo hicieron también para responder a la represión y coacción que
signaba la vida cotidiana de El Ecuador.

> En la costa desde finales de 1910, hacen su aparición las ideas anar-
> quistas, primera corriente socialista que se desarrolló en Ecuador, en la
> sierra fue más bien el pensamiento conservador el que primó en las or-
> ganizaciones populares hasta la fundación, en la década de 1920, de los
> primeros núcleos socialistas constituidos, en buena parte, de intelectuales
> (Durán Barba 1990, 180).

El surgimiento del movimiento cultural denominado «Realismo social»
coincidió cronológicamente con la organización de los primeros partidos políticos modernos y los sindicatos y, en muchos casos, se inscribió a los proyectos
e ideologías de éstos. Los intelectuales, escritores en su gran mayoría, se aso-
ciaron, simpatizaron y se comprometieron con las causas sociales del momento. Situación que confirmaron las palabras de Ángel F. Rojas, al hacer un
balance de lo que había sido la novela en el Ecuador:

> Así como la huella de la revolución liberal se encuentra grabada pro-
> fundamente en la novela ecuatoriana de principios del siglo, la que deja
> la ideología socialista en el relato contemporáneo es el denominador
> común de las producciones más representativas.
> Desde un punto de vista de clasificación literaria, tales obras pueden
> incluirse casi sin excepción dentro del realismo en una primera fase,
> cuando se escribía una literatura de «denuncia y protesta». Y dentro del
> llamado realismo socialista posteriormente. (...).
> El realismo a secas —«la realidad y nada más que la realidad»[9]— del
> principio y el realismo socialista están, como es fácil suponer, unificados
> en la izquierda política tanto como los están en la izquierda literaria
> (Rojas 1948, 172-173).

La narrativa que se produjo en El Ecuador en la década del 30 explicita,
en su gran mayoría, una propuesta de acción política que promovía el cambio
de las condiciones sociales arbitrarias y tradicionales que devastaban la sociedad. Estos textos clamaban por una reorganización social por medio de la
movilización de las capas medias y bajas, tanto en el campo como en la ciudad.
Fue una forma de literatura realista vinculada a los proyectos y luchas políticas del partido socialista, que propuso modelos y campos específicos de
acción para alcanzar el cambio social.

---

9    Éste era el lema del «Grupo de Guayaquil».

Esta reacción tuvo su base en los sucesos que surgieron a raíz de lo que pasó a conocerse históricamente como «La Tercera Internacional», «La Internacional Comunista» o «El Comintern»: organización que el Partido Comunista de la Unión Soviética (bolchevique) había fundado en marzo de 1919; el cual, entre otros aspectos promovía: superar el capitalismo, establecer al proletariado en el control, la completa abolición de las clases y el establecimiento del socialismo, a través de los partidos Comunistas de los distintos países (véanse Kozlova y Ruane 1998).

Para mediados de la década de 1920, se produjo un gran momento de intensidad revolucionaria en la Unión Soviética que llenó de optimismo y de grandes proyectos de movimiento social ascendente a los partidos miembros. Surgió una nueva intelectualidad soviética de origen proletario y de formación socialista, que realizó en el terreno literario un ataque contra el intelectualismo tradicional y la cultura burguesa. La expresión concreta de esta posición ideológica en la literatura fue el RAPP (Asociación Rusa de Escritores Proletarios), que intentó la reconstrucción a gran escala de la institución literaria y de su modo de funcionamiento, considerando de gran importancia la «utilidad social» de la literatura y despreocupándose muchas veces por la calidad de lo escrito.

> Como secuela del Plan de los primeros cinco años, los escritores y los críticos literarios mostraron una creciente preocupación sobre la calidad literaria. En literatura, como en tantas otras esferas, el periodo del Plan de los cinco años representaba un punto alto de radicalismo utópico que amenazaba los valores literarios tradicionales. Las tendencias utópicas ya se notaban en los debates literarios de la década del veinte, pero fue sólo bajo las condiciones peculiares del Plan de los cinco años que recibieron una amplia difusión y aplicación (Clark, 189).
>
> Grandes sectores de la comunidad literaria querían encontrar la manera de participar en la experiencia de reconstrucción socialista (...). Se propusieron reestructurar la institución de la literatura e incluso rehacerse a sí mismos.
>
> En el nuevo concepto, la literatura tenía que llegar a ser parte de la movilización general hacia la industrialización. Tenía que ser integrada dentro de la revolución cultural de base. Tenía que provenir de los grandes actos de hombres pequeños, para los hombres pequeños (Clark, 194).

Para 1932, la RAPP fue disuelta y se sustituyó por la Unión de Escritores Soviéticos que intentó revaluar las tendencias dominantes de la literatura clásica rusa e insistió en establecer la continuidad entre el pasado y la nueva literatura. De esa manera, se reinterpretó y asimiló la gran tradición realista del siglo XIX ruso; así, la definición de una forma de representación realista, que respondiera a las tareas de la época de la construcción del socialismo, pasó a ocupar el lugar central en las discusiones de los escritores (véase Morson 1979).

Entre el momento de la disolución del RAPP en abril de 1932 y la reunión del Primer Congreso en agosto de 1934, surge y toma consistencia semántica la denominación «Realismo socialista», pero nunca se llega a aclarar si es un estilo, un método, un posible método entre otros, una tendencia, una forma, una temática; tampoco hay claridad sobre la naturaleza de sus relaciones con el viejo Realismo, con el Naturalismo, con el Modernismo; o cómo se integraba dentro de su propia estética un cierto Romanticismo y el regreso a la épica y a lo monumental (véase Robin, 23).

En 1934, el Primer Congreso de Escritores Soviéticos se reunió en Moscú promoviendo armonía y consideración hacia la literatura rusa y sus formas tradicionales, porque eran la base para el desarrollo de la futura literatura soviética. A partir de 1935, tras el séptimo y último Congreso de la Internacional Comunista que se reunió en Moscú, esta posición literaria comenzó a circular a todas las seccionales nacionales e internacionales y empezó a influir en el proceso creativo de los escritores de los diversos países.

Sin embargo, este lineamiento debió sostener una fuerte pugna entre seguidores y detractores. Desde antes del triunfo de la Revolución bolchevique, Lenin había manifestado su favoritismo por la «literatura de partido»; es decir, aquélla que se subordinaba activamente a los objetivos del Partido y se mantenía apegada a sus directrices; asimismo, expresó su rechazo por las variedades vanguardistas que imperaban en los distintos países. Sin embargo, nunca tomó medidas para imponer el control a las manifestaciones literarias; este criterio dominó la política cultural del estado soviético hasta 1931.

Con la represión stalinista, la «literatura de partido» se exigió, condenando las manifestaciones vanguardistas como contrarias a la construcción socialista y por tanto, censuradas por ser expresión de lo burgués. De esta forma, los dos polos de posición para la literatura: el leninista y el stalinista se enfrentaron. Tal vez, sus representantes y opositores más conocidos sean: el húngaro Gyorgy Lukács, quien defendió la posición stalinista de la literatura y reclamó un arte realista apegado a la línea política del Partido, y el poeta y dramaturgo alemán Bertold Brecht, quien denunció la posición de Lukács como limitada y simplificadora y demandó la libertad para la experimentación y la creación estética en la literatura (véanse Posada 1969 y Lunn 1974).

Para Brecht, la literatura no podía ser impuesta y obligada, sino que debía surgir espontáneamente, en la medida en que la subjetividad y la conciencia de emisores y receptores evolucionara hacia el desarrollo de una identidad y una visión del mundo socialista (véase Brecht 1977).

Esta posición, conservando algunas variantes, fue la dominante entre los pensadores y teóricos marxistas de Occidente. Incluso Trostki, que se hallaba

en el lado opuesto y había condenado con virulencia las producciones vanguardistas, estando en el exilio, entró en contacto con los surrealistas franceses
y con grupos de artistas comunistas que se oponían a la imposición de la
postura stalinista en el mundo; así produjo en colaboración con Diego Rivera
(mexicano) y André Breton (francés) el *Manifiesto por un arte revolucionario
independiente*, en el que se llamaba a los artistas a crear un arte comprometido
con la revolución socialista, pero respetando la libertad individual de creación
y exigiendo la experimentación estética y con ello la pluralidad de ideas y pensamientos (véase Schwartz 1991). En oposición, la represión de las autoridades
stalinistas del Partido hacia la invención en la creación, paradójicamente llevó
a la desautorización y a la crítica del más distinguido exponente teórico de su
doctrina estética: Lukács. En Latinoamérica, este debate tuvo resonancia, pero
no sufrió las repercusiones y la virulencia que se dieron en Europa, llegando
a lograrse compromisos y conciliaciones (véase Videla 1990).

La difusión de la ideología «Realista socialista» y de los debates que se
produjeron estuvo a cargo de los congresos que efectuaron los intelectuales
antifascistas entre los años 1935 a 1939; reuniones que sirvieron de foro a intelectuales de diversos países y en los que el tema de la literatura comprometida era el centro de atención. El Primer Congreso Internacional para la
Defensa de la Cultura, reunido en París entre el 21 y 25 de junio de 1935,
agrupó a 230 delegados de 38 países; uno de sus acuerdos principales fue crear
la Asociación Internacional en Defensa de la Cultura, en cuya directiva estaban entre otros: Ramón del Valle Inclán, Sinclair Lewis, Thomas Mann,
Máximo Gorki, Adous Huxley y Bernard Shaw.

De igual modo, convinieron en realizar el siguiente Congreso en Madrid,
pero la Guerra Civil española lo impidió. De este modo, el Congreso se ce-
lebró en Valencia, con subsedes en Barcelona y Madrid, y la clausura se fijó
para París, inaugurándose el 4 de julio de 1937. Participaron entre otros: Alejo
Carpentier, Pablo Neruda, Nicolás Guillén, Octavio Paz, Vicente Huidobro,
César Vallejo, Juan Marinello, Carlos Pellicer, Raúl González Tuñón, José
Mancisidor, Félix Pita Rodríguez, Rafael Alberti, María Teresa León, Manuel
Altolaguirre, Miguel Hernández, León Felipe, André Malraux, Ilya Eh-
remburg, Tristán Tzara, hasta un total de 150 participantes.

Los temas que abarcó, según Carpentier, fueron: «1) la actividad de la
Asociación de Escritores por la Defensa de la Cultura; 2) el papel del escritor
en la sociedad; 3) dignidad del pensamiento; 4) el individuo; 5) humanismo;
6) nación y cultura; 7) los problemas de la cultura española; 8) herencia cultural; 9) la creación literaria; 10) refuerzo de lazos culturales» (Carpentier
2004, 123-124). Es a partir de estas reuniones de intelectuales que el «Realismo socialista» comienza a divulgarse internacionalmente.

Ahora, este movimiento no se adscribe literalmente en Latinoamérica a
lo que fue en la Unión Soviética; porque allá, las obra literarias que se pro-

ducían, surgieron desde una posición de poder político, que legitimaba y afianzaba ese poder y el orden que se asociaba con éste. Mientras que en los países latinoamericanos, este tipo de literatura se originaba en contra del orden existente y promovía un cambio social radical en diversos aspectos de la vida cotidiana.

En el Ecuador, bajo la égida de esta tendencia, los escritores de distintos núcleos, se lanzan a la producción de sus obras más conocidas. Entre 1930 y 1934, los miembros del «Grupo de Guayaquil» trabajaron en comunión de ideas para producir una serie de obras. «Ideológicamente, tienen la misma ubicación: Gil Gilbert y Gallegos militan en el comunismo, Pareja simpatiza con esta tendencia, José de la Cuadra y Aguilera Malta pertenecen a las filas socialistas» (Rojas 1948, 182). También en la Sierra: Quito, Cuenca y Loja, las ideas de cambio que influían en otros lados hicieron eco.

Fue durante los primeros años de la permanencia en Guayaquil (1938-1940), que Ángel Felicísimo Rojas escribió *El éxodo de Yangana*. Pero, a pesar del tiempo transcurrido, la crítica sobre la novela es muy limitada, salvo menciones y párrafos aislados, son muy pocos los que han escrito un artículo crítico sobre ella: Rodríguez Castelo (1971), Astudillo Tapia (1983), Araujo Sánchez (1983), Sacoto (1992).

Esta novela es la representación literaria de la lucha de un pueblo agrario de extracción indígena al que se le roba la tierra ancestral y con esto la identidad cultural, llevándolos a un lento proceso de asfixia y desintegración como comunidad. Estas agresiones los empujan a tomar una actitud crítica y reivindicadora, mediante la cual ejercen la protección de su individualidad y de su patrimonio. En una decisión de todos y de ninguno, se defienden, cuando los patrones - gamonales[10] atacan y matan a seres indefensos, llegando a cobrar justicia por mano propia. De esta manera, este mundo novelístico expone los avatares de un pueblo que debe desarraigarse y abandonar la tierra, para salvarse de la injusticia de una aniquilación colectiva emanada de la ira y la reprobación que de ellos hacen el gobierno y las clases altas por haber tenido el atrevimiento de rebelarse contra el despotismo y la ignominia causados por sus opresores.

> [L]a clave de este conflicto es el que me contaba mi abuela. Ella era una narradora innata, extraordinaria, que cuando era niña conoció en las inmediaciones de Vilcabamba, Malacatos y el Valle de Solanda, ese tipo de conflictos en una gran hacienda que se sigue llamando hasta ahora «Comunidades»; hoy fragmentada en muchos pedazos (Rojas en Calderón Chico, 39).

Aunque éste haya sido el asunto que dio origen a la historia, en la novela se representan conflictos mucho más profundos que repercuten gravemente

---

10   «[E]l gamonalismo es una forma de poder político local rural, resultante de la vigencia de una estructura estamental o de castas en la que se ha "naturalizado" la dominación étnica. Su sustento son las sociedades rurales en las que hay subordinación campesina por el predominio de sistemas agrarios en los que impera la gran propiedad. Sin embargo, hay otra variante del gamonalismo que se halla vinculada al capital comercial y los mecanismos despóticos o coactivos de constitución de las relaciones de mercado» (Ibarra, 138).

en la esencia de la nación ecuatoriana. En *El éxodo de Yangana*, las acciones que Joaquín Reinoso había efectuado en un pasado bastante cercano para librarse de la opresión de las autoridades victimarias, les indicó a los miembros de la comunidad el camino que debían seguir para alcanzar una vida con esperanza, después de que se vieron acorralados por el gobierno central, el ejército y las clases altas.

La estructura de este mundo novelístico, explicada en palabras de Rojas, es: «Escribí la novela dividiéndola en un preludio, dos interludios y un post-preludio y luego entre estas paredes melódicas, las tres partes de la obra» (Rojas en Calderón Chico, 37). Es decir, la estructura externa de la novela se halla presentada en 7 secciones:

1. PRELUDIO: una voz narrativa principal cuenta de manera omnisciente las sensaciones que alarman a Joaquín Reinoso cuando se halla en los alrededores de Palanda; éstas han surgido a causa de una vibración y un ruido que el personaje no reconoce. Concluye cuando Reinoso alcanza a darse cuenta de que lo que oye es producido por una muchedumbre de gente que avanza hacia donde él se halla; se calma y siente alegría cuando en la oscuridad de la noche comienza a reconocer las caras de sus amigos, vecinos y conocidos, habitantes del pueblo de Yangana.

2. PRIMERA PARTE: a cargo de la misma voz narrativa principal que presenta las vidas y situaciones pasadas y presentes de la gente del pueblo de Yangana, compuesta por unas ciento setenta familias que han emprendido el éxodo de su tierra. Esta parte cierra con la proximidad espacial entre la gente recién llegada y Reinoso, quien por prudencia sigue escondido observando lo que sucede.

3. INTERLUDIO: Continúa la voz narrativa principal mostrando la manera en que Reinoso vigila furtivamente lo que algunos de sus coterráneos hacen. De esta manera, oye un diálogo entre dos de ellos: uno es Gordillo, agrónomo fracasado; el otro es Tayta Eliseo. El primero aprovecha un momento de distracción del otro hombre para emborracharse; en este estado emite la «canción beoda de las semillas» para Eliseo. Concluye la sección con el retorno de la voz narrativa principal.

4. SEGUNDA PARTE: Con un cambio de tono, de estilo y de narrador, esta sección presenta un cuaderno de un investigador norteamericano: Mr. Spark, quien había tomado notas sobre la población, los habitantes y los alrededores de Yangana. El narrador - traductor pasa al español los escritos de Spark. La sección abre con una ADVERTENCIA del traductor y cierra con NOTAS del mismo que explican apartes de lo escrito en el cuaderno.

5. INTERLUDIO: Regresa al narrador principal para explicar lo que la gente del pueblo y sus comentarios, más las notas de Spark, habían dejado de

aclarar sobre la relación entre Juanita Villalba y el norteamericano.

6. TERCERA PARTE: La voz narrativa principal transmite la conversación que tienen el churón Ocampo, con Reinoso y su esposa, Rosa. Cede después paso a la voz de Ocampo, quien relata los sucesos que produjeron el éxodo del pueblo. En este intercambio entre los tres personajes, Rosa lee apartes de artículos del periódico, cuyo contenido había impulsado a la colectividad de Yangana a abandonar la tierra. La sección cierra con un diálogo entre Reinoso y Ocampo en los alrededores del lugar, y con el retorno de la voz narrativa principal para hacer comentarios sobre esta última situación.

7. POSTLUDIO: La voz narrativa inicial presenta la conversación que Ocampo y Reinoso sostienen hasta el momento en que el churón abandona la idea de tomarse por la fuerza el control de la gente, gracias a las palabras de Reinoso y a las que Rosa había empleado para aconsejarlo en el momento en que habían salido a caminar. Esta decisión evita nuevos hechos de sangre y abre un horizonte de esperanza al pueblo fugitivo. La voz narrativa principal informa de esta resolución, pero deja la conclusión total de la novela a un parlamento de Ocampo: «¡Viva Pueblo Nuevo!».

Como se anotó antes, *El éxodo de Yangana* surgió de una historia que la abuela le había relatado a Rojas sobre un levantamiento campesino (véase Calderón Chico, 32-33). Sin embargo, como el autor ya había contado, muchos de los personajes tuvieron un referente en la gente que había conocido en su primera infancia en Vilcabamba y Malacatos; recuerdos a los que había agregado su imaginación y su experiencia. Años después, plasmó la primera versión de la obra como un cuento que envió a Alejandro Carrión, quien le aconsejó convertir el texto en novela porque el tema lo merecía; sugerencia que aceptó; con lo cual al cabo de casi dos años concluyó de escribir el libro (véase Rojas en Calderón Chico, 33-34).

Así como lo señala la presentación de las secciones, en el discurso novelístico de *El éxodo de Yangana* existe una polifonía de voces, lenguajes, idiolectos y géneros narrativos, casi siempre expuestos dentro de un marco narrativo que contiene las historias secundarias y hasta historias dentro de historias. De esta manera, esas representaciones de voces diferentes dejan percibir las de narradores secundarios que difieren de la voz narrativa principal o enmarcante, cuyas voces discrepan entre sí, tanto por el tono como por la función.

Ahora, a estas historias secundarias o intercaladas que están incluidas dentro de la historia principal, Genette las llama narrativas metadiegéticas (véase Prince, 25); de ahí que sus narradores sean personajes dentro de la diégesis primaria. Las relaciones que se establecen entre estas narraciones y la primaria señalan una explicación analéptica[11] de cómo los personajes de *El*

---

11   *Analepsis*: «Una anacronía que va hacia el pasado con respecto al tiempo presente; una evocación de uno o más sucesos que ocurrieron antes del momento "presente" (o momento cuando el recuento cronológico de una secuencia de acontecimientos se interrumpe para hacerle espacio a una analepsis); una escena retrospectiva o flashback"» (Prince, 5).

*éxodo de Yangana* llegaron a encontrarse en el dilema que los obligó a abandonar su tierra.

Las narraciones enmarcadas o historias dentro de historias han recibido diversos estudios de los críticos literarios,[12] quienes además de analizar los mecanismos formales del enmarcamiento narrativo o de cómo una historia se inserta dentro de otra y los lectores la entienden, también han identificado algunas propiedades importantes que describen la manera en que esas narraciones intercaladas afectan los contextos narrativos enmarcantes en los que suceden.

Partiendo del trabajo realizado por Gerald Genette sobre las relaciones subordinantes entre los niveles narrativos, el nivel más alto de la narración es el **extradiegético**,[13] nivel en el que se halla un narrador (N1) que relata una historia en la que puede haber tomado parte o no. Este nivel es inmediatamente superior al enmarcado o **intradiegético**.[14] Este segundo nivel constituye un universo propio y cuando uno de sus personajes (N2) narra otra historia; ésta se abre a otro nivel: el **hipodiegético**[15] en el que se encuentran personajes de esa historia incrustada en la primera. Puede también suceder que un personaje de este nivel hipodiegético se convierta en narrador (N3) al relatar otra historia y así sea responsable de un cuarto nivel.

Esta es la situación que se observa en la estructuración del mundo ficcional de *El éxodo de Yangana*. La historia está coordinada y ordenada por una voz narrativa general (N1) que actúa como elemento regulador y configurador de la estructura de la narración. Su voz parece ser imparcial; ya que su actitud hacia lo que enuncia se limita a una presentación aséptica y descomprometida sobre el mundo novelístico. No obstante, la cantidad de conocimiento sobre los personajes que posee esta voz, su dominio del tiempo narrativo en todas sus dimensiones y de la conciencia de los personajes, la muestran como una voz ubicua con control absoluto del espacio, que se permite revelar acontecimientos producidos simultáneamente en diversos lugares. Debido a esta característica, la voz narrativa principal de *El éxodo de Yangana* camufla tras una

12    Véanse entre otros los estudios de: Bal (1985), Genette (1972, 1980), Herman (2006), Nelles (1997), Prince (1982).

13    «La expresión nivel extradiegético se refiere en el marco de la narratología genettiana, a un aspecto particular del dominio de la voz, o sea, a las circunstancias que condicionan la enunciación narrativa y a las entidades que intervienen en ella, incluyéndose en esa intervención la institución del **nivel narrativo** en el que sitúa el narrador. (...) el nivel extradiegético será el primordial, aquel a partir del cual se puede constituir otro (u otros) nivel(es) narrativo(s). (...) **el nivel extradiegético** será aquel en el que se sitúa el narrador "exterior" a la diégesis que narra, colocándose casi siempre (pero no obligatoriamente) en una situación de ulterioridad que favorece esa posición de exterioridad» (Reis y Lopes, 175).

14    «La expresión **nivel intradiegético** (o diegético) se refiere a la localización de las entidades (personajes, acciones, espacios) que integran una **historia** y que, como tal, constituyen un universo propio» (Reis y Lopes, 178).

15    «El prefijo **hipo-** representa de forma más clara la situación de dependencia y subordinación del nivel hipodiegético al nivel **intradiegético** o diegético. / Se entiende pues por nivel **hipodiegético** el que es constituido por la enunciación de un relato a partir del **nivel intradiegético**; un personaje de la historia, por cualquier razón específico y condicionado por determinadas circunstancias, es solicitado o encargado de contar otra historia, que así aparece embutida en la primera» (Reis y Lopes, 176).

apariencia sutil el tipo de omnisciencia neutra que se encuentra en la narrativa contemporánea latinoamericana.

Sin embargo, esta voz, periódicamente desde la apertura de ese universo ficcional, da paso a parlamentos de personajes que muestran el afloramiento de la conciencia de éstos y de sus vivencias pretéritas, que se actualizan gracias al poder de la memoria. De esta manera, la conciencia de Joaquín Reinoso, entreverada con las palabras descriptivas de la voz narrativa principal (N1) explicita la situación de una familia (Joaquín, Rosa y el hijo de ambos) desarraigada y exilada que, para escapar de la persecución inicua de la justicia militar, se ha radicado en el solitario de Palanda; pero vive en constante pánico y al acecho de una muy probable persecución que los conduzca a vejaciones, a la carencia de libertad, a la prisión y tal vez a la muerte; por eso, están decididos a defender esa libertad de acción y decisión, con las armas. No obstante, antes de que se sepan las circunstancias de esta situación, la voz narrativa principal (N1), mediante vigorosas y muy precisas descripciones presenta en 47 apartados a los miembros componentes de la población de Yangana, sus oficios, situaciones, peculiaridades, fortalezas, debilidades, habilidades, astucias, pasados, presentes y hasta insinúa sus futuros.

A través de esta voz (N1), en cada una de las representaciones que efectúa, se va tejiendo la historia, ya no sólo del lugar sino de la comunidad; porque estas historias individuales poseen viva la memoria de la historia reciente, las causas de su éxodo, las circunstancias que los impulsaron como grupo a abandonar definitivamente su pasado y sus pertenencias. A pesar de los rasgos ofrecidos por esta voz, al concluir la presentación de todos los miembros de ese «réprobo colectivo» todavía no se sabe lo que ha sucedido, únicamente que durante 9 días esta muchedumbre ansiosa y expectante persigue alcanzar Palanda, lugar que habita Joaquín Reinoso; ámbito que es para ellos, después de los sucesos acaecidos, como la tierra prometida.

Esta situación de expectativa e interrogación que se halla en todos los personajes, como técnica narrativa, hace que surjan preguntas sobre la causa de lo que se relata; sin embargo, no se halla una respuesta práctica; ya que, las explicaciones plausibles no concretan sino la huida colectiva de una comunidad en busca de protección. Este aplazamiento de información capítulo tras capítulo crea anticipación, curiosidad, tensión y sorpresa; en otras palabras, se presenta un alto grado de suspenso a lo largo de estas secciones.

La segunda parte de la novela se conoce mediante la doble voz de un Traductor, quien ofrece las notas que Mr. Spark, «un gringo muy joven, que afirmaba ser norteamericano (...), llegó a Yangana y estuvo herborizando largos meses en las montañas vecinas» (Rojas 1949, 113), un año antes del gran éxodo.

Esta voz dual (N2), la del traductor convirtiendo e interpretando la de Spark, expone una visión del mundo ficcional de Yangana, desde una pers-

pectiva diferente a la mantenida por la voz narrativa principal. Ahora el traductor se dirige a alguien no identificado: «Como lo veremos» (Rojas 1949,
113); éste es un narratario[16] para quien traduce y explica las circunstancias
alrededor del cuaderno de Spark, texto que ofrece una historia diferente de
Yangana: «cuando era pura».

La forma de expresión y el tono empleado por esta voz narrativa dual
(N2) claramente reflejan esos que se encuentran en las Relaciones de conquista y colonización escritas entre los siglos XVI y XVII, tanto por las condiciones pragmáticas de su estructuración como por el principio organizativo
de la información, cuya función era dar informes detallados sobre aspectos
necesarios para el control de las tierras y de sus habitantes. Por eso, el informe
sobre la población de Yangana cubre todos los aspectos importantes que se
deben conocer sobre las peculiaridades de una agrupación humana, como son:
el número de sus habitantes y el tiempo en que han existido como comunidad;
la ubicación geográfica, las características de la organización cívica, el tipo
de construcciones, la cultura, la alimentación, la forma de vestir, las creencias,
las diversiones, el nivel de educación, las letras, las relaciones con el gobierno
central, la importancia que ese gobierno concede a la población; además de
los problemas de autoabastecimiento, aislamiento e incomunicación.

De esta manera, la voz narrativa dual (N2) expone las diferencias de la
cultura popular que posee Yangana, la experiencia histórica, el modo de vivir,
de sentir, de ver, de gozar, de sufrir como una forma elemental versus la com-
plicación, las maniobras y el artificio, lo mentiroso y hasta lo traicionero y
apóstata de la cultura urbana que se encuentra en la capital y en otros centros
de población con mejores comunicaciones y medios de socialización. Así,
Yangana es el pueblo, lo popular; es decir: «lo otro» de la industria, «lo otro»
de la cultura citadina, «lo otro» de la civilización; es una cultura subalterna;
y desde el punto de vista de la urbe es una cultura dominada. Su aislamiento
permite que lo estamental y excluyente predomine y perviva; donde la circulación de unos bienes básicos como derechos de la mayoría dejan de existir
ante las influencias y la coerción de unos pocos que se mueven en el ámbito
de lo urbano. Como cultura popular, Yangana es una cultura desvalorizada
por la cultura hegemónica y por la economía que influye sobre lo social, lo
cultural y lo político.

Ahora, esta situación de dependencia y de cultura dominada de esta comunidad, la capta y la plasma Spark en su cuaderno con «una sensación de
dulzor un poco triste» (Rojas 1949, 170). Este personaje extranjero, al que
«le interesaba principalmente el estudio de las quinas, y que por eso escogió
como era natural, entre todas las de la República de Ecuador, esta provincia,
y en esta provincia, las cordilleras de Yangana, donde crece espontáneamente

---

16    «El narratario es el destinatario del mensaje narrativo, aunque no siempre se encuentra
      formalmente representado en él. El narratario se sitúa en el mismo nivel diegético que
      el narrador y puede haber más de uno en el texto; un personaje, alguien ajeno a la his-
      toria e incluso el propio narrador (como ocurre en el caso del diario). Entre las funciones
      del narratario cabe destacar una de tipo general —funcionar de intermediario entre el
      narrador y el lector— y otras más específicas: hacer progresar la intriga, poner en re-
      lación ciertos temas, determinar el marco narrativo, actuar de portavoz moral de la obra»
      (Domínguez Garrido, 119).

la mejor quina del mundo, la famosa *Cinchona Succirubra*» (Rojas 1949, 113),
según creía la gente del lugar trabajaba para el American Museum; además,
Spark admiraba a «Richard Spruce, contra quien el joven explorador norteamericano tenía la queja (...) de que no le dejó casi nada nuevo que decir ni
que estudiar sobre las quinas»[17] (Rojas 1949, 113).

Tal vez por eso, ya el traductor en su labor de doble voz narrativa (N2)
deje ver la posición ambigua de Spark ante el estado de indefensión de la
gente del área:

> ¿Hasta cuándo durará la vida así? me pregunto yo.
> Pasarán muchos años, muchos lustros, algunos siglos quizá. El viejo
> pueblo sin historia, que vive de recuerdos novelados, de amables le-
> yendas, subsistirá. ¿Ganará ahora su pelea con los terratenientes?
> ¿Habrá de perderla? Serios disturbios pueden sobrevenirle, sea que
> domine el un espíritu o el otro. Pero de todas maneras, creo que volverá
> la paz a inaugurar sus sesiones interminables, y la «historia del viejo ha-
> ragán» tendrá un capítulo más.
> A veces, y esto quizá no sea un vano sentimentalismo risible para mis
> compatriotas, me dan deseos de poder volver, después de muchos años,
> a vivir y morir aquí.
> ¡Si pudiera volver! (Rojas 1949, 168-169).

Ambigüedad que permite diversas interpretaciones sobre la intención de
la escritura. La respuesta a la pregunta que se hace el norteamericano, lo involucra a él como actor participante en ese juego por el poder sobre la tierra.
Consciente de su labor de avanzada para la toma de control sobre el área y
de los habitantes como trabajadores a destajo, sin derechos pero con muchas
obligaciones; ¿siente pena por no ser uno de los controladores o porque otros,
los terratenientes, van a obtener el poder? Quizá, los dejos expresivos de sus
deseos expliciten el anhelo por el mando que podría alcanzar gracias al conocimiento que poseía de la idiosincrasia de la gente, de sus habilidades y
debilidades y de la facilidad con la llegaría lejos por la aceptación que ya había
logrado entre la gente principal de la región.

La polisemia de sus palabras y enunciados, aunados a la indeterminación
de su significado, crean la duda y la ambigüedad de sus intenciones, especialmente porque lo escrito ha pasado por el tamiz de un traductor que reconoce que su conocimiento del inglés es «sumamente pobre» (Rojas 1949,
170), como también por la ausencia de contexto situacional; ya que el cuaderno quedó abandonado y fue a parar a la Intendencia de Policía de la Provincia, donde al parecer estaba a merced de cualquiera que deseara verlo.

La voz narrativa (N2) deja de ser dual, cuando termina la traducción de
las anotaciones del cuaderno y el traductor toma la decisión de completar el
significado de los apuntes de Spark, a la vez que de actualizarlos. Esta reso-

---

17  Spruce, por pedido de gobierno inglés, extrajo más de 100 mil semillas de *Cinchona* y
    unas 600 plantas de cascarilla roja; materiales que despachó por Panamá y el Mar Rojo
    a Mysore en donde se desarrollarían la mayor parte de las plantaciones hindúes de
    quinina (véase Spruce 1996, capítulos XVII-XXI).

lución lo convierte en una nueva voz narrativa (N3). Al suceder esto, se
produce una metalepsis,[18] porque hay trasgresión de niveles narrativos; y su
actuación implica un sobrepasamiento de la capacidad asignada a esta determinada voz, al intervenir en el plano deigético a través de sus comentarios y
con sus alocuciones al narratario sobre las opciones que se le ofrecen para continuar interpretando la historia.

Las explicaciones que este narrador (N3) aporta sobre la situación de la
población y de la gente de Yangana inciden en la diégesis total y cambian la
percepción de interpretación sobre los acontecimientos representados. Ya que
su relato es de cuarto grado, pero como voz narrativa de segundo grado convertida ahora en tercer grado por voluntad propia, lo ha asumido directamente como si le perteneciera. Incluso, su alcance va más allá de la historia
central; la cual abarca unos pocos días más de los 9 de marcha que la comunidad necesitara para llegar a Palanda.

A través de esta voz se sabe que Yangana fue incendiada posteriormente;
asolada por las tropas del gobierno y desapareció «en forma terrible» (Rojas
1949, 171).

> La tempestad que estalló en Yangana hace poco tiempo y que terminó
> con el asolamiento y destrucción de una población entera fue prepa-
> rándose lentamente. Las responsabilidades, cuando se deslinden debi-
> damente ante el tribunal de la historia, no será nada difícil establecerlas.
> Y el gobierno de la época tendrá que responder ante aquél por las tor-
> pezas que cometió al precipitar el trágico desenlace en vez de haberlo
> evitado, y permitir la vuelta del odioso sujeto contra el cual se amotinara
> el pueblo, con el mismo empleo (Rojas 1949, 172).

A los datos escuetos, se agregan ahora con otro matiz los de este traductor
convertido en voz narrativa única (N3), para el que son vitales estos comentarios dentro de este mundo ficcional; ya que los considera: «jerarquía de información, síntoma y documento» (Rojas 1949, 177). En ellos, esta voz narrativa muestra al norteamericano bajo otra luz; él era:

> [U]no de los más sagaces observadores que hayan llegado a nuestra pro-
> vincia en los últimos años, he creído del caso prescindir de estas cifras
> –alturas barométricas, promedios de temperatura y coordenadas geo-
> gráficas– y de la nomenclatura científica de las plantas que cita en su ex-
> posición. (...) daré un ejemplo de lo que habría sido la descripción que
> precede a la acotación del número.
> «Desde fines de marzo, la fiesta de los granos tiernos varía el menú co-
> tidiano. El segundo plato huele a culantro (*coriandrum sativum*) y a
> campo labrado. Los choclos (*Zea mais* no sazonado aún) cocidos exhiben
> sus dientes de leche, amenazando desde el fondo de las alias; los porotos
> (*phaseolus vulgaris*) dejan comer sus cotiledones en agraz; las arvejas

---

18    «La metalepsis es un movimiento de índole metonímica que consiste en operar el paso
      de elementos de un nivel narrativo a otro nivel narrativo» (Reis y Lopes, 142).

(*pisum sativum*), de color intensamente verde se destacan provocativamente en la blancura del arroz (*orayza sativum*) las «achogchas» (*seckum
edule*), con sus fachas de rata, destripadas flotan en el caldo. Es este el
tiempo en que los zambos (*cucurbita pepo*) y zapallos (*c. máxima*) cuelgan
sus calabazas todavía lechosas en las cercas...».
La versión, si bien más minuciosa y fiel, habría tenido para nosotros, es
decir, para el consumo interno, un aparato de ininteligibilidad, pedantería o vana erudición que habría prestado quizá una ocasión a que se
juzgue equivocadamente al autor de los apuntes» (Rojas 1949, 173).

La voz narrativa (N3) confirma con ingenuidad ignorante la labor que
realizó como traductor. Asevera que ha hecho variaciones en el tono de la
transcripción y que ha dejado de lado, aspectos que para el norteamericano
eran importantes en sus anotaciones; frases que elimina, según él, para que
los lectores del área no creyeran pretencioso al extranjero. A esto poco después
agrega la información en la que admite la precariedad de su inglés. Este desconocimiento y la consiguiente eliminación de palabras y frases causa la destrucción del sentido de la escritura y la intención general que abrigaba Spark.

Sin embargo, a pesar de esa ingenuidad, el narrador (N3) alcanzó a captar
rasgos de conducta importantes: «¿qué necesidad tuvo Mr. Spark de mentir
en su libreta?» (Rojas 1949, 175). Además: «Mr. Spark: llegó —por la ciudad
también estuvo— con la misma facha insolente de conquistador que traen
estos buenos gringos cuando tocan las puertas de una población mestiza.
Creyó que sus dólares relucientes iban a allanarle de golpe todos los caminos
para que los recorra el vencedor dispensando un trato despectivo a los misérrimos otorgantes de mercedes remuneradas» (Rojas 1949, 176). Asimismo,
destaca el hecho de que Spark escribía notas sobre las situaciones con un modo
diferente al que sentía: «El tono de la frase, que es la que me disgusta entre
sus apuntes, deja traslucir su despecho. No ha perdonado, él, tan comprensivo,
la forma como acogieron sus proposiciones» (Rojas 1949, 176). Con estas palabras, la voz narrativa (N3), además de censurar actos y formas de expresión
del norteamericano que logra descifrar en lo escrito, se involucra directamente
dentro de este nivel de la historia y define su función en este entramado narrativo como una de crítica y de anticipación.

Con estos datos, por las imprecisiones por la mala traducción, por el desconocimiento que el traductor tiene de la cultura extranjera y por la situación
económica y política continental durante la época en que parecen suceder los
acontecimientos de este mundo ficcional, surge la duda sobre la claridad de
las intenciones y de las acciones del visitante extranjero. Así que sea obvio
pensar, que Spark era representante, no de un Museo –ésta era su máscara
de presentación para tener libertad de movimiento y de acción, sin mayor oposición de la gente del lugar–, sino de una compañía transnacional norteame-
ricana que se preparaba para realizar la explotación abusiva, indiscriminada

y excesiva de materias primas, como la *Cinchona*, o la de cualquier otra que
se hallara en el área y que produjera grandes réditos; a eso se debían esas notas
detalladas sobre la idiosincrasia, la historia, las posesiones, la cultura, las posibilidades tanto de la gente como de los recursos naturales que poseían o que
los circundaba. Intención que (N3) no entiende por las limitaciones de conocimiento sobre el idioma que traducía y por la índole de su temperamento
muy bien descrito por Spark en sus anotaciones: buena gente, hospitalario, de
altísima calidad moral, honrado, amistoso; características propias del país de
Utopía. Así el traductor como los otros miembros de la comunidad de
Yangana eran «un retazo de humanidad no contaminada» (Rojas 1949, 148).

Históricamente los países hispanoamericanos han servido para proveer
de materias primas primero a España, luego a Inglaterra y posteriormente a
los Estados Unidos. El capital de este último país, en el siglo XX, estuvo representado por diferentes corporaciones transnacionales: La United Fruit
Company con los bananos de México, Centro América y Sur América; la
Standard Oil of New Jersey (Exxon), la Texaco y la Mobil, con el petróleo de
Venezuela y Colombia; la Cerro de Pasco Cooper Corporation con el cobre y
la plata, y la Grace con el azúcar del Perú respectivamente; la Patiño Tin con
el estaño de Bolivia; la Anaconda y la Kennecott con el cobre chileno.

Estas son apenas algunas de las compañías transnacionales que han explotado y extraído abusivamente las materias primas de los diferentes países
(véase Sigmund, 36-39), produciendo graves impactos sociales, medioam-
bientales y de salud pública en las diversas áreas, originados por la tremenda
presión que han ejercido con poder sobre la producción y el mercado mundial
de las diversas materias primas, así como por su capacidad económica para
influir en lo político y en lo social al más alto nivel. Situación que ha sido denunciada en la literatura hispanoamericana por décadas,[19] por medio de
muchos géneros.[20]

---

19    Entre otros, Pablo Neruda (Parral-Chile,1904-1973) escribió el poema «La United Fruit
      Co.» sobre la situación: «Cuando sonó la trompeta, estuvo / todo preparado en la tierra,
      / y Jehova repartió el mundo / a Coca-Cola Inc., Anaconda, / Ford Motors, y otras enti-
      dades: / la Compañía Frutera Inc. / se reservó lo más jugoso, / la costa central de mi tierra,
      / la dulce cintura de América. /// Bautizó de nuevo sus tierras / como "Repúblicas Ba-
      nanas", / y sobre los muertos dormidos, / sobre los héroes inquietos / que conquistaron
      la grandeza, / la libertad y las banderas, / estableció la ópera bufa: / enajenó los albedríos
      / regaló coronas de César, / desenvainó la envidia, atrajo / la dictadura de las moscas, /
      moscas Trujillos, moscas Tachos, / moscas Carías, moscas Martínez, / moscas Ubico,
      moscas húmedas / de sangre humilde y mermelada, / moscas borrachas que zumban /
      sobre las tumbas populares, / moscas de circo, sabias moscas / entendidas en tiranía. ///
      Entre las moscas sanguinarias / la Frutera desembarca, / arrasando el café y las frutas, /
      en sus barcos que deslizaron / como bandejas el tesoro / de nuestras tierras sumergidas.
      /// Mientras tanto, por los abismos / azucarados de los puertos, / caían indios sepultados
      / en el vapor de la mañana: / un cuerpo rueda, una cosa / sin nombre, un número caído,
      / un racimo de fruta muerta / derramada en el pudridero» (*Canto general* [1950]).

20    Algunos de los diversos autores que han escrito sobre la situación son: en ensayo: el cos-
      tarricense Juan José Arévalo; en poesía, autores como Rubén Darío de Nicaragua, Rafael
      Arévalo Martínez de Guatemala, Nicolás Guillén de Cuba, Carlos Pellicer de México y
      Aurelio Martínez Mutiz de Colombia. En novela, Miguel Ángel Asturias de Guatemala,
      el cubano Juan Antonio Ramos, el dominicano Ramón Marren Aristy, el peruano César
      Vallejo, el chileno Andrés Sarafulic, los colombianos César Uribe Piedrahita y Gabriel
      García Márquez y el venezolano Ramón Díaz Sánchez

La labor de Spark, no produjo consecuencias inmediatas para la población de Yangana; aunque había dejado claramente sentadas las bases de una información que al haber sido utilizada por las compañías transnacionales habría dejado a los habitantes del área con poca o ninguna capacidad de tomar decisiones y nulas posibilidades de participar activamente en la definición de las reglas económicas internacionales. Esta información no llegó a su destino, porque las opresiones socioeconómicas consuetudinarias obligaron a la gente de Yangana a defenderse.

Esta voz narrativa (N3) anticipa explicaciones de por qué los sucesos llegaron a tener tales proporciones. Para poder aportar una base concreta de la situación, destaca el hecho de la enajenación arbitraria e injusta de las tierras ejidales de Yangana:

> La comunidad indígena establecida por las leyes españolas del tiempo de la colonia, defendía y amparaba para los regnícolas una zona en torno al poblado, impidiendo su enajenación. Este anillo de tierras comunales que circundaba la villa, la aldea o la ciudad, defendía a la población de la absorción agraria que suelen operar los compradores de terrenos a plan fijo, y recibía la denominación de «ejido» o tierras ejidales. El de Yangana empezó a usurparse hará unos sesenta años, al decir de quienes sostenían su inalienabilidad (Rojas 1949, 172).

Ante esa usurpación, los habitantes habían elevado reclamos en las correspondientes entidades del gobierno «exigiendo la reversión de dichos dominios que antes fueron terreno comunero» (Rojas 1949, 172); pero habían sido consistentemente desoídos por los subsecuentes gobiernos, que incluso habían llegado a considerarlos rebeldes criminales e ignorantes: «"¡Pueblo imbécil!", contaba "don" Vicente que había dicho el gobernador de la provincia: "Se desgañitaba pidiendo ser parroquia, y ahora que el gobierno les ha dado gusto, se sublevan contra la autoridad y le meten dos reales de velas de sebo en el trasero. Hay que darles bejuco al por mayor"» (Rojas 1949, 135).

Con datos como estos, la voz narrativa (N3) informa el aspecto vital sobre el que gira toda la situación: el reconocimiento legal de las tierras que los indígenas habían habitado tradicionalmente, no sólo por su valor como base para el sustento económico, sino también por su cultura indígena, identidad y espiritualidad asociada estrechamente con los recursos naturales y la tierra. Como comunidad, Yangana demandaba que esas tierras fueran reconocidas, reintegradas y tituladas a la colectividad de la que las habían expropiado;[21]

---

21   Como bien se sabe, la situación representada en *El éxodo de Yangana* se basa en la realidad histórica que viven las comunidades campesinas: «Uno de los pasivos más importantes dejados por el dominio colonial hispano fue la concentración de la tierra; el origen del latifundismo materializado en las haciendas arranca de los repartimientos y encomiendas que a modo de premios fueron efectuados desde muy temprano por las autoridades coloniales; la entrega de grandes lotes de tierras era una de las maneras de premiar el éxito de sus campañas a los conquistadores llegados de la península y mientras se daba paso a la constitución de una clase social de grandes terratenientes se lograba estimular la producción agraria. Más tarde, con la progresiva crisis de la minería a consecuencia de la sobreexplotación de los yacimientos minerales, la posesión de tierras se convirtió en el principal objetivo económico dando un gran impulso a la ocupación por compra de importantes espacios hasta entonces inexplotados o simplemente mediante la usurpación

puesto que esos terrenos garantizaban su supervivencia cultural, su identidad y su desarrollo a largo plazo. Estos reclamos además eran una lucha por salir de la marginación y evitar la destrucción y, a la vez, lograr el reconocimiento social que les correspondía y el acceso al bienestar.

Esta situación había surgido por el permiso que el indígena Trinidad Quizhpe le había dado a su compadre Emilio Gurumendi, haragán y vividor, para que trabajara una franja de tierra de la comunidad cuando supo que iba a tener un hijo. Cuando Quizhpe le respondió con el deseo de ayudarlo: «Coja y cerque lo que quiera, compadre» (Rojas 1949, 180), comenzó el desmonte.

El rendimiento de esa tierra de la comunidad que trabajaba, le permitió a Gurumendi enviar a su hijo a la ciudad a estudiar. De regreso en sus vacaciones en casa de sus padres, el hijo: «pudo irse dando cuenta de cómo evolucionaba la finca que su padre levantó en los terrenos de la comunidad de Yangana. Al principio se llamó "estancia", lo cual, en la región, es palabra circunscrita a una extensión relativamente pequeña de terreno. Poco después era ya un "fundo" y por último recibió el nombre de "hacienda", que, según el uso, designa ya una considerable extensión de tierras de propiedad exclusiva» (Rojas 1949, 183).

Con el tiempo, el hijo que despreciaba al padre, pero no el dinero que provenía de él, encontró mediante lagunas legales el medio de adquirir la propiedad de esos terrenos, al aliarse con el abogado Zapata, conocedor de la forma de manipular las leyes y deseoso de convertirse en terrateniente, gracias a sus ardides: «Es que yo también quiero ser propietario. Javierito. Me dará usted una alita. Y seré vecino suyo: vecino suyo. Aquello no nos vendrá mal» (Rojas 1949, 187).

De esa manera, la mitad de la parroquia pasó a llamarse la «Hacienda Sevilla del Oro». Así, diez años después, ya tenía tres propietarios y tres latifundios enclaustraban el pueblo. Cuando el hijo de Gurumendi envejeció, su hijo mayor llegó a Yangana a tomar posesión de la hacienda. En este caso, las tierras ejidales prestadas para hacer un favor, pasaron por hurto paulatino a posesión privada; pero la sucesiva expoliación redujo significativamente la extensión total del terreno colectivo, cercando al pueblo e impidiendo su comunicación con el exterior.

Esta voz narrativa (N3) con sus diversas funciones se apoya en la observación empírica, en la relación causal y se justifica mediante la lógica inductiva. Como voz narrativa ejerce una gran influencia sobre la diégesis total; ya que es el punto de partida para la comprensión de los mecanismos ideológicos e identatarios que se tejen en la historia. La demanda indígena sobre la

---

de predios ejidales a las comunidades campesinas. (...) Como ya se sabe, las plantaciones constituyeron el modelo de producción agraria más generalizado en América Latina; se trataba de una agricultura especulativa, de exportación, estrechamente vinculada a mercados de consumo lejanos y por tanto con escasa capacidad para incidir en el precio final; la "lógica económica" residía en una fórmula muy simple: producir mucho a bajo coste mediante la simplificación productiva sobre amplias extensiones de tierra y mano de obra barata proporcionada por campesinos residentes en la hacienda o en la plantación, sujeta directamente a la tierra y sobre la base de una relación de dependencia con el propietario latifundista (la esclavitud en el caso más extremo)» (Urzainki Mikeleiz 2006).

tenencia de la tierra tiene su raíz en el pasado; para muchos pueblos la identidad de su población campesina de extracción indígena, particularmente dentro del contexto de la construcción de los estado-nación, no existe sin los derechos especiales o colectivos de tierras y de recursos que les han pertenecido por centurias; pero que las dinámicas urbanas han ido desterritorializando mediante la usurpación.

En la Tercera parte, regresa la voz narrativa principal (N1) para presentar el encuentro y la conversación sostenida entre el churón Ocampo, Joaquín Reinoso y Rosa. Ahora Tobías Ocampo se convierte en narrador (N4), voz que está en el mismo nivel que la voz dual (N2); es decir es un narrador del segundo nivel. A través de su voz se conocen los preparativos que efectuó la comunidad de Yangana para celebrar el hecho de poseer una campana: «Siempre habíamos querido tener una buena campana. Ahora íbamos a tenerla. El sólo pensar en la ceremonia de la elevación y el bautizo de la campana nos ponía de vuelta y media. Nunca habíamos visto eso nosotros los jóvenes» (Rojas 1949, 207). Este objeto se convirtió para la gente del pueblo en símbolo del porvenir, de lo nuevo, de la posesión deseada por tanto tiempo.

Ocampo, como voz narrativa (N4), posee una función testimonial y de permanente reconfiguración de la realidad de acuerdo a la manera en que el personaje la capta:

> La cosa comenzó, hermanitos –continuó más adelante, con un dejo de leve amargura–, con la muerte del veterano Javier Gurumendi en la capital, y la venida de su hijo a hacerse cargo de la hacienda "Sevilla del Oro" (...). Hasta entonces –prosiguió– el pueblo no había sentido el eso de lo que es necesidad. Fíjense ustedes, porque esto les consta antes de venirse por acá. ¿Cuándo habíamos comprado el bagazo de la hacienda? ¿Cuándo nadie nos había impedido el que cortáramos leña en el bosque, abierto para todos? ¿Cuándo necesitábamos pedirle a nadie permiso para que nuestros granujas fueran a jugar la pelota en los potreros que quedaban detrás del convento? ¿Cuándo nos habían mezquinado un perolito de cachaza para los puercos? ¿Cuándo faltaba un pocillo de guarapo en la molienda, de la casa grande? ¿Cuándo nuestro ganado había tenido cerca que le impidiera ir a los bebedores más próximos? ¿Cuándo, hermanitos, ese pobre ganadito había sufrido hambre viendo detrás de los alambres de púa pasto fresco...? ¿Cuándo nos habían negado el agua de la acequia, sin exigirnos otra cosa que limpiar el caz en el mes de mayo, al comenzar la alema?
>
> El pueblo de Yangana sólo entonces, cuando vino este Ignacio Gurumendi, este pinganilla malvado, supo lo que era sufrimiento (Rojas 1949, 216-217).

Desde su perspectiva de narrador (N4) ofrece en una especie de juego deconstructivo, los pensamientos, las miradas y las acciones subalternas plasmadas en esos recuerdos. De este modo, les otorga una sustentada relevancia en su función testimonial interpretativa; porque le cede la voz a los subalternos; además, frente al discurso oficial, la verdad que obviamente debe ser general para todos, se adentra en lo corrosivo para acercar a la verdad del otro; así, su voz y la de los otros a los que confiere el turno de hablar, participar y explicar son un testimonio que reivindica a los miembros de la comunidad.

Esta función testimonial explicita el sentir rememorativo en torno a la realidad cotidiana vivida. Desde esta posición, los integrantes de la comunidad de Yangana encajan dentro de la tradición testimonial latinoamericana por la otredad, contrapuesta entre dominantes y dominados. Del mismo modo, esta voz (simple o múltiple) adquiere otra función: dar la palabra a todos los silenciados por la represión de las clases altas, de los gamonales y del sistema hacendatario feudal, cumpliendo la categoría de sujeto testimonial comprometido.

En esta ocasión, la voz narrativa de Ocampo (N4) complementa el relato con un diálogo que comenta directamente tanto las condiciones políticas, como las acciones comunitarias que contextualizan la experiencia compartida de los protagonistas; así, su voz enfatiza un relato pluralista que representa la experiencia antagónica de toda una colectividad; y a la vez, establece y explicita una serie de coincidencias que precipitan los resultados más graves acontecidos. La situación de contrapunto estructural entre acción y rememoración, especifica una función testimonial que se orienta a develar un mensaje claramente ideológico.

> Cuando nos dimos cuenta, el pueblo estaba rodeado por un círculo de alambre de púa. Te ibas por ese camino, cerca. Te ibas por estotro, cerca. Te ibas con tu burrito a picar una carguita de leña, cerca. Te ibas al barranco, cerca. Te ibas llevando a tu yuntita al bebedero, cerca.
> ¡Y eso dizque era lo legal, hermanito! "El derecho me ampara" había dicho Ignacio Gurumendi. "No soy yo. Es la ley...". ¿Qué nos quedaba hacer?
> Pues nos dimos a machetear las cercas, porque si él tenía la ley, nosotros teníamos la razón, y estos terrenos habían sido nuestros toda la vida, y nosotros no los habíamos vendido a nadie. Pero el teniente político, el mismito a quien tú, Joaquín, le metiste las velas, nos plantó una causa criminal, con la que nos andaba a llevar medio trastornados (218).
> Y lo peor venía a ser el acuerdo de los tres hacendados para darnos la contra en todo. En todo, hermanitos. No podríamos ir a ninguna parte sin encontrarnos con una perrada urdida por ellos. Se proponían, según dizque andaban diciendo, defenderse. Pero lo que hacían era querer armar camorra y hacernos hervir la sangre. Tuvimos buen cuidado de no caer en la provocación que ellos nos hacían, aliados con el teniente

político, para ver si nos partían por el eje, manteniéndonos vigilados con disimulo. En este estado de ánimo nos llegó el verano, y con el verano, la fiesta (Rojas 1949, 230).

La adherencia a la realidad que sirve como referente de su testimonio, así como el posicionamiento político-vital del sujeto que lo enuncia son elementos claves para la función de este narrador. Su testimonio oral plasmado en un discurso narrativo, sin renunciar a lo estético, cuestiona las definiciones legitimadas por las instituciones dominantes (véase Yúdice 19).

El churón Ocampo representa a todo un pueblo oprimido, el cual en este caso excede doblemente los límites del estado-nación, ya que su testimonio se vincula con el colonialismo que se encuentra en los diversos países de Hispanoamérica y con la opresión a los pueblos indígenas y a las comunidades campesinas de extracción agraria. Esta adecuación no es casual, sino parte de una estrategia que está íntimamente ligada a su intencionalidad pragmática: la necesidad política de dar a conocer, fuera de cada una de las regiones, la incesante expoliación de los recursos naturales pertenecientes a las comunidades indígenas.

La voz narrativa (N4) da paso a otras voces, a otros narradores, para que cuenten la magnitud de los hechos; así se conocen los versos de el Botado conminando a la comunidad a celebrar la campana; los de Damasio Sánchez, clamando serenidad: «que no debemos pelear, / entre hermanos un querer, / que conviene remediar / lo que puede suceder» (Rojas 1949, 235). Los de Maridueña, divirtiendo; y nuevamente los de el Botado, previniendo y anticipando: «Abrirse, pueblo querido, / pueblo unido de Yangana, / aunque quieren humillarte / verdugos no podrán nada. / Verdugos no podrán nada / contra el pueblo de Yangana / lo que nos falta, tendremos, / por medio de la constancia» (Rojas 1949, 239-240).

También cede la narración a las voces de los actores que efectuaron la representación teatral titulada: «Guárdate del agua mansa», que don Vicente había escrito para satirizar a los gamonales; composición dividida en un acto y tres cuadros; donde en el Segundo cuadro, se representó la situación que se vivía por la usurpación de las tierras, y se parodió la actitud de los terratenientes y la manipulación que hacían de la justicia.

Mientras que en el Tercero se puso en escena la trayectoria de pedidos legales reclamando lo expoliado y los abusos y los rechazos de las autoridades. Este cuadro terminó antes de tiempo, cuando las voces exaltadas de los actores, que ya desde el Segundo cuadro se venían desviado de sus parlamentos, pidieron justicia —«siguiendo sin querer a Zuruma, «un tipo bastante borrascoso, cuando estaba bebido»— y abuchearon a los gamonales.

La representación teatral, el alcohol y el cansancio se fueron sumando hasta enardecer totalmente los ánimos, logrando que el pueblo se enfrentara a sus verdugos; y así, cuerdos y borrachos efectuaran reclamos. El estrés estimuló el sentimiento de furor de la gente directa o indirectamente porque avivó los comentarios y las interpretaciones; esto, exacerbado por el alcohol, produjo la irracionalidad en la toma de decisiones; del mismo modo, creó la dureza de posiciones y la terquedad en decisiones e intenciones tanto en el pueblo como en los terratenientes; de ahí que ante la actitud hostil de la gente:

> Gurumendi estaba pálido como un papel, él que era tan coloradote. El doctor Zapata se había puesto cenizo y los labios le temblaban. Villaviciosa tenía el pelo parado. Así, hermanitos: el pelo parado y los bigotes erizos. El cura fue el más hombre de todos ellos. Parecía estar sereno, aun cuando le brincaba el un ojo de una manera muy especial (279).
>
> Gurumendi, que difícilmente había estado conteniéndose retrocedió un paso y sacó el revólver. Y cuando sacó él arma, disparó seguido, seguidito, sin interrupción, hasta vaciar completamente el tambor. Y disparó al bulto: así era el miedo que tenía. Se oyeron unos gemidos, y por un lado oscuro alcanzó a divisarse una mujer que iba quejándose, doblada, tapándose la cara con ambas manos. (...) Más de diez hombres cayeron sobre éste... Oímos clarito los clamores de un perro, herido por los tiros de Gurumendi quizá. Desde este rato toda la gente que estaba rodeando a los patrones pareció volverse loca. Todos querían golpear con algo el cuerpo de Gurumendi, que estaba ya en el suelo (Rojas 1949, 280).

Esta explosión de violencia que se observa en la interacción social de ambos grupos que se identifican a sí mismos con individualidad permanente pero opuesta (gamonales - oprimidos) se produjo por los hechos que se habían efectuado para alcanzar designios sociales, económicos y políticos en favor de unos y en desmedro de los otros.

Ante la violencia colectiva emanada del gobierno y de las acciones de los terratenientes usurpadores, por la represión y las violaciones continuas de los derechos humanos, por el robo violento organizado, por los crímenes continuos contra su propiedad, la comunidad de Yangana exasperada y exacerbada entró en crisis produciéndose un deterioro total del sentido común como resultado de los problemas internos y externos. La negatividad, el conflicto, la crisis y finalmente la violencia que estalló durante la representación teatral fueron la manifestación del incremento de tensión en la conciencia de los dos grupos. Cuando el nivel de intranquilidad aumentó, sobrevino una ruptura en las emociones y estalló en violencia a gran escala.

Al enfrentarse a los usurpadores y al eliminar a uno de ellos, con vinculaciones fuertes con el gobierno, cuyo concepto en la gente de Yangana era: «Tienen que defender los derechos de los gamonales, porque gamonales son también»; la comunidad sabía a conciencia que se habían granjeado la animadversión de los poderosos y que habían atraído sobre ellos, la ira incontrolada impulsada por la desinformación y la manipulación.

Con el conocimiento preciso de que el daño producido había sido tras-
cendental no servía de mucho negar lo sucedido y vivir una pretendida nor-
malidad. En breve tiempo reprimieron los sentimientos y dieron paso a la
tarea de prestar atención y dar sentido a las experiencias. De ahí que, ante las
imperiosas circunstancias que exigían la protección tanto de su integridad
social y personal como de su libertad y de sus derechos y por la necesidad de
responder de forma inmediata a las amenazas, pusieran en funcionamiento
mecanismos de defensa personal[22] y social, como la ampliación del conocimiento, la vigilancia y la información; de esta manera, muy pronto supieron
lo que se designaba en contra de ellos:

> «Hubo un caballero –nos contaba el vetosito– que parecía pariente de
> los gamonales, porque estaba en todo a favor de ellos. Era un señor con
> bastón y una leva bien larga y unos bigotazos. Ese les decía a los otros
> que el gobernador le había dicho a él que toda medida de rigor que se
> tome en contra de Yangana estaba muy bien porque éste es un pueblo
> irreductible, y que tenía un historial (¿historial dijo?) de malos antece-
> dentes». «Dijo ese mismo caballero una cosa que a mí, que soy igno-
> rante, me ardió –nos seguía contando el vetosito Nicolás Juela– que así
> como hay individuos criminales, que han nacido para ser malos y que
> son naturalmente mal inclinados, así también hay pueblos que son cri-
> minales de nacimiento y que a esos pueblos es necesario moderarlos a
> fuerza de sangre y de rigor» (Rojas 1949, 304).

En la oposición pueblo vs. ciudad, debido a la grave situación de dese-
quilibrio en el poder, la gente de los altos estrados urbanos moviliza la opinión
pública y pone en funcionamiento los imaginarios[23] y hasta los estereotipos
culturales en contra de la comunidad de Yangana. Para esta representación
social[24] emplea todos los mecanismos de comunicación de que dispone para
crear socialmente un principio de identidad y unicidad que debe prevalecer
en el estado-nación, contra los de diferencia y pluralidad, provenientes del
pueblo y del campo; la verdad y la realidad surgen de la ciudad y del gobierno
estamental. Los emisores de esta «verdad» se muestran colectivamente con
potestad y se amparan en el poder; expresan sus facultades y sus atribuciones,
e incluso usan su influjo y su prestigio personal para hacer evidente a la gente

---

22   Mecanismos de defensa: «Basándose en ejemplos concretos [Anna Freud] se dedica a
     describir la variedad complejidad y extensión de los mecanismos de defensa, mostrándose
     en especial cómo el fin defensivo puede utilizar las más variadas actividades (fantasía,
     actividad intelectual), y cómo la defensa puede afectar no sólo a las exigencias pulsio-
     nales, sino también a todo aquello que puede suscitar un desarrollo de angustia. (...) [Al-
     gunos de] los mecanismos de defensa: represión, regresión, formación reactiva, aisla-
     miento, anulación retroactiva, proyección, introyección, vuelta hacia la propia persona,
     transformación en lo contrario, sublimación» (Laplanche y Pontalis, 222).

23   Los imaginarios sociales urbanos son: «la reflexión cultural (por lo menos académica)
     sobre las más diversas maneras en que las sociedades se representan a sí mismas en las
     ciudades y construyen sus modos de comunicación y sus códigos de comprensión de la
     vida humana» (Gorelik 2004).

24   Resumiendo, los imaginarios sociales son: «1. Esquemas socialmente construidos, 2. Que
     nos permiten percibir, explicar e intervenir, 3. En lo que en cada sistema social diferen-
     ciado, se tenga por *realidad*» (Pintos, 43).

que son personas revestidas de funciones y poseen la autoridad para hablar y para efectuar la construcción de una realidad (su realidad) por los mecanismos de los imaginarios sociales que oponen.

Para movilizar la opinión[25] pública[26] y convencerla de la validez de los actos de exterminio que se iban a realizar, el gobierno, en defensa de los terratenientes, empleó los medios masivos de comunicación: la radio y el periódico, para desatar una guerra psicológica,[27] y así lograr que la sociedad apoyara sus actos.

> había un aparato de radio subido en un mostrador, que daba noticias a grito pelado. Oyó entonces, con verdadero terror, que ese exagerado aparato decía que por informes recogidos en los altos círculos de gobierno se sabía que había estallado una revolución de carácter comunista en uno de los más prósperos poblados de la provincia de Loja, y que el gobernador de la provincia había recibido instrucciones para sofocar inexorablemente ese brote de criminales doctrinas exóticas. También decía ese mismo aparato que el jefe de la zona militar había recibido instrucciones en el sentido de cooperar con el gobernador a extinguir el golpe sedicioso con el auxilio no solamente de la policía, sino con la intervención de la fuerza militar (Rojas 1949, 304-305).

Intentando resolver un grado de debilidad de las clases altas en el poder, el gobierno recurrió al uso de la propaganda[28] y a técnicas de desinformación[29] para controlar la opinión pública. Ahora, ya la radio[30] transmitía que el le-

---

25   Opinión: «reputación, el crédito, la consideración de que uno goza en la opinión del otro. *Opinión* en el sentido de opinión insegura, a la que falta todavía la prueba de su verdad, se vincula a *opinión* en el sentido de reputación cuestionable por la masa. La palabra es portadora de la significación de la de opinión colectiva» (Habermas, 124).

26   Opinión pública: «equivale a la opinión del pueblo portada por la tradición y el *bon sens*» (Habermas, 129). «La *opinion publique* es el resultado ilustrado de la reflexión común y pública sobre los fundamentos del orden social; ella resume las leyes naturales de éste; no domina, pero el poderoso ilustrado se verá obligado a seguir su visión de las cosas» (Habermas, 130).

27   La guerra psicológica: «[T]rata de modificar la relación de las fuerzas en provecho propio, no mediante el uso exclusivo de las armas, sino ejerciendo una influencia en las mentes. Pero se trata de una definición demasiado amplia que incluye prácticamente todas las operaciones (...) bajo la denominación de desinformación, propaganda negra, medidas activas, intoxicación y subversión» (Durandin 1993, 142).

28   «La propaganda y la información son dos nociones distintas. La propaganda es el intento de influir que tiende a modificar la conducta del interlocutor a través de la mediación de sus opiniones. La información, por sí misma, es simplemente la transmisión de un conocimiento que deja libre al interlocutor para que éste haga el uso que más le convenga» (Durandin 1993, 130). El propagandista, «De acuerdo con la conducta que está encargado de suscitar, librará o retendrá determinadas informaciones e imaginará según sus necesidades otras informaciones falsas. Todo consiste en hacer creer al interlocutor lo que es necesario que crea para que actúe como se quiere que actúe» (Durandin, 131).

29   «La desinformación consiste en IMPLANTAR en el territorio del adversario informaciones falsas de modo que lo hagan tomar decisiones contrarias a sus intereses» (Durandin 1993, 137).

30   «El medio de comunicación más rápido es la radio (...). La voz, a través de las ondas, es rápida e impactante. "La imprenta permite ...la mentira absoluta. La grabación, la mentira relativa" (Tibau, 1993, 59). Ahí tenemos una solemne diferencia entre noticia escrita y noticia hablada/dicha: escuchada/oída» (López, 26).

vantamiento de la comunidad de Yangana, no era un robo flagrante de tierras, sino que tenía sus raíces en ideologías desestabilizadoras de izquierda, comunistas, que únicamente hacían funcionar recursos de índole criminal.

Amparándose en el desconocimiento de la ideología comunista y en la desinformación, el gobierno comenzó a crear temor en la gente, quienes únicamente sabían lo que les habían dicho o habían oído parcialmente sobre ese dogma; pero para que no hubiera duda les confirmaba claramente: el comunismo[31] era una serie de criminales doctrinas exóticas, que habían invadido uno de los más prósperos poblados de una provincia; se debía sofocar y extinguir inexorablemente; el peligro del problema era tal, que para su control se necesitaba no solamente de la policía sino de la fuerza militar.

Si se requerían estas medidas sociales drásticas, la gente sentía que algo malo inminente iba a suceder; así pasaron del temor al miedo[32] abierto; situación que permitía su manipulación. De esta manera, la gente de la ciudad reaccionaba en la dirección que se le indicaba; ya que no querían correr el riesgo de que el castigo que otros sufrían colectivamente les llegara a ellos, si lo podían evitar; además, ya con la difusión de la información en el sentido en que se hacía, estaban convencidos de que la sanción que los «otros» de Yangana recibirían, era altamente justificada

La noticia que se difundía por la radio era una catástrofe causada por fuerzas desconocidas que traían desdichas y desgracias, además del encarnizamiento de las fuerzas militares; así se producía el desbalance anímico en la población, causando el miedo. Situación que se enardecía con la propaganda emitida por el gobierno, difundida por el Ministro y por diversos miembros de las clases altas, y apoyada por los medios masivos de comunicación como la radio pública. De esta manera, la gente modificaba sus decisiones ante la catástrofe que estaba a punto de ocurrir; ahora eran completamente receptivos y maleables ante el cariz que tomara la situación.

En oposición a la colectividad urbana, la comunidad campesina estaba consciente de su precaria situación social. Los emisarios e informadores de Yangana ayudaron a que la población hiciera ejercicio de sus mecanismos de

---

31   Comunismo: «Hay al menos dos sentidos fundamentales de comunismo. Uno hace referencia al concepto utilizado por Marx, y otros muchos desde Platón, para calificar sociedades según un determinado tipo de acceso a la propiedad. La idea que subyace tras estos análisis, y en especial en los de Marx y sus seguidores, es que el acceso a la propiedad nos da la clave del funcionamiento de la sociedad. Y lo que es más, actuando sobre este acceso a la propiedad podremos transformar la sociedad de arriba a abajo. La emancipación de la sociedad será, así, sólo posible cuando prevalezca un tipo determinado de propiedad. El comunismo sería, siguiendo este argumento, la organización socioeconómica caracterizada por el hecho de que ninguno de sus miembros difiere grandemente en lo que posee. El comunismo primitivo estaba caracterizado por la no existencia de la propiedad privada (...) y el comunismo anunciado por Marx para el futuro (...) estaría caracterizado por el igual acceso a la propiedad de todos los individuos» (Giner, et. al. 134).

32   Los desencadenantes de una reacción de miedo son: «la soledad, la barbarie, las catástrofes, el chantaje, la crueldad, el daño, los imprevistos, los desastres, lo desconocido, la desdicha, la desgracia, el encarnizamiento, el ensañamiento, lo espantoso, la ferocidad, la fiereza, lo fortuito, el horror, lo ignoto, lo incierto, la inclemencia, lo inesperado, el infortunio, lo inhumano, la inmisericordia, la maldad, la maldición, lo maravilloso, la monstruosidad, la perversidad, la porquería, la probabilidad, lo prodigioso, lo raro, lo repentino, el sadismo, el salvajismo, lo secreto, lo sobrenatural, lo súbito, la suciedad, lo terrible, la violencia» (Marina y López Penas, 244-245).

defensa y de supervivencia; de este modo, observaron y analizaron las amenazas externas, recapacitaron sobre ellas; anticiparon las consecuencias y consideraron de forma realista soluciones alternativas. Con la labor que realizaron, se autoafirmaron como comunidad al enfrentar la situación y su posición ante el problema:

> Al día siguiente, de mañanita, fue a ver la pizarra del periódico, y vio que anunciaba una edición extraordinaria para las diez del día, con sensacionales noticias sobre el crimen colectivo de Yangana. Compró dos sucres de ese mismo número del periódico, y comprendiendo que no había tiempo que perder, el vetosito, corriendo a pie día y noche, volvió a Yangana,
> —Nadie podría decir que nos alarmamos sin motivo –remarcó Ocampo, después de un corto silencio, (...)–. Nadie se atrevería a decirlo. La amenaza que venía sobre nosotros era terrible. La prueba está... en este periódico, hermanitos... —Y diciendo así se enderezó, metió la mano en el bolsillo derecho de su pantalón, y sacó un pliego de papel impreso maltratado y hecho numerosos dobleces—. Aquí está la prueba —repitió una vez más, entregándolo primero a Joaquín y luego a su mujer, a quien le rogó que leyera los artículos de la primera plana en voz alta, para lo cual el mismo se ofrecía a traer encendido el mechero (...). (Rojas 1949, 305).

De esta manera, la voz narrativa del churón Ocampo (N4) cede el paso a una nueva voz narrativa dual (N5), la de Rosa, a través de quien se conocen las opiniones-informaciones emanadas de los redactores del periódico. La función de esta voz (N5) de tercer nivel que se abre a un cuarto nivel es completamente transparente, su función es informativa.

En la edición extraordinaria que se emite, los titulares,[33] primer nivel de la información que anticipa sucintamente el contenido, son de índole sensacionalista; ya que abren mostrando un caso truculento. Este anticipo sobre el contenido es importante, tanto porque muchos de los lectores, por falta de habilidad o de tiempo, únicamente leen el encabezado de la noticia; también porque la manera de presentarlo influye en la forma en que el lector entiende el mensaje; ya que el sesgo ideológico de la noticia está implícito en el título:

> *Sangrientos sucesos ocurridos en Yangana. –El día de la fiesta, los moradores de esa parroquia han pretendido masacrar a los hacendados del lugar. –Intervención del cura Arrau ha salvado a dos de ellos de una muerte segura. – El teniente político y el malogrado joven Ignacio Gurumendi, salvajemente*

---

[33] «El titular constituye en sí mismo el primer nivel informativo de un relato periodístico, situándose su cometido en ofrecer una visión sucinta y distintiva del asunto noticioso. Ello viene condicionado en buena parte por el hecho de que el título ocupa el último lugar en el proceso de elaboración de la noticia, lo cual condiciona que su información se derive principalmente de la del párrafo de entrada de la noticia (*lead*). En este sentido, el título suele resumir el contenido de la noticia en su mínima expresión, definiéndose semánticamente en términos del nivel más alto de la macroestructura temática de la noticia y evocando la información más importante o relevante del relato periodístico» (van Dijk en González Rodríguez, 130-131).

*asesinados. – El doctor Zapata, gravemente herido, nos concede una entre-*
*vista. – Numerosas víctimas. – El gobierno está resuelto a reprimir crimi-*
*nales desmanes con mano de hierro. – Comisión punitiva saldrá inmediata-*
*mente para reducir facinerosos. – Gobernador de la provincia atribuye*
*carácter comunista al sanguinario suceso. – Yangana, y su negro historial. —*
*Noticias de Quito. – Las extraordinarias.* (Rojas 1949, 306).

De esta manera, se informa oficialmente que el incidente fue un hecho de
sangre donde se masacró y se hirió gravemente a numerosas víctimas; por esto
el gobierno en su carácter de guardián y conservador de la paz reprimirá los
criminales desmanes con mano de hierro y habrá un severo castigo para reducir a los facinerosos. Todo debido al sanguinario y negro historial de
Yangana.

La disposición del titular[34] y la fuerza con que se presenta, prepara al
lector gradualmente para mantenerlo bajo control; además, ya con la tergi-
versación del contenido, como con el miedo causado, es mucho más fácil de
engañar una población poco informada y desconocedora de las situaciones
verdaderas, que es incapaz de distinguir entre la propaganda y la realidad. El
gobierno controlado por los terratenientes y aliado a ellos, dirige el periódico;
de este modo, lo que se emite es «la verdad» de su grupo. Por tanto, la fuerza
de emisión del título tiene el objeto de intimidar tanto a los que va dirigida
la noticia, como a los que se oponen de alguna manera a las decisiones del
grupo controlador y hegemónico. A esto se agrega la deformación de las faltas
de la comunidad de Yangana; ya desde el titular el «objeto de la mentira»[35]
es exagerar e inventar un historial negro para confirmar que los actos que el
gobierno anticipa a la población son necesarios.

Ahora, cuando se lee el desarrollo de la noticia, inmediatamente destaca
el hecho de la brevedad de extensión. La información apenas agrega de modo
sensacionalista el nombre de Zapata, calificado con el título de «doctor», lo
cual es una marca de identidad que lo distingue y lo separa del conjunto de
gente que no lo es; esto claramente le adjudica un estatus social y una potestad
que muchos no tienen. Éste, «herido grave» y directamente involucrado, tiene
la autoridad y el poder de informar, lo cual capacita al periódico para «resumir la verdad de los hechos», que entrega rodeada de los calificativos: «espeluznante», «trágicos», «lejana», «sonada», «sobrevivientes», gravemente
herido», «horrible», «fugitivos».

Zapata, el gobierno y los redactores ofrecen una representación mentirosa
de los acontecimientos con el fin de desinformar la opinión pública y mani-

---

34    «Son varios los elementos que componen un encabezamiento en la prensa escrita: el *an-*
      *tetítulo* que se sitúa antes del título principal, el *título*, y el *subtítulo* o *sumario* que se coloca
      después del título. Todos los elementos que componen un encabezamiento no tienen que
      presentarse obligatoriamente en un relato periodístico; de hecho, no existe una norma
      fija que indique en qué tipo de noticias deben encontrarse unos u otros elementos sino
      que dependiendo del tipo de publicación, de la sección, de la noticia en cuestión, etc., se
      encontrarán unos u otros. El único elemento que de por sí es obligatorio en una titulación
      es el título propiamente dicho, mientras que los demás componentes son opcionales. Éste
      es precisamente otro de los aspectos que confiere interés al análisis del título en la prensa
      escrita» (González Rodríguez n5, 130-131).

35    El objeto de la mentira es: «aquello sobre lo cual se miente, bien sea ocultando, inven-
      tando o deformando algo» (Durandin 1992, 37).

pular sus reacciones. Entre las operaciones del discurso que se explicitan en este desarrollo se encuentran las supresiones de información; obviamente, Zapata no comunica que él ha robado abiertamente las tierras. Con este ocultamiento, él y los otros terratenientes, incluyendo al gobierno, mienten sobre una situación que existe.[36] Del mismo modo, los redactores, puesto que Zapata es amigo de la casa, transmiten información agregando[37] datos como «las graves heridas» del abogado, o deformando[38] los hechos, como el calificar de «negro historial» del pueblo, los actos de uno de los pobladores; estas situaciones están intensificadas con calificativos, haciendo creer que hubo una masacre total, causada por el mismo pueblo que había tramado una emboscada a los inocentes «dueños» de la tierra.

Posteriormente, los redactores abiertamente toman parte en la noticia guiando a los lectores al dar sus opiniones sobre la situación; de esta manera, las mentiras que se presentan dentro de la nota transforman la representación de la realidad, se ocultan las intenciones de los terratenientes, se adornan y se califica falsamente sus personalidades, se disimulan sus planes; se llama la atención y se dirige la opinión pública; se justifica la acción agresiva, se enturbia la actuación de los pobladores de Yangana y se los vilipendia. Así, juegan con el miedo al peligro y con los sentimientos de los lectores.

Después de esto, en los siguientes titulares comienza abiertamente la denigración, la humillación y el insulto llano contra toda la comunidad de Yangana:

> «una plebe capaz de cometer semejantes desmanes, tratara de repetirlos con los honorables propietarios que arriesgaban, en ese estado de ánimo, a mezclarse con chusma de tal calaña?». «Una chusma repugnantemente ebria». «la mayor parte de los moradores de Yangana, sin distinción de sexos ni edad, se dedicó a embriagarse con grandes cantidades de aguardiente, chicha y guarapo», etc. (Rojas 1949, 309).

En oposición a estas calumnias, los terratenientes son presentados con palabras opuestas: «el joven Ignacio Gurumendi, defendiéndose heroicamente con su revólver, vendió cara su vida». «El héroe de esta trágica jornada ha sido el curita Arrau» (Rojas 1949, 309, 310). Con estas calificaciones falsas cualitativas, la manipulación de la noticia busca presentar a los dos grupos distintos de lo que son. Esta manipulación de la identidad tiene un fin táctico: moldear la conducta de los lectores de acuerdo a los planes de los emisores;

---

36  Las «supresiones, consisten en hacer creer que una cosa que existe, no existe. Incluiremos en esta categoría a la omisión, la negación, y, por otra parte, las supresiones materiales: esconder objetos, destruir objetos, huellas o documentos» (Durandin 1992, 77).

37  Las «adiciones consisten, por el contrario, en hacer creer en la existencia de cosas que no existen. También las podríamos llamar "invenciones", pero preferimos el término adición porque estas operaciones constituyen imitaciones de la realidad y no son invenciones» (Durandin 1992, 77).

38  Las «deformaciones consisten en hablar de una cosa que existe pero caracterizándola de una manera falaz; la deformación puede afectar a uno o varios elementos del objeto considerado. Dentro de esta clase distinguiremos tres subcategorías: / —las deformaciones cuantitativas (exageración y minimización); —las deformaciones cualitativas (...); —por último, un tipo de deformación donde la cantidad acaba por modificar la cualidad, y al que damos el nombre de denominación por lo contrario» (Durandin 1992, 77-78).

es decir, procurar la no resistencia hacia las acciones de exterminio de una comunidad.

De ahí que inmediatamente después se presenten las palabras del gobernador:

> «[E]l horrible crimen de Yangana tiene raigambre comunista, pues
> tengo datos ciertos de que, una vez consumada la masacre, la masa pro-
> cedió a desfilar por la plaza y principales calles de la población portando
> una bandera roja» (Rojas 1949, 310). [S]e han impartido ya las órdenes
> indispensables para ahogar en embrión este criminal brote de las mor-
> bosas doctrinas exóticas, y que la fuerza pública irá a reprimir los des-
> manes de Yangana antes de que el caos se agudice y trate de constituir
> un funesto precedente en el resto de los pueblos de nuestra provincia.
> Un juez de instrucción irá a levantar la causa criminal correspondiente,
> y con el encargo de proceder inexorablemente contra los culpables. Fi-
> nalmente, la fuerza que será despachada dentro de esta misma semana,
> sin pérdida de tiempo, lleva la consigna de proceder con mano de hierro
> y sin contemplaciones. El Ecuador necesita paz, y ésta hay que asentarla
> cueste lo que cueste. Y con Yangana tenemos ya un precedente (Rojas
> 1949, 311).

De esta manera, se designa una acción de exterminio, pero se disfraza la
naturaleza de las intenciones que le dieron origen para obtener el apoyo de
la opinión pública. La exterminación es el justo castigo por no aceptar servil-
mente la expoliación. Por eso ahora, ya se afirma tajantemente que en la raíz
de la situación se halla el comunismo; éste es el pretexto mayor para las decisiones que se han tomado; porque ya no es Yangana, lo que se necesita pacificar, sino El Ecuador mismo. Aquí «la mentira deforma la situación hasta
el punto en que la hace aparecer como lo contrario de lo que es» (Durandin
1992, 166). Así se condena definitivamente a la comunidad campesina y se in-
timida a todo el país. Lo que se hace es dar un ejemplo de lo que puede pasar
si no se siguen las órdenes estamentales instituidas: trasgresión - exterminio.
Toda esta actitud tiene por objeto desviar la atención de lo que en realidad
pasa: la continua expropiación de tierras de las comunidades indígenas.

Para cuando Rosa como voz narrativa (N5) terminó de leer el periódico,
se sabía que la opinión pública de la capital estaba persuadida que lo que se
le informaba era la verdad y había necesidad de la supresión violenta del peligro que se había creado para todos; del mismo modo, que ella y su esposo
estaban convencidos de que la catástrofe para Yangana había sido inminente.
En esas noticias, al pueblo de Yangana se lo acusaba de sedicioso y de seguidor
e instrumento de ideologías subversivas; sin embargo, ellos mismo se preguntaban qué sería eso del comunismo: «nosotros no éramos comunistas,
porque lo que hicimos fue reclamar lo que nos robaron. ¿O será comunismo

eso de no dejarse robar los ejidos por los ladrones?» (Rojas 1949, 339).

De esta manera, la narración regresa a la voz narrativa (N1), la cual da paso a un diálogo entre Ocampo, Reinoso y Rosa, en la que el primero relata la situación que siguió en Yangana después de que se leyó el periódico:

> Sacamos en limpio que venía la tropa para darnos bala; que el mismísimo Gobierno de Quito, que nunca nos había hecho caso para darnos nada de lo que pedíamos, mandaba que nos hicieran comer plomo; que en la ciudad nadie nos trataba de defender; y que teníamos una bandera colorada, en vez de la bandera nacional, y que éramos comunistas (Rojas 1949, 316).

Con lo que las autoridades y los terratenientes no contaron fue con la racionalización de la información que efectuó la comunidad cuando supo lo que se avecinaba. Después de buscar alternativas, llegaron a una calma de aceptación de las culpas que cada uno había tenido; pero como eran tantos los implicados, la entrega de cada uno de ellos no era una solución aceptable; ya que con su exterminio acabarían las cabezas de numerosas familias. Se necesitaba otro tipo de solución que salvara a todo el pueblo; desenlace que fue proporcionado por el churón Ocampo:

> [N]o hay que hacerse ilusiones creyendo en la clemencia de los verdugos que vendrán contra nosotros. Les dije también que para evitar semejante cosa yo creía que lo indicado era irnos en masa a otra parte, irnos al oriente a vivir donde nadie nos moleste, abandonando la población y reduciéndola antes a cenizas, para que de nosotros no encuentren ni rastro. Les dije que debíamos irnos a hacerle compañía a Joaquín Reinoso, para el lado de Palanda, en donde están las grandes vegas y el río, y en donde nadie iría a molestarnos porque por esas montañas desconocidas no se aventuraría ningún pelotón de hombres armados (Rojas 1949, 323).

De esta manera, se puso en marcha el plan presentado por Ocampo para la salvación de todos. Sin embargo, la violencia llegó a tener implicaciones políticas trascendentales, cuyas consecuencias profundas e inmediatas produjeron el desplazamiento de la población, la destrucción de sus redes sociales y la inseguridad que afectó a los pobladores y trascendió sus fronteras; ya que sus raíces, ligadas a la competencia por el poder y los recursos se vieron totalmente cercenadas. Por eso, se sintieron completamente incapaces de hacer frente a las estructuras sociales, políticas, económicas y culturales existentes. Perdieron el pueblo, perdieron la tierra, pero salvaron la vida. Huyeron para evitar el genocidio, que es otra forma particularmente abominable de violencia colectiva, en especial porque sus perpetradores habían escogido de manera intencional a un grupo de población con el propósito de destruirlo, que en Yangana significaba además de la exterminación de un grupo nacional étnico, la extirpación de todos aquellos que tuvieran un vínculo cercano con ellos.

La novela cierra con el control de la narración en poder de la voz narrativa (N1); no obstante, para hacer efectivo el triunfo de la población ante la desgracia que se acarrearon y para reafirmar su esperanza en el futuro, éste cede el último parlamento al arquitecto de esa victoria, quien reafirmó la posibilidad de alcanzar la esperanza, el churón Ocampo: «—¡Viva Pueblo Nuevo!». (Rojas 1949, 360).

La representación de la realidad de la comunidad de Yangana desde diferentes perspectivas proporcionadas por las diversas voces narrativas facilita una percepción un poco más completa de una situación que es compleja y confusa; de esta forma, la verdad va más allá de las voces narrativas y de los protagonistas de la historia, para hacer énfasis en la forma en que la realidad se manipula y la mentira se impone, si no hay voces disidentes que en un contrapunteo con las que semejan ser veraces se opongan y ofrezcan su testimonio.

Esta polifonía, asimismo, deja ver el surgimiento de un nuevo héroe colectivo, la comunidad de Yangana, formada en parte por héroes negativos marginales: borrachos, soñadores, asesinos, almas humildes, líderes imperfectos, que al final se alzan de su casi desintegración y de su ambivalencia, para hablar la verdad, reconocer su precaria posición y encontrar la mejor forma de salvar y preservar la colectividad y con esto la identidad y la esperanza, para llegar a crear un sentido de gesta, una saga colectiva.

El empleo de cantos, de dichos, de piezas teatrales, de voces trascendentales, de apelaciones a la memoria, de parlamentos aislados y colectivos establece una identificación emocional muy fuerte, hasta llegar a conformar ese héroe positivo que es colectivo y posee una memoria popular. Este nuevo héroe surge con la obligación de retener su condición simbólica, emblemática y monumental; condición mediante la cual debe hacer uso de esas memorias para unir pasado y presente y construir un futuro. Por esta razón, se hace necesario abandonar la posibilidad de que uno de ellos, como habría sido el caso del churón Ocampo, surja como héroe central en el nuevo espacio, la nueva tierra que llegan a ocupar. Así emerge ese héroe colectivo que posee las cualidades y los defectos de todos, pero que es un héroe de «nuestro tiempo».

Ahora, gracias al compromiso político de su autor y con la situación de experimentación propia de la nueva novela en lo referente a los niveles narrativos, a las diferentes voces, a los estilos y a los géneros que se encuentran en El éxodo de Yangana, Ángel Felicísimo Rojas combinó novedosas técnicas narrativas con rasgos de la situación sociopolítica y cultural del Ecuador; así rompió con la tradicional estructura lineal de la ficción realista e hizo del principio causa-efecto un eje narrativo sobre el que se mueve el suspenso que destaca en la historia total.

La multiplicidad de perspectivas, la narración fragmentada, la ambigüedad y el conflicto de lo real entre lo que es y lo que se inventa, la incorporación de los discursos de consumo masivo como la radio y el periodismo y de representación colectiva como el teatro, además de la yuxtaposición de los diversos registros del lenguaje que identifica y separa a personajes y narradores hacen que el lector deba tomar una parte activa en el proceso de recreación e interpretación de la historia que se presenta como un rompecabezas.

A la vez, esa misma historia se esfuerza por indagar en las relaciones entre escritura y oralidad, entre lo rural y lo urbano, lo cual, a su vez, ofrece una reflexión sobre las relaciones de dependencia de las comunidades agrarias, y las maneras en que se manipula la cultura popular. Del mismo modo, representa el serio y consciente manejo del tratamiento del lenguaje y la devoción por la palabra, cuya intención expresiva de denuncia social y de crítica de la moral burguesa, aleja lo relatado, de la novela realista y la acerca a la contemporánea.

Toda esta labor literaria e ideológica destaca el esfuerzo denodado de Rojas por incluir la literatura de su tierra dentro de las letras internacionales. Al escoger entre sus temas la búsqueda de identidad, las maniobras políticas, las paradojas de la historia, no sólo mostró que lo que sucedía en su país era apenas un eslabón más en la cadena de hechos continentales, sino que anticipó en esta obra literaria muchas de las técnicas que harían concocida, aceptada y proclamada la literatura de la generación del «Boom», a cuyos autores se adelantó mostrando que había internalizado muchas de las técnicas y renovaciones de la literatura europea; además de que proporcionó realidades alternativas provenientes de la masa contra lo estamental y mostró la capacidad y la resistencia de lucha que un pueblo unido, a pesar de sus experiencias diversas, puede alcanzar contra la tiranía y la exterminación.

FLOR MARÍA RODRÍGUEZ-ARENAS

# BIBLIOGRAFÍA

Abad, Carlos E. *La expresión de la etnicidad en la narrativa y el teatro de Demetrio Aguilera Malta*. New York: The City University of New York, 2001. [Disertación].

Adoum, Jorge Enrique. *La gran literatura ecuatoriana del 30*. Quito: Editorial El Conejo, 1984.

Aguirre, Fausto R. *Materiales para el estudio de la obra de Rojas*. Loja - Ecuador: Casa de la Cultura, 1987.

Araujo Sánchez, Diego. «Ángel Felicísimo Rojas y *El éxodo de Yangana*». (1983). *Obras Completas. I. Novela*. Edición: Fausto Aguirre Tirado. Loja: Universidad Técnica Particular de Loja - La Universidad Católica de Loja. 2004. 789-802.

Astudillo Tapia, Emma. «El éxodo de Yangana». (1983). *Obras Completas. I. Novela*. Edición: Fausto Aguirre Tirado. Loja: Universidad Técnica Particular de Loja - La Universidad Católica de Loja. 2004. 803-816.

Ayala Mora, Enrique. «De la Revolución alfarista al Régimen oligárquico liberal». *Nueva Historia del Ecuador*. Vol. 9. Quito: Corporación Editora Nacional - Editorial Grijalbo Ecuatoriana, 1990. 117-165.

_____. *Resumen de historia del Ecuador*. Lima: Biblioteca Digital Andina, 1993.

Bal, Mieke. *Narratology: Introduction to the theory of narrative*. Trans. van Boheemen. Toronto: University of Toronto Press, 1985.

Brecht, Bertold. *El compromiso en literatura y arte*. J. Fontcuberta (Trans.). Barcelona: Península, 1977.

Calderón Chico, Carlos. *Tres maestros Ángel F. Rojas, Adalberto Ortiz y Leopoldo Benites Vinieza se cuentan a sí mismos*. Guayaquil: Casa de la Cultura Ecuatoriana «Benjamín Carrión» - Núcleo del Guayas, 1991.

Carpentier, Alejo. *Crónicas de España, 1937*. Julio Rodríguez Puértolas (Comp.). La Habana: Editorial Letras Cubanas, 2004

Chegodaeva, Mariia. «Mass culture and socialist realism». 42-2 *Russian Studies in History* (Otoño, 2003): 49-65.

Chiriboga, Manuel. «Auge y crisis de una economía agroexportadora: el periodo cacaotero». *Nueva Historia del Ecuador*. Vol. 9. Quito: Corporación Editora Nacional - Editorial Grijalbo Ecuatoriana, 1990. 55-115.

Clark, Caterina. «Little heroes and big deeds: Literature responds to the fist five-year plan». *Cultural revolution in Russia. 1928-1931*. Sheila Fitzpatrick (ed.). Bloomington: Indiana Press, 1984. 187-196.

Cordero de Espinosa, Susana. «Sobre *El éxodo de Yangana*». (2003). *Obras Completas. I. Novela*. Edición: Fausto Aguirre Tirado. Loja: Universidad Técnica Particular de Loja - La Universidad Católica de Loja. 2004. 841-846.

Carlos Joaquín Córdova. *El habla del Ecuador: Diccionario de ecuatorianismos contribución a la Lexicografía ecuatoriana*. Cuenca: Universidad del Azuay, 1995.

Donoso Pareja, Miguel. *Los grandes de la década del 30*. Quito: Editorial El Conejo, 1985.

Durán Barba, Jaime. «Orígenes del movimiento obrero artesanal». *Nueva Historia del Ecuador*. Vol. 9. Quito: Corporación Editora Nacional - Editorial Grijalbo Ecuatoriana, 1990. 167-204.

Durandin, Guy. *La información, la desinformación y la realidad*. Barcelona: Ediciones Paidós Ibérica S.A, 1993.

_____. *La mentira en la propaganda política y en la publicidad*. Barcelona: Ediciones Paidós Ibérica S.A, 1992.

Garrido Domínguez, Antonio. *El texto narrativo*. Madrid: Editorial Síntesis S. A., 1996.

Genette, Gerald. *Figures III*. Paris: Seuil, 1972.

_____. *Narrative discourse: An essay in method*. Trans, J. E. Lewin. Ithaca, N. Y. Cornell University Press, 1980.

Giner, Salvador, Emilio Lamo de Espinosa, Crístóbal Torres (eds.). *Diccionario de sociología*. Madrid: Alianza Editorial, 1998.

González Arciniega, Vicente N. *Biografías de grandes literatos lojanos: crítica de algunas de sus obras y poesía de y para Celica*. Loja - Ecuador: Consejo Nacional de Cultura, 1995.

González Rodríguez, María José. «La incidencia de la dimensión contextual en la producción del título periodístico».XXIV.2 Atlantis 2 (jun., 2002): 129-48.

Gorelik, Adrián. *Miradas sobre Buenos Aires: Historia cultural y crítica urbana*. Buenos Aires: Editorial Siglo Veintiuno, 2004.

Guerrero, Andrés. *La semántica de la dominación: el concertaje de indios*. Quito: Ediciones Libri Mundi - Enrique Grosse-Luemern, 1991.

Habermas, Jürgen. *Historia y crítica de la opinión pública. La transformación estructural de la vida pública*. 1981. Trad. Antonio Doménech y Rafael Grasa. México: Ediciones G. Gili SA de CV, 2002.

Herman, David. «Genette meets Vygotsky; narrative embedding and distributed intelligence». 15.4 *Language and Literature* (2006): 357-380.

Ibarra. Daniel. «Gamonalismo y dominación en los Andes». 14 *Íconos. Revista de ciencias sociales* (Quito) (feb., 2002): 137-147.

Kozlova, Natalia y Christine Ruane. «Socialist realism». 39.5 *Russian Social Science Review* (sept.-oct., 1998): 4-20.

Laplanche, Jean, Jean-Bertrand Pontalis. *Diccionario de psicoanálisis*. Bogotá: Grupo Editorial Quinto Centnario (Colombia), 1994.

López, Manuel. *Cómo se fabrican las noticias*. Barcelona: Paidós, 1999.

Lunn, Eugene. «Marxism and art in the era of Stalin and Hitler: A comparison of Brecht and Lukács». 3 *New German Critique: An Interdisciplinary Journal of German Studies* (Otoño, 1974): 12-44.

Marina, José Antonio y Marisa López Penas. *Diccionario de los sentimientos*. Barcelona: Editorial Anagrama, 1999.

Morson, Gary Saul. «Socialist realism and literary theory». 38.2 *Journal of Aesthetics & Art Criticism* (Dic., 1979): 121-133.

Nelles, William. *Frameworks: Narrative levels and embedded narrative*. New York: Peter Lang, 1997.

Neira, Raúl F. *La experiencia literaria de Alfredo Pareja Diezcanseco: su primer ciclo novelístico (1929-1944)*. Austin, Texas: University of Texas, 1990. [Disertación].

Pareja Diezcanseco, Alfredo. «Los narradores del Grupo de Guayaquil». Discurso de ingreso a la Academia Ecuatoriana de la Lengua. AFESE #17, 1989.

Parvis, Patrice. *Diccionario del teatro*. Barcelona: Ediciones Paidos, 1984.

Perus, Françoise. *El realismo social en perspectiva*. México: Instituto Nacional de Investigaciones Sociales - Universidad Nacional Autónoma de México, 1995.

Pintos, Juan-Luis. «Comunicación, construcción de la realidad e imaginarios sociales» 10.29 *Utopía y Praxis Latinoamericana* (abr.-jun., 2005): 37-65.

Prince, Gerald. *Narratology: The form and function of narrative*. The Hague: Mounton, 1982.

Posada, Francisco. *Lukács, Brecht y la situación actual del realismo socialista*. Buenos Aires: Editorial Galerna, 1969.

Prince, Gerald. *Dictionary of narratology*. Lincoln & London: University of Nebraska Press, 1987.

Reis, Carlos. y Ana Cristina M. Lopes. *Diccionario de narratología*. Trad. Ángel Marcos de Dios. Salamanca: Ediciones Colegio de España, 1996.

Ribadeneira, Edmundo M. *La moderna novela ecuatoriana*. Quito: Editorial Casa de la Cultura Ecuatorina, 1958.

Robin, Regine. *Socialist Realism. An impossible aesthetic*. (1986). Trans. Catherine Porter. Stanford, California: Stanford University Press, 1992.

Robles, Humberto E. *La noción de Vanguardia en El Ecuador*. Guayaquil: Casa de la Cultura Ecuatoriana, 1989.

Robles, Humberto E. *Testimonio y tendencia mítica en la obra de José de la Cuadra*. Quito: Editorial Casa de la Cultura Ecuatoriana, 1976.

Rodríguez Castelo, Hernán. «El éxodo de Yangana, canto a un pueblo». (1971). *Obras Completas. I. Novela*. Edición: Fausto Aguirre Tirado. Loja: Universidad Técnica Particular de Loja - La Universidad Católica de Loja. 2004. 749-766.

Rojas, Ángel F. *La novela ecuatoriana*. México: Fondo de Cultura Económica, 1948.

_____. *Obras Completas. I. Novela*. Edición: Fausto Aguirre Tirado. Loja: Universidad Técnica Particular de Loja - La Universidad Católica de Loja. 2004.

_____. *Yangana*. Buenos Aires: Editorial Losada, 1949.

Ryan, Marie-Laure. «Embedded narrative and tellability». 20.3 *Style* (Otoño, 1986): 319-333.

Sacoto, Antonio. «Una aproximación a *El éxodo de Yangana*».(1990-1992). *Obras Completas. I. Novela*. Edición: Fausto Aguirre Tirado. Loja: Universidad Técnica Particular de Loja - La Universidad Católica de Loja. 2004. 819-840.

Schwartz, Jorge. *La vanguardias latinoamericanas. Textos programáticos y críticos*. Madrid: Cátedra, 1991.

Sigmund, Paul E. *Multinationals in Latin America*. Wisconsin: The University of Winsconsin Press, 1980.

Spruce, Richard. *Notas de un botánico en el Amazonas y en los Andes*. (1908). Quito: Abya-Yala, Colección Tierra Incógnita n° 21, 1996.

Urzainki Mikeleiz, Asunción. «América Latina ante el paradigma y los desafíos de la globalización». 29 *Lurr@lde* (versión electrónica de la revista *Lurralde: investigación y espacio* [Institutto geográfico Vasco]). 2006.

Videla, Gloria. *Direcciones del vanguardismo hispanoamericano*. Mendoza: Universidad de Cuyo, 1990.

Yúdice, George. «Testimonio and postmodernism». *Latin American Perspectives* 70 (1991). 15-31.

# EL ÉXODO DE
# YANGANA[1]

1   Fuentes principales para el léxico de las notas: 1. María Moliner. *Diccionario de uso del español*. Versión electrónica. Madrid: Editorial Gredos, 2001. 2. Gobierno Regional Cusco. *Diccionario Quechua - Español - Español - Quechua*. 2a. ed. Cusco - Perú: Academia Mayor de la Lengua Quechua, 2005. 3. Luis Cordero. *Diccionario - Quichua Castellano, Castellano - Quichua*. Quito: Corporación Editora Nacional, 2005. 4. Mario Di Filippo. *Lexicón de colombianismos*. 2a. ed. Bogotá: Banco de la República – Biblioteca Luis Ángel Arango. 1983. 2 vols. 5. Alejandro Carrión Aguirre. «Diccionario de lojanismos». *El último rincón del mundo*. Ensayos históricos. Loja: Diario El Comercio - Municipio de Loja, 1992. También se empleó: Patrice Parvis. *Diccionario del Teatro*. Barcelona - Buenos Aires: Ediciones Paidós, 1983

—¿Quién mató al Comendador?
—Fuenteovejuna, señor.
—¿Y quién es Fuenteovejuna?
—Todos a una.
                    Lope de Vega. Fuenteovejuna.

# PRELUDIO

## EN PALANDA[2] SE OYE UN RUMOR EXTRAÑO

—¿Pero qué es lo que pasa? –se preguntaba, por enésima[3] vez, Joaquín Reinoso, en su solitario refugio de Palanda–. ¿Qué pasa al fin?

Desde el medio día ha estado inquieto. En la hora de la siesta en la que la manigua[4] ardiente se adormece, los sentidos vigilantes del hombre, que vivían montando temerosa guardia desde hacía dos años, creyeron percibir una vaga vibración del suelo, que se propagaba fina y discretamente desde la distancia. Ése fue el primer mensaje.

Suspendió un momento su tarea. Instantáneamente se apagó la vibración del machete entre las ramas. Escuchó, poniendo en tensión toda su vida, tratando de percibir y diferenciar. Porque nunca faltan en la selva –lo sabía él– los intermitentes balbuceos de un lenguaje que el hombre familiarizado con la sombra de sus altas copas conoce muy bien: Una rama que se desgaja,[5] un árbol que se viene abajo lentamente, demorando a veces días enteros a medida que van cediendo las raíces y las ramas chafadas.[6] Otros, un tropel[7] de saínos[8] que pasa, una piara de dantas[9] perseguidos por el puma, una bandada de monos o de pájaros que huyen, se refocilan o se quejan; la voz del viento, el bramido del río, hasta el mudo avance de la neblina, la convulsión de la tormenta que estalla a lo lejos, sobre las copas.

El hombre avezado[10] los interpreta todos y mide intuitivamente las dis-

---

2  *Palanda*: cantón en la provincia de Zamora Chinchipe, Ecuador. Limita con los cantones: Zamora, Nangaritza y Chinchipe. Al este, con el Departamento de Cajamarca, Perú y al oeste con la provincia de Loja.

3  *Enésima*: proviene de «n», letra con que se representa un número indeterminado.

4  *Manigua*: maleza.

5  *Desgajar*: separarse, romperse.

6  *Chafadas*: aplastadas, arrugadas.

7  *Tropel*: manada.

8  *Saínos*: pecarí: mamífero parecido a un jabalí.

9  *Dantas*: tapir: mamífero corpulento que tiene el hocico prolongado en forma de pequeña trompa

10 *Avezar*: acostumbrarse a cosas que cuestan esfuerzo o se aguantan con dificultad.

tancias. No son raros en él ciertos estados orgánicos incomprensibles que se caracterizan por un erizamiento[11] de pánico, durante los cuales los sentidos consumen más energía nerviosa, hasta fatigar horriblemente a su dueño y recobran en compensación, una fulgurante viveza ancestral. En tanto transcurren estos momentos que parecen de morbosa excitación, el cuerpo entero, convertido en un vasto y delicado receptáculo[12] que condensa en toda su superficie las modificaciones del mundo exterior, se asemeja a un grande, a un inmenso sentido total hecho de la fusión de los cinco. Tan extraña integración asume una potencia de percepción inverosímil. Es capaz en alguna ocasión, de ver anticipadamente. Y consigue, no solamente entender y localizar en la distancia los ruidos lejanos, sino acertar incluso con la dirección de donde proceden.

Pero resultaba indispensable diferenciar a fondo, pues los primeros datos que llegaban a su percepción parecíanle increíbles. Se tendió por primera vez de costado, pegando el oído a la tierra desnuda. Y se irguió nervioso, asustado por una amenaza cuya naturaleza, pese a su penetración de la selva, no alcanzaba a comprender. Érase una trepidación de rebaño,[13] de cascos de solípedos,[14] de talones humanos. Nunca la oscura vibración telúrica[15] había anteriormente hablado así a sus sentidos.

Y a medida que la tarde ha ido empujando el sol hacia las copas de los árboles del oeste, tras los cuales parece ir a pasar la noche, el ruido, las emociones inefables, que anticipan la presencia humana, han ido tornándose más y más patentes. Tanto, que, a continuación a su sexta pegada al suelo, ya sin sombra de duda, ha vuelto al rancho, a confirmarle a su mujer la evidencia de lo que fuera su sospecha al mediodía.

—El ruido que he estado oyendo toda la tarde es de gente, Rosa Elvira –dice, mientras sube pausadamente las traviesas de su escalera de guadua.[16] Acabo de percibirlo ya más clarito. Y parece que es mucha gente. Un tropel de gente. Y que vienen también con animales. ¡Vienen por ahí por donde vinimos nosotros, en busca del río!

—¿No serán jíbaros,[17] tal vez? –pregunta la mujer, con su voz cantarina y mimosa, en trance de parecer serena.

—¿Los jíbaros con caballos? ¿Acaso ellos tienen caballos? ¿Los jíbaros con vacas...? No son jíbaros.

Y al cabo de un largo silencio, durante el cual el hombre ha estado en la hamaca balanceándose pensativo, con las manos sobre las rodillas: —¡No; no son jíbaros! Nueva pausa.

---

11   *Erizarse*: ponerse los pelos de punta.
12   *Receptáculo*: vasija, recipiente.
13   *Rebaño*: conjunto de cuadrúpedos.
14   *Solípedos*: cuadrúpedos de pezuña entera, equinos.
15   *Telúrica*: de la tierra.
16   *Guadua*: bambú. Producto forestal ampliamente difundido en los valles interandinos. En Ecuador y Colombia, la guadua se ha usado como material de construcción y como protector del medio ambiente.
17   *Jíbaros*: grupo indígena ecuatoriano de la región amazónica. Rechazan todo contacto externo y se ubicarse fuera de los confines civilizados. Fuerte y orgullosa, esta familia de tribus es temida por todos los clanes, debido a su combatividad y su afición a los cultos sanguinarios.

—Tampoco pueden ser los gendarmes[18] que vienen por mí. Porque de venir con vacas, vienen con vacas. Y los gendarmes no vendrían trayendo vacas. ¿Para qué tantos hombres? ¿Para qué tanto ganado?

—Preparémonos –la dice luego. Desenterremos los cartuchos.[19]

Hombre y mujer se ponen a la tarea, tratando en vano de entender qué significa esa ya indudable penetración humana en masa, dentro de la montaña cerrada; ese avance multitudinario[20] que parece aproximarse, en línea ciega, a la solitaria pareja.

—¿Y si fueran los gendarmes efectivamente? –vuelve a preguntarse en voz alta. Como ninguna respuesta cae en el silencio, vuelve a hundirse en sus recelosas meditaciones. El hijo duerme adentro. Tiene ya Reinoso una casa, una mujer y un hijo, y un plantío de plátanos y yucas que defender. Y, en todo caso, su libertad, que tan caro le había costado poner a salvo.

Los cartuchos, la inspección lo revela, se han conservado en la ceniza perfectamente.

Destapan los cañones de sus dos carabinas y trazan un plan de combate, combinado con la huida[21] personal aislada, que volverá a unir a los esposos –con el pequeño– en un lugar predeterminado.

Y Joaquín Reinoso, haciéndole una postrera recomendación larga, reiterada, insistente, se lanza carabina en mano, a explorar en el terreno que ahora pisan unos hombres que no conoce, movidos por propósitos quizá siniestros que no acierta a comprender.

---

18    *Gendarme*: policía.
19    *Cartucho*: proyectiles, balas.
20    *Multitudinario*: gran número de personas.
21    *Huida:* acción con que se pretende evitar una situación comprometida en lugar de afrontarla con realismo.

# Primera parte

# La huida de un réprobo[22] colectivo

Tal vez lleguen a ciento sesenta las familias en marcha. Todo un pueblo desfila lentamente, semináufrago en la penosa montaña. En nueve días de marcha, de sobresaltos y tensas vigilias, el maltrato ha hecho estragos en los hombres y en los animales. No obstante, avanzan sobreponiéndose al cansancio. Tienen, a lo que parece, una esperanza. Eso les infundirá valor. Otra fuerza los empuja así como aquella los atrae; a sus espaldas acaban de dejar algo tremendo, por lo cual se han despedido cruelmente, y para no volver más.

En lo alto de la garganta de Cararango[23] la caravana se detuvo dos horas, volviendo la cabeza hacia el hermoso valle que veía por última vez. Allí fueron los sollozos y los suspiros. La muchedumbre toda, sintiéndose castigada por el destino, alzó un resonante clamor de adiós. Lloraron los viejos, y los hombres maduros se tragaron las lágrimas gritando con una voz mojada en llanto a sus mujeres y a sus hijos para que se callaran.

Comenzó, tramontada[24] la garganta de Cararango, el descenso. Unos pocos metros después, y ya las caras vueltas para recoger y chupar el paisaje familiar que abandonaban tras sí, y seguirlo saboreando en la imaginación con dulzarrona[25] nostalgia, vieron sólo la vieja cruz, que dominaba el nudo, a un costado del camino. Y los que iban rezagados pudieron advertir también que el churón[26] Ocampo –atezado,[27] fornido y varioloso–,[28] quien cerraba la marcha con una carabina terciada a la bandolera, se detuvo un instante, y, encarándose con el añoso[29] madero, último símbolo del mundo que dejaban, enseñó rabiosamente el puño.

---

22  *Réprobo*: condenado, apartado.
23  *Cararango*: región del sur del Ecuador ubicada entre Loja y Vilcabamba.
24  *Tramontar*: pasar al otro lado del monte.
25  *Dulzarrona*: excesivamente dulce.
26  *Churón*: se le aplica a la persona que tiene el pelo rizado.
27  *Atezado*: de piel morena por el sol.
28  *Varioloso*: con piel picada por la viruela.
29  *Añoso*: aplicado particularmente a los árboles o a su tronco, de muchos años.

Tal vez lleguen a ciento sesenta las familias en marcha. Apenas falta alguien: el pueblo entero se ha volcado, y se desliza pausadamente por la gradiente[30] suave que cada vez se acerca más al río, con un movimiento de compás perezoso y solemne que se arrastra como una gota de aceite sobre una pared pulimentada. No ceja ni se detiene. Más de seiscientas voluntades constituyen la fuerza de tracción.

I

Viene don Lisandro Fierro.

Don Lisandro Fierro es el hombre más viejo de la partida. Procreador de una familia bíblica, sordo como una tapia,[31] amigo personal que fue de García Moreno,[32] en tiempos de mocedad. Monta una yegua tordilla,[33] mansa y ancha, en los sitios traficables. La cara del anciano es enorme. Colorado y moreno, ostenta un cutis curtido por el sol, que le quemó cuando era aún fuerte, en la besana[34] y que seguía calentando sus últimos años en las hasta ayer tranquilas mañanas del pueblo. Las cejas se adelantan agresivas y borrascosas, cubriendo el relampagueo malicioso de unos ojillos que han visto cosas y nunca han usado lentes. La voz es todavía un trueno ronco, y como no se oye, habla a gritos, estremeciendo, al mover la boca, sus barbas patriarcales. Constituye el terror de los chicos. Los pies, anchos y calzados, van alojados en un par de estribos[35] de metal antiguo, y sus piernas, ya frioleras,[36] las abriga un pellón[37] viejo, de origen guadalupano,[38] sobre el cual, una vez que ha sido tendido al suelo con estrépito, se desploma en los frecuentes altos del camino. Uno de los juegos más populares de la región que abandona era el de la quina.[39] Largas horas, de codos sobre la mesa y con los ojos ansiosamente fijos en la tabla numerada, aguardaban el anuncio estentóreo[40] de quien iba leyendo las fichas. Las muchachas coloreaban al oír la designación metafórica de ciertos números, pero ponían sus fichas de maíz donde correspondía: estaban bien enteradas.

Los números que cantaba el croupier[41] denotaban casi siempre un ingenio sutil, hinchado de alusiones sexuales.

El número 1 era una cifra fálica.

---

30    *Gradiente*: pendiente.
31    *Sordo como una tapia*: Muy sordo. Persona privada del sentido del oído.
32    *Gabriel García Moreno*: (Guayaquil, 1821 - Quito, 1875). Jefe Supremo del Ecuador desde 1859 hasta marzo de 1861. Presidente Constitucional: abril de 1861 - agosto de 1865; agosto de 1869 - agosto de 1875; 6 de agosto de 1875, día en que fue asesinado. Hombre de mano dura, extremadamente conservador.
33    *Tordilla:* tiene el pelo mezclado de negro y blanco.
34    *Besana:* tierra que se ara en un campo.
35    *Estribos:* objetos que penden a cada lado de la silla de montar, en los cuales se meten y apoyan los pies.
36    *Frioleras:* sensibles al frío.
37    *Pellón:* vestido talar, hecho generalmente de pieles.
38    *Guadalupano:* de la parroquia de Guadalupe en el cantón de Zamora.
39    *Quina:* juego de azar parecido al bingo.
40    *Estentóreo*: voz, grito o sonido muy potente emitido por una persona o un animal.
41    *Croupier*: hombre que canta las fichas

El número 13 se llamaba, abreviadamente, «entre más». El número 14, «la niña echando goma».[42]

El número 15, «sigue la goma» o «la niña en peligro», etc. etc.

Y el número más alto del juego, el 90, era, naturalmente, ¡don Lisandro! Don Lisandro era también para los mozos símbolo de Príapo.[43]

Estas gentes quieren, sin duda, a su viejo. Les parece una reliquia de otra edad, un anciano fabuloso, y hay quienes creen en serio que está hecho de una materia extrahumana, de un barro que no se desmoronará.[44]

Conserva con sorprendente frescura el recuerdo de los sucesos de su juventud, que los cuenta en una forma literalmente igual cada vez que tiene oportunidad de hacerlo. Los espíritus más positivos juzgan que no es, ni ha sido nunca, una notabilidad por su inteligencia pero todos aprecian la autoridad de su testimonio del largo pasado que ha tenido la suerte de vivir. No faltan quienes lo creen una especie de oráculo,[45] y se aprenden de memoria todas sus consejas, como si la sabiduría del pasado hablara por sus labios.

—Más sabe el diablo por viejo que por diablo –comentan.

Pero el respeto que generalmente inspira no obsta[46] para que los mozos, y especialmente sus propios descendientes –los nietos y bisnietos– hagan bromas a costa del viejo, en medio del escándalo de los ingenuos y de las protestas de los menos viejos, que hallaban en esa conducta un lamentable signo de tos tiempos y de la irreverencia de los nuevos para la experiencia de las pasadas generaciones.

Mas toda admonición era estéril.

Tayta Lisandro seguía teniendo para esos mozos malcriados piel de iguana, o de lagarto, o de culebra equis;[47] le continuaban creciendo las orejas y debía de sonarse la nariz con ellas, olvidando cierta asquerosa costumbre que conserva de hacerlo con los dedos; y salía al campo en su yegua vieja, en dirección a los faicales,[48] a los ceibos,[49] a los bosques barbados de salvaje, con el objeto de conversar, a grandes gritos, con el diablo, mientras el viento bajaba del cerro levantando remolinos sobre las eras.[50]

Viene con sus tres hijas, abuelas de robusta prole, en la cual abunda la hembra hermosa, de tez aterciopelada y blanca, de ojos azules y cabellos

---

42  *Echar goma*: (coloquial) realizar un acto de sexo oral.

43  *Príapo*: «Príapos», dios menor griego de la fecundidad y, personaje puramente fálico.

44  *Desmoronar*: deshacerse poco a poco, disgregarse, desintegrarse.

45  *Oráculo*: persona a quien se atribuye tanta sabiduría y autoridad que todos aceptan como indiscutible lo que dice.

46  *Obstar*: usado sólo en frases negativas; «para»; no ser inconveniente para cierta cosa.

47  *Culebra equis*: especie terrestre, de hábitos nocturnos, sus presas son principalmente ratones y otros roedores; posee colmillos acanalados para la inoculación de veneno. Se encuentra en las estribaciones occidentales de los Andes. Mide aproximadamente 1 m.

48  *Faicales*: sembrados de faiques. Del quichua *Faique*, acacia espinosa de la familia del algarrobo, muy abundante en el campo seco de la provincia de Loja: su madera es muy dura, muy buena leña; sus semillas –en vainas– sirven de alimento al ganado en verano.

49  *Ceibo*: árbol de adorno y medicinal, originario de América del Sur, notable por sus flores, de color rojo vivo y semejantes a una cresta de gallo.

50  *Era*: lugar, generalmente en las afueras de los pueblos, formado por terreno firme donde se trillan, avientan, etc., las mieses.

rubios, confirmando la especie de que el padre de Lisandro fue un chapetón[51] que quedó después de la Independencia por esos lugares. Unas casadas, éstas solteras, otras viudas: ellas, si han podido hacerlo, han parido, y arrastran sus críos.

## 2

Vienen los hermanos Mendieta.

Los Mendieta son los dos mejores jinetes. Unas pocas «sobadas»[52] les basta para poner a las mulares suaves de andar, de espuela y rienda como una seda. Son capaces de hacer entrar al paso a una bestia por más «guambi»[53] que sea. Uno de ellos es quizá también el mejor bebedor de la comarca. Bebido es, justamente, cuando da a bestias la primera silla. Dice a quien quiera oírlo que las mulares conocen al instante la borrachera del jinete y que, como las mujeres cuando son mal tratadas, se portan mejor que nunca.

—Buenos suelos he aguantado –explica. Pero estando bueno y sano. Cuando estoy con el «alimento»,[54] ninguna bestia ni mujer me ha derribado jamás.

Los paisanos que le han visto domar dicen que tiene razón efectivamente... en cierta parte de su jactanciosa afirmación. Le hacen fisga,[55] en cambio, a propósito de la indomable madre de sus dos chicos, quien supo resistirse a diez años de requerimientos y no volvió a darse jamás a un borracho perdido.

Ha quedado él con los dos chicos: el varoncito tuerto[56] y la mocozuela, que fueron arrebatados por Mendieta mayor en uno de sus desesperados intentos de domeñar a la testaruda mujer. Vienen con él y con el tío en buenas mulas y sobre hermosos arneses.[57]

Los hermanos Mendieta no parecen ser hermanos de padre y madre, como afirman que lo son. El mayor es pequeño, de ojos achinados, delgado y lampiño;[58] tiene el pelo lacio y negro. El otro es de buena talla, barbado y crespo, de color levemente aceituna y cejas espesas. Un único rasgo físico común parece unirles: la escandalosa estevadura[59] de las piernas. Y como Mendieta menor tiene estatura más elevada que el otro, el paréntesis que hacen sus largas piernas es mayor. Las bromas que recaen sobre ese defecto común prefieren, en consecuencia, al menor de los Mendieta: por el arco que dejan esas piernas, cuando están en posición firme, puede pasar un buey cargado de paja, sin que el dueño de aquéllas se entere.

Traen una hermosa piara de mulares jóvenes, de lomos nerviosos, sen-

---

51   *Chapetón*: era ya, en boca del pueblo de Quito durante los tiempos coloniales, una palabra de odio y de desprecio con que afrentaba a los europeos.

52   *Sobada*: acción de sobar, sobadura. Masaje que se aplica en zonas especiales del cuerpo para aliviar luxaciones, esguinces, dislocaciones, fisuras.

53   *Guambi*: (quichua guambi: flote). Acción y efecto de guambear una bestia; paso duro e incómodo de una caballería que se bambolea.

54   *Alimento*: sentido metafórico para decir que está tomado, borracho.

55   *Fisga*: burla.

56   *Tuerto:* le falta un ojo o lo tiene falto de vista.

57   *Arnés*: aparejos, guarnición.

58   *Lampiño*: se dice de un hombre que no tiene barba o de un muchacho al que todavía no le ha salido.

59   *Estevadura*: arco en las piernas. Torcedura que produce concavidad.

sibles al más leve cosquilleo, y de orejas inquietas. Caminan atadas entre sí
por largos cabestros de veta y a ratos se atropellan, se tascan,[60] se rechazan a
patadas, echando hacia atrás las orejas altas y emprendiendo carreritas
bruscas, que terminan en brutales sacudidas de las cuerdas. Los gritos y blasfemias de los chalanes[61] las aquietan.

La madre del chico tuerto y de la mocozuela, el tempestuoso amor antiguo del mayor de los Mendieta, viene también, pero va lejos.

Procura no perderla de vista, y sigue pensando en que volverá, ya después,
a pertenecerle. Como aquella vez en que se metió borracho a caballo, en la casa
de ella, que medio loca de susto, dejó hacer. La última por cierto; hace diez años.

3
Viene la «Virgen del Higuerón»,[62] considerada como la muchacha más
bella de los contornos. Es alta, esbelta, tiene las caderas anchas y la cintura
fina, ¿Qué pudiera decirse de sus ojos brillantes y profundos; qué de sus
hombros admirables, que sabía ostentar, con tranquila seguridad en el río,
mientras se bañaba; qué de la curva de su pecho, y de sus piernas poderosas
y maravillosamente rectas, y de su piel tostada, sedosa, fresca?

Los mozos se inquietan al verla. Desvelaba el sueño de muchos hombres.
De la madre parecía haber heredado el ardor, a la vez inocente y zalamero[63]
de las miradas, y la manera de hablar un poco cantarina. De su presunto padre
Carlos Botado, tan suertudo en aventuras amorosas, le llegaba quizá ese profundo atractivo que ejercía en las personas del otro sexo. Frecuentes serenatas
arrullaban a la doncella: no sólo porque era alta, porque era fresca, porque
era fácil a la sonrisa y al sonrojo, porque vestía a lo ciudadana y cosía en máquina de pie, sino principalmente, porque un algo de su cuerpo y de su espíritu hacía hervir la sangre de los muchachos.

Este algo tenía que ver, en la opinión de sus paisanos, más aún que con el
hecho de que ella fuera el producto alquitarado de un amor volcánico, adul-
terino y perseguido, con el hechizo un poco funesto del higuerón bajo cuya
sombra creció.

El higuerón es un árbol «pesado». Así lo reconoce todo el mundo en la
provincia. Gusta de nacer y lanzar su follaje tupido sobre la orilla de las quebradas cerreras, haciendo más fosca[64] la noche que desciende prematuramente
sobre ellas. Cuando el viento lo bate, sus hojas ásperas entrechocan con un
rumor lúgubre. Hace de esta manera un acompañamiento fúnebre al latigazo
del agua que cae sobre las piedras. Nadie debe reposar balo la sombra ma-
léfica de los higuerones y el caminante hará bien en guardarse de abrevar su
cabalgadura con el agua que corre entre sus raíces. Las apariciones de ultra-
tumba gustan entrañablemente de descolgarse de sus ramas, y es de muy mal
agüero vivir cerca de ellos.

---

60    *Tascar*: ruido característico que producen los animales con los dientes. Morder el caballo
      el bocado o moverlo entre los dientes cuando está inquieto.
61    *Chalán*: picador, domador de caballos.
62    *Higuerón*: árbol americano de madera blanca amarillenta, útil para la construcción de
      barcos.
63    *Zalamero*: quien hace caricias y halagos empalagosos y afectados.
64    *Fosca*: espesa.

Pero doña Pascuala, o porque no lo creyó así, o porque lo creyó demasiado, construyó su casa bajo la sombra del higuerón que queda en el camino,
a un kilómetro del pueblo, y enseñando los dientes a todo pasajero, se puso a
criar a su hija allí. A los doce años la chica era ya hermosa, y comenzaron a
llamarla bajo esa advocación extraña. Mucho del dañino poder los higuerones
había de tener, que por eso producía un amoroso malestar en quienes se le
aproximaban.

Para los más resueltos, para los que parecían listos al sacrificio, la divinidad inasequible tenía una defensa más: la espantosa viperina de la madre.
Así, entre ésta y los admiradores temerosos ayudaban a la muchacha a atravesar imperturbable las estrechas calles del pueblo, en medio de las miradas
del deseo, de la pasión insensata y del amor desesperado de sus paisanos, como
una culebra atraviesa a nado un río crecido.

Era corriente entonces tenerla por orgullosa y suspirar pensando en que
aquella boca carnosa, y aquellos brazos flexibles, y aquellas manos inquietas,
se reservaban para un forastero, para el paladar feliz de un hombre de las ciudades, que le iría llevando consigo, espléndidamente, a un mundo mejor.

Solamente en los carnavales, los mozos podían apretujar su cuerpo soberbio. Caían por bandadas furiosas en la antes inabordable casa y la empa-
paban en aguas de colores, frotándole la linda cara tersa con polvos verdes,
rojos, azules; la levantaban en vilo para sumergirla, enloquecidos, en el agua
de la quebrada vecina; o teñían de pitahaya[65] el pecho trémulo, dejando, al
pasarle una mano hambrienta que empuñaba la roja fruta reventada, un
manchón de color sangre en el vestido, que excitaba a los jugadores hasta el
frenesí.

Y ahora la «Virgen del Higuerón», emancipada ya del abrigo nefasto de
su árbol tutelar, viene trayendo todavía, en su sangre y en su espíritu, algo
del atractivo abisal[66] de los higuerones, cuando braman con el viento en las
noches oscuras, a la orilla de las quebradas.

4

Con ella viene su madre, dona Pascuala Bailón, la mejor viperina.[67]

La temida y temible doña Pascuala, de hablar meloso, fácil y zalamero
en sus buenos momentos. Trae ganada una indiscutible reputación en su es-
pecialidad. Ha derrotado en diferentes épocas a hombres y mujeres de virulento vocabulario, después de torneos calenturientos de dos y tres horas, ve-
rificados a gritos en medio de una avalancha de curiosos.

Le conceden que su triunfo más soñado fue el que obtuvo cuando, hace
algunos años, impuso silencio al hombre más deslenguado que haya tenido
Yangana: al bocón Camilo Isidro, sujeto sin vergüenza y procaz que, aco-
rralado por los furibundos golpes oratorios de dona Pascuala, optó por bajarse los calzones delante de su contendora. Se cuenta que ésta, mujer feroz

---

65   *Pitahaya*: planta trepadora de la familia de los cactus de hermosas flores rojas o blancas,
     que algunas veces tiene un fruto comestible.
66   *Abisal*: de abismo, profundo.
67   *Viperino*: de víbora, venenoso.

e implacable, lejos de correrse con eso, sacó inmediato partido de su inspección ocular, lanzando sobre el canalla derrotado ciertas frases que no pudo soportarle.

Desde entonces, el bocón se convirtió en otro hombre. Y nunca perdonó el que doña Pascuala se haya ocupado con menosprecio[68] burlón de su virilidad.

La saluda todo pasajero, muy atentamente, cuando se encuentra con ella, y le pregunta cómo ha amanecido. Las gentes del pueblo son muy corteses, sin duda. A veces las detiene a conversar, en medio camino; y ensaya entonces una especie de disculpa para sus hirientes arrebatos:

—Tengo que proteger a mi hija –les dice–. Soy una persona sola y la muchacha es bonita. Yo soy la espina, ella es la rosa. ¿Qué fuera de la pobrecita sin mi amparo?

Todos estaban de acuerdo en ello, y no solamente por complacer a la preclara lenguaraz.[69]

5

Viene don Joaquín Torres, médico y boticario en una pieza. Posee un inmenso surtido de hierbas medicinales y un imponente acopio de frascos empolvados. Y el complejo arte de curar, indistintamente, los males que envía Dios y los que ponen en el cuerpo de sus semejantes los prójimos malvados.

Don Joaquín Torres es un mestizo de exigua estatura, ya viejo y calvo, que huele apestosamente a medicamentos, a valeriana,[70] a ruda,[71] a izhpingo.[72]

Conoce las enfermedades haciendo orinar a los pacientes. Discrimina en el examen urológico si se trata de una enfermedad o si es mal hechizo. Desde luego, la mayor parte de las enfermedades que examina tienen este último. En los males puestos por los hechiceros, hay que distinguir todavía: o el mal es fresco, y por lo mismo, curable casi siempre; o se trata de una enfermedad cuya curación ha venido a hacerse demasiado tarde. –Cuando el mal hecho está «posado» –explica–, la «contra» es muy difícil de dar–. Vence el brujo. Para entonces es imprescindible seguir un tratamiento especial, a base de tenidas nocturnas[73] que duran semanas enteras, durante las cuales las bebidas de aguacolla,[74] los pases con varas de chonta[75] para ahuyentar al brujo y las

---

68  *Menospreciar*: despreciar.
69  *Lenguaraz*: insolente, descarado, sin respeto.
70  *Valeriana*: hierba que se emplea como antiespasmódico y sedante.
71  *Ruda*: hierba antiespasmódica, sudorífica; también se emplea para combatir las fiebres.
72  *Izhpingo*: la flor de la canela
73  *Tenidas nocturnas*: sesiones que se efectúan por las noches
74  *Aguacolla*: cactus suramericano de flores blancas que se abren de noche, conocido también como el san pedro o sampedro; ha sido y es utilizado ceremonialmente, en trances adivinatorios, o como medicina chamánica desde el Ecuador hasta el norte argentino-chileno. Contiene mescalina, aunque alguna subespecie presenta además dimetiltriptamina. En diversas culturas indígenas suramericanas ha sido considerado un vehículo directo hacia Dios. Se lo utiliza en las sierras para adivinación, curar el alcoholismo y la locura.
75  *Vara de chonta*: vara de autoridad fabricada de «chonta» (palmera de madera negra muy dura). Es instrumento utilizado por los curanderos.

«singadas»[76] embriagantes –líquidos espirituosos que han de sorberse por las narices en conchas de caracol– constituyen, combinadas con el esperado influjo de la luna en menguante, el recurso supremo.

Entre la gente del pueblo se conocen dos versiones principales que enjuician la naturaleza de las artes que profesa don Joaquín Torres.

—Es brujo, brujazo, brujo fino; más brujo que los brujos que ponen mal hechizo: por eso cura. –Tal es la una versión.

—No es brujo, sino solamente un buen curandero. Si fuera brujo, mal podría darles chicote[77] a sus compinches: es acertado, y cura los males que manda Dios –dice la otra.

Con esta reputación ambigua, menospreciado por los sanos y deseado por los enfermos, sucio, maloliente, herbolario y esmirriado,[78] don Joaquín Torres forma parte también de la caravana.

### 6

Viene doña Petrona Alcocer, la decana de las comadronas.[79] Tendrá unos sesenta años de edad y más de treinta de práctica. Se mueve con pasos lentos, como si su fabulosa sabiduría botánica le pesara, y llevara sobre sus espaldas anchas un hato con todos los críos que ayudara a venir al mundo.

Cuentan que, desde hace veinte años, ha podido predeterminar el sexo del nuevo ser que está en el vientre de una mujer a partir del tercer mes de embarazo, sin haber fallado jamás.

Encadera rápidamente a las primerizas, acomoda la posición de la criatura en los últimos días de gestación y hace arrojar infaliblemente la placenta si ésta ha quedado rezagada,[80] con solamente tres tomas de una cocción de hierbas de las cuales ella posee secretos exclusivos.

Sus manos sabias, grandes, enjutas[81] para la corpulencia de su dueña, no sólo saben echar afuera críos en sazón. Conocen manipulaciones y pócimas[82] jíbaras que hacen abortar en los primeros meses a las mujeres encinta, con una facilidad increíble y sin que nadie se percatara; porque también sabe guardar celosamente estos secretos Y las mujeres aligeradas así, ya sea de hijos en agraz,[83] ya de chicos maduros, después de un largo baño en cocidos de raíces y hojas desconocidas, ya sin temor de nada, endurecidas y tonificadas, quedaban a los pocos días, en aptitud de volver impunemente a las andadas.

¡Doña Petrona Alcocer, decana de comadronas, hombruna, comprensiva

---

76   *Singada*: preparación de aguardiente con rapé de tabaco, San Pedro (aguacolla), agua florida y otras aguas perfumadas, que es aspirada por la nariz por medio de una cuchara. Dicha mezcla quema por dentro como pimienta, limpia la cabeza, pero no tiene efectos alucinógenos. Esta costumbre es muy antigua, y data seguramente de la época preincaica, pues, Fernando de Montesinos la menciona en su crónica: *Memorias Antiguas y Historiales del Perú* (1642).

77   *Chicote*: cigarro puro.

78   *Esmirriado*: raquítico, muy delgado.

79   *Comadrona*: mujer que asiste en los partos.

80   *Rezagada*: ha quedado atrás.

81   *Enjutas*: enjutas: secas, delgadas.

82   *Pócima*: bebedizo.

83   *Agraz*: sin llegar a término, inmaduro.

y sabia, cuántos bebés y cuántos honores salvó la intervención de tus enormes
antebrazos remangados!

7

Viene Fermín López, el hombre de la mala suerte máxima, el hombre
perseguido por el fuego.

Es bastante joven todavía: unos treinta y cuatro años a lo sumo. En una
cara blanca, fina, pálida, barbada, brilla una sonrisa que muchos encuentran
cargante[84] o por lo menos insolente. Los ojos de un ajusticiado: esas pupilas
parecen haber visto ya todos los horrores, y la muerte cerca innumerables
veces. Hállanse instaladas a la sombra de unas cejas altas, una de las cuales,
más cercana a la frente que la otra, exhibe el mordisco de la primera de sus
quemaduras.

El hombre ha caminado siempre con los pies descalzos. Fácil es enterarse,
con la inspección, de las atroces huellas que el fuego ha dejado en una de sus
piernas. La carne de los dedos gordo e índice se ha fundido en una soldadura
que los ha convertido en una sola pieza deforme. Las cicatrices están por todas
partes, y un entendido podría determinar en el color de los lívidos costurones
las épocas aproximadas en que se produjeron, porque los accidentes de fuego
le han ocurrido a López en varias épocas...

Gusta a López, hombre de palabra fácil, hablar de lo que pudiéramos
llamar su sino[85] combustible y comburente,[86] y ninguno de los que lo oyen
pone en duda lo que cuenta. Antes bien, hacen comentarios sobre la base de
que López, «Fosforito», es una especie de mandatario del fuego en esta tierra,
como lo dicen los chirlos[87] espantosos de su cuerpo.

—Le dijéramos a Fermín que lo ha orinado el añás,[88] y que a eso debe su
mala pata[89] —explicaba, por ejemplo, Anacleto Aliaga—, si no fuera que él nada
tiene que ver con los líquidos que no sean inflamables, y porque la orina del
añás ya le habría ayudado a apagar todos los incendios: tan hedionda es.
—Decir que es un hombre de mala leche tampoco sería exacto. La leche no
produce incendios: puede apagarlos más bien, si se vierte sobre el fuego. Una
especie de fulminante, una especie de mecha, un hombre de pólvora: eso sí
que es.

La triste canción de las llamas que perseguían a Fermín López «Fosforito», se entonaba, más o menos, así:

«Las llamas fueron el ama de cría de Fermín López. Padres y hermanos
    perecen en la quema de su casa, ocurrida en el campo de los alrededores
    de Yangana. Fermín López queda por uno de esos milagros que solamente
    el amor del fuego puede realizar. El fuego lo ha pasado besando, y el in-
    fante tiene la frente ampollada, los párpados en carne viva y la ceja derecha

---

84   *Cargante*: fastidioso, pesado.
85   *Sino*: destino, suerte.
86   *Comburente*: cuerpo que provoca o favorece la combustión de otros.
87   *Chirlo*: cicatriz.
88   Añás: (del quechua «añas»). Especie de zorro pequeño del Perú y el Ecuador.
89   *Mala pata*: mala suerte.

casi engullida[90] en el cariñoso arrebato del primer ósculo.[91] Las llamas conocen ya el sabor que tiene la carne de Fermín López, achicharrada[92] por sus caricias; y querrán seguirle otorgando sus candentes dádivas.

»Pasan los años, y el muchacho, que tiene ya siete en el cuerpo, está necesitando preceptor. El fuego toma debida nota de esa urgencia pedagógica, y le lleva de arriero a la molienda de don Agustín Vargas. No ha estado seis meses todavía, y la molienda se quema, como se quema también la casa de patrón Vargas. Fermín López, alias «Fosforito», sale de los escombros con una pierna dislocada y su pie desnudo arrastra por el suelo la piel desollada, como una media vuelta al revés a medio sacar.

»Fermín López ahora va para convertirse en hombre. Se le ha poblado de barbas la cara, la manzana se ha adelantado, fuerte y firme, como es firme y fuerte la voz. Las llamas tienen que darle una lección más: han de enseñarle que los niños, al hacerse hombres, dejan de llorar. Con este propósito, le conducen por la casa del indio Presentación Quille, cohetero,[93] la víspera de la fiesta del pueblo. Estaba el mozo aplacando la sed con un mate[94] de agua fresca que sostenía con ambas manos, en la puerta de la cocina cuando la pólvora que había sobrado en la preparación de los fuegos pirotécnicos, provocada por una chispa, se inflama con horrible explosión. En el saldo de sobrevivientes ha correspondido, naturalmente, a Fermín López su parte: un fogonazo le ha abrasado el pecho y arrojado lejos, sin sentido. La cara se ha salvado gracias al mate de agua que bebía. Los brazos y las manos, desnudos y en primer término al momento de la catástrofe, han quedado tremendamente llagados. Los dolores son atroces, y la cara es toda ella una mueca de desesperación. Pero su dueño tiene dieciocho años, y ya no puede llorar, al retorcerse en la cama, como lloró cuando niño: aprendió a no llorar.

»Fermín López, alias "Fosforito", vive después de esto tranquilo unos pocos años: los necesarios para que aprenda a gustar de la bonanza. Se cuenta que hasta llegó a tenor dos buenas cosechas y que la mala suerte parecía haberse olvidado de su protegido.

»Fermín López, alias "Fosforito", fue agricultor durante esos tiempos apacibles. Amó los campos recién roturados,[95] tumbó árboles robándole tierras cultivables a la montaña, se extasió al ver salir, agujereando los terrones, a la frágil colita de paloma del maíz recién nacido, y admiró largamente el efecto del sol sobre las mieses.[96] Vivía a media hora del pueblo y tenía su casita de barro y paja bastante lejos de la chacra,[97] para evitar que alguna rama inflamada, en la quema anual de las rozas,[98] prendiera fuego a la vivienda.

---

90   *Engullir*: digerir, comer.
91   *Ósculo*: beso.
92   *Achicharrada*: incinerada, quemada.
93   *Cohetero*: fabricante o vendedor de material pirotécnico.
94   *Mate*: en muchos países de América del Sur, calabaza seca y vaciada que se emplea como vasija, particularmente para preparar la bebida llamada con ese mismo nombre.
95   *Roturar*: arar, labrar.
96   *Mieses*: campos sembrados.
97   *Chacra*: granja, finca rústica.
98   *Roza*: tierra limpia de matas y hierbas para sembrar en ella.

»Pero un día Fermín López, alias "Fosforito", amaneció con talones calientes. Se le ocurrió caminar sin rumbo. A poco empezó a guiarse por el sonido distante de una hacha. Arribó así a la vecindad de una choza rodeada por un seto,[99] y pudo ver, sí, señores y amigos de Yangana, que, tras el seto, una muchacha –detalle que no olvidaré nunca–, creyéndose sola, hacía una necesidad.

»Su encuentro con esta mujer joven fue para Fermín López, alias "Fosforito", un encuentro más con el fuego. Fuego tenaz, que le consume con deliciosa lentitud y va dejándole una cicatriz profunda que él no ve, como viera las otras, pero que la siente muy hondamente. La muchacha, pasada la gran vergüenza del encuentro, detalle rudamente prosaico para comenzar un amor, arde también bajo la envoltura de la misma llama. Meses después, la choza de él no queda sola cuando el flamante agricultor toma el camino de su chacra.

»Y fueron felices, estrepitosamente felices, mientras ella germinaba, como la semilla en la chacra nueva. Y lo fueron, no obstante el pasajero dolor físico del alumbramiento, cuatro días después. Así, exactamente, cuatro días. En el cuerpo de ella se encendió la fiebre. Ardió la pobre mujer durante cerca de un mes, y el hombre, con silenciosa desesperación, acariciaba sin cesar una mano cada vez más exangüe,[100] en cuya muñeca parecía latir un pulso enérgico de vida que nace, no de vida que muere. Ese fuego lento consumió la vida de la madre, que dejó abandonado un chico que le sobrevivió, a fuerza de agua dulce y mazamorras[101] con leche, doce días más.

»Aquí es lo que encaja el relato de la rebelión de Fermín López, alias "Fosforito"; de la su rebelión contra el destino incendiario bajo el cual nació. Trátase de su primera y última tentativa. Después... ya nada hará por emanciparse de su flamígera tutela.

»Fermín López, alias "Fosforito", decide colgarse de un árbol y defraudar así al fuego que tanto lo ha hostigado.[102] Se encamina al monte, con paso recio. Va dando un último vistazo a su chacra y su choza. No, su choza no debe quedarse así. Se salvará él de las llamas, pero su casita, esa casita, esa casita donde quiso tanto a su mujer y a su hijo, no. Desciende corriendo, corriendo, con un haz de paja encendido en la mano. Minutos después, la cubierta arde de punta a punta. El hombre aún está sereno y logra mantenerse a prudente distancia del incendio. Sarcástico empieza a resultar para las llamas este rondar a su torno, sin chamuscarse, del pupilo al cual han modelado con sus tremendas caricias.

»El atractivo funesto del fuego toma luego un disfraz sentimental. Fermín López, alias "Fosforito", se da cuenta, de pronto que va a quemarse allá dentro el paño guadalupano que él regaló a la novia y que refrescó, con su suavísimo tejido de hilo fino y frío, las espaldas de la febricitante[103] mo-

---

99  *Seto*: cercado hecho en el campo con palos y ramas o bien con plantas que crecen espesas.
100  *Exangüe*: agotado, exánime.
101  *Mazamorra*: gachas de maíz con azúcar y miel, que se comen mucho en el Perú.
102  *Hostigar*: acosar.
103  *Febricitante*: calenturienta, con fiebre.

ribunda. No podía ser por nada de este mundo que fuera a quemarse este recuerdo de la difunta. No podía ser: lo necesitaba él para retorcérselo en las manos, para envolvérselo en la cabeza cuando esté, horas después, balanceándose de la rama más alta. Cerró los ojos y empujado por una fuerza irresistible, dio un salto y se metió a la hoguera. Cerca del anochecer fue encontrado, exánime, al pie de la chacra, con un trapo quemado entre las manos.

» ¿De qué le habría servido –termina aquí la canción– insistir en el suicidio por la cuerda? Había que dejarse curar, había que tomarle miedo a morir ahorcado y volver a afirmarse en el deseo de vivir, hasta que el Amo Fuego le conceda una paz más duradera».

Viene Fermín López, alias «Fosforito», un poco temeroso quizá de que la vasta aventura colectiva vaya a degenerar, por culpa de su mala sombra, en fracaso trágico; y con una especie de vago remordimiento al sentirse cómplice inocente y ciego de la orgía de llamas que devoró, frenéticamente, todas las casas del pueblo de Yangana. No en cambio así los otros. Quienes se sienten en cierto modo protegidos por él, puesto que saben que todos los males caen sobre su cabeza, que todos los siniestros[104] lo visitan, aplacando a los dioses crueles. Estímanle una especie de pararrayos o de condensador en el cual se descargan las furias elementales que, de faltar él, asolarían[105] al resto de los moradores. Y así como el curandero Torres les defiende de los males que manda Dios y que manda el Diablo, Fermín López, alias «Fosforito», víctima oficial de los malos sucesos, niño mimado del fuego, enemigo jurado de las buenas cosechas, les preserva del azote de los elementos.

8

Viene la viuda de don Patricio Aldeán, la matrona más distinguida del lugar. Mujer cuarentona, gorda, lenta, enfamiliada, toda ademanes[106] y visajes,[107] inteligente, conversadora amena y ditirámbica.[108] Alma de las reuniones con gente de la ciudad e inevitable organizadora de la velada anual que, de acuerdo con una tradición de más de trescientos años, se celebra en honor al Señor del Buen Suceso[109] patrón del pueblo que redujeron a cenizas.

Dirige personalmente los ensayos previos a la representación dramática, reparte los papeles a los actores y hace, en los estrenos, de apuntadora[110] y traspunte,[111] hablando casi a gritos con voz clara y cálida.

---

104   *Siniestro*: incendio, naufragio, hundimiento o desgracia semejante, particularmente producida por una fuerza natural.
105   *Asolar*: aniquilar, devastar.
106   *Ademanes*: maneras, modales.
107   *Visajes*: gestos exagerados.
108   *Ditirámbica*: entusiasta y exagerada.
109   *Señor del Buen Suceso*: fiesta religiosa que se celebra en diversas regiones del Ecuador en diferentes fechas. En Loja se celebra el 20 de agosto.
110   *Apuntador*: persona que apunta(ayuda con los parlamentos, sopla) a los actores en el teatro.
111   *Traspunte*: persona que avisa a los actores en el teatro cuando tienen que salir a escena y les apunta desde los bastidores las primeras palabras que tienen que decir.

Viste como ciudadana, entiende de corte, maneja diestramente los figurines y es capaz de confeccionar cualquier modelo de vestido con una facilidad que al coro de sus amistades le parece sorprendente.

Además, en su mesa es fama[112] que se come muy bien. Las gentes que llegaban a casa de ella eran objeto de un trato fino y habían de engullir hasta reventar. La despensa estaba bien provista, porque doña Patrocinio, o «mama Patrocinio», como la llamaban, gustaba de prepararse platos sabrosos y le apasionaba, en general, la comida. Quesos trabajados en las vaquerías de la altura, grasos, salados, amarillentos, cecina[113] gorda en grandes pencas,[114] extendida a lo largo de una cuerda que atravesaba la pieza de extremo a extremo; pescado traído del Perú en salazón; largos cordones de longaniza pendientes de las vigas del sobreado;[115] un cajón donde guardaba, entre hojas frescas, el pan regalado que amasaba ella misma dos veces en la semana...

Y en el corral, una volatería[116] numerosa, y el chancho de ceba. Sobre todo lo cual, doña Patrocinio, la viuda, ponía su mirada vigilante y glotona. Muy de mañana, a la hora en que las gallinas empiezan a saltar del árbol, las tres sirvientes de la notable matrona empezaban a corretear, con gran estrepito, el ave de corral que había amanecido de turno para el sacrificio.

Generalmente, las personas de la población la hacían objeto de grandes consideraciones.

Una prueba fehaciente[117] de esto la da el hecho de que era ella persona que podía conseguir, de no importa qué padre, por escrupuloso que fuera, la o las muchachas que hacían falta para el desempeño de los papeles femeninos en las comedias. Había ya establecido para este trámite una especie de rito: negativa terminante de los padres al comité de festejos; intervención de doña Patrocinio, a quien le enviarían la respuesta una hora después; recado por el cual consentían –por las consideraciones que le tenían a la señora–; segunda visita de dona Patrocinio, para agradecer la excepción hecha en su honor e indicar el número de trajes, el color de las telas y el número de varas que debía adquirirse para vestir a la heroína y a las figurantas.[118]

¿No había sido suficiente el que «mama Patrocinio» fuera capaz de salvar estos obstáculos para merecer la gratitud del pueblo entero?

9

Viene don Vicente Muñoz, el hombre más ilustrado de Yangana. Decían que era hijo de patrón noble. Por lo menos, con hijos de rico había pasado los primeros años de su mocedad, en el colegio de enseñanza secundaria. Con-

---

112  *Es fama*: se sabe.
113  *Cecina*: carne salada y seca.
114  *Pencas*: tiras: trozos largos, estrechos y delgados.
115  *Sobreado*: Soberado: ático (lojanismo).
116  *Volatería*: conjunto de aves de distintas clases; particularmente, comestibles.
117  *Fehaciente*: de manera indudable.
118  *Figurante*: persona que, por ejemplo en una representación teatral, figura en un acompañamiento, sin más papel que ése. Comparsa.

taban una romántica historia de amor truncado, que le desarraigó[119] de la ciudad para siempre y que –sin que por eso dejara de merecer la gratitud y la admiración de la gente del poblado– le ocasionó una perdurable chifladura: un amor excesivo por los libros, que sus vecinos no acababan de comprender.

Le llaman afectuosamente «Chapetón», por el aspecto de caballero español antiguo que le encuentran.

El cuerpo es alto, delgado, un tantico cargado de espaldas. Es blanco y pálido el color de la piel. La frente es muy amplia y más clara que el resto del rostro. Se deja la barba, que es bronceada, crespa y abundante. Encaja[120] muy bien en esa cara larga, chupada y ascética. Las cejas, un tanto hirsutas[121] y borrascosas, contrastan con la mansedumbre de los ojos azules.

En las manos largas, finas y huesudas, que empuñan con delicado brío las riendas de su cabalgadura, cuando están extendidas se advierte un ligero temblor. Huele a tabaco su aliento, y la voz, grave y sonora, se deja oír un poco ronca. Sus anchas muñecas, otro contraste con sus manos delicadas, son velludas.

En grandes alforjas[122] plataneras transporta sus libros. Es éste, no hay duda, el viaje bibliográfico más raro del mundo, en el presente siglo. Cuatro mulas robustas conducen la que es para él la más preciosa carga.

Era un bibliófilo a su manera. Había comprado muchos libros antes de la gran guerra,[123] a precios ínfimos. En Yangana había una casa pobre pero limpia y bien cuidada. A la calle daba una pieza olorosa a cedro, con una ancha ventana. Los estantes eran de cedro del caliente y albergaban,[124] en apretadas ringlas,[125] los volúmenes.

Frente al perfumado cuartucho, al cuartucho recoleto olor de madera labrada y balsámica, el hombre tuvo dispuesto siempre otro cuartucho igualmente claro para huéspedes, ¡Cuántos amigos llegaron ahí! ¡Cuánto forastero desconocido, a lo largo de los años, en un pueblo donde no existían hoteles ni casas posadas, golpeó esa puerta hospitalaria con los nudillos de una mano cansada, apeándose en la calle silenciosa, y sosteniendo en la otra mano las riendas de su montura! ¡Cuántos prójimos de tránsito se sentaron a aquella mesa rústica, a compartir con el voraz lector arrinconado su frugal dieta de siempre!

El habla, tras la comida, una vez que la hija menor había levantado los manteles, era reposada y discreta. Nunca se ocupó de sí mismo y se interesó, muy cortésmente, por las necesidades del viajero.

Conocedor de unos pocos de sus libros, hablaba de ellos con una seguridad desconcertante. Un tanto librepensador,[126] citaba a Montalvo.[127] Era uno de

---

119   *Desarraigar*: apartarse alguien de la patria o sitio en que tiene su familia, afectos e intereses.

120   *Encajar*: estar una cosa o las partes de una cosa ajustadas en el sitio que les corresponde o en su unión con otra.

121   *Hirsuto*: híspido: aplicado al pelo, grueso y rígido.

122   *Alforjas*: zurrón.

123   *La gran guerra*: Una de las dos guerras mundiales.

124   *Albergar*: alojar, aposentar.

125   *Ringla*: fila.

126   *Librepensador*: quien no se sujeta a dogmas, particularmente religiosos, en el ejercicio de su razón.

127   *Juan Montalvo:* (Ambato, abril de 1832-París, enero de 1889). Intelectual ecuatoriano liberal, gran polemista, enemigo acérrimo de García Moreno y de su régimen. Los avata

los pocos ecuatorianos que nombraba a don Juan porque lo conocía. Su gran debilidad eran las novelas de folletín.[128] Dueño de una memoria feliz, contaba, cuando estaba locuaz,[129] lo que por cierto era bastante raro, episodios del «Conde de Montecristo»[130] o de los «Tres Mosqueteros»,[131] que eran escuchados con embeleso[132] por la concurrencia.

También empuñaba la pluma ocasionalmente. Era el corresponsal del semanario de la ciudad y jamás se ocupó en hacer política. Alguna vez, una discreta campaña contra la rapacidad de ciertas personas que pretendían hacer al pueblo víctima de sus depredaciones.[133] Y siempre que era necesario, hacía discursos. Mejor dicho; escribía la letra de los discursos que otros pronunciarían en las fiestas y solemnidades de Yangana, ya se trate del ofrecimiento de una velada, de la inauguración de un puente, de la clausura del curso escolar o del entierro de un personaje notable. Manejaba el verso con soltura y facilidad, lo que le había valido en todo tiempo, ser quien corriera a cargo de escribir juguetes cómicos de circunstancias,[134] para darle un sentido de actualidad a las representaciones dramáticas que en Yangana, pueblo apasionado por el espectáculo teatral, se ofrecían por lo menos una vez al año.

Y ahora marchaba al frente de su pequeña familia, en medio de sus libros, y parecía ir profundamente pensativo. Iba rodeado, es cierto, de todo linaje de consideraciones, pero su mano delgada trepidaba menos imperceptiblemente que antes.

Quizá medita –creen algunos– en la parte de responsabilidad que le haya cabido en lo que acaba de pasar en esto que se llamó Yangana...; quizá no sea sino la añoranza[135] del pasado tranquilo que deja atrás y del olor a cedro que percibía al tiempo de rumiar,[136] en su hogar antiguo, sus pertinaces[137] lecturas.

## 10

Vienen Ignacio Gordillo, Elías Gómez y Benjamín Betancur, los tres músicos más reputados: un violín, una flauta de zade[138] con huecos abiertos por la punta de un chuzón incandescente, y una guitarra, en su orden. El violi-

---

res políticos del Ecuador y el atraso del país produjeron su impaciencia, su coraje y la conducta de ataque que distinguió su acerba crítica social.

128  *Folletín*: novela de intriga, con sucesos y coincidencias muy dramáticos, sorprendentes e inverosímiles.

129  *Locuaz*: hablar sin reservas.

130  *El conde de Montecristo*: (*Le comte de Monte Cristo*) novela de aventuras clásica de Alexandre Dumas padre, considerado su mejor trabajo. Publicado en una serie de 18 partes durante1844-1884.

131  *Los Tres Mosqueteros*: (*Les Trois Mousquetaires*) otra novela de folletín de Alexandre Dumas padre. Publicada para la revista *Le SiÉcle* entre marzo y julio de 1844. Dumas se basó en el libro *Mémoires de Monsieur d'Artagnan, capitaine lieutenant de la première compagnie des Mousquetaires du Roi* de Gatien de Courtilz de Sandras (Cologne, 1700).

132  *Embeleso*: con gusto, con encanto.

133  *Depredación*: robo, pillaje, saqueo.

134  *Juguete cómico de circunstancias*: pieza teatral breve, ligera y cómica, que puede hablar de lo político o hacer propaganda.

135  *Añoranza*: nostalgia.

136  *Rumiar*: cavilar, pensar.

137  *Pertinaz*: persistente

138  *Flauta de zade*: instrumento musical hecho de un mimbre de tallos delgados que crece junto a los arroyos.

nista es a la par carpintero y ha hecho él mismo su instrumento. Trátase de un hombre flaco, huesudo y pipón.[139] Usa zapatos siempre, le huelen un poco mal los pies y es de una admirable resistencia para manejar el hacha.

Benjamín Betancur, el guitarrista, tiene muy buena voz, es guapo y sonrosado, y además de gustarle explotar el físico todo lo que puede, es aficionadísimo a emborracharse gratis. Condiciones son éstas que le han permitido llevar a cabo sensacionales conquistas amorosas. Cuando está bebido se pone jactancioso[140] e insiste en contar que algunos enamorados serenateros[141] le han hecho ganar plata en serenatas, tratando de conseguir el corazón de una mujer que no tenía dificultad en decidirse por el cantor. Este desde luego, no podría ser su caso, cholito[142] –explicaba, si el interlocutor era de los que le pagaban para que cantara en las jaranas–.[143] Con usté no me meto: no hay plan. Me la lleva ganada.

Elías Gómez completa el trío musical, soplando con sus labios gruesos en la flauta de los siete orificios ribeteados de negro. También ha sido el artífice de su propio instrumento. Morosamente, ha confeccionado, cortando ambos extremos de la caña de zade, con una navaja fina. Y para que la flauta dé buenas voces, en vez de beberse la copa, acostumbraba a verterla en el interior de la caña, por lo cual el instrumento huele a aguardiente, mientras su dueño y ejecutante permanece sobrio. Causa extrañeza a los entendidos que aquellos labios negroides, de embocadura adversa, puedan soplar un chorrito de aire tan fino, tan insinuante y diestro; un hilito que al colarse por las yemas de los dedos a medio levantar, produce sonidos tan dulces, tan jugosos, tan cantarinos.

Los tres, al decir de Gómez, quien, en opinión de los otros, no tiene mucha sal en la mollera,[144] constituyen un buen dúo, un «dúo de tres» que se acompasa y combina primorosamente.

II

Viene Jacinto Peñaflor, Jacinto Picuita cuando él no lo oye, de oficio zapatero.

Camina a cuestas con sus dos apellidos. Uno, el que usa él y con el que gusta de ser llamado; otro, que merece su desprecio por estimarlo demasiado

---

139   *Pipón*: barrigón.
140   *Jactancioso*: presumido, pedante.
141   *Serenatero*: músico que toca en la calle durante la noche, para festejar a una persona.
142   *Cholo*: palabra que denomina en la actualidad a una persona que tiene algo de sangre indígena, pero por lo general, se usa de manera peyorativa en Ecuador y Perú. En el siglo XVIII, la palabra «cholo» designaba una casta: la de los hijos de la mezcla entre mestizos e indígenas. Como casta, dividía la sociedad, formando jerarquías étnicas para otorgar poderes a unos (blancos) y deberes e inferioridad de otros (indígenas). Con esta palabra se trasmite el prejuicio étnico y de clase heredado desde la Colonia. En Ecuador, el término «cholo» tiene una connotación despectiva. En Guayaquil (región costera), «cholo» es sinónimo no sólo de tener ascendencia indígena, sino también de tener un nivel educativo bajo, malas costumbres, mal vestir y con todos los prejuicios raciales y de clase. El término «cholo» se aplica al costeño de apariencia indígena, mientras que al serrano de apariencia indígena se lo denomina «longo», también despectivamente.
143   *Jarana*: parranda.
144   *No tener sal en la mollera*: ser algo tonto, o simple.

vulgar, nada eufónico,[145] y, sobre todo, cholo, pero que es, en realidad, el que legítimamente le corresponde.

Zapatero remendón y gallero[146] empedernido. Es un entusiasta aficionado al deporte de golpear dominicalmente a su mujer. Los vecinos, en la mañana del lunes, decían:

—Ya don Picuita ha pegado un remiendo negro en el ojo de su mujer.

Y producía un verdadero trastorno en los cálculos y en la glosa zumbona[147] de rigor cuando, por una inexplicable despreocupación, pasaba por alto la práctica semanal del vapuleo.[148]

Que amanezca con los ojos amoratados la mujer de Picuita era algo que teníase derecho a esperar cada lunes. Y había para ensañarse contra el hombre negligente cuantas veces infringía la disciplina rutinaria.

12

Viene Ulpiano Arévalo, antiguo soldado del ejército nacional.

Llegó a ser sargento segundo, regular cocinero y excelente tirador. Reclutado en la ciudad a los diecisiete años, fue llevado al cuartel con ocasión de la campaña de Esmeraldas.[149] Había vuelto al cabo de largos años, hecho ya un hombre fuerte, callado y resuelto. Con el pie calzado y el andar airoso y marcial. Había dejado el poncho. Usaba la correa militar para ceñir su calzón, y guardaba el fusil del ejército que trajo consigo clandestinamente, y la pesada dotación de cartuchos.

Pasaba por ser mañoso[150] jugador del dedo y de la mano. En la barbería de Vicente Orozco tenían por costumbre reunirse, la mañana de los domingos y días de fiesta de guarda, los más forzudos de poblado, para apostar en proezas de vigor físico.

Descartando a don José Toro, que era un Hércules que excluía, por amplio margen, toda posible competencia, quienes más cotejas rivales resultaban entre sí era, pues, este Ulpiano Arévalo desertor, y el Sapo Labanda, herrero. De codos en una mesa amarilla muy sólida, frente a frente, trabados entre sí los dedos cordiales[151] de la respectiva derecha, forcejeaban hasta hacerse sangre, en pos de[152] doblegar el tenaz[153] puño contrario, en medio de los gritos de aliento de las parejas en receso.

Arévalo dirige ahora el pelotón de hombres armados y se entiende directamente con el jefe. Su fusil, reluciente, bien cuidado a través de años y años de aceitada semanal, mantiene los resortes suaves, limpios y prestos, y trae un tapón de trapo en la boca del cañón.

El ex soldado Arévalo, que parece haber vivido un pasado guerrero san-

---

145  *Eufónico*: armonioso.
146  *Gallero*: aficionado a las peleas de gallos.
147  *Glosa zumbona*: comentario burlón.
148  *Vapuleo*: paliza, tunda.
149  *Campaña de Esmeraldas*: Nombre por el que se conoce el levantamiento de Carlos Concha, que duró de 1913 a 1916, que movilizó a los campesinos de Esmeraldas y Manabí en contra del gobierno de Leonidas Plaza.
150  *Maña*: acciones realizadas con astucia y engaño para conseguir algo. Ardides, artimañas.
151  *Dedo cordial*: de en medio o del corazón. Dedo intermedio y más largo.
152  *En pos de*: tras una cosa, pretendiendo conseguirla.
153  *Tenaz*: que no cede en su propósito.

griento y valeroso, es un sujeto caliente de imaginación y de dotes narrativas. La única persona que consigue hacerle hablar coordinadamente y en frases largas es don Vicente Muñoz, en las ocasionales veladas tibias de su patio. Contesta a don Vicente con precisión y seguridad, y es entonces, a través del interrogatorio que éste le hace, que se consigue entrever la historia. Después de la andanada de preguntas, don Vicente se forma ya un concepto del episodio. Lo narra entonces delante del propio protagonista, quien lo escucha como asombrado y con entusiasmo infantil, rectificando, muy respetuosamente las pequeñas inexactitudes.

Arévalo, a través de sus laboriosos relatos, dados a la luz merced a la tocológica[154] labor de don Vicente Muñoz, parece no conceder ninguna importancia al valor personal, y su indudable intrepidez carece de la conciencia de sí misma y actúa en los períodos de prueba sin alarde y sin esfuerzo.

Le faltan, en cambio, condiciones de mando e inteligencia Obedeciendo al churón Ocampo, que es el Jefe, desempeña a conciencia su papel. Nunca ha pasado quizá por su cabeza de piedra la idea de que una orden superior pueda ser desobedecida.

13

Viene José Vallejo, alias el «Chino», de profesión carpintero. Le nombran así por la disposición oblicua de los ojos y por la cetrina[155] palidez del rostro. Tiene una bien ganada reputación de carpintero hábil e hizo en el pueblo la mayor parte de los muebles casas bien tenidas, y, desde luego, la delicada ebanistería del altar, que le llevó dos años, así como la aromática estantería de don Vicente Muñoz.

No le pierde paso a su lindísima y mugrosa consorte. Y a fe que no está demás vigilar el sucio tesoro: la «cabezona» la mujer del chino causa la inquietud y la envidia de innumerables maridos por su belleza, por su turbador atractivo sexual. Cuánto desearían quitarle al pobre chino, al descolorido chino, al horrible chino, la hembrota blanca, mal trajeada y tarosa[156] que tiene sin merecerla, por una de esas exasperantes canonjías[157] que en ocasiones dispensa el destino al puerco más ruin. Y quitársela para gozarla rabiosamente, trajearla como es debido, ponerle zapatos y conseguir que alguna vez peine su hermosa cabellera rizada de color de vino.

14

Viene José Clemente Piedra, futbolista.

Acompaña a la desigual pareja en su calidad de vigiladísimo pariente de la «cabezona» y anda no bien repuesto todavía de la fenomenal borrachera que comenzó con la fiesta.

Camina a pie, con una extraña indumentaria. Calza sus zapatos de fútbol, con puentes y suela puestos por él mismo en las plantas. Las gruesas medias

---

154  *Tocológico*: médico cirujano que asiste a partos. También se le dice así al comadrón.
155  *Cetrino*: personas, que tienen el color de la cara amarillo verdoso, y a este color. Aceitunado.
156  *Tarosa*: sucia (lojanismo).
157  *Canonjía*: algo de mucho provecho y poco trabajo. /(fig.)[.], de canon, beneficio asegurado por el cargo eclesiástico.

avanzan hasta cerca de las rodillas. A esa altura, el cerco superior se dobla, ostentando una bandera con el tricolor nacional. Trae puesto pantalón de bota de color olivado, con anchos fondillos, y camiseta de juego, con mangas largas. Se ha anudado un pañuelo en la cabeza. En el bolsillo guarda una botella, que sobresale bajo las ropas con escandaloso volumen.

Si extraño puede parecer el traje, más extraño es que siga el rumbo que ha tomado. Se decidió en un momento en que apenas se daba cuenta de lo que hacía. Fue a la fiesta del pueblo lejano y. de la cercana pariente bella, formando parte de un equipo improvisado de futbolistas que buscaban un pretexto para divertirse. Faltos de toda disciplina y unificación, a poco de llegar se ignoraban los unos a los otros: cada uno bebía y armaba escándalos por su propia cuenta.

Poco recordaba el futbolista José Clemente Piedra, intruso en el pueblo al fin y al cabo, el desarrollo de los hechos decisivos. Tal vez no se equivocaba cuando le parecía, como en un sueño, que él estaba en una chingana[158] con el agrónomo fracasado Joaquín Gordillo, su buen amigo, comiendo un seco de chivo[159] apetitoso, picante de ají, pimienta y cebolla, y bebiendo un espléndido claro de jora[160] bien helado. Estaban algo así como «poniéndose en forma», cuando sobrevino el gran incendio, y vieron sus ojos extraviados una especie de desfile de caras salvajes, de miradas enloquecidas, de brazos que enarbolaban hachones inflamados, y oyeron los gritos roncos, los alaridos de espanto y de cólera, el aullido de los perros, el bramar del incendio. El pavor fue con él... Y pasaron algunas horas.

Y él, José Clemente Piedra, hipando de borracho, dando traspiés, escupiendo sobresaltado una saliva glutinosa que no conseguía arrancar del todo de los labios, habría dicho, abrazado del antiguo estudiante de agronomía:

—Yo también me voy con ustedes, compañero.

15

Viene el dicho Joaquín Gordillo, ex estudiante de agronomía, forastero también.

Es otro escapado de la ciudad, a quien capturó la avalancha, y que marcha con ella gustoso, semiborracho, semidormido y burlón. Le tocó en suerte sumergirse hasta las orejas en una aventura absolutamente inesperada, sin que pensara un solo momento en escurrir el bulto. ¡Que su familia de la ciudad diga lo que quiera! ¿No le sabían loco e inservible? Además, el pueblo de agricultores podía necesitarle. Y con una vaga esperanza beoda de llegar a ser útil, a ser tomado en serio por lo menos una vez en su vida, se agregó, sin un gesto de hesitación, a la caravana.

A ratos, lo desconocido del trance lo desazona. El mentón ancho y el entrecejo de gruesas arrugas del ceñudo futbolista, de andar firme y de grandes zapatos, vuelven a infundirle una tranquila confianza, y, por centésima vez, encoge los hombros.

---

158  *Chingana*: taberna en la que suele haber canto y baile.
159  *Seco de chivo*: plato típico de la provincia del Guayas y de Loja. Es un cocido de carne de chivo servido con arroz.
160  *Claro de jora*: bebida alcohólica obtenida por la fermentación de la materia azucarada contenida en un tipo de maíz malteado.

Le soportan los vecinos amablemente. Empiezan a tomarle tal como es, y hay algunos que, para tenerlo de humor, le dan de beber de rato en rato, en pequeños tragos, puesto que pudiera ser que llegue a faltar la provisión.

## 16

Viene dona Liberata Jiménez, la litigante judicial número uno. Proviene de vieja cepa india, como lo dicen los rasgos de su cara, lo negro de su grueso pelo lacio, lo bajo y rechoncho de su cuerpo y la falta absoluta de canas. En su sangre india lleva la tenacidad y el amor al pleito civil.

Es del dominio público que litigó durante dos años por reivindicar una yegua inservible que resultó, no se supo bien cómo, en poder de tercera persona. Gastó en ello casi todo lo que tenía e incluso se vio obligada a deshacerse de un soberbio cafetal, que prosperaba en un huerto rodeado de la más bella hilera de naranjos que se haya sembrado en Yangana. Tuvo la satisfacción de conseguir que el juez reconociera a su favor la propiedad de la yegua, pero el animal, extenuado por sus muchos años y por el ayuno prolongado a que le condenó el secuestro, murió el día en que se ejecutoriaba[161] la sentencia.

Las mujeres muy de su casa hallan todo esto muy mal, y la llaman marimacho porque adora las lidias de gallos, gusta de jugar al billar y de beber aguardiente, y es una apostadora insigne. Aseguran que es buen puño. Desde luego, es zurda, y es con la mano izquierda que hace las más difíciles carambolas y tira los dados en el juego de la pinta. Anda sola a cualquier hora de la noche por donde se le ocurra, y afirman gentes que le han visto, que orina de pie.

Pero digan lo que digan, ha tenido una hija, y es –como aclaran las gentes de por ahí malignamente– la mamá de su vástago, no el papá.

Esta hija de la cual dona Liberata es la mamá, no el papá, es una bella mujer alta, flaca, tiene los brazos larguísimos y la piel desagradablemente descolorida.

Es una pobre hembra cuya falta de pigmentación llega casi al albinismo. No obstante su apariencia de fruta helada y de mosquita muerta, le había dado a dona Liberata un nieto insospechado muy a la chita callando.[162] El sorpresivo retoño fue recibido –al decir de quienes estaban debidamente enterados–, primero con una sonora rabia, después, con un amor impetuoso que escogía, para decir ternezas, las frases más indecentes del vocabulario. La loba agria y cascarrabias[163] quería acariciar a su nieto y le manifestaba su afecto en ásperos gruñidos. Sus manotones y blasfemias llenaban de espanto a la pobre mamá y al hijo. Desde lejos podían oír los vecinos los frenéticos transportes de ternura de la mujerona y luego, tras la palabrota y al guantón amable, el agudo chillido infantil seguido de una ronca carcajada aguardentosa.

---

161  *Ejecutoriar*: declarar firmemente un fallo.
162  *A la chita callando*: en secreto o sin llamar la atención.
163  *Cascarrabias*: de mal genio.

17

Viene Josefina Luna, la gorda más joven de la caravana. Muchacha de unos diecinueve años, compañera de primeras letras de la «Virgen del Higuerón», tiene una apariencia de cuarentona.

El volumen de sus carnes fláccidas es ya impresionante. Llora fácilmente y se mueve con mucha dificultad. No es de ninguna manera una gorda ágil. El cuello ha desaparecido ya, rodeado por la grasa floja de sus incontables papadas.[164] Sus manos empero son muy bellas, y ella lo sabe. Parecen haberse librado por un milagro de la adiposidad que ha invadido todo su cuerpo, y se mantienen graciosas, finas, con los tejidos firmes y levemente hoyueladas. Saben moverse con soltura y una elegancia espontánea que imparte al resto de la imponente mole un cierto aire ágil, librándola, como si dijéramos, de una buena parte de su peso.

Necesita ir mudando de acémila[165] dos veces por día, e inútil es decir que no podría llegar por su propio impulso a la silla. El hombre forzudo ha de ayudarla. Come grandes fiambres y se enjuga la cara y el cuello incesantemente, con una gran toalla que exprime después. El padre le refresca la cara con agua fría en cada vertiente que encuentra en el camino.

Los mozos se divertían como niños con el gastado recurso de adjudicarle como supuestos novios a los tipos más flacos del lugar.

Era indispensable, eso sí, pensar en que toda precaución podía ser poca, decían:

—La fina Fina Luna Llena tiene que revolverse en el lecho con muchísimo cuidado, para no aplastarlos con su peso.

O bien:

—El hombre que tenga la desgracia de caerse de encima de la montaña, se mata. Etc., etc.

18

Viene don José Toro, Hércules y fundidor en bronce y hierro.

Su verdadero apellido no lo conoce nadie. Toro es el sobrenombre que ha ganado por la fuerza descomunal que posee, no obstante sus cincuenta años bien bebidos y su vida crapulosa[166] y manirrota.[167] En el pasado, sólo un hombre ha habido en el pueblo como él de fuerte: don Lisandro, pero en otra generación y en otro tipo.

José Toro es un hombrón alto y fornido. Los brazos desnudos, morenos y musculosos, recorridos por la cañería apelotonada[168] de las venas, parecen hogazas de pan de centeno. Las manos, enormes y callosas, conservan una temperatura que quema. Por sus palmas ásperas ha corrido mucha plata, ya que el hombre, como fundidor de trapiches de bronce, ha sido muy bien pagado siempre. Pero se la ha bebido toda con sus amigotes: no en vano es el más serio rival de Mendieta mayor, como copa brava.

---

164 *Papada*: gordura situada debajo de la barbilla.
165 *Acémila*: mula o macho de carga. Caballería.
166 *Crapulosa*: vida de libertino.
167 *Manirrota*: derrochador, malgastador.
168 *Cañería apelotonada*: conductos aglomerados, apiñados.

Un cuello del ancho de la cara se implanta sobre los hombros redondos. La cabeza que se destaca a escasa distancia de ellos, es pequeña. El rostro, lleno de visajes, comienza a tener arrugas. Los párpados son globosos. Barba tupida. Sonrisa fácil, que enseña unos largos dientes incompletos.

Ha sido él quien fundiera la última campana, la que ellos no lograrán. Apenas pudo ser estrenada en el día de la fiesta. Se quedó izada[169] en el campanario de Yangana, en medio de la humeante soledad de los escombros. ¡Esas voces argentinas, que habrían oído tantas generaciones del futuro, se quedaron, potencialmente, en aquella garganta metálica que, acaso, ya no volvería a sonar!

José Toro, si bien no es un sentimental, se lamenta de que haya sido abandonada la campana que salió de sus manos.

—Se me quedó la novia, en la puerta de la iglesia, mire. Estaba todavía doncella –agrega–. ¿Quién la logrará?

Y traga un bocado amargo, por mucho que trate de guiñar[170] picarescamente su ojo amoratado y de enseñar, en una franca sonrisa sus dientes amarillos.

La reputación que ha ganado su fuerza física es muy grande. Se cuenta de barras de hierro dobladas como si fueran de alfeñique[171] con una leve torsión de las muñecas; de bestias sacadas en peso del atolladero, la carga y los arneses incluso; de una lucha cuerpo a cuerpo con un puma en la montaña; de la movilización de una pipa[172] de aguardiente con un solo esfuerzo...

Sobre ello no se discutía. Era algo como la longevidad de don Lisandro Fierro, como la mala suerte de Fermín López, como la belleza de la «Virgen del Higuerón», como los conocimientos de don Vicente Muñoz.

José Toro trae, como siempre, un ojo como tomate. El origen de estas tumefacciones[173] oculares casi crónicas es invariable; borrachera con sus amigotes, a costilla de él, hasta doblegar al Hércules. Provocaciones a respetuosa distancia del gigante. Un manotón dado por éste en el vacío, que le hacía perder el equilibrio. Y luego la tunda de sus compañeros que caían, en masa, sobre el cuerpo yacente, moliéndole con fruición[174] las costillas, sin conseguir acabar con sus sonoros ronquidos.

## 19

Viene Carmen Valle, dedicada a la profesión femenina más antigua del mundo.

Es bastante delgada, la estatura mediana y proporcionada y tiene los dientes muy blancos. Los notables la odiaban de día y amaban de noche. La ropa interior de seda que usaba, y el gozo impúdico con que se desnudaba

---

169  *Izada*: elevada, suspendida, subida.
170  *Guiñar*: cerrar y abrir rápidamente un ojo una o más veces, por lo general para hacer disimuladamente una seña a alguien.
171  *Alfeñique*: golosina consistente en una barrita de caramelo retorcida.
172  *Pipa*: recipiente de madera usado para líquidos, principalmente vino y aceite. Cuba, tonel.
173  *Tumefacción*: hinchazón de una parte del cuerpo.
174  *Fruición*: placer.

eran objeto de comentarios muy reservados entre los austeros personajes de la población, que habían sido, cada uno por su cuenta, partícipes, a tanto la sesión, de aquellos encantos prohibidos.

La pervirtió la ciudad, pues a la ciudad fue como estudiante de colegio de monjas, ignorándose cómo la interna de convento llegó a convertirse en lo que era actualmente y por qué tuvo la audacia de regresar a su pueblo a continuar con la vida que empezó allá.

La miran de reojo y con instintiva repugnancia las casadas; y las novias. Las despecha verla vestirse tan elegante, y quién podría decir qué sentimiento les produce saber que se desviste con hambriento descaro, porque parece, además, que ama las actividades de su profesión.

El futbolista es su compañero de viaje. Marchan alegres, dirigiéndose bromas en voz alta, sin que se les dé una higa[175] por el aislamiento en que los dejan los demás y por las miradas que les brindan las viajeras que sobreestiman su propia honestidad. Con esta pareja camina también la hija del ciego, jovencita cuyas familiaridades con la profesional de la dentadura inmaculada, al decir de los moralistas de la caravana, pueden resultar de funestas consecuencias.

20

Vienen los hermanos Vásquez, trabajadores en la arcilla.

Juan Vásquez, ollero, poseedor que fue de un taller de alfarería instalada en un antiguo galpón donde destilaron aguardiente alguna vez, es un hombre joven todavía, paliducho, de pecho angosto y manos siempre heladas. Al acercársele, despide un repelente olor orines, pues padece de incontinencia crónica, que, de acuerdo con dictamen del curandero Torres, está vinculada directamente con su oficio de alfarero: debe estar humedeciéndose todo el día en el manejo del barro, y es por eso que está pasado de frío hasta los huesos.

Tal vez lo ama la hija del ciego, la amiga de Carmen Valle. Visitaba con frecuencia el taller pobre y helado, y no parecía molestarle el olorcillo aquel. La graciosa muchacha se quedaba absorta viendo surgir del torno, movido por el propio pie descalzo del artesano, las vasijas esbeltas. La maravillaba ver cómo pulía con una astilla de madera y con los descoloridos pulgares, las graciosas cántaras futuras, las cazuelas, las jarrillas, los platos, en tanto los ojuelos de Vásquez, desde lo alto, la contemplaban de reojo,[176] con una especie de crítico interés.

—Quédate para que veas vidriar[177] las vasijas que hice el sábado –decíale él, por no dejar de decir nada, al parecer. A lo cual ella asentía, acudiendo al horno y echando, por su propia iniciativa, algunos leños más. Horas y horas se pasaba observando cómo se doraban las frágiles vasijas, y cuando, una vez frías, eran extraídas, con exquisito cuidado, del horno, ella gustaba ponerlas sobre una mano, llevarlas cerca del oído y darlas golpecitos con la otra, para

---

175  *Dársele una higa*: sin importar nada.
176  *Mirar de reojo*: mirar de refilón, mirar de través.
177  *Vidriar*: dar un recubrimiento duro y brillante a los objetos de cerámica aplicándoles un barniz que, después de cocido en el horno, toma esas características.

constatar si la buena cochura[178] las había dejado sonoras como el cristal.

Y cuando, ya tarde, se marchaba la hija del ciego, a quien él no dedicaba, al despedirla, ni la más leve sonrisa, saltaba del torno y descubría, cerca de un montón de barro, una estampilla: la estatuilla representaba una figura de mujer. Y el callado alfarero la acariciaba entre las manos diciéndole, muy paso:

—Te espero mañana, Luz Perpetua. Te quiero, te quiero. No te olvides de venir. Que tendré naranjas y mote[179] caliente. Y vidriaremos un lindo jarrón que he hecho para ti.

### 21

Roque, el más acomodado de todos ellos, fue dueño de un tejar bien montado, en el cual trabajaban todos sus hijos, varones y hembras. Dos galerías techadas —cubiertas de teja, naturalmente—, hacían más sencillo el faenamiento del barro curado previamente en los noques[180] adyacentes, de donde lo transportaban en carretillas de mano. Sobre un piso enarenado se oreaban[181] las tejas y ladrillos recién salidos del molde. Al comienzo de la ladera quedaban los dos hornos, con una capacidad para ochocientos ladrillos o seiscientas tejas cada uno. La yunta de bueyes, con el barro chirle[182] hasta el pecho, pasaba jornadas enteras dando vueltas en los noques, batiéndolo con su paso lento hasta que la arcilla se «cocine» suficientemente. Las colas de los animales, embebidas de lodo, proyectaban de rato en rato salpicaduras de pañete[183] en la cara de la menor de las Vásquez, quien, desde el borde, azuzaba a los bueyes con gritos y vergajazos.[184]

Ahora bien: todo ello se había quedado en las cercanías del pueblo, con todas sus riquezas presentes y futuras.

### 22

Miguel era albañil, experto y preparador de mezclas para trabajar el bahareque[185] y el adobe.

Levantaba paredes de adobe con increíble rapidez, después de haber hecho unos ciclópeos cimientos a piedra y lodo, con nivel, plomada y todas las de la ley. La capa de pañete que bruñía las paredes antes de recibir el enjalbegado[186] definitivo era producto de una mezcla de duración perenne. En prepararla incorporaba algunos ingredientes no muy limpios – boñiga de vaca, por ejemplo– y demoraba algunas semanas.

---

178   *Cochura*: cocido.
179   *Mote*: (del quechua «mut'i», maíz cocido). Maíz cocido con sal.
180   *Noque*: recipiente de cuero o madera para diversos usos.
181   *Orear*: airear.
182   *Barro chirle*: mezcla que se forma sobre el suelo con la tierra y agua en exceso.
183   *Pañete*: mezcla de cemento y arena para revocar o enlucir las paredes de una construcción.
184   *Vergajazo*: golpe dado con un vergajo (verga de toro que, después de seca y retorcida, se emplea como látigo) o con una vara.
185   *Bahareque*: pared rústica hecha con palos y cañas entretejidos, especialmente de guaduas, que se suele rellenar de barro para rellenarla y enlucirla.
186   *Enjalbegar*: blanquear las paredes con cal. Encalar, enlucir.

Faltaba al hombre el dedo anular[187] de la mano izquierda y tenía el labio leporino.[188] Era el más moreno de los hermanos.

23

Ignacio no era propiamente albañil: era tapialero solamente.

Era este un hombre muy robusto. Estaba casado con una mujer bastante aceptable, de la cual tenía dos hijos. Socialmente, hallábase a un nivel inferior al que ocupaba Miguel, así como este, a su vez, se encontraba por debajo de Roque, el personaje más notable de la familia. Pero no había descendido tan bajo, en su opinión, como para estar a la altura modestísima del ollero. Juan empero no opinaba así, y por nada del mundo se habría cambiado con un pobre tapialero asalariado. Tapialero era Ignacio, y como tapialero, en asocio del cholo Luis España levantaba en pocas semanas las anchas paredes de tierra apisonada. Sobre los cimientos recién endurecidos, los dos hombres procedían a armar el molde del tapial, de pesados tablones unidos con pernos y robustos travesaños de madera. En aquella horma[189] lanzaban desde el suelo paletadas de tierra húmeda, en impecable «palomita», y después la golpeaban ruda-mente con los pisones.[190] A consecuencia de su pesado oficio, Ignacio Vásquez tenía unos pectorales enormes y la piel de la palma de las manos parecía suela. El cholo España, sujeto flacucho y vetoso,[191] no representaba ninguna for-taleza, y sin embargo, en el manejo del pisón era infatigable.

24

Viene Eliseo Aliaga, el sembrador.

Más de cincuenta años de edad, tal vez. Color tabacoso y quemado; cara tallada como a cuchillazos; nariz grande; pómulos angulosos, barba cuadrada, y maseteros[192] apelotonados; cuello arrugado como corteza de árbol; poderosa cabeza aborigen; manos sarmentosas.[193] Arrastra la pierna derecha, anqui-losada.[194] Si se para sobre esa pierna, en medio de los árboles, y extiende los brazos, don Eliseo Aliaga, atezado, rugoso y ancho, es ya un árbol que ha hundido sus raíces en el suelo. Quien sea imaginativo, empieza a ver circular por el organismo del robusto labriego la savia[195] que extrae desde la tierra ese único pie, absorbente cual un tronco.

Es una especie de árbol que ha procreado casi todos los árboles que se que-daron, de pie en Yangana, cuando se vinieron los amos. Por eso en el portete de Cararango, al tiempo de volver los ojos a la campiña a medias incendiada que abandonaron, don Eliseo Aliaga, el vecino más difícil de traer, dio un gran alarido:

---

187  *Dedo anular:* dedo de la mano inmediato al meñique.
188  *Labio leporino:* labio hendido: defecto congénito de las estructuras que forman la boca. Es una hendidura o separación en el labio.
189  *Horma:* molde que se emplea para dar forma a algo sobre él.
190  *Pisón:* maza para apisonar la tierra.
191  *Vetoso:* venoso, figurativamente enfermizo, débil.
192  *Masetero:* músculo que mueve la mandíbula inferior.
193  *Manos sarmentosas:* manos nervudas con los dedos delgados y nudosos.
194  *Anquilosada:* atrofiada.
195  *Savia:* jugo que nutre las plantas.

— ¡Son mis árboles! –había gritado, y tendido los brazos en un ademán de desesperada despedida –. ¡Los he sembrado yo, y se me quedan!

No recordaba a qué edad plantó el primer árbol. Pero cuando tuvo uso de razón, se despertó enterrando en hoyos superficiales abiertos por sus manos infantiles, espontáneamente, pepas de aguacate,[196] de aquellas que lanzaban sus padres y hermanos en el patio, a la hora de las comidas, a los hambreados lengüetazos de los perros.

Todos los días descubría las semillas, apartando la tierra de los hoyos. Hasta que vio, con loco júbilo, que esas amables pepas hendidas en dos hojas carnudas tomaron en serio al chico y se abrieron lanzando un espolón hacia arriba.

Los aguacateros se pusieron en poco tiempo del tamaño del pequeño sembrador. Y ahora, que los abandonaba, eran personajes tan anchos y corpulentos, que apenas se dejaban abrazar por él, en los sabrosos coloquios de todos los días.

Así comenzó una vocación alimentada durante cerca de medio siglo.

Érase también un domesticador de árboles, un criador innato de árboles domésticos y domesticados. Había trabado muda amistad con árboles salvajes, extraídos de la parte más remota de la montaña. En largas caminatas verificadas en su juventud, cuando tenía sus piernas sanas, recorrió las grandes selvas de los Andes, descolgándose por sus estribaciones interminables. Su botín de caza eran las bellotas, las drupas de envoltura desconocida, los cotiledones en pleno crecimiento, sorprendidos en alguna abra[197] del suelo, los arbolitos pequeños desarraigados, los hijuelos que arraigaban trabajosamente al pie de los grandes tallos...

Y a estas plantas que jamás habían conocido al hombre, que habían desarrollado en regiones inexploradas de selva virgen, que ignoraban, a lo largo de su milenario pasado, la caricia del cultivo, el martirio de la poda,[198] el degüello del hacha y el diezmo de las cosechas sistemáticas, don Eliseo obligaba a obedecer: tales era, entre otras, sus actividades y exigencias de domador, de amable verdugo. Ni los más expertos conocedores de maderas sabían los nombres de muchas de estas especies, jamás vistas antes por ellos. Si en la cercana montaña familiar encontraban un huésped botánico que no les era habitual, tenían esta frase acuñada:

— Debe de ser un árbol de los que trajo don Eliseo Aliaga. Gustaba hacer que los extremos se toquen, rizando el rizo, burlando los linderos señalados

---

196  *Aguacate*: o palta. En los *Comentarios Reales* (1609) del Inca Garcilaso de la Vega se precisa cuales fueron los primitivos habitantes de Loja antes de la invasión incaica. Escribe así: «Tupac Yupanqui fue a la provincia Cañari y de camino conquistó la que hay antes (Loja) que llaman Palta, de donde llevaron al Cuzco y a sus valles calientes la fruta sabrosa que llaman palta (aguacate); la cual provincia ganó el inca con mucha facilidad con regalos y caricias más que no por las armas, aunque es gente belicosa, pero puede mucho la mansedumbre de los príncipes».

197  *Abra*: grieta en el terreno.

198  *Podar*: quitar selectivamente ramas o parte de éstas a los árboles o arbustos con fines determinados, como facilitar el crecimiento, retirar partes enfermas, mejorar la producción de frutos, conseguir efectos estéticos, etc.

por la ecología subtropical. La palma de las alturas, de fuste ojuelado,[199] se daba modos de vivir, aunque a regañadientes, en el sofoco[200] que hacía deliciosa la vida de las palmeras tropicales. El pino, el capulí,[201] el manzano y el durazno prosperaban en el resuello cálido, sorprendidos de tener como vecinos al plátano y a la caña de azúcar y añorando un clima más ligero. Se alineaban, en estrecha proximidad los habitantes de la montaña y el valle, enfrentando sus morriones[202] a un mismo cielo y extendiendo el toldo de sus hojas a una común atmósfera inflamada. Serranía y tierra baja, cacao y peras, se daban, transidos de asombro, codo con codo. Se hallaban rodeados de cercas vivas, pues en don Eliseo Aliaga, una cerca muerta habría sido un contrasentido y una traición.

Las ringlas apretadas de pinllus,[203] de piñones, con su latex corrosivo listo para la defensa, eran valladares infranqueables:

— Es una cerca por la que no pueden entrar ni los mosquitos –decía.

Dentro de esas murallas vivas se pasaba haciendo sus experimentos, manipulando árboles, cruzando especies, poderoso y hábil, como un demiurgo[204] botánico que hiciera de las suyas con su dócil y abigarrada tropa arborescente.

Todo ello, que constituía para don Eliseo Aliaga su vida entera, era lo que el éxodo le imponía abandonar.

Y no lo habría abandonado, no; pero el churón Ocampo, que se las valía como jefe y tal vez acertaba como conocedor del corazón humano, consiguió atraerlo encargándole el cuidado de la conducción de las semillas.

Y esto de traer consigo la simiente indefensa y alguno que otro cachorro inerme despertó los instintos protectores del plantador congénito. Y consolado a medias del dolor que le producía el desarraigo de la gente botánica adulta que se quedó en la soledad del pueblo achicharrado, se puso al frente del inmenso cargamento de semillas.

Cuando se le limpie la cabeza de aguardiente, el ex–estudiante de agronomía Joaquín Gordillo sería el segundo: había hablado tanto de conocimientos hortícolas que era preciso creerle y darle la oportunidad de revelar su sabiduría práctica.

Pero divisar desde lo alto de Cararango la espléndida tribu vegetal que dejaba fue para el austerísimo viejo una penosa novación[205] de su amargura, y el hombre, para transponer la garganta y descender a la otra vertiente, rompió a llorar como un niño.

---

199 *Ojuelado*: perforado.
200 *Sofoco*: sentir sensación de ahogo por el calor u otra cosa.
201 *Capulí*: árbol rosáceo de hasta 15 metros de altura, de fruto agradable.
202 *Morrión*: curvatura.
203 *Pinllus*: en la tradición andina ecuatoriana hay dos árboles considerados sagrados: el Pinllu o Lechero: —árbol de la sabiduría y el poder— con cuya madera los Yachacs (sabios) todavía labran sus «bastones de poder». Durante la Colonia, los españoles mandaron a esculpir figuras de santos y vírgenes con la madera del Pinllu.
204 *Demiurgo*: creador.
205 *Novar*: sustituir algo por otro.

## 25

Viena María de los Ángeles Zaragocín, la estigmatizada.[206]

Dieciséis años de edad, bella, morena de ojos verdes y bastante triste. Todos sus paisanos sabían que, cuando ella tenía sólo siete años, unos dos forasteros de fiesta, la violaron salvajemente. El padre buscó en vano a los criminales. No se volvió a tener noticia de ellos. La pobre infante quedó hollada,[207] y esto lo conoce el pueblo entero; y no lo olvida, no lo puede olvidar. Nadie tiene duda de esa doncellez desdoncellada. Ahora, que cuenta dieciséis años, y se mancha cada mes lunar, dicen que llora con horror del recuerdo de su infancia desflorada bestialmente. Pero la naturaleza, a quien nada importa lo sentimental, ha enviado, puntualmente, redondeces sensuales a su cuerpo. El busto es alto y firme, las piernas, poderosas; los anchos talones desnudos y rosados se asientan en el suelo elástica y sólidamente.

Comentan algunos que odia a los hombres, a todos, a su padre incluso, que no fue capaz de vengarla. Hay quien rectifica: no es odio propiamente, sino cólera por el desdén de los machos para su cuerpo desvirgado. Maldice del prejuicio de los mozos y de los mayores. Es bella, y sin embargo, ninguno la ha pedido matrimonio hasta aquí, para no soportar cierta clase de comentarios exasperantes la noche de bodas. Es la marcada, la señalada, la maldita.

A pesar de su rencor, es cortés, como su madre, si bien parece que guarda para ella un antiguo resentimiento: nunca quiso acompañarla lejos de Yangana a un sitio donde nadie conociera ese pasado terrible, ese pasado en el cual ninguna culpa tuvieron sus años infantiles.

Pero los hombres que podían solicitarla, redimiéndola así de la trágica expiación que pagaba por su culpa cometida por otros hombres, no pensaban así. Y María de los Ángeles Zaragocín, despreciada, inhabilitada, estigmatizada: vasija rota, fruta servida, paquete abierto, venía también con sus involuntarios verdugos.

## 26

Viene Víctor Zaruma, curtidor[208] de cuero.

Era dueño de una buena tenería, instalada en el interior de su propia casa, en el fondo del patio. Había abierto en él dos tanques, el uno con lechada de cal, y el otro con corteza de «huilço»[209] pulverizada. Los cueros, tal como se los entregaba el matarife José M. Medina M., iban a sumergirse en el agua encalada hasta que perdían el pelo. Hacia la segunda semana pasaban los cueros al tanque de corteza, donde se tanificaban en un proceso de ósmosis lenta. Para asegurar la curtida uniforme de las pieles, cosían los bordes de los cueros en forma de zurrón[210] y los rellenaban de corteza nueva. El olor nauseabundo de la curtiembre,[211] sobre todo cuando los cueros eran sacados de los depó-

---

206   *Estigmatizar*: dejar a alguien marcado con una imputación infamante.
207   *Hollar*: despreciar, humillar, maltratar, manchar.
208   *Curtidor*: quien somete las pieles de los animales a determinado tratamiento para hacerlas flexibles y apropiadas para fabricar con ellas distintos objetos.
209   *Huilco*: wilco: especie de árbol muy restringida y enigmática del Ecuador; árbol aromático productor de mucho oxígeno. Era un árbol sagrado para los Incas.
210   *Zurrón*: morral, bolsa.
211   *Curtiembre*: lugar donde se curte.

sitos y puestos a secar, se regaba muchas cuadras a la redonda, y era la atracción casi irresistible para los gallinazos. Dos veces por semana era renovada la corteza en los tanques y se removían los cueros sumergidos.

El «yunque»[212] para esa apestosa labor no era, empero, Víctor Zaruma, sino su hijo guacho,[213] el «Zurroncito». Criado por el propio padre con una abnegación que le valió entusiastas admiraciones, adorado por él, que le restregaba la barba en la piel infantil admirablemente suave y le manchaba la carita de sucios besos olorosos a suela y a tabaco; una vez que creció el chico, y apenas pudo ponerse de pie, lo hizo servir. Ninguna potencia logró arrancarlo un solo día para la escuela: el chiquitín era un pobre explotado por el padre, por cuenta de quien trabajaba de la mañana a la noche, y no tenía nueve años. Embebido en el tinte del huilco mojado todo él, de pies a cabeza, con los pies partidos por la salcochadura[214] de la cal, con una pobre bayeta[215] cubriéndole la cintura hasta las rodillas, el ídolo destronado reducía a polvo la corteza café con un mazo de madera, dejando enormes montones de material preparado, entre los cuales se perdía el diminuto obrero, unas veces medio alegre y otras, con gimoteos y un par de velas colgándole de la nariz a la boca.

Los compradores atribuían a Zaruma muy buenas ganancias y, claro está, juzgaban infame a un padre así. Echaban cuentas, y sobre el papel demostraban, fehacientemente, que el hombre, de cada cuero, sacaba dos tablas de suela, obteniendo un provecho que duplicaba, justamente, el precio de la materia empleada. Y no faltaban, en la intención, competidores listos a terciar en el lucrativo negocio. Mas él, hasta que abandonaron el pueblo, había sido el único.

## 27

Viene doña Francisca Aldeán, tres veces viuda.

Su ardor conyugal la ha hecho célebre. Cuentan los maldicientes que en pocas semanas de luna de miel desaforada sorbió la médula de sus tres sucesivos compañeros, pese a que el segundo de ellos era fuerte como un oso y debió ofrecer resistencia a la succión de la insaciable vampiresa, y ahora no queda en el pueblo un macho audaz que se arriesgue a ser la cuarta víctima.

Tiene un sosegado encanto la mirada de sus ojos oscuros. Es delgada, las piernas gruesas y anchas las caderas, y es abundantísimo su pelo rizado. La voz le suena gruesa, cálida y apasionada, un tanto ronca, Cuando ofrece la mano, estrecha fuertemente. Viste de negro. No ha tenido hijos. Sus carnes, que han chupado la vida de tres varones, siguen siendo duras y elásticas.

Para otros, doña Pancha Aldeán mató a sus maridos no a fuerza de caricias sino valiéndose, Barba Azul[216] femenino, de procedimientos elimina-

---

212  *Yunque*: persona muy perseverante en el trabajo.
213  *Guacho*: hijo huérfano o expósito.
214  *Salcochadura*: cocción en mucha agua con poca sal.
215  *Bayeta*: cualquier trozo de tela de lana o de un tejido grueso, empleado para fregar el suelo y otros menesteres de limpieza.
216  *Barba Azul*: cuento (1697) de Charles Perrault, en el que una mujer descubre cómo su marido oculta en una habitación prohibida los cadáveres de sus anteriores esposas.

torios que obedecían a un plan diabólico: en suma, era una asesina. Pero como no había fortunas que heredar en ninguno de los tres casos, esta versión prosperó poco. No ocurrió así con lo que se refería a su apuesta con Carlos Botado, acerca de la cual hubo durante años y años, aspavientos, protestas y exasperados comentarios entre los vecinos:

La triple viuda concertó un duelo con aquel hombre, famoso por su ímpetu viril, y se afirmaba que, naturalmente, el finalista fresco en aquel encuentro fue ella. Mas parece averiguado que se trataba de una infame impostura de doña Pascuala, pretendiente que fue en su mocedad del primero de los novios de doña Pancha Aldeán, y acaso querida ocasional de Carlos.

Un título del cual en cambio estaba orgullosa era el que le otorgaban de ser, «además», la mejor amasadora del lugar. Hacía pan regalado que nunca necesitó guardarlo para el día siguiente. Con aquello del buen pan de doña Pancha Aldeán los mozos hacían una frase equívoca. Aclaraban, desde luego, que no se referían al que vendía, sino al que le quedaba, y al repetir la manida gracia, se reían ingenuamente.

## 28

Viene Carlos Alcocer, alias Carlos Botado, el don Juan de Yangana.

Es feo y hállase ya un tanto descalabrado por la injuria de los años y diversos maltratos: un hombre zarandeado, que ha permanecido en la costa durante largo tiempo, y vivido en las minas auríferas de Curipamba.[217]

Seis viajes de vuelta a su tierra se recuerda. El primero, cuando vivía aún su madre doña Virginia Correa, la mujer de lágrimas más fáciles que haya existido jamás, y era él un jovencito con el bozo recién extendido por el dedo tiznado del tiempo sobre el labio. Muy amartelado[218] con su tierra, desde hacía algo como dos años parecía haber apagado su sed aventurera: se estaba poniendo un poco viejo, y su desaliento de varón almizcloso[219] y en tramonto se trocaba en amargura silenciosa cuando veía desfilar a las mujeres jóvenes, que trotaban, provocativas y desafiantes, cerca de sus narices ávidas, de sus labios gruesos, de su instinto de cazador.

Quedó de aquellos viajes una larga memoria en la sencilla crónica de Yangana. En cada uno de ellos había venido con una mujer distinta ¡Y qué bonitas parecieron todas ellas!

La primera fue una peruana, de hablar alto, casi insolente y rasgado. Hacía sonar las erres entre la lengua con una vibración larga y vigorosa, que no cuadraba mal con su brutal franqueza y sus ademanes desenvueltos. Era de color atezado y piel tersa. Las rodillas, la nuca y los codos eran casi negros. Parecíales a las gentes que no andaba con mucha seguridad en las calles cuando se ponía tacones altos, de lo cual deducíase que su compañero, al traerla, le puso zapatos por primera vez.

---

217 *Curipamba*: (Tierra de Oro; Llanura de Oro) era el nombre quichua con el que se conocía al sector de Portovelo, primer centro minero del Ecuador. Se cree que Curipamba estuvo habitada por indígenas de la etnia de los Paltas, parte de la Confederación Cañari.

218 *Amartelado*: enamorado.

219 *Almizcloso*: de almizcle, sustancia olorosa que segregan los mamíferos machos en celo.

Del poder de Carlos Botado, a los dos años de mancebía, salió encinta para unirse en matrimonio con un paisano suyo que la persiguió con sus proposiciones amorosas no obstante conocer todas esas correrías.

La segunda fue tímida y vivió cerca de él ruborizándose. Tenía los cabellos muy rubios y los ojos extrañamente negros. En aquel tiempo se esparció en Yangana el rumor de que dicha cabeza rubia, que era una mala cabeza, festinó[220] una buena herencia en la provincia de El Oro[221] para unirse al juvenil conquistador. Y que fue dinero de ella el que la flamante pareja hizo correr en la población en la corta temporada que duró la visita.

Y esta mujer, que se encendía hasta el blanco de las uñas, y embozaba la cara con el filo del pañolón cada vez que su amante la miraba en el fondo de sus ojos oscuros, lo botó, inesperadamente un día, y se casó con un sujeto que asimismo sabía en qué poder ella gustó de las primeras caricias.

La tercera –¿o la cuarta?– fue costeña, y la mujer más bella que consiguió este don Juan criollo.

Rompía seda, y los pliegues de su ropa de colores vivos se ceñían a su cuerpo delgado pero vigoroso. Los senos se insinuaban audazmente tras la tela delgadísima. Se pintaba los labios. Paseó por el ambiente escandalizado del pueblo su silueta en realidad soberbia, casi desnuda, grácil, de movimientos que tenían al par una como estudiada y espontánea cadencia.

Se marcharon después de algunos meses, dejando ella un perfume urbano, de elegancias mal consentidas y de afrodisíacas tentaciones, y ningún juicio sobre el alma de esa mujer, cuyo cuerpo y atractivo sexual fuera, en cambio, objeto de tantos comentarios.

Y así, en cada visita, con otra mujer.

La última que trajo fue de uno de los suburbios de Curipamba. Le habían aconsejado sacarla de ese infierno y buscar las alturas heladas de Chuquiribamba[222] para ver de cicatrizarla los pulmones desgarrados por la tisis. Carlos Botado, ya cuarentón, amó intensamente a la chica del campamento minero. La conoció haciendo gimnasia como alumna del último curso de enseñanza elemental, en la escuela del centro aurífero. Frisaría[223] ella en los dieciséis años y era entonces la exclusiva propietaria de un cuerpo escultural. La vio por primera vez saltando una valla. Rebasaba el obstáculo con una elegancia clásica: tenía estilo. Los senos en agraz –él no podía dejar de advertirlo– saltaban también, temblando en una como gemela alegría.

—¡Esta polla se viene conmigo! –había dicho. La pobre deportista tenía ya un pulmón picado, y las nupcias ardientes aceleraron el proceso. En los brazos velludos del amante empezó a languidecer. Iba para los diecisiete años, y a semejante edad, la carrera de la enfermedad era desenfrenada. De Chuquiribamba descendieron a Yangana, un tanto calmada ya ella. Guardó seis meses de cama, reduciendo de peso y volumen día por día, ojos vistas. Hasta que se fue.

---

220  *Festinar*: apresurar.
221  *El Oro*: La provincia de El Oro está en el suroccidente del Ecuador en la frontera con Perú. En esta provincia se hallan entre otros los cantones de Portovelo y Zaruma, grandes productores de oro.
222  *Chuquiribamba*: parroquia de la provincia de Loja.
223  *Frisar*: aproximarse.

Todas ellas lo habían ido dejando, cada una a su manera. Merecía, en buena ley, el remoquete[224] que llevaba, y que llevaba ahora hacia el incógnito destino.

El viaje parece ser que lo sorprendió desamparado. Marcha solo. Pero no ha tenido empacho[225] en comunicar sus propósitos. Piensa tomar, en un inminentísimo futuro, una esposa duradera y definitiva, la última, a la cual dará su nombre. Asentará la planta en Canaán, la tierra prometida, ya para siempre.

Era curiosa y quizá no dejaba de tener su patetismo esta postrera actitud de Carlos Botado, el don Juan número uno de Yangana, antes alzado y cerril, extendiendo ahora en el vacío los puños, ansiosos por ser esposados con la coyunda[226] definitiva.

## 29

Viene Serafín Armijos, buscador de tesoros subterráneos. Las varillas de San Cipriano[227] para él no tienen secretos. Ha explorado con ellas todos los rincones sospechosos, ya por el aspecto, ya por los indicios de la tradición.

Ha determinado, por ejemplo, el lugar preciso donde yacen «huacas»[228] prometedoras en los siguientes puntos de Yangana:

1ª Al pie del parque en el cual dormían las gallinas de don Pablo Cuenca, tras del pueblo, pasando por la acequia grande. No cabía dudar de ello, puesto que Pablo Cuenca tenía fama de rico, era muy avaro y conservaba, a lo que parece, su plata enterrada.

2ª En el pesebre de la casa de hacienda del patrón Gurumendi, que había pertenecido a chapetones. Tratábase de una casa antigua, muy antigua –don Lisandro la conoció ya vieja–, y los españoles de la colonia está comprobado que eran muy afectos a esconder sus riquezas bajo tierra, en los lugares menos sospechosos.

3ª Cerca del corral de cabras que quedaba a la vera de la casa de los Leones. Tesoro era éste que tenía muy claros antecedentes. La casa de los Leones había sido en tiempo inmemorial de un cura rico, y la finca contigua, la residencia que prefería para distraer sus ocios lejos de la ciudad. Ahora bien: en el patio, los días de sol, con un sordomudo que tenía por paje, sacaba el oro de escondidas petacas[229] y lo contaba y recontaba con una concupiscente avidez. Tras el recuento venía el ocultamiento en cierto lugar sólo conocido de los dos. Este sitio, con el tiempo, vino a ser un corral de cabras, y él, Serafín Armijos, con el pulso tembloroso por la emoción, había podido escuchar el mensaje delator de las mágicas varillas.

---

224  *Remoquete*: sobrenombre.
225  *Empacho*: vergüenza.
226  *Coyunda*: unión conyugal. Matrimonio. / correa gruesa que une a los bueyes en yunta.
227  *San Cipriano*: El Libro de San Cipriano es un libro que recoge fórmulas mágicas, atribuido a San Cipriano de Antioquia, el santo mago por excelencia, y en el que una parte fundamental se ocupa del desencanto de tesoros.
228  *Huaca*: guaca: objetos de valor, especialmente de arte precolombino que se encuentran en sepulcros de lo antiguos indios. Tesoro escondido o enterrado.
229  *Petaca*: cajas, maletas.

Pero el porfiado husmeador nada ha descubierto para sí. Es un sujeto extremadamente pobre. Le sobreviene una alegría locuaz cuando puede referirse a las fortunas que ha permitido descubrir a los otros. En tales casos abunda en detalles acerca de la forma en que se hizo el hallazgo. Nadie ha podido, eso sí, conseguir que revele los nombres de los afortunados. Por lo cual, en el pueblo, cuando se ve prosperar rápidamente a un individuo, sin que esté muy claro el origen de su éxito pecuniario,[230] se piensa en la ayuda de las varillas de San Cipriano y en la mano certera de Serafín Armijos, intrépido buscador de tesoros ocultos y solterón empedernido.

30

Viene Juanita Villalba, ex–estudiante de segunda enseñanza, con reputación de atea, de envenenada y de escéptica.

—Una víctima de la impiedad reinante –según el comerciante Godoy.

—Producto de las malas enseñanzas de esos colegios laicos, en los que se pierde el santo temor de Dios –al decir de la señora Jesús Sarmiento.

—Marimacho[231] resabida, que reniega de todo porque le fue mal en la vida y la dejaron plantada; y con un atracón[232] de libros de todos los demonios en la cabeza –en opinión, la más moderada de las suyas– de doña Pascuala.

—Una simpatiquísima muchacha con la cual da gusto conversar y que reúne las siguientes originalidades: tener una ilustración notable para su edad y sexo; ser tan inteligente como bonita y tan bonita como inteligente; y pertenecer, no obstante ser mujer y ser joven, a la casta de los escépticos, que no abundan, por cierto, entre el bello sexo –según el criterio de don Vicente Muñoz, que parecía profesarle una especie de paternal simpatía, no obstante lo enconadas[233] que eran a veces sus discusiones.

—¿Qué más da, después de todo? –concluía ella, con una especie de elegante desgano–. Lo mismo vale su opinión que la mía, aun cuando sean contrarias. Si los dos tenemos razón a un tiempo, ¿para qué pretender la exclusiva?

Y el severo interlocutor, dando un ligero taconazo de impaciencia, replicaba:

—¡Con usted, jovencita del escepticismo irremediable, nada es posible! ¡Ha estado discutiéndome una hora de mala fe, para salirme al final con la embajada[234] de que lo mismo vale tener una idea que su contraria!

Pero amaban ambos este duelo amargo, del cual salían, ella más escéptica pero un tanto aliviada, y él más convencido de que conquistarla para el fervor, si bien tarea ímproba, podría llegar a ser para él su mayor triunfo intelectual y pedagógico y en todo caso, un hecho señero en su existencia. Por otra parte, don Vicente juzgaba necesario curar a Juanita de su incredulidad sistemática para el propio bien de la paciente. Se expresaba así:

—Es un caso de conciencia arrojarle un salvavidas a esta buena muchacha.

---

230  *Pecuniario*: de dinero.
231  *Marimacho*: mujer de aspecto y modales masculinos.
232  *Atracón*: hartazgo, demasiado.
233  *Enconada*: reñida.
234  *Embajada*: comunicación, mensaje.

Hay que convertirla a la fe en algo. No creer en nada es una infelicidad mons-
truosa.

Y le sacaba de quicio[235] oírla decir, en una insufrible cantilena, su frase:
«Y qué ganaríamos con eso?»: pregunta odiosa para don Vicente, desalentada
y desalentadora, que se proyectaba como un chorro de agua helada sobre lo
mejor de los juveniles entusiasmos.

—«¿Y qué ganaríamos con eso?».

Poseía la muchacha reconocidas aptitudes artísticas: alguna ocasión hizo
por apuesta un papel dramático en la representación anual de la fiesta en el
pueblo. Fue una verdadera revelación, como lo recordaban todavía incluso
los más exigentes espectadores. Pero cuando le dijeron que debería volver a
la ciudad y cultivar esas espléndidas facultades dramáticas irrumpió, poniendo altas las cejas, con el inaguantable estribillo: «¿Y qué ganaríamos con
eso?».

A la ciudad llegó hace años el cine sonoro por primera vez. Salieron las
gentes más noveleras[236] de Yangana con el objeto de escuchar la voz de los actores. Dábase una película musical. Juanita aprendió, con sólo oírla una vez,
todas las lindas canciones y en el camino de regreso medio enloquecía de
emoción a sus compañeros de viaje, al irlas recordando con asombrosa fidelidad, una por una.

Mas cuando le decía que había nacido para la música, y que debía aprovechar su estupenda memoria auditiva, detenía los entusiasmos caldeados del
momento con la frialdad cargante de su muletilla «¿Y qué ganaríamos con
eso?».

Dicen que una vez amó, en la ciudad, cuando estudiante de tercer año,
frenéticamente. Parece establecido que se trató de un idilio trágico y tempestuoso, que la obligó a suspender sus estudios por dos años. De ahí quizás
surgió esa actitud que a don Vicente extrañaba tanto encontrar en una mujer
joven, y que era suficiente defensa para mantener a raya al más audaz de los
galanteadores. Despertaba muy calladas admiraciones, pero nadie quería
correr el riesgo de ser parado en seco con una carcajada de ella envuelta en el
ya famoso estribillo de: «¿Y qué ganaríamos con eso?» Con la excepción del
gringo Spark, que se decidió al fin.

Su salud era bastante delicada, pero no se cuidaba jamás: lo mismo le daba,
decía, vivir que morir, y a los cuidados del médico que iba espontáneamente
a vigilar su dolencia, le esgrimía también su pregunta: «¿Y qué ganaríamos
con eso?».

Negaba a Dios, sin importarle el escándalo con que le escuchaban, pero
no se apasionaba con la defensa de sus puntos de vista: «¿Y qué ganaríamos
con eso?».

Se había leído toda la biblioteca de don Vicente, y como poseía una extraordinaria retentiva, recordaba todo lo que había leído. Se ponía en oca-

---

235  *Sacar de quicio*: exasperar a alguien: hacerle perder la calma, la serenidad o el juicio.
236  *Novelero*: chismoso.

siones a citar con cierta vehemencia, con un poquito de calor, algunos pasajes que había encontrado afines con su temperamento. Instantes después, ese demonio interior que le helaba todos los arranques emocionales, empujábala las cejas encima de la frente, haciéndola prorrumpir en su fiel ritornelo: «¿Y qué ganaríamos con eso?».

Y, contraste peregrino: su amistad más sólida –¿pero qué ganaríamos con eso?, podría decirse– era la de doña Patrocinio, la fuerza y el espíritu tutelar de las fiestas de Yangana. Pasaban juntas a menudo, a veces por semanas enteras, formando, como podía advertirlo el más despreocupado, una antítesis viva y enérgica, así en lo físico como en lo espiritual. Doña Patrocinio, pesada, baja, achaparrada, Juanita Villalba, alta, delgada, longilínea; de hablar impetuoso y cálido la primera; de conversación pausada y casi sin inflexiones la segunda. Eran como dos principios contrarios, lo cual, en opinión del propio don Vicente, infundía un sentido romántico a esa amistad extraña, pues por un lado estaba el fuego y por el otro el hielo; aquí el entusiasmo y allá el desencanto; la ejecución, el hecho, la voluntad en doña Patrocinio; el análisis sombrío, la inhibición sistemática, la indolencia en Juanita Villalba. Por último –ateniéndose, nuevamente, a la información de don Vicente Muñoz– ambas se profesaban una sincera envidia recíproca: doña Patrocinio, en los momentos más difíciles que afrontaba durante la ejecución de sus dinámicos programas sociales; Juanita Villalba, en algún día primaveral que, a su pesar, le hacía repiquetear el corazón como una castañuela, inspirándole un pasajero deseo de hundirse hasta los hombros en la alegría de vivir. Dona Patrocinio reconocía que la tediosa pregunta de su amiga: «¿Y qué ganaríamos con eso», la puso a salvo de muchas equivocaciones y proyectos precipitados, en tanto que Juanita daba gracias a su rechoncha amiga el haberle hecho olvidar, por algunos momentos, que en la vida había resuelto vivir, como una amazona, dispuesta a la ofensiva.

—¡Y alma extraña para un pueblo ingenuo como el nuestro! –concluía don Vicente, negándole también, en la propia presencia de Juanita Villalba, su derecho a mantener esa actitud que no era de joven ni de mujer, y que chocaba salvajemente con el ambiente patriarcal que él encontraba al pueblo de Yangana.

31
Viene Melchor Celi, vagabundo.

Es jefe de familia, de numerosa familia. No ha sido, con todo, este un obstáculo para que sea el hombre más andariego de la provincia y para que movilice consigo a su mujer y a sus hijos. Nada tenía de gitano y sin embargo no podía asentar sus reales[237] en ninguna parte. Vivía viajando. Tenía, preciso es expresarlo, un amplio ciclo para sus incursiones, y volvía, con los años, a traficar por los caminos recorridos por él en otro tiempo. A Yangana había llegado, con ésta, tres veces.

---

237  *Asentar sus reales*: instalarse alguien en un sitio (implica generalmente abuso por parte del que lo hace).

Se trasladaba en bestias propias, con hatos y garabatos.[238] Los menores de sus hijos iban metidos hasta el pescuezo en árguenas[239] sonoras cual una piel de tambor, ofreciendo un desusado aspecto de macetas humanas.

Cualquier día, estando ya establecido con su familia en un sitio, ganándose cómodamente la vida con sus siete oficios, con casa medianamente puesta echando vientre y de buen color la cara, una desazón para él ya conocida empezaba a picarle al ánimo. La ansiedad por cambiar de cabecera se apoderaba del hombre. Se ahogaba. El horizonte que había encontrado amable convertíase en un ceñudo propietario que le miraba con ojos hostiles y le echaba de sus dominios. Las mismas caras, las mismas voces, las mismas casas, todo ese espectáculo que se sabía ya de memoria tornábase de pronto intolerable. Liquidaba entonces cuanto tenía, con excepción de sus cachivaches portátiles. Metía a los chicos en las retumbantes árguenas, llenaba de trapos las panzudas alforjas, ensillaba su piara de burros largos, encaramaba sobre las cargas a su mujer y a los hijos restantes, y, ya satisfecho, risueño, eufórico, empuñaba un garrote, se apoyaba en él como en un cayado y, tirando del cabestro del primer animal de la caravana, emprendía la caminata.

En este viaje colectivo, nadie era más feliz ni se movía con tan familiar seguridad de don Melchor Celi, andariego incurable pero inofensivo, a quien sus provisionales vecinos denominaban «pailero», porque él y su gente, gitanos parecían.

## 32

Vienen el matarife del pueblo, el único matarife profesional de Yangana, José Manuel Medina, su rosada y fresquísima mujer y ¡sus veinticuatro hijos!

Prepara una cecina soberbia y es un tremendo reproductor. Veinticuatro hijos le ha dado su mujer únicamente. En cinco alumbramientos tuvo cinco parejas de mellizos. «Pronto saqué la tarea» –explicaba ella–. Gracias a la retardada menopausia se detuvo. «¡Qué bromas gasta la buena vecina y el picadillo de testículos de buey!» –comentaban, con un guiño picaresco en los ojos, los compadres.

Tras la casa, en el patio despejado, en vetas templadas de poste a poste, solía secarse al sol la carne fresca recién preparada. El color de las grandes postas tratadas con salmuera iban tornándose oscuro a medida que el sol las endurecía. Las moscas verdes rondaban por ahí, buscando en vano algún rincón olvidado por la salmuera para dejar su blancuzco paquete de huevos.

Los gallinazos montaban guardia a respetuosa distancia. Miraban el suelo negro de sangre con no disimulada glotonería. Pero la vigilancia de cualquiera de los innumerables vástagos de la familia Medina no cesaba: era también un montar guardia perpetuo.

¡Estupenda «cecina de la provincia», de aquí, del pueblo ahora desierto de Yangana salías también! Partías en grandes rimeros con una noble y

---

238  *Con hatos y garabatos*: con sus pertenencias.
239  *Árguenas*: alforjas.

aromada fama, resalada, grasosa, sápida,[240] para echarte a andar por los llamados caminos de herradura de una provincia sin caminos, en el vientre de las alforjas y canastas fiambreras! ¡Te dejabas asar, chirriando, retorciéndose y escandalizando con tu pingüe[241] perfume en el fogón improvisado junto a las quebradas cerreras, mezclándote al olor del café negro que hervía en el perol[242] suspendido entre dos horquetas, en la pausa obligada de los hombres y las bestias caminantes!

Las mozas rubicundas, hijas del matarife –solteras todas, hasta aquí–, viajan en apretado racimo, con un uniforme color de pelo al sol. Los últimos retoños, con alguna analogía con los del «pailero» Melchor Celi, vienen en grandes alforjas, constituyendo también un insólito cargamento rematado, junto a cada cairel lateral, por una cabeza rubia.

### 33
Viene Sebastián Japa, talabartero.

Llegó a Yangana hace años, con hijos ya crecidos, que aprendieron el oficio del padre, dividiéndose el trabajo de confeccionar sillas y arreos de caballería con tan buen sentido que a poco gozaban sus obras de una reputación que rebasaba las fronteras de la provincia.

Uno de ellos se encargaba de los bastes de madera, cuyo diseño, proporciones y ejecución, eran una fina obra de carpintería realizada en madera seca y fuerte.

Otro era el que curaba el cuero ya curtido, con aceites y barnices, dejándolo suave, flexible, inodoro, pulido y brillante. Hacía también los repujados[243] y repulgos,[244] las labores en alto relieve de las carolas,[245] gualdrapas,[246] faldones de las sillas, pretales,[247] ataharres[248] y estribos de suela.

Y el tercero, el último, tenía la labor de costura a mano hecha con puntada segura y matemáticamente igual. El hilo era preparado por él mismo, en cáñamo retorcido y encerado con repetidas sobadas de fragante cera negra. Si hacía falta, era también un hábil tejedor de riendas, pero odiaba ese último trabajo: lo consideraba indigno de un talabartero de reputación.

Y vaya que aquellos arneses y correajes merecían el renombre de que gozaban. Las monturas, con carecer de baste almohadillado, jamás tocaban un pelo de la cabalgadura. No importaba cuán carga da estuviera la bestia: la forma anatómica del sobrelomo ponía a cubierto a los animales de la injuria de una matadura.[249] Esto, desde el exclusivo punto de vista de la eficacia en

---

240 *Sápida*: aplícase a la sustancia que tiene algún sabor.
241 *Pingüe*: abundante, copioso, fértil.
242 *Perol*: vasija para guisar.
243 *Repujar*: trabajar una chapa metálica o de cuero a golpes de martillo, haciendo en ella figuras en relieve.
244 *Repulgar*: hacer un doblez o enrollamiento en el borde de algunas cosas.
245 *Carolas*: arandelas.
246 *Gualdrapa*: cubierta larga, de seda o lana, que se les pone a los caballos o mulas y llega casi hasta el suelo.
247 *Pretal*: correa del aparejo de las caballerías.
248 *Ataharre*: banda de cuero u otro material que sujeta la silla o albarda para que no se corra hacia delante, pasando por debajo de la cola del animal.
249 *Matadura*: llaga o sentadura producida a una caballería por el roce del aparejo.

el servicio. Pero también la estética quedaba muy bien servida en los trabajos de primera clase que hacían los Japa. Entre el tamaño de los estribos de suela y la dimensión de la silla guardábase una elegante proporción. El repujado de los faldones nunca se recargaba de adornos: era más bien severo, consistiendo, a veces, en solamente canales de color más oscuro, que corrían paralelos a la orilla. Y los arneses arrancaban del cuerpo de la silla con naturalidad como los dedos arrancan de la mano, acusando una perfección difícilmente superable. La suela había sido cortada con una precisión y firmeza de pulso admirable. La puntada a mano corría a lo largo de huequitos hechos por una lezna[250] cuya exactitud de medida no fallaba ni en las más enrevesadas curvas. Y si las guarniciones estaban adornadas con piezas de plata, el efecto era realmente soberbio. Pues la perfección del trabajo comenzaba en la cabezada,[251] se prodigaba en la venda, en la muserola,[252] en la frontalera,[253] en la brida, en la rienda, pasaba a la silla, corría a lo largo de la carola: parte de la montura que cae sobre el lomo saltando a los estribos, proseguía por el pretal, ganaba el ataharre y la grupera[254] y remataba en la baticola[255] haciendo el conjunto una vistosa exhibición de opulencia.

### 34

Viene Tayta Manuel Gustán, el viejo curaca[256] polígamo.

Era en Yangana quien hacía jabón negro y velas de sebo para el consumo del pueblo y alrededores. Necesitó colaboración activa para su trabajo y pudo hallar una fórmula de acomodo que le permitió vivir años de tranquila holgura, satisfaciendo sin dificultad las demandas de los consumidores.

Tres eran las mujeres que le acompañaban, desde hacía tiempo: la «Vieja», la «Moza» y la «Chayona», a quienes comprendían las gentes en el mote común de «las veleras».

Bastante singular era la forma de estar constituida esta familia. El añoso curaca era dueño y señor de sus siervas y amantes, igualmente indias. La que primero estuvo con él fue, naturalmente, la que ahora representa más edad. Y le enseñó a labrar el jabón de potasa.

Con esta primera mujer, Manuel Gustán, entonces joven y robusto, abandonó su condición de colono, se instaló en el pueblo y comenzó a elaborar jabón con el sebo que le proporcionaba el matarife y conseguía por los alrededores. Mientras él buscaba la materia prima, la mujer se quedaba en casa

---

250　*Lezna*: punzón con mango de madera que usan los zapateros para agujerear el cuero.

251　*Cabezada*: correaje sencillo con que se ciñe la cabeza de la caballería, al que se sujeta el ramal. Guarnición de cuero, cáñamo o seda que se le pone en la cabeza a la caballería, para sostener el bocado. Brida.

252　*Muserola*: correa de la brida que rodea el hocico del caballo por encima de la nariz y sirve para sujetar el bocado. Sobarba.

253　*Frontalera*: correa de la cabezada que ciñe la frente del caballo.

254　*Grupera*: almohadilla que se coloca detrás de la silla de montar para poner alguna carga. Gurupera.

255　*Baticola*: correa con un ojal por donde pasa la cola de la caballería, que sirve para evitar que la montura se corra hacia delante. Grupera, tiracol. Guarnición.

256　*Curaca*: jefe de una comunidad indígena denominada ayllu. Todo ayllu tenía dos curacas, uno hanan (parte alta, arriba) y otro hurin (parte baja, abajo).

preparando la cocción del sebo con lejía en una paila de cobre que habían comprado a crédito. La tarea era pesada para la mujer, y una tarde, al volver su compañero del campo, de traer en sus alforjas una suficiente provisión de sebo y de ceniza de leña fuerte, encontró en su casa una joven que no hablaba una palabra de castellano, pero que se entendía con su mujer en idioma quichua perfectamente.

La forastera parecía de Saraguro, pues vestía de «anacu»[257] negro de bayeta delgada y se tocaba con sombrero de lana abatanada,[258] bastante viejo ya. La ropa asimismo estaba muy deteriorada y olía mal.

Muy a regañadientes «tayta»[259] Gustán había consentido en hospedar bajo el techo ahumado de su choza una boca más, la de la moza casi mendiga que, andando los tiempos, había de llegar a ser su segunda compañera de lecho.

Fue necesario que el hombre ensanchara la barbacoa[260] que servía de cama a la pareja inicial, para dar cabida a la consentida intrusa.

El trabajo en la cochura de la pailada de lejía y sebo, que duraba día y noche, a lo largo de algunas semanas, pudo tener desde entonces entre las dos mujeres, *alternativa* y turno. Y las noches de amor también.

Acostumbrarse a ello debió haberle causado serias molestias a la vieja, que se veía desplazada o por lo menos compartida. Pero cuando a media noche, transida de sueño y cansancio, tentaba el bulto caliente de la otra consorte reposando en el estrado de cañas, y encontraba que un relevo pronto a tenerle la mano mientras ella durmiera estaba allí, se llenaba de calma y cerraba los ojos plácidamente.

La tercera mujer era una sobrina de «tayta» Gustán, hija de una hermana suya muerta hace cuatro años. Como quedara huérfana fue a pedir posada a su tío carnal, cuya casa quedaba a seis días de camino. Llegó trayéndole la nueva fatal y un poco de plata que había sacado en la venta de los animalitos que pertenecieron a la difunta. El viejo no halló mal el que su sobrina haya tomado tan juicioso acuerdo, le ofreció su casa, se guardó la plata que le entregara tan confiadamente y pensó acaso, en que Dios era un buen chico.

La tarde de aquel día, no salió en su asno en busca de sebo para la faena. Cortó tres horcones[261] pequeños, hizo en el suelo de su choza otros tantos agujeros a barretazos e hincó los palos, terminados en horqueta por la parte superior. Dichos agujeros fueron abiertos simétricamente y a dos pasos de distancia del filo de la barbacoa. Renovó los travesaños, sustituyéndolos por otros más largos y fuertes, los ató a las horquetas con fibra de cabuya[262] y tejió un suplemento de cañabravas sobre los travesaños, extendiendo la anchura del lecho en una plaza.

Y por la noche, sin la más leve protesta de ninguna de las dos mujeres, sacrificó la virginidad de su sobrina.

---

257  *Anacu*: manta que las mujeres andinas usan como especie de túnica.
258  *Lana abatanada*: lana tratada para quedar más apelmazada y producir un fieltro o paño para hacer sombreros, boinas, etc.
259  *Tayta*: padre.
260  *Barbacoa*: tejido de cañas de guadua sostenido sobre patas, que sirve de cama.
261  *Horcón*: madero vertical con que se sostienen las vigas, aleros, etc., de las casas. Puntal.

Contando ya con tres ayudantes, proyectó ensanchar el negocio. Y en efecto, se dedicó al poco tiempo a la elaboración de las velas de sebo.

Aquello requirió la adquisición de una paila más, que comprara con la plata de la sobrina, la preparación de pabilo de algodón para las mechas y una nueva distribución de tareas entre sus colaboradoras.

La india saragureña,[263] hilandera magnífica, pasó a hilar los guangos[264] de algodón que afianzaba en la cintura, al propio tiempo que vigilaba, junto al fuego, la cocción del sebo en la paila pequeña.

La vieja se entendía en el cuidado de la paila grande, que era preciso mantener en fuego lento, removía su contenido con un palo, le cebaba lejía cada vez más fuerte para que vaya saponificándose la masa en ebullición, y acarreaba la leña del montón cercano. Y la sobrina tenía a su cargo alistar la lejía, escogiendo la ceniza de mejor calidad que trajera su amo y tío, así como, especialmente, la elaboración de las velas de sebo: trabajo fácil y rápido una vez que las mechas, ensartadas por un extremo en largas varas, estaban a punto de embeberse, en chapuzones sucesivos, en la estearina hirviente.

Más o menos una vez por año, el cura que llegaba para la fiesta de Yangana, llamaba desde el púlpito a los fieles remisos para que acudieran al confesionario a arreglar su conciencia. Aludía veladamente ciertos corazones endurecidos y a personas que debían arreglar su vida. Pero «tayta» Manuel Gustán, creía que precisamente estaba arreglada cual ninguna.

— Usté, «tayta» Gustán, le ha dejado chiquito al mismo Carlos Botado –le decían.

Venía sin pena ni gloria, en compañía de sus tres siervas, tras los consumidores de su jabón de potasa y de sus velas de sebo. Cabalgaba un burro, y ellas, naturalmente, caminaban a pie, vigilando al traslado de las pailas y la seguridad del ya valetudinario[265] propietario de sus cuerpos.

## 35

Viene Agustín Labanda, el herrero.

No es lo que se llama un hombre fuerte, a pesar de la tradición atlética de su oficio. En cambio, es la admiración de todos su prodigiosa memoria. Gracias a él se recuerdan las improvisaciones de don Vicente Muñoz, por ejemplo.

Tiene un ojo dañado a consecuencia de un chispazo que se apagó en la esclerótica. Parece mortificarle mucho esta imperfección porque nunca tolera la más ligera alusión a ella.

Numerosos son los menesteres para los cuales se empleaban sus servicios, su fragua y su yunque. Principalmente, la herrada de las bestias, la hechura de hoces[266] para la siega, el calzado de las barretas, lampas,[267] hachas, y rejas, y los fierros para marcar la piel de los ganados.

---

262 *Cabuya*: pita, cuerda confeccionada con la fibra de plantas de hojas o pencas radicales. Fique.
263 *Saragureña*: de Saraguro.
264 *Guango*: conjunto de cosas atadas colocadas en forma paralela.
265 *Valetudinario*: enfermizo, achacoso.
266 *Hoz*: herramienta formada por una hoja curva de forma característica, con dientes muy agudos por la parte cóncava, sujeta en un mango de madera, que se emplea para segar.
267 *Lampa*: azada: instrumento de labranza compuesto de una plancha de hierro con un borde afilado.

La frente ancha se cubría de sudor y de tizne cerca de la fragua. Esa memoria, como un libro en manos de un analfabeto, vivía sin servirle para nada útil.

—¡Qué lástima que no haya podido estudiar! –comentaban las gentes–: ¡qué notabilidad hubiera podido llegar a ser!

Algunos de los más exaltados amantes de su propio campanario culpaban al destino hostil del poblado el que se haya truncado, antes de florecer, la carrera intelectual de uno de sus hijos mejor dotados, que pudo merecer gloria y lustre nacionales.

—¡Qué pérdida fue para el pueblo el no aprovecharse de la memoria de Agustín Labanda!

A don Vicente le cargaban estas consideraciones, y, medio desolado, concluía la inútil prédica a los admiradores de Labanda: —¡Estas buenas gentes no pueden distinguir la memoria de la inteligencia!

## 36

Viene Froilán Zapata, inventor y mecánico.

No se trata de un herrero más, ni siquiera de un herrero mejor. Era mucho más que eso. No trabajaba para clientela venal, no era sino un aficionado que hacía sus cosas por puro gusto.

Había heredado bienes raíces, incluso una casa situada en el centro del pueblo, que le bastaban para vivir tranquilamente con el canon de los arriendos. Su gran amor eran las armas de precisión y los trabajos de mecánica fina. Por cierto que pocas oportunidades le brindaba Yangana para emplear a fondo sus talentos: el arreglo de una máquina de coser que dejaba de hacerlo; la compostura o transformación de una escopeta que había perdido su gatillo; la reparación de un reloj de pared o de bolsillo; la limpieza de las carabinas y revólveres del pueblo; la recargada de los cartuchos, que él hacía en mecanismos de su invención...

Lo más frecuente era que el hombre tuviera que dedicar sus ocios a inventar aparatos ya inventados y trampas para atrapar animales, valiéndose de los más ingeniosos dispositivos. Y como el churón Ocampo era dueño de una espléndida carabina con lente, don Froilán Zapata, tomando de aquí una pieza, de allí otra, y a fuerza de lima, martillo y yunque, roscas, terrajas y tornillos, muñido de una gran paciencia, se dio maña en hacer una arma de idénticas características: al decir de los entendidos, daba en el blanco con tanta seguridad como las mejores que habían salido de las fábricas extranjeras.

Ahora bien: entre las gentes de Yangana se creía con firmeza en una cosa: toda maquinaria era invento del extranjero, era cosa de gringos. Profesaban un respeto casi supersticioso por aquellos hombres rubios y grandes, de hablar difícil, que conocían infusamente los secretos de la técnica maquinística. Estimaban que los sudamericanos eran seres inferiores porque hasta aquí no habían sido capaces de dar al mundo un inventor de aquellos que son el asombro de las generaciones, y veían en todo gringo un genio de las máquinas; convencidos de que en éstos el dominio de la mecánica y la electricidad era una aptitud natural. Don Froilán Zapata, sudamericano y mestizo de estatura baja, piel trigueña y pelo cholo venía a ser, a este respecto, la excepción que confirma la regla: un nacional tan bueno como un gringo para la mecánica. Que no vacilaría, sin duda, ante los trabajos más complejos. Así, la armada y desarmada de un motor de explosión, o la instalación de una estación de radio, por ejemplo: cosas que quedaban muy lejos del pueblo, en la ciudad distante, que no todos conocían.

### 37

Vienen muy juntos y agriados el uno para el otro, la madura pareja que forman Vicente Orozco, barbero, y Rosa Pullaguarí, picantera.

El consorcio de sus dos oficios poseía una gran clientela de los alrededores. El hombre era dueño de algunas malas navajas compradas de segunda mano, y de dos fórceps viejos con los cuales fungía[268] de sacamuelas. Al mismo tiempo, en las horas desocupadas atendía su taller de ahormar sombreros. La habitación–taller–fonda era un local estrecho, cuyo cuarto principal estaba materialmente emparedado de sombreros de paja toquilla.[269] Después de lavar firmemente cada sombrero con una fuerte escobilla de cerda y jabón negro, los dos –él y ella–, los planchaban sobre las hormas, y, luego de engomarlos ligeramente para dar consistencia a la forma, los embadurnaban con una capa de albayalde.[270]

La mujer preparaba, por su parte, en la cocina, contigua, una comida suculenta para el expendio al público: caldo de patas, con yuca como «cocimiento», plátanos pintones, leche, arroz, pimienta, orégano y cominos. Temblaban en el cucharón, dentro de las ollas enormes, los tendones convertidos en coágulos coloidales. En el caldo espeso y sustancioso flotaba la grasa amarilla, reflejando la imagen del techo en sus miles de pupilas redondas.

La preparación había sido larga, y no en vano la mujer quedaba fatigada.

Compradas las cañas de buey, del casco a los corvejones, eran soterradas en el rescoldo, para que el pelo se chamuscara y sollamaran[271] las pezuñas. El

---

268   *Fungir*: desempeñar una función.
269   *Paja toquilla*: «Carludovica palmata», conocida en Ecuador como rampira es una planta que crece en zonas alteradas tropicales, es utilizada por varios grupos étnicos en el oriente y en el occidente del país. En Ecuador algunos grupos indígenas amazónicos y mestizos del sur (provincia del Azuay) y la zona costera del país (provincia de Manabí) dependen de la rampira (paja toquilla) para la elaboración de artesanías incluyendo los internacionalmente conocidos sombreros, que constituye una importante fuente de ingresos. La «carludovica palmata» tiene varios nombres comunes de acuerdo con las diferentes etnias. En el Ecuador es principalmente conocida como paja toquilla, aunque también se la identifica como lisán, rampira o pichuhua (Alarcón & Londoño 1997). Sus usos son múltiples, las hojas sirven para los techos de las viviendas; la corteza del pecíolo es utilizada para tejer canastas, aventadores, etc.; de las hojas se saca la fibra que, una vez procesada, sirve para tejer sombreros; la parte tierna de la base de las hojas y el rizoma, que se conocen como palmito, son comestibles. También tiene beneficios curativos (Bennet y otros 1992).
270   *Albayalde*: carbonato de plomo, de color blanco que se emplea en pintura.
271   *Sollamar*: quemarse superficialmente.

olor repugnante de la borra carbonizada era la señal. Luego la piel tostada era raída con un cuchillo. Le quitaban los cascos, hincando la punta del arma en el nacimiento de las pezuñas,

Ya sólo faltaba pulverizarlas a hachazos, y verterlas en la gran olla, donde hervía bobamente horas y horas, hasta que el grueso cuero vacuno quedaba convertido en una masa de gelatina, añadiéndole, entretanto, los demás ingredientes que hacían de este poderoso plato un pesado alimento hipnótico.

Esta otoñal pareja del sombrerero–barbero y la fondista–picantera no había tenido hijos. Que ese caldo de patas no hubiera hecho efecto en Orozco era una de las omisiones que los filósofos del pueblo y sus cronistas nunca llegaron a explicarse satisfactoriamente.

## 38
Viene Matías Puglla, azucarero.

Trae la facha que tiene: la de ser una de las personas más torpes y repulsivamente físicas que pueda imaginarse. De la cabeza a los talones revela pródigamente una vaciedad estupenda. Su estrechísima frente, coronada por un rebelde mechón de pelo entrecano, es, como si dijéramos, de paredes muy gruesas y cóncavas. La surcan en sentido horizontal dos poderosas arrugas paralelas, que parecen tener la misión de acortar más aún el trecho escaso que separa el cuero cabelludo de las foscas cejas juntas. La nariz es chata y se tuerce hacia la izquierda, dando lugar a que la una ternilla[272] se haya desarrollado a expensas de la otra. Desde estas desiguales cavidades parecen brotarle los bigotes en forma de un cepillo de alambre. Pasa con la boca habitualmente abierta y su labio inferior, grueso y colgante, hállase embebido siempre. En las comisuras, la saliva se recoge haciendo una espuma blancuzca y corroyéndole la conjuntiva, como si estuviera herpético. Se mueve cansadamente, arrastrando los grandes pies planos sin que hasta ahora le haya preocupado la forma en que van los botones de su pantalón: al ponérselo solamente recuerda que debe ir asegurada la cintura para evitar que se le venga tripa abajo. Por esta razón es lo que, al sentarse, le ha ocurrido más de cien veces cierto género de broma torpe y desagradable que es incapaz, empero, de animar un tanto, siquiera sea de vergüenza, su magnífica cara de papanatas. Uno de los hombros camina más bajo que el otro. Y los brazos son extremadamente pequeños: alcanzan apenas la abertura de los bolsillos del saco.

Dentro de este continente hay, al decir de sus paisanos, un interesante, y sobre todo, útil contenido. Antes de que él volviera a su tierra, cuando vagaba despreciado por todos y por muchos repudiado en las feraces laderas de Chaguarpamba, las gentes de acá tenían una firme creencia: en Yangana era imposible hacer azúcar. Debía limitarse a la elaboración y el consumo de panela.[273] El jarabe de la caña no lo permitía. El principal mérito que reconocían a Matías Puglla era haber demostrado lo contrario y enseñado a sus

---

272  *Ternilla*: cartílago.
273  *Panela*: azúcar sin refinar, obtenido de la miel de la caña de azúcar y fabricado en panes compactos de forma redonda y rectangular. Conocida también cono chancaca (del quechua ch'amqay, triturar). en el Ecuador.

coterráneos a elaborar azúcar, prodigándoles desinteresada –y babosamente–
los conocimientos prácticos de «melero»[274] que adquirió en Chaguarpamba,
donde los largos años sembró también arroz, sembró maní y aprendió, siguiendo el proceso rutinario, a convertir la morena cara de la raspadura en
el blanco pedernal de los panes de azúcar. El hecho de haber beneficiado
azúcar por primera vez en Yangana le mereció la gratitud de la población.
Años después de haberse establecido en su finca e iniciado la entonces audaz
operación, el azúcar de este valle había adquirido en el mercado de la ciudad
una justificada fama por la pétrea dureza del producto, por su albo color, su
mineral sequedad y sabor verdaderamente delicioso. Inútil decir que en un
principio tropezó con los escépticos: otros ensayos muy antiguos habían fracasado. La caña de estas regiones se prestaba solamente para la panela o el
aguardiente. Y en cuanto a las perspectivas de consumo, el pueblo no com-
praría azúcar. Prefería, y tenía sus razones para hacerlo, la raspadura porque
era más alimenticia, porque era más barata, y porque era más «saladora» que
el azúcar.

Pero el baboso no cejó en su propósito por semejantes objeciones. Se escupió las manos y siguió adelante los trabajos preliminares de la instalación.

A las pocas semanas, el humo y el vapor de agua se escurrían hacia arriba
por entre el envigado de la techumbre provisional. El uno, con sus grumos
oscuros, de nube pesada. El otro, cándido, fragante, acuoso, levantándose de
la superficie de la miel hirviente, animado de un leve temblor. Y el hombre
baboso de aspecto estólido,[275] movía gustosamente el guarapo[276] cada vez más
concentrado que se cocinaba en la evaporadora, con una espumadera enorme.
El trapiche de bronce rechinaba su gran dentadura áurea y hacía gemir las
cañas entre sus masas. Los bueyes jadeaban y batían espuma en sus belfos,
lamiéndose alternativamente las narices dilatadas. Y los moledores y arrieros
lanzaban a gritos sus procaces juramentos.

La instalación, en líneas generales, difería poco de las moliendas destinadas a elaborar raspadura. Tenía, en vez de las mesas con los moldes rec-
tangulares para vaciar el dulce fundido, dos largos tabancos[277] de caña
guadua; a ambos lados y paralelos a la hornilla. En ellos, ordenados en hilera,
esperaba su turno otro género de moldes. Eran éstos una ringla de recipientes
cónicos, con el vértice truncado dirigido al suelo, abiertos como un embudo
y trabajados con duelas de caña unidas entre sí en la punta, que se aseguraban
por el extremo superior mediante cuerdas de cabuyo. Dentro de cada molde
aguardaba una especie de cucurucho[278] de gran tamaño hecho con hojas
frescas de plátano, cuyo objeto era cerrar por dentro los intersticios que las
duelas dejaban en las soluciones de continuidad, protegiendo al molde de una

---

274 *Melero*: vendedor de miel.
275 *Estólido*: se dice con desprecio de la persona que no comprende o no discurre. Bobo, estúpido.
276 *Guarapo*: bebida fermentada hecha con el jugo de la caña de azúcar.
277 *Tabanco*: cajón.
278 *Cucurucho*: receptáculo hecho con un papel enrollado en forma de cono, que se emplea
muchas veces en los comercios para envasar ciertas mercancías compradas a granel.

posible filtradura.

Ahora bien: para cocinar el guarapo y luego la miel de caña, Matías Puglla, por primera vez en la historia de Yangana, empleó, no los primitivos «fondos» singulares, que suponían un proceso enojosamente lento, de operaciones sucesivas, sino que sustituyó la paila un solo compartimiento por la evaporadora de tres recipientes, los cuales hervía sucesivamente el guarapo, la miel luego y por último, a la hora del temple, la miel cristalizable a punto de ir a enfriarse en los moldes.

Y para facilitar la defecación del guarapo y de la miel impura, usó, asimismo por primera vez en Yangana, no la lejía, como era costumbre secular, sino el bicarbonato de sodio, que producía, al ser lanzado a puñados en el líquido en cocción, una loca espuma amarillenta, que suspendía, entre sus mallas restallantes, todas las impurezas que alojaba el guarapo. Tal vez era en esta faena de recoger con la gran espumadera la nata de los ángulos de la evaporadora, la única vez en que la estulta faz de Puglla adquiría cierto fulgor inteligente. Atacaba con una maliciosa saña todos los reductos donde la cachaza,[279] mucilaginosa[280] y veteada de manchas oscuras, pretendía seguir incorporada a la miel bullente. Después de una hora de lucha, el color del líquido, libre de las suciedades, se había vuelto claro. Cuando el punto azucarado llegaba a su término, la miel era batida vigorosamente en un depósito frío hasta que se vertía en los grandes moldes. El futuro pan de azúcar quedaba envasado en una envoltura suave, pero atravesábalo de parte a parte una tremenda estocada: en el vértice del embudo obstruía la truncadura del cono una larga y afilada cana de azúcar que oficiaba de tapón. Una vez que la mezcla batida se había solidificado, el operador quitaba a pulso el estoque, dejando en el centro del cono una herida profunda, por la cual el azúcar moreno –la panela– iba desangrándose, clarificándose, purificándose, en una lenta hemorragia de esposos goterones intermitentes. Para facilitar esta operación de purga, Matías Puglla, tal como lo vio hacer e hizo en Chaguarpamba, ponía sobre la superficie del molde lleno, una torta de barro chirle con un poco de ceniza. Por gravedad bajaba la miel a través de los poros del pan, y caía en un depósito. El sabor de esta miel era cargante al principio, el color oscuro, el olor fuerte. Transcurrida una semana, se renovaba el barro. Así era la miel más clara, más dulce y menos empalagosa. Con el tercer cambio de barro, una semana después, la purga terminaba, y le tocaba el turno a la remoción de la torta reseca y la del pan de azúcar del molde que le dio forma. El producto, de una deslumbrante blancura cuarzosa, quedaba empero un poco húmedo. Y para darle esa dureza roqueña que cobraba después, venía la dilatada exposición de los panes de azúcar al sol y al sereno. El aire seco y caliente del día y el relente[281] de la noche los fraguaban como si fueran de cemento. Restaba solamente envolverlos en paja seca de caña, cargarlos, de dos en dos, con los vértices hacia abajo, sobre el lomo de las mulas, y llevarlos a

---

279  *Cachaza*: espuma que forman las impurezas del azúcar al purificarlo.
280  *Mucilaginosa*: pegajosa.
281  *Relente*: humedad que se nota en la atmósfera al refrescarse ésta en las noches serenas.

la ciudad, a ofrecerlos en competencia con el azúcar granulado que los comerciantes traían de la costa, adquiriéndolo en los grandes ingenios.

¿Cómo no agradecer al baboso Puglla si en este viaje, sin ir más lejos, las gentes reparan las fuerzas y mitigan la sed chupando terrones de azúcar previamente mojados en agua fresca, en un continuo ir y venir de la mano que lleva el pedazo de la vasija a la boca y de la boca a la vasija?

Pero los observadores han advertido que trae la frente más estrecha que nunca.

## 39

Viene Rosita Sandoya, contrabandista de aguardiente y productos destilados.

Era dueña de una pulpería[282] y compraba grandes cantidades de panela, como negocio principal. Cantidades evidentemente superiores a las que podía expender y enviar a la ciudad para la reventa. De esta circunstancia arrancaban las primeras sospechas de los guardas del Estanco de Alcoholes y Tabacos de la República, que iban a hacer turno en Yangana. Segundo, había obtenido una patente para el expendio de aguardiente al por menor y sus compras a las bodegas del Fisco eran a todas luces inferiores al volumen de venta del producto. Tercero, el aguardiente que suministraba a su asidua clientela era de mejor sabor, calidad y grado que el de las pipas del Estanco. Cuarto, los consumidores habituales lo adquirían a un precio inferior que el fijado por el Estanco para la reventa. Quinto, en el estanquillo de Rosita Sandoya se vendía un anisado destilado, legítimo, incomparablemente mejor que el del Estanco. Sexto, igual ocurría con el reposado salido de las clandestinas bodegas de Rosita: no admitía competencia posible, ni en el precio ni en la calidad.

Con todos estos antecedentes, era natural que el guarda que llegaba por estos lugares trajera una consigna especial: vigilar a Rosita Sandoya, indudable causante del mal estado de los negocios del Estanco de la República en Yangana. Y el guarda, ciñéndose frecuentemente a terminantes instrucciones recibidas del propio gerente pensaba en el camino que su fusil y su puño de hierro se dirigían, precisamente, a cortar de raíz el mal en la apartada región, y se erguía a solas sobre los estribos. Llegaba derrengado a Yangana, tras fatigosas jornadas, y apenas echaba pie a tierra frente a la astrosa[283] y destartalada pieza de habitación que el Estado proporcionaba a su servidor, una chola guapa, bien lavada, bien peinada, bien trajeada, comparecía con una enorme portavianda en una mano y un cesto grande y cargado en la otra. El cesto contenía cuanto puede apetecer un viajero recién llegado y sucio de la jornada: jarra y fuente, toallas olorosas a limpio, agua fresca y jabón. Mientras estaba desembarazándose de su carga, llegaba un muchacho literalmente cubierto de objetos diversos. Este segundo conductor traía una cama de tijera,

282  *Pulpería*: tienda de diversas cosas: vinos, comestibles, mercería, etc.
283  *Astroso*: destrozado, desaseado.

un colchón arrollado, sábanas planchadas, colchas finas, una mesita, dos sillas y una hamaca. Ni el mosquitero con piola para suspenderlo faltaba. Menos el vaso de noche. Un mantel se desdoblaba prestamente sobre la mesa, que pronto quedaba materialmente llena de platos humeantes. La cama era tendida al instante, montado el lavabo sobre su armazón de fierro, la toalla extendida y suspendida la hamaca entre dos ángulos del cuartucho. En esta última operación y en la izada del mosquitero, la chola buena moza había tenido ya el cuidado de enseñar las piernas robustas al recién llegado, y éste, al ver tanta comodidad no esperada, se llenaba la cabeza, de halagadores proyectos y se resolvía a pensar en que, con un poco de suerte y habilidad, la temporada de destierro en estas soledades podía resultarle menos dura.

Y ya para retirarse, los dos sirvientes, la chola buenamoza y el muchacho, cantaban a una voz, en un tono de dar recado, al trasijado viajero, la siguiente canción:

—Dijo la niña Rosita que lo mandaba a saludar, que cómo ha llegado, y que ahí le mandaba una sopita que se sirva y también una copita de fuerte para que se cure el maltrato del camino.

—¿Y esta cama? –pregunta el guarda. Y las dos voces, a una:

—También se la mandó la niña Rosita, para que la use mientras permanezca en este pueblo.

—¿Y cuánto me costará la cama y la comida? Y las dos voces a una: –Que eso no cuesta nada, y que mande a decir con franqueza qué otra cosa se le ofrece.

Uno o dos días después, el guarda, ya pellizcando el reverso de la chola buenamoza, encontraba que todo esto era mil veces preferible a irse contra Rosita Sandoya, echarse encima una mujer simpática e influyente como enemigo y tener que invertir el ochenta por ciento del sueldo en comida, aseo de ropa y una hembra ocasional para tranquilizar sus sentidos.

Había, claro está, ocasiones en que la tolerancia del funcionario no se obtenía tan fácilmente. Era precedida a veces de un período de fuego graneado por parte del guarda y de un paulatino retirar de implementos prestados por parte de ella. Al fin, mal cuidado en el comer, durmiendo en el puro suelo, picado de los mosquitos durante la noche, sin tener silla en qué sentarse, llevando él mismo su ropa a la lavandera, sin un espejito ante el cual afeitarse, sin una fuente donde lavarse las manos, se cansaba de la inútil beligerancia, y, entre una fidelidad improductiva al Fisco tacaño e ingrato con sus mejores servidores y una pingüe perspectiva si se hacía de la vista gorda ante las trapacerías[284] de Rosita Sandoya, prefería ser consecuente con la última. Y el Fisco ecuatoriano seguía perdiendo, en este remoto rincón del país, el dinero que ella embolsaba linda y ladinamente.

No ocultaba Rosita Sandoya –mujer todavía joven, atrayente y gruesa, de ojos cariñosos–, ni su actividad de contrabandista ni su sistema de cohechar[285]

---

284  *Trapacería*: trampa, embuste, chisme o enredo usado o promovido por alguien.
285  *Cohechar*: corromper, sobornar.

a los empleados del Estanco. Antes bien, con respecto a éstos, se expresaba así, cuando lo preguntaban cómo ideó un sistema que le resultaba tan seguro:

—Lo aprendí de los gringos de las compañías extranjeras. Ellos hacen así con los del Gobierno, y consiguen lo que quieren. Cuesta un poquito, pero se gana más.

Y los comentaristas que sabía de ello, porque lo habían leído en los periódicos de la oposición que llegaban por ahí con dos meses de retraso, le daban la razón.

—Como dijo Montalvo... –iniciaba su glosa don Vicente Muñoz.

Y si la cosa iba poniéndose castaño oscuro –cambio de autoridades provinciales, remoción de guardias remisos, etc.– hacía Rosita Sandoya un viaje a la ciudad, con una imponente caravana de dádivas, que llegaban, al fin, a quebrantar la más pétrea voluntad del nuevo mandatario. Que sabía que, en último término, tenía también el cuerpo de ella como precio de la tolerancia administrativa.

Esta larga caravana de animales cargados de obsequios no difería mucho en su composición en aquellos casos excepcionales. Comenzaba por una mula de las dehesas[286] de los hermanos Quille, que fuera chalaneada[287] por alguno de los Mendieta, blanqueando en plata sus arneses fabricados en la talabartería de los Japa. Y venían luego:

Doscientas libras de arroz pilado a mano, de un grano grueso, brillante y pulido, cosechado en las vegadas[288] bajas del pie de Yangana.

Cincuenta libras de cecina, algodonosa de grasa, escogida de la mejor que se oreaba en las vetas del patio de José M. Medina M., el matarife.

Doscientas libras de azúcar en piedra, salido de la molienda de Matías Puglla, tan duro, tan seco, tan compacto, que fosforecía vivamente en la oscuridad al recibir golpes para fracturarse.

Cincuenta libras de queso ahumado, traído de los soberados de Presentación Pullaguari, el propietario del mejor corral de ganado de los contornos.

Un tarro de jalea de guayaba preparado por Rosita en persona, oloroso a mirtácea, pesado, duro y concentrado.

Un capón[289] bien cebado.

Grasa volatería: pavos inmensos, pollos de largos zancas, patos obesos.

Cien libras de manteca de cerdo. Y, en otro orden:

Un sombrero de paja toquilla muy fino.

Una alforja «de cama» para los viajes por la provincia, en lindas labores de color, con las iniciales del destinatario y el año del obsequio, etc.

Cuando Rosita Sandoya volvía con su piara de bestias vacías y, en ocasiones, con las miradas mansas, como reveladoras de un sosiego animal de sentidos descargados, don Vicente Muñoz, que tenía la cabeza llena de re-

---

286  *Dehesa*: campo dedicado a pastos; prado.

287  *Chalanear*: domar equinos.

288  *Vega*: terreno bajo, llano y con cultivos de huerta, generalmente atravesado por un río del que toma nombre. Huerta, ribera.

289  *Capón*: pollo cebado, al cual se ha castrado para hacer su carne más delicada.

cuerdos históricos, le decía, sin que ella supiera bien el alcance de la frase:

—Ya está de regreso nuestra Reina de Saba. Y como dijo Montalvo... Iniciaba una nueva glosa.

40

Viene don Baltasar Zárate, comerciante.

Constituía el enlace económico principal entre la ciudad distante y de difícil acceso y el pueblo de Yangana con sus aledaños. Los comerciantes de la capital de provincia le conocían y celebraban entre ellos el modo cazurro[290] pero al mismo tiempo ingenuo que tenía de proponerles un negocio. Jamás había comprado nada a crédito. No debía un centavo a persona alguna, y por su sistema de comprar al contado estaba en condiciones de obtener de mayoristas necesitados de efectivo para satisfacer sus compromisos, muy apreciables descuentos.

En casa propia, espaciosa y bien situada tenía sus almacenes. Una gran bodega que daba al patio interior dedicábala a guardar cueros crudos; café, cereales, y manteca de cerdo. Esta línea de productos de Yangana estaba destinada a canjearse con artículos peruanos: driles, tocuyos,[291] panas, liencillos, jabón blanco, pescado seco, harina de trigo, sal gema.[292] Largas recuas de burros iban por cuenta de Zárate a la frontera aligerando sus rebosantes bodegas. La mayor dificultad que debía vencer a su regreso era traer la sal en piedra, pues su introducción estaba prohibida a través de las aduanas del país. Pero el producto tenía en esta provincia un mercado seguro: la gente la prefería para el consumo doméstico y además para darla semanalmente a los ganados.

Zárate había sido en sus primeros años de hombre pobre, arriero, y como tal, conocía toda la provincia y buena parte del norte del Perú. Y su tienda de comercio, en la cual predominaba el «abarrote»[293] y la ferretería, no le había sedentarizado. Antes por el contrario, él era quien dirigía personalmente el viaje de su piara de asnos hacia la distante frontera sur.

Era en esas ocasiones lo que el hombre se animaba, le brotaba de los ojos un fulgor inusitado y vestía elegante. Su familia –sus hijas especialmente– encontraban intolerable que un personaje de sus ejecutorias,[294] uno de los puntales más sólidos de Yangana, anduviera descalzo, por ejemplo, y que conservara, de sus tiempos de misérrima soldada,[295] la costumbre de comer en la cocina, sentado en cuclillas junto al fogón, cuando ellas habían hecho habilitar un cuarto en la amplia casa para comedor, y podía –mejor, debía– sentarse con ellas a la mesa. Pero, en tratándose de viajar, ¡entonces era ya otra cosa!

La camisa que se ponía en sus viajes era blanca y fina, de albos puños y cuello postizo. No podía faltar la corbata negra de seda, cuyos extremos se

---

290  *Cazurro*: grosero, pícaro, astuto.
291  *Tocuyo*: tela basta de algodón.
292  *Sal gema:* sal común de mina, en forma cristalina.
293  *Abarrote*: conjunto de artículos de comercio de venta corriente; principalmente, comestibles.
294  *Ejecutoria*: mérito.
295  *Soldada:* sueldo correspondiente a cierto periodo; por ejemplo, a un mes. Se aplicaba particularmente a los de los soldados y marineros.

hundían bajo los botones del ceñido chaleco de casimir. El pantalón era de casimir también, pero no de bota. Calzaba zapatos de ruso francés –zapatos que conservaba de su juventud– y espuelas de plata. Unas polainas coloradas le cubrían las piernas.

En el ancho cinturón iban el dinero, el revólver de acreditada marca alemana y la canana[296] repleta de balines. Encima del chaleco venía el fino poncho de lana de vicuña, fresco, listado y elegante, de origen peruano. Las puntas delanteras se las echaba tras el hombro derecho con un gesto resuelto, gallardo y casi desafiante, que no le era habitual cuando estaba junto al mostrador. Se cubría la cabeza, –como se cubría siempre, de día y de noche, hasta que era llegado el momento de acostarse– con un sombrero de paja toquilla recién ahormado y metido en una funda de tela cauchutada,[297] que se ajustaba a la forma como un guante se ajustaría a la mano de su medida.

Si esmero había en su viajera persona, parecida elegancia ostentaba su cabalgadura. El «dependiente» de la tienda, desde la víspera, dedicábase a limpiar y pulir los arneses. La gorda y alta mula peruana de silla en que el comerciante Zárate realizaba sus viajes blanqueaba de plata. Una pequeña «alforja de cama», a medias llena, había sido puesta sobre la silla. Encima, una frazada de viaje, de lana de vicuña, igualmente peruana, hacía mullido y abrigado el asiento.

Ordenaba que los peones adelantaran con las cargas en la madrugada. Salía él a las once, después de almorzar, picando levemente a la mula de silla para que arrancara, hundiendo la grupa y a todo paso razano, delante de las personas que acudían a despedirlo.

El machetillo colgado del borrén[298] delantero se golpeaba, en carrera, con el metal amarillo de la lámpara de carburo, que iluminaría las jornadas recorridas en la noche, cuando ésta no era de luna.

Don Baltasar Zárate tenía sus ideas acerca del comercio y los comerciantes, a los cuales decía despreciar infinitamente. «Son brutos y ladrones» comentaba. A todo Yangana le parecía muy singular, pero al mismo tiempo muy significativo, que un comerciante se expresara en semejante forma de sus competidores. Y acudía la gente, de preferencia, a comprarle a él –de no haber habido además otras ventajas evidentes–, para oírle despotricar contra los comerciantes.

—Yo trato a los comerciantes de la ciudad como lo merecen –contaba al corro de amigos y compradores de Yangana–. Quieren echarme prosa, pero conmigo se estacan. Yo sé que todos ellos deben plata a los mayoristas de Guayaquil. Y que cuando esos mayoristas de Guayaquil les cierren el crédito, adiós prosa. Yo, que no debo a nadie, no pretendo ser más de lo que soy ni cambiaría mi pata al suelo por las de ellos, metidas en zapatos que no han podido pagar.

Más adelante, después de haber despachado una botella de kerosina, o

---

296  *Canana*: cinturón ancho o estuche sujeto al correaje, con compartimentos para meter cartuchos, usado especialmente por los cazadores. Cartuchera.

297  *Cauchutada*: impermeable.

298  *Borrén*: en las sillas de montar, unión de la silla con las almohadillas de delante y de detrás.

un real de agujas, o de haber comprado una docena de cueros crudos, proseguía sus consideraciones:

—Y los comerciantes gruesistas[299] de Guayaquil les echan prosa a los comerciantes de nuestra ciudad, en la misma forma en que ellos me la echan a mí. Y los comerciantes de acá los toman en serio y se achican, Yo por eso creo que son brutos. No saben, pero yo sí lo sé, que esos comerciantes de Guayaquil deben plata a los gruesistas más gruesistas del exterior, y que si los vendedores de afuera que les fían dejaran de hacerlo, los comerciantes de Guayaquil se arruinarían.

—Yo he puesto tienda de comercio solamente para no dejarme robar –expresaba más adelante–. Las comerciantes roban como si fueran salteadores. Y de esa rabia me metí a comerciante para reventarlos vendiendo más barato que ellos.

Otra razón para creer que los comerciantes eran brutos –«mismo son brutos» – la hallaba en su vil sumisión a los bancos y banqueros:

—Los bancos –decía– tienen la culpa de lo mal que andan los negocios. ¿Por qué meterse entonces con el enemigo? Fíjense ustedes en mí. Yo he hecho mi capitalito sin necesitar para nada de esos malvados. Ellos saben cuando uno anda fregado y le echan la soga al cuello. Entre los bandidos del despoblado de Piura[300] que yo conocí cuando era arriero y los banqueros, no sé a cuáles quedar. Siquiera los bandidos arriesgaban algo... Y esos brutos de los comerciantes, señor, se meten con los banqueros, creyendo que lagarto no come lagarto. Y caen en la trampa.

Finalmente, el comerciante Baltasar Zárate era germanófilo, también a su manera. Creía en la ingénita bondad y superioridad de los productos alemanes. La cuchillería de Solingen[301] era para él la mejor del mundo, y si le ofrecían en venta algún producto manufacturado extranjero encomiando su calidad, preguntaba: –¿Será entonces alemán?

Y como una vez, en su mocedad, había tenido oportunidad de viajar junto con un alemán, con el cual atravesó el despoblado de Piura y a quien vio comer en el camino grandes cantidades de fiambre, y todo lo que él preparaba en los altos de la jornada, infirió que los alemanes son unos grandísimos tragones, y que no puede saciarlos ni lo que haría reventar a seis hombres de los nuestros.

Ese era el terrible defecto que se oponía a sus grandes cualidades de manufactureros.

Las hijas de Zárate encontraban también muy censurable su manía de recordar a cada paso y a todo el mundo que había sido arriero en su juventud.

En los últimos meses, Baltasar Zárate, había empezado a comportarse como un filántropo en cierne.[302] Su abultada contribución para la campana

---

299  *Gruesista*: al por mayor.

300  *Despoblado de Piura*: región costeña del Bajo Piura donde se hallan inmensas colinas doradas del desierto hasta los «humedales» que conforman lagunas como las de Ramón y ëapique.

301  *Solingen*: Ciudad alemana donde se fundó la fábrica de navajas y cuchillos Bôker en el siglo XVII.

302  *En cierne(s)*: unido a un nombre de empleo o situación, expresa la del que está en camino de ser lo que ese nombre expresa.

dejó desconcertados a los iniciadores. Y tenía prometido para el pueblo, en un futuro ya muy próximo, obsequiarle una banda de música, cuyo instrumental se proponía pedirlo directamente a Alemania, para eliminar a los intermediarios voraces –esos cochinos comerciantes, según él–, ¡Esperaba ya catálogos! No había costado mayor trabajo incorporarlo al éxodo de Yangana, pueblo al cual, con las manufacturas alemanas, quería entrañablemente,

Pero las premiosas circunstancias no le habían dado tiempo para vestir la indumentaria clásica de sus viajes comerciales.

### 41

Viene José Ángelo Maridueña, el as de los embusteros.

Tendrá unos cuarenta y cinco años de edad; de estado casado y padre de escasa prole. Es una de las vocaciones más firmes y reputadas: la gente está acorde en considerarlo como una bolsa de mentiras.

Es un sujeto gordo, alto, de grandes manos flojas y brazos muy largos. Vive en la exageración, en la exaltación y la declamación. Desde el «buenos días» familiar hasta el juramento, perora[303] y bracea furiosamente. Las historietas cotidianas, por anodinas[304] que parezcan, se transforman en sensacionales folletines cuando pasan por sus labios. Amasa mentiras descomunales con los ingredientes que le proporcionan sus vecinos. Gusta también de hablar de platos sabrosos, y como es un hombre tremendamente expresivo, al hacerlo emplea tal entusiasmo, tal ímpetu, que traga saliva y saliva describiéndolos. Dicen por ello que tiene pasión por la comida. Hay en efecto que oírlo hablar de ella.

Por lo demás, es un hombre de diversas habilidades.

Tiene una admirable caligrafía, lo cual, él lo piensa, le da derecho a ser un colaborador espontáneo de los diarios capitalinos. Quincenalmente se da modos a remitirles largas correspondencias en las que procura dar noticias sensacionales, ya sean verídicas o supuestas. Como en ocasiones suministra relaciones con lujo de detalles, y está todo ello escrito en una hermosa letra inglesa, las colaboraciones no solicitadas de Maridueña merecen el recurrente honor de ser insertadas en el periódico al cual fueran dirigidas.

La habilidad que tiene para moldear historias –y decimos moldear, porque tiene unas manos inmensamente expresivas para crear el ambiente que evoca– no le acompaña hasta el punto de impartir viveza y amenidad a sus relatos escritos, en los que, ciertamente, se empequeñecen sus cualidades de narrador de viva voz. Pero el interés del tema sí queda preso en la linda letra, y ha dado lugar a que Yangana haya sido tomada en cuenta más de una vez por el poder central y las agencias extranjeras de noticias.

La primera de sus mentiras que rebasó los linderos de su pueblo y recorrió América fue el relato de un supuesto encuentro a mano armada entre un grupo de colonos ecuatorianos y de guardia civil peruana de uno de los cuarteles de la frontera sureste. En la lucha hallaron la muerte cuatro peruanos –la noticia,

---

303  *Perorar:* hablar como pronunciando discursos
304  *Anodino:* cosas y personas faltas de expresión o de gracia.

claro, era de acá– y un ecuatoriano, quedando dos heridos de parte y parte.

La voz de alarma la dio uno de tos periódicos capitalinos, diario de oposición, que publicó, con grandes titulares, la noticia de Yangana, que, en la parte correspondiente, decía así:

«El encuentro tuvo lugar en territorio ecuatoriano, por la disputa de una chacras y sembríos de tabaco que tienen tos colonos del Ecuador desde tiempo inmemorial. Los asaltantes incendiaron uno de los edificios e hirieron a machetazos al propietario. Mientras los pacíficos agricultores defendían palmo a palmo el suelo abonado por sus afanes, el piquete de la guardia civil que, armado de fusiles y vestido de uniforme, violó el territorio patrio, sufrió cuatro bajas, dejando también dos heridos en el campo. Dos de los nuestros, incluso el propietario del edificio, que resultó macheteado, quedaron heridos».

«Tales sucesos –proseguía el artículo–, que se repiten a diario en estas apartadas regiones de la patria nos hablan de que por desgracia el gobierno y el ejército nacional nada hacen por defender integridad del solar que nos legaron nuestros mayores ni por recuperar el territorio que, día a día, nos arrebata el audaz usurpador de sur».

La prensa cablegrafió ese mismo día a los periódicos afiliados servicio informativo, «que choques armados entre soldados de las guarniciones peruana y ecuatoriana, de la frontera sureste, habían dejado un saldo de seis muertos y un herido». Y agregaba, parece que informada en fuentes dignas de crédito, que «la Cancillería ecuatoriana, por medio del Ministro del Ecuador en Lima; había mandado una explicación al gobierno del Rimac».[305] Y dos días después, en uno de los grandes voceros argentinos, aparecía un editorial que condenaba esta clase de sucesos y llamaba a la concordia a las naciones de la familia americana. Y la cancillería ecuatoriana, ante semejante polvareda, había ordenado a sus oficiales levantar una formación.

Ahora bien: todo lo ocurrido era que, de regreso de uno de sus viajes comerciales por el Perú, don Baltasar Zárate había contado, por enésima vez, una antigua historia de bandidos en el despoblado, en la cual el propio Zárate, entonces joven arriero, figuraba como protagonista. Y que este relato de sucesos empolvados ya por los años, había sido oído por Maridueña.

Lo más raro que tenían los infundios de Maridueña es que, después de haberlos contado una vez, empezaba a creerlos a pie juntillas. En este caso, hallábase efectivamente convencido de que el encuentro sangriento había ocurrido en la forma en que él lo relata, y tenía una rabia concentrada para la incuria del gobierno, que mantiene desguarnecida la frontera sur. Faltaba poco para que llorara de pena de los mártires defensores del suelo patrio, muertos trágicamente en el incidente fronterizo.

Otra mentira que prosperó con extraordinaria fortuna fue la del descubrimiento de unos yacimientos auríferos fabulosos, en la cordillera que nace

---

305  *Rimac*: Alusión al Perú. La ciudad de Lima se halla atravesada por el río Rímac.

desde el río, frente al declive del valle de Yangana.

Un hombre, decía la versión de Maridueña, había ido hasta el río en busca de sus cabezas de ganado que. andaban perdidas. En la orilla izquierda le dieron razón de que la vaca overa[306] con su cría, el torete «chulla–cacho»,[307] bayo[308] y frontino,[309] habían cruzado el río y subido la cordillera del otro lado. El perjudicado siguió, en efecto, el camino de la orilla opuesta, averiguó en vano entre los escaso finqueros de la cuesta, hasta que una tarde, mientras descansaba sentado en una peña, divisó... que el cuarzo con gruesas láminas de oro relampagueaba con el sol a sus pies. Rompió un pedazo de piedra, notó que era sumamente pesada, y se dio maña a molerla. El oro estaba ahí, de «limpiarlo del cuarzo soplando con la boca, en grande escamas». Pero unos foscos guardianes días después, defendían el sitio. Eran hombres de la ladera, que estaban, a lo que parecía, resueltos a excluir del goce del yacimiento a cualquier intruso. Y el sujeto que hizo el descubrimiento no pudo volver a poner los pies en el lugar, ni siquiera para seguir, averiguando el paradero de sus semovientes[310] perdidos.

Con este relato Maridueña supo ser más severo y escrupuloso: esperaría oírlo confirmar en buenas fuentes. Cuando se le ocurrió por primera vez, parecíale que lo oyó contar a alguien, o quizá soñó en ello, no recordaba bien en qué fecha. Para fijarlo mejor darle corporeidad al conjuro de sus manos elocuentes, corrió a contarlo en la peluquería un domingo cualquiera. La parroquia lo escuchaba embelesada, con los ojos ávidos y la boca abierta. No había pasado una semana cuando uno de los trabajadores de los hermanos Pullaguari, que venía trayendo ganado para el matadero le contó a él, a José Ángelo Maridueña, que acaba de saber, por boca de uno de los PallaguarÏ, que un hombre de las vecindades de Yangana había descubierto al otro lado del río una mina de oro. Y a Pullaguari se lo habían contado algunos en el pueblo. Cuando Maridueña constató que eran otros los que sustentaban la versión, ya por su cuenta, la hizo repetir, ingenua y hambrientamente al peón de los Pullaguari, ante un corro de testigos.

—¿No les decía yo a ustedes? –les increpaba luego, como en resentido reproche–. La noticia es ciertita. Los Pullaguari son los que han contado.

Personas serias eran los Pullaguari, y si ellos lo decían, había que empezar a creer. Después de esto, más de cinco repitieron el relato ante el invariable asombro de Maridueña para la sensacional noticia. La moneda falsa estaba en circulación, y, como se había cerrado ya el círculo, era muy difícil dar con quien la hizo correr por primera vez.

Teniendo tan buenos fiadores para que la respaldaran, la versión pudo ser consignada sin mayor riesgo a un mentís,[311] en dos hojas de papel rayado para carta, con esa bella letra de Maridueña, y enviada a otro diario capitalino y a

---

306   *Overo*: animal que tiene el pelo mezclado de pelos rojos y blancos.
307   *Chulla-cacho*: oreja partida.
308   *Bayo*: animal de color blanco amarillento.
309   *Frontino*: animal que tiene alguna mancha en la frente.
310   *Semoviente*: los bienes consistentes en animales, especialmente en ganado.
311   *Mentís*: acción de demostrar la falsedad de lo que alguien ha dicho, en general públicamente. Desmentir, refutar.

algún diario de Guayaquil.

No se supo bien qué ocurrió con la noticia, pero no llegó a ser publicada. En cambio, un mes después, un ingeniero de minas de la compañía yanqui de Curipamba tuvo la peregrina ocurrencia de ir a pasar su mes de vacaciones haciendo una cacería de pumas en lo más cerrado de las montanas de la cordillera que tenía Yangana al frente, tras un penoso recorrido a lomo de mula, en pleno invierno. Y a poco, y como siguiendo las huellas del esplénico[312] gringo, una comisión del Gobierno del Ecuador fue a tomar posesión de ciertos terrenos baldíos situados hacia la misma región, en el nombre del Estado.

Las personas mejor enteradas creyeron haber averiguado que el gringo volvió de su aventura con un amargo rencor para Yangana. Y que el informe que elevó a sus principales de Curipamba destilaba cólera y sarcástico desprecio para «esos farsantes mestizos que no saben ni lo que dicen ni lo que tienen».

Y que el geólogo del Estado se rió de buena gana de las muestras de mineral que la comisión encargada por el gobierno para ocupar esos privilegiados territorios «por donde andaba ya merodeando el yanqui con su olfato», remitió a los laboratorios para el ensayo.

Otra reconocida habilidad de José Ángelo Maridueña era la de ser un buen cocinero. Era especialista en preparar un estupendo arroz a la valenciana, potaje que aprendió a hacerlo del Cura Navarro, el cura español aquél que andaba haciendo adorar el cuerpo embalsamado de la que fue su amante, exhibiéndola a los campesinos como una santa. Ese curita, que adoró a aquella linda mujer —porque era linda la chapetona— la servía de rodillas y la preparaba, en persona, los domingos, después de celebrar misa de doce, arroz a la valenciana con pimientos morrones envasados en el extranjero y dos gallinas gordas. Cuando la mujer del cura Navarro, murió, y él se fue llevado por una ráfaga maldita de locura, de horror y de pasión, conduciendo el cadáver en un ataúd con tapa de cristal de pueblo en pueblo, dejó en herencia a Maridueña un libro de cocina del tamaño de un misal. «Ese era el libro en el cual el curita Navarro celebraba la misa» —afirmaba José Ángelo—. «Y de ahí he aprendido a hacer los platos sabrosos que yo sé preparar».

Sabía también componer dislocaduras y entablillar extremidades luxadas o fracturadas. Esas manos enormes eran manos hábiles para su cometido. Unos cuantos tirones; unas cuantas exploraciones y masajes entre huesos y tendones descoyuntados eran a menudo suficientes: un tratamiento sencillo, barato y no muy doloroso.

Y era, por último, un amigo excepcional, cuyo placer máximo era pedir un favor para los demás. Esta puede catalogarse como otra de sus habilidades. Por lo demás, era incapaz de reclamar o solicitar para sí una aguja. Pero si veía un amigo en la desgracia, se lanzaba a las calles, braceando como un es-

---

312 *Esplénico*: pálido.

pantajo sacudido por el viento. Al primer transeúnte que topaba le caían sobre los hombros unas manos pesadas y cordiales, y, frente a frente, deteniendo a su interlocutor con la presión de su barrigota sobre la boca del estómago de aquél, lanzaba su llamado:

—Tú no te vas de aquí mientras no me dejes algo para la viuda de Fulano de Tal, que necesita enterrar mañana a su hijo –por ejemplo. Y si había resistencia para la dádiva, había también la resistencia física de él, oponiéndose al avance:

—No te vas de aquí. ¿Lo oyes? Y venía, si el otro lo dejaba, la relación de los tormentos en que la orfandad había sumido a la desventurada mujer. No era raro que el requisado transeúnte depositara su contribución en la mano caliente de Maridueña con los ojos húmedos.

Como Maridueña era tragón y pobre –lo cual no constituye habilidad, desgraciadamente– no siempre avanzaba a quedar satisfecho su estómago grande. Pero en cambio, cuánta alegría espontánea manaba de sus labios, de sus manos, de su corpachón,[313] cuando invitaba a su mesa al primero que encontraba en la calle, así fuera su propia ración la que le cedía.

Se frotaba las manos sin cesar, tragaba saliva –era muy goloso y muy glotón– y mientras el invitado se engullía su comida, el embustero, con los codos en la mesa, empezaba, aguijoneado por el hambre, su nuevo relato.

Y ahora que viene, viene hablando a gritos, pues no puede pensar ni hablar en otra forma. Promete enviar, en cuanto sea posible, un reportaje sensacional a los periódicos, relatando la forma como ocurrió el suceso terrible que había arrojado a los pobladores de Yangana hacia la montaña indómita. ¡Qué narración sería ésta, si llegara a decir cuánto vio y creyó ver, cuánto oyó y creyó oír, cuánto hizo y creyó hacer!

## 42

Viene Agustín Carrasco, cultivador de tabaco y fumador exigente:

El más competente de la zona, sin duda. Hacía él mismo sus pequeñas plantaciones para darse el lujo de consumir tabaco por él sembrado y preparado por él. Esto, desde que el Fisco estancó[314] el producto, convirtiéndole en el enemigo más implacable del monopolio estatal.

La gran preocupación de su vida –incluso en la época tan llena de diversas solicitaciones apremiantes del sentimiento que es la juventud–, ha sido perfeccionar su arte de beneficiar tabaco para deleitarse fumándolo y halagar su vanidad de experto oyendo el encomio[315] apasionado de los fumadores calificados.

Resultaba ser el productor ideal: manipulaba el tabaco desde la semilla hasta el consumo. Quien siguiera de cerca su faena, en los largos meses de cuidados, quedaba, al decir de los peritos en el ramo, un experto en tabacología nativa. Pero no se trataba –en los últimos años, años de estanco, y para él, de

---

313  *Corpachón*: grande de cuerpo.
314  *Estancar*: convertir una mercancía en monopolio del Estado o de una persona o entidad.
315  *Encomio*: alabanza.

sobresaltado cultivo clandestino–, de siembras extensas. ¡Oh, no! Lo necesario, nada más, para su propio consumo, con un pequeño suplemento de cuatro o seis hileras, que se destinaban a dar un festín de aromático humo a los amigos.

Buscaba para su siembra –para su menuda siembra oculta– los lugares abrigados de los vientos, las oquedades discretas. El suelo debía ser arenoso, suelto, y tener una buena dosis de tierra vegetal. Para aflojarlo como convenía era necesario removerlo varias veces.

La semilla, cuidadosamente escogida, servía para obtener los almácigos.[316] Hecho el trasplante con una delicadeza de relojero de precisión, asistía, apasionado, al desarrollo lento de las matitas. Rondaba muchas veces por día en torno a la parcela, pasando revista a las plantas, una por una. Les hablaba en voz alta, e iba contando los nuevos brotes. Uno de sus mayores orgullos era presentar a sus amigotes un campo de cultivo en el cual, a los ocho días de haber efectuado el trasplante del almácigo, no hubiera una sola mata marchita.

¡Y cómo sabía de estas cosas! Sabía...

Sabía cómo comportarse para que las hojas no resultaran demasiado largas ni demasiado anchas. «Nada que pase de los cuarenta centímetros a lo largo ni veinticinco a lo ancho: éste es el asunto» –dogmatizaba.

Sabía cómo preparar y regular la distribución de los abonos, huyendo de los excesivamente nitrogenados, que hacían hojas de nervaduras demasiado gruesas.

Sabía cuándo y cómo deben aporcarse[317] las matas, después de que el suelo había sido aflojado en torno.

Sabía que las hojas inferiores, las que besan el suelo, deben ser arrancadas por su mala calidad.

Sabía cuándo debe despuntarse la mata, en el período delicado de la eclosión de los botones, prefiriendo las horas de la mañana, o las horas serenas de la tarde.

Sabía cuándo el cambio de color de la hoja denuncia al sembrador que la hora del corte ha llegado.

Sabía cómo ir cortando las hojas sazonadas en el momento de cosecharlas, y qué hoja debía despreciar por su escaso rendimiento.

Sabía cómo deben ordenarse las hojas maduras para trasladar del campo de cultivo al lugar de secadura.

Sabía cómo han de colgarse las hojas para que se oreen[318] a toda brisa, suspendidas de una cuerda amarrada entre dos palos.

Sabía cuánto debe durar esa orgía caliente que celebraban a puerta cerrada los microorganismos de las fermentaciones con la clorofila, con los hidratos de carbono, con las diastasas.[319]

---

316 *Almácigo*: lugar donde se plantan semillas para criar plantines.
317 *Aporcar*: cubrir ciertas hortalizas con tierra para que se hagan blancas y tiernas.
318 *Orear*: airear.
319 *Diastasa*: enzima de origen vegetal, contenida en ciertas semillas germinadas y otras partes de las plantas. Cataliza la hidrólisis del almidón.

Sabía qué medida es conveniente emplear para que la química de las fermentaciones no pase de cierta prudente temperatura.

Sabía cuándo ha de dársele a los haces prensados, fermentados y removidos, el «encerado» de clausura, precedido de la lluvia atomizada de un aromático líquido a base de miel silvestre.

—¡Y sabía, ya por último, enrollar estas hojas de tabaco, olorosas, casi mareantes, bituminosas, flexibles, pungentes,[320] en grandes mazos cilíndricos, fuertemente prensados bajo un devanado de corteza de «pasalla»[321] que fungía de cuerda!

¡Llegaba entonces la hora de la gran delicia, que bien ganada estaba!

La «huanlla»[322] afamada, ceñida como una bobina por la tupida envoltura de la «pasalla», con su cuerpo vermiforme[323] terminado por ambos extremos en redonda cabeza negra, iba al degüello y a la trucidación:[324] la mesa de picar y la gruesa y afilada cuchilla la esperaba para cortarla en rodajitas primero y hacerla picadura fina después.

A poco; los afanes, y el sudor, y la espera anhelante, y el trabajo crujiente de la cuchilla se convertían en una nube en torno de la cabeza obstinada de don Agustín Carrasco.

Tiraba la respiración, como si descansara de largas jornadas de fatiga y se premiaba el esfuerzo entrecerrando los ojos, salivando de su gusto, y dedicándose a soñar.

Era entonces lo que, como colofón[325] a sus trabajos y esperas, daba una opinión sobre sí mismo.

—No soy, amigos míos, otra cosa que un hombre que fuma –les decía a sus invitados a las primicias de la cosecha–. No soy otra cosa, efectivamente. Entre cigarrillo y cigarrillo me casé. En la pausa de otro cigarrillo me quedé viudo. Lo peor que me ha ocurrido ha llegado en la pausa que hago de un cigarrillo a otro cigarrillo. Y por eso, cuando deje de fumar he de morir. ¡Y he de dejar de fumar cuando muera!

Sus amigos que conocían ya el sentido de sus explicaciones, nada hacían por discutírselas. Algunos de ellos, los más comodones, le daban ocasionalmente la razón, y creían con él que la vida es, para numerosa gente, no otra cosa que un confortable local donde se fuman muchos cigarrillos sabrosos, un sitio donde hay un buen surtido de tabaco para ponerse a ensoñar, en medio del humo, con los ojos, semicerrados.

## 43

Viene una santa: Justa Carreño –la señorita Justa.

La santa era una mujer que no lo parecía. Don Vicente Muñoz no le perdonaba su apariencia saludable, profana y burguesa.

---

320   *Pungente*: punzante.
321   *Pasalla*: fibra que se extrae de los árboles jóvenes que sirve para confeccionar sogas o cuerdas.
322   *Huanlla*: comida llevada de un banquete o viaje para la familia [Quichua].
323   *Vermiforme*: con forma de gusano.
324   *Trucidar*: despedazar.
325   *Colofón*: nota final.

—Una santa –alegaba él– debería ser delgada, liviana, anémica y exte-
nuada. Tener unas manos muy pálidas y heladas. Hablar en voz baja y cavernosa. Caminar con los ojos en el suelo. Tener un rosario entre los dedos.
Vivir comiendo poco y mal. Considerar al cuerpo como la cárcel inmunda del
alma inmortal, y no acicalarlo sino mirarlo con un infinito desprecio y asco.
Pensar día y noche en la divinidad y en la vida ultraterrena. Frecuentar la
iglesia y el confesionario. Tener callos en las rodillas. Ser castísima, absurda-
mente casta, hasta en el pensamiento. Llevar cilicios bajo las viejas ropas
sucias. Tener ningún atractivo sexual. Ser incapaz de herir los oídos ajenos
con una mentira o una frase torpe. ¡Y tener escasísimas facultades intelectuales, o ser una desequilibrada, para meterse a una profesión tan poco hi-
giénica y elegante!

Pero he aquí –comentaba al enfocar el caso– que ella no llena ninguno
de estos requisitos que consideraba yo esenciales: Es gruesa, robusta, san-
guínea, de cuerpo achaparrado. Se ha casado en su mocedad y tenido varios
hijos bien hechos, que demuestran con cuanto placer se dedicó a la procre-
ación. Cuando se divierte –porque se divierte cuando cree conveniente– lo
hace francamente, a boca llena, alegrándose toda ella, en cuerpo y alma. Mira
de frente, aguanta una broma y no se escandaliza ante las debilidades ajenas.
Tampoco vive en la frecuencia, ni calentando los ladrillos de la Iglesia. Es muy
correcta en el vestir y parece que se baña y se lava muy a menudo, ¡Y sin embargo, amigos, la consideramos como una santa!

Si bien se mira –continuaba– no es sino una persona muy correcta. Una
excelente mujer, digna de los más altos elogios. Adivinemos dónde están sus
condiciones de santa. ¿Será porque aguanta las borracheras de su marido?
No: otras las aguantan también. ¿Será porque jamás ha tenido un disgusto
con su suegra? No: ella no ha tenido suegra, pues su marido era huérfano.
¿Porque ha dicho siempre delante de una persona lo que diría también a espaldas de ella? No: algunos somos tan francos como ella, sin merecer esa reputación. ¿Porque ha sabido criar bien a sus hijos? No: puesto que ello no es
otra cosa que ser un buen padre o madre de familia. ¿Porque no ha sido celosa
con su marido? ¡Hombre, tal vez por eso! ¿Porque no ha mentido nunca?
Por eso quizá. ¿Porque no es curiosa ni se ocupa de las vidas ajenas? ¡Oh,
puede que por eso sí! Que por esto sea una santa.

Ahora –añadía por último–, tenemos que sumar, amigos. ¿Quién o
quiénes de nosotros, pobres pecadores, tiene ese total?

Aisladamente, claro, entre todos, tenemos todas esas bondades. Pero ella…
ella las tiene todas, y de una vez. Además, resistió hace años al sitio que le hizo
Carlos Botado, entonces en su pleno vigor. ¿Quién de vosotros, amigos míos,
habría podido resistir otro tanto y cantar victoria?

Aquí las risas imponían una pausa a don Vicente. Cuando habían cesado,
ya cambiando el tono de voz, concluía:

—Ella sabe dignificar la atmósfera del lugar donde está. La conversación cambia en el instante que llega y empieza a girar alrededor de tópicos más elevados, más sanos, más puros. El vocabulario mejora, cesan los «cachos» colorados,[326] y la gente, con su sola presencia silenciosa, se pone, en cierta medida, espiritual. El bocón Camilo, por ejemplo, no despega los sabios, se sienta correctamente y quizá le parezca que se halla en presencia de una gran claridad. Los borrachos, cuando la alzan a ver, dejan de beber y de decir sandeces. En un velorio, los concurrentes se ponen a la altura de las circunstancias. Con ella entran a cualquier sitio, por desordenado que se encuentre, el orden, la ponderación y la medida. Si hay bronca, ella la detiene en seco. Dan deseos, al verla, de hacer un favor, de ser útil a alguien ¿Han oído ustedes, amigos míos, gritar en una reunión desaforada?: «¡Ya viene ella! ¡Ya viene ella!» Todos se sienten chiquitos, bien chiquitos, como si tuvieran un papá muy severo, que fuera a encontrarlos *infraganti*[327] al tiempo de cometer un hurto muy feo, quitarle las monedas a un pordiosero, por ejemplo. La compostura se establece de golpe, y las caras se miran, quizá avergonzadas, de lo que se hacía y se decía. ¡Y esto sí, todo esto, es algo, amigos míos, que sólo la santidad puede dar! Montalvo decía al respecto, a propósito del cura de Santa Engracia... —y aquí, después de aclarar que él mismo se sentía hechizado por la rechoncha figura de la santa, y que para defenderse hacía lo posible para hablar de ella en broma, iniciaba una nueva glosa montalvina.

## 44

Viene el bocón Camilo Isidro, el hombre del peor vocabulario de Yangana.

Érase un sujeto alto y enteco,[328] de frágil contextura y una cierta elegancia espontánea de movimientos. Saludaba descubriéndose en una forma ceremoniosa, que hacía presagiar más bien a un sujeto de cánones sociales muy correctos. Pero había que oírlo hablar.

Corresponded a su cortés saludo, preguntándole cómo ha amanecido, si lo queréis oír. El os dirá entonces...

Dejad, irritado, al día siguiente, de contestar su matinal.

Que él os increpará diciéndoos...

Intentad conquistarlo invitándolo a una copa del mejor anisado que destile Rosita Sandoya.

El os aceptará agradeciéndoos así ...

Acceded a hacerle el favor que os pide, que él os agradecerá en estos términos...

Negaos a servirlo porque un tipo que emplea semejante lenguaje es indigno de recibir de vos la más insignificante merced, y él os recompensará así...

Viene en esta vez con la cara amarrada en un inmenso pañuelo sucio. Tiene un horrible dolor de muelas, síntoma que para él indica que una de sus amantes se halla encinta.

---

326  *Cachos colorados*: expresiones despectivas dirigidas a una persona.
327  *Infraganti*: expresión que se aplica al hecho de sorprender a alguien precisamente en el momento de cometer un delito o falta.
328  *Enteco*: endeble, raquítico.

Atreveos a preguntarle cómo se siente, que él entonces, empleando lo más florido de su lenguaje, os dirá ...

. . . . . . . . . . . . . . . . . . . . . . . . . . . . . . . . . . . . . . . . . . . . . . . . . . . . . . .

45

Y vienen:

El paralítico Asunción Medina, primo hermano del matarife[329] de la prole innumerable, que se quedara inválido a consecuencia de una luna de miel desaforada. Policarpo Alvarado, mutilado hace tiempo, cuando una viga que se precipitó desde un puente en construcción le amputó ambas piernas: desgracia personal tremenda, que, sin embargo, no anuló al trabajador, pues todos reconocen en él a un vigoroso jornalero, sin hiel para la lampa y la barreta y a un jinete no vulgar. El manco Antonio Masa, serrano puro, indio puro, ya con pelo corto y calzón largo, que perdió su diestra en una molienda de caña. Dona Mercedes Guabán, que anda casi a gatas debido a su columna vertebral lisiada. Doña Teresa Tenemasa, con la cobriza garganta cargada de cotos[330] voluminosos como chirimoyas.[331] Agustín Fierro, del tronco de don Lisandro, antaño un hombre robusto, hoy un inválido, con dos hernias inguinales enormes y un cólico horrible cada luna por causa de las mismas. El ciego Nicanor Bazarán, a quien las viruelas atacaron en la infancia, en las niñas de los ojos.

En tres chacanas[332] de varas delgadas, cubiertas con sábanas a modo de toldo, vienen tres enfermos delicados que no pueden servirse de sus piernas ni montar a caballo. Por cierto, una de las chacanas va ocupada por una parturienta, que arde en fiebre desde el primer día de la jornada.

La cuarta chacana, en el quinto tambo,[333] fue arrojada al fuego con todas sus ropas... pues resultó inútil. El paciente que iba dentro falleció en condiciones no bien establecidas, y lo enterraron cerca, cerca de una de las fogatas encendidas en la trocha recién abierta. En una tosca cruz de madera fresca, desbastada a machete, José Ángelo Maridueña, con su bella letra, había trazado, con un carbón, estas dos iniciales M. O., porque Matías Ortega se llamaba la primera víctima de allende Yangana.

Viene, en fin, un muestrario acaso cabal de humanidad; un mundo comprimido y abreviado en al que están representados los vicios y las virtudes, los temperamentos y las aptitudes buenas o malas; las grandezas y miserias del hombre; la conducta, el pensamiento, la acción, el hambre, el deseo de no morir, el miedo, el odio y el amor.

---

329   *Matarife*: quien mata y descuartiza las reses en el matadero.

330   *Coto*: bocio: crecimiento anormal de la tiroides que forma una tumefacción cervical conocida con el nombre de coto: esta última palabra, de origen quechua, significa papada o tumoración en el cuello.

331   *Chirimoya*: fruta que pertenece a la familia de las anonáceas, que consta de unas 800 especies arbóreas de las regiones tropicales, con frutos en baya y carnosos.

332   *Chacana*: camilla o angarilla.

333   *Tambo*: posada.

Vienen todas las edades humanas. Viejos, jóvenes, adultos, niños, infantes de pecho. Hombres y mujeres; belleza y fealdad, blancos, indios y mestizos;[334] mulatos, zambos y negros; flacos y gordos; altos y pequeños; ladrones y beatas; analfabetos y músicos, armadores de casas y sepultureros; hermosas muchachas y cuerpos deformes; borrachos y perdonavidas;[335] curanderos y tinterillos,[336] desequilibrados y tontos de capirote;[337] optimistas y escépticos. Frentes estrechas y frentes anchas; ojos negros, café, azules, verdes, color de acero; ojos alegres y brillantes; ojos sombríos; ojos oxidados por la icteria; ojos ribeteados de rojo. Pieles lisas, pieles arrugadas; velludas y lampiñas; frescas y cálidas; sudorosas; suaves y ásperas. Bocas desdentadas, labios gruesos, labios delgados, labios leporinos, labios rosados, pálidos, secos...

Un olor de cuerpos humanos, en masa, sudorosos, sucios, empapados, en que sobresale el tufo unas veces excitante, otras pungente, otras repugnante, de las axilas, se mezcla en el desfile con el olor de las ramas recién cortadas, con el del humus podrido, con el que se levanta de la piel de las bestias de carga, y del suelo hollado por centenares de cascos y pezuñas, mancillado por los excrementos de los densos rebaños.

Una sociedad en almácigo, con una explosiva voluntad de vencer a la muerte, era la que resbalaba trabajosamente, lentamente, por el cauce que iban abriendo los machetes en la montaña.

### 46

Los sentidos no habían, pues, engañado a Joaquín Reinoso. Era casi de noche cuando logró ponerse a tiro de fusil del real de los viajeros. Un pueblo entero se venía. Una vez que, entre las sombras, alcanzaron a divisar, en la hondonada, la fogata del rancho de Reinoso, y oyeron el lejano rumor del río, dejaron escapar, cual un gran alarido de alegría salvaje, una palabra que luego repitieron las voces, con apasionada monotonía:

— ¡Palanda! ¡Palanda! ¡Palanda!

Un largo rato después, todavía los más exaltados seguían con su ronco estribillo:

—¡Palanda! ¡Palanda! ¡Palanda!

Joaquín Reinoso, agazapado a favor de la oscuridad y de los gruesos

---

334  *Mestizo*: En la Nueva España en el siglo XVII, se encontraba la siguiente clasificación para las mezclas de razas: *1.* español blanco e indio = mestizo *2.* mestizo y español = castizo *3.* castizo y español = español *4.* español y negro = mulato o pardo *5.* español y mulato = tercerón o morisco *6.* español y morisco = cuarterón, albino o salta atrás *7.* español y albino = quinterón o torna atrás *8.* indio y torna atrás = lobo *9.* lobo e indio = zambayo *10.* zambayo e indio = cambujo *11.* cambujo y mulato = alvarazado *12.* alvarazado y coyote = barcino *13.* barcino y mulato = coyote *14.* coyote e indio = chamizo *15.* chamizo y mestizo = coyote mestizo *16.* coyote mestizo y mulato = ahí te estás *17.* negro e indio = zambo, lobo o chino *18.* indio y zambo = zambaigo *19.* indio y mulato = mulato prieto *20.* negro y zambo = zambo prieto *21.* zambo y mulato = calpán *22.* calpán mulato y zambo = tente en el aire *23.* tente en el aire y mulato = no te entiendo *24.* no te entiendo e indio = ahí te estás *25.* mulato y lobo = jíbaro *26.* jíbaro e indio = alvarazado (citado por Zorrilla Concha 1982, 194-195).

335  *Perdonavidas*: bravucón; persona que presume de valiente y se jacta de cometer violencias.

336  *Tinterillo*: empleadillo, mal abogado.

337  *Tonto de capirote*: mucho más que tonto. Persona muy necia e incapaz.

troncos, avanzó con mucha cautela, tratando de reconocer los primeros grupos que divisaba penosamente. Fue en vano. Había que esperar a que se encendieran las primeras fogatas: la orden de prender fuego acaba de ser impartida.

Ya más luego pudo ver:

Que el churón Ocampo, su amigo de la infancia, compañero de travesuras y correrías allá en Yangana, trabajador como él después, hace pocos años, en las minas auríferas de Curipamba, parecía ser el jefe. Y que los demás, que eran gente asimismo de Yangana, le obedecían.

Pues él fue quien destacó la cuadrilla de hombres que harían leña para alimentar el fuego hasta el amanecer.

Pues él fue quien dispuso que otra comisión se hiciera cargo de los rebaños hambreados.

Pues él fue quien ordenó preparar el rancho.

Pues él fue quien se negó a permitir que se bebiera en alguna parte un poco de aguardiente o de chicha de jora fermentada, para celebrar la alegría de estar solamente a media jornada de Palanda, que era el fin del viaje.

Pues él fue quien comenzó a supervigilar a manera de autoridad suprema el cumplimiento de sus disposiciones, recorriendo, uno por uno, todos los grupos.

¡Era su gente, era su pueblo, las personas que Joaquín Reinoso consideraba suyas, las que venían!

La tremenda tensión de ese día y del anterior ante los temores de un peligro desconocido habían cedido su lugar a un estado de regocijado desconcierto. Era para caerse muerto de pura perplejidad.[338] Parecíale todo ello tan absurdo, tan inverosímil, que prefería a ratos imaginar que estaba soñando. ¿Se habían vuelto locos todos los pobladores de Yangana? ¿Qué mosca les había picado a todos ellos, ¡a todos!, y les traía en masa por estas soledades? ¿Debiera hacerse presente ante ese hato de desequilibrados, diciéndoles quién era y ofreciéndose para conducirlos al río, donde él tenía su casa, su chacra y su huerto? ¿Y cómo andarían de víveres? ¿No venían para caer como una plaga y arrasar los frutos que él había cultivado?

¿Y su mujer, que aguardaba sola en la noche, qué estaría pensando al ver que ni llegaba, ni daba la señal convenida? ¿Era posible rumbear a través de la montaña, en la oscuridad impenetrable, y llegar a la madrugada, con un silbido tranquilizador y una noticia sensacional y al mismo tiempo mansa, a contarle que acababa de ver a toda la gente que puede verse en la plaza de Yangana en un día de fiesta, encaminándose al rancho que los dos tenían aquí, en Palanda, con el exclusivo objeto de hacerles una visita de cortesía, y barrer con cuanto había sembrado el joven matrimonio en un claro de la montaña?

¿Motivo de regocijo?

¿Amenaza de hambre?

¿Mortal peligro?

---

338  *Perplejidad*: sentir confusión, duda.

## Interludio

# La canción beoda[339] de las semillas

Gordillo, el agrónomo fracasado, pensaba, en tanto vigilaba el inmenso hacinamiento de semillas que conducía don Eliseo Aliaga, que era necesario, afrontando las consecuencias que podían sobrevenir, remojar la alegría indescriptible que experimentaba la gente del éxodo al divisar la tierra prometida. Esa fogata de Joaquín Reinoso, que palpitaba allí en lo hondo, con su muda llamada, inspiraba a Gordillo un irreprimible deseo de «estar al lado de una limeta», como solía decir. Empero el churón Ocampo, ese ceñudo y autoritario jefe de la aventura, había prohibido beber en el campamento.

Don Eliseo Aliaga venía trayendo un calabazo de claro de jora muy bravo, que empleaba –¡oh, destino cruel!– en soplarlo en las narices, orejas y patas de las bestias para ahuyentarles la fatiga. ¡Si él, Gordillo, pudiera deslizarse sin que lo sintieran, hacia la deseada vasija!

—El dios de los bebedores está conmigo; se nos ha venido también –exclamó para sí, cuando don Eliseo Aliaga, recomendándole cuidado, se retiró un momento fuera del real. Llenó, en cinco segundos, su jarro grande, al cual depositó despaciosamente, junto a una gruesa raíz. Luego besó largo, muy largo, la boca de la calabaza, cuyo vientre se elevó en dirección a las tupidas copas de los árboles.

Cuando don Eliseo volvía, tropezando en las raíces y abriendo mucho los ojos para ver dónde pisaba, percibió un olorcillo de licor derramado que se destacaba muy bien en el aliento fresco y húmedo de la noche en la selva.

—Parece que mi poto[340] está mancornado[341] y regándose –observó, y fue al sitio para enderezarlo. Lo encontró bien tapado pero, al tentarlo, quizá lo notó más liviano, porque exclamó, como para que lo oyeran:

---

339  *Beodo*: borracho.
340  *Poto*: vasija pequeña hecha de la calabaza.
341  *Mancornar*: sujetar.

—¡Humm!

Y no volvió a preocuparse más de ello.

Joaquín Reinoso, cuyo escondite quedaba cerca, exactamente tras las árguenas de semillas que ahora se hallaban cubiertas con las mantas y los sudaderos de las acémilas que las portaban, vio la escena, y tuvo deseos de reír
y de volcarle el jarro a Gordillo. Pero en su vida había visto antes la cara de
este mozo, y al avanzar, habría podido ser sorprendido. Era mejor dejarse
estar.

A poco, la alegría de Gordillo iba a hacerle reventar. Miraba en todas direcciones, en busca de un ser humano digno de confianza para que comparta
su júbilo, pero así, en la forma tumultuosa en que lo sentía él venir. La lengua
le comía por hablar, por gritar, por perorar aun cuando sea a la nación entera.
Por los brazos le circula a un torrente de fuego dulce. La estatura moral del
churón Ocampo había descendido un palmo ante sus ojos turbios.

El nivel del jarro había descendido también.

De súbito, Gordillo pareció haber tomado una resolución y avanzó, sin
vacilar, al austerísimo don Eliseo.

—Oiga, tayta Eliseo –le dijo–. Yo necesito que usted me haga un favor.
Pero que me lo haga como hay Dios.

—Habla, muchacho. Y... retírate un poco de mi cara, porque me puedes
emborrachar.

—El favor que le quiero pedir a usted, tayta Eliseo, es que me oiga.

—Prefiero oírte que olerte –le contestó.

—Es que quiero que me oiga, tayta Eliseo, mi canción de las semillas.

Don Eliseo se encogió de hombros.

—¡Entonces la digo, tayta Eliseo? Sí, la digo. Porque sí no la digo, y si no
la digo ahorita mismo, me muero. ¡Me muera, como hay Dios! ¿A que la
digo?

Ahora bien: la canción beoda de las semillas, que dijo Gordillo, semitono,
bohemio y estudiante fracasado de la Escuela Agronómica y hubo de oír, sin
quererlo, Joaquín Reinoso, era así:

«En primer lugar el loco debe cantarte a ti, simiente de la alegría, chicha
madura de semillas germinadas, que lo han hecho un loco más loco, más
cargante y más locuaz.

»Al loco ha dejado de importarle, entiéndalo bien, que el churón Ocampo,
tirano del campamento, lo castigue de obra, ni que amanezca envenenado
con el alcohol y con la lengua seca como algodón. Una nueva provisión
de "alimento" no ha de faltarle. Por lo pronto, el loco está derrochando
esa alegría ficticia que presta, está gastando imprevisoramente su cosecha
de mañana. ¡Ya lo sabe, pero penas le importa! La semilla está aquí, en
las árguenas, y fácil es oírlas germinar en este clima cálido.

»El loco Gordillo he venido pensando, en el camino, en que esta carga preciosa que han confiado a tayta Eliseo Aliaga, trae para la tierra nueva, para la tierra virgen, una simiente desconocida. ¿Han oído cómo en las árguenas retumbantes suenan las semillas, han venido sonando las semillas? ¿No han sentido la música de los cereales secos golpeando contra el parche de las árguenas, al trote de las acémilas?

»El loco es, desde hace pocos días, un amigo de ustedes. Es también un viudo desgraciado que se ha unido al porvenir que les aguarda. ¡Porque ustedes también son una semilla! Y el loco debe bendecir a la semilla de !a alegría elocuente, que le hace hablar desde este depósito de las semillas que custodia tayta Eliseo Aliaga, corriendo todos los riesgos del castigo. Y vaya si conoce a fondo la forma como nace al mundo la potencia de esta chicha sagrada. ¿Quieren ustedes conocerlo?

» ¡Sea! ¡Sea!

»Cada grano de maíz es el germen de cien palabras disparatadas salidas de una boca ebria. En una atmósfera húmeda, de humedad ciento por ciento, el grano de maíz blanco, vidriado, pulido, dental, marfileño, duro, siente que le bullen[342] en las entrañas unas fuerzas oscuras. Le coge un escozor muy fuerte –¿recuerdan ustedes cuando va a salir un diente?– y para poder rascarse puja y puja como un animal atascado. Rompe el cascarón y saca un bracito menudo, un gusanito blancuzco para aplacar la comezón. El brazo crece, y si tiene en qué agarrarse, se convierte en tallo. Se hace inmenso, como una lanza plantada verticalmente y tremola[343] sus penachos y sus cintarajos ásperos. A los siete meses, del diente caído en el suelo ha nacido una mazorca poblada de dientes postizos.

» ¡Por favor, negro Vilela, no deje usted que el bracito blanquecino crezca! ¡Al loco le conviene poder beberse las semillas! Usted las destina mientras están en jora. ¡Jora, jora! ¡Maíz partido, con las entrañas afuera, estás cometiendo, lejos del subsuelo, un pecado contra natural! La batea en que germinas se pone caliente al tacto. Se echa de ver que estás indignado, al ver que te escatiman el suelo en que debes arraigar. Luego te sumergen en agua levemente endulzada, en unas ollas panzudas, y por allí te cueces, y te obligan a dar lo que tienes en tu cuerpo y en tu espíritu.

»En unas ollas panzudas, borrachas ya, unos tipos, ciertos tipitos pequeños, muy pequeños, aguardan a que la bebida resultante se enfríe, e incuban, entretanto, la alegría de los hombres. ¡Madre de las fermentaciones, bendita seas!

»A los tres días, la chicha suena con un chasquido efervescente. ¡Eructa alegría! Así la ha encontrado el loco en cierta parte que se reserva. Estallan los tapones con estrépito. Burbujea y está picante, espirituosa y espiritual, capitosa,[344] sápida y amable. ¡Esos bichitos invisibles esas personitas menudas nos han dado elaborada la alegría!».

Las fogatas empezaron a prenderse en el real, y cerca de ellos, y a pocos

---

342  *Bullir*: hormiguear, pulular, rebullir, verbenear. Agitarse.
343  *Tremolar*: ondear, moverse al viento.
344  *Capitosa*: terca, tenaz en sus opiniones.

pasos del orador borracho, un humo tenaz se retorcía entre la arboleda, ha-
ciéndoles llorar la combustión mal consumada de las ramas frescas. Joaquín
Gordillo dirigió una mirada en torno, tosió un poco y presumiendo que tras
la humareda le escuchaba un absorto auditorio de sembradores prosiguió:

«Y ahora que está alegre el loco por obra y gracia de la chicha de maíz que
ha bebido de cierto depósito que se reserva, exaltará también a la cebada,
modesta compañera de sus hambres. ¡Campos amarillentos que le dieron
la primera impresión del mar! También ha sembrado cebada, hundiendo
los pies hasta los tobillos en la besana, tras el paso pesado de los bueyes.
Ha desparramado puñados de semilla al voleo, lanzándolos, contra el
viento, al porvenir. Lo ha hecho en los meses de septiembre, cuando el
maíz ha sido guardado en las parvas[345] y los graneros, y sólo queda la es-
tacada quebradiza de la gramínea seca. Creces, oh cebada livianita y cor-
tezuda, en el frío de las altas laderas de Yangana, cerro arriba, en la rampa
que conduce al cielo. No necesitas, como tu primo el arroz, aliento encendido y agua caliente. ¡El loco te conoce desde niña, cebadita! Empiezas
siendo un tallito débil, una cañita capilar que apunta de la tierra su me-
choncito. Un poco adentro, al alcance de los dedos te encuentras, oh ami-
guita enferma, entreabierta, hinchada, desencuadernada, malteada. Te
nacen unas delgadas hojas ásperas. Y dentro de poco te pones púber, y te
crece la espiga, un moñito cerdoso que defiende a los granos nacientes
como una alambrada. Quien aplasta entre los dedos uno de aquellos
granos blanduchos, ve estallar un chorro de leche: leche aún no coagulada
en el albumen. Al loco le encanta arrancar las espigas maduras y colocarlas
bajo las polleras de una chica, en sentido contrario a la posición que tienen
en la planta. Al instante la espiga, con la ayuda de su cauda[346] áspera, comienza a subir, a subir, a subir con los movimientos del cuerpo, al cual
pesa haciendo una rasmillante[347] caricia.

»Y después de la siega, la parva, la parva enorme y amarilla. Y luego, a des-
hacer la parva, echando a volar las gavillas en las eras. Moña de las eras,
disco desnudo donde galopan los caballos: allí ha amado el loco, derribando muchachas en los montones de tamo.[348] El grano en el centro, barrido con escobas de retama,[349] hace de testigo impávido, Mientras que la
paja, como espuma batida por los caballos, quebradiza, aplastada y
muelle, se dispone a servir de colchón para las entrevistas nocturnas.

»Se aproxima ya la gran hora. Las mujeres te tuestan, menudita como eres,
en medio de un humo negro, parecido al que levantan estos pésimos co-
cineros que rodean al loco. Quien tome un puñado del grano caliente
podrá oler tu pancita quemada, de aroma saludable y cerril. Ya fría, te en-
caminas en grandes alforjas al molino.

»Y allí la cebada tostada, otra vez caliente por la mordedura de las dos

---

345  *Parva:* montón de mies extendida en la era para trillarla, o ya trillada.
346  *Cauda:* cola.
347  *Rasmillante:* ligera, suave.
348  *Tamo:* polvo o paja muy menuda que queda en las eras después de trillar las semillas.
349  *Retama:* en Ecuador, las plantas de fibra en un sentido amplio que se emplean en las la-
     bores textiles, para cestería y cordelería, en la fabricación de escobas.

piedras molares, huele magníficamente. Tras de la casa vieja, de paredes perforadas por los balazos de los hoyolos y abejas de miel silvestre, suena la acequia de agua que se lanza sobre la rueda motriz, rota y babeante.

»De este sitio bullanguero[350] y polvoriento, blanco y fragante, rodeado de hombres, mujeres y bestias de carga, vas a casa, a pasar por el cedazo. La mano corre sobre la harina, que conserva todavía la tibieza del molino, rascando la tela de cerda, como en una callada pero olorosa pandereta.

»Bajo el cedazo cae el polvo delicioso y durable, esta máchica[351] que al loco tanto gusta, si bien un puñado de ese polvo mudo en la boca le impondría un transitorio silencio, y ya nada podría decir entonces de las semillas que se hallan en las árguenas sobre las cuales acaba el loco de derrumbarse.

»Y eso sería una traición a los cereales más sonoros de la creación, que aman el ruido sobre todas has cosas, oh, porotos ¡dignos de todas las alabanzas!

»¡Porotos, porotos, que aquí vais llenando árguenas por docenas para sembrarse en las tierras de Canaán! Son alegres porque son coheteros. Gustan de la pompa de las detonaciones y de las salvas en honor de las digestiones. Inflen el vientre, que se llena como una vejiga. Horas después, la vejiga, en vez de estallar, prefiere perder aire estrepitosamente. Taparse los oídos y las narices, ex-vecinos de Yangana!

»¡Porotos amados, sabrosos, nutritivos y escandalosos, cuánta pólvora gastáis en salvas! En cambio, muy poco exigís al chacarero! Crecéis a la sombra del maíz, y os abrazáis a su tallo, retorciéndoos como el recuerdo de su amor en cierto viudo ejemplar. Os siembran con el maíz, hacia el mes de octubre. El loco os ha visto nacer, cuando los chirotes[352] malvados, cayendo a plomo sobre los surcos con una copla y una pechera sobre el buche, trataban de picotearos a mansalva. Erais una pobre cosita también. Hundidos en el suelo, como un testículo arrancado, os dividís al fin en dos alitas carnudas, de cuyo centro brota un pescuecito que más tarde se vuelve hoja de nuevo. A veces os quedáis desamparados, sin tener donde tender los tirabuzones de las guías. Os echáis a gatear entonces y os enroscáis donde sea posible, hasta que los hijos nazcan, amedrentado y enfurecido, como una perra parida.

»Pero a veces, ¡Oh, tayta Eliseo, oh, amigos! les da a los porotos por hacerle la competencia a las habas y se ponen grandes y planos, como el dedo gordo del pie. Se llama poroto pallar[353] cuando adopta ese gran empaque. Parece el matón de la familia, con su facha aplastada e imbécil de perdonavidas. Es el Primo Carnera[354] de las alubias,[355] Tiene defectuoso, sin duda, el funcionamiento de la hipótesis. Debe preferirse el judihuelo, menudo y pintiparado, o la zarandaja;[356] que tiene una cresta en el lomo

---

350  *Bullanguero*: alborotador.
351  *Máchica*: harina tostada que puede ser de maíz, habas, trigo u otros cereales que se come sola o con azúcar, también con café o leche.
352  *Chirote*: avecita de color tomate encendida, que se muere al ser capturada.
353  *Pallar*: especie tropical cuyas vainas y semillas son comestibles y se asemejan a las judías, son gruesas como un haba, casi redonda y muy blanca.
354  *Primo Carnera*: boxeador italiano, campeón mundial de los pesos pesados.
355  *Alubia*: habichuela.
356  *Zarandaja:* lenteja bocona, frijol chileno.

y que, ¡oídlo bien!, no avienta el vientre. ¡Por lo cual, durante las noches, mientras se duerme, en la casa donde se comió zarandajas no se escucha ninguna salva de artillería pesada!

»Pero al querer dañar un matrimonio joven, alimentar a los novios con porotos y col. Y guisar con cebolla, con mucha cebolla. El loco sabe cómo lo dice.

»La col, ¡cómo la conoce! Trátase de una dama mal intencionada, polleruda y follona,[357] que ha venido de los acantilados de la orilla del mar hasta las huertas de América. Señora gorda y culona, de enaguas almidonadas y sonoras, olorosa a azufre, presta este azufre para los malditos disparos de que el loco hablara.

»¡Y la cebolla! ¡Tú has hecho llorar al loco como si fueras una pena! Por ella ha llorado, como ha llorado también por su mujer muerta y por su carrera trunca. ¡Venid hacia el loco, que conoce de dónde procedéis, y cómo os comportáis bajo tierra!

»Es un topo, ¡oh, tayta Eliseo Aliaga, oh, amigos!, que elabora una pera debajo del suelo. En la superficie no es nadie: un tubo verdoso terminado en un plomadita blanca, que se balancea como campanilla en el sol que hace afuera. ¡Pero por dentro! La pera se hincha como un dolor de muelas. El bulbo es un tejido concéntrico de telitas suaves, más carnudas cerca del corazón, a veces rojo y en otras blanco. Parece un gran renacuajo botánico clavado de cabeza. El gran cráneo tiene unos pocos pelos en la coronilla. ¡Huele mal y sabe bien! ¡Y qué mal huele en el aliento del vecino o de la novia! Por eso decía ya el loco que contra matrimonio: cebollas, porotos y col.

»¿Qué le parece, tayta Eliseo; qué les parece, amigos, esta receta?

»¡Pero qué parentescos más inesperados le han descubierto los botánicos a la cebolla, amigos! Junto a ese olor, que está bien con ella, de su primo menudo, de agudos colmillitos, el ajo, que es también una interjección que el loco profiere, va el noble de la casa, el aristócrata de la familia, que huele maravillosamente a pañuelo de mujer elegante: el lirio, de genio lánguido. ¡Y qué tiene que ver el perfume aliáceo[358] con el del lirio, gran Dios? El loco se queda a gusto con el puerro, de anchos calzones en forma de palillos de tambor y con la cebolla lacrimógena, personajes que vinieron, según dicen los entendidos, desde el lejano Afganistán, en tiempos remotísimos... ».

Era indispensable ahora sí clavar los ojos en el auditorio, para acabar de magnetizarlo, y Gordillo, irguiéndose con alguna dificultad sobre las árguenas hacinadas, extendió sus miradas interrogantes sobre su rededor, para consumar la obra.

Mas tayta Eliseo y algunos curiosos que habían estado riéndose de oír lo que Gordillo decía, ahora bruñidos por las llamas y completamente olvidados de la oratoria exaltante, asaban tasajos de carne en la fogata.

---

357  *Follona*: vanidosa.
358  *Aliáceo*: de ajo.

«Oíd, amigos, por favor –gritóles al verse desolado–; oíd, que la canción de las semillas aún no se ha terminado. Al loco le falta aún hablar de las frutas: del aguacatero, envase verde de manteca que... de buena gana estrellaría contra ciertas narices presentes y ausentes a la vez, del plátano, de muslos hinchados con erisipela[359] y grandes manos enguantadas de oro; de la piña, la naranja y el maní, de los testículos rancios del cacao... de esta arca de Noé de semillas que conducimos al futuro, al porvenir...».

Pero nadie, además de Joaquín Reinoso, que temía ser descubierto sí se movía mientras e! chorro de elocuencia de Gordillo se derramaba sobre un auditorio «con las narices ausentes y presentes a la vez», quería seguir escuchando su canción.

---

359  *Erisipela*: enfermedad infecciosa de la piel, especialmente de la cara, cuello, antebrazos y manos, en que el área infectada se pone encarnada y brillante, con rebordes manifiestos.

# SEGUNDA PARTE

# YANGANA CUANDO ERA PURA

I.– ADVERTENCIA PRELIMINAR
DEL TRADUCTOR

Un año antes del gran éxodo, un gringo muy joven, que afirmaba ser norteamericano y llamarse Mister Spark, a secas, llegó a Yangana y estuvo herborizando largos meses en las montañas vecinas.

Parece bien averiguado que le interesaba principalmente el estudio de las quinas,[360] y que por eso escogió como era natural, entre todas las de la República de Ecuador, esta provincia, y en esta provincia, las cordilleras de Yangana, donde crece espontáneamente la mejor quina del mundo, la famosa *Cinchona Succirubra*.

Hizo del pueblo de Yangana el centro de sus exploraciones, y después de un incansable mariposeo[361] por los bosques colindantes, dijo haber terminado sus labores en la región. Y un buen día manifestó a don Vicente Muñoz –y quizá también a otra persona, como lo veremos después–, en su ya aceptable castellano, su decisión de marcharse por el oriente para ganar el Amazonas y luego el Atlántico, siguiendo la ruta de los grandes exploradores clásicos, especialmente, el itinerario de un sabio inglés tuberculoso del siglo pasado a quien admiraba, un tal Richard Spruce,[362] contra quien el joven explorador norteamericano tenía la queja –el testimonio es de Muñoz– de que no le dejó casi nada nuevo que decir ni que estudiar sobre las quinas.

---

360   *Quina*: (del quechua cáscara excelente) cascarilla: en los bosques de Auritosinga o Uritusinga, situados a 16 kms al sur de Loja se descubrió en el siglo XVIII la quinina en la corteza de la cascarilla (*Chinchona officinales*) como cura contra la malaria. Los indígenas la empleaban para combatir las fiebres. La Condamine elaboró en 1738 la primera descripción científica de la quina de Loja (Cinchona officinalis, 1753), especie que ya en 1630 se dio a conocer en Europa por sus virtudes en el tratamiento del paludismo y que pasó a ser el mayor aporte americano a la farmacopea universal.

361   *Mariposear*: procurar insistentemente el trato o la conversación con las personas.

362   *Richard Spruce*: (1817-1893) explorador y botánico inglés. Estuvo más de 15 años explorando la Amazonia. Entre las muchas colecciones de plantas que anotó, se halla la ayahuasca o yagé, catalogada por él en 1851; llegó al Ecuador en busca del tesoro de Atahualpa y con orden expresa del gobierno inglés de recolectar semillas y plantas jóvenes de diferentes tipos de la cinchona succimbra, de color rojo, para ser exportadas a Inglaterra.

Días después del anuncio, que según informaciones fidedignas, le resultó muy penoso de dar, precedido de un fuerte convoy de peones, macheteros y guías, y algunas bestias de carga, emprendió el viaje teniendo como punto de referencia el curso de uno de los todavía pequeños ríos sudorientales. Y desde que se vio de Yangana la fogata que los viajeros encendieran en el cerro del Colambo,[363] en uno de los altos nocturnos de su camino, ya para trasmontar la cordillera oriental, al curso ulterior de su aventura se convirtió en una leyenda que tuvo, en el pueblo que le alojara tantos días, hasta diez versiones diferentes. Pero en concreto, nada positivo ha podido saberse de él.

Dejó en Yangana algunos trípodes que le parecieron impedimenta demasiado incómoda, un nivel de ingeniero y varias libretas en blanco.

Seis libretas en blanco, menos una...

Los párrafos que siguen pertenecen a esa libreta olvidada por el viajero. La habían encontrado, con las otras, en una mesa del convento de Yangana, lugar de su partida al Oriente amenazador. Y fue a parar al archivo de la Intendencia General de Policía de la Provincia, a raíz de cierto reconocimiento póstumo que sufrió, por parte de hostigadísimas fuerzas armadas, el que fuera un tiempo «floreciente y original pueblo de Yangana», como lo llamaba, con una especie de reticente admiración, y en su bella letra estilográfica, el gringo Spark, del personal del «American Museum», cuyo paradero actual no se conoce con exactitud, si bien en Yangana se hablaba a ciencia cierta de su trágico fin.

EL TRADUCTOR.

2.– UN PUEBLO DE MIL QUI-
NIENTOS HABITANTES QUE
TIENE MÁS DE TRESCIENTOS
AÑOS

Este pintoresco villorio es ya una población vieja, no obstante lo cual carece de historia fidedigna. Por los registros bautismales de la parroquia de Santa Rosa puede colegirse que Yangana existía ya como anejo en el siglo XVIII, en lo más cerrado de la época colonial.

Parece establecido que españoles de la ciudad de Loja edificaron las primeras casas, trazando, como era costumbre, la plaza pública en el centro de un descampado, a pocos pasos de un asiento de Indios, del cual heredó el nombre quechua que ostentaba. En la plaza levantaron una maciza iglesia de adobes, que pudo desafiar con su solidez al tiempo impávidamente. A poco, la naciente población se convirtió en un hito de la ruta que los españoles seguían para ponerse en contacto con las riquezas auríferas orientales, teniendo

---

363  *Cerro de Colambo*: su nombre se debe al coloso Colambo, con figura de cabeza de una enorme serpiente que alinean las onduladas rocosas de la cordillera de Sabanilla, es un cerro que se levanta a 3.097 m.s.n.m. en el cantón Gonzanamá.

a la ciudad como base de operaciones y de aprovisionamiento. Y en la época
en que los salvajes destruyeron las avanzadas más profundas de los exploradores, Yangana quedó aislada del mundo, lejos de los puestos de penetración
y todavía más lejos de la ciudad. Ahora mismo, casi seis días de un camino
penoso se emplea desde aquí para llegar a ella, cuando el tiempo es bonan-
cible. Si los ríos que precisa pasar están crecidos, y la vía tiene más lodo que
de costumbre, la duración del viaje puede duplicarse.

Hace pocos años, la República la reconoció como parroquia, en atención
a su antigüedad. Quedó incorporada a la Ley de División Territorial por obra
de un Decreto Ejecutivo; hecho que para la población habría pasado desapercibido de no haber coincidido la expedición del decreto con la venida de
un intruso que cayó mal: el primer Teniente político de la parroquia. Esta
primera autoridad civil inauguró en las peores condiciones un servicio que,
con el andar de los tiempos, no hizo sino empeorar. Sus sucesores fueron respetando la tradición de ser extraños e incomprensivos. Porque, según he
tenido oportunidad de observar, las autoridades de este país hay algo en que
no fallan: tienen gran seguridad al escoger sus protegidos y sus colaboradores
entre las personas que más daño pueden hacer a la comunidad que les corresponde gobernar.[364]

Con estos procedimientos no hace falta insistir mucho para conseguir que
una población que antes carecía de autoridad civil considere que la venida
de un representante estable del gobierno central sea una maldición, y que
añore por muchos años la época en que los poderes del Estado, negándole su
teórica tutela, le permitieron vivir en paz.

Las simpatías que despertó en mi ánimo este pueblecito me han hecho
compadecerle a menudo y darle en parte la razón en la pugna que viene sosteniendo con los mantenedores de la ley.


3.–DESCRIPCIÓN TOPOGRÁFICA

Yangana queda en el centro de un plano inclinado bastante extenso y de
forma más o menos trapezoidal. La base inferior arranca del río, la base superior termina en el filo de una sierra y los otros dos lados están limitados por
el profundo lecho de dos quebradas que rinden el tributo de sus aguas al río
que corre al pie. Una de ellas, principalmente, se descuelga en torrentes es-
calonados que de lejos le dan una interesante vista. A ella pertenece un cono
de deyección[365] en realidad gigantesco, que ha esterilizado en las crecidas de
los inviernos rigurosos extensiones de vega laborable en gran proporción. La
otra, denominada quebrada de los Zorros, si bien tiene mayor caudal, corre
con menos brusquedad y ha permitido que la mano del hombre desvíe una
buena parte de sus aguas para utilizarlas en la irrigación de las huertas y de-

---

364  *Véase las notas del Apéndice del Traductor al final de la Segunda Parte. – N. del T.* es una
      nota que pertenece al texto mismo, las notas del traductor.

365  *Cono de deyección*: también llamado cono o abanico aluvial, es una forma de modelado
      fluvial que en planta se caracterizan por tener una silueta cónica o en abanico y una suave
      pendiente.

hesas que circundan a la población. Y en cuanto a los manantiales necesarios para que los hombres y las bestias abreven su sed, el villorio está rodeado por dos vertientes: una que nace detrás de la iglesia y por lo tanto, en el centro mismo de Yangana, y otra que viene desde la cordillera, que tiene su caudal muy límpido y es agua potable de primera clase.

La quebrada brava, la de los daños a las vegadas que forma el río, recibo un nombre expresivo: se llama «Quebrada del Destrozo». Con esta denominación las buenas gentes de Yangana exteriorizan el juicio que les merece sus trapacerías.

La altura barométrica de Yangana, según lecturas cuatro veces verificadas en la plaza, me ha dado 1.298 metros. Es, como se verá, una zona de temperatura subtropical. Hacia la cordillera, se extendía la región de los cereales: De Yangana hasta el río, la de los cultivos del clima cálido. A medida que se iba descendiendo, la temperatura era obviamente más ardiente, el suelo más húmedo, el bosque más denso y los frutos de la tierra más desarrollados. En compensación, el valle hondo es enfermizo. Las gentes que viven en la orilla del río tienen muy mal color y tiritan con las tercianas[366] crónicas.

En el pueblo se hace un distingo geográfico de los terrenos adyacentes con relación a su altura relativa. La parte que queda hacia la cordillera la llaman «el Cerro», y la que desciende hacia las vegas del río, «el Caliente». Así, «bajar para el Caliente» es descender en pos de los cultivos de la mejor caña de azúcar, del mejor plátano, de la yuca más blanda y mejor crecida. «Ir para el Cerro» significa hollar la zona de los cereales, los potreros y los corrales de ganado vacuno. El pueblo y su ejido[367] constituyen el punto intermedio, el lugar donde empalman dos regímenes climáticos distintos.

Hay un detalle revelador, por lo que hace al reparto de tierras laborables e irrigadas: las mejores se hallan en poder de tres propietarios de la ciudad, que por regla general las administran por medio de un mayordomo, trasladándose a ellas muy ocasionalmente, y sólo por pocos días. En la temporada que he permanecido por esta región, he visto las puertas de las casas de hacienda abiertas por una sola vez. Pero eso no es todo: la voz general en la población se expresa mal del origen del derecho de dominio de esos propietarios. Se afirma que no tienen título legal sino que han ocupado arbitrariamente terrenos de comunidad, señalados desde la época colonial como ejido. Una de las razones por las cuales aquellos dueños van con tan poca frecuencia a sus predios es, sin duda, la sorda hostilidad que la gente del pueblo guarda para quienes cree que son los detentadores de su derecho inalienable sobre los ejidos que rodean la población de Yangana.

El río que corre al fondo no es lo que un río puede ser. Cabría quizá, inculparle su demasiada despreocupación por la suerte de sus márgenes. Toda la ribera izquierda era estéril y vivía transida de sed. Por eso los habitantes de Yangana, que lo consideraban como un patrimonio suyo, se quejaban de

---

366  *Tercianas*: fiebre intermitente, que repite el tercer día.
367  *Ejido*: terreno contiguo a un pueblo, que se destina a eras y en el que pueden estar también los ganados de todos los vecinos. Campo.

que se haya preocupado solamente de vencer a los Andes sin recordar que también debía ir fabricando riberas amplias justamente con los materiales que iba denudando[368] de su hosco vencido. Sin contar con que las quebradas antes de desembocar al río inundaban enormes retazos de vega laborable con piedras descuajadas en las crecientes. De suerte que el río abajo y los patrones arriba, habían impedido, según decían los vecinos, que Yangana fuera lo que debía ser.

## 4.– ASPECTO DE LA POBLACIÓN.

Apenas tiene calles. Las casas se levantan con muy dudosa alineación simétrica en torno a la única plaza. En la plaza, como queda expresado, se encuentra la iglesia. Y tras de la iglesia, la ladera.

La mayor parte de las construcciones tiene un solo piso. Las paredes son de tapia, adobe o bahareque. El piso está casi siempre bien nivelado y es de tierra apisonada. La puerta de madera tiene una sola batiente. La cubierta es ordinariamente de teja. Y entre las pocas casas de paja, unas tienen techo de paja venida del cerro y tras, de hoja de caña de azúcar. Bajo el tejado, a poca altura del suelo, se extiende el sobrado, hecho con varas de cañabrava que se afianzan en sentido perpendicular sobre las vigas de madera labrada. El sobrado es oscuro y hace las veces de troje.[369] Se llega a él por medio de una escalera de mano construida ya sea con «chaguarqueros»,[370] ya sea con cañas de guadua.

En las construcciones se notaba también ésta como fértil dualidad climática del pueblo. No sólo en eso de escoger para cubierta unas veces la paja de las altas cumbres de la cordillera y otras la hoja seca de los cañaverales, sino en el espesor de las paredes, la disposición de la ventilación y el empleo de los materiales de fábrica. Por lo que, en el mismo sitio, se tenía simultáneamente construcciones de clima frío y construcciones tropicales. Las casas se componían comúnmente de dos piezas: una que hace de dormitorio común y de sala, y otra, la principal y más concurrida, la cocina. La casa, en estos lugares, está puede decirse, reducida a la cocina. Mientras el otro cuarto no se abría sino dos veces en el día: a la hora de entrar a dormir y a la hora de salir a trabajar, la cocina se cerraba solamente de noche.

En la mayor parte de ellas, siguiendo la costumbre aprendida de los indios aborígenes, crían cuyes.[371] Es curioso y al mismo tiempo extraño verlos cruzarse entre los pies de los hombres, a manera de ratas enormes. El olor característico de los orines de este herbívoro vuelve nauseabundo el ambiente

---

368  *Denudar*: fenómeno de desintegrarse las rocas por acciones químicas y físicas y de ser arrastrados por el agua y el viento los materiales desprendidos.

369  *Troje*: granero.

370  *Chaguarquero*: la flor del ágave. La fruta se llama «alcaparra». Es menosprecio decirle a alguien: «chaguarquero sin alcaparras», es decir individuo sólo apariencia. Persona muy alta y delgada.

371  *Cuy*: es una especie oriunda de los andes (Cavia porcellus). Se cría fundamentalmente con el objeto de aprovechar su carne. También es conocido con los nombres de cobayo, curi, conejillo de indias y en países de habla inglesa como guínea pig.

de la habitación. Los animaluchos gritan de alegría cuando oyen el ruido de las hierbas que les trae su dueño bajo el brazo, y se precipita a su alrededor y roen las hojas de la gramínea con un vertiginoso movimiento de las mandíbulas. Pero el molestoso y repugnante roedor no se alimenta de hierba solamente: come cuanto cae en el «cuyero».

El fogón se levanta a ras de suelo. Tres o cuatro piedras grandes, las tulpas,[372] sostienen las ollas de barro del cocido. La central tiene grano cocinado. La otra, o las otras dos, sopa con plátano, con cereales, o puchero con carne.

En torno a estas grandes piedras negras se sientan las gentes, por las noches, a comer y a conversar, hasta que es llegada la hora de dormir. En pocas casas hay mesas para comer. Los platos se reciben directamente de la cocinera cuando están servidos y se mantienen a pulso[373] mientras se apura su contenido. Los comensales permanecen en cuclillas,[374] o en patillas de barro, de pequeña alzada, adheridas a las paredes en un solo bloque. Así con la gran mayoría. Naturalmente, al lado de la minúscula casa de dos cuartos coexiste también la casa grande, estilo español, de patio rectangular y largo zaguán empedrado. En talos casos, trátase de habitaciones numerosas y muy amplias, de piso de madera cuidadosamente cepillada y machihembrada, con ventas a la calle, a ambos lados de la puerta de entrada. El patio, si no tiene un jardín y en el centro un pozo de agua con brocal, ostenta una superficie empedrada cuidadosamente en una forma artística, en la cual no faltan labores y motivos hechos con el cóndilo[375] de fémures y húmeros vacunos, clavados de punta en vistosos arabescos. En estas casas los muebles son generalmente de cedro, y en la sala de recibo ocupa el sitio de honor una litografía del Corazón de Jesús o del Señor del Buen Suceso. No hay, en cambio, servicios higiénicos.

Las mejores casas son para estas gentes las que, además de lo descrito y de los anchos corredores enladrillados, tienen tras de la pared del fondo un solar adyacente. En tales casos, ese solar está cercado por una tapia alta de dos cuerpos y hace de huerto, de corral de cerdos y gallinas, y sirve para los menesteres del aseo. Da pena a veces ver mancillados hermosos árboles frutales por las deyecciones nocturnas de la volatería, que los convierte en asquerosos gallineros. No, no es la higiene el principal cuidado de esta población, que por otra parte me ha resultado tan amable.

5.– La dieta.

La comida diaria consta generalmente de dos platos: la comida a base de carne y la comida a base de queso. La primera es una especie de puchero en

---

372   *Tulpa*: una de las piedras del fogón.
373   *A pulso*: aplicado a la manera de sostener o levantar una cosa, teniendo el brazo en el aire, sin apoyarlo en ninguna parte.
374   *Cuclillas*: (de «clueco»). En la postura como de estar sentado, pero sin asiento o apoyándose en los propios talones.
375   *Cóndilo*: cabeza redondeada en la extremidad de un hueso, que encaja en el hueco de otro para formar una articulación.

el cual ponen ya sea la carne fresca o en cecina, unos huesos picados, achiote, manteca de cerdo, sal y especerías. Y luego, plátano verde en pedazos y tajadas de yuca. En veces, un puñado de arroz. Con alguna frecuencia, hojas de col. Momentos antes de separar la olla del fuego, agregan al cocido unas hojitas de orégano recién arrancado de la planta. Este es el plato fundamental. El segundo es una sopa de cereales: el «mote poroto», muy espeso, a base de queso, fréjoles y maíz cocido, las arvejas con guineos verdes en menudos pedazos; una mazamorra de cebada previamente tostada y quebrada en el molino, con abundante manteca y leche; con menos frecuencia, el arroz aguado, guisado con requesón seco al humo.

Como compañeros de estos dos platos no falta nunca «el cocimiento», que es, quizá pudiera decirse figuradamente, una verdadera institución: en el centro de la mesa —en las casas en que hay comedor—, o en el centro del ruedo bajo, que forman los asistentes sentados en cuclillas, humea la gran fuente o cazuela de maíz cocido, de granos reventones y amarillos, como bellotitas que hubieran acabado de estallar; o de tajas de yuca, cortadas de extremo a extremo por una hilacha fibrosa central, dura cual un cordel, cocidas con un poquito de sal y sobre las cuales una mano de mujer había extendido migajones de queso fresco, que con el calor se hacía hilachas elásticas; o el plato de «máchica», cebada tostada convertida en harina fragante y amarillenta, que caía a puñados sobre el líquido del segundo plato y formaba con él un «chapo»[376] espeso, una mazamorra improvisada que capturaba los granos como confituras; o la media alforja de aguacates, a la cual saqueaban manos armadas de machetes, que abrían en dos la fruta, lanzando la pepa hendida hacia el patio o el «cuyero»; o los plátanos pintones asados junto a las tulpas o chaspados[377] con cáscara y todo en el rescoldo de las cenizas aún candentes; o el «molloco»[378] o majado de plátano verde, cocido con la cáscara y después molido con maní tostado, en el gran batán[379] de la patilla... A veces, estos «cocimientos» se abonaban con grandes pencas de cecina asada o con chicharrones de puerco. Y el pan, el pan de harina de trigo, que es para nosotros un alimento básico, por ninguna parte. Es aquí un artículo de lujo. No obstante, es para nosotros la comida por antonomasia. «El pan nuestro de cada día» nos significa el sustento mismo de los estómagos, el enemigo del hambre.

Desde fines de marzo, la fiesta de los granos tiernos varía el menú cotidiano. El segundo plato huele a culantro y a campo labrado. Los choclos cocidos exhiben sus dientes de leche, amenazando desde el fondo de las ollas; los porotos dejan comer sus cotiledones en agraz; las arvejas, de color intensamente verde, se destacan provocativamente en la blancura del arroz–seco; las «achogchas»,[380] con sus fachas de ratas destripadas, flotan en el caldo. Es

---

376  *Chapo*: alimento preparado mezclando una harina y un líquido.
377  *Chaspar*: asar a medias. Quemar ligeramente.
378  *Molloco*: plato exquisito preparado moliendo plátano verde asado con chicharrones.
379  *Batán*: piedra plana para moler alimentos con la «múchica». Utensilio indispensable en la cocina.
380  *Achogchas*: hortaliza comestible, cuyo fruto es como el pimiento, vacío por dentro y con pepas rugosas negras, comestible y de muy buen sabor. Se come siempre cocida, en aucha (Sopa espesa hecha en caldo de queso con vegetales, especialmente coles, coles de bruselas, achogchas, nabos o espinaca quichua).

este el tiempo en que los zambos y zapallos cuelgan sus calabazas todavía lechosas en las cercas; y el zapallo serrano, inmenso como un vientre de vaca,
infla su balón con el sol y la lluvia, y el zapallo «yunga», de lomo listado,
acendra el rojo encendido de su carne a la sombra de los méjicos;[381] y el
zambo, dulzaino y aguanoso como una sandía se embute tras una vidriosa
coraza... Y el hombre de estos lados echa mano de los individuos de la familia
cucurbitácea y les acuchilla el vientre como si se tratara de un corral de ovejas.

No falta después de los dos platos de comida con «cocimiento», el pla-
tillo de postre. Este plato dulce final es en veces el arroz con leche y miel; otras,
la harina de cebada frita con raspadura y manteca de cerdo; o la miel con que-
sillo; o el zambo con leche, plato este último sembrado de pepas planas, cuya
corteza quebradiza encierra una almendra chata de exquisito sabor; o la
tajada dulcísimo de zapallo yunga recién cocida; o, más simplemente, media
tablilla de raspadura a solas o con maní tostada.

Y para los días de fiesta, o cuando hay huésped, nada más sencillo que ex-
tender la mano hacia el cuello de las gallinas del último patio; hacia los nidos
de huevos de corral; hacia los cuyes que corretean y canturrean en la cocina;
hacia el cabrito que se cuela por la tranquera; hacia el puerco de la ceba que
se come los desperdicios tras de la casa; hacia el torete que rumia en el ras-
trojo; toda una vasta despensa está abierta al alcance de estas buenas gentes.

Pero la comida más pobre se compone, según ellos, con el café final, así
como, recíprocamente, no puede haber comida buena si falta el café. La forma
como lo preparan no sigue exactamente el sistema árabe, aun cuando se parece
bastante. Aquí le dan el nombre de «café asustado», sin duda por la circunstancia de que el polvo de café hierve en el líquido hasta que, para evitar que
rebote de la vasija, le vierte un chorro de agua fría, que precipita casi instantáneamente los corpúsculos de café al fondo y detiene súbito el violento bor-
botar. El líquido es endulzado con panela al tiempo en que hierve con el café
molido, y el producto es negro, bastante amargo y cargado, y fragante. Sa-
borean el café «asustado» con verdadera fruición a grandes sorbos.

6.– La indumentaria

Hay que considerar aparte la ropa del diario vestir, del traje dominguero.
En la primera se nota, como en la vida toda de Yangana, la influencia simul-
tánea de la sierra y el clima cálido, que se interfieren recíprocamente dejando
huellas que sería difícil explicar de una manera aislada.

La gente más acomodada usa traje de algodón para la faena: el calzón de
lana o de dril peruano, la camisa de hilo o de lienzo pegada directamente a la
piel, y el calzoncillo de la misma tela. Por la noche, con la frescura de la hora
de oración, al recogerse el campo de labranza, se cubren en el amplio embozo

---

381  *Méjico*: agave. Se le llama también «penco».

del poncho de hilo de algodón, o con el pesado poncho de lana, listado de colores. Algunos se limitan a ponerse un saco encima de la camisa de trabajo. Todos se tocan con un sombrero de paja toquilla ordinaria, o de «ramos», tejido en trencilla acaracolada de paja de cebada. Los más calzan «ozhotas»[382] de cuero crudo de res, confeccionadas por ellos mismos. Algunos usan zapatos todos los días. Y otros, finalmente, llevan los pies completamente desnudos, salvo cuando se internan en el campo y han de abrirse paso por entre las espinas de los faicales, de las higueras chumbas,[383] de los abrojos.

Los domingos son una fiesta para el color. Lucen con frecuencia el pantalón de casimir inglés, el zapato de charol, la camisa de cuello de pajarita almidonada. Algunos deliran por el chaleco. Es ésta una prenda increíblemente popular. Para el gusto ciudadano era sencillamente ridículo ver a hombres de lo más encopetado de Yangana en chaleco, con un sombrero recién ahormado en la cabeza... y el poncho, en vez de la americana, sobre el fino chaleco de casimir.

Claro está: los hay también de una elegancia que pudiéramos llamar discreta e inobjetable. Visten traje de casimir de tres piezas, los hombros del saco van bien planchados y al final del ruedo de los pantalones impecables completa el indumento un lujoso par de calzado de ruso francés. El sombrero es de fieltro y hasta se esgrime el bastón de madera fina y labrada, con puño de plata. Prospera también el hombre elegante, que pasea por las calles endomingadas, a mula, ostentando en la cabalgadura un lujo enjaezado,[384] blanco de plata. En tales situaciones, el calzón de bota y las botas de tubo son de rigor. De esta manera se aderezan para ir a los juegos o a las riñas de gallos, a donde acuden cabalgando animales briosos. Las cabalgaduras quedan arrendadas[385] afuera, en la puerta de la gallera. Tampoco faltan frente a la puerta de la casa de la novia, o en la de la cantina, o junto a los pilares de los soportales[386] de la plaza. Estos caballeros es de estilo que lleven en lugar bien visible un revólver ricamente envainado en una funda lujosa y un cinturón lleno de proyectiles.

En cuanto a las mujeres, vestidos de algodón para el diario, y de seda o paño para las fiestas. Según la edad es el alto del traje. Quienes pasan de la treintena, llevan sus vestidos talares.[387] Las muchachas enseñan la pantorrilla en medida que depende del rigor moralista de los padres. A las mozas que vuelven de haberse educado en la ciudad nada puede reprochárseles en cuanto a indumentaria, si no es el que durante largos años se endomingaban con las ropas que trajeron, exhibiendo anacrónicamente, con respecto al gusto ciu-

---

382  *Ozhota*: (del quechua ushuta.). Calzado a manera de sandalia, hecho de cuero o filamento vegetal.

383  *Higuera chumba*: planta cactácea que se utilizan como alimento humano (frutos), para el ganado, como seto, en medicina tradicional (diabetes, enfermedades renales, para curar quemaduras, acelerar el parto, etc.), como combustible doméstico, para obtener goma de pegar, impermeabilizantes y amalgamas.

384  *Enjaezar*: poner los jaeces, adornos a las caballerías.

385  *Arrendar*: atar y sujetar por las riendas a una caballería.

386  *Soportal*: espacio cubierto que queda a lo largo de una fachada o de todos o alguno de los lados de una plaza, que se forma sosteniendo la parte delantera de los edificios con pilares o columnas. Arcadas, arcos, hastiales, porches, portales.

387  *Vestido talar*: se aplica a las vestiduras largas hasta los talones; como las sotanas de los eclesiásticos o la toga.

dadano, hechuras y vestidos pasados de moda hace fecha. Claro está: para Yangana siguen siendo la última palabra, por mucho tiempo.

La que pudiera llamarse chica del pueblo anda calzada siempre, y con medias de algodón hasta la rodilla. Sale «a la calle» cubierta la cabeza y las hombros con una manta de seda o de merino color negro y el traje de casimir frecuentemente. No se empolva la cara, no se pone colorete ni rojo en las labios, ni se depila las cejas nunca. El único cosmético que usa es el agua con jabón.

Si la «visita» es cerca o está ocupada en trajines de confianza, como ir a la molienda, salir a hacer un encargo a las arrieros que van a la ciudad, etc., sobre la bata de casa, confeccionada en tela de algodón, blanca o de colores, se echa un pañolón de lana felpuda, de listado vivo, adornado a veces con macizos bordados de perfección sorprendente, no se cubre la cabeza con el tapado y cambia, cuando más el calzado bajo por el tacón alto, que le favorece la talla.

Las mujeres de edad usan un vestido de lo más heterogéneo: No solamente influye en ello la desigualdad económica, sino principalmente la clase social y la procedencia. Mientras por un lado se ve pasar a la mujer descalza, vestida con un «centro» de bayeta estameñada de color uniforme ceñido a la cintura y adornado de una reata[388] de «barredera»[389] en el filo inferior, que roza con el suelo; por otro cruza la «follona», trajeada con una pollera de bayetilla extranjera, suave y felpuda, y con una camisa de lienzo con bordados rojos en la hombrera y en los puños, bajo el embozo de un paño de hilo traído de las hilanderías manuales del Azuay;[390] más allá camina una dama emperifollada, de zapatos finos y tacones muy altos, a quien acompaña el sonido de los fustanes[391] y trajes almidonados, crujientes como hojas de un repollo de col de Bruselas.

Y consigno de paso un dato que pudiera parecer una falta de seriedad, pero que es fácilmente constatable: las damas de Yangana, pasada la cuarentena, no usan pantaloncito. Que las sociólogos o las freudistas resuelvan el no tan inocente problema.

Quizá resulte superabundante anotar que aquí las mujeres parecen gustar inmensamente de los gruesos anillos de oro y de las pesados pendientes del mismo metal, cuajados de perlas. No es raro encontrarse con estimables piedras preciosas engastadas en joyas, que los plateros de Yangana hacen con muy buen gusto. Pero bien mirado, en esta afición desmedida por las joyas, las mujeres de Yangana no son una excepción.

388  *Reata*: tela usada para reforzar cinturones.
389  *Barredera*: franja de tela que rodea todo el vuelo o borde inferior de la falda para protegerla.
390  *Azuay*: La provincia del Azuay está situada al sur de la región interandina. Está limitada al Norte, por la provincia de Cañar, al Sur, las provincias de Zamora Chinchipe y Loja, al Este, Morona Santiago y Zamora Chinchipe y al Oeste, las provincias del Guayas y el Oro. La capital de la provincia es Cuenca fundada el 12 de abril de 1557.
391  *Fustán*: combinación (prenda interior del vestido femenino que cuelga desde los hombros).

7.– LA HOSPITALIDAD AQUÍ ES
UN HECHO CONSUETUDINARIO

Acabo de escribir el epígrafe que antecede, y me parece que estoy empe-
zando a hablar del país de Utopía. Y sin embargo, ni me refiero a Utopía, ni
tengo la intención de mentir: esta gente de Yangana es asombrosamente hospitalaria. No concibe la posada o el hotel. El forastero se aloja forzosamente
en la casa de alguien, pero no como comensal sino como huésped. Nada le
costarán su permanencia ni su comida. Tampoco, por supuesto, la de su cabalgadura.

Si usted es extranjero y comienza a buscar un alojamiento para pasajeros
pierde su tiempo. El arriero o guía, cuando uno va acercándose al poblado le
pregunta: «¿Dónde va a "apearse"[392] usted?». El forastero no tiene dónde
«apearse» si no es en la casa de alguien que le recibe no como un cliente sino
como un amigo. Y no cometa la torpeza de preguntar, al despedirse, cuánto
valen el alojamiento y comida que a usted le han proporcionado: estas buenas
gentes se le resentirían sinceramente porque usted les estaría imputando un
sentido venal a lo que para ellos es una obligación alegre entre cristianos. Otra
es la prestación que podrán exigirle a usted alguna vez.

En efecto: esta hospitalidad que le dispensaron a usted aspira a ser recíproca. Usted queda obligado a recibir al dueño de casa en la suya, cuando
llegue la ocasión. Mis buenos amigos de Yangana, por ejemplo, si fueran a
East River, no irían en busca de un hotel. ¡No, señor! Llegarían directamente
a mi casa, se «apearían» en mi casa. Imagine usted lo que serían Nueva York
o Londres si esta costumbre fuera universal Por otra parte el posante, al repetir su visita, adquiere cierto deber tácito, cual es el de llevar al dueño de la
casa un obsequio. De aquí, la gente que se dirige a la ciudad, apareja con di-
ligencia una alforja de presentes destinados para ese fin. Suelen llenarla las
raspaduras envueltas en «chante»[393] de plátano; las calabazas llenas de conserva de guayaba; los aguacates en sazón; las mejores naranjas; la buena
cecina. El más exigente de los destinatarios podía darse por satisfecho con
estos presentes tan heterogéneos pero tan seleccionados.

Se me ha asegurado también que en esta acogida que sabe dispensar la
hospitalidad se incluyen la inviolabilidad del huésped y la defensa de su vida
y hacienda, caso de que fueran atacadas. Empero las circunstancias en que me
ha tocado actuar no me han dado hasta el presente una oportunidad de constatar la verdad de semejante aseveración. Y creo que, dada la altísima calidad
moral de estas almas, las ocasiones en que hayan de plantearse situaciones de
violencia capaces de obcecar los ánimos hasta el punto de que precisen re-
cordarles por la fuerza un deber que ellos reconocen espontáneamente, se pro-
ducirán como muy esporádicas excepciones.

---

392  *Apearse*: bajarse de una caballería o de un vehículo y alojarse.
393  *Chante*: hoja seca de plátano.

8.– Las vías de comunicación

El mal de que adolece esta región es su absoluta falta de caminos. La provincia entera está afectada por el forzoso aislamiento que proviene de omisión semejante. Del pueblo a la ciudad capital la distancia será de unos cien kilómetros, que se recorren dificultosamente por el pésimo sendero de herradura en unos cuatro, cinco o seis días. Más frecuentemente, como le dije al principio, en seis. No hay en el trayecto del mal llamado camino sino un solo puente. Las bestias con su respectivo jinete tienen que esguazar[394] en el invierno varios ríos y quebradas, crecidos y torrentosos, con grave riesgo para la vida de los pasajeros.

Así en el viaje a la ciudad como en los que hacen los nativos a la vecina república del sur con fines comerciales, los caminantes tienen que hacer jornadas de una extensión forzosa para llegar a un «tambo» y poder, en consecuencia, dormir bajo cubierta, al abrigo del riesgo del probable aguacero de la noche en la montaña, y de otros no menores que sería largo enumerar.

El «tambo» es el rezago de una excelente organización incásica. Consiste el edificio en una chocita miserable casi siempre deshabitada, que se levanta a la orilla del camino, cerca de un arroyo. En un pequeño descampado, muñido de estacas gruesas, quedan arrendadas las bestias. Tras la casucha suele haber un cañadulzal abandonado, un gramalotal monstruoso, donde el caminante se provee gratuitamente de forraje para los animales. Y en la cocina–dormitorio tiene que prepararse, con el fiambre que debe llevar necesariamente, su comida de la noche.

Por estas razones, quien pretenda viajar por estas zonas, será bien que aprenda a cocinar, a menos que vaya a fiarse de un arriero que le haga compañía, pues éstos tienen que saberlo por razón de su oficio.

Cuando se trata de «tambos» habitados, las dificultados para el neófito no son mayores, ya que encuentra un posadero acogedor y comprensivo, que sabe ser «tambero». Pero los viajeros para suplir las tremendas deficiencias que han de afrontar en los «tambos» deshabitados, contraen con el que les seguirá al otro día una especie de compromiso tácito: dejar al hipotético compañero de trance todo lo que pueda serle útil en el «tambo» que abandona. La caja de fósforos; las velas de sebo; la leña seca junto al fogón; el forraje cortado, en la sombra del alero.

Resulta penoso encontrar que el único medio de enlace del pueblo de Yangana con la ciudad sea un pésimo camino de herradura, que, sin exageración, no ha recibido la más leve reparación desde que fue abierto por los conquistadores españoles hace algunos siglos. ¡No existe el servicio de comunicación postal ni telegráfico!

Un buen amigo mío del cual tendré más adelante oportunidad de hablar, «don» Vicente Muñoz es, precisamente, el inspirador y presidente de una

---

394 *Esguazar*: vadear.

junta de mejoras que vive pidiendo sin cesar el poder central, el establecimiento de un correo semanal con la ciudad y la extensión de una línea telegráfica que ponga en contacto al valioso villorrio con el resto del mundo.
Hasta el presente no ha obtenido otra cosa que vagas promesas, formuladas
en el ampuloso vocabulario oficial.

Pero la falta de envíos postales se ha suplido, en cierta medida, por una
costumbre que se observa con una fidelidad verdaderamente sacramental. Me
refiero a la exactitud con que los viajeros, incluso los arrieros más humildes
y de apariencia más torpe, cumplen los «encargos» y traen y llevan las cartas.
Si usted entrega a una de estas personas una lista de compras de cinco páginas,
y de diez o veinte cartas, tenga la seguridad de que, así el comisionado haya
tenido que retrasar en uno o dos días el de su regreso, le traerá los «encargos»,
adquiridos en condiciones óptimas, sin ganarle un centavo, como también las
respuestas a las cartas que usted envió, así el destinatario se hubiere encontrado fuera de la ciudad, pongamos por caso. Y asómbrese si le digo que, por
tamañas molestias, usted no tiene derecho a ofrecerle una comisión. Pero
aguarde: se desquitará haciéndole encargos a su turno. Por cierto, que he visto
a arrieros desarrapados entregar una carta a su destino al mismo tiempo que
una gruesa suma de dinero incluida al envío. Nunca he sabido que en estos
depósitos y transferencias se haya traído o malgastado el dinero entregado tan
confiadamente y sin testigos a manos a los cuales yo, en un principio, no habría
puesto un penique.

Es asombrosa la retentiva de los arrieros para recordar los encargos hechos
a viva voz. Diez, doce, quince personas le encomiendan hacer compras en la
ciudad, entregándole la suma correspondiente. Al regreso, en la semana siguiente, todos reciben lo que pidieron, sin una equivocación ni la más pequeña diferencia en la cantidad, la calidad del artículo o su identidad misma.

Pero todas estas excelencias no acaban de llenar el vacío imperdonable
que constituye la carencia del servicio de correos en el pueblecito. Me resulta
sumamente mortificante tener que permanecer en estas remotas soledades
fuera de todo contacto con los míos. Las cartas de mi patria me llegan al cabo
de cincuenta o sesenta días de haber sido escritas. A Guayaquil, como veo por
los matasellos, arriban a los veinticuatro días, más o menos. Y de Guayaquil
a Yangana demoran el resto. En la estafeta de la ciudad permanecen hasta
que un arriero las reclama a mi nombre. Igual ocurre con los periódicos, y con
la revista de la Fundación. El mismo lapso que invierten de mi patria a Guayaquil, emplean de Guayaquil a Yangana. Realmente parece increíble. Es
como aquello de la hospitalidad de Yangana, que es su virtud consuetudi-
naria. Quizá debí traer conmigo una receptora de radio de pilas, para oír, día
por día, la marcha de los sucesos del mundo. Pero no lo hice, y me arrepiento
sinceramente de ello... hasta cierto punto.

## 9.– Un gobierno paternal

Estas buenas gentes viven rencorosas con el gobierno nacional. Han pedido una escuela mixta fiscal: la han negado. Han pedido un local para la escuela que ellas sufragan de su peculio;[395] lo han negado. Han pedido un correo semanal: lo han negado. Han pedido una reparación, por cuenta del fisco, del horrible camino de herradura: la han negado. Han pedido línea telegráfica: la han negado. Han pedido dos becas en el colegio de segunda enseñanza de la ciudad: las han negado...

En cambio, el gobierno les ha mandado un teniente político del cual, invariablemente, tienen quejas. Un guarda del estanco de alcoholes, tabacos, fósforos y sales, que es muy dado el abuso y les comisa[396] la sal peruana que introducen de contrabando, y las chichas fermentadas. Y, periódicamente, avaluadores de la propiedad rústica que se cuelan por todos los rincones, fiscalizan las más mínimas pertenencias y hacen temidas anotaciones en sus libretas. A los cuales siguen, tras un corto intervalo, los recaudadores de impuesto, que les refriegan un título de crédito en las narices y les exigen el pago inmediato del mismo, porque «el contribuyente debe corresponder en forma de impuestos directos e indirectos a los servicios que le proporciona el Estado».

Es evidente que un gobierno que solamente «cobra» un tributo a Yangana, desatendiendo de un modo inveterado el clamor de ese pueblo, bien merece el epíteto de «gobierno deliciosamente paternal» que es como le llama mi buen amigo «don» Vicente.

Y por lo que hace a la conducta misma del teniente político y a sus repercusiones funestas en la población, vale la pena ocuparnos en párrafo aparte. Nunca será bastante insistir sobre ello.

## 10.– El teniente político

Si bien en muchos respectos, la vida de los nativos alcanza aquí un nivel ético difícil de igualar en nuestro siglo, la administración de justicia, en contraste, es una caricatura repugnante y profundamente desmoralizadora. La creo capaz de corromper a la larga al pueblo más ejemplar.

Por mi parte, nunca he dejado de decírselo en este pueblecito a quien haya querido oírmelo, incluso, desde luego, a la propia autoridad civil. El instinto de estos pueblos patriarcales pocas veces se equivoca. De ahí que el sentir general afirma que mejor estuvieron antes de que viniera a la parroquia esta grotesca mascarada de administración política-judicial, cuyas corruptelas, farsas, contubernios[397] y prevaricatos[398] sería interminable enumerar.

---

395 *Peculio*: dinero, bienes de una persona.
396 *Comisar*: decomisar: confiscar.
397 *Contubernio*: alianza de personas o asociación de intereses, ambiciones, etc., censurable o ilícita.
398 *Prevaricar*: faltar un empleado público a la justicia en las resoluciones propias de su cargo, conscientemente o por ignorancia inexcusable.

La «oficina» de la tenencia política, abierta bajo las miradas un tanto des-
confiadas de los pobladores, que habían esperado que la autoridad fuera
elegida entre uno de los miembros de la comunidad, a cuyo efecto habían re-
mitido al gobernador de la provincia una lista de lo más connotado del lugar,
no tenía un solo mueble propio. Consistía, y sigue consistiendo en una pieza
arrendada en una casa que da a la plaza, cuya pensión conductiva no se ha
pagado a su dueño, por parte del fisco, desde que el despacho fuera abierto
por primera vez. La mesa pertenece a un vecino, así como la silla en que la
autoridad civil tiene su asiento. El resto del mobiliario lo constituye una banca
de tiras, donde se sientan los personajes que vienen en busca de justicia o llamados por ella; un biombo de tela cretonada y una cama en que dormía el
funcionario de gobierno, pues éste demora en la misma pieza donde «administra justicia en nombre de la República y por autoridad de la Ley». No hace
falta recado de escribir. El teniente político rural apenas sabe firmar. Pero
suple este vacío su secretario, otro forastero como él, ducho en el procedimiento de dar forma legal a toda corruptela, y tan odiado como su mismo jefe.

Cuando necesitan dinero para sus menesteres privados acuden a un expediente infalible: capturar las dos o tres primeras cabezas de ganado que se
asoman por la plaza, arrendarlas frente a la tenencia política y tenerlas api-
cotadas ahí hasta que aparezca el propietario. En este poblado, el tráfico de
ganados y puercos es lo corriente, por tratarse de una comunidad de ganaderos y campesinos que carece de vida urbana. Por lo tanto, resulta realmente
insólito aplicar a la letra el código de policía contra los dueños de tales ganados, si bien puede alegarse que la ley se hizo para ser cumplida y la in-
fracción debe ser castigada. Según cómo y cuándo, replicaríamos nosotros.
Porque aquí subleva el ánimo presenciar los juzgamientos, en los que se hace
desvergonzadamente toda clase de preferencias, según la paga y el influjo del
marchante, hasta el punto de que jamás han aplicado una multa contra los
hacendados del contorno, por el solo hecho de ser poderosos. En tanto que al
pobre campesino, si quería redimir la cabeza de ganado capturado por la autoridad, tenía que pagarle directamente una cantidad que, naturalmente, se
repartía entre el teniente político y su secretario.

Y los sábados y domingos, la requisición de ganado vagabundo se sustituía
con la detención de gentes borrachas, que producían dinero, porque en este
caso se trataba ya no de la libertad de sus bestias sino de la suya propia, y había
que seguir bebiendo. Es infinitamente repugnante ver, el juzgamiento de estas
personas ebrias, dormidas en montón promiscuo en el corredor de la oficina,
aguardan el turno para ser sacudidos, levantados en vilo, despabilados un poco
y sentenciados luego a la cancelación inmediata de una multa por infractores
del código de policía. Si pagan, recobran su libertad. Si no, siguen detenidos,
hasta que algún deudo o amigo acuda a favorecerlos.

También es digna de ser tomada en cuenta la intervención de la autoridad en lo que aquí llaman el «proceso electoral». Como en una democracia, la elección de representantes a las municipalidades, cámaras legislativas y jefe del poder ejecutivo, debe haberse por medio del sufragio. Para entonces, parece que los tenientes políticos de las parroquias rurales –el de Yangana, naturalmente, entre ellos– tienen para con el gobernador de la provincia una obligación sagrada: hacer triunfar en unas supuestas elecciones a la lista oficial de candidatos. El expediente no es difícil. En los días determinados por la ley para el sufragio, –me refiero a la experiencia personal que tengo de Yangana– sale al soportal de la casa donde funciona la oficina del teniente político, la mesa ajena, que ya conocemos, con unos librotes de pasta gruesa, enviados días ha por el ganador mediante un propio[399] que, para llegar más rápido, marcha a pie, cargándolos a la espalda. La mesa y los libros se guardan por la tarde, para volver a sacarse por la mañana del día siguiente, hasta que se clausura el término legal de las inscripciones. La autoridad, presidente de la mesa electoral, permanece todos esos días largo rato acodado en el sitio, sobre el rimero de librotes. Tal aparejo se eclipsa por una temporada, hasta que surge nuevamente, cuando ha llegado el término determinado por la ley para las votaciones. Creo ocioso decir que nadie concurre a la mesa electoral, ni en el período de inscripciones para registrar su nombre, apellido, firma y rúbrica, ni en días de sufragio, para depositar su papeleta con su voto en la urna. Nadie, nadie ¿Para qué? Y sin embargo... en las actas en se registra la votación diaria, aparece un grueso número de electores. El escrutinio final arroja un resultado muy halagador: la lista de presentantes indicada por el gobernador de la provincia, según órdenes del gobierno central, triunfa sin mancha. El librote de inscripciones está plagado de nombres y firmas supuestas. Y las papeletas que todas las tardes extrae de la urna, el teniente político y presidente de la mesa electoral, en los días que dura el sufragio, han sido depositadas, en paquetes, por su propia mano, en nombre, sin duda, las sombras que fueron a llenar los registros con sus firmas inexistentes.

Con todos estos antecedentes, ya puede colegirse hasta dónde llegará el respeto que inspira a la población de Yangana la autoridad de la ley y la tutela del Estado. Y el concepto que les merece la moralidad política y administrativa del gobierno y sus representantes. Cuando yo leí la traducción inglesa de un libro humorista de un ecuatoriano que escribe con un conocido seudónimo en nuestra lengua (Jack the Ripper),[400] encontré en alguna parte, ya hace años, una relación mordaz de cómo proceden en las elecciones de dignatarios los tenientes políticos rurales del Ecuador. Pues bien: ese relato, que parece al no conocer este medio una deformación cómico es de una sorprendente veracidad. El notable escritor ecuatoriano cuyo nombre español no recuerdo ahora, no mentía, no exagera siquiera.

Me he extendido en estos detalles tan desagradables, y que destacan con un odioso relieve en una población no contaminada que no merece la auto-

---

399  *Propio*: mensajero.
400  *Jack the Ripper*: seudónimo de José Antonio Campos (Guayaquil, 1868-1939). Periodista y figura vital de la literatura del Ecuador de comienzos de siglo XX.

ridad infame que tiene, porque es indispensable conocerlos para entender lo que hizo, hace algo más de un año, con el teniente político que precedió al intruso que ahora ocupa el cargo. Aquello fue salvaje, hasta cierto punto. Empero pocas causas habrá más, fáciles de defender que la de estas pobres gentes. El caso es que asaltaron una noche la tenencia política, sacaron al funcionario de la cama, en paños menores y lo flagelaron brutalmente llevándolo descalzo y a varazos hasta un sitio alto de las afuera donde el cabecilla de la asonada y víctima de la antevíspera, un tal Joaquín Reinoso, le aplicó en el orificio del recto, tres velas de sebo de seis pulgadas, dejándolo por muerto.

La administración provincial llegó a saber lo sucedido, y envió fuerza armada y un juez instructor para establecer las responsabilidades. El proceso se hizo voluminoso. El tal Reinoso, alarmado y convencido de que en la noche del asalto el hombre había perecido, se dio a la fuga, internándose, a lo que se sabe, por las selvas vírgenes del sureste. Las declaraciones no dieron ninguna luz sobre el asunto. Y es que, como decía mi amigo «don» Vicente Muñoz, ellos recordaban una famosa copla española:

—«¿Quién mató al Comendador?
—¡Fuente Ovejuna, señor!
—¿Y quién es Fuente Ovejuna?
—Todos a una».

Con todo, la fuerza pública acantonada por dos veces en este pueblo había dejado una huella de terror, abusos y exacciones[401] que hacía que maldijeran furiosamente su recuerdo.

«¡Pueblo imbécil!», contaba «don» Vicente que había dicho el gobernador de la provincia: «Se desgañitaba pidiendo ser parroquia, y ahora que el gobierno les ha dado gusto, se sublevan contra la autoridad y le meten dos reales de velas de sebo en el trasero. Hay que darles bejuco[402] al por mayor».

Que es lo que fue a hacer la fuerza pública, al pie de la letra».

A esta venganza injustificable de carácter oficial la llamaron «pacificación», y al gobernador de la provincia, un periódico semioficial le puso el mote de «pacificador». En el epíteto no había la más leve sombra de ironía.

### II.— UNA AUTARQUÍA ECONÓMICA PRIMITIVA

Es notable la independencia casi absoluta que la economía de esta aldea mantiene con el resto del mundo. En tanto que los lazos comerciales van estrechando todo el planeta en un solo abrazo y creando un amplio intercambio de productos y manufacturas, con este minúsculo poblado ocurre lo contrario. Cada vez su autarquía[403] económica es mayor. A esto debe, sin duda, el considerable atraso material en que se debate. Por cierto que consigue un re-

---

401  *Exacción*: cobro injusto y violento.
402  *Dar bejuco*: apalear, asestar.
403  *Autarquía*: absolutismo.

sultado: no depender sino en ínfima escala de los mercados de afuera. Constituye un ciclo cerrado, un tipo de economía bastante peculiar, y, por qué no decirlo, insuficiente, retrógrado y tontamente rústico.

Muy poco quieren deber al mundo de las manufacturas extranjeras. Como consumidores de una economía extraña a la suya, apenas significan algo. Buena parte de la población, la de las extracciones más humildes se hace a sí misma su vestido, trabajando la tela con la lana de sus ovejas, y tiñéndola con colorantes vegetales que sabe manipular. En la construcción de casas no emplean otro material foráneo que los clavos, las bisagras, los tornillos y las cerraduras El mobiliario se prepara con hacha y machete. Si se trata de muebles finos, tiene sus buenos ebanistas. Las frazadas de sus camas han sido tejidas en sus telares manuales, y por cierto que resultan excelentes. La mayor parte de la vajilla es de barro cocido, con el cual los alfareros del lugar suelen hacer vasijas verdaderamente primorosas. Y en el campo de los alrededores, trabajan azafates[404] y cucharas de madera bien labradas.

Las herramientas de labranza que utilizan son muy pocas. El arado no necesita otro accesorio extranjero que la reja de hierro El resto del apero[405] se lo han hecho también ellos mismos. El machete es el arma-herramienta que más a menudo adquieren. Pequeñas compras en hierro y acero: he aquí algo de lo que son tributarios por la importación extranjera ultramarina.

He visto un solo producto comestible importado que ellos consumen, pero nada más que una vez por año; la sardina en conserva, el día viernes santo. La inmensa producción de alimentos envasados que se vende por todos los continentes pueden darse el lujo de ignorarla.

Con el norte del Perú hacen un comercio elemental: el del trueque. Necesitan telas de algodón, alguna que otra tela de seda de ultramar, cortes de casimir inglés excepcionalmente, pescado seco, jabón de sosa y sal gema siempre. En cambio, tienen de sobra pieles de ganado vacuno y de chivo, reses gordas y tabaco en rama. Los peruanos que vienen a la frontera regresan a su tierra con la impresión de que han realizado con el trueque un excelente negocio. Y estas buenas gentes de Yangana, de vuelta de la frontera, traen asimismo la impresión de que han realizado, a costa de sus vecinos del sur, un excelente negocio. Y creyéndose a sí mismo avisados negociantes y creyendo sorprendido al otro se regocijan íntimamente en sus respectivos caminos de regreso, y no se hacen mala sangre.

Carecen de necesidades costosas, y no sienten el deseo imperioso de vivir en un mínimo de comodidades. La mayor parte de ellos no entiende lo que nosotros llamamos confort. Jamás se les ha ocurrido que su pueblo necesite alguna vez de servicios higiénicos. Para sus necesidades corporales, como aconsejaba Moisés a los israelitas, van al campo cercano y, con un bastón, hacen un hoyo en la tierra.

Es muy expresivo que, si bien conocen el uso de la rueda –¡no podía ser

404  *Azafate*: bandeja.
405  *Apero*: conjunto de utensilios de labranza.

de otra manera!– no la emplean jamás en el transporte. Ni en nada casi. Fuera de las del torno del alfarero, de las de cinco trapiches de bronce y dos de madera que tiene la población, de las de las carretillas de mano para acarrear barro a los moldes de hacer teja y ladrillo, de los rodillos para aplanchar el tabaco, las de las tres o cuatro máquinas de coser, y la del viejo molino, no existen ruedas en Yangana.

Por otro lado, algunas de esas máquinas enumeradas, han sido hechas en casa, tejas abajo de la población. Hay fundidores que trabajan los trapiches de bronce en menos de una semana. Para la destilación de aguardiente saben confeccionar sus alambiques y pipas con duelas[406] de madera y cinchos de hierro. Y el molino movido por fuerza hidráulica nada debe al esfuerzo extraño.

También eran manos del lugar las que habían tendido un puente de enormes dimensiones sobre el río, cuyo paso era forzoso llegando a la población desde el sur.

El molino y el puente son las obras más audaces. La del puente, en especial, es considerada con orgullo. Y es que la han realizado con su esfuerzo, con su dirección y con su dinero.

Todo debía quedar allí. Esto también lo afirmaban con cierto puntillo de suficiencia.


## 12.– Una gloria local

Naturalmente, Yangana tiene también su personaje ilustre. No iba a quedarse a la zaga[407] de ninguna otra aldea ecuatoriana. Vive aún esta figura célebre, muy lejos. Debió salir de aquí, que para su personalidad enorme habría sido un medio demasiado estrecho. Vive ahora en la capital de la república, donde en opinión de sus coterráneos, es un hombre influyente, querido y admirado de todos. Interviene activamente en la política nacional. Ha viajado por el exterior y permanecido largas temporadas al servicio de su gobierno en Europa y los Estados Unidos.

Los hombres mozos de Yangana no conocen personalmente al doctor José Antonio Abril, quien ha salido de su pueblo natal hace muchos años, y lo sienten de verdad. Largas horas permanecen oyendo a «don» Vicente Muñoz, su condiscípulo de escuela, el relato de las proezas intelectuales que el chico llevó a cabo cuando era estudiante. Se había destetado como niño prodigio, sin duda. Y esto mismo ya constituía un singular honor para Yangana.

Las relaciones que el prestigioso abogado Abril conservaba con su terruño parecen ser, con todo, muy reducidas. Salido de la población hace más de cuarenta años, a sus parientes lejanos que dejó en ella, ya cuando se convirtió en hombre notable, no les contestó jamás una carta. Alguna vez un habitante

---

406   *Duela*: tablas de madera.
407   *Zaga*: detrás.

de la capital de provincia viajaba a Quito y se avistaba con el glorioso comprovinciano. Y de regreso contaba a sus amistades el encuentro. Y no era difícil que, después de algún tiempo, en Yangana supieran el suceso.

Diputado y senador de la república muchos años por la provincia a la que pertenecía, en Yangana se lo cree el árbitro de las situaciones políticas. Ha confiado durante cerca de treinta años en que la poderosa influencia del hombre conseguirá que Yangana sea tenida en cuenta como beneficiaria del apoyo fiscal, y se la dote en consecuencia de una escuela, de un camino y de una línea telegráfica. Empero la gloria local permanece sorda a la petición de sus coterráneos.

Hace muy poco, cuando el pueblo necesitó hacer valer sus derechos imprescriptibles sobre los terrenos ejidales de Yangana, detentados por los hacendados vecinos, volvió a solicitar los servicios de su propio hombre célebre, de quien esperaba que remediaría la situación interviniendo ante los poderes del Estado para obtener un decreto salvador. Mas el personaje omnipotente no tuvo la gentileza de contestar siquiera por cortesía a las reiteradas peticiones.

Pero ¡oh gentes chifladas por la fe y el cariño inmarcesibles![408] nada consigue enajenarles la admiración y afecto que profesan a su ilustre paisano. Si usted quiere granjearse la hostilidad de esta aldea no tiene sino que hablar irreverentemente del doctor José Antonio Abril, abogado de los tribunales de la República y casi senador vitalicio por la provincia donde naciera. Es un expediente que no falla. Y que, por lo mismo, no se lo recomiendo.

### 13. Las creencias

Los críos son bautizados cuando el cura, una o dos veces por año, viene en provechosa gira por estos lugares. Tal es la ocasión en que ingresan a la grey[409] cristiana, católica, apostólica y romana, estos seres. Y tal es la que aprovechan las parejas casadas sólo civilmente para santificar su unión por medio del sacramento del matrimonio eclesiástico.

El patrono del pueblo es el Señor del Buen Suceso, representado por la figura de un Cristo apaleado, cariacontecido[410] y ensangrentado, que descansa casi desmayado en una silla roja y llena de manchas. La triste figura tiene la corona de espinas sobre las rodillas. El escultor había querido, sin duda, representarla en el estado de postración en el cual quedó el Rey de los Judíos a raíz de la befa y maltratos que le irrogaron[411] en lo de Poncio Pilatos. Pero esa gente, con un sentido casi brutal y sanguinario de lo patético, arrancaba a Cristo la cabeza de los hombros y la encerraba dentro de una urna de vidrio. La testa seccionada va entonces de casa en casa, visitando a los devotos y velándose, en tanto duran las «vísperas» de la fiesta. La colocan los favorecidos con la sagrada visita sobre una mesa corriente. Vista de lejos, ensangrentada

---

408  *Inmarcesible*: lo que dura o permanece.
409  *Grey*: conjunto de los fieles católicos considerados agrupados bajo la dirección de los sacerdotes.
410  *Cariacontecido*: con muestras de pesar en la cara.
411  *Irrogar*: causar.

sobre una bandeja, se le ofrecía al forastero una imagen macabra, atrozmente realística y cruel. Recordaba uno el pasaje bíblico del Bautista degollado, revivido con una fidelidad sorprendente. Ahí estaba, olvidado en una mesa, el presente de Herodes, cubierto de sangre y con los ojos acuosos y doloridos de borrego acuchillado.

Para esta fiesta anual, que el pueblo todo procuraba hacer espléndida, viene el cura de Santa Rosa, que tiene a su cargo también la administración de esta distante parroquia. Permanece de diez a quince días. En lo espiritual, administra los sacramentos que puede a sus eventuales feligreses; pero recibe innumerables encargos de misas cantadas y rezadas –diez sucres las primeras y cinco las segundas–; plática por la mañana, después del Evangelio, y por la tarde, en honor del santo Patrón; exhorta a las almas al arrepentimiento de las culpas cometidas en el pasado inmediato a la fiesta anterior; les insinúa el recuerdo de que cierto mandamiento manda «pagar diezmos y primicias a la Iglesia de Dios», y recomienda cumplir escrupulosamente con el recudimiento[412] que hará a su hora, durante la época de cosechas, el comprador que le había negociado la primicia del año.

En lo temporal, se preocupa del adecentamiento del convento y de la iglesia, cuyo campanario vacío está pidiendo a gritos una campana de buenas voces y tamaño proporcionado; encuentra imperdonable el que no se cuente con un melodio[413] para embellecer las misas cantadas; que hagan falta ornamentos sagrados, y que se carezca en lo absoluto de buenas reproducciones de figuras de santos. El buen sacerdote hace lo que puede para remediar esas faltas y abre erogaciones entre todos los devotos. Pero la mala suerte parece perseguirle: nunca llega a reunir la mitad siquiera de lo que cuesta el objeto por adquirirse, de manera que la antigua iglesia sigue tan desmantelada como antes.

La novena dura a veces más de nueve días. Tal ocurre cuando la cosecha ha sido buena, por ejemplo. Los feligreses, en dichos casos, tienen el alma más piadosa y agradecida al buen Dios. Los priostes[414] que sufragan los gastos de la ceremonia religiosa de la fiesta en cada día, los afrontan con una recta voluntad dirigida hacia el cielo. Y a fe que deben tenerla firme y resuelta. Porque ser prioste resulta sumamente dispendioso. Cada uno de ellos tiene a su cargo el festejo del día que les corresponde en turno; desde la misa matinal, con cantos, banda de música, procesión y cohetería, hasta la noche de novena respectiva, con su acompañamiento de tronazones alumbrado en hachones de la plaza, el sermón largo y con vestiduras de gala, la iluminación profusa de la iglesia, las nubes de incienso, alta pira de chamiza[415] en el centro de la plaza, y la comilona de la noche.

Tienen ciertas preferencias curiosas. Mayor fe que en Dios, en San Vicente de Ferrer,[416] por ejemplo. En tiempo de la fiesta, esperan todo del Señor

---

412   *Recudir*: acudir a pagar o dar a alguien una cosa que tiene derecho a recibir.
413   *Melodio*: órgano: instrumento musical de viento.
414   *Prioste:* mayordomo de una hermandad o cofradía..
415   *Chamiza*: fogata, leña ligera para la fogata, maleza.
416   *San Vicente Ferrer*: (Valencia 1350 -1419). Misionero dominico. Conocido cariñosamente como «San Vicent e del didet», debido según leyendas populares que logró varios milagros con su dedo índice, siendo así representado en su iconografía, también es representado por «alas», porque está considerado como el «ángel del Apocalipsis».

del Buen Suceso. El resto del año, los bonos de tal advocación se reducen en proporción alarmante. Hay otros favoritos. Cuando hay agua bendita fresca, los enfermos del estómago la tragan en grandes cantidades, con el ánimo de curarse; lo mismo que se bañan con ella los pacientes que adolecen de dolores de espaldas y de riñones. Todo esto da pie a que el señor cura pueda expenderla por barriles.

Creen en los brujos y brujerías a pie juntillas. Los brujos cuando son finos, es decir, sabios, pueden transformarse fácilmente en animales y recuperar luego su forma humana. Cuentan con calor y convicción muchos casos comprobados. Atribuyen una existencia consciente, dotada de voluntad y propósitos humanos, a los elementos. El agua a veces tórnase, en sitios frecuentados por hechiceros, brava. Hay lagunas de apariencia inofensiva, de agua boba, que crecen cuando se les acerca la gente, a la cual siguen con el ánimo de tragársela. El aire se enfurece también, y en las eras, en los cebadales, por las alturas de la cordillera, persigue sexualmente a las muchachas solteras. Al sol lo llaman las lavanderas en la playa, para que salga de su escondite de nubes a blanquear la ropa. Lo conjuran con grandes gritos. Y a fuerza de invocarlo: «¡Bermejo! ¡Bermejo!... el sol reaparece en el cielo nublado y lanza sus rayos sobre las piezas mojadas que se orean en la orilla.

El Dios de las Batallas y de los Ejércitos es para ellos el Dios de las vindictas[417] también. Quien tiene un enemigo mortal y quiere, en vez de vengarse por su propia mano –lo que en esta tierra más bien pacífica ocurre raramente– valerse de la mano todopoderosa, pone una lámpara de kerosina al «Santísimo», para que a medida que el aceite se consuma, vaya apagándose aquella vida hostil. Y, ¡oh excelencias de la fe!: si el enemigo salía ileso, esa fe no se descorazonaba: No había «convenido», sencillamente. Eso era todo.

Las plagas que alguna vez afectan sus casas o sus campos son también combatidas mediante el conjuro religioso. Esperan la venida del Sacerdote. Las semillas dañadas, las tierras invadidas de plaga, las casas apestadas, reciben, gratuitamente, la visita del ministro de Dios, quien lanza sus exorcismos y asperjea[418] agua bendita con un hisopo[419] que blande con la diestra, mientras conserva en la izquierda el libro con un dedo metido entre las páginas para señalar lo que debe ir leyendo en tanto dura la ceremonia. Nada arriesgaba el señor cura, porque sabía cómo ha de razonar el perjudicado. Si la plaga cedía naturalmente, era por efecto del conjuro. Si persistía el mal, era que así convenía, por mandato de Dios. La fe ciega en la eficacia de los conjuros seguía inconmovible. Desde luego, en Yangana también había escépticos. Y lo que es más, había también escépticas. Por lo menos, he conocido ya una.

---

417  *Vindicta*: venganza // castigo.
418  *Asperjar*: rociar, hisopear o esparcir.
419  *Hisopo*: utensilio que sirve en las iglesias para esparcir agua bendita, consistente en una escobilla, o en una bola metálica con agujeros dentro de la que hay alguna materia que retiene el agua; en ambos casos, con mango de madera o metal, a veces de plata.

14. Los trabajos y los días

El modo de efectuar las faenas del cultivo de la tierra y de trabajar los artículos manufacturados pertenece a una época de la historia anterior, sin duda,
a la edad moderna. Parece ser, estrictamente, medieval, pero con notables
supervivencias de la organización que encontraron los primeros pobladores
españoles en la circunscripción indígena que se apropiaron.

Tienen como labradores un poderoso aliado: la buena calidad del suelo.
El clima y un régimen hidrográfico generoso contribuyen la feracidad de la
región. El esfuerzo del hombre no necesita ser tan penoso como en el viejo
mundo, por ejemplo. Aquí debe provocar hacer el trabajo cantando: así es
propicia la tierra para dejarse cultivar y para multiplicar las semillas. La mejor
prueba de esto es el hecho casi increíble de que hay sementeras que no han
recibido jamás una arada previamente a la sembradura. He aquí cómo el
campo de Yangana se pone a producir: si se va a hacer un cultivo de montaña,
el agricultor debe comenzar por talar el bosque: el hacha y el machete son las
herramientas que necesita para esta faena. Por regla general los árboles caídos
sirven para hacer carbón o leña que utilizará en el poblado. De los despojos
sobrantes, pasto para montar el fuego de las rozas. Esperan a que se sequen
un tanto ramas muertas y prenden fuego en el cementerio de los árboles. El
incendio dura a veces semanas enteras. Cuando las llamas se han extinguido
por fin y se enfrían las cenizas del suelo, viene la primera siembra «a tola».
La «tola» es una estaca larga, con la cual el labrador hinca el suelo, abriendo
una pequeña hendidura donde depositará, inclinándose, la semilla, si se trata
de chacras de cereales. Con la misma estaca tiene el cuidado de cubrir, con
tierra y ceniza, el hueco donde dejó la semilla. Las lluvias, el riego, la humedad un subsuelo donde antes hubo grandes raíces y espesa sombra, se encargan del resto. El aspecto de una chacra que nace a raíz de quema es impresionante. Los tocones de los árboles levantan todavía sus muñones
ennegrecidos. Se nota que ha pasado la muerte, dejando en el campo de ba-
talla un hacinamiento de cadáveres medio calcinados. Y allí mismo florece la
vida de las plantas cultivadas por el hombre. De manera que el arado que
tiran las yuntas de buey sólo se utiliza para abrir los surcos en las tierras fati-
gadas, hacia la décima cosecha, aproximadamente.

Y la proporción entre lo sembrado y lo cosechado es realmente asombrosa.
En ello se advierte también la diferencia que va de este suelo al suelo laborable de Europa y aun al más fértil de los Estados Unidos.

Para las cercas que limitan los campos de cultivo y cierran las dehesas no
utilizan en lo absoluto el alambre de púa. No faltaría más. Hacen setos vivos
en la gran mayoría de los casos. Los predios de la parte alta utilizan como elemento para sus cerramientos, los agaves. Para construir una cerca de penca
proceden así: abren una zanja corrida, cuidando de ir cortando la tierra con

el filo de la barreta en grandes tepes[420] para luego utilizar éstos en levantar un muro adyacente, sobre el cual trasplantan agaves adultos. La vitalidad de esta planta asegura su inmediato arraigo. Ordenadas en fila tupida a horcajadas[421] sobre el muro de tierra fresca, conviértense al cabo de poco tiempo en una barrera impenetrable, guarnecida por miríadas de afiladas espinas de color negro. Y en la zona que se acerca al río, descendiendo de Yangana, los setos son trabajados a base de plantas que los naturales de esta región llaman pinllus y porotillos, respectivamente. Las siembran por esquejes,[422] codo con codo. Al engrosar, forman una fila muy estrecha, tan tupida, que cuando los árboles se vuelven corpulentos el intervalo que separa sus troncos yuxtapuestos se ha reducido a la nada.

En la población propiamente dicha los solares van protegidos, por tapias de una altura mínima de dos metros, con el objeto de que de un solar no pueda verse al otro. Conociendo los menesteres a que llegan a dedicarse dichos terrenos no es difícil explicarse el objeto de estos cerramientos tan altos, en un lugar donde nadie es capaz de escalar un muro para robar, porque aquí el robo apenas existe.

Por lo demás, el único tipo de cerca que hace competencia al seto vivo es el que se hace con madera cortada. Es el que emplean para circundar los corrales de ganado, generalmente. En tales casos, el palo preferido es el faique. Comienza el trabajo por fijar de trecho en trecho una doble fila de postes profundamente enterrados en el suelo, e ir rellenando de palos cruzados las cajas formadas por cada cuatro parantes. Así, hasta llegar a una altura que la vacada no pueda salvar. No es raro, en los sitios donde abunda o está cerca del material, emplear el muro de piedra y lodo.

A medida que los terrenos se empinan hacia la cordillera, el suelo va requiriendo un cultivo más cuidadoso. Desde el pueblo, tendiendo la vista hacia arriba, es fácil ver, en el tiempo de las aradas, docenas de yuntas de bueyes que realizan de consuno[423] su tarea. El mismo número de aradores que se vio en una «estancia» la víspera se ve en otra al día siguiente, y en esa forma van recorriendo toda la región, durante apreciable lapso. Este hecho se explica muy fácilmente conociendo el sistema que tienen de labrantío en común llamado «minga»,[424] voz quichua con la que designan en la actualidad las grandes reuniones de vecinos que se juntan para trabajar en un día preestablecido, en el predio de uno solo de ellos, a título gratuito, y con la sola condición de que proporcione el favorecido abundante pienso para los bueyes y buena comida para los jornaleros, estando listo, cuando le toque el turno de ir a servir a otro de los vecinos que ayudaron, a acudir, con su persona y sus animales, a la llamada.

En idéntica forma proceden para las deshierbas, para los «raymes», para las cosechas, para las trillas, para el entechado de las casas, para los rodeos.

---

420   *Tepe*: terrón con césped, cortado en forma de adobe, utilizado en cercos.
421   *A horcajadas:* manera de montar a caballo o de sentarse en cualquier sitio, echando una
       pierna por cada lado.
422   *Esqueje*: gajo.
423   *Consuno*: de común acuerdo.
424   *Minga*: del quechua *mink'a*, trabajo colectivo para tareas de interés social ayuda mutua.

La «minga» es, pues, un modo de trabajar, el más popular de estos lugares.

Y es interesante observar la manera cómo trabajan estos hombres, durante las «mingas» Se «paran» a trabajar muy de mañana, a las seis quizá, pues los «mingueros» han acudido a la invitación desde antes del amanecer, y a esa hora habrán desayunado en forma suficiente y bebido, para compensarse del madrugón, un medio jarro de aguardiente. Esta libación de las primeras horas del día la llaman «tomarse una mañana». Bajo el calor del desayuno y de la «mañana» se inician las labores, en las cuales reina un verdadero furor por superar al vecino. En el almuerzo del mediodía es frecuente que los concurrentes se coman una cabeza de ganado, remojada con grandes sorbos de chicha de jora fermentada, o con guarapo fuerte o con aguardiente. La media jornada de la tarde se realiza con la mayor algazara.[425] A las cinco o seis de la tarde, se «alzan» de la faena y viene la estupenda comilona de la noche. En esta forma, hacen la faena alegre, rápida y económicamente.

Apenas es concebible aquí el tipo de trabajador asalariado que, en el campo, reciba, por ejemplo, una soldada semanal. Y no existe aquella clase, en otras regiones tan abundante, del jornalero, que no tenga, en suelo propio o ajeno, una parcela para el cultivo. En los muchos tramos del suelo que van descendiendo al río los hombres dispensan cuidados menos morosos a la tierra. Va ésta siendo de mejor calidad y menos exigente. Los frutos son incluso superiores, no obstante la relativa pereza de quienes los han propiciado para la cosecha. Y es que, además de las excelencias, ya aludidas, del clima para los sembrados, hay que contar con el limo que las avenidas del invierno transportan de las alturas, despojándolas de lo mejor de su mantillo vegetal y de su arcilla fecunda.

Por lo que hace al modo de vivir y trabajar los artesanos de la aldea, es significativo el hecho de que casi todos ellos sean además cultivadores de la tierra o ganaderos. Alternan los menesteres agrícolas o pecuarios con el oficio. Y cuando ejercen éste, lo hacen como dispensando una merced al amigo. La relación que existe entre cliente y operario se parece más que nada a la que va de quien pide un favor a quien lo concede. Si necesito que el amigo que es tan hábil para las composturas de mecánica fina remedie el tornillo de mi teodolito,[426] que se ha aislado, necesito ir a rogarle en persona que me haga tan señalado favor. Y él lo hará, para darse, según lo manifestará al entregar la obra realizada, el placer de haberme sido útil. Igual procedimiento tengo que emplear con un zapatero remendón o con el sastre que cuidará de la limpieza y aplanchado de mis ropas. Por cierto que tamaña pretensión se vuelve a veces insufrible. No deja de exasperarle a uno más de la cuenta tener que rogarles a que hagan un trabajo al cual están obligados por razón de su oficio y del estipendio que uno va a satisfacer por aquél. No es de caridad lo que uno se acerca a pedir que hagan: es con dinero en la mano.

No ha dejado de asombrarme también el advertir en estas gentes un de-

---

425  *Algazara*: voces, risas de gente.
426  *Teodolito*: instrumento utilizado en topografía para medir ángulos en distintos planos.

sapego por el dinero que a veces llega a lo inverosímil. Parece difícil de creer este caso auténtico, que me sucedió en la primera semana de mi arribo a Yangana.

Trataba de hacer, lo más rápidamente posible, mi primera incursión por las montañas de quinas de la cordillera; quise contratar seis peones para que me acompañaran. Hice la gestión yo mismo, exhibiéndoles la plata en la mano y ofreciéndoles el doble del mayor salario que persona alguna pagara en la población a un jornalero. Pero mis candidatos se molestaron, manifestándome que encontraban muy mal el que tratara de enseñar a la gente trabajadora a ir por la paga a donde quisiera llevarla cualquier desconocido. Me rechazaron el enganche y empezaron a desconfiar de mí. Creyeron que quien pretendía pagar más de lo acostumbrado tenía siniestros propósitos en cierne y que por ello trataba de tenderles una celada en forma de tentadora oferta de salarios. Se fueron alejando uno por uno, no obstante mis propuestas cada vez mejoradas. Esta primera lección y otras experiencias posteriores fueron abriéndome los ojos. Aprendí a tratarlos como amigos y así fue como pude tener cuantos guías y peones necesitaba. Pero nunca dejaron de recordarme que me acompañaban como amigos míos. Y cualquier frase inconveniente que oyeran, o una insinuación que les pareciera descomedida, bastaban para herir su quisquillosa susceptibilidad, y la deserción de mi acompañante, abandonando los emolumentos que se le adeudaban, era inevitable.

No tengo inconveniente en hacer una confesión: creo seriamente que las temporadas que he pasado, así en la aldea como en el campo, con gentes de esta laya,[427] me han sido altamente provechosas. Tal vez resulte un poco ingenuo declarar que cuando vine jamás sospeché que de ellas podía aprender nada. Y sin embargo, han sido para mí una fuente de valiosas enseñanzas. Ya le dije: encuentro que la calidad moral de sus almas es excepcionalmente alta. En esta zona prodigiosamente mediterránea, ha podido conservarse un retazo de humanidad no contaminada, que me hace pensar a menudo –no sé si la simpatía me apasione– en el ambiente puritano y patriarcal en que debieron vivir nuestros abuelos de Pennsylvania. Sólo que nosotros, los norteamericanos, nos hemos habituado, por un defecto en nuestra cultura, a creer que hay un abismo que separa esto de aquello.

## 15.– La enseñanza

Es gente que gusta de poner a sus chicos en la escuela. Pagan a maestros particulares para la enseñanza, y hacen de modo que el aprendizaje tenga la misma forma que tuvo cuando los padres de los chicos de escuela fueron alumnos. Con lo que hemos dicho que la escuela de Yangana es lo más rutinario y atrasado en los métodos que pueda imaginarse. En efecto: así debió

---

427 *Laya*: clase de cierta persona.

haber aprendido don Lisandro. Pedagógicamente, a la luz de las modernas especulaciones, los postulados y procedimientos en uso son inquisitoriales.

El maestro o maestra se contenta con muy poca remuneración. Recibe semanalmente un tributo en especies alimenticias y a fines de mes una irrisoria suma en metálico de cada uno de los alumnos. Como los padres son los que sostienen directamente la escuela, se creen asistidos del derecho de fiscalizar la enseñanza, e imponer textos y asignaturas. Así, por ejemplo, el catecismo de la doctrina cristiana es obligatorio. El día viernes, que es también el de la dádiva semanal, dedícase a la enseñanza memorística de la doctrina cristiana. Así, de la mañana a la tarde. Los días de escuela comienzan el lunes y terminan en este día viernes. Tienen, pues, sábado y domingo de vacaciones.

El interés de los padres se advierte en la circunstancia de que hay alumnos que vienen de lejos, algunos de más de cinco kilómetros, a pie. Para llegar a tiempo tienen que madrugar.

El aspecto de los escolares así como su edad son de lo más heterogéneo. La mayoría está formada por chicos descalzos. Es rarísimo ver alumnos con zapatos. En cambio, viven ensombrerados. Solamente para entrar al local de la escuela se despojan de su tocado. Los pocos libros de texto –que adquieren en los comercios de la localidad a principios del año escolar– los conducen en una talega de tela o bien en una canasta de corteza de caña. Es curioso, pero los alumnos que no viven propiamente en la población sino en los alrededores o aledaños un poco distantes, vienen trayendo ya sea en sus canastas o en sus talegas un fiambre para la comida del mediodía, pues las clases comienzan desde las ocho de la mañana hasta las doce, y se reanudan a las dos para no terminar sino a las cinco de la tarde.

Hay alumnos que recién están comenzando a aprender a leer que tienen ya novia; y viceversa, hay chicos que han comenzado muy niños y que ya no tienen qué estudiar a los trece años, pues han terminado ya todos los libros de texto, y no hallan qué hacer con su fabulosa sabiduría.

Para el fin del año escolar, que concluye quince días antes de la fiesta del Señor del Buen Suceso, una junta de notables de la población concurre a los respectivos locales con el objeto de recibir los exámenes públicos. La población entera asiste a las pruebas. Hay discursos y repartos de premios. Y recitación de poesías patrias por parte de los alumnos, que se las han aprendido de memoria. A veces, juguetes cómicos. El público acude con interés y escucha con embeleso. Estas buenas gentes son muy poco exigentes con el espectáculo. Cualquier simpleza les distrae profundamente. Y tienen por las representaciones dramáticas una debilidad que linda a veces en lo ridículo.

El local de la escuela tiene pocos muebles, de calidad ínfima. Como que han sido comprados con cuotas del peculio privado. Unas pocas mesas bancas de gran extensión y cabida de diez alumnos en fila, una mesita para escritorio, y un armario rústico, el pizarrón en una esquina, y una silla para la maestra componen todo el mobiliario. Como hay una sola sala, en ella se encuentran todos los grados de la escuela, que por otra parte, tiene una sola preceptora. Adelante están los grados más atrasados. En las bancas posteriores los alumnos de los últimos cursos. Finalmente hay algunos que, por falta de mobiliario, tienen que sentarse en el suelo.

No se conoce lo que es un mapa. La enseñanza primaria dura entre tres y cuatro años. La enseñanza femenina tiene un año menos. Para la mujer, según ellos, eso es más que suficiente. La mujer necesita menos, mucho menos. Excepcionalmente, los alumnos egresados de esta escuela van a la ciudad a concluir la enseñanza primaria y seguir luego la segunda enseñanza. En este último caso ocurre que un alumno egresado después de concluir aquella no regrese ya a su pueblo, que encuentra demasiado angosto y primitivo. Esta tendencia de no volver a él de los espíritus que se han cultivado un poco en la ciudad descorazona a los buenos hijos de Yangana, y es sin duda una razón apreciable para explicar el porqué hay tantos padres con posibilidades para educar mejor a sus hijos que, no obstante, se limitan a darles la instrucción elementalísima que proporciona la escuela del lugar. Conozco algunos casos, y he oído repetidas veces expresada la misma preocupación. La ciudad es un foco atractivo que los desarraiga de acá. Raros son los casos similares al de mi amigo «don» Vicente Muñoz, que habiendo sido estudiante cuando adolescente, en el colegio de la ciudad, volvió a su pueblo natal más amartelado con él todavía que antes de partir de su regazo.

Igual ocurre con las muchachas. Si los padres las han enviado a completar su instrucción en un convento de monjas de la ciudad retornan inconformes a encontrar todo deficiente y atrasado, y añoran sentimentalmente la ciudad. Encuentran horrible la aldea, y despreciable y chabacano lo que antes no chocó contra su sensibilidad. Los padres constituyen en tales ocasiones la primera víctima. La ciudad ofrece, pues, para quienes han pasado una temporada larga en ella, un señuelo que el buen sentido de los padres encariñados con Yangana les incita a evitar. Noches sin luz eléctrica, sin radios, sin el rumor de un vehículo a motor, sin cinematógrafo donde ir a distraerse las noches... no tienen otra cosa que la conversación y el juego en torno a la hoguera de la cocina, el cuento a raíz del yantar,[428] hasta que llega la hora de dar las buenas noches y pasar a dormir. Y le pierden el gusto al paisaje rural. La comunión con la naturaleza, que a algunos nos emociona tanto, han dejado de sentirla.

La escuela, pues, mientras no esté servida por un preceptorado fiscal que cumpla los programas oficiales, seguirá siendo rutinaria y deficiente, condicionada, por una parte, con la tradición ciega y por otra, con la imposición del albedrío del profesor. Ninguna sujeción a cánones fijos ni a programa unificado. Una verdadera anarquía, dentro de la rigidez rutinaria. Y en lo que respecta a método, entronizado como supremo medio et castigo corporal, la

---

428  *Yantar*: comer.

puesta de hinojos[429] para las faltas leves y el azote en las manos y en las nalgas para las faltas consideradas como de mayor gravedad.

### 16.– LAS DIVERSIONES.

Yangana es un pueblo sumamente aficionado a los espectáculos. Se entrega con verdadero delirio a sus fiestas. Goza sin tasa y sin freno en tales oportunidades.

Sus regocijos pueden clasificarse en cuatro categorías: las fiestas onomásticas, los paseos al campo, las fiestas agrícolas y las fiestas religiosas. Claro está que tampoco dejan pasar desapercibido el domingo. Pero en estos días feriados el entretenimiento no consiste sino, rutinariamente, en peleas de gallos, juego de la teja, juego de la pulseada o del dedo. Algunos se dedican al juego de baraja española en la veintiuna, o la caída y limpia; al briscón, a la quina. Entre tanto, las mujeres jóvenes se hacen visitas, obligadas a estar mucho más juiciosas que los varones. Además, por parte de éstos, la chicha, el aguardiente. En las chicherías y estanquillos se bebe.

En las diversiones familiares –el onomástico, el cumpleaños, el matrimonio– se baila y se bebe, como en todo el mundo. Dulces voces femeninas suelen levantarse en el silencio en que se suspenden los circunstantes, para cantar canciones un poco tristes, melodías indígenas, que terminan generalmente en «fugas»[430] alegres y jaraneras. Después de unas cuantas canciones y copas, la reunión se alegra. Viene entonces el baile suelto: la chilena, el sanjuanito, con diestros movimientos de pies, y vaivenes apresurados del pañuelo, en tanto que los espectadores, entusiasmados, llevan el compás de la música de las guitarras con las palmas de las manos.

Para «entrar en calor» en las noches templadas, circulan de mano en mano, conducidas por la propia dueña de casa, las tazas a medio llenarse de «draque»[431] bien caliente. El modo como en cada parte preparan esta bebida es un secreto peculiar. Si bien hecho a base de aguardiente de caña, las amas de casa se ingenian por darle los gustos más apetecibles, mediante la adición de ingredientes insospechados. Hacer un buen «draque» que satisfaga a los catadores exigentes suele ser una hazaña que se celebra una noche entera.

Y cuando la atmósfera está caldeada, tócale el turno a los refrescos. En grandes vasijas viene entonces la «cocada», bebida fresca y dulce, hecha de arroz y coco molido, suavemente aromática; la chicha de maní, helada y sustanciosa, con el sabor de cacahuete tostado y de la jora fresca...; o el guarapo de miel de caña, dilatado en agua y levemente acidulado con jugo de naranjas agrias...; o el «aguado chileno», mezcla explosiva de leche, azúcar y aguardiente de grato sabor.

A la media noche, los invitados se sirven café con una increíble abun-

---

429  *De hinojos*: de rodillas.
430  *Fuga*: forma musical en que las distintas voces van repitiendo sucesivamente el mismo tema.
431  *Draque*: bebida hecha con agua, aguardiente y nuez moscada.

dancia de pasteles y dulces. La dueña de casa es exigente, insinúa de un modo porfiado a los concurrentes a que consuman la mayor cantidad posible de tales provisiones. Por cierto no es e café «asustado» el que se brinda en esas oportunidades: es el café destilado, de esencia concentrada. Los terrones de azúcar blanquísimo y duro ocupan diversos lugares céntricos de la mesa, en anchos platillos. Un detalle que no puede olvidarse es empero el de que en todas partes a donde vayan los invitados encuentran idéntica vajilla. La razón de esto no es difícil de explicar: en todo el pueblo no existe un juego completo; un menaje completo, va de fiesta en fiesta, para el uso común. Para el servicio particular las gentes más acomodadas suelen tener una vajilla muy ordinaria y de un número de piezas excesivamente reducido.

Los paseos al campo son, con la fiesta de la minga, lo más agradable que cabe imaginar. Pongamos como tipo el paseo de choclos. Se trata de cobrar la primicia de una chacra, cuyas plantas prometen una buena cosecha. El grupo emprende entonces la marcha, llevando buena copia de provisiones y bebida, todo por cuenta de los invitantes, con el ánimo de pasar el día entero, bajo los árboles. La comida esencial la constituyen en esa vez los choclos –panochas de maíz tierno–, cocidos sin desgranar y recién sacados de la olla, que se sirven con queso fresco. Les precede el caldo de gallina. Les siguen los cuyes asados en una larga «cangana» de madera, que los atraviesa de parte a parte. Grandes cantidades de chicha, y bebida alcohólica a discreción.

Luego, juegos en la hierba: la gallinita ciega, prendas, «cojo al tres», la gallina de pollos, etc. Un poco de música, unos cantos hasta la hora del regreso. Es al mismo tiempo sencillo y bucólico

Se respira una calma y una atmósfera de ingenuidad deliciosa. Otro paseo frecuente es el que se hace, en grandes cabalgatas, al río, a pescar. Para entonces es de estilo llevar, además de los bastimentos necesarios, una provisión de cartuchos de dinamita que hacen estallar en los remansos. De esta manera un tanto brutal se recoge una buena copia de pescados muertos por la explosión. Para entonces vienen también las proezas de los nadadores.

Desde luego, las mujeres proceden aquí con más cautela. Es fama que en las márgenes de este río abundan las culebras venenosas.

Finalmente, han convertido en agradable pasatiempo el vulgarísimo hecho de sacrificar un chancho gordo, con cuyo motivo realizan una gran fiesta y una copiosísima comida. Existe una especie de rito culinario que se sigue al pie de la letra, y que ocupa a los participantes un día entero.

He aquí la manera como se divierten estas buenas gentes con aquello. La víspera el propio interesado suele hacer un viaje a la altura pos de «llazhipa»,[432] que es un helecho que sirve de combustible. Torna con una gran carga de hojas en sus espaldas, o en las de una acémila. Las hojas secas del helecho son ásperas, pero se traban en una liviana y voluminosa parva. Un diestro rasca suavemente la barriga del cerdo hasta que el animal se tiende

---

432  *Llazhipa*: helecho silvestre muy extendido. Se usa para la fogata donde se «chaspa» el «coche» (se soasa el cerdo).

entregado a una grata somnolencia. El sueño plácido es interrumpido por una puñalada en el codillo, que le va recto al corazón. Encima del cadáver, con el último estremecimiento, cae una capa del helecho seco que cubre el cuerpo caliente. Manos diligentes ponen una piedra entre las mandíbulas de la víctima, un tapón de tusa[433] en el hueco de la herida y se cargan de ir tostando convenientemente el cuerpo del animal.

Es de rúbrica[434] que los invitados concurran al asado de la piel de cerdo. Con agua y el filo de un cuchillo raspan la superficie carbonizada, rasquetean la cerda chamuscada y van descubriendo, bajo la borra,[435] el pellejo ricamente dorado. Grandes fuentes de maíz cocido caliente y sal molida aguardan en torno. Viene el consiguiente despellejamiento. El cuero así tostado es arrancado en pedazos. Considérase la mejor golosina, así como va desprendiéndose de las lonjas granuladas de jamón.

Horas después le toca el turno al consumo de la fritada. Los pedazos de jamón, picados en trozos de tamaño adecuado, se fríen en una gran cazuela con todo estrépito. Hierve la manteca que se desprende, y con un cuenco van separándola y vertiéndola en un depósito para que se coagule al enfriarse. A las dos horas, los chicharrones exprimen toda su grasa y quedan suficientemente fritos, con apetitoso aroma.

Un plato de chicharrones con maíz caliente, recién cocido, es un plato lujoso en Yangana. Nadie se atreve a despreciarlo.

Ahora bien: hay que evitar el que el puerco «patee» a los invitados. Como se ha ingerido generalmente más de lo debido, alimentos pesados, grasos, de difícil digestión, creen necesario «cocinar» las grasas que se ha comido. Vienen entonces las copiosas libaciones de aguardiente anisado, de grado fuerte, como para hacer saltar las lágrimas y la alegría. El anís tiene un efecto carminativo[436] y ayuda, en efecto, a los intestinos, a salir bien de la difícil tarea en que los ha comprometido el banquete porcino.

En las mingas, estos trabajos-fiestas colectivos a los que me he referido ya, los guisos y el modo de servirlos son los mismos, pero entonces no es la comida por la comida, o la comida por la diversión. La finalidad principal, absorbente, es el trabajo a realizarse. Solamente al cabo de la jornada los trabajadores pueden dedicarse, despreocupadamente, a gustar con pausa de los placeres bucólicos de la comida y de la bebida abundante, acompañada, en la noche, de una jarana alegre a base de flautas, guitarras y aguardiente o guarapo maduro.

Mucho me llamó la atención no encontrar en esta aldea, que por otros conceptos parecía conservar bastante la tradición española, la costumbre de las corridas de toros. Hechas las averiguaciones encuentro que no las han llevado a cabo jamás. Los toros bravos no le hacen ninguna gracia, y los reducen rápidamente en los rodeos, pero sin ánimo de espectáculo ni de diversión. Y luego con la sal y el moquillo[437] los amansan rápidamente, hasta el punto de que dentro de poco son familiares y sufridos como corderos.

---

433  *Tusa*: zuro del maíz: núcleo de la mazorca del maíz que queda después de desgranarla.
434  *De rúbrica*: obligado o prescrito por las reglas de cortesía. De protocolo, de rigor.
435  *Borra*: desperdicios.
436  *Carminativo*: se aplica a las medicinas que favorecen la expulsión de los gases intestinales.
437  *Moquillo*: nudo corredizo con que se sujeta el labio superior del animal para domarlo.

En cambio, parecen haber heredado de los españoles sus ascendientes, el amor apasionado por el espectáculo dramático. Si bien es verdad que yo no he estado en ninguna representación teatral, he podido saber con qué entusiasmo se preparan para las fiestas en que representarán comedias. Es el pueblo entero el que se prepara. Y según me informan, en la noche del espectáculo la gente se congrega de todos los rincones, y mira y oye con embeleso. Hay ocasiones en que se dan no una sino dos y hasta tres representaciones seguidas en la misma noche. La velada que comenzó a las nueve se prolonga hasta las tres y cuatro de la madrugada. Es absurdo en tales casos pensar en que haya persona que se retire antes de que el espectáculo concluya. Esperan con una avidez increíble el desenlace de la segunda o tercera comedia. Ignoran la prisa y el cansancio. Y en la madrugada, con verdadera pena de que se haya acabado, se retiran comentando y recordando. Durante largas semanas es un tópico aquello. Se habla de la representación dramática en todas las casas. Son sucesos que no se borran.

17.– LOS MUERTOS

La vida de estas gentes es, como se habrá visto, una vida tranquila. Hay en la aldea una paz difícilmente igualable. Y cuando la muerte cobra su tributo a la población, la actitud de los que han de pagarlo y la de sus familiares suele variar de acuerdo principalmente con la proporción de sangre india que tengan los contribuyentes en las venas. Los blancos tienen el sentimiento con que la raza afronta la prueba definitiva, y de ello depende esa actitud. El indio profesa, en cambio, ideas y sentimientos diferentes. Es más pagano y tiene un cierto rito que convierte los funerales en una fiesta. Nada especial ofrece para los extranjeros el duelo de los blancos. En cambio, el de los elementos indígenas, es ya más interesante. En concreto, dos características esenciales me parecen muy expresivas. La primera es el «velorio» con su poema funeral; la segunda, anotada ya por algún otro viajero, es el traslado que del cadáver hacen los campesinos de los anejos lejanos hasta el cementerio del poblado, instalando al finado a horcajadas, como jinete, sobre el lomo de una cabalgadura. Tuve ocasión de concurrir a un velorio en una casita de las afueras, casi indígena, chocita de paja. Había muerto el jefe del hogar, y la viuda y los hijos velaban el cadáver, ya guardado en un sencillo ataúd. No había el silencio con que se concurre a los duelos. Todos los asistentes, que habían sido invitados verbalmente por los deudos, hablaban y reían si era del caso. En los sombreros de los herederos había puestos cintillos de zaraza[438] negra muy anchos, tan anchos como la altura de la copa.

Cuando ha muerto una persona, la comitiva conduce el cadáver a la quebrada, donde es objeto de una larga y cuidadosa ablución. Las mujeres lavan

---

438  *Zaraza*: tela de algodón muy fina.

toda la ropa del difunto. A esta ceremonia la llaman «pizcha» o «píchica». La operación dura cerca de un día. La comida y la bebida queda por cuenta de los dolientes, y se prepara la primera en fogones improvisados en la playa. El cadáver vuelve entonces a la casa del duelo, de la cual sale al cementerio unas horas después, dentro de un ataúd de madera teñida de negro. En el pueblo, en el cementerio, tienen unas andas especiales para el traslado. Cuatro hombres van turnándose en el transporte, que lo hacen a pulso. Antes de salir el cadáver de la casa del duelo, la mujer más representativa de la sucesión lloriquea su canto fúnebre. Encarece en voz alta y plañidera los méritos del difunto, expresando que ya no ha de haber en adelante quien desempeñe las tareas que él realizara dentro de su hogar. Hay ocasiones en que el sentimiento y el tono vuelven impresionante la oración funeral, y se ve entonces verter lágrimas entre los concurrentes, conmovidos por la elocuencia de la oficianta. Yo no encontré ridícula en ningún momento la ceremonia. Los sentimientos primarios de esta gente, que se queja como un animal herido y que razona sobre su pena, no es en ninguna manera risible: tiene el sello de cierta grandeza y despertó mi simpatía y hasta mi piedad. Pero la pena explícita dura muy poco. Terminado este responso o salmo, la comitiva, ágilmente, bien provista de licores, se dirige hacia el cementerio, llevando herramientas necesarias para cavar la fosa. En el cementerio, los hombres abren una zanja de profundidad enorme. Largas horas dura la tarea. Es también esta obra una especie de minga. Van alternándose en turno, y bebiendo y comiendo a pasto.[439] Cuando han cavado unos cuatro metros y arrojado toda la tierra removida depositan cuidadosamente en el fondo el cadáver, y le caen encima paletadas de tierra: toda la tierra cavada. Cuando termina la operación, los concurrentes, comenzando por los deudos, se encuentran ya borrachos, y vuelven, gimiendo y cantando, en grupo compacto, a la casa del duelo, generalmente en las primeras horas de la noche. Si el fallecido es un niño, la ceremonia es inmensamente alegre. Hay música. Con música alegre se va y se regresa del entierro. Y la fiesta dura un día más.

Aclaro de nuevo que este ceremonial se refiere únicamente a las familias indígenas de los alrededores. Los blancos y mestizos, que están en mayoría, siguen con pequeñas variantes la usanza española que no tiene nada de singular.

Desde luego, les apena muy grandemente el que con alguna frecuencia los enfermos de gravedad tengan que dejar el mundo sin haberse confesado sus culpas, por la excesiva distancia a que tienen al cura de la parroquia más próxima. Entre las gentes de Yangana, cristianas y devotas las más, el que alguien haya muerto sin confesión auricular ante un sacerdote católico es motivo de tenaz pesar y preocupación por la suerte que, sin ese sacramento, haya corrido la infortunada víctima.

El traslado de los cadáveres a lomo de bestia lo verifican las parcialidades

---

439   *A pasto*: una comida u otra cosa que se consume, sin restricciones.

indígenas que viven lejos del poblado, porque les parece y resulta el medio
más simplificado de hacerlo. Para el efecto, visten al finado con sus mejores
ropas, después del largo baño a que han sometido su cadáver, le amarran las
quijadas con un pañuelo y le ponen el sombrero en la cabeza, fuertemente
calzado, De esta guisa lo cabalgan sobre una bestia ensillada, le acomodan
los pies en los estribos y lo amarran a la silla. Y para evitar el que pierda el
equilibrio con el tranco de la bestia, lo aseguran con un pañuelo que le sujeta
la espalda y con otro que le sostiene el pecho, contra la silla. No tiene así el
cadáver ningún inconveniente en hacer largas caminatas, a buen paso. Hasta
llegar al poblado, adquirir la caja mortuoria, velarlo en el cementerio y ente-
rrarlo luego. Esta costumbre, este viaje póstumo a mula, ha constituido desde
que fue anotado por los escasos viajeros que llegan por estos rincones, una de
las notas típicas más curiosas y estrafalarias.

## 18.– La literatura oral

Un pueblo con tan poco contacto con el resto del mundo, de existencia
tranquila y de trabajar pausado, es un pueblo que se entretiene con mucho
agrado en la conversación, el mentidero, el comento, la conseja y el cuento.
Una larga tradición había desarrollado en la gente, en la gente más adocenada
incluso, una sorprendente disposición para contar cuentos, que aquí se hace
con un arte no aprendido y sin esfuerzo. Cualquiera es capaz de entretenerle
a usted una noche entera contándole cuentos. Usted al otro día puede sor-
prenderse de tratar al narrador, en un terreno diferente del de la ficción. Lo
encontrará un sujeto basto, tímido a veces, de lentas reacciones mentales. Pero
siéntelo en torno del hogar, déjelo oír uno o dos cuentos, estése seguro de que
ha creado un ambiente propicio, y verá usted lo singular: ese hombre tan
vulgar se impresionará, sentirá que el espíritu del relato desciende sobre su
torpe cabeza, y se transformará en un ameno e interesante narrador. Entonces,
hasta es posible que se conmueva, por prevenido que se encuentre para no dejarse halagar la imaginación con relatos de cerebros rústicos.

Si de fábulas de animales se trata, explicará, por ejemplo, la razón por la
cual los perros tienen por costumbre olerse unos a otros, más o menos en esta
forma:

«Cuando los animales hablaban, un perro se encontró una moneda de a
diez centavos en el camino. Hizo una junta de perros para resolver en qué
habían de gastarse la plata. Como no les alcanzaba para nada provechoso,
convinieron en comprar dos onzas de incienso y sahumarse. Convocaron
a todos los perros a la ceremonia. Los que fueron obedientes asistieron a
la llamada del rey de los perros, y se sahumaron. El rey de los perros
mandó castigar a los remisos. Por eso es que a los perros que asistieron a

la ceremonia los demás los respetan y después de olerlos, los dejan pasar. Y les hacen una cargadilla, a los que, por la olida que les practican comprueban que son de la familia de perros no sahumados y desobedientes». Eran cosas éstas que se contaban cien veces, pero que les gustaba, no obstante, volverlas a oír con un gusto verdaderamente infantil. El que había narrado, era acosado inmediatamente por una descarga de preguntas, para escucharle, una vez más, la historia consabida. En algunos del auditorio había quizá, el afán de contrastar las diferencias en el modo de contar entre una ocasión y otra. Querían, pondré por caso, saber cómo se explica por qué los gatos sacuden la carne antes de comer. El narrador decía entonces:

«En esa misma época en que hablaban todavía los animales, los ratones se quejaban de que los gatos los perseguían mucho. Se robaron entonces una moneda y compraron alfileres. En ese tiempo los gatos se comían la carne que es su gran golosina sin tomar precaución ninguna. Los ratones pusieron los alfileres en la carne y la dejaron en la despensa del gato grande. Vino el gato grande y se comió de un solo bocado la carne, con alfileres y todo. Al cabo de una hora, el gato se moría. Entonces llamó a sus compañeros y les dijo que su última voluntad era recomendarles que nunca se olvidaran de sacudir la carne antes de comerla, para asegurarse de que no tenga alfileres escondidos».

Era frecuente oír también la fábula de los ratones niños que se dejaron sorprender por la hipocresía del enemigo.

«Mama ratona era bastante experimentada y prudente. Cuando salía a conseguir comida para los pequeños, les recomendaba que no salieran de la cueva porque el enemigo se los podía comer. "Los ratones tenemos un enemigo", les decía. Pero cuando la mamá dejó la cueva, los pequeños salieron con toda precaución del escondite y encontraron en un pesebre un caballo brioso, que manoteaba, relinchaba y sacudía la cabeza, pisando la hierba como si estuviera furioso. Los pequeños huyeron al ver semejante monstruo tan soberbio y terrible, y con el corazón encogido fueron a dar en el fondo de su cueva. Cuando volvió mamá ratona, le dijeron que ya conocían al enemigo, y le dieron las señas del caballo. Mamá ratona les dijo que tengan mucho cuidado, que no vuelvan a desobedecer, pero que ese que habían visto no era el enemigo. Al día siguiente volvió a salir y a recomendarles tener mucho cuidado. Los pequeños desoyeron nuevamente y salieron para afuera. Vieron entonces, desde el portal la entrada, a un gallo que batía las alas, saltaba, cantaba y raspaba con las uñas en el suelo. Los animalitos corrieron atemorizados y cuando mamá ratona volvió le dijeron que ya conocían al enemigo. Ella les dijo que no, que ese animal que habían visto por la mañana, señor tan arrogante y colérico, no era el enemigo. Volvió a salir y encarecerles mucho cuidado con el enemigo. Pero ellos insistieron en desobedecer, y salieron por tercera vez.

Avanzaron un poco, con mucha cautela, y se encontraron con un gato que dormitaba y ronroneaba junto al fogón, con los ojos cerrados. Qué señor tan bueno, pensaron los pequeños, con qué devoción reza, y cómo ni siquiera alza los ojos a ver a nadie. Y cuando se encontraban admirando la beatitud del gato, éste, que los había estado mirando de reojo, los atrapó de un salto y se los comió».

En la semana santa, que era un período de recogimiento y meditación se adormecían con ejemplos piadosas, y preferían cuentos de sabor parecido al que sigue:

«Ésta es la historia de un zapatero que se fue derecho al cielo cuando se hizo lego del convento. Este zapatero era tonto, y por eso tuvo mucha facilidad para salvarse. Se fue una vez a la iglesia y oyó que para ir al cielo hay que hacer buenas obras y seguir el camino en línea recta. El hombre se esmeró mucho en su trabajo y cada par de zapatos estaba hecho a conciencia. Por eso perdió lo poco que tenía y quedó en la calle. Entonces se propuso irse de su pueblo y como le habían indicado que debe seguirse el camino en línea recta, echó andar y andar por donde la apuntaba la nariz, metiéndose por los pantanos, salvando los cercados y cruzando los precipicios.

»En esta caminata le ocurrió toparse con un caballero muy apaleado, cubierto de sangre y heridas, que estaba tendido en el suelo. Lo levantó, lo llevó al arroyo, le lavó las heridas, le convidó un poco de mote que llevaba de fiambre, y siguió su camino. Más allá, volvió a encontrarse con otro caballero en iguales condiciones, a quien hizo lo mismo. Fue a dar, por último, en un convento dc franciscanos, y después de que le dieron de comer bien y se iba a descansar, vio, en un oratorio, al mismo caballero a quien había hallado en su camino, pero que estaba ahora clavado en una cruz.

»El zapatero reprendió entonces al crucificado. "Mal hombre has de ser", le dijo, "por eso te maltratan por donde quiera que vayas. Pero no te atormentes, que yo te voy a apear de ahí encima, y te voy a dar de comer". Se fue a la cocina y le rogó al lego cocinero que le diera una porción más de comida. El lego, curioso, lo fue siguiendo para ver qué hacía. Y lo encontró conversando mano a mano con el crucificado, que estaba ya desclavado y comía la comida que le ponía en la boca el zapatero.

»El lego voló a contárselo al prior, y el prior al ver lo que pasaba le rogó al lego que pida a Dios por su convento.

»Entonces Dios (porque había sido el mismo señor crucificado el que hablaba con el zapatero bobo), le ofreció arreglar en el cielo para que nunca le falte la comida en las ollas de los conventos de los franciscanos».

Pero cuando las exigencias del cura que visitaba el pueblo en la época de fiestas y cosechas, les parecían excesivas, se ponían como si dijéramos un poco volterianos.[440] Gustaban entonces de oír cuentos de este jaez:[441]

---

440   *Volterianos*: persona que se burla irreverentemente de cosas generalmente respetadas o hace crítica de cosas a las que, en general, se tiene por inatacables; particularmente, de cosas de carácter religioso; así como de los escritos o dichos en que se hace esa burla o crítica.

441   *De este jaez*: de esta clase.

«El cura de esta historia se llamó Manuel y vivió en el pueblo vecino de hace muchos años. Don Lisando lo conoció. Era un cura bien tacaño y bien enamorado. Con el pretexto de salir para una confesión hizo un viaje a ver una donosa que vivía en una finca vecina. Hizo ensillar la buena mula, preparó un buen fiambre para él y tomó la delantera. El paje era un muchacho a quien el cura ya iba a matar de hambre. Como el paseo era un poco largo, y el cura estaba de muy buen humor, le regaló al muchacho un puñado de maíz para que lo tostara y llevara en un poto para que vaya comiendo por el camino. Caminaban y caminaban y el hambre le apuraba al paje. Pero apenas sacaba un puñado de tostado del poto, el cura se escandalizaba y le reconvenía diciendo que hasta cuándo se harta. Así, hasta que era ya bastante avanzado el día, y el pobre muchacho iba muerto de hambre. Por eso fue lo que cuando el cura le preguntó de quién era una buena casa de hacienda que quedaba en el camino, el paje, aun cuando sabía le dijo: "No sé, señor cura" Y cuando, más adelante, se encontraron con un árbol frondoso y muy corpulento, y el cura le preguntó cómo se llamaba, el muchacho le contestó que no sabía. Y cuando, cerca ya de llegar a la casa de la enamorada, vieron un corral de lindo ganado, el muchacho dijo que no conocía el nombre del dueño de esas cabezas de ganado, por más que sabía. Furioso el paje por lo hambriento que estaba a causa de la miseria del cura, pensó cobrárselas todas juntas. Y así fue. Porque durante la noche el santo sacerdote, conforme lo había planeado en el día, de acuerdo con la muchacha, empezó a gatear hacia la cama ésta, creyendo que todos dormían. El muchacho, que no podía dormir porque el hambre le hacía arder el estómago, gritóle: "¡Señor cura, señor cura!". El santo sacerdote tuvo que volver a gatas rápidamente, para contestarle desde su cama: "¿Qué quieres, muchacho, a estas horas?". El muchacho le dijo: "¡Se acuerda, tayta cura, que usted me preguntó en el camino de quién era la casa de la hacienda que había en el camino? Ya sé de quien es: es de don Joaquín Villa, el de Guachanamá". "Y para eso me has despertado, mozo insolente?". Pasó más de una hora, y el muchacho para despistar al cura comenzó a roncar. El santo sacerdote confiado en que ya todos dormían, emprendió de nuevo a gatas por el suelo, en busca la cama de la donosa, que lo aguardaba, porque lo que es la vieja estaba ya soplando. Estaba el santo sacerdote para llegar al lecho, cuando oyó que el muchacho le llamaba a todo pecho: "¡Señor cura, señor cura!". El santo sacerdote tuvo que volver apresuradamente a su cama propia, muerto de furia, para que la veterana no dé cuenta y poder contestarle al muchacho bribón. "¿Qué se te ofrece, majadero?", le dijo el cura, metiéndose apresuradamente en cama: "¿Se acuerda, señor cura, de ese árbol frondoso que había el camino y que usted no sabía cómo se llamaba? Ahora que me acuerdo ese árbol se llama cazhco". "¿Y para decirme eso me has despertado, ladronazo?". Pasaron algunas horas, se hizo un profundo silencio y el paje del cura comenzó a roncar y a soplar la veterana. El cura, viendo que ya mismo amanecía, hizo de nuevo su intentona. Y cuando iba ya a llegar a la cama de la moza, el sirviente, que se había estado haciendo el dormido, lo hizo regresar de un grito: "¡Señor cura, señor cura!". El santo sacerdote, que no cabía de rabia, tuvo que volver para contestarle: "¿Qué otra cosa quieres a estas horas de la madrugada, mal hijo de tu madre". "¿Se acuerda, tayta cura, de ese corral de ganado que encontramos cerca de la quebrada de Uriguanga, y cuyo dueño usted no sabía quien era? Ahora que me acuerdo ese corral es de los herederos del finado Anastasio Valverde, el celicano". En éstas y las otras, cuando el santo sacerdote se dio cuenta, estaban apurando los gallos y empezaba a rayar la aurora. En andar a gatas de su cama a la orilla de la cama de dama se le había pasado la noche sin poder cumplir sus propósitos, y estaba que bufaba de cólera. No esperó el santo sacerdote a que acabara de amanecer. Se negó a aceptar el desayuno que le ofrecían, ensilló él mismo su mula y salió de la casa como disparado, cual alma que lleva el diablo, haciendo adelantar al facineroso quien con la alforja del cura, en una travesía, desapareció antes de que castigaran».

Tienen nociones confusas acerca del destino. Generalmente creen en él. Así lo manifiestan, con gran convicción. Son sus exposiciones favoritas «la bala no mata sino el destino», «nadie muere víspera sino al día», «los días estaban contados». Como siempre, se ilustraba la sentencia o el adagio con el apólogo. Si alguien ponía en duda lo inexorable de la fatalidad, venía el cuento del pobre que nació para ser pobre y tenía un estribillo para azuzar a su asno que decía: «¡arre, borrico! que el que nació para pobre nunca será rico». O el cuento del hombre que, por mandato de la estrella, fue ladrón de los más finos, gracias a la ayuda que el brillo variable de la propia estrella le dispensaba.

Tan apasionante es para ellos crear y oír estos relatos, que sucesos más insignificantes de su pasado adquieren dentro de poco tiempo una versión más o menos novelesca. Así ha ocurrido, por ejemplo, con la historia del origen de los latifundios que rodean al pueblo de Yangana en un cinturón de hierro, que se ha convertido en una narración que titulan, aproximadamente, «la triste historia del viejo haragán», que es una relación larga, circunstanciada y con personajes conocidos, algunos de los cuales viven todavía. De tal manera, en la tradición oral de Yangana se ha conservado la historia espuria de las depredaciones y despojos a los primitivos propietarios, que siguen considerando a sus actuales beneficiarios como intrusos y exactores. Y que aguardan el momento en que podrán recuperar aquellos terrenos, bien sea de buen grado o por la fuerza. En esto encuentro yo el germen de un sinnúmero de disturbios futuros que, de tomar cuerpo, amenazan con empañar seria-

mente, quizá trágicamente, ese horizonte tan diáfano de un pueblo de cri-
minalidad casi nula, de vida tranquila, recoleta, patriarcal.

Verdad es que el camino que han comenzado a seguir para obtener la an-
siada expropiación de tales latifundios adyacentes, es el más ajustado a las
normas de la pacífica convivencia. Se han dirigido a las Cámaras legislativas,
y a ellas acuden año por año, con ejemplar paciencia y constancia. Pero si no
hallan eco sus reclamos, en el pueblo parece haber una decisión unánime: hacerse justicia de todos modos. El peligro que puede sobrevenir para entonces
yo lo veo muy grave. El meditar sobre este caso me ha llevado a desear sinceramente ser una persona de influencia para ayudar a estas buenas gentes y
al «gobierno paternal» a resolver el cada vez más grave problema. Y digo que
se torna cada vez más grave, porque la administración provincial tiene, como
lo he dicho ya anteriormente, sus ideas acerca de los moradores de Yangana,
a quienes considera turba peligrosa, de instintos criminales y digna, si no de
la horca, por lo menos, de un trato represivo de mano de hierro.

A pesar de lo nublado que, desde este punto de vista, se presenta el futuro
de la paz de Yangana, realmente maravillosa, tengo confianza en que la gente
de buen sentido y más serena de la población intervendrá en el apacigua-
miento de los ánimos, animado por la esperanza de que, tarde o temprano,
la justicia del Estado sabrá decretar la reversión de los territorios comunales
a las manos de quienes !as habían venido usufructuando desde tiempo inmemorial.

## 19.– Hasta luego, Yangana

Tal es, a grandes líneas, la fisonomía material y espiritual del pueblo de
Yangana, que me tocó visitar con una detención mayor de la que calculara
en mi itinerario de viaje, en mi excursión botánica de los Andes ecuatorianos.
Tal es la forma eglógica en que vive.

Se da modos a tener todo lo que necesita, y a no desear sino lo que puede
buenamente tener.

Buena arcilla encuéntrase en cualquier parte para sus cacharros. Buena
leña y lumbre para cocerlos. Las tejas son de primera. La madera para armar
la cubierta de las casas está cerca, a pocas horas de la plaza, si bien ha de burlarse los vallados que rodean los bosques vecinos. Madrugando con una yunta
de bueyes, por la noche llegan ya con los horcones,[442] las soleras[443] y las vigas,
y los tocones[444] de donde saldrán las puertas, las ventanas, los muebles y el
piso de tablas.

Gastan poco en ropa, cuando gastan. La confeccionan ellos mismos.
Calzado, ponchos y sombreros. Casi no gastan en alumbrado. No existe el
problema del inquilinato, pues apenas existen arrendatarios de habitaciones.

---

442   *Horcón*: madero vertical con que se sostienen las vigas, aleros, etc., de las casas.
443   *Solera*: madero asentado en una obra de albañilería para servir de apoyo a otros.
444   *Tocón*: parte del tronco de un árbol que queda junto a la raíz al cortarlo.

En las inmediaciones, pasado la zona excluida que defienden los terratenientes, el ganado pasta libremente en los campos. En los corrales abundan la leche, el queso, el suero[445] y el requesón.

De los trapiches destila la miel de caña. La miel cocida huele deliciosamente en los grandes cuencos. El guarapo fermentado, la chicha de jora o el aguardiente de caña fabrican, siquiera sea interinamente, las más profundas alegrías.

Piaras de cerdos engordan a la sombra de los corrales caseros. La tierra, en su mayor extensión, es buena y amable. Los pastos que crecen en las alturas son grasos y nutritivos.

Las arvejas del cerro son tal vez un poco duras, pero les resulta muy sencillo el expediente de cocerlas agregando a la olla donde hierven un trapito con un puñado de ceniza. Y muy divertido escogerlas antes de ponerlas en la olla, sirviéndose de una batea larga, la cual se hace rodar los granos en plano inclinado, de una cabecera a otra, volviéndolos luego al extremo superior, con la mano tendida.

Las espigas de maíz prosperan grandes, blancas y jugosas. El fruto robusto se come en agraz, cuando el pelo le ha comenzado chamuscar fuera de la envoltura; cuando la leche empieza a cuajarse en harina blanca y resiste la presión de la uña; como también cuando la envoltura, reseca por el sol, guarda una mazorca esmaltada, de grano pronto a convertirse en polvo bajo los molares, o a abrirse como rosa cuando se tuesta o se cuece.

Los naranjos cargan todo el año y ninguna plaga ha visitado hasta aquí los huertos. Las chirimoyas, Yangana arriba, caen por propio peso, de puro maduras, y sirven para engordar a los hatos de cerdos que yerran[446] por los campos.

Más arriba, los capulíes, las lúcumas,[447] los chamburos,[448] los babacos,[449] los toronches,[450] los quiques,[451] los joyapas,[452] maduran lentamente sus frutos y racimos.

Más abajo, los nísperos, las papayas, las piñas, los aguacates, los mangos, ofrecen sus primicias al primer transeúnte que desciende en el camino para el río.

---

445  *Suero*: parte líquida que queda separada de los coágulos al coagularse la leche.

446  *Errar*: andar sin destino u objetivo fijo y sin tener residencia fija. Vagar.

447  *Lúcuma*: (Pouteria lucuma) es un árbol de la familia de las sapotáceas originario de los interandinos de Perú, Ecuador y los valles centrales de Chile. Se cultiva por su fruto, empleado en gastronomía, sobre todo en la confección de postres y helados.

448  *Chamburo*: también conocido como «la papaya de los Andes», es una fruta del Ecuador que se encuentra casi en forma silvestre en algunas regiones de los Andes. El fruto generalmente es de forma ovoide; su pulpa es de coloración amarillenta clara, en su interior se encuentran las semillas y masa placentaria que ocupan toda su concavidad.

449  *Babaco*: también conocido como papaya de la montaña, es un híbrido natural de la papaya originario de los valles subtropicales del Ecuador. Crece de un arbusto pequeño con hojas de variadas formas triangulares. Sus atractivas flores tienen una forma acampanada con pétalos en tonalidades blancas y amarillas. El fruto es una baya sin semilla, con canales y hombros pronunciados, que pesa entre 300g a 2.2kg dependiendo del tamaño.

450  *Toronche*:: planta de la familia del babaco.

451  *Quique*: fruta silvestre muy buscada por los niños. Con ella se hacen rosarios.

452  *Joyapa*: fruta silvestre de la parte alta de los Andes.

Y como a medida que se baja, el paludismo avanza y se torna cada vez más virulento, la quina llega a visitar las goteras[453] mismas del pueblo, ofreciendo su cáscara amarga para las tercianas.

La tierra de las vegas pare siempre.

Mientras duran los largos relatos y se oyen sin protestar las más descomunales mentiras, revientan en el rescoldo los granos de maíz tierno con detonaciones de petardo. Se asan las yucas o los plátanos pintones. Huele bien la cecina asada. Para todo ello dan los soberados plenos, los corrales pingües, las trojes rebosantes de granos.

Y no hay un solo mendigo.

De cuando en cuando un vendaval azotaba la calma de esta vida. Algunos frutos y cosechas se agostaban.[454] Alguna existencia humana se abatía cruentamente. La pasión en ocasiones cobraba los derechos de su fuero. Así también el rayo fulmina a los cedros centenarios. Pero el temporal pasaba. El cielo quedaba despejado. Se hacía el recuento de las víctimas y lloraban por ellas quienes habían sobrevivido. Se abrazaban los que corrieron un inminente peligro común. Y largo tiempo se comentaba, se glosaba, se fantaseaba sobre esta castra que el destino hacía en los panales.

¿Hasta cuándo durará la vida así? me pregunto yo.

Pasarán muchos años, muchos lustros, algunos siglos quizá. El viejo pueblo sin historia, que vive de recuerdos novelados, de amables leyendas, subsistirá. ¿Ganará ahora su pelea con los terratenientes? ¿Habrá de perderla? Serios disturbios pueden sobrevenirle, sea que domine el un espíritu o el otro. Pero de todas maneras, creo que volverá la paz a inaugurar sus sesiones interminables, y la «historia del viejo haragán» tendrá un capítulo más.

A veces, y esto quizá no sea un vano sentimentalismo risible para mis compatriotas, me dan deseos de poder volver, después de muchos años, a vivir y morir aquí.

¡Si pudiera volver!

Las mismas andas que ahora sirven para conducir a los muertos, me irían llevando al cementerio. Me harían viajar a caballo tal vez, si la muerte me hubiera sorprendido un poco lejos. Y estas buenas gentes de Yangana, entre tristes y alegres, cavarían una fosa de quince pies de hondo, para que mis huesos queden sepultados para siempre jamás. Y con los años, en torno a la persona un tanto rara del «gringo», los forjadores de relatos que fraguan cuentos al fogón, habrían elaborado una novela fantástica que yo no había soñado siquiera vivir.

¡Si yo pudiera volver!.

---

453  *Las goteras*: los alrededores de una población.
454  *Agostar*: secarse las plantas por el exceso de calor.

## Notas del Traductor

Y allí, con estas palabras «Si yo pudiera volver» termina el cuaderno de Mr. Spark.

Aclaro que esa libreta se encuentra a disposición de quien quiera reclamarla justificando su derecho, en la Intendencia de Policía de mi provincia, de donde la tomé yo, con las licencias necesarias, para traducir lo que unos extranjeros ojos comprensivos vieron en un pueblito sudamericano que devastó el incendio, poco tiempo después.

He querido completar los apuntes del ilustrado viajero con un apéndice de notas que, por considerarlas demasiado largas, he preferido insertar fuera del texto. De tal manera queda, en mi concepto: actualizada la versión de Mr. Spark, si bien es fácil presumir que con las peculiares diferencias de estilo y visión que distinguen el criterio de un joven científico del de un modesto empleado de oficina. He procurado conservar en la traducción el estilo sobrio y preciso de autor. En el texto original, como lo dije ya, apenas hay calificativos Trátase de una manera rectilínea, casi geométrica, sin adornos, sin imágenes, pero no exento a veces de una especie de contenida emoción.

Tal sentimiento me ha parecido encontrar en los últimos párrafos de su cuaderno. En el original inglés tiene un dejo melancólico que confieso no me ha sido posible conservar en la versión, en toda su impresionante fidelidad. Y es que trasvasar semejantes matices verbales viene a ser una tarea superior a mis aptitudes de traductor, puesto que mi inglés es sumamente pobre.

En general, el último capítulo refleja —me estoy refiriendo al original— una sensación de dulzor un poco triste. «¿Hasta cuándo durará la vida así? me pregunto yo» —afirma por ahí Mr Spark—. Y más adelante aventura este pronóstico «pasarán muchos años, muchos lustros, algunos siglos quizá… El viejo pueblo sin historia, que vive de recuerdos novelados, de amables leyendas, subsistirá… la paz volverá a inaugurar sus sesiones interminables, y la historia del viejo haragán tendrá un capítulo más… ».

Así habría seguido siendo, en efecto, la vida de aquella aldea sana, tranquila y patriarcal; de aquel pueblecito ganadero y agrícola, apartado del mundo y del tráfago doloroso del siglo, que Mr. Spark encontró como un remanso… si una tempestad horrenda, si un vértigo de muchedumbres enloquecidas no hubiera llevado a Yangana a ser el réprobo de un delito colectivo que puso fuera de la ley a un pueblo entero y empavoreció los ánimos de esta gente de conducta sencilla.

Así habría continuado su existencia «por años, por lustros, o siglos quizá», sin pena, sin gloria, sin grandes dolores, de no haber caído en el centro mismo de la apacible aldea un horrible suceso, el destino.

No: cuando estuvo por Yangana Mr. Spark nunca pudo figurarse que ello iba a ocurrir tan poco tiempo después. Verdad es que tentó ya con sus propias manos algunos frutos que el odio había madurado, y que de esto habla con evidente preocupación. Pero nada hacía presumir entonces semejante desenlace. Todo lo contrario: hace a la esperanza, y confía en Yangana y en su buen sentido:

De todas maneras, dice, volverá la paz... sea que gane o pierda su pelea con los terratenientes... Tal fe tenía en la vuelta de la cordura que concluye haciendo votos para que los hados[455] le dejen regresar a vivir en Yangana los postreros días. Empero las instrucciones inexorables fueron otras. Y desaparecieron por forma terrible «el pueblo de Utopía» y por forma desconocida su panegirista, cada uno por camino separado, fieles a un mandato irrevocable que ambos desconocieron.

Como desconocemos todavía si es verdad que al pobre explorador sucumbió en las selvas del Amazonas. No lo conoceremos quizá nunca, pues hay más de diez versiones diferentes, salidas todas las de la fértil imaginación de lo que era Yangana antes del incendio. ¿La sabrá por ventura la propia Juanita Villalba? ¿Será verdad que el churón Ocampo, cuando vino del Oriente le entregó cierto trofeo que perteneció a los cazadores de cabezas? Nada concreto ha podido saberse, y Juanita Villalba, enarcando enigmáticamente las cejas, guarda un silencio de tumba.

(1) «LAS AUTORIDADES DE ESTE PAÍS... ESCOGEN SUS PROTEGIDOS Y LABRADORES ENTRE LAS PERSONAS QUE MÁS DAÑO PUEDEN HACER A LA COMUNIDAD QUE LES CORRESPONDE GOBERNAR».

Por desgracia Mr. Spark no se equivocaba: después de aquel teniente político que hubo de merecer tan brutal castigo del pueblo amotinado por sus incontables abusos, de las cuales el naturalista e extranjero da una razón detallada, vino un valido[456] del gobernador de la provincia, que extremó sus medidas de violencia contra los moradores de Yangana. En esta aldea no hizo otra cosa que servir descaradamente las intereses de los gamonales[457] y seguir al pie de la letra estúpidas consignas de la primera autoridad civil de la provincia. Pidió y le llegaron refuerzos para mantener aherrojados a los pobladores en vez de intentar una labor de acercamiento y administración comprensiva. La tempestad que estalló en Yangana hace poco tiempo y que terminó con el asolamiento y destrucción de una población entera fue prepa-

---

455   *Hado*: destino, fortuna, suerte.
456   *Valido*: hombre a se le concede favor y confianza, y extraordinaria influencia en el gobierno del Estado.
457   *Gamonal*: persona que ejerce una autoridad abusiva en una colectividad; particularmente, el que en un pueblo se hace dueño de la política o de la administración, valiéndose de su

rándose lentamente. Las responsabilidades, cuando se deslinden debidamente ante el tribunal de la historia, no será nada difícil establecerlas. Y el gobierno de la época tendrá que responder ante aquél por las torpezas que cometió al precipitar el trágico desenlace en vez de haberlo evitado, y permitir la vuelta del odioso sujeto contra el cual se amotinara el pueblo, con el mismo empleo.

Una lista de las personas venidas a Yangana en ejercicio de la autoridad civil y política desde que se proclamó oficialmente como parroquia revela que todas las veces, salvando una sola, fueron en efecto extrañas no sólo a la población sino a la provincia. Con el agravante de que sus actuaciones, en vez de pretender ganar la confianza de los gobernados, dejaron invariablemente una impresión penosa, o, por lo menos, molesta y repelente.

(2) «SE AFIRMA QUE NO TIENEN (QUIERE REFERIRSE A LOS ENTONCES DUEÑOS DE LAS MAYORES PROPIEDADES) TÍTULO LEGAL SINO QUE HAN OCUPADO ARBITRARIAMENTE TERRENOS DE COMUNIDAD, SEÑALADOS DESDE LA ÉPOCA COLONIAL COMO EJIDO».

Mr. Spark estaba bien informado. La comunidad indígena establecida por las leyes españolas del tiempo de la colonia, defendía y amparaba para los regnícolas una zona en torno al poblado, impidiendo su enajenación. Este anillo de tierras comunales que circundaba la villa, la aldea o la ciudad, defendía a la población de la absorción agraria que suelen operar los compradores de terrenos a plan fijo, y recibía la denominación de «ejido» o tierras ejidales. El de Yangana empezó a usurparse hará unos sesenta años, al decir de quienes sostenían su inalienabilidad. No databan de mucho tiempo los primeros reclamos que formularon los habitantes de Yangana exigiendo la reversión de dichos dominios que antes fueron terreno comunero. En una nota posterior me referiré concretamente a los sucesos que originaron una fricción entre actores y demandados en relación con esta petición que las primeros enviaron al Congreso Nacional. Ello cayó, por cierto, dentro de las previsiones que anticipara en sus apuntes Mr. Spark, si bien los incidentes llegaron a cobrar después de poco de su despedida de Yangana, caracteres de una gravedad que superó todos las cálculos del naturalista yanqui.

(3) «Y EL HOMBRE DE ESTOS
LADOS ECHA MANO DE LOS IN-
DIVIDUOS DE LA FAMILIA CU-
CURBITÁCEA Y LES ACUCHILLA
EL  VIENTRE  COMO  SI  SE
TRATARA DE UN CORRAL DE
OVEJAS».

Esta llamada tiene por objeto dar una explicación que nos redimirá de otras muchas en el curso del texto de Mr. Spark. Su prosa, no se olvide, es la prosa de un científico, y a la sobriedad corriente en el uso de epítetos, une, en compensación, una generosa prodigalidad en cifras y nombres científicos, escritos estos últimos, como era de esperar, en idioma latino. Para no hacer laboriosa la lectura de las notas del viajero norteamericano, que ojalá fueran ampliamente conocidas en mi patria por la viril enseñanza que encierran para los gobernantes y gobernados, y pertenecer a quien fuera, en mi opinión, uno de los más sagaces observadores que hayan llegado a nuestra provincia en los últimos años, he creído del caso prescindir de estas cifras –alturas barométricas, promedios de temperatura y coordenadas geográficas– y de la nomenclatura científica de las plantas que cita en su exposición. Por un puntillo de escrupulosidad de traductor y en mi afán de que no se aplique a mi pobre labor aquel adagio[458] de «traduttore, traditore», ya que no he podido sustraerme al conocido consejo de que «lo que no puedas hermosear no toques», daré un ejemplo de lo que habría sido la descripción que precede a la acotación del número.

«Desde fines de marzo, la fiesta de los granos tiernos varía el menú cotidiano. El segundo plato huele a culantro (*coriandrum sativum*) y a campo labrado. Los choclos (*Zea mais* no sazonado aún) cocidos exhiben sus dientes de leche, amenazando desde el fondo de las alias; los porotos (*phaseolus vulgaris*) dejan comer sus cotiledones en agraz; las arvejas (*pisum sativum*), de color intensamente verde se destacan provocativamente en la blancura del arroz (*orayza sativum*) las «achogchas» (*seckum edule*), con sus fachas de rata, destripadas flotan en el caldo. Es este el tiempo en que los zambos (*cucurbita pepo*) y zapallos (*c. máxima*) cuelgan sus calabazas todavía lechosas en las cercas...».

La versión, si bien más minuciosa y fiel, habría tenido para nosotros, es decir, para el consumo interno, un aparato de ininteligibilidad, pedantería o vana erudición que habría prestado quizá una ocasión a que se juzgue equivocadamente al autor de los apuntes.

---

458  *Adagio*: frase hecha en que se expresa un conocimiento o consejo útil para la conducta, de sabiduría popular o de algún autor.

(4) «Pero bien mirado, en
esta afición desmedida por
las joyas, las mujeres de
Yangana no son una ex-
cepción».

Pero en cambio a Mr. Spark se le olvidó señalar una virtud excelsa de las
mujeres de este pueblo y de las aldeanas de la provincia entera: su desinterés.
¿Por qué el cuidadoso observador, que tuvo además, según lo contaré más
adelante, una experiencia personal, muy personal, no lo anota también?
Verdad es que toda alusión a aquélla su «experiencia personal» apenas se deja
deslizar, muy tenuemente, por sus apuntes. Fuerza será el ocuparnos de ello
porque de ahí salió un romance, que, en la imaginación de los habitantes de
Yangana, tan dedicados a fantasear, como él decía, adquirió contornos insospechados, sirviendo de alimento a la conversación junto a los fogones durante
largo tiempo. Y seguirá ahora, allá lejos, donde estén la heroína y los narradores... Pero de todos modos, un homenaje a la mujer, una apreciación acerca
de las virtudes de la mujer de Yangana falta en las notas del explorador americano. Y a fe que pudo dar razón de ello. En Yangana saben cómo lo dicen.

(5) «Quizá debí traer
conmigo una receptora de
radio de pilas, para oír, día
por día, la marcha de los sucesos del mundo. Pero no lo
hice, y me arrepiento sinceramente de ello... hasta
cierto punto».

En Yangana, en cambio, se hablaba poco tiempo después, de que ese
aparato de radio sí vino con Mr. Spark, pero fue destruido por éste, a propósito de una broma que cierta mujer le hizo. El episodio, verdadero o falso,
forma parte también de la antología oral de los parlanchines de Yangana. Y,
por lo que hace a la presunta protagonista del episodio, dicen que, cuando se
la preguntaba, se limitaba a enarcar las cejas, con una sonrisa levemente des-
deñosa. Para mí, empero, apenas cabe admitir la más leve duda. Y es que me
pregunto: ¿qué necesidad tuvo Mr. Spark de mentir en su libreta? Porque
en cuanto a la afirmación del naturalista es muy clara y terminante. Más bien
en las últimas palabras, precedidas de suspensivos, puede contenerse un
velado pensamiento en homenaje a ese amor, que le hizo no necesitar de aquel
otro contacto supercivilizado con el mundo. Pero de ahí a mentir, negando
que trajera una radio de pilas...

(6) «EL NOTABLE ESCRITOR
ECUATORIANO, CUYO NOMBRE
ESPAÑOL NO RECUERDO AHORA,
NO MENTÍA, NO EXAGERABA SI-
QUIERA».

Como lo habrán adivinado los lectores mejor enterados, se refiere al
famoso escritor festivo nacional José Antonio Campos, y parece aludir a uno
de sus mejores cuentos, «Las elecciones en mi pueblo», contenido en una obra
hoy por desgracia agotada: «Rayos catódicos y fuegos fatuos». En cambio
parece ser que no es difícil hallar la traducción inglesa... Nuestros hombres
pueden decir de ello lo que quieran.

(7) «Y LO QUE ES MÁS, HABÍA
TAMBIÉN ESCÉPTICAS. POR LO
MENOS, HE CONOCIDO YO
UNA».

¡Ésta es, hombre discreto y hermético!, la única alusión expresa que,
acerca de Juanita Villalba, su gran amor, se contiene en el texto de Mr. Spark,
no obstante la circunstancia de que, según afirman los advertidos, no pensó
en otra cosa cuando lo escribiera...

(8) «NO ES DE CARIDAD LO QUE
UNO SE ACERCA A PEDIR QUE LO
HAGAN: ES CON DINERO EN LA
MANO».

Dinero que, para bien de la dignidad y moral de la población, decimos
nosotros, no es el factor todopoderoso que suele ser en otras partes, especialmente, en los pueblos pervertidos por esa especie de descarada rufianería a
tanto la sesión que es lo que llaman turismo. No vamos a hacer una excepción
de Mr. Spark: llegó –por la ciudad también estuvo– con la misma facha[459]
insolente de conquistador que traen estos buenos gringos cuando tocan las
puertas de una población mestiza. Creyó que sus dólares relucientes iban a
allanarle de golpe todos los caminos para que los recorra el vencedor dispensando un trato despectivo a los misérrimos otorgantes de mercedes remuneradas. Se equivocó en esta vez. La gente de Yangana reacciona según la forma
como se la trata, pues la desapoderada ambición de dinero no la había
afectado, y ninguno de sus moradores era de los que se deja zarandear por el

---

459  *Facha*: aspecto, presencia.

hecho de que quien lo haga vaya a recompensarlo con dólares. El tono de la frase, que es la que me disgusta entre sus apuntes, deja traslucir su despecho. No ha perdonado, él, tan comprensivo, la forma como acogieron sus proposiciones quienes habían de ser con el tiempo sus más valiosos auxiliares. Por esos días que hubo de pasar horas muertas en la población, forzosamente cruzado de brazos y sintiendo que todo lo que le rodeaba le miraba de modo hostil, guarda, según se echa de ver, un poco de rencor no bien disimulado. Y es que fueron cerca de quince días. Lapso considerable, por cierto, que no dejó de influir poderosamente en su destino, pues de entonces, a lo que parece, es que nació el flirt casi trágico de Mr. Spark con Juanita Villalba.

> (9) ..."LA TRISTE HISTORIA DEL VIEJO HARAGÁN, QUE ES UNA RELACIÓN LARGA, CIRCUNSTANCIADA Y CON PERSONAJES CONOCIDOS, ALGUNOS DE LOS CUALES VIVEN TODAVÍA".

Mr. Spark alude sólo de pasada a este relato. Efectivamente, en los tiempos en que fueron redactados sus apuntes; no hacía falta quizá reproducirlo como lo que es ahora para comprender la actitud de un pueblo pacífico sublevado: un antecedente decisivo y una idea-fuerza. Hoy, que dicha historia sabemos de fijo que tuvo no poca parte en mantener encendido el fuego en la mente de una población entera, propiciando el incendio que la asoló después... entonces, y sólo entonces, contarla se vuelve una necesidad para aclarar ciertos puntos que pudieran parecer un poco oscuros, y deja de ser un mero pasatiempo para entretener a crédulos oyentes, adquiriendo jerarquía de información, síntoma y documento.

De ahí que, aún a riesgo de hacer de estas ligeras glosas algo tan extenso como las notas mismas que las han inspirado, haya creído conveniente narrar la «historia del viejo haragán». La triste historia del viejo haragán, que es así:

«Hace ya bastantes años –don Lisandro Fierro lo recordaba muy bien– que un sujeto llamado Emilio Gurumendi fue a pasar una temporada en Yangana. Tenía ahí un compadre, el indígena Trinidad Quizhpe, quien, en las veces que llegaba a la ciudad, no dejaba de invitarle para que escogiera cualquier día y se decidiera a ir por su casa. "Tengo un puerquito para que se lo coma –decía siempre–. Véngase, no más, compadrito, por esta su casa".

»El compadre Gurumendi era pobre. Vivía a duras penas. Lo mantenía una fondera con la cual había contraído una ya cuantiosa deuda, que acabó por serle cobrada en especie. Así lo hacía acostarse con ella y le daba la comida. El compadre Gurumendi, era un hermoso tipo de hombre, alto, blanco, barbado y fornido. Tenía fama de ser un indolente terrible. Pasaba muy a gusto, y podía pasarse la vida entera, sin hacer nada con las manos metidas en la cintura del pantalón hacia las verijas, dejando afuera los pulgares de uñas enormes. Vivía en una tenducha que era propiedad suya –su única propiedad–, cerca del río. Tenía una enfermiza blancura. No sabía beber. Fumaba y dormía mucho. No llegó a aclararse nunca la manera como trabó amistad con quien había de ser después su compadre.

»El horario según el cual vivía el compadre Gurumendi era de una monotonía desesperante. A las siete y media de la mañana se entreabría la hoja única de su puerta. El solitario se había levantado. Lanzaba hacia la mitad de la calle polvorienta el contenido de su vaso de noche. Una hora después bajaba al río con una jarra vieja. Hacía a la vuelta fuego para hervir el agua que había traído. Bebía café con el azúcar, el pan y la esencia que la víspera guardó consigo donde su fondera. No se lavaba nunca. Se dejaba crecer la bella barba bronceada. Se encasquetaba el sombrero negro, viejo y seboso, en la cabeza desgreñada, y salía, hacia las diez, a una de las plazas céntricas de la ciudad, a tomar el sol en una banca. Gustaba de recoger las colillas a escondidas de los transeúntes.

A las once, el relevo del piquete de gendarmes que cuidaba los presos de la cárcel municipal, aparecía en la esquina marcando el paso con isócrono ruido. Era para el señor Gurumendi la hora de ir a la fonda de su querida a almorzar. Entraba rascándose y sin saludarla.

»—Ya viene don Emilio –decíale la cocinera.

»—Pon a freír el bisté para el haragán, entonces –ordenaba ella a regañadientes.

»El hombre comía ávidamente. La fondera tenía que limitarle la ración y, desde luego, hacer recoger con tiempo la alcuza[460] y el azucarero de la mesa, pues la voracidad del hombre no tenía parecido. Maíz cocido sí le daba a discreción. Acertaba con ello, ya que al sujeto le deleitaba el «mote» caliente con queso desmigajado.

»Salía puerta afuera, «como el perro», sin dar las gracias. Paseaba lentamente por «su» parque; y se iba a conversar con un antiguo cigarrero, Samaniego, a verlo hacer gruperas. Luego iba a hacer la siesta, que se prolongaba hasta las seis de la tarde. El alumbrado de las calles le señalaba la hora del regreso a la fonda. Después de la comida aguardaba largo rato sentado de codos sobre la mesa. La fondera iba quedando sin comensales.

»El haragán esperaba por si la mujer le ordenada quedarse con ella a pasar la noche.

»—Bueno: me voy. –Tal era su despedida. Sacaba de su bolsillo un papel periódico y la cocinera, ya en trance de marcha, le envolvía ante los ojos

---

460  *Alcuza*: vasija, muy frecuentemente de hojalata y de forma cónica, en donde se tiene el aceite que se está gastando.

de la dueña del negocio, un pan, la ración de azúcar y un puñado de café molido. Guardaba él su cucurucho oloroso a café tostado y reiteraba su elocuente despedida: —Bueno: me voy. —¡Quédate, pues! –le decía la mujer algunas veces, sin alzarlo a ver y con el gesto igualmente avinagrado con que lo recibiera. Al haragán le brillaban los ojos y no se hacía repetir la orden Nunca empero amanecía con ella. Se ignoraba la hora en que dejaba a la fondera.

»El haragán habría sido incapaz de aceptar, por pura indolencia, ninguna de las reiteradas invitaciones que recibía de su compadre Quizhpe, de no haber surgido entre la fondera y él un disgusto un poco más grave que las de las otros días, a causa de haberse comido a escondidas una fuente íntegra de maní tostado, que ella destinaba para preparar al día siguiente un plato famoso: el mote-pata.[461]

»La mujerona le dijo entonces que eso era una vergüenza. Que no lo era menos el que un hombre se dejara mantener de una mujer Que ella remaba de la mañana a la noche para poder vivir y él era en cambio un holgazán que comía suave y de balde. Que estaba resuelta a terminar semejante estado de cosas con un pusilánime que ni siquiera era capaz de hacer que le guardaran el respeto que ella se debía.

»El sujeto, mientras duró el chaparrón, concibió la idea de ir a Yangana, donde su compadre, mientras se aclarara el horizonte. Esa fútil querella parece haber tenido no poca trascendencia en la presente historia.

»El compadre Trinidad Quizhpe fue a las pocas semanas el portador del primer regalo que don Emilio hacía en su vida: un pato con huevos, que por cierto era de las gallinas de su compadre. La destinataria era, naturalmente, la irascible fondera.

»Las relaciones entonces mejoraron: ella correspondió el regalo, enviándole además una carta sensacional: sus cuarenta años habían sido fecundados. ¡Y él era el padre de este ser que palpitaba en sus entrañas!

»Por primera vez en su vida, el holgazán vio a la tierra con un ardoroso deseo de hacer algo.

»Se guardó la carta arrugada nerviosamente y quiso acompañar al compadre Quizhpe en su diario recorrido matinal por los cultivos. –Me va a nacer un hijo, compadre –le contó, tomándolo el brazo–: Ahora sí voy a trabajar. ¿Me da usté, compadre una melguita?[462] Tierra a usté sobra...

»Proyectos agrícolas se desbordaban en su imaginación.

»Para llegar al pozo del venado era preciso culminar un otero[463] coronado de copudos faiques. Desde lo alto se divisaba en pendiente suave la extensión indefinida de los campos comunales de Yangana. El bosque de cascarilla iba a perderse en la cordillera. En vez de la tierra indiferente que él había visto siempre, sin sentir por ella ninguna afección, la encontraba un sentido maternal, sustentadora amable de su vida y con las en-

---

461  *Mote-pata*: plato cuencano que es una densa sopa de maíz pelado, en caldo de carne de cerdo, con pedazos de dicha carne, longaniza y tocino, y condimento de semilla de sambo (una calabaza), tostada, molida y preparada en un refrito de cebollas y leche.
462  *Melga*: sistema de labranza reducido. Faja de terreno para sembrar.
463  *Otero*: montecillo aislado en un llano.

trañas fecundas. Los claros del bosque indicaban el sitio tonsurado por la mano del hombre para los cultivos. En esas áreas calvas los comuneros de Yangana –su compadre Quizhpe entre otros– sembraban el maíz, la yuca, los fréjoles...

»Emilio, el haragán, padre novel, se decidió a rascar la tierra. Su vida empezó a tener, merced a la carta que conservaba en bolsillo, un caro objetivo. Había para quién trabajar. Había por qué hacer. Allá estaba gestándose su hijo, al cual debía mantener, criar, educar y dejar una herencia. ¡Ea, don Emilio a trabajar!

»La tierra nutricia le aguardaba. Era nuevecita en su geológica vejez. Bastaba con cosquillearle en la superficie y dejar la simiente bien defendida de las plagas. El suelo estaba pronto, como una buena vaca de pobre.

»Tuvo el haragán un transporte de entusiasmo. Se sentó sobre el suelo, en la colina de los faiques, y delante de su compadre indígena que no acertaba a comprender aquello, se puso a darle palmaditas al suelo, acariciándolo como si fuera la mejilla de un niño, exclamando:

»—Vos, tierrita, tienes que darme para mi hijo.

»Y el haragán, postrado en el suelo, lo regó con las lágrimas de su gozo tardío de ser padre, mientras su amigo el indio, con los ojillos impasibles y la cara de piedra, aguardaba de pie, inmóvil como un ídolo.

»—Coja y cerque lo que quiera, compadre, habíale dicho día después el indio al holgazán. Así fue como comenzó un desmonte, así como se hizo una cerca para encerrar la chacra; así como se efectuó la siembra de un lote de terreno con maíz. Nada anormal ni insólito. Quienquiera, en esa época, podía hacer otro tanto.

»La única contraprestación que no podía eludir el beneficiario era la de abrir las tranqueras para que, terminada la cosecha, los rebaños comunes pastaran libremente en los rastrojos, así como no olvidar que las pozas destinadas para bebederos deben componerse rodeándolas de gruesa empalizada para que los animales no metan las patas en el agua.

»Cinco años después, un chicuelo de cabellos rizados corría vigorosamente seguido de un enjambre de gallinas, llevando la copa de su sombrero llena de maíz desgranado y gritando a voz en cuello: "¡Tuc, tuc, tuc...!".

»Los perros de la casa se comían gustosamente el maíz disperso en el patio, haciendo huecos en el apiñado montón de volatería que se precipitaba sobre los puños de grano que la mano del chicuelo echaba al voleo.

»Y la voz autoritaria de la antigua fondera intervenía en contra de los perros execrándolos con su rabiosa interjección, que los animales entendían muy bien:

»"¡Chicote! ¡Chicote!".

»A medio día, esos perros salían de la sombra, meneando el rabo amistosamente y se acercaban a oler los estribos del caballo que acababa de detener su marcha al pie del umbral. El patrón, seguido de aquellos, se acercaba, en medio de sus afectuosas morisquetas, a la cocina. El chicuelo se precipitaba corriendo en los brazos de su padre, que lo aguardaba sentándose en cuclillas.

»La chacra del primer año había crecido. Ahora daba la vuelta la colina de los faiques. Se advertía que uno de los lados del rectángulo irregular que constituían la cerca de palos cruzados de faique había corrido hacia el bosque: la madera, en ese sitio, estaba fresca, y era fácil de notar la prolongación de los lados adyacentes. ¡Y qué inmensas eran las parvas! ¡Y que enorme era la troje! Con el maíz se engordaban puercos. Había ya el incipiente corral de ganado vacuno. Era la prosperidad que venía, si es que no había acabado de llegar. La prosperidad a la medida de aquellas remotas distancias. La casa estaba colmada. Había qué comer de sobra. Y agua y leña tras la choza, a pocos pasos.

»Cuando Javier Gurumendi tuvo siete años de edad, el padre hizo un viaje a la ciudad, viaje de rehabilitación y de doloroso desprendimiento.

»Dio un gran golpe de efecto presentándose como lo hizo. Tanto él como su hijo llegaron cabalgando bestias muy bien enjaezadas. A poca distancia, arreando una recua de animales de carga, venía el hijo mayor de su compadre Trinidad Quizhpe.

»El haragán aparecía rejuvenecido. El sol le había curtido la piel dándole un aspecto de salud que antes no ostentara jamás. Seguía dejándose la barba, que, no obstante sus cincuenta y tantos años, no tenía el hilo de una sola cana. Vestía bien. Proponíase dejar a Javierito interno en una escuela religiosa de la ciudad. Su programa sería, después de la enseñanza primaria, la secundaria. Y luego la superior. Su hijo sería profesional. Ello estaba resuelto, y para tal fin trabajaría. Para tal fin había trabajado, echando los bofes[464] sobre los surcos. Tenía, sí, señor, un hijo, y estaba cumpliendo a conciencia con sus obligaciones de padre.

»Y los años transcurrieron. Javier se hizo hombre. No pudo empero pasar de la enseñanza secundaria, que no llegó a concluir. Odiaba el estudio. Habíase convertido en un mozón de un metro ochenta y cinco de estatura y ochenta kilos de peso. Tenía los pies enormes, era muy fuerte y su sonora voz de bajo adquirió hilarante celebridad. Una diversión favorita de los compañeros de colegio era acortar el cuello y engrosar todo lo que podían la voz para imitar la del hombrón. El auditorio femenino festejaba esta broma riendo con toda el alma. Las vacaciones escolares había venido a pasarlas en el campo el mozo, en la casa de sus padres. En los sucesivos retornos pudo irse dando cuenta de cómo evolucionaba la finca que su padre levantó en los terrenos de la comunidad de Yangana. Al principio se llamó "estancia", lo cual, en la región, es palabra circunscrita a una ex-

---

464  *Echar los bofes*: Perder el resuello por hacer algo con mucho esfuerzo.

tensión relativamente pequeña de terreno. Poco después era ya un "fundo" y por último recibió el nombre de "hacienda", que, según el uso, designa ya una considerable extensión de tierras de propiedad exclusiva.

»Mas para los vecinos de Yangana, el bien tolerado intruso y trabajador incansable, que ha poco había dejado de cultivar personalmente con la ayuda de las «mingas» sus campos, seguía siendo «el comunero» más acaudalado de la comarca. Los dos compadres, el blanco y el indio, estaban envejecidos. Se solían contemplar fijamente en sus alternativas visitas de los domingos. El antiguo holgazán a quien su hijo apasionaba y el indio, ya arrugado pero aún erguido en sus carnes enjutas y piel tabacosa, dueño de una prole numerosa que veía no sin respeto a Javier cuando venía de vacaciones, gustaba de hablar de su antigua amistad y de sus respectivos comienzos agrícolas.

»Don Emilio se había vuelto muy locuaz, y el punto neurálgico de sus afecciones, después del culto que profesaba a su hijo y al recuerdo de la ex–fondera muerta hacía tiempo, era la gratitud nunca bien ponderada para el compadre indio merced a cuya iniciativa y a cuyo apoyo era dueño de lo que tenía y había llegado a ser lo que era. Así se lo decía a todo el mundo. La ciudad no le atraía. Por otra parte, su Javier se oponía a que saliera. Se disgustaba visiblemente cuando lo hacía. ¿Para qué contradecir a su hijo? Mejor resultaba ir de visita donde su compadre indio, a quien quería tanto.

»—Uno de esos raros casos de gratitud –explicaban los vecinos de Yangana.

»Hasta entonces las leyes consuetudinarias de la comunidad seguían siendo observadas fielmente por el viejo haragán. Era efectivamente un comunero. Sus vecinos, sus buenos vecinos, lo miraban sin acrimonia. Terminada la cosecha, pagaba sus diezmos y primicias al cura de la parroquia vecina –Yangana no tenía párroco propio– y abría las tranqueras para que el ganado de Yangana pastara libremente en sus rastrojos. Mandaba un representante para que trabajara por él en las mingas, pues las fuerzas le flaqueaban ya. Había extensas zonas de campo absolutamente libre y desocupado. Quienquiera iba a él con una yunta de bueyes y regresaba tirando de una viga, o llevaba un asno para regresarlo cargado de leña que hacía en el bosque de todos y de nadie. En la lomada reseca, los árboles de ceibo con sus troncos panzudos impregnados de un polvillo blanco, ofrecían anualmente para el primer castrador, el regalo de sus pesadas bellotas, prontas a estallar en una lluvia de cándida blancura. Los bosques de quinas, ya bastante diezmados por los cascarilleros de la región, no se mezquinaban a nadie. Que la persona que quiera cosechar, coseche ¿A qué venía oponerse a que el orden natural se cumpla? ¿Y quién, entre los habitantes de Yangana, iba a ser ese mal hombre?

»A la silenciosa ternura de su padre, Javier oponía un desprecio mal disimulado. Le avergonzaba su ascendencia. En la ciudad había sabido en una forma un poco brutal que su madre fue una sucia fondera y que su padre vivió largo tiempo mantenido por ella. En cambio no dejaba pasar una sola oportunidad sin obtener del viejo cuanto pudiera sacarle. Era un explotador formidable de su padre. Conforme fue ganando en edad el mozo ejercitaba mayor número de aquellos antiguos trucos que dan resultado a la fija cuando hay plata y cariño de por medio. Parecía forjado expresamente para producir a su padre los más grandes sinsabores. Con el agravante de que el antiguo holgazán se sentía completamente incapaz de contradecir a su hijo. El austero continente que adoptaba en presencia de éste no era sino una coraza que oponía su debilidad; una manera de contener sus impulsos de echarse en los brazos del vigoroso retoño en que se perpetuaban su nombre y su persona caduca: su otro yo, florecido por un milagro retardado de la vida; ¡mejorado, embellecido, rebosante de juventud y fuerza! y hacerle una donación cabal de todo lo que tenía y pudiera tener, hipotecándole la vida incluso, si el otro se lo pidiera.

»Pero hubo día en que Javier se topó, por primera vez, con un no categórico de su padre. Había llegado imprevistamente a Yangana, a la casa de «hacienda», después de una ausencia de más de dos años, a decir a don Emilio que algo muy importante tenía que tratar con él.

»—Vamos a hablar claro –haníale dicho–. ¿Usted, padre, tiene dinero?

»El viejo, rascándose la cabeza y después de una larga pausa, contestó: –Hombre, tendré solamente unos setecientos sucres.

»El mozo había recibido esa respuesta con un gesto de desdén. –¿Y estos terrenos suyos cuándo pueden valer?

»—¡Oh, Javier!: esos terrenos no son míos. Son de la comunidad de Yangana.

»—Sí, sí. Algo de eso me dijeron. Por eso he venido. Me he consultado ya. Y conozco el medio legal de adquirir la propiedad de esos terrenos ¿Me ha entendido?

»Y el viejo, a pesar de la veneración que le inspiraba su hijo, alzando las manos por encima de su cabeza, había exclamado: —Esos terrenos son de la comunidad. Quitárselos a la comunidad sería un robo. Eso no lo haré jamás. Eso, no. No y no. Había creído conveniente, después de un momento de rencoroso silencio por parte de Javier, agregar: ¿Sabes, hijo, las condiciones en que me fueron facilitados esos terrenos? Tengo una deuda de gratitud que no voy a pagar en semejante forma. Verás, hijo mío...

»—No me interesa conocer esa historia –había cortado, enojado vivamente, Javier–. Quiero solamente saber qué tiene para el porvenir, aparte de esos setecientos sucres; ¿qué me deja? Usted, en esto que ahora maneja no tiene ningún derecho según la ley. Usted no puede venderlo siquiera.

»Habíanse quedado después de eso sumidos en un largo silencio, que para el mozo era una especie de acecho de fiera a la presa que se va a defender. El mocetón estaba en pie. La rabia lo ahogaba. Veía las espaldas del padre, y con cierta fruición asesina clavaba la vista en su cuello descarnado, que tan fácil habría sido estrangular para hacerle expiar el crimen de haberse movido de izquierda a derecha y de derecha a izquierda, denegando. Para moderar sus ímpetus avanzó hacia el patio claro, desde donde las vegas primorosamente cultivadas del antiguo holgazán se columbraban entre el penacho curvado de los guaduales.

»Sus pensamientos seguían siendo impuros y venales, a pesar del verde tranquilo de lontananza. Era impermeable al gozo del chacarero que gusta de contemplar un campo labrado. Ahora que lo hacía, preguntábase: ¿Cuánto podría sacarle yo a esto? Pero sus cóleras resultaron estériles en ese primer encuentro. Javier, tratando de imbécil a su padre, tuvo que reconocer que había perdido la partida inicial. El viejo mantuvo inflexible su negativa.

»Cuando volvió de su incursión fracasada, Javier, se contrajo con el notable jurisconsulto Zapata, exponiéndole en tono de gran desaliento el resultado adverso de sus trabajos.

»—No importa que tu veterano se haya negado –replicó el abogado–. Un juez parroquial cualquiera me otorgará un poder en nombre de tu padre a favor tuyo. En tu calidad de mandatario del viejo gestionamos la adjudicación de los terrenos. ¡Qué idiota tipo! ¡Por encima de sus barbas vamos a hacerlo propietario! Estoy resuelto a reducir por la fuerza al sujeto para que se convierta en el único dueño de la mitad de una parroquia, y aun cuando él se me oponga, lo derrotaré, y lo haré rico.

»Se frotaba las manos y sonreía, entre asombrado y satisfecho. Y agregaba:

»—Es que yo también quiero ser propietario. Javierito. Me dará usted una alita.[465] Y seré vecino suyo: vecino suyo. Aquello no nos vendrá mal.

»El hombrón no acababa de convencerse, pues seguía creyendo que la terca resistencia del padre era obstáculo que no podía removerse. Pero el abogado de los tribunales y juzgados de la república, avanzando hacia un estante, tomó un libro de pasta negra, y después de hojearlo con sus dedos que mojaba con saliva, halló cierto paisaje, que le leyó a Javier, después de haberlo hecho sentarse a su lado.

»Iba fraseando lentamente.

»—La ley de 24 de octubre de 1863 –acotó– definía a las tierras de reversión así: Artículo 2π: "Son tierras de resguardo o reversión las que no siendo de propiedad particular, están comprendidas en los sitios en que se han formado pueblos y reducciones y se han destinado al uso común o particular de los indígenas". Tal es el caso de Yangana –volvió a acotar–. Más adelante el Artículo 15 dice: "Las tierras de reversión de que los indígenas han estado aprovechando en comunidad, continuarán para su uso común;

---

465  *Ala*: se aplica a muchas cosas que se extienden a los lados o alrededor de algo, en forma más o menos semejante a un ala.

y las que han estado distribuidas para el uso particular de cada indígena
y de que se hallen en posesión, quedan en pleno dominio y propiedad de
éstos, cualquiera que sea la extensión de dichas tierras; pudiendo en lo su-
cesivo disponer de ellas sin contradicción como verdaderos dueños; para
cuyo efecto les conferirá el Gobernador de la Provincia el título respectivo
de propiedad".

»Cuando Javier oyó aquello de indígena frunció el ceño, y se revolvió bruscamente en el asiento.

»—¿De manera que debo comparecer a nombre de mi padre alegando su
condición de indio? Mi padre no es indio, y como hijo de indio... eso sí
que no me presentaré jamás.

»El notable jurisconsulto soltó una carcajada y le explicó primero que la
palabra indígena no significaba indio precisamente, y segundo que aun
tomándola en este sentido, lesivo para oídos de americano que se estime,
era preciso acabar la lectura de los artículos de las leyes concernientes al
asunto que traían en las mientes Javierito y él. Y se extendió en una di-
sertación muy brillante para desimpresionar a su cliente y ex-condiscípulo
a quien terminó por leerle los fragmentos de una ley que llamó "la refor-
matoria de 5 de noviembre de 1897" y que declaraba propietarios a los po-
seedores que cumplan con ciertos requisitos, sin considerar ni a su raza ni
a su condición. De esta manera, todos los obstáculos iban hallándose fácilmente.

»Un mes después, por orden de la primera autoridad política de la provincia, se inscribía el nombre de don Emilio Gurumendi como propietario de la hacienda «Sevilla de Oro», de acuerdo con los linderos determinados en la solicitud que había presentado el hijo y mandatario del
interesado. Todas las formas habíanse cumplido. La ley había sido respetuosamente observada. Desde el punto de vista jurídico, el nuevo título
de adjudicación era inobjetable.

»Era ésta la anotación que se inscribía en el Registro de la propiedad del
cantón al cual estaba subordinado Yangana. El dominio legal de esos territorios, la propiedad con «justo título» había nacido ese día, para la parroquia.

»El antiguo holgazán, el desharrapado padre de Javier, el vago indolente
vuelto de pronto padre y trabajador, se convirtió en propietario de la
mitad de Yangana sin saberlo.

»Diez años después, don Emilio Gurumendi comenzó a pagar la culpa que
pesara sobre la estólida cabeza de su hijo. "Sevilla de Oro" hipotecada por
Javier a un cuñado suyo, fue embargada judicialmente. El pobre viejo
estaba ya sordo y casi ciego. Como estaba casi no podía sacarse las niguas[466]
que le entraban en ambos pies descalzos. En la solapa de su saco raído
llevaba agujas. Llegaba casi tanteando a la casa de los hijos de su com-

---

466   *Nigua*: insecto sifonáptero semejante a la pulga; las hembras penetran bajo la piel depo-
      sitando allí sus huevos, y las crías producen mucha picazón y úlceras graves.

padre Quizhpe y golpeaba la puerta con el bastón.

»—Hágame la caridad de sacarme un poco de niguas –lloriqueaba–. Ya me desespera la comezón.

»Los pies habíansele puesto monstruosos. Bajo las uñas, entre las cicatrices apostemadas[467] producidas por la extracción de la víspera, las niguas maduraban amarillentas, sepultadas bajo la piel. Nadie quería hacerle caso, porque bastante era el mal que había causado, bien que hubiera sido él hijo quien obró por él. Entonces el viejo mendigo se hincaba la aguja en los dedos pinchándose donde más intenso era el prurito. En los talones y en las plantas las niguas formaban un cerco amarillo bajo la piel.

»Para poder dormir hacía una provisión de tuzas de maíz para rascarse, pues el escozor tremendo que ocasiona el parásito al ir perforando la piel para alojarse en la carne y crecer bajo la epidermis como una perla de vientre preñado de liendres blanquecinas, se exacerbaba en la noche. Eran tuzas de las chacras que había cultivado su mano antaño trabajadora.

»Y así vivió todavía algunos años más, paseando por Yangana su figura encorvada, repugnante y casi trágica. El pueblo compadecía en el fondo al hombre, pero no intercedía por él. Parecíales que no tenían derecho a interferir en el destino que ya pesaba sobre su cabeza gacha.

»Estaba pagando la falta que cometió el hijo, según el consenso general. Y así como la agonía de un hombre es un negocio absolutamente personal, esta su peregrinación grotesca, repulsiva y astrosa por calles que le habían visto próspero en otro tiempo, era el obedecimiento a un mandato inexorable que había que dejar que se cumpla.

»El pueblo de Yangana estaba cercado por tres latifundios ya. Javier, que era a medias dueño de uno de ellos, del primero de los tres, vivía en Quito, se había casado ahí y tenido tres hijos, y su padre le seguía adorando, patojo, olvidado y ciego.

»El pueblo de Yangana esperaba pacientemente que el sino le hiciera tarde o temprano pagar su deuda. Estaba lejos, es cierto. Pero confiaban ciegamente en que tendría que venir, urgido por una fuerza irresistible. Y como había florecido en hijos… si no era él serían en último término esos vástagos inocentes. Alguien de su sangre tenía que saldar la grave cuenta. Mientras viviera él y mientras vivieran sus hijos, el crédito tremendo e imprescriptible estaba seguro.

»Y éste es quizá el más terrible pensamiento que flotaba en el pueblo de Yangana sobre la historia del haragán. La seguridad absoluta de que alguien tenía que pagar, por Javier Gurumendi, lo que hizo éste al porvenir de una población que se Dio tan generosamente a su padre. La expiación del pobre viejo no había cancelado la deuda, creían ellos. La sed de los dioses no podía haber quedado aplacada con una sola víctima.

»Así fue como el pueblo de Yangana, en espera de que se cumpliera ese ine-

---

467 *Apostema*: postema: úlcera.

xorable número del programa, vio envejecer a lo lejos a Javier Gurumendi, sin que nada cruel se ensañara sobre su vida vacua. Así fue como
empezó a confiar con fe ciega en los hijos de Javier que le sobrevivieran
serían los mandatarios de esta misión terrible. Así fue cómo aguardaron
a que algo decisivo aconteciera cuando hace muy pocos años, vino el hijo
mayor de Javier a tomar posesión de "Sevilla del Oro".

»El que la hace la paga... habían dicho quienes le vieron confiadamente,
llegar a cumplir con su destino».

## Interludio

# Balada de la euforia triste

El traductor de los apuntes del gringo Spark no llegó a escribir su prometida información sobre lo que designara con el nombre «flirt casi trágico de Mr. Spark con Juanita Villalba», la escéptica, motivo por el cual la presente historia, que quizá pudo ser interesante, y era, en todo caso, una de las más frescas que Yangana conservaba en su repertorio, no podrá ya ser jamás conocido en toda su fuerza de detalles, especialmente los anímicos, que la constituye de modo casi exclusivo.

Y es que no le convencieron nunca episodios como aquel que sensacionalistas y truculentos narradores de fogón de Yangana forjaron para hacer morir a Mr. Spark en manos de los cazadores de cabezas del Amazonas; y aquel otro por el cual aparecía el trofeo macabro, la cabeza del infortunado explorador reducida a una miniatura por el arte diabólico de los salvajes, convertida en una «tzanza»[468] que fue a parar en el poder de Juanita, quien la conserva como el recuerdo de un hombre extranjero que la amó con locura... Tales pasajes parecían demasiado sanguinarios y folletinescos para que fueran siquiera verosímiles. Finalmente, le pareció que no estaba muy claro esto de que Mr. Spark hubiera desaparecido en su audaz tentativa de atravesar las selvas amazónicas rebasando los campamentos de ciertas feroces tribus en guerra. Así, el traductor espera todavía como posible la reaparición del joven científico en las páginas de alguno de los magazines norteamericanos, figurando como héroe de arriesgadas proezas científicas. De otro lado, nada pudo saber por boca de Juanita Villalba, pues ella se encerró siempre con respecto a Mr. Spark, en un silencio que el propio traductor, que la conoció personalmente, ha llamado en otra parte «silencio de tumba», empleando la manida comparación.

---

468  *Tzanza*: cabeza reducida.

Estas son las razones por las que la historia de Mr. Spark y de sus amores
con Juanita Villalba no pudo narrarse: ronda en torno a apuntes del explorador y en el suplemento de quien los tradujera como una alma en pena. Tal
vez sea una lástima el que, por todo aquello, por esos serios escrúpulos, de his-
toriador más que de mero cronista, haya dejado de conocerse otro rasgo de
la personalidad del pueblo de Yangana, metido en la tarea de hilvanar, con
elementos recientes, una leyenda más.

Y he aquí por qué nada se dice en concreto acerca de la balada de la euforia triste, que unió pasajeramente dos vidas tan disímiles en una como en-
crucijada de rutas, que, yendo después según un destino de línea paralela, no
se tocarían jamás,

¿No se tocarían jamás?

No podemos pronunciarnos todavía con seguridad en ningún sentido. Por
cierto que resultaría de indudable efecto dar por terminada en plan melo-
dramático una historia apenas entrevista, pero es que, probablemente, la
misma no está concluida. Nos hallamos demasiado cerca de los últimos acontecimientos. Y motivos poderosos debió haber tenido el traductor para no
hacer uso de los elementos que logró reunir y quedarnos debiendo un relato
en el cual el acierto puede que esté, justamente... en no haberse escrito, y quizá,
quizá también, en darle ese nombre antitético y paradójico de balada de la
euforia triste. Pero... meditándolo un poco, ¿qué quiso decirnos el buen señor
con aquello de la balada de la euforia triste?

Pudiera ser que los numerales que siguen, bajo los que agrupó algunos
datos que creyó necesarios para planear la narración, nos dieran una adecuada
respuesta.

1.  Juanita y el gringo se conocieron en casa de don Vicente Muñoz a
    donde la primera había ido en busca de libros que relee y de temas de
    discusión, al segundo día de la llegada del explorador y *ocasionalmente*.

2.  Comenzaron a profesarse, desde que se conocieron, una recíproca an-
    tipatía. Fue inequívoca incluso para don Vicente la impresión de re-
    chazo mutuo que sintieron. Muy claro lo manifestaran, sucesiva-
    mente, al amigo común... Y cosa curiosa, era la risa del otro la que
    cada uno de ellos encontraba mal. Juanita creyó que las carcajadas del
    gringo eran insufribles. «¡Cómo se ríe el tipo con esa risotada de im-
    bécil satisfecho!», había exclamado ella, casi con horror, «Tiene su
    amiga, don Vicente, una exasperante manera de sonreír y un tonillo
    cargante cuando habla», había comentado él.

3.  Mas el gringo encontró, dentro del tercer día, interesante a Juanita
    por su afán de llevar la contraria y de engolfarse, sistemáticamente,

en discusiones interminables. No dejaba de llamarle vivamente la atención oír que sostenía una vez determinada opinión y al día siguiente la opinión contraria, con sorprendente versatilidad, seriedad y descaro. Pero le sacaba de quicio el que tuviera ante la vida, siendo joven y bella, una actitud de cruel hostilidad y se volvió gratuitamente inaguantable con un estribillo que esgrimía al final de las más enconadas discusiones, y ese aire de superioridad insolente y burlón con que miraban sus ojos, bajo las finas cejas altas.

4.  Mas Juanita fue descubriendo que el gringo, el gringo esplénico como comenzó a llamarlo, tenía al hablar una especie de tímido dejo zumbón y un modo intrigante de quedarla mirando en el fondo de los ojos, adoptando un continente de cómica complicidad de impertinencia que estaba ciertamente mal, pues aquella complicidad es taba muy lejos de existir. Desde luego, ese gesto de socarronería acobardada era propicio en el ánimo de Juanita para volver encarnizados los diálogos y apasionada la discusión, que era el terreno donde la muchacha se sentía bien. Además, como distracción de género inferior, había el español del joven interlocutor, que la hacía a veces prorrumpir en alegres explosiones. Por último, tenía delante de sí a un extraño, más aún, a un extranjero y un extranjero que parecía saber mucho, muchísimo más que don Vicente y ella reunidos, y era dueño de un tipo de humorismo sano y cazurro que la sorprendía agradablemente. Era un poderoso incentivo, y las aletas de la recta nariz de Juanita Villalba palpitaban con avidez. Don Vicente había discutido con ella largo tiempo, y ambos se conocían sus respectivos puntos de vista sobre la divino y lo humano. Pero ahora: ¿qué opinaría Mr. Spark de la amistad, en la cual ella apenas creía? ¿Qué del amor, que no había tenido impugnador más sarcástico? ¿Qué de los hijos, problema acerca del cual se había pronunciado con horror? ¿Qué del matrimonio, al que odiaba con toda su alma, y contra el cual había dirigido siempre los más implacables ataques? ¿Y el sentimiento? ¿Qué sitio otorgaría al extranjero al sentimiento, que a ella le pareció de una cursilería inaguantable?

5.  Al gringo Spark le pareció que la muchacha hacía comedia y toda ella no era sino pura «pose». Interesante, después de todo. A ratos la hallaba un poco cínica. Nunca le habían gustado las mujeres cínicas y el escepticismo sistemático, a todas horas, de la avispada aldeana del sur de América no se compadecía en lo absoluto con el medio en que vivía. A ratos llegaba a parecerle una desterrada voluntaria, un Diógenes[469] con faldas, jovencita y guapa, que hubiera escogido para vivir, en vez

---

469  *Diógenes*: filósofo griego de la escuela cínica (siglo I).

de las duelas de un tonel podrido, paz selvática de un pueblo arrinconado. Que era una especie de repulsión sentimental lo que le producía... era indudable. De repulsión se trataba. En el fondo era él también un escéptico, pensaba. Y no pueden hacer apacible compañía un escéptico y una escéptica. En el juego de la amistad y el amor, él hallaba muy desolado el que ambos conozcan los trucos que respectivamente empleaban en sus relaciones recíprocas de convivencia. Un escéptico, pensaba, debe buscar una ingenua que no se empeñe en quitarle el velo de la ilusión, y que le permita vivir algunos momentos de olvido y engaño antes de cada acibarado despertar. Un hombre y una mujer que hayan hecho la radiografía inexorable de sus sentimientos y conserven su lucidez durante los instantes de ebriedad suprema formarían una combinación explosiva muy peligrosa de manipular. En consecuencia, no era nada agradable intimar con la temible provinciana hastiada: bastante tenía él con su propio socarrón cinismo.

6.   Una ocasión Juanita y el gringo, llevados por una especie de vértigo en la discusión, animados por el deseo de socavar la ya no muy segura impasibilidad de don Vicente, estuvieron como de acuerdo en escandalizarle lanzando los conceptos más descarados y desoladores sobre una serie de cosas que, para don Vicente, se merecían todos los respetos. El buen hombre creyó siempre que existen, o por lo menos, quedan algunos temas sagrados sobre las cuales no es posible derramar lodo, desprecio o sarcasmo. Pero Juanita no reconocía obstáculos. Su iconoclastia[470] era inflexible. El gringo, que se prestara al juego observando disimuladamente los movimientos del enemigo, la encontró presumida y se ratificó en su parecer: Juanita posaba adoptando una situación completamente falsa.

7.   Y aquí comienza una suerte de lucha sin tregua entre los dos, aferrados a sus peculiares puntos de vista. Ella tenía que demostrarle que lo que pensaba no era sino un resultado de su posición ante la vida, y, viceversa, que su posición ante la vida era el resultado de un pensamiento largamente madurado; pero en ningún caso, una actitud fríamente pervertida ni una «pose» insoportable de pedante e insincera. Que incluso reaccionaba de conformidad con sus amargos pensamientos, era fiel a su credo y había identificado conceptos y acción en una fórmula férrea, cerrada y definitiva. Y él, amante de su propia penetración y aficionado a juzgar a los demás con sentencias precisas, naturalista dado a clasificar con destreza y definir tomando como referencias el género próximo y la diferencia específica, tenía que buscar

---

470  *Iconoclasta*: persona que rechaza los principios o normas establecidos.

en todos los ingredientes del espíritu que ella ofrecía a su curiosidad, el propósito falso, la segunda intención, la simulación habilidosa y un deseo de ocultar bajo una máscara de ironía que la muchacha consideraba elegante, su alma exageradamente sentimental. Érase, lo creía él, una mujer que se pasaba la vida ocultando cuidadosamente su verdadera personalidad. Pero menudo lío haría encima quien se acercara con algo que no fuera una muda curiosidad intelectual, lo más objetiva posible, a las oscuras complejidades de semejante espíritu.

8.   Los diálogos que sostenían estos dos personajes, tan prevenidos el uno contra el otro, asumían a veces un colorido bastante estrafalario. Hablaban curándose en salud, como si dijéramos. Ambos se castigaban celosamente su propia emoción. Y venía a ser curioso, verdaderamente curioso oír ciertos cumplidos que se cruzaban. Así, desde que fueron presentados:

—He tenido mucho gusto de conocerla, señorita. Me pongo a sus órdenes.

—Ni he tenido gusto en conocerle ni me pongo a sus órdenes. Odio mentir y no quiero que lo primero que le diga a usted, a quien ni odio ni amo, sea una mentira.

Y una vez que él quiso decirla que la encontraba singularmente interesante:

—No es que pretenda llevar el agua a mi molino, como dicen ustedes. No me importa en lo mínimo agradarla ni despertar su gratitud. Pero le confieso que usted está admirablemente bien. Tiene bella sonrisa sarcástica, que, en estas regiones, hiere sin ofender. Maldita la gracia que me hace tener que confesarle, muy objetivamente, desde luego, que no es mentira que usted tenga mucho de tenebroso y atrayente.

—Estoy en vena de aceptarle el cumplido, que para salir de boca de un sabio joven no está mal. Y como no me queda otro remedio que corresponder al regalo, tendré que decirle que es usted un gringo cuyo único defecto es no haber dejado completamente de serlo.

A veces, él descuidaba la guardia. Le producía un placer de muchacho juguetón deslizarle frases en inglés, que ella se daba modos de entender y replicar inmediatamente. Y cuando Mr. Spark, halagado por sentirse comprendido, le decía:

—Pero usted entiende todo cuanto le digo en inglés... Y esto es sorprendente...

—Más sorprendente me parece que le entienda a usted lo que me dice en español –le contestaba. No, no había tregua.

—Es usted una linda salvaje –comentaba él, ya tal vez con el deseo de batirse en retirada. Pero ella lo instigaba siempre a proseguir el duelo.

—Usted tiene razón, Mr. Spark. Cuando usted esté en su país, en fecha que ojalá no se halle muy lejana, he de tener mucho gusto en enviarle como recuerdo la cabeza de usted reducida a una miniatura. No le dé vergüenza entonces de llevarla, así tan pequeña y arrugada, encima de sus hombros.

9.    Un día, en una reunión, doña Patrocinio, con los ojos chispeantes de taimada malicia, dijo en voz alta:
—Juanita se está haciendo la gringa. –A lo cual la aludida se puso roja y turbó en una forma que en ella, tan segura siempre de sí misma, pareció bastante extraña.
El joven explorador, una noche despejada, sacó su teodolito al centro de la plaza, a coger estrellas, y anotó los resultados. Poco después, a la luz de la lámpara de petróleo de don Vicente Muñoz hizo pedazos todos los papeles en que había estado haciendo cálculos matemáticos:
—No puede ser esta la «coordenada azimutal»: nunca me he equivocado tan asquerosamente –exclamó en tono agrio.
—Es que debe estar enamorado el míster –concluyó, muy seriamente, don Vicente, que había sido testigo de la bravata.

10.    Cuando Mr. Spark salió por segunda vez a la montaña; en pos de sus herborizaciones, despidiéndose para volver después de un mes, Juanita dejó de ir por completo a casa de don Vicente, a la cual en cambio concurrió, mientras el gringo estaba en Yangana, casi todos los días.
Y él, que había calculado en por lo menos treinta días el tiempo que se llevaría en su excursión, regresó una semana antes, alegando que tenía que redactar y enviar un informe para el Instituto: pero las gentes que estaban con el norteamericano se dieron cuenta de que ese informe, que fuera escrito bajo la tolda de campaña, estaba redactado cuando él regresó, y en cuanto a su remisión, que hubiera bastado con que un propio, desde el mismo campamento, lo condujera hasta la oficina de correos de la ciudad capital provincia.

11.    En el campo, los ayudantes le habían oído tararear incesantemente una melodía que recordaba de uno de los cantos que, en la despedida que le hicieran en Yangana, cantó Juanita, a pedido de don Vicente.

12.    Está claramente establecido que Juanita había bordado, a escondidas, tres pañuelos de seda con las iniciales A. S., que no eran, por cierto, las de su propio nombre. Y claro está: no pensaba entregárselos a nadie. No. Habría sido infinitamente cursi, y ella, es sabido, odiaba

lo cursi con todas sus fuerzas, y así se lo había dicho enfáticamente a
A. S., y era muy fiel a sus convicciones. «No hacer el ridículo con nau-
seabundos rasgos sentimentales...». Como todo escéptico, Juanita era
dogmática. Y uno de sus dogmas era éste.

13.  A los cuatro meses de la llegada de Mr. Spark a Yangana, Juanita so-
leteaba[471] cuidadosamente las medias de él. Este suceso le constaba a
la propia señora Patrocinio, a doña Pascuala, al mecánico de precisión.
No obstante, los diálogos eran todavía tremendamente agresivos:
—La soleta que ha puesto en el talón me ha lastimado la piel. Y sin
embargo, es un mal que no puedo remediar. Conseguir medias acep-
tables en ese pueblo es imposible. Y usted es quien menos mal se desempeña en ayudar a conservar las viejas...
—Las remiendo mal de propósito, con el fin de ver si su presencia
aquí y en los montes vecinos lo resulta menos grata. Podría enseñarse
más de la cuenta, y tememos con justicia que llegue a olvidarse del
camino de regreso.

14.  Había, ya no hay duda, una gran pasión mutua, y sin embargo, quizá
temiendo encontrar la irremediable verdad en el momento en que hablaban sin mortificarse, seguían diciéndose impertinencias, en tono
sardónico y con la peor intención puesta en los ojos y en la sonrisa.
Por ejemplo, a propósito de las hondas ojeras de ella (el gringo había
recibido una carta del Instituto, que le recordaba su obligación de recorrer ese camino de regreso, y él se la había pasado a Juanita con la
mano un poco trémula) al día siguiente de una horrible anoche de
desvelo:
—¿Es que le han hecho, Juanita, la broma de las pepas de piñón sus
buenas amigas?
La broma de dar, de matute, pepas de piñón en alguna bebida que
disimule su sabor, era una de las que se gastaban a veces en Yangana,
produciendo en el incauto paciente efectos de purgante drástico. Pero
en el caso de Juanita, el gringo sabía muy bien la verdadera causa del
cerco lívido que había amanecido pegado a sus ojeras. Estaba escrito
que tenían que atormentarse sin pausa, negando a confesarse lo que
era obvio, pues ambos tenían su carácter y su amor propio...

15.  Una ocasión que venían juntos de un velorio, y él parecía estar un poco
bebido, hízola una petición: tutearse de ahí en adelante. Le pareció
excelente idea a ella, pero fiel a su sistema, contestó hurañamente:
—¿Y qué ganaríamos con ello?
El gringo, que en cualquier otro caso habría sonreído ante la arisca

---

471  *Soleta*: pieza con que se remienda la planta de las medias y calcetines.

fiereza de la muchacha, hizo un propósito: no pedirle nunca nada, y sumirse en una estudiada frialdad, de la que no saldría por nada del mundo, pues él también odiaba el ridículo con toda su alma, y no era del caso venir al último rincón del mundo a ponerse a temblar, suspirar e implorar ante una terca salvaje la inocente concesión de un tuteo, como el más risible de las colegiales enamorados.

16. Los últimos días fueron días de un duelo sarcástico implacable. Las palabras restallaban como fustas, y ambos se quedaban mirando como dos esgrimistas que buscan vulnerar la guardia del contrario. Les centelleaban los ojos con un fulgor sombrío y malsano. Y las gentes que les oían así, y les veían así, comentaban con voz baja:
El gringo y Juanita se adoran.

17. Faltaban solamente tres días para la partida del gringo, hacia el Amazonas. Hubo un momento en que se quedaron solos. La voz del hombre, que se alzaba firme y vibrante, pareció quebrarse hasta descender a un diapasón emocionado, que le hizo a Juanita brillar los ojos, convertidos en ansiosa interrogación.
—No obstante estos meses de pleito sin cuartel... comenzaba a decir, puesto de pie, cuando una voz extraña resonó en el corredor. Y la confesión, sí, probablemente la confesión, quedó sin hacerse, cuando ya a la muchacha comenzaba a ganarle una dulce languidez. Un rato después, los ojos de Juanita habían recobrado la expresión de siempre, y el viajero tuvo la intuición de que el instante propicio acababa de irse irremediablemente.

18. Faltaba solamente dos días para la partida del gringo hacía el Amazonas. Juanita Villalba, la escéptica, compró un cirio para velar la imagen de Jesús crucificado, exigiéndole un milagro como precio de su humillación. Le pedía de rodillas, en voz alta: El gringo no debía irse. En ella todo era exigente, imperioso, tiránico: Dios debía demostrarle así que existe. Si el gringo se quedaba porque hay Dios y vela por la felicidad de sus criaturas. Si no, otra vez a no creer en nada. Y a dudar sistemáticamente de todos sentimientos, incluso de los más puros. Otra vez...

19. Era ya el día de la partida del gringo hacia el Amazonas. Spark estaba levantado desde las primeras horas de la madrugada. Había vigilado personalmente la cargada de su equipo sobre mulares y los hombres. Estaba, como nunca, locuaz y ocurrido. Parecía a ratos tener algunos tragos adentro. Pero no. No había bebido. Quería aturdirse hablando,

sin duda. Sus auxiliares habían tomado ya la delantera, llevando al churón Ocampo como guía. El compromiso de ellos era dejarlo en el primer río navegable, en donde estaban el puesto fiscal y los buenos remeros para ir aguas abajo al Pongo de Manseriche.[472] El se marcharía hacia las doce. La bestia, que avanzaría hasta el cerro del «Colambo», donde pensaba el explorador estacionarse dos días, haciendo mensuras, aguardaba el soportal del convento.

20.    ¡Era ya la hora de la partida del gringo hacia el Amazonas! Entró súbitamente, y halló a Juanita pisoteando con rabia el cuadro ante el cual había permanecido de hinojos dos días seguidos, enteros. La pavesa del cirio inconcluso humeaba aún.

Fue tarde para ponerse en guardia. Y Juanita se dio cuenta con alegría, que acababa de ser cogida *infraganti*. Ya no tenía objeto disimular más tiempo:

—Sí, gringo mío –le dijo–, es inútil negarlo. Te amo.

Una hora antes, cuando él fuera a despedirse, en cambio, había estado correcta, fría, y el aire de sus finas cejas levantadas era todavía irónico, impertinente. Ahora estaba vencida; y el hombre que durante tantos meses le había adorado como adoran pocos mortales, le tendió los brazos y luego la oyó sollozar contra su trusa de viajero.

Eran ya las cuatro de la tarde. A la bestia ensillada le daba el sol frente al portal del convento, y un comedido pasó aflojándole la cincha. La mula seguía dormitando, arrendada al pilar, dormitando. De rato en rato se espantaba las moscas con restallantes chasquidos de cola. Así la tuvieron hasta que entró la noche. No se supo a punto fijo a que hora de la noche el jinete vino por su olvidada cabalgadura.

21.    Durante dos noches consecutivas, en la cumbre del cerro del «Colambo», brilló largamente una fogata. Fue ése el único mensaje que es constante que recibió desde la partida. Por cierto –y aquí es lo que viene la montaña de leyendas más o menos antojadizas– que cuentan haber visto, hacia la fecha aproximada en que se dice pereció Mr. Spark, que la fogata de la cúspide del «Colambo» volvió a arder, y sigue ardiendo algunas noches de tempestad, atizada por la amante mano extinta. Trasmontó la cordillera el hombre, se supo también que llegó al tambo de X, donde contrató remeros a compró una canoa, licenciando a sus compañeros de Yangana, a los cuales dio magníficas propinas. Retuvo únicamente al churón Ocampo, al que dio permiso después. Nuevamente incide en esto punto el maremagnum de versiones. El churón, según algunos, se salvó milagrosamente de correr la infausta suerte del gringo. Y más aún, pudo traer la cabeza disecada

---

472  *Pongo de Manseriche*: cuando por la fuerza de la pendiente un río logra atravesar la cordillera, conforma lo que en el Perú se denomina pongo (palabra derivada del quechua punku, que quiere decir «puerta»). De todos los pongos que existen en el Perú, tal vez el más conocido es el pongo de Manseriche. Éste es el último obstáculo que debe enfrentar el río Marañón en su intento por alcanzar la llanura amazónica.

del infortunado explorador y regalársela a Juanita... El hilo de la narración se extravía y enreda lamentablemente, dando lugar al mentidero audaz. Ocampo, que pudiera decir algo, niega de plano el final truculento del joven científico. Juanita obstinada en callar y, según dice los más suspicaces, ha obtenido del churón una promesa de silencio.

Conociendo ya la denunciada manera que tienen de hacer historia los habitantes de Yangana, sería una mala fe redactarla ahora, a la luz de las informaciones sueltas y contradictorias que hasta aquí ha podido obtenerse. Faltan algunas de las más importantes fuentes de referencia. No podría hacerse historia fidedigna.

22.   Todo ello fue amargo, pero jubiloso también. Ella tuvo cómo ser feliz, rabiosamente feliz; y desgraciada, abrumadoramente desgraciada. El científico impasible había sentido algo de eso también, aun cuando más hondo tal vez. Tratábase de un entusiasmo doloroso: era, no hay duda, su mutuo estado de espíritu cuando se dijeron la verdad, una especie de euforia triste. Los ojos de Juanita no volvieron a iluminarse más, cuando la fogata del cerro del «Colambo» se hubo extinguido. Tenía, empero, que recobrarse. Y acudió entonces al estribillo, con el cual antes resumiera su actitud de concentrado desdén para la vida:

—Bueno... ¿Y qué ganamos con todo esto?

Pero le sonó a falso, e indignada con lo que le pareció entonces un estúpido expediente de consuelo, gritó:

—¡Qué farsante soy! ¡Quiero engañarme a mí misma!

\* \* \*

¿Vive Mr. Spark? ¿Murió al fin?

Esta balada de la euforia triste no puede decirlo. Quizá ni quiera consiguió explicar por qué se llama así, después de veintidós estancias insuficientes.

Más valía que sea lo que es: una historia no escrita.

# Tercera Parte

# La última alegría de Yangana

## I

El Churón Ocampo se dio un nuevo impulso con las plantas de los pies, por lo cual la hamaca continuó el lento balanceo de su pesado cuerpo, y prosiguió su narración. Joaquín Reinoso y su mujer, ávidos de curiosidad, eran sólo oídos y ojos muy abiertos.

En torno a la alta y estrecha vivienda de Reinoso, en el suelo rozado por él para ulteriores cultivos, empezaban a arder, aquí y allá, numerosas fogatas. Una densa humareda llegaba hasta ellos, haciéndolos toser y lagrimear, de rato en rato.

«La fiesta prometía estar mejor que ningún año –puntualizó la voz cálida, grave, del narrador–. Había muy buena disposición. Mucho entusiasmo. Siempre habíamos querido tener una buena campana. Ahora íbamos a tenerla. El sólo pensar en la ceremonia de la elevación y el bautizo de la campana nos ponía de vuelta y media. Nunca habíamos visto eso nosotros los jóvenes: la campana pequeña, la rajada y ronquita, había sido puesta en tiempos de don Lisandro».

—Todavía está morochote el mayor –interrumpió Reinoso–. ¡Qué lindo barro! Parece bronce.

«Don José Toro se comprometió a hacer la fundición. Ustedes saben lo que es tayta Buey cuando se propone hacer una cosa. Por donde mete la cabeza ha de pasar todo el cuerpo, aun cuando sea por la copa del sombrero. Ello es que cayó un día sobre la fábrica de tejas y ladrillos de Roque Vásquez, que es bastante majadero, quisquilloso y tacaño. Pero no hubo vuelva luego. Hizo que le ayudaran los propios trabajadores de Roque a sacar el barro de los noques, y con éste, bien curadito, trabajó el molde. Un lindo molde le salió al panzón, les diré en confianza. Cerca del filito le puse su nombre en letras de imprenta. Todo el pueblo quería ir por la curiosidad de ver el molde. Roque bufaba de ira al ver amontonarse a la gente, con la boca abierta, alrededor de la empalizada donde se guardaba el molde. Y era capaz de llorar al darse cuenta de que los muchachos bribones aprovechaban cualquier descuido del hombre para poner los pies –las patazas, como él decía, rechinando los dientes– sobre su teja fresca, crudita, echándole a perder tareas enteras. A la campana, por indicación del cura, le había puesto tayta Toro el nombre que iba a tener cuando sea bautizada: la "Inmaculada Concepción".

»Había que ver cómo picamos leña de faique, hermanitos. Cayó el algarrobo como si fuera taralla[473] de maíz. Otros se encargan de acarrear la leña al tejar de Roque. Allí parece que Roque se benefició un poco, gastándose nuestra leña, y con eso compensó en parte los daños que le ocasionaban los muchachos traviesos. ¡Qué hermosa leña habíamos amontonado cerca de los galpones de Roque! Era tan pesada y gruesa, que los cabestrillos más grandes avanzaban pujando con unos contados trozos encima de las angarillas. Es que había que derretir el bronce, hacer que el metal con el calor corra como el agüita. La palizada llegaba hasta el nivel del techo, y daba gusto el olor a madera fresca que despedía el montón. Teníamos leña de sobra. Lo menos, lo muy menitos, unas dieciséis tareas. Así: unas dieciséis tareas.

»El día de la fundición fue un día de nervios para el pueblo. No teníamos verdadero gusto, les diré en confianza. Sentíamos un regular miedito. Miedo de que no resulte bien la cosa, y nos quedemos defraudados. Porque sabrán ustedes, hermanitos, que el hacer bien la fundición de una campana es muy difícil. Unas veces sobra tolde, y la campana resulta sin orejas; otras veces falta molde, rebota el metal y hay desperdicio; otras veces falta leña en lo mejor de la faena, y la mezcla no se hace bien ni llega a fundirse; otras veces la campana resulta contrahecha del filo; otras veces se raja el molde al recibir el chorro de metal derretido; otras veces sale bonita en la apariencia, cabalita, con todo completo, pero ha estado mal calculada la mezcla de metales, y resulta entonces ronca, con una pésima voz; otras veces, por la misma causa, puede quedar muy delicada, como una persona que nace con mala salud, y rajarse en cualquier repique, el rato menos pensado. Por eso tayta Buey nos decía que hacer una campana no es fácil como es hacer un chico. Con nada que pongamos de cuidado, el muchacho resulta cabalito, y ¡con qué voces! Pero con las campanas no hay bromas. El bronce fundido no es un amigo ni es una mujer. Es una fiera. Hay que tratarlo con cuidado, con destreza y con valor.

»Comenzamos de mañana, bien de mañanita. En el crisol de tayta Toro fueron cayendo pailas, espuelas, mazas de trapiche, estribos viejos, y el alma noble, como decía él. El alma noble fueron unas cucharas de plata,

---

473   *Taralla*: la caña de maíz. Por extensión, a los altos y delgados.

un lindo "fondo" de cobre bien remachadito, y un puñado de monedas de oro. Moneditas de oro, amarillitas y sonoras ellas. Tres hombres ayudaban al pipón, largando leña a la hornilla. El braserío estaba que daba miedo. Figúrense, hermanitos, que había brasas del grosor de una viga. Uno por más que estuviera lejos se ponía a sudar. Las brasas eran blancas, blanquísimas. Las llamas bramaban alrededor del crisol. A los curiosos se los mantenía afuera, viendo las cosas a la distancia. Los muchachos sobe todo, que son tan imprudentes, y que no se contentan hasta no meter los dedos en todo lo que ven, se quedaron bien lejos. Seis guardianes vigilaban todas las entradas posibles.

»Del cuidado del crisol el único encargado era tayta Toro. ¡Ay, hombre del demonio! Se había pelado la camisa, y estaba ahí encima, dando vueltas alrededor del crisol, con una gran barra en la mano, sudoroso, tiznado, con el sombrero puesto a la pedrada y la cara bien fruncida. ¡Qué cogote de animal, qué pechazo, qué brazotes! La candela le iluminaba la caraza inmensa. El sudor y el polvo le cubrían el pecho velludo. Las venas de los brazos parecían bejucos de caucho. De rato en rato gritaba dando órdenes a los ayudantes que estaban abajo.

»Quemaríamos unas cuantas tareas de leña, cuando vimos que todo el crisol se empezó a poner rocoto como un ají. Les hablaré con franqueza, hermanitos. Nunca me había parecido posible que semejante tosquedad, semejante grosura de paredes de barro se caldearan así. Había yo visto solamente colorear esos pequeños crisolitos de los plateros. Y en Curipamba nunca tuve tiempo de irme al departamento de fundición, porque siempre trabajé adentro, en la mina. Pero a un crisol de este vuelo (abrió entonces el narrador los brazos, como queriendo alcanzar, en parte, un anchuroso tronco), verlo así, como un hierro enrojecido, me parecía imposible. El metal ahí dentro había puesto otro color. Era rojo también, muy rojo, pero de un rojo que tiraba para blanco. Todos los objetos que estaban dentro del depósito conservaban todavía su forma, pero se notaba ya que algunos comenzaban a ablandarse, como cera puesta en el sol. Entre los metales también podía verse, como entre los cristianos, que hay unos de más aguante que otros. Por ahí, me acuerdo que hubo un estribo que regaló don Pablito Mosquera, el dantero. Ese estribo se mantuvo dando vueltas en el caldo hasta el último».

Hubo una ligera pausa, durante la cual pudo percibirse claramente el chirrido de los tirantes de la hamaca y el vientecillo que empujaba sucesivamente los flancos, en su movimiento de vaivén. El narrador se pasó la mano derecha por la espesa barba, cobró impulso el balanceo de su cuerpo, y prosiguió:

«La campana salió como para no lograrla... Como para no lograrla. El molde era bonito y por eso las formas de la campana eran tan provocativas que daban deseos de comérsela. Parecía una doncellita de quince

años. Cuando la movilizamos a la plaza queríamos acariciarla. Pero todavía no le conocíamos la voz. ¿Saldría ronca? ¿Saldría con buen pecho?
¿Sabría cantar bien? Estaba bonita de cara pero... ¿así como la cara irían
a ser las obras?

»Era pesada la bribona –añadió–. Y bien esbelta».

Ocampo pareció irse animando por grados. Por un momento, el balanceo
de la hamaca cesó. El hombre quería ponerse de pie, y así lo hizo. De esta
guisa continuó:

«Era de este tamañito –y al decir así, extendió el antebrazo y la mano abierta
con la palma hacia abajo, como cuando se trata de sentir los primeros goterones de un aguacero, y la detuvo a la altura que pretendía designar–.
Era de este tamañito, y todos la queríamos. Habíamos puesto algo en ella,
nuestros metales, nuestro trabajo, nuestra preocupación, y era una hija
adulada por todo el pueblo. Nadie les hacía caso debido, a las mujeres.
Con decirles que los mozos cruzaban casi indiferentes por el callejón
donde tenía su casa la "Virgen del Higuerón"... La campana era la novia.

»Era la novia de todos –volvió a decir, recobrando su sitio en hamaca, de
la cual se había acabado de desperezar–. Teníamos deseos de abrazarla y
alzarnos con ella. Si hubiera sido más liviana, quién sabe a dónde habría
ido a parar. ¿Recuerdan ustedes esa historia de Juan Guarín, que se robó
la custodia y se la fue llevando al monte, para quererla y adorarla él solito?
Pero estaba en el suelo como sembrada la bribona. Coqueteaba con todos
pero no se iba con nadie. No se iba con nadie. Con nadie.

»Los preparativos para la fiesta, con la campana nuevecita, fueron como
nunca. El cura estaba haciéndose el negocio redondo, y no desaprovechaba
la ocasión. Como estábamos en tan buena disposición, nos sacó plata con
mucha facilidad y nos reclutó para adecentar la iglesia y el convento.
Todos metimos la mano. Una cosa que cualquiera advertía era esto, hermanitos: que estábamos todos como de acuerdo, y que trabajábamos como
si nos moviera una sola voluntad. En confianza, los diré que nunca había
visto al pueblo tan unido: Que hay que traer y darle unas tres manos de
lechada a las paredes, pues los unos a traer la cal, los otros, a quemarla, los
de acá, a conseguir las vasijas; éstos a traerlas brochas, los baldes y las es-
caleras. Era como una minga en la que trabajaba todo el pueblo. Así: todo
el pueblo. Que hay que cambiar unas vigas de la casa conventual y que
hay que componer el tejado en la esquina que da a la sacristía: pues los
unos se iban a traer las vigas del cerro, los otros mandaban las tejas, los
de más allá batían el barro para el entechado: de por no sé dónde venían
los clavos, las hachas y toda la demás herramienta necesaria. Y nadie cobraba un centavo. ¿A quién iban a cobrárselo?

»Había que echarle su mano de gato a la torre para que estuviera togada
como era debido y no se avergonzara de recibir a la campana nuevecita.

Porque sabrán ustedes que la "facinerosa" estaba en el suelo, al pie de la
iglesia, aguardando el momento en que la subiríamos a su sitio, y la ha-
ríamos cantar. La torre quedó también como una novia de elegante.
Recién cuando la vimos con la cara ya limpia y lavada, sin las manchas
de los murciélagos y las golondrinas, nos dimos cuenta de que la torrecita
no era mala. Cara sucia no más había estado. De modo que también de-
jamos –aquí la voz adquirió un triste acento de despecho– una torre que
no hacía mala figura al lado de la campana que le dimos.

»Doña Patrocinio llevaba ya como un mes de estar ensayando los números
de la velada. En este año pensaban representar una comedia que dieron
hace mucho tiempo y ya después, como les contaré más adelante, una pantomima[474] que don Vicente Muñoz sacó de su cabeza en contra de los patrones. Como siempre, había cantos, discursos y bailes. Claro está que las
muchachas más bonitas del pueblo iban a tomar parte en la velada.

»Faltando unos dos días comenzó a llegar gente forastera. De los campos
salían algunos montubios[475] a quienes nunca se les había visto la cara. Era
muy divertido verles la facha. Parecían ganado orejano. Al venir, se formaban en unas filas muy largas de a uno. Donde iba uno iban todos lo
demás, como caminito de hormigas, como temiendo que los fueran a
atacar. Se quedaban boquiabiertos por cualquier simpleza que veían en
la calle. Cuando hallaron la campana, empezaron a darle vueltas y vueltas
con los ojos abiertos de par en par, como si fuera algún animal raro. ¡Y los
animales raros eran ellos! Los muchachos se acercaban callados por detrás
de este ganado montaraz y le quitaban a cualquiera de estos orejanos el
sombrero y echaban a correr por la plaza. Los campos de los alrededores
se estaban vaciando materialmente: tanta era la gente que iba para
Yangana. Nunca había antes una fiesta tan sonada como ésta. Como la
última, hermanitos, como la última...

»Estos orejanos que pisaban algunos por primera vez el pueblo iban a dar
derechito al convento, llevándole regalos al cura por mulas. La despensa
del convento estaba al reventar. Pero él lo que quería era principalmente
que le dieran plata, porque ya víveres tenía demás. Y por eso nos tenía
desde hacía fecha con novenas seguiditas de a misa cantada y sermón todas
las mañanas, de a distribución durante la tarde y la noche, y de a procesión
cada domingo. Nombró bastantes priostes. Había ido llevando el muy
sapo un melodio portátil y un cantor. La música del melodio sonaba muy
bien. Y daba gusto oír a las muchachas cantar con semejante acompañamiento, en el coro de la iglesia. Especialmente cuando entonaban la le-
tanía, uno llega a ponerse como si estuviera enamorado y le entraban
ganas de beber o de robarse una muchacha, llevándosela a galope tendido.

---

474 *Pantomima*: representación teatral en que los actores van vestidos y caracterizados arbitrariamente o en cierta forma convencional. «Espectáculo compuesto sólo por los gestos
   del actor. Próximo a la anécdota o a la historia narrada por medios teatrales, la pantomima es un arte independiente, pero también un componente de toda representación
   teatral, particularmente en los espectáculos que exteriorizan al máximo la actuación y
   facilitan la producción de cuadros vivientes» (Parvis 344).
475 *Montubio*: apelativo utilizado como elemento de identidad tanto por los indígenas como
   por los campesinos mestizos manabitas, y en general por varios ecuatorianos para referirse al sector rural costeño.

»Había también negociantes. Trajeron buen pescado salado los peruanos: había querosín: liencillos, driles, tocuyos. Los "Purguayes" fueron con mulas y más mulas de carga y con el fardo a la espalda. En la plaza se levantaron algunas "chinganas" para dar de comer a tanta gente. Corría la platita. A las chinganeras les faltaba todo lo que preparaban. La gente forastera más bien se quedaba con hambre, pues barría con todo lo que encontraba de comer. Corrió mucha platita. Y corría también claro. El rico claro de jora. Corrió por mulas, hermanitos. Los estancos de aguardiente se rebotaron. Tuvimos borrachos desde el primer día... hasta el último. ¡De qué manera bebió esa gente!».

Ocampo se quedó un instante pensativo, oprimiéndose, alternativamente, los nudillos de los dedos, y arrancándoles a las articulaciones un leve tronido. Chasqueó luego la lengua, como quien gusta un sabor a ella adherido, y volvió a decir, lentamente:

«¡Cómo corrió el rico claro de jora!».

—¿Y no quisieras a estas alturas tomarle un jarrito de ese claro, Churón, para remojar el gaznate? –cortó, con viveza, Joaquín haciendo ademán de levantarse.

El aludido alzó los ojos pesadamente hacia su interlocutor, el cual se quedó mirando incrédulo.

—¿Me aceptas un jarrito de claro? –dijo–. Tengo adentro en la cocina uno medio tiernón, que no está del todo malo, –añadió–.

Y antes de que Ocampo se recobrara de su sorpresa, Joaquín, con paso ágil, entró a la cocina contigua y extrajo en un cuenco de calabaza la bebida que fermentaba, con un discreto crepitar de efervescencia, en la vasija borracha. Alargó a su huésped el pocillo cuyo vientre destilaba aún el líquido en que había sido sumergido, y Ocampo, cogiendo a dos manos el calabazo, lo acercó ávidamente a la boca. Hizo dos escanciadas: la primera, corta, seguida de un sonido de la lengua contra el paladar y de un gruñido de aprobación; la segunda, larga, hasta apurar todo el contenido, y cerrada con un breve acezo,[476] una sonrisa y una inclinación de cabeza en señal del agradecimiento.

—¿Pero no me acompañas? –díjole a Reinoso, al devolverle la copa, mientras se secaba los labios con la manga de su camisa.

—¿Por qué no? –respondió Joaquín, y corrió a hacer su propia servida.

—Está bueno tu claro, Joaquín. Te has lucido, Rosa Elvira. En estas soledades encontrar una bebida así me parece mentira. Te confesaré, Joaquín: yo no he probado bebida desde el día en que salimos de allá, de Yangana. Y a ratos, ¡qué falta me hacía!

«La víspera, hermanitos, resultó de lo más divertida. Pasada la misa cantada, en la que hubo tronazón y repiques con la vieja campanita rajada, que se despedía ya del pueblo, a eso como de las diez de la mañana, don

---

476 *Acezar*: jadear.

Pablito Mosquera, ¡el bribón! llegó del Toronche trayendo a lazo una danta vivita. Fue la gran novedad de los cristianos. La mayor parte de la gente solamente había visto las dantas ya muertas y en tiras. La llegada de la danta le quitó clientes a la campana nuevecita. Estaba el animalito apicotado en el solar del convento y los curiosos la veían desde el portón. Los muchachos le tiraban piedras y le daban bodoquezazos con pelotitas de barro desde lejos. Unos decían que parecía puerco. Otros, que parecía burro. Otros lo encontraban parecido al elefante, según lo habían visto en los grabados. Todos lo encontraban muy repugnante y muy raro. Un fenómeno. Parecía haber nacido así por equivocación. Pero lo lindo del cuento estuvo en que el bribonazo de don Pablito Mosquera, cuando la gente estaba rodeando el corral, soltó un lindo "colambo"[477] como dos brazas de largo, que se puso a querer pasear por entre la apretazón de curiosos. El susto fue tremendo. Los más viendo semejante culebrón creían que era de las venenosas, y se atropellaban tanto por echar a correr que hubo lastimados, y el que menos salió con su poncho o su camisa hechos tiras. Los que estábamos viendo la cosa de lejos nos reíamos de lo lindo. Nos reíamos de lo lindo, hermanitos.

»Como a las once... vino lo bueno, mejor dicho, vino lo malo. Llegaron los patrones al convento. El "pinganilla"[478] ese de Ignacio Gurumendi montaba una bonita yegua que se había mercado en la ciudad. El animalito era chugo,[479] con unas grandes manchas. Tenía las orejas bien chiquitas y andaba como un aguacerito. Era de brazo, y parecía que ya mismito tocaba los estribos con los cascos. Era una bestia que había comprado en la ciudad al Zambitico, que siempre ha sido dueño de muy buenos animales. El longo Zapata, con su pescuezo de aguacate, montaba una mula encerada que parecía muy buena. Era jovencita y de gran raza. Andaba al paso de la yegua. Tenía mucha espuela y era de muy buen ver. Bien silgadita del vientre. Los casquitos eran menuditos y apenas sacudía al jinete.

»Y eso que el longo sucio ese ¿qué iba a saber de manejarle la rienda? El brutote, que sólo para la maldad tenía astucia, imagínate Joaquín, que le dejaba la rienda suelta, y entonces la mulita, con el pescuezo flojo, gracia era que camine así tan bonito. ¡Cómo provocaba chalanear tan lindo animal! Y don Pancho Villaviciosa vino atrasado: al ruco[480] miserable le habían dado la peor bestia. Era el caballito ruche del peón Isaías Armijos, con unos malos aperos. Ni porque estaba ya llegando al pueblo tenía el animalucho ánimos de galopar.

»El cura salió a recibirlos casi a media plaza, deshaciéndose en atenciones. Le cogió la rienda a la yegua chuga, y así fue llevando a su convento.

»A algunos de nosotros, el verlos allí reunidos a los tres nos produjo mucha molestia. Se nos hacía la boca sangre. Verdad es que el cura había pre-

---

477  *Colambo*: serpiente de colores muy vivos.
478  *Pinganilla*: individuo muy bien vestido y pretencioso.
479  *Chugo*: alazán, caballo con grandes manchas blanca; y canelas. Se les dice también a las personas muy coloradas y a las que tienen grandes manchas en la cara.
480  *Ruco*: viejo o inútil.

dicado desde la semana anterior que esta fiesta era la oportunidad para olvidar los rencores, y que él quería provocar un acercamiento entre ellos y nosotros, para que hagamosLas paces, pero lo cierto es que cuando a uno le ha dolido, eso no se puede borrar con ceniza no más. No se puede borrar así como así...».

El narrador volvió a esparrancarse en vigorosa engallada, y así de pie, delante de la escurrida hamaca, se llevó la mano al corazón, y golpeó fuerte. «Tuve una corazonada, hermanitos. Tuve una corazonada: algo malo va a pasar aquí, pensé. Se me puso todo lo que resultó después, clarito, clarito. »¿Cómo venían a meterse en la boca del tigre estos estúpidos? decía yo. »La corazonada que tuve era brutal. Era brutal».

Decía esto Ocampo, y al repetirLas frases «era brutal... era brutal...» movía los brazos, con los puños, con los puños vueltos hacia arriba, a la altura del pecho. «Algo malo iba a pasar allí...».

2

«La cosa comenzó, hermanitos –continuó más adelante, con un dejo de leve amargura–, con la muerte del veterano Javier Gurumendi en la capital, y la venida de su hijo a hacerse cargo de la hacienda "Sevilla del Oro"». Recuperó su puesto en la hamaca, y pidió un jarrito de agua.

—¿Agua?–preguntó, con cierto retintín, Rosa Elvira.

—Agua, mujercita –ratificó el Churón Ocampo.

Pero ella volvió de la cocina, con el mismo cuenco de antes tan pleno como en la primera servida. Una ancha risa vio acercarse a la desbordante vasija.

«Hasta entonces –prosiguió– el pueblo no había sentido el eso de lo que es necesidad. Fíjense ustedes, porque esto les consta antes de venirse por acá. ¿Cuándo habíamos comprado el bagazo[481] de la hacienda? ¿Cuándo nadie nos había impedido el que cortáramos leña en el bosque, abierto para todos? ¿Cuándo necesitábamos pedirle a nadie permiso para que nuestros granujas fueran a jugar la pelota en los potreros que quedaban detrás del convento? ¿Cuándo nos habían mezquinado un perolito de cachaza para los puercos? ¿Cuándo faltaba un pocillo de guarapo en la molienda, de la casa grande? ¿Cuándo nuestro ganado había tenido cerca que le impidiera ir a los bebedores más próximos? ¿Cuándo, hermanitos, ese pobre ganadito había sufrido hambre viendo detrás de los alambres

---

481  *Bagazo*: restos que quedan de plantas.

de púa pasto fresco...? ¿Cuándo nos habían negado el agua de la acequia, sin exigirnos otra cosa que limpiar el caz[482] en el mes de mayo, al comenzar la alema?[483]

»El pueblo de Yangana sólo entonces, cuando vino este Ignacio Gurumendi, este pinganilla malvado, supo lo que era sufrimiento. Y lo que había sido para Yangana la picardía del finado Javier. Pero él no había querido, según parece, hacer uso de su derecho. Los terrenos de la hacienda no habían sido cercados antes y seguían pareciéndonos terrenos de comunidad.

»El pueblo lo recibió en un principio muy bien. Hasta nos pareció un hombre simpático, bien amanerado, jovial. La gente estaba resuelta a olvidarse del borrón de su apellido. Qué culpa tenía él, decían los más bondadosos, de lo que hubiera hecho su padre, así como tampoco podía tenerla el pobre viejito Emilio, que se murió ciego y comido por las niguas. Verdad es que antes de que llegara, cuando supimos de su viaje, lo aguardamos con mucha prevención. Pero muy grande era la generosidad de Yangana, y en los primeros días todo se olvidó.

»Pero nos habíamos equivocado. Yo creo, en confianza, que Ignacio Gurumendi era bastante tontito de la cabeza. Se dejó embaucar por el viejo Zapata, que es más sabido que el diablo, y que es de muy mala entraña, y empezaron a fregar más de la cuenta. Imagínense, hermanitos: se propusieron a cerrar las haciendas. Cuando nos dimos cuenta, el pueblo estaba rodeado por un círculo de alambre de púa. Te ibas por ese camino, cerca. Te ibas por estotro, cerca. Te ibas con tu burrito a picar una carguita de leña, cerca. Te ibas al barranco, cerca. Te ibas llevando a tu yuntita al bebedero, cerca.

»¡Y eso dizque era lo legal, hermanito! "El derecho me ampara" había dicho Ignacio Gurumendi. "No soy yo. Es la ley...". ¿Qué nos quedaba hacer?

»Pues nos dimos a machetear las cercas, porque si él tenía la ley, nosotros teníamos la razón, y estos terrenos habían sido nuestros toda la vida, y nosotros no los habíamos vendido a nadie. Pero el teniente político, el mismito a quien tú, Joaquín, le metiste las velas, nos plantó una causa criminal, con la que nos andaba a llevar medio trastornados».

Al oír esto, Joaquín y su mujer no pudieron reprimir un gesto de sobresalto

—Pero cómo... ¿no murió en esa ocasión el maldito?

—No le había llegado todavía la hora en esa vez –respondió Ocampo con un acento muy significativo, ahuecando la voz–. Se había estado reservando para esta última... En aquella ocasión, Joaquín, el malvado estuvo como quince días entre la vida y la muerte. Al fin, se sanó del cuerpo. Del cuerpo, nada más. Que del alma... Esa alma no tenía remedio ni compostura.

---

482  *Caz*: canal de irrigación.
483  *Alema*: porción de agua de riego que se reparte por turnos.

Joaquín estaba asombrado: ¿De modo que su voluntario destierro en estas soledades, su huída de la justicia, su abandono del pueblo natal no habían tenido justificación suficiente? ¿Y había ligado a su suerte de prófugo la vida de una mujer, la había sacrificado punto menos que estérilmente?

Hizo todavía algunas preguntas. Mas Ocampo, empeñándose en seguir su relato, hizo un ademán con sus dos manos, cuyas palmas estaban dirigidas hacia su auditorio, como indicando aguardar lo sensacional, volvió a ponerse de pie, y, en el tono con que pronunciaría una frase, pidió una candelita.

La esposa de Joaquín acudió solícita al fogón. Removió un poco los leños y trajo un tizón de madera seca, que humeaba apenas. Mientras sostenía la mujer en su mano el leño con la punta encendida, Ocampo, pausadamente, envolvía, en una hoja seca de «panga» de maíz, su cigarrillo con el tabaco que había podido traer. Cuando el cigarrillo estuvo debidamente liado, como el tizón, y arrugando mucho el ceño porque el humo le nublaba la gruesa cara, lo aplicó hacia el pitillo.

—¿Conque no murió en esa vez el condenado? –volvió a mascullar, como para sí, Joaquín, que no volvía en sí de su asombro.

—Más le hubiera valido morir entonces –replicó al Churón Ocampo, quien, después de una golosa y larga chupada de cigarrillo, y arrojando conitos de humo por narices y boca, se disponía a continuar.

«El doctor Zapata –siguió– sostenía al teniente político en la ciudad. En compensación, el teniente político defendía los intereses del doctor Zapata, del pinganilla Gurumendi y del viejo Villaviciosa. Con eso estábamos arruinados, hermanitos. No podíamos hacer a nuestro gusto nada. La querella judicial bramaba contra nosotros. A esto se agrega que el gobernador de la provincia le tenía prevención al pueblo. Desde lo de las velas al teniente político (aquí dirigió una mirada oblicua a Joaquín, y esbozó una sonrisa), nos tenía puesto el ojo y nos consideraba un pueblo de salvajes...

»Le habían pedido en Yangana consejo a don Vicente Muñoz. El viejo era partidario desgraciadamente de los arreglos pacíficos y "entre caballeros". ¿Pero qué arreglo pacífico cabía, digo yo, con esta gente que nos estaba robando nuestras tierras? ¿Qué arreglo, aquí en confianza, podía buscarse con esos bichos, que si hubieran sido caballeros, no nos hubieran despojado de lo nuestro? ¿Y estando Zapata de por medio, qué esperanza había de una ventaja para nosotros? Por consejo de don Vicente no nos plantamos desde un principio, que era lo que yo creía que debió hacerse. Una vez cebados en el abuso era difícil que se detengan en la mitad del camino. Creyeron que era cobardía del pueblo esto de que ellos hicieran las suyas y que nosotros, lo aguantáramos sin chistar.

»Por indicación de don Vicente emprendimos una campaña a obtener del Gobierno que ordene por decreto supremo la expropiación de las tierras

que fueron nuestras y que ahora formaban las tres haciendas de los gamonales. Don Vicente mandó cartas y poder del pueblo a Quito, al doctor
José Antonio Abril, nuestro paisano, en quien hasta entonces confiábamos
ciegamente. En la apariencia, encontrábamos que el gobierno hacía un
buen negocio, porque nosotros estábamos listos a darle mayor cantidad
de plata que la que él había desembolsado por la expropiación, con tal de
que nos devolvieran las tierras que toda la vida habían sido de la propiedad del pueblo de Yangana.
»Total: que la campañita esa, por más que gastamos, no nos dio ningún resultado. Mucha intriga en Quito, muchas influencias. Y el doctorcito Abril
no nos apoyó en lo más mínimo. Esto último les digo a ustedes en confianza. Los demás no creen eso. Para ellos, el doctor Abril hizo cuanto
pudo... Pero yo estoy seguro de que el sujeto se vendió a los otros, si es que
de veras hizo algo».

# 3

«El comienzo –prosiguió más adelante–, la primera chispa... fue por causa
de una vaca».
—Fue por causa de una vaca –volvió a afirmar. Gustaba el Churón
Ocampo, no hay duda, de repetir ciertas frases, entre pequeñas pausas. Hacía
oscilar la hamaca de Joaquín. Y se miraba a menudo las manos, como si te-
miera que hubieran desaparecido en la semioscuridad de la noche, apenas
alumbrada, dentro de la casita, por la llama lánguida de los leños del hogar
contiguo, y repetía, con voz más firme, la frase que creyera fuerte y expresiva.
—Fue por causa de una vaca, hermanitos...
—¿Cómo fue eso? –creyóse obligado a preguntar Joaquín–. ¿Alguna de
las vacas de tayta Gustán no sería?
—Cabalito, hermano. Adivinaste –respondió Ocampo, casi con júbilo por
el acierto. Cabalito.
Nada difícil había sido poder aventurar esa pregunta: en Yangana, hacia
los tiempos en que Joaquín todavía era uno de sus vecinos, los animales de
tayta Gustán gozaban ya de una bien merecida reputación de rapaces. Tenía
por entonces –lo recordaba Joaquín claramente– una burra muy vieja el
curaca. El animalucho penetraba en los cuartos, entraba en las cocinas en un
descuido y metía el hocico en las ollas de maíz caliente, quemándose muchas

veces, pero sin escarmentarse. Había aprendido a abrir trancas a fuerza de mañosas sobadas, y a aguantar palo sin soltar la presa que había cobrado. Se pegaba grandes atracones de cebada, de pan, de miel, y daba diestras coces y perseguía a mordiscos a los perros. Las orejas se las habían derribado las garrapatas, y su aspecto, con los cucuruchos doblados sobre los ojos, era de lo más estrafalario. Tenía por socio el más extraño compañero del mundo: un buey lisiado y con un solo cuerno, que le guardaba en cierta manera las espaldas y compartía con ella los palos que los propietarios prodigaban a los asaltantes. Y Reinoso, que conocía mucho al viejo cacique polígamo, pensó al punto en que nuevos animales domésticos dedicados a la ratería ambulante debieron haber reemplazado, hacia los últimos días, a la que, en tiempos en que él emprendió su huida, era ya una valetudinaria pareja.

—Después de la burra mocha y del buey palancón, vinieron el perro «Guarda–tu–amo» y la vaca colorada –aclaró el narrador–. Esta fue la vaca que comenzó la pelea.

«Estaba recién llegado el gamonalito ese de Ignacio Gurumendi y andaba con el pícaro Zapata por el lado haciendo no sé qué operaciones de medir la tierra, por el lado en que los dos dizque eran vecinos. En esa vez Gurumendi fue llevando gente a la hacienda desde la ciudad. Eran como veintitrés peones, que llegaron trayendo alambre suficiente. Con esa ayuda en poco tiempo, como les decía, tuvieron cercada una buena parte del campo que fue nuestro. Encerraron los potreros del "Tunal Viejo", el del "Faique seco", la "Poza del Venado", el de la "Quebrada de los Zorros", y a las puertas de cada corral les plantaron un candado. Con esto era para dejarnos acorralados. Entonces fue lo que comenzamos a romper cercas durante la noche, y lo que se puso la causa criminal que bramaba. Y a ellos, que se robaron descaradamente los terrenos de la comunidad, ¡nadie les decía nada!

»La cosa desde entonces se puso muy fea. Muy fea. Parece que este malvado del teniente político, viendo que no podía fregarnos mayormente con eso de la causa criminal, comenzó a aconsejar mal al gamonalito. Y en una forma bastante majadera. "¿Verdad que usté es valiente, patrón?", dizque le preguntaba, con una sonrisita medio burlesca y un tonito desconfiado. El mozo no quería quedar como flojo y contestaba: "Claro que sí". Y el teniente político, que tenía cuentas pendientes con el pueblo, y quería de algún modo sacarse la espina, volvía a decirle: "Por qué, entonces, se deja tumbar el cerco?". Ah, es que yo pienso, y así me lo ha dicho el doctor Zapata, que con un auto motivado arruino a los matoncitos estos y les pongo juicio. Un año de ir a podrirse en la cárcel no les ha de quedar del todo mal. "¿Y usté creerá que ellos van a caer mansitos para que usté los meta en la cárcel?". He pedido ya, por medio del doctor Zapata, garantías al gobernador de la provincia. "¿Y usté creerá que el gobernador de la provincia va a poder darle garantías al tiempo que las necesite? Mientras venga una escolta de la ciudad, estos forajidos habrán hecho de las suyas". Es que el doctor Zapata me ha escrito ya que vienen dos policías con bastante pertrecho, y a alojarse en la casa de hacienda, donde yo les facilitaré todo lo que me pidan. "¿Y usté pensará que el gobernador va a tener policía suficiente para mandar a cada casa de hacienda a dos policías para que estén viviendo por cuenta del gobierno, para que los propietarios tengan guardaespaldas?". Y así me lo acorralaba y me lo acorralaba al patrón Gurumendi, hasta que lo convenció de que debía, con los más guapos peones que trajo de la ciudad, rondar por las noches la cerca que daba para la plaza del pueblo, y disparar al primer bulto sospechoso que viese. El patrón, pinganilla venido de Quito, para que no crean que era cobarde, se metió por el mal camino. Es que, al fin de cuentas, hermanitos, alguien tenía que pagarla. La culpa directa la tuvo su padre, pienso yo. Pero el padre se había muerto sin cancelar. ¿No les parece a ustedes, hermanitos, aquí en confianza, que así tenía que suceder?

»Ello es que, una de esas noches, cerca de la casa de hacienda, que daba, como ustedes lo recordarán, como a tres cuadras del pueblo, se oyeron dos disparos. Y después un aullido y un balido bien triste. Yo me levanté con la carabina y aguaité[484] desde la ventana. No había nada. Por el color del cielo me di cuenta de que la madrugada se venía encima. Algún borracho, pensé, que mató a un perro. Pero eran dos tiros, y sonó un balido muy triste también... Con todo, me volví a quedar dormido. De mañanita me vestí y fui a averiguar qué es lo que había pasado. En un lugar encontré ya a Ulpiano Arévalo, a don José Toro, a la cabezona, la mujer del chino, y a tayta Gustán, que lloraba amargamente. Cuatro postes de la cerca estaban caídos, y a pocos pasos, pero del lado de afuera, "Guarda–tu–amo" y la vaca estaban tirados. Se habían quedado bien juntitos. El perro, de largo en largo, en un charco de sangre. Y la vaca colorada, la vaca ladrona, no podía moverse. Parecía clavada el hocico. Me acuerdo bien patentito: el suelo, con lo que respiraba ruidosamente por la nariz, había quedado en ese ladito como barrido. Y sangre había, mucha sangre. Para que no sufriera más el animalito, yo mismo le corté el pescuezo. Cuando lo pelamos vimos una cosa: le había plantado un tiro con munición y granos de sal. Tayta Gustán le sacó, llorando, el cuerito a su perro».

Ocampo halló la manera de darle la última chupada a la colilla microscópica que tenía en los dedos, sin abrasarse los labios por quién sabe qué milagro de la pericia, y la aplastó contra el piso refregándola con su ancho pie desnudo. Escupió un copioso salivazo, que asimismo planchó con la planta del pie, y variando el tono, insinuó:

—¿Qué te parece, Joaquín, si nos volviéramos a tomar un jarrito de ese famoso claro? Está como para resucitar a los muertos, –agregó–. Con la apro-

---

484  *Aguaitar:* acechar.

bación a una, uno de los cónyuges aceptó la proposición con un movimiento de cabeza, sonriente.

«Como a eso de las siete fue también al lugar don Vicente Muñoz. "¿Qué le parece, don Vicente, lo que nos han hecho?" –me le encaré, con el ceño fiero–. No me gustó nadita lo que me contestó en ese rato. Nos dijo que teníamos todavía que ¡Aguantar! ¡Aguantar! ¡Aguantar! ¡Bastante habíamos aguantado ya! Pero había una cosa, nos dijo: el decreto de expropiación no tardaría en llegar. Aconsejó moderación. Ustedes saben hermanitos, que lo que él sabe pedir es moderación. Se fundaba en que el informe del gobernador podía sernos desfavorable si seguíamos procediendo con violencia, y el proyecto se echaría a perder: en la puerta del horno se nos quemaría el pan. Nos convenció, con esa labia que tiene él, y con esa manera suave de decir las cosas. Pero no habíamos contado con lo que pasó a mediodía».

—¡Lo que pasó a mediodía! –musitó–.

Fácil era imaginarse que veía mentalmente la escena. Buscaba, sin duda, las palabras adecuadas para describirla. Pero antes la revivía, pensativo, recogiendo los detalles.

—¿Qué pasó al mediodía? –inquirió, con leve dejo de impaciencia en la voz, Joaquín–.

«—Quedó en el suelo mucha sangre regada, y en toda la mitad del caminito al bebedero. Eso fue todo... A mediodía, con la sed, como ustedes saben bien, comienza a bajar el ganado de los faicales de la loma –la única parte que había quedado abierta– para ir al bebedero. Y nada: que el ganado empezó a congregarse en el sitio donde había muerto "Guarda–tu–amo" y agonizado la vaca. Ustedes saben, hermanitos, lo que es el ganado cuando huele sangre. Primero ponen el hocico contra el suelo, y olfatean a sacudidas, haciendo un ruido que parece que tuvieran muermo.[485] Después, de que se convencen ya que es sangre, empiezan a raspar el suelo con la mano y por último dan en mugir en una forma terrible. Cuando el animal grita así, los otros que están cerca vienen corriendo, como si los persiguiera un perro bravo. Los ijares[486] les laten. Cada uno de ellos hace lo mismo que el otro, y al cabo de un rato, como sesenta reses estaban en el lugar, y raspaban y olfateaban la sangre, y daban espantosos bramidos. Bueno. Yo fui a ver eso, y también fueron los otros. Me acuerdo de todo. Fíjense ustedes en una cosa: hay unas cabezas de ganado que se desesperan más que otras. Me parecían cristianos, algunos en la desgracia demuestran mejor que otros lo que sufren, mientras que hay otros que sufren para adentro y no dejan adivinar ninguna emoción, así también ha sabido pasar con el ganado. Me acuerdo de una vaquita rangalida[487] de malito que iba a morirse de pena, piafaba y gemía con mucha tristeza. Veía a sus demás compañeros, de uno en uno, y daba vueltas, como lla-

---

485  *Muermo*: enfermedad bacteriana de las caballerías, transmisible al hombre, que consiste en ulceración de las mucosas de la nariz e inflamación de los ganglios próximos.

486  *Ijar*: ijada: ada uno de los dos espacios situados entre las falsas costillas y los huesos de la cadera; se emplea especialmente hablando de animales.

487  *Rangalida*: de escaso cuerpo.

mándoles la atención para que volvieran a mirar y a llorar. Y después de haber visto el ganado, nos regresaba a ver a nosotros. Parecía querer decirnos algo. ¡Si los animalitos hablaran! ¿Qué no más nos habrían querido decir? Puso los ojos muy tristes. Creí que iba a llorar, pero los animales no saben llorar. Nos veía, no les miento, la cara a todos cristianos que estábamos ahí, como reconviniéndonos. ¿Yo cómo le hacía entender que nosotros no teníamos la culpa? A mí me veía con más insistencia, y crea que si hubiera podido hablar, habría hablado conmigo la vaquita rangalida. Y yo, al explicarle a sus compañeros, habría hablado también dirigiéndome a ella. Esa vaca hubiera comprendido mejor. No les exagero al decirles que Vicente, al oír el coro de balidos, encabezado por la vaca que daba vueltas alrededor de los curiosos que habíamos ido, lloró. A mí mismo me daba un como espeluznamiento del cuerpo. Tenía el deseo de ir a traer a los culpables de los cabezones, pase lo que pase, a patada limpia, y ponerlos delante del ganado, y acusarlos diciéndoles: "¡éstos son!". Fuimos al fin del parecer de arrear el ganado empujándolo para el bebedero, y así lo hicimos. Largo rato nos quedamos conversando ahí. Estábamos exaltados. Entonces lo oí a Vicente menos frío que en la mañana. Se notaba que la escena lo había conmovido. Me pareció mejor lo que dijo: "Ojalá sea esta la última sangre derramada por este desgraciado litigio de los gamonales". En seguida hizo una como defensa de los finados animalitos ladrones de tayta Gustán, diciendo esas cosas bonitas que él sabe decir: "Esa vaca colorada y ese perro tenían derecho a vivir. Formaban parte de los afectos de Yangana". Claro que rabiábamos con ellos, pero no teníamos el derecho de matarlos. La peor reprimida que ellos merecían era darles latigazos para que escurrieran el bulto, cuando habían cometido la torpeza de dejarse sorprender con sus raterías. A veces, cuando eran ellos más listos que nosotros, nos cobraban un diezmo o nos decomisaban nuestro bocado, hasta nos hacían reír. Plagas como éstas que tenía tayta Gustán son quizá hasta necesarias. Nos ejercitaban la paciencia, la astucia, y nos enseñaban a creer en la inteligencia y en la picardía de los animales. No merecían semejante muerte... Y dijo no sé qué cosas de Montalvo, como acostumbraba él.

»Yo creo, en confianza, que ese coro de balidos del ganado que oyó don Vicente valió más que todo lo que nosotros podíamos haberle dicho. Y desde entonces, advertí que don Vicente se puso ya incondicionalmente de nuestro lado. Estaba con nosotros, enteramente. Estaba a nuestro lado».

Ocampo no era de los hombres que puede estarse inmóvil mucho tiempo. Dijo esta frase, acentuándola como para hacer más perceptible el silencio de que iba a seguirla, y volvió a ponerse de pie.

Avanzó en esta vez hacia la galería del estrecho corredor, y oteó desde lo alto hacia el descampado. Recorrió con la vista los humeantes fogones en cuyo

torno vivaqueaba[488] la gente, y puso atención tratando de escuchar, a través
del rumor confuso de los viajeros, cuáles eran las voces dominantes. Algunas
lumbres iban extinguiéndose lentamente.

El contraste hacía resaltar la prosperidad del fuego en unos fogones, y la
indigencia del fuego en otros. Donde mayor era la llamarada, era con frecuencia mayor también el ruido humano. Parecía como si éste fuera el que
animase las hogueras. Percibíanse el manotazo de las bestias y el tascar en las
cortezas de los árboles. De cuando en cuando, un balido trémulo, un breve
relincho, un ladrido.

A pocos pasos de la casita de Joaquín, el centinela, con el arma a la bandolera, cruzaba y recruzaba por delante de su propio fogón, que hacía rato
que dejara de alumbrar. Se veían de él cuatro pasos que le aproximaban a la
lumbre mortecina, una breve obturación total que cubría a ésta, y otros cuatro
pasos que se alejaban hasta sumirse en una oscuridad completa. La sombra,
en ambos extremos, se tragaba y devolvía al hombre armado.

Ocampo, dando las espaldas a sus oyentes, y con las manos cruzadas hacia
atrás, siguió atisbando, durante largo rato.

—¿Y qué más? –inquirieron, después de una prudente espera, los esposos
Reinoso–. La pregunta de la mujer acaso traslucía un poco de desgano, pues
ella habría querido oír hablar, en primer término, de la fiesta, acerca de la cual
no se había dicho, desde hacía mucho tiempo, una palabra.

# 4

«Dos días después, una vaca de cría de Sebastián Mayta vino a caer, tam-
baleándose como borracha; al pie de la casa de él. Parecía no tener nada
a primera vista. Pero venía con una diarrea de sangre. Degollado el animalito, encontraron que tenía las entrañas desgarradas: los canallas, los
muy canallas, habían cogido la costumbre de empuñar el ganado que encontraban dentro de sus potreros y ajustarle un tiro de postas metiendo
el cañón en el orificio. En desquite, los del pueblo le malogramos dos vacas
al pinganilla de Gurumendi. Cuando él menos pensó, en el propio corral
de la casa de hacienda, encontró a los pobres animalitos apiolados. Con
esto pareció calmarse, dándose cuenta de que el asunto iba mal parado
para él. Pero nos equivocamos otra vez. En confianza les diré, hermanitos,
que cuando uno comienza a perder el camino real, es muy difícil volver

---

488  *Vivaquear*: pasar la noche a la intemperie.

a encontrar la huella. Por consejo y por prevención a tiempo no faltó. Nosotros, después de todo eso, le mandamos recado con don Vicente Muñoz,
que pareció la persona más adecuada, en opinión de la mayoría.
»Desde entonces es lo que me convencí de veritas de que el gamonal era
tonto de la cabeza. Había estado bocón y ridículo "¿Cómo está?", le había
preguntado don Vicente. "¡Cómo he estar, pues, en medio de los salvajes
estos de sus paisanos!", le había contestado. "En nombre de ellos es lo que
vengo, precisamente" –había dicho don Vicente, con esa santa calma que
tiene, y pasando por alto lo de salvajes–. "Pues podían haberse evitado esa
molestia" –había contestado el tipo–. "—Nada quiero con ellos". "—Pero
es que usted, don Ignacio, antes de rechazar su oferta o su prevención
tiene que conocerlas" –le había replicado don Vicente–. Esto parece que
le hizo vacilar un tanto, y cambiando el tono, le había brindado asiento.
"—Qué es lo que tiene que decirme, don Vicente?". "—No es mucho,
don Ignacio: que las cosas, al paso que llevan, tienen trazos de acabar mal.
Mal para usted y mal para nosotros. Más valdría reflexionar un poco antes
de seguir adelante". "—¿Y por qué no se lo dijo usted a esos antes de que
me echaran a perder las dos mejores reses de mis corrales?". "—Todavía
es tiempo de detenerse, don Ignacio. Estamos ahora mano a mano. Le
rompieron el cerco, usted levantó una causa criminal. Después usted hizo
matar dos animales del pueblo, y ayer el pueblo le ha matado a usted dos
animales. Estamos mano a mano, don Ignacio. La cuestión puede quedar
ahí. Hasta que la justicia y el gobierno lo decidan, usted conservará los
potreros cercados. El pueblo no le dirá ni le hará nada. Pero no puede
cerrar el bebedero. Eso sí que no puede hacer. No lo consentiría el pueblo
nunca". Hasta entonces, nos refería después don Vicente, el patrón Ignacio había estado escuchando, haciendo esfuerzos por dominarse, pero
al oír esta prohibición, no pudo más, y reventó. Entonces es lo que se puso
del todo ridículo y bocón y fanfarrón, y dio de lo que tenía: "—Sepa y
entienda, señor leguleyo, que no recibo órdenes de nadie, desde que murió
mi padre. Sepa y entienda, y vaya a decírselo a esos rústicos, que tengo derecho pleno a hacer lo que estoy haciendo, porque soy propietario con títulos en forma, adquiridos por mi padre. Tengo mi abogado, y sé lo que
me hago. No necesito consejos de gente ignorante. Ni tolero mandatos.
He de hacer aquí, dentro de lo que es mío, lo que se me dé la gana. Y en
cuanto a esa ridícula amenaza de que expropiarán la hacienda... me río
de ella. En Quito está mi familia, y tengo influencia. Eso no se hará.
Tampoco dejaré abierto el bebedero de la 'Poza de los burros'. Si ustedes
quieren hagan otro más abajo, en el lado del Ceibo. Un bebedero dentro
de mis terrenos me revienta. El ganado de ustedes se metería a mis potreros, rompiendo la cerca por ese lado, y eso no lo voy a permitir. Y si
vienen con otra clase de amenazas, diciendo que me van a echar el pueblo

encima, me río también de eso. Tengo armas, y estoy con la ley. Además soy hombre, muy hombre. También he pedido auxilio al gobierno, y ese auxilio está al llegar. Entonces veremos cuál domina por estos rincones. Si los instintos de esta gente salvaje y estúpida, o el orden de la autoridad. Que se acuerden no más del piquete que vino la otra vez a meter en cintura a este hato de criminales. Ya están alzándose nuevamente. Parece que no pueden pasar sin que les rebajen el lomo a punta de bejuco. Esto es lo que les está haciendo falta: bejuco, y bejuco. Que aguarden no más. Y ya saben: de mí, ni una sed de agua. Cada cual acaba según anda", le había contestado, con toda cachaza, don Vicente. "—Cuídese, don Ignacio: usted es todavía muy joven y demasiado impulsivo. Piénselo dos veces. No siga por el camino de la violencia. Tanto usted como nosotros tenemos mucho que perder".

»Yo creo –continuó Ocampo– que no era don Vicente la persona más adecuada para entenderse con un hombre de la laya de Gurumendi. Y así lo dije entonces. Don Vicente está muy bien cuando hay que tratar con gente que quiere entender y que puede entender. Pero venirle a ese señor con calma y buenas maneras parece que fue para peor. Se le imaginó, de seguro, que le teníamos miedo. Ello es que, en vez de conseguir nada, la situación se agravó. Ahora nos quedaba además, la rabia de que había tratado vilmente al encargado de hablar en nombre del pueblo. Un desaire más que nos hacía el muy imbécil.

»Y lo peor venía a ser el acuerdo de los tres hacendados para darnos la contra en todo. En todo, hermanitos. No podríamos ir a ninguna parte sin encontrarnos con una perrada urdida por ellos. Se proponían, según dizque andaban diciendo, defenderse. Pero lo que hacían era querer armar camorra y hacernos hervir la sangre. Tuvimos buen cuidado de no caer en la provocación que ellos nos hacían, aliados con el teniente político, para ver si nos partían por el eje, manteniéndonos vigilados con disimulo. En este estado de ánimo nos llegó el verano, y con el verano, la fiesta.

»El asunto de la campana nos hizo olvidarnos de todo. Y como vino el cura, se propuso a tomar cartas en el litigio, y francamente, en confianza, les diré, hermanitos, que hizo mucho para que llegáramos a un entendimiento. Las prédicas hablaban de paz. Y conversó largo con los gamonales en el mismo sentido. De creerle al curita, la disposición de ánimo de ellos había cambiado completamente para esos días. Y él creía todo lo que algunos de nosotros opinábamos, que ninguna oportunidad mejor que la fiesta para la reconciliación.

»Aquí conviene que les diga una cosa, hermanitos: nosotros los más experimentados, no queríamos que ellos estuvieran en la fiesta. Y les mandé recado. Primero porque queríamos divertirnos en paz. Segundo, porque en la fiesta iban a haber copas, y si a veces peleamos entre los mejores amigos, con mayor razón nos iríamos contra los gamonales, si se presentaban por ahí. En la contestación al recado, aclaro, no estuvieron descomedidos. Dijeron que saldrían la víspera de la fiesta, por la mañana, a la misa. Que volverían después para la fiesta misma, regresándose, por la noche, a sus casas de hacienda. Con esto, en el pueblo había dos pareceres: unos, que creíamos que el simple hecho de salir ellos a la fiesta era una provocación, otros, que decían que eso más bien da muestra de buena voluntad para con la fiesta. Y que habían dado muy buenos obsequios y aceptado el priostazgo en el bautizo de la campana. Y finalmente, don Vicente Muñoz, sabiendo con tiempo que ellos sí saldrían para la fiesta, creyó que lo más conveniente era que se quedaran a la velada, y que en la velada oyeran lo que les convenía oír. Y preparó entonces esa pantomima de que les hablé a ustedes, para darles, decía él, una lección de prudencia. ¡No supo, el pobre don Vicente, en la que se metía! Hombre de libros, ¡qué iba a saber de lo que es la rabia de la gente, cuando le han quitado lo que es suyo! No supo don Vicente en la que se metía».

5

«Así estaba la pelea, hermanitos.

»Como les iba diciendo, la víspera resultó, a pesar de estos aguafiestas, de lo más divertida... Les conté que los gamonales se llegaron a echarnos prosa entre eso de las once de la mañana... cuando la misa había pasado y cuando los devotos se habían dispersado de la plaza, y que el cura fue a recibirlos hasta la mitad de la plaza, y que se los fue llevando al convento. Allí almorzaron con el cura, comiéndose los regalos que el pueblo le había hecho. Entretanto, fueron ya las tres de la tarde, y el sol estaba bravo.

»Y cuando fueron las tres, llegó el postillón montado en un burro, y puesto de un poncho de aguas en semejante solazo. Se dedicó a repartir recados chuscos a todo el que encontraba a su paso, y cerquita del convento sacudió una talega grande. El muy facineroso había metido ahí de esos avispones colorados. La avispa, furiosa, salió en una nube y empezó a picar y a hacer roncha en la plaza. Con decirles que ni los patrones se escaparon. A don Pancho Villaviciosa se lo mereció uno de esos animalitos. Después de un rato, andaba la boca que parecía un mango, y que ya se le derramaba de la cara. A mí se me puso que habían venido con la de a malas, y cuando el hombre está de a malas... aunque lo fajen.

»Todos notaron que el bribón del postillón lo hizo de puro adredito. De nada le sirvió al veterano ponerse tabaco en la picadura, con aguardiente. Echó una facha completamente ridícula, con su labio amoratado: estaban de a malas, eso era todo».

Ocampo, después de esta frase, se detuvo, en tanto se refregaba los ojos con los puños, como los niños cuando quieren llorar. Después extendió las manos a la altura de la frente, y la derecha en el carrillo derecho y la izquierda en el carrillo izquierdo, las pasó por la cara gruesa y ancha, acariciándose la barba crespa y espesa, para volver a unir las dos palmas y frotárselas luego con una especie de entusiasmo.

—¿No te parece, Joaquín? ¿No te parece, Rosa Elvira? –preguntó luego, como volviendo de una profunda distracción, cual si los ojos, recién frotados, le hubieran puesto frente a una realidad distinta de la que evocaba con su silencio–.

Reinoso y su mujer, seguramente muy lejos con la imaginación, representándose, por su cuenta, las escenas que su interlocutor insinuaba, tuvieron una especie de sobresalto al oír, como de golpe, una pregunta que no esperaban.

—Así es, Churón –contestaron los aludidos–. Claro que sí. Y luego, ya por su cuenta Joaquín:

—¿Y hubo también la corrida de la sortija y los retos?

Reinoso se refería a la rutina de siempre: en la tarde de la víspera, las carreras en la plaza, a galope tendido, en la suerte de la sortija y en la escaramuza de los retos.

«Así fue, Joaquín. Corrimos la sortija. Más de cuarenta, hermanitos. Más de cuarenta éramos. Tal vez unos sesenta. Lindas bestias algunas. Los chalanes Mendieta dejaron como sedita unos lindos potros en la corrida. Porque les contaré que últimamente en Yangana había muy buenas bestias. A tayta Baltasar Zárate se le había metido traer un par de potros finísimos del Perú, comprados en la fiesta de Ayavaca. Parece que uno de ellos era robado, porque el vendedor, que se los había dado relativamente baratos, los entregó, fuera de la población, medio de nochecita, y con la condición de que no volviera por esos lados trayendo a los animalitos. –No tendría valor para verlos en otro poder –le había dicho a tayta Baltasar–. Soy criador viejo y nunca me ha gustado vender un potro, porque quiero a mí ganado como si fuera de la familia. Ahora tengo una gran necesidad, por eso me veo obligado a hacer esto. Palabra. Palabrita... Pero es el caso, les diré a ustedes en confianza, que los fierros esos son medio transferidos, y se prestan a sospechas. Bueno... pero estábamos hablando del juego de la sortija. Ramón Plaza, que siempre ha sido medio camastrón (¿se acuerdan de lo que cuando galopa, se pone de lado, como si estuviera amatado de la nalga izquierda?), se cayó de la bestia y casi se mata. Una tamaña rotura de cabeza le costó. Y el gran susto. Era de ver los apuritos que le cogieron cuando se vio en el suelo, y oyó el tropel que venía detrás. La plaza parecía una tembladera. ¿Y se han fijado ustedes lo bravo que uno se pone cuando está a caballo, y cuando está entre algunos jinetes? A mí me comían las manos por pegar a alguien. Así se vuelve uno cuando está a caballo, y en escuadrón.

»Por eso ha de haber sido lo que, cuando se acabó el juego y comenzaron las escaramuzas de la plaza, yo fui volando al mismo convento y me encaré con el patrón Ignacio pidiéndole que me diera su yegua chuga guadalupana para correrla en los retos. Y me la dio. No debo haber tenido buena cara. ¡Me la dio ensilladita y con todos sus aperos! Le hice pujar en las corridas. Cuando se la fui a devolver, el animalito echaba espuma por la boca y parecía que le hubieran jabonado el lomo debajo de los sudaderos. Temblaba como una cuajadilla. Don Ignacio no me dijo una palabra. El me quitaba la vista. ¡Ya hubiera tenido entonces mismo cómo divertirse conmigo, si me hubiera negado la yegua!

»En cambio, el metido ese del político, ése sí enterró su pico donde no lo llamaron.

»—Bien pechugón te ha criado tu madre –me dijo. Yo le contesté:

»—Ni los dos reales de velas que te ajustaron te han compuesto, adulón. ¿Quién te dio vela en este entierro? –Y por poco le zampo el sombrero de un sopapo. Pero me contuve, porque en cambio el gamonal sí se supo portar gente conmigo en esa tarde.

»La letra de los retos corrió a cargo de don Vicente en parte. Y en parte, a cargo de Carlos Botado. Los versos de don Vicente eran medio dificilones. En cambio los de Botado, que no es ni leído ni escribido, sí los entendimos todos. Será tal vez por lo que yo no trago mucho a don Vicente... pero lo cierto del caso es que los del Botado sí se me han quedado en la memoria. Estábamos formados en cuadrillas de a dieciséis, en dos filas de a ocho, y así caracoleábamos por la plaza. En la esquina de tayta Baltasar, frenamos los caballos, y el Botado comenzó:

>     » Abrirse, pueblo querido,
>     que la fiesta de Yangana,
>     comenzó hace cinco días
>     y se termina mañana.
>     Abrirse, pueblo querido,
>     que conviene conocer
>     el programa de mañana,
>     lo que debemos hacer.
>     Tenemos una cautiva

frente a la iglesia mayor,
que vivirá con nosotros,
encerrada en su prisión.
Mañana será, de mañana,
que se asomará al balcón
a mirar el verde valle
de Yangana en derredor.
Sabemos que en la torre alta
olvidará su dolor
y para cantar al valle
hará sonar la su voz.
Mañana será la fiesta,
una campana hay que alzar,
mañana, a las ocho en punto,
el trabajo ha de empezar.
Abrirse, pueblo querido,
pueblo unido de Yangana,
mañana a las ocho en punto
hay que subir la campana.

»Cuando el Botado dijo estos versos, hizo caracolear su caballo, y agitó el banderín de su lanza. Luego fue a colocarse detrás de la última escuadra. Y la escuadra siguió su camino, galopando hasta la otra esquina.

»Allí fue Damasio Sánchez, que tiene tan bonita voz cuando canta, el que se adelantó de la escuadra, y quitándose el sombrero cubierto de plumas dijo:

» Mañana, a las ocho en punto,
pueblo querido, a sudar,
que una linda prisionera
esperándonos está.
Mañana, a las ocho en punto,
resueltos a reventar,
los jóvenes y los viejos
deben su esfuerzo prestar.
El rey sabio Salomón
a decir nos ha mandado
que la campana es la novia
de los mozos del poblado.
Que no debemos pelear,
entre hermanos un querer,
que conviene remediar
lo que puede suceder.
Y que para eso es preferible

que la campanita mora
se bautice donde el cura
y se quede arriba sola.
Los muchachos de Yangana
que temen a Salomón
tienen que venir mañana
en solemne procesión.
Que la novia no es de nadie,
y al mismo tiempo es de todos,
y por no causar más celos
ha juramentado un voto.
En homenaje a Yangana
ha de quedarse soltera,
suspirando en su balcón
tener que vivir doncella.
En homenaje a Yangana
llorará cuando haya lloro,
se alegrará como niña
cuando tengamos un gozo.
Que así tampoco las chicas
en vez de guardarle odio
le pedirán sus canciones
cuando se pesquen un novio.
Abrirse, pueblo querido,
noble pueblo de Yangana,
prepara tu regocijo
para estrenar la campana.

»Después salió, de la última fila, el payaso. El payaso era José Ángelo Maridueña, y estaba bien cómico. En lugar de capa traía un poncho viejo, y debajo del poncho, una leva[489] bien larga. Los calzones sí eran adecuados, la una pierna, azul celeste, la otra amarilla. Montaba en un novillo bien mansito y bien cojo. El sombrero tenía plumas hasta casi taparle toda la cabeza. El payaso, puyando con su lanza al pobre animal, comenzó:

» Abrirse, toro querido,
mi pobre pueblo está cojo,
y por eso me he subido
en el lomo de mi socio.
En tiempos de los apóstoles
los hombres eran bárbaros
que mataban los pájaros
que estaban en los árboles.
Allá arriba, en ese cerro

---

489  *Leva*: levita, casaca, frac.

vi que dos toros peleaban,
el uno blanco con negro
y el otro salió corriendo.
Asómate a la vergüenza,
cara de poca ventana,
y ven con otro marido
a la fiesta de Yangana.
A mí me llaman el tonto
porque me falta un sentido,
y a ti te falta una cosa
que el tonto se la ha comido.
Como sólo soy payaso
tengo que guardar secreto
porque no quiero que sepan
que te he faltado el respeto.
Abrirse, vaca querida,
mi pobre pueblo está cojo
que ha tenido la paciencia
de escuchar a un pobre loco.
Payasito, payasón,
déjate de payasadas,
escurre el bulto con gracia
y no digan pen... sativas.[490]

»En la esquina del convento volvió a adelantarse el mismo Botado, que para eso las vale, y haciendo pararse al caballo en dos patas, y abriéndose cancha entre el gentío, dijo así:

» Atención, bravos muchachos,
atención y ojo de garza,
que ahora vienen los consejos
para subir la campana.
Que don Báltico se traiga
unas dos yuntas robustas,
ochenta varas de cabo
y once varones de ayuda.
Don José Toro no beba
para que pueda echar pulso
y la linda prisionera
no se desate del nudo.
Que el chinito carpintero
prepare un buen cabestrante,
y se consiga diez lazos
que los tirones aguanten.

---

490 *Pen... sativas*: eufemismo para remplazar «pendejadas»: expresión que se considera demasiado violenta, grosera, malsonante o proscrita.

Ordenamos que el Churón,
especialista en máquinas
dirija la operación
usando de su mecánica.
Mandamos que don Ulpiano
deje su fusil guardado
y se cuelgue de las cuerdas
escupiéndose las manos.
Y que don Víctor Zaruma
olvide un rato sus cueros
aprendiendo el buen ejemplo
del que compuso estos versos.
Que Serafín Armijos
mantenga quietas las manos
dejando de manejar
las varas de San Cipriano.
Agustín Labanda, herrero,
primo hermano de la fragua,
la campana es de metal,
y le conoces el alma.
No celes a tayta Toro
porque te quitó el trabajo
y como un buen compañero
ayuda a subirla en lo alto.
Los talabarteros Japa
cierren su taller un día,
y compartan con Yangana
su bien ganada alegría.
Atención, bravos muchachos,
atención y ojo de garza,
voy a hacerles conocer
lo que tendrán de pitanza:[491]
Los priostes han preparado
chicha de jora sabrosa,
un buen jarro de aguardiente,
que repartirán las mozas.
Quien quiera beber guarapo,
guarapo también habrá,
el que quiera estar alegre
no tendrá dificultad.
Carne en cecina olorosa
preparada por Medina
con grandes fuentes de yuca

---

491  *Pitanza*: comida.

servirán sus treinta hijas.
Con cuatro panes de azúcar,
de azúcar bien refinado,
Puglla hará la competencia
al alto del campanario.
La Virgen del Higuerón,
que es la reina de Yangana
tiene que venir trayendo
a Juanita Villalba.
Porque deben ayudar
a repartir a la gente
agua para la sed
y golosinas al diente.
Y si no quieren venir
voy a tener que creer
lo que he oído decir
y no he querido entender.
Que la Virgen del Higuerón
tiene una seria rival,
como está muerta de celos
se ha prometido vengar.
De Yangana campanita,
eso debes evitar,
si te perdona la vida
regala tu libertad.
Toda buena moza venga
a encender con sus miradas
el deseo de trabajar
en el muchacho al que ama.
Abrirse, pueblo querido,
pueblo unido de Yangana,
aunque quieren humillarte
verdugos no podrán nada.
Verdugos no podrán nada
contra el pueblo de Yangana
lo que nos falta, tendremos,
por medio de la constancia.

»En la última esquina, se adelantaron Damasio Sánchez y el payaso. Y cuando hicieron cancha y la gente cesó el alboroto, picando a los animalitos, comenzaron de lado y lado:

SÁNCHEZ:

Abrirse, pueblo querido,
pueblo unido de Yangana,
somos de lo mejor
de la tierra ecuatoriana.

Y EL PAYASO:

¿Quién podrá parir más hijos
que la mujer de Medina,
y quién gana a la Jiménez
cuando con ella litiga?

SÁNCHEZ:

¿Quién sabrá mejor de libros
que el chapetón de Yangana,
quién discutirá mejor
que la Juanita Villalba?

EL PAYASO:

¿Quién es más viuda que Pancha,
que a tres hombres se ha comido?
y a Carlitos, el Botado,
con mirarlo lo ha corrido.

SÁNCHEZ:

¿Quién le gana a Maridueña
cuando de mentir se trata,
   quién vencerá a don Lisandro
en evitar la guadaña?

EL PAYASO:

¿Quién monta como Mendieta,
campeón de los domadores,
sino su propia querida
que le niega sus amores?

SÁNCHEZ:

¿Quién quema mejor las casas
cuando lo manda el destino,
que Fermín el fosforito,
de la llama fiel cautivo?

EL PAYASO:

Yo me llamo poca–pena,
sobrino de mala–gana,
y por eso es lo que soy,
el príncipe de Yangana.

Payasito, payasón,
yo no quiero que se diga
que me vaya de la cancha
y deje a la gente tranquila.
Payasito, payasito,
ya se te acabó la sal,
cede la cancha a los buenos,
ni un chiste puedes soltar.
Prepara para el otro año
un repertorio mejor
y devuélvele a su dueño
el ajeno pantalón.
Adiós, mi vaca querida,
quiero decir, pueblo mío,
si el chiste resulto malo
la culpa tuya no ha sido.

»En medio de grandes pifias, desmontaron al payaso y le hicieron flecos el calzón prestado, dejándolo casi en paños menores. Cuando se estableció la compostura, entonces Damasio Sánchez terminó así:

» Abrirse. pueblo querido,
muchachos ojo de garza,
que mañana se termina
la gran fiesta de Yangana.
Mañana, a las ocho en punto,
los esperamos sin falta,
para subir a la torre
nuestra querida campana.
Como somos buena gente
y queremos nuestra tierra,
hemos hecho una campana
que para siempre se queda.
Desde lo alto de la torre
por nuestro Yangana vela,
asomadita al balcón
como firme centinela.
Una campana en la torre
pondremos en su gran día,
llorará nuestra tristeza,
y reirá nuestra alegría.
Abrirse, pueblo querido,
muchachos, ojo de garza,
mañana, a las ocho en punto,
subiremos la campana».

6

«Al día siguiente, hermanitos, nos tocó en efecto subir la campana a la torre. Era para Yangana un día grande. Hicimos la minga más solemne que hayamos presenciado. Sobraron los lazos. Cada quisque⁴⁹² vino trayendo su vetita terciada al hombro. Costó mucho trabajo, por la dificultad de acompasar la fuerza de tanto comedido. Nos valíamos de yuntas de bueyes y de un torno. El torno era de don Baltasar Zárate, medio arreglado por el chino Vallejo. Temíamos que estuviera muy viejo, y que no aguantaran los ejes. Había estado sirviendo de gallinero en un rincón detrás de la cocina durante muchos años. Todo él estaba churretoso. Las poleas que arriesgamos no aguantaron. Se partían como si fueran de yesca. Ya nos íbamos asustando. Don José Toro casi desciende y se mata porque una veta mal curada se arrancó. Gritábamos todos a la vez, hasta quedamos roncos. Poco a poco la campana se iba subiendo al campanario, a puro pulso. Los lazos echaban humo, hermanitos.

»Echaban humo. Tenían que correr a la fuerza por encima de las vigas, que eran cuadradas. Las vetas parecían cuerdas de guitarra de tan templadas. El torno nos daba desconfianza, y por eso empuñábamos las vetas sin permitir que toda la fuerza la aguanten los ejes del aparato. Nos colgábamos materialmente de las vetas, como enjambre de avispas en un trozo de panal. Los que sujetaban el torno dejaban un rato eso y saltaban con los brazos hacia arriba para empuñarse de la cuerda lo más encima posible. Allí se colgaban y forcejeaban como culebras hasta que la cuerda corría un poco y ellos tocaban tierra con los pies. Otra vez daban entonces el salto y empuñaban nuevamente la cuerda lo más alto que podían. Muchas manos de hombrecitos, bien gruesas, resultaron con sangre y con ampollas. Un par de poleas dobles de fierro nos hizo mucha falta. Esas poleas dobles son una gran cosa para levantar los grandes pesos. ¿Te acuerdas, Joaquín? Allá, en Curipamba, un solo hombre levantaba con una de esas un dínamo, arrancándolo de la base como una muela podrida...».

Para esta descripción, el narrador, puesto de pie delante de la hamaca, y manteniendo pendientes de sus labios a los dos oyentes, se había arremangado los brazos. Entusiasta estaba. Algunos momentos empuñaba con bien imitado frenesí la cuerda de la hamaca, recogiendo el cuerpo en actitud de gatillo levantado. Parecía que de arrancar las amarras se trataba. Tanto, que la mujer, sonriendo, hubo un momento en que le dijo:

—Oye, Churón: por aquí las sogas son muy difíciles de hacer...

«—Casi dos horas –prosiguió el narrador– estuvimos sudando la gota gorda. Pero tengo que decirles una cosa, hermanitos. No sólo los que

---

492  *Cada quisque:* [o quisqui]. Cada uno.

echaban pulso sudaban la gota gorda. Sudaban también de puros nervios los que estaban viendo. Ellos quizá peor que los que hacían. El cura mismo, que es tan coloradote, estaba pálido como un hueso. Y sudaba también. Se arremangaba la sotana y movía los brazos como un espantajo. Varios de nosotros se habían quedado hablando en secreto, con la voz completamente enronquecida. Y poco faltó para que se armara la gran tremolina entre los que querían hacer el primer repique. "—Que yo repico primero, porque yo perdí dos lazos que se me reventaron y nadie me los va a pagar". "—Que yo repico primero porque puse tres tareas de leña para la fundición". "—Que yo repico primero porque regalé media arroba de bronce y un par de estribos antiguos". "—Que yo replico primero porque soy prioste y he regalado una vacona...". La pobre campana era todavía virgencita. Había que oírla cantar. ¿Qué iría a ser de ella? ¿Cómo iría a portarse? Nos daba temor de que esa campana tan bonita, con esa figura tan graciosa, fuera a resultarnos ronca. Pero no fue así... El más vivo de todos fue ese mosquimuerto de Juan Vásquez, el ollero. Se había escondido, bien calladito, en el campanario. Y mientras, en la puerta, discutían y hasta iban a darse de mojicones los otros, él, bien asegurado por dentro, tomó la cuerda del badajo y se puso a golpearla como un loco. Después sacó la cabeza desde lo alto, y dejó caer su sombrero viejo. Estaba feliz. Qué voces, las de la campanita, hermanos. Como para no lograrla. Parecía de oro y plata. Como para no lograrla...

»Entonces quedamos más enamorados de la campana. Tenía todo de bueno. Y mientras Vásquez la hacía sonar, abajo, brincábamos, nos abrazábamos, echábamos los sombreros al aire. Hasta los más calmados habían perdido la chaveta. La plaza no cabía de curiosos. Ninguno que careciera de cuatro reales se quedó sin ser padrino del bautizo de la campana. Cada uno quería ser más portador que los demás. Por eso había en la plaza qué comer y qué beber en cantidad. Ardía una fogata aquí, una fogata acá. La gente recibía un trozo de carne salada ensartada en una cangana. Cada uno asaba su pedazo en el rescoldo. En grandes bateas teníamos cerros de maíz cocido, de yucas, de plátanos, ollas llenecitas de claro de jora, barriles con guarapo en el suelo, amontonada la fruta. Quesos frescos, quesos ahumaditos envueltos en chante;[493] panela a montones, maní. Con eso había para matar la sed y el hambre de todo el pueblo: mucho que comer y que beber.

»Y las muchachas más bonitas y elegantes eran las que servían a la gente, corriendo de un lado a otro, acarreando ellas mismas las canastas de provisiones. A las dos de la tarde había que vernos, hermanitos. Con decirles que apenas hubo quien entre los varones asistiera a la misa, y que ni los mercachifles se escaparon a la tentación, les he dicho todo. La borrachera, entre los hombres, prometía ser general. Parece que en el convento el cura,

---

493   *Chante*: la hoja seca del plátano, que se usa como empaque.

que pasó con los gamonales la noche de la víspera, le cebó con ellos duro en el almuerzo, porque entre eso de las tres asomaron la cabeza bien coloradotes. La picadura en la boca a Villaviciosa apenas le había rebajado. Daban ganas de reírse al verlo así de hinchado y de azorado».

La mujer de Joaquín, al advertir que la candela del fogón contiguo apenas alumbraba la escena, se levantó, empuñó en el trayecto un leño cubierto de nudos, con las puntas secas que al arrastrarse dejaban pedacitos de agujas en el suelo, y desapareció de la vista de los dos hombres. Ellos oyeron un resuello humano enérgico, en sucesivos golpes, que sin duda se aplicaba al fogón, porque momentos después la candela respondía al soplido con un chisporroteo crepitante, después con un suave bramido y luego, hecha ya llama, iluminó las paredes de la choza permitiendo destacarse nítidamente la figura de la mujer, cuando, de regreso, apareció en el marco de la puerta. Los hombres habían aguardado, en silencio, a que volviera.

—¿Y qué más? –inquirió Joaquín.

«Lo más divertido era verla en sus apuros a doña Patrocinio. Andaba boquiseca de miedo de que se le quedara la velada sin representar. Mandaba recados al uno y al otro, para que los actores dejaran de beber. "Que no es posible que se dediquen a la borrachera en semejantes circunstancias. Que no sean tan brutos: que para beber tienen toda la vida, pero que para la comedia solamente esa noche. Que en tal caso seguirían bebiendo después... ". Parecía que los golosos iban a vencerla, porque la jarana se generalizaba. Pero doña Patrocinio, como ustedes la conocen, no es de las que da su brazo a torcer. Ella en persona comenzó a recorrer la plaza y los portales reclutando gente para que trabajara en armar el tablero del proscenio. Según ella nos contaba después, ya sin ninguna rabia, porque así es de generosa, eran ya las seis de la tarde, y la armazón del proscenio aun no estaba levantada. Pero como metió tanto empeño, cuando eran las nueve de la noche, todo estaba ya en su lugar. Y es que doña Patrocinio donde mete la mano saca algo. Saca algo».

«Doña Patrocinio saca algo, sí... saca algo» –continuó Ocampo, deslizando la diestra en un amplio giro–. «Doña Patrocinio saca algo» –había dicho Ocampo, y al decirlo, movido la mano ancha adelantándola abierta en abanico, cerrando luego, en ademán de empuñar las garras distendidas y trayendo el brazo hacia las costillas, donde quedó reposando. Expresivo encontraron los esposos Reinoso el ademán. Pudieron evocar, con toda viveza, la resuelta actitud de doña Patrocinio, su andar recio cuando lucha con un obstáculo, su figura al mismo tiempo risueña y rampante.

# 7

De pronto se oyó un lloro infantil en la pieza contigua, y Reinoso y su mujer hicieron un movimiento unánime. Los dos levantáronse a un tiempo, como si fueran a correr parejos en la misma dirección. Pero como ella le tomara la delantera, Reinoso se decidió quedarse con su interlocutor, quien había interrumpido el relato.

—¿Hembrita? –preguntó éste, recobrando la voz.

Reinoso casi se ofende por la pregunta. Y en un tono de dignidad herida, respondió:

—Varoncito, naturalmente.

—¿Y cómo se llama?

—Como su padre: se llama Joaquín.

—¿Qué edad tiene?

—Ya diez meses el bribonazo.

El «bribonazo» era, en la casa de Joaquín, el Joaquinillo.

—Entonces –respondió el Churón Ocampo–, anda por ahí con mi Adrianita; porque, te diré, el «conchito» me ha salido chancleta. Pero qué encanto de criatura ha resultado la guagüita.[494]

—No sé qué hubiera sido de nosotros sin esta bendición, por semejante monte solitario –arguyó Joaquín–. Es nuestro consuelo el bribonazo. Y qué sabido es él.

—Bueno: mi Adrianita es sabidísima. Se las pasa de lista. Me tiene, para qué es, bastante amartelado. Las mujercitas, desde chiquitas, son sabidísimas. Son más adelantadas. Pero la mía es una candela.

—Bueno: la tuya siquiera se está criando viendo gente. Pero el nuestro es bien chacito,[495] y sin embargo sabe la mar de gracias. Hay que verlo gatear en seguimiento de la mamá para darse cuenta de lo sapo que es. La sigue hasta el filo de la escalera. De ahí no pasa. Se queda viendo abajo, y así no esté trancada la puerta de bajar, él no se atreve.

—¿Tan chiquito y ya se cuida de bajar la escalera por miedo a rodarse?

—¿De no creer, no cierto? Pero el bribonazo se da cuenta de que no tiene quién lo cuide a cada rato, y él mismo se cuida. Sabe cuidarse tan bien, que fíjate el otro día, estando él sentadito abajo, en un rato que la mamá había ido a traer agua al río, dejándolo solito, él se había alejado prudentemente de una culebra que estaba dormida cerca del lugar donde se quedó. Y cuando llegó la mama, él hizo (aquí Reinoso movió su mano izquierda con un gesto torpe, de brazo no educado a responder al deseo de su dueño, haciéndola avanzar como para indicar, con impresión, un objeto) con la manito, señalándole el sitio donde estaba la culebra: «ta–ta–ta–ta». Y la mamá siguió con la vista la

---

494  *Guagua*: bebé, niño pequeño.
495  *Chacito:* chazo, campesino, rústico.

manito, y encontró al animal dormido, cerca del pañal en que el bribonazo
se quedó sentado. La mamá con susto y todo, mató al animal. Y, fíjate,
Churón, cuando ya el animal estaba muerto, el bribonazo volvió a señalarlo
con el dedito ese de comérselo que tiene, y dijo otra vez: «ta–ta–ta–ta». No
les tiene miedo a las culebras, y avisa. ¿Te das cuenta?

—Bueno: la mía, mi Adrianita, claro está, no ha corrido un peligro así,
pero creo que si eso ocurriera también sabría portarse a la altura de las circunstancias –aventuró Ocampo, un tanto amoscado, y continuó, luego–: Pero
tú no sabes, Joaquín, lo que hizo a los veinte días de nacida, cuando la madre
tuvo necesidad de irla dejando, un día en la casa, confiada al cuidado de una
vecina. Has de creer que en esa traza conocía ya a la madre. La vecina estaba
también lactando a su crío, y pensábamos que la mocosita iría a pegarse al
seno de la mujer. Pues no lo hizo. Le ponía la vecina el pezón en el hociquito,
y la sabida tenía el pezón en la boquita, pero no mamaba. Y hubo que darle
agüitas hervidas con una cuchara, hasta que volvió la madre.

—¿De veras?

—No sólo eso, Joaquín –continuó, ya en creciente entusiasmo–, sino que
al regresar la mamá, aun cuando estaba muertecita de hambre porque no
había mamado en todo el día, en vez de abalanzarse sobre el seno para re-
poner el medio ayuno, no quería pegársele. ¡Ese pedacito de gente estaba re-
sentida con la madre! Trabajo le costó, y muchas caricias, dar satisfacciones
a la mocosita, para que se pegara a la madre.

Equilibradas las posiciones, más o menos, quedaron unos segundos callados, viéndose con ojos de satisfacción, cada uno encantado con la proeza
que había contado de su respectivo vástago. Tiempo era de alabar al del otro.

—¿Y cómo anda de apetito, Joaquín guagua? –preguntó Ocampo.

—Tragonazo es el bandido. La mamá tiene bastante leche, y le da… Fíjate
cuántas veces le da el seno: de mañanita, a las cinco, ya él está despierto, y empieza a manotear y a cantar. Busca donde debe hallar, y se pega la gran em-
pipada. Así se está un rato más, jugueteando en la cama. Yo lo dejo y salgo a
mis quehaceres, hasta que mi mujer me llama al café. Cuando vengo, él ya
está en la cocina, siguiendo a la madre como rabo, donde ella se va. Le damos
entonces colada de plátano con miel de abeja silvestre, que es aquí el único
dulce que tenemos disponible. Toma de eso hasta quedar pipón. Hasta eso
de las once, el bribonazo otra vez está pidiéndole a la madre, y pega una
mamada de esas de quedar acezando, y se duerme hasta bien entrada la tarde.
A eso de las cuatro o tres se despierta. No es bravo cuando se despierta. El
solito está en la cama largo rato, conversando. Cuando se ha enfriado bien, la
mamá lo baña aquí no más, en el río, y le da nuevamente el seno. Y una hora
después otra coladita de alguna cosa; de lo que se proporcione. Come ya
guineos maduros. Para la papaya es también tieso.[496] ¡Ah, si tuviera naranjas
aquí! Estoy seguro de que le gustarían mucho las naranjas.

---

496 *Tieso*: determinado, decidido.

—¿Y cuántos dientecitos tiene ya?

A esta pregunta, Joaquín vaciló un poco. No le gustaba mucho tener que decirle a su amigo que Joaquinillo andaba un poco perezoso en lo de la dentición, no obstante sus diez meses de edad. Joaquinillo ostentaba todavía una boca –un hociquito como habría dicho su padre– de encías sonrosadas y nada más.

—Todavía no le salen los dientecitos. Ha resultado ocioso para eso –respondió–. Pero mi mujer dice que eso es mejor, porque así la dentadura es duradera. Que cuando los dientes salen muy pronto, se dañan también pronto.

Pero Ocampo, cuya hijita en cambio, a pesar de tener la misma edad de Joaquinillo, tenía ya cuatro o cinco dientecillos, no podía consentir semejante hipótesis.

—No te creas –le replicó–. El nacimiento de los dientes a su debido tiempo es una señal de robustez. Mi hijita es bien robusta. –No agregó más: "Mi hija es bien robusta". Es decir: más robusta que Joaquinillo.

Pero Reinoso, en este punto, no era de los que daba su brazo a torcer:

—Así debe ser –concedió–. No tendría nada de particular: las mujeres son más adelantadas que los varoncitos. Cuando ellos están todavía picando el cascarón, ellas están ya contoneándose delante de los gallos y dejándose hacer el amor.

Faltaba, desde luego, la réplica en materia de hazañas, del Churón Ocampo, sobre su pequeñuela.

Había que irse por lo de su admirable aseo natural, por su ingénita pulcritud y por las excelencias de su carácter.

—¿Tu hijito –preguntó a Reinoso– avisa cuando va a hacer pipí?

—Hombre, para serte franco, no avisa todavía. A mi me gusta decir la verdad.

—Pues bien –dijo Ocampo, con aire de triunfo–: la Adriana sí avisa; y conste que digo yo también la pura y neta verdad. Fue desde más pequeñita, aseadísima. Cuando está en brazos de la madre, y desea hacer una necesidad, se arroja de donde esté, y busca el suelo. La madre no tiene gran trabajo en esto del aseo de pañales. Ensucia muy poco la ropa.

Estas últimas palabras reconoció que encerraban una necedad. Pues aludir acerca de abundancia de ropa en casa de Joaquín, donde apenas había para cubrir la desnudez de los adultos, alejados, desde hacía tiempo, de todo contacto con el mundo, era una grosería. Pero Joaquín, al oír eso, se echó a reír.

—El mío sí es cagón: para qué voy a negarlo. Pero tampoco da trabajo a la madre ensuciando la ropa. Por la sencilla razón que no la tiene.

Un tanto amostazado el Churón por su indiscreción, resolvió imponerse un poco de tregua en la apología de su pequeña, y dar margen, en compensación, a su amigo, para que se extienda en el relato de las excelencias del chiquillo.

Y por eso, muy generosamente, preguntó:

—¿Y cuando tú llegas del trabajo, cómo te recibe?

Reinoso empezó a bañarse en agua rosada.[497] Precisamente acababa de brindársele la oportunidad que más habría querido tener delante del primer interlocutor que no sea su esposa, hasta el día anterior el único, en tanto tiempo.

¡Oh, poder eso, era contar una historia maravillosa!

—Desde que estoy a una cuadra empiezo, vieras, a silbar, pero a silbar bien alto, así (metió el dedo meñique doblado a la boca, lo rodeó con la punta de la lengua encarrujada,[498] y silbó). El mocosito, según me cuenta la mamá, se desespera de alegría entonces, y quiere botarse de la cama, sea como sea. Ya en el suelo, avanza el solito hasta el comienzo de la escalera, y allí se sienta, como un gatito, a esperarme, con las manitas en lo alto, y llamando «pa–pa, pa–pá, pa–pá, pá–pá...». «¿Ya viene tu papá?» –le pregunta entonces la mamacita–. «¿Ya viene tu papá?». Y el bribonazo mueve la cabecita diciendo que sí, y repitiendo: «pa–pá, pa–pá, pa–pá...». Cuando me alcanza a ver, vuelvo a dar un silbido, y él me contesta. Vieras tú: me contesta. No por supuesto silbando (en la cara de Ocampo comenzaba a dibujarse una sonrisa burlona), sino alzando las manitos, agitándolas locamente, y con unos gritos bien altos, como que quisiera llorar, como que quisiera reír; pero se ríe a carcajadas. Me tiende entonces los bracitos, ya cuando ya estoy al alcance, y se arroja a mis pies, y me abraza las rodillas. Así me acompaña a dejar la herramienta en un rincón, chillando como si fuera yo quien tengo que darle de mamar. Porque chilla entonces con ese tonito, hasta que lo cojo de los bracitos, y lo suspendo hasta bien arriba. De allá arriba, lo lanzo en el aire, y lo tomo después de los sobaquitos, y lo empiezo a hacer bajar, con la cabecita contra la mía, mientras él, viendo mi cara cada vez más cerca, se muere de risa. Después lo afianzo contra la cintura, y el bribonazo se pone a divertirse con mis barbas. Me las empuña sin consideración, con las dos manitos, y tira a diestra y siniestra. Después me acuesto de espaldas en la hamaca, y él se me sube encima, sobre la barriga. Ahí esta, largo rato, conversando y riendo. En una de ésas, me baña la barriga de lo lindo. ¡Ah, el bribonazo! El se da cuenta de esto, y me moja la poca ropita que me queda. Después, se me duerme en los brazos.

Y al decir Joaquín «se me duerme en los brazos» su tono adquiere una ternura y suavidad sorprendentes. Los ojos miran con dulzura, miran con dulzura los brazos en los cuales su imaginación evoca la figura yacente de su hijo, los brazos que acunan al niño en un lento vaivén.

Los dos padres quedan examinándose en silencio. Súbitamente, Ocampo propone:

—Quiero conocer al pequeño.

Que era lo que el otro deseaba vivamente.

---

497   *Bañarse en agua rosada*: «bañarse en agua de rosas». Alegrarse de algún mal ajeno porque se obtiene con él alguna satisfacción de amor propio o alguna ventaja. Sentirse feliz.
498   *Encarrujada*: doblada en pliegues.

Joaquín trataba de exhibir a su muchacho; Ocampo, de ver al pequeño para cotejarlo mentalmente con Adrianita y ver cómo andaban entre sí de cara y cuerpo, cuál de los dos era en realidad mejor. Porque, según Ocampo, la mocosita era de una primorosa belleza. ¡Ah, si estuviera a mano, para deslumbrar a Joaquín y a su mujer!

Por su parte, Joaquín Reinoso pensaba: «¿Por qué dejar pasar la oportunidad sin humillar al Churón en su orgullo de padre? Primero: le demuestro que es varoncito, con lo cual ya le llevo ventaja. Segundo, le enseño que es guapo. Por lo que conozco de los hijos mayores del Churón Ocampo, y dada la fealdad de su mujer, es probable que su tan alabada Adrianita será más bien una longuita ordinaria, y yo puedo, en consecuencia, echarle prosa, mortificarle en el fondo, muy en el fondo, aun cuando él lo disimule muy bien, y darle envidia. Además, en lo que respecta a salud... en eso no hay quien venza al bribonazo».

El resultado no se hizo esperar. Joaquín, pese a las protestas de su mujer, que había ido a acallar al niño acostándose a su lado y arrullándolo, sacó entre los brazos un osezno envuelto de trapos viejos, que dormía con la más firme resolución de no preocuparse hasta el día siguiente, de los negocios de la vida.

Y ambos papás, el que hacía la exhibición y el que la examinaba, pensaron, en silencio, y con hondo regocijo interior, que el hijo respectivo era mejor, quedaron orgullosos de sí mismos y admirablemente tranquilos.

## 8

«En el centro de la plaza –continuó más adelante el narrador– había tres lámparas "Petromax" encendidas. Y tres en el portal de doña Manuela Cuenca, donde se levantaba el proscenio todos los años, desde que yo he tenido uso de razón. El programa era más o menos el de siempre. Pero ahora, como les venía diciendo, hermanitos, don Vicente había preparado una pantomima para satirizar a los gamonales. Y esa pantomima iba a representarse antes de la comedia. Se llamaba "Guárdate del agua mansa". "Yo quiero con esto –había dicho don Vicente en los últimos ensayos–, que vayan entendiendo los patrones el riesgo en que andan metidos si porfían en fastidiar al pueblo como lo están haciendo...". "Pero eso es no conocerlos", pensaba yo. No dije nada, para evitar el que hablaran de mí diciendo que en todo trataba de llevarle la contra a don Vicente, con quien en esos días ya estaba bastante bien. Pero no creí nunca en que los patrones fueran a ceder con sólo eso. Con palmaditas no se amansa un toro bravo. No se lo puede amansar. Un toro bravo es un toro bravo.

»La plaza, desde muy temprano, estaba ya llenecita. Verdad es que la mayor parte de los hombres estaban medio borrachos, o lo menos, con los humos de la bebezona de la tarde. Los más precavidos habían ido llevando asientos sobre la cabeza, para asegurarse a tiempo. Había adelante, casi al pie del proscenio, dos bancas de tiras que todavía estaban desocupadas. Eran las bancas para las madrinas de la fiesta, para el cura, para los patrones y para la autoridad, Yo aguaité desde el proscenio, por un agujerito del telón. Las bancas delanteras, con ser ya las nueve de la noche, estaban aún vacías.

»Yo ya me sentía en mis cabales. Pero no les he dicho nada a ustedes, hermanitos, del telón de boca, por el cual tanto escándalo se produjo después. Ese telón que había antes, el que ustedes conocieron, el telón con la bandera nacional, estaba inservible. Doña Patrocinio, que lo guardaba después de cada fiesta, lo había envuelto según parece en unos papeles medio enmelados, y el resultado es que al telón se lo comieron las cucarachas y las hormigas. Total que cuando empezaron a desempacar los trapos necesarios para la fiesta, encontraron al telón medio comido. Y como en el pueblo no hay un buen surtido de tela gruesa como para el caso, ni había tiempo para pedirla a la ciudad, ello es que cosieron un telón empleando una franela colorada, bien pesada, que había tenido don Baltasar Zárate quién sabe desde hacía qué tiempo. Tuvimos telón nuevecito, pero no telón tricolor. Y en eso también estuvo lo malo, como verán ustedes más adelante. También estuvo en eso lo malo.

»—¿Qué me dices? –preguntó un amigo–. ¿Vendrán los patrones? Yo digo que no. Y yo en cambio creo que sí vendrán –le respondí yo–. Con la protección del cura sí se atreverán. Como están con sus copas adentro han de sentirse valientes.

»—Sería una lástima que le perdieran. ¿Cómo les quedará el cuerpo? Veamos qué cara ponen estos facinerosos.

»Y cuando estábamos haciendo conjeturas entre si venían o no venían, por la esquina del convento asomaron los hombres. El cura iba adelante. Ellos después. Al último, el teniente político. Se sentaron en las bancas de tiras. Casi al mismo tiempo llegaron las madrinas de la fiesta, y llenaron los asientos desocupados. La función iba a empezar».

# GUÁRDATE DEL AGUA MANSA

*Farsa en un acto y tres cuadros.*
(No hay alusión personal)

## CUADRO PRIMERO

*La acción en uno de los parques del norte de la ciudad grande. Por la tarde. Personajes: El señor Desvalijado, Civilizados No. 1 y 2, el joven Aprendiz, el Payaso.*
*El señor Desvalijado es un hombre muy gordo y muy elegante. Cubierto de grueso abrigo, lleva sombrero de copa, bastón y botainas.*
*Al levantarse el telón, está solo en la escena y saca un enorme puro de su bolsillo y lo enciende. Se sienta en una de las bancas del parque, y echándose hacia atrás, fuma con visible delicia. El Civilizado No. 1 asoma, con gorra y antifaz, por la derecha. El Civilizado No. 2 asoma, de la misma guisa, por la izquierda. Avanzan cautelosamente hacia el gordo señor. El joven Aprendiz, que viene en este momento del fondo, viendo a los Civilizados, se detiene prudentemente y queda escondido detrás de un árbol, de manera que no lo vea ninguno de los tres.*

CIVILIZADO No. 1: —(*Haciéndole, con un cuchillo muy grande y brillante, una señal de silencio y avanzando con el arma puesta de plano sobre sus propios labios*). ¡Cuidado con moverse, gordito!

CIVILIZADO No. 2: —(*Aproximándose, con el revólver en la mano izquierda, empuñándolo por el cañón, como para no alarmar de muerte al señor*). Tenga la bondad de cederme su exquisito cigarro. (*El señor Desvalijado se lo entrega sin vacilar*).

CIVILIZADO No. 1: —¿Será tan amable que me facilite su billetera? (*El señor Desvalijado mira a un lado, mira a otro, y no divisando en el horizonte sino a los dos Civilizados, entrega, con una cara de repugnancia, la billetera. Al hacerlo, le resplandecen las piedras de sus anillos*).

CIVILIZADO No. 2: —¿Y no le parecen incómodos esos anillos en las manos? ¿Para qué usted, que es ya una persona pesada, se añade tanta incomodidad encima? Permítame, excelente amigo: aligeraré sus gordas manos. (*Se las desnuda de los anillos*).

CIVILIZADO No. 1: —¿Podría, distinguido señor, indicarme qué hora tiene su reloj? (*El señor Desvalijado dirige miradas angustiadas de*

*hombre que se ahoga. No aparece por ningún lado el salvavidas. Busca el*
*bolsillo de su chaleco. Aparece el reloj grande de oro, unido a una pesada*
*cadena del mismo metal).*

¿Hermoso, verdad? Veamos la marca. ¿Conque tiene pegada una cadenita, eh? (*Le quita el reloj y la cadena, y luego el prendedor de la*
*corbata, después de despojarlo de la bufanda. Después de esto, a los Civi-*
*lizados les entra una especie de vértigo del desvalijamiento, y se abalanzan,*
*alternativamente, sobre el señor Desvalijado. Acción muy movida).*

CIVILIZADO No. 2: —¿Me cede su chistera?[499] (Se la quita).

CIVILIZADO No. 1: —¿Me permite su bastón? (*Se lo quita*).

CIVILIZADO No. 2: —¿Verdad que es muy fino el paño de su abrigo?
(*Se lo quita*).

CIVILIZADO No. 1: —¡Uy, qué hermosa resultó su americana! (*Se la*
*quita*).

CIVILIZADO No. 2: —¡Cómo me entusiasma su chaleco! Ya tenemos
la cadena: venga el chaleco ahora. (*Se lo quita*).

CIVILIZADO No. 1: —¿Pero un chaleco sin pantalón qué es? Una
prenda jíbara. Venga ese pantalón. (*Se lo quita. El señor Desvalijado*
*queda como se deja dicho, si bien es muy larga, casi talar, la camisa. Los*
*calzoncillos son de punto, y empalman con los calcetines. Los Civilizados*
*echan a correr. Hacía rato ya que habían guardado las armas. El señor*
*Desvalijado grita en una forma ininteligible. Aparece inmediatamente, un*
*policía. El policía viste de payaso. Se sabe que es agente del orden por la*
*placa metálica que lleva en el pecho, por el garrote y por la gorra militar.*
*Trae la cara enharinada. El garrote tiene en la punta cuatro vejigas de toro*
*bien infladas. Al asomar en escena, se queda perplejo, al ver la insólita*
*figura del señor Desvalijado. Mira su propio aspecto, mira el aspecto del*
*señor, y dándose cuenta de que el señor está más ridículamente vestido que*
*él, monta en cólera. La indignación que expresa parece auténtica).*

PAYASO: —Señor, señor, ¿qué es lo que veo? ¿Cómo? ¿Un hombre de
su edad tiene el atrevimiento de presentarse en una forma tan inde-
cente? (*Se pasea, blandiendo el garrote y golpeando las vejigas en las nalgas*
*del señor Desvalijado*). Dése cuenta, señor, que éste es un parque muy
concurrido de los niños y de la gente honesta. El público se merece
mayor consideración y respeto. (El señor Desvalijado quiere hablar,
explicarse. El Payaso se sulfura, se inmuta).[500] ¿Y todavía quiere re-
plicarme? ¿Tampoco sabe respetar a la autoridad? ¿En vez de con-
tribuir a la moralización de la ciudad, con el buen ejemplo, trata de
corromper las costumbres? ¡Qué horror! (*Silba, con pito de señales.*
*Avanza luego, de un extremo a otro, haciendo adelantar al señor Desva-*
*lijado, que no ha dicho hasta este momento esta boca es mía, dándole de*
*vejigazos en las posaderas, y al llegar a la puerta de la izquierda, lo empuja*

---

499  *Chistera*: sombrero de copa.
500  *Inmutar*: alterar.

*y, dirigiéndose en voz alta a un compañero suyo invisible, le dice*): Condúzcalo a la Comisaría. (*El señor Desvalijado, que trata de decir algo al público, no tiene, al salir, sino tiempo de gritar, con una voz ronca y mordiéndose de furia*):

SEÑOR DESVALIJADO: —¡CARAJO! (*El Payaso, libre ya del señor, vuelve a la escena*).

PAYASO: —¿Habráse visto semejante cosa? ¿Habráse visto un sujeto peor vestido que un servidor del Estado? Esto no podía consentirlo jamás. (*El joven Aprendiz, que ha permanecido oculto mientras duró todo esto, reaparece, cautelosamente, y se presenta al Payaso*).

EL APRENDIZ: —Buenos días, señor agente del orden.

PAYASO: —¿Qué pasa, muchacho?

EL APRENDIZ: —Que a ese señor los ladrones le quitaron cuanto llevaba encima. Y que es injusto que a él, que es la víctima, le mande a la comisaría, cuando los culpables son los ladrones que lo desnudaron.

PAYASO: —¿Ladrones dijo?

EL APRENDIZ: —Sí, señor agente: ladrones. Yo los he visto.

PAYASO: —¿Y por dónde tomaron?

EL APRENDIZ: —Por este lado de acá, como quien va a La Merced.

El PAYASO: —¡Ah!, entonces mi deber es perseguirlos inmediatamente. No me detendré hasta no encontrarme con ellos. Es el deber...

EL APRENDIZ: —(*Animándose.*) Así me parece, señor agente. Es imposible que este delito vaya a quedar impune. Noble cosa es cumplir con el deber como usted lo hace.

PAYASO: —Voy volando. Estos bandidos no se irán así como así. ¡Todo para ellos! ¡Qué ladrones! ¡Juro que no los dejaré en paz! Atreverse a aquello, sin darme siquiera una participación. ¡Ladrones, ladrones! (*Sale corriendo, volviendo a hacer sonar el silbato de los policías*).

EL APRENDIZ: —(Después de un momento de vacilación). ¿Qué debo sacar en limpio de todo esto? ¿Cuál es la fórmula para mejor vivir? (*En transición brusca, arrojando el libro que tenía debajo del brazo, al suelo*). La fórmula está encontrada: no estudio una línea más. He descubierto el camino. El camino más rápido para hacerse de una situación. Los procedimientos son sencillos. Y allá, en los lugares remotos, donde la civilización apenas ha llegado, será más fácil. Abajo esta maldita carrera lenta que estaba siguiendo paso a paso. La otra es la mejor, la más veloz, la más efectiva y la más directa. ¡Viva la civilización contemporánea! ¡Viva la fórmula mágica!

(*Telón de cuadro*)

## Cuadro Segundo

*La escena representa un patio de casa de campo de propietario acomodado. A la izquierda, la molienda de caña. A la derecha, la entrada a un establo. Al fondo, sala con anchas puertas de entrada y hamaca entre los pilares. Una patilla ancha.*

*Personajes: El joven Aprendiz, don Todo–Aguanta, el doctor Pica–Pleitos, el señor Vela Autoridad, el Payaso.*

*El joven Aprendiz está más maduro. Le ha nacido un bigotito que parece salirle directamente de las ternillas.*[501] *Ha cambiado su traje de estudiante por el de jinete. Lleva botas de montar y las golpea con un fuete elegante. Don Todo–Aguanta es el vivo retrato de Don José Toro: corpulento, achaparrado, bonachón y vigoroso. Representa a Yangana: es su Juan Pueblo. Aparece como el propietario de la casa de campo acomodada.*

EL APRENDIZ: —*(Blandiendo enérgicamente el fuete en son de amenaza a Todo–Aguanta).* Tu hacienda es mía; tu molienda es mía; tus potreros son míos; tu caña es mía; tu ganado es mío.

TODO–AGUANTA: —*(Con santa calma).* Mi hacienda es mía; mi molienda es mía; mis potreros son míos; mi caña es mía; mi ganado es mío. Y buenos días le dé Dios, señor. ¿A qué se debe el honor de tenerlo por estos mundos?

EL APRENDIZ: —He venido a recuperar lo que es mío; lo que por derecho me corresponde. Esto en que tú pisas me pertenece. Tus bienes me pertenecen. Tú me dices que esto es tuyo. Yo te digo: esto es mío. Y yo sé por qué te lo digo.

TODO–AGUANTA: —¡Si lo sabré yo! Esto es mío, porque lo he heredado de mis mayores; esto es mío, porque lo he trabajado con mi propio esfuerzo, esto es mío, porque lo he levantado con mi labor y con la de mis hijos. La casita la he edificado yo; los campos los he labrado yo; la caña la he sembrado yo; los animales los he criado yo, la molienda la he instalado yo, por eso digo que es mío. ¡Me pertenece a mí! ¡Pero qué ganas de bromear le noto a usted, joven viajero! ¿Por qué no toma asiento conmigo? ¿No se tomaría un jarrito de guarapo para la sed?

EL APRENDIZ: —Trae el guarapo; tu obligación es servirme. Para eso eres siervo: Eres mi siervo. Todo lo que has trabajado en estas tierras, que son mías, me pertenece. Tu jarro de guarapo también.

TODO–AGUANTA: —Eso sería robo, señor.

EL APRENDIZ: —¿Un robo, has dicho?

TODO–AGUANTA: —Sí, señor. Eso sería un robo. Un robo descarado.

---

501 *Ternilla*: cartílago que forma la parte externa del órgano del oído.

EL APRENDIZ: —(*Después de haber escanciado el jarro que le extendiera Todo–Aguanta*). ¡Justicia, justicia! ¡Aquí, el infame; aquí, el vil calumniador, aquí, el destructor del honor ajeno! ¡Aquí, el criminal, que destroza una reputación inmaculada; aquí, el ladrón de las honras de los caballeros! ¡Auxilio, doctor Pica–Pleitos!

PICA–PLEITOS: —(*Entrando precipitadamente, por el lado del establo, con un librote debajo del brazo, grandes antiparras en la punta de la nariz muy larga y aguda y sombrero de copa viejo y raído*). ¿En qué puedo servirles, honorables amigos?

TODO–AGUANTA: —Este incauto[502] joven, llevado por los impulsos de sus pocos años y su inexperiencia de la vida, me quiere quitar la hacienda diciendo que mi hacienda es suya.

EL APRENDIZ: —(*Guiñando un ojo al doctor Pica–Pleitos*). Este viejo idiota me acaba de gritar que soy un ladrón.

TODO–AGUANTA: —Yo le dije, doctor, otra cosa. No le dije que él era ladrón. Dije que quien me quisiera de verdad quitar esto que es mío era un ladrón. Pero lo dije en tono de broma, porque de broma creo también que es lo que el joven caballero me habla.

EL APRENDIZ: —He hablado y hablo muy en serio. Digo y afirmo que esto es mío, y como he dicho que esto es mío, el insolente me ha llamado ladrón.

PICA–PLEITOS: Nada más sencillo ante la ley. Para fallar acerca de la justicia, cuando dos sujetos de derecho creen tenerla consigo, lo aconsejado es examinar el asunto a la luz de los códigos. (*Abriendo su librote*). La propiedad de los bienes raíces se adquiere por la inscripción del título de dominio en el Registro cantonal de la propiedad... A ver, amigo, su título debidamente inscrito...

TODO–AGUANTA: —No tengo ni necesito título alguno. Mi padre tampoco lo tuvo ni lo necesitó. Mi abuelo menos todavía. A base de buena fe es adquirido y conservado esto. Me pertenece porque lo he heredado de mis mayores. Porque lo he cubierto con mis propios cultivos. Porque pertenece al futuro de mis hijos... Esto es mío. Y quién pretenda quitármelo, es un ladrón. Nada más que eso: un ladrón.

PICA–PLEITOS: —¿Y usted, joven amigo, qué razones alega?

APRENDIZ: —(*Sacando del bolsillo del pecho un legajo de papeles amarillos*). Yo hablo con la razón en la mano. Aquí están mis documentos. Estos papeles, doctor, dicen que yo soy dueño legítimo de todo esto. Luego, esto es mío. La hacienda del señor es mía. Todo esto es mío. La ley me ampara. A ella me rindo. Y a ella tendrá que rendirse también él. Ya se lo decía. De otro modo, habría sido tiempo perdido venir a discutir con persona tan cerrada de entendederas.

PICA–PLEITOS: —(*Examinando ávidamente los papeles*). ¡Oh, majestad

---

502  *Incauto*: crédulo, ingenuo.

augusta y sagrada de la ley: hasta aquí, hasta estos remotos ámbitos llega vuestro divino imperio! ¿Qué sería sin ella el universo? La guerra de todos contra todos, como decía un inglés. Amparas a los débiles contra el derecho brutal de los fuertes; restituyes el equilibrio que tratan de romper las oscuras potencias del mal. Merced a tu prestigio sapiente y a tus enérgicos mandatos, el mundo vive en paz y armonía, y el progreso de la humanidad es posible. Salve, ley escrita, norma saludable que haces posible la concordia universal y la pacífica convivencia humana. Aquí también vas a desempeñar tu sacrosanto ministerio, dispensando el sacramento de la justicia, dando al César lo que es del César. Esto que te rodea, joven amigo, es tuyo. Mis felicitaciones por ello. El fruto de tu trabajo, donde se nota el noble esfuerzo aplicado a la tierra, el sacrificio constante triunfando sobre la naturaleza bravía, es muy valioso. Tuyo es el derecho. Y yo, como hombre de derecho que soy, me pongo a tus órdenes. Mi deber es estar en el lado de la ley: y la ley está contigo. ¡Salve, oh ley augusta! ¡Salve, gentil beneficiario de ella, por tu salud, y por la persona agraciada a quien aquélla sirve! ¡A tus órdenes!

TODO–AGUANTA: —No entiendo bien esa jerigonza del doctor, pero me parece que ha dicho que mi hacienda no me pertenece.

PICA–PLEITOS: —No hablaba para ti, hombre rústico. Mi salutación a las leyes estaba concebida en alta literatura y eras incapaz de seguir su audaz vuelo elegante. Pero la conclusión, que al fin se rozaba con la tierra que no te pertenece, sí la has entendido bien. En efecto: la hacienda es de tu joven amo. Tú no eres sino su peón, ¿Entendido? Su peón.

TODO–AGUANTA: —No puedo consentir que se roben lo que es solamente mío. Creo que la justicia me garantiza y me defiende, por mucho que ustedes me sostengan lo contrario. Como no quiero disgustarme con los caballeros, prefiero poner el hecho en conocimiento de la autoridad, a la cual me encamino sin pérdida de tiempo, pues que otras cosas tengo que atender más luego en mi hacienda.

EL APRENDIZ: —¿Pero no has oído lo que dice un letrado de mi derecho? Lo mismo que te dice él te va a decir la autoridad, porque la autoridad tiene que sujetarse a la ley, y ya has oído lo que la ley dice sobre mi derecho. El doctor nos ha dicho la verdad, y debes estarle agradecido: ahora, por fin, sabes verdad. ¡Qué agradable es para el hombre saber, por último, la verdad! La verdad verdadera. No la que habíamos creído que es verdad. Y aquí la verdad es que tú no tienes nada.

TODO–AGUANTA: —(*Pasándose las mañazas por la frente, sin querer entender aquello*). Pues yo estoy creyendo que voy a tener que inco-

modarme en serio con usted, joven. Y si la autoridad cree como usted
dice, voy a empezar a creer en que también tendré que incomodarme
con la autoridad. Y si esas leyes que tiene el doctor debajo del brazo
dicen lo que él se ha servido hacerme entender, me veré en la obligación de pelearme también con el librote del doctor. Pero ustedes lo
que quieren es burlarse de un pobre campesino para ver qué cara pone
un chazo con furia, ¿no es verdad?

EL APRENDIZ: —¿Y tú crees, buen hombre, que yo iba a venirme de
donde vengo, dejando lo que he dejado, para hacer chanzas a un desconocido? De muy lejos soy, pero un derecho claro y seguro tengo. Y
a reclamar ese derecho es a lo que he venido. Lo primero, dije, hablar
personalmente con el voluntarioso ocupante de mis tierras. Después,
echarlo por medio de la autoridad, si se resiste.

TODO–AGUANTA: —Pues insisto en que o bromean ustedes o tendré
que ir en busca de la autoridad, para que ustedes me dejen en paz.

PICA–PLEITOS: —(*Dando palmadas sonoras, a las cuales, como si obede-
ciera a una señal convenida de antemano, se presenta en la escena la autoridad Vela*). Ninguna necesidad hay de ir a la autoridad, pues la autoridad viene hacia nosotros. Velita, buenos días.

SEÑOR VELA: —Buenos días, señores. ¿Nos tomamos una copita, por
el gusto de encontrarnos aquí más de tres personas amigas juntas?

TODO–AGUANTA: —(*Entiende la alusión*). Voy, señor. (*Sale en busca
de aguardientes*).

PICA–PLEITOS: —Todo está listo. Solamente nos falta su confirma-
torio.

SEÑOR VELA: —¿Qué palabrita me echó usted?

PICA–PLEITOS: —Quiero decirle que solamente falta que usted apoye
el argumento que nosotros hemos desarrollado.

SEÑOR VELA: —¿Que yo apoye qué cosita me dijo?

PICA–PLEITOS: —Que diga lo mismo que nosotros decimos.

SEÑOR VELA: —Haré lo posible, siempre que ustedes también hagan
lo posible a mi favor.

PICA–PLEITOS: —¡Naturalmente! Todos saldremos aquí benefi-
ciados. El honorario es honorario. Y honorario viene en honor.

TODO–AGUANTA: —(*Retorna con las copas llenas, que las reparte entre
los presentes*). A buena hora pasa usted por aquí, digna Autoridad.
Quiero que aclaremos un punto muy importante para mí. Tiene usted
que protegerme contra este joven forastero que me sostiene en mi cara
que mi hacienda le pertenece, y que me la va a quitar. Como usted es
la Autoridad del lugar, y me conoce a mí perfectamente, porque lo
he servido siempre que ha sido necesario, y conoce el origen de mis
bienes, puede decirles a este joven señor y a su abogado que ellos se

equivocan, y que los bienes que poseo son míos, porque los he adquirido honradamente. Y tiene que decirles también que aquí todos
vivimos en paz gozando del fruto de nuestro trabajo.

SEÑOR VELA: —De administrar justicia veo que se trata. Oigamos entonces a la otra parte, para saber los respectivos puntos de vista.

PICA–PLEITOS: —Con su permiso, señor: represento como abogado
los intereses de este gallardo joven, y como tal puedo expresar a usted
que no pudo ser más justiciera y arreglada a ley su aspiración. Aun
cuando pudiera hacer aquí un discurso acerca del derecho que le
asiste, prefiero hablar con documentos en la mano, que expresan más
de lo que pudiera decir un largo alegato jurídico. Esos documentos
son los títulos de propiedad que justifican la de mi joven defendido.
Helos aquí. (*Le entrega el rollo de papeles amarillos, tomándolos de manos
del joven Aprendiz*).

SEÑOR VELA: —(*Examinándolos, rascándose, dando unos pasos, poniéndose desasosegado*). Este... este... aquí hay unos papeles. . .

PICA–PLEITOS: —¿Ve usted, usurpador audaz? El señor, como Autoridad, acaba de fallar en su contra. Usted no es sino un desver-
gonzado usurpador de terrenos ajenos: la digna autoridad de este
lugar lo ha dicho enfáticamente.

SEÑOR VELA: —Veo que... en el presente caso... hay... unos papeles...
este... este...

PICA–PLEITOS: —¿Se ha convencido usted? La autoridad tiene ya un
criterio formado sobre esto, y lo que es más, está resuelta a garantizar
la efectividad del derecho de mi defendido sobre la hacienda que
usted, torpemente, pretende que es suya. Vamos a tomar esta copa por
el joven propietario y por su merecido triunfo, pues intereses bas-
tardos pretendieron cruzarse en mi camino y dificultarle la obtención
de los logros a que tiene sobrado derecho. Brindo, pues, por la futura
grandeza de este privilegiado sitio. (*Alza la copa y bebe. Beben el joven
Aprendiz y la autoridad. Todo–Aguanta arroja el contenido de la copa al
suelo, lo cual es visto por el doctor*). Y si usted insiste en no creer lo evidente y en no ceder el sitio, le diré, a la luz de la ley que nos ampara
y protege, que usted es... por lo menos un jactancioso, y en todo caso,
y si usted no retrocede, un ladrón. Así como suena: un ladrón.
¿Verdad, dignísima autoridad?

SEÑOR VELA: —(*Completamente embarazado, ante los papeles, amarillos
y ante el chorro de preguntas*). Bueno... hablando francamente... yo
creo...

PICA–PLEITOS: —Lo dicho. Ni una palabra más. La autoridad tiene
razón. Y si usted sigue molestando, solicitaré que sea reducido a
prisión, por jactancioso, por depredador, por denostador[503] de hono-

---

503 *Denostar*: deshonrar, infamar.

rabilidades ajenas, por cínico, por hablador, por irrespetuoso, por irresponsable, por analfabeto, por ignorante, por retrasado, por audaz, por incrédulo, por alzado, por indisciplinado, por rebelde, por conspirador. Además, le seguiré un juicio, y lo sepultaré cincuenta años en la cárcel.

TODO–AGUANTA: —(*Estallando*). ¿Conque pretenden no solamente despojarme de mis bienes sino meterme a la cárcel? ¿Y esto en las barbas mismas de la autoridad? ¿En qué país vivimos? ¡Infames! ¡Después del robo descarado, la prisión! ¡Oh, ustedes son unos ladrones, y deben devolverme inmediatamente el aguardiente de mi botella que se bebieron! ¡Ladrones, ladronazos!

PICA–PLEITOS: —(*Con un aire de alta dignidad ofendida*). Dignísima autoridad: Haga uso de disposiciones legales terminantes, que usted muy bien conoce, para acusar al ciudadano Todo–Aguanta como autor de innumerables infracciones al Código Penal, entre otras, la de faltamiento a la autoridad, a la cual ha dicho infame, y la de calumnia contra mi defendido, al cual ha llamado ladrón; y solicito, por tratarse de delitos infraganti, que usted ordene, en uso de las facultades de que como autoridad está investido, la inmediata prisión del delincuente audaz y temerario.

SEÑOR VELA: —(*Ganado por el torrente de sabiduría curialesca, y por la visible oferta en metálico, saca un silbato del bolsillo, y llama a la fuerza pública. Luego se queda mirando a Todo–Aguanta con ojos feroces. Aparece el payaso del primer cuadro, digo, el agente de la autoridad*). Hágase cargo y conduzca a la cárcel a este criminal. (*Salen los tres poderosos, y al cruzar el escenario, el joven Aprendiz, ostensiblemente, entrega al SEÑOR Vela un puñado de monedas, que la autoridad recibe, con una orgullosa sonrisa*).

TODO–AGUANTA: —(*Entregándose voluntariamente al policía–payaso y dirigiéndose a los que se van*). De mi padre, de quien heredé la hacienda que es mía, heredé también un refrán que dice: guárdate del agua mansa. Creo que voy a tener que disgustarme en esta vez de verdad.

PAYASO: —¿Y qué ha pasado? Aun cuando mi obligación como agente de orden y como payaso es saberlo todo, ahora no sé nada.

TODO–AGUANTA: —Que me tratan de robar la hacienda y para mejor hacerlo me mandan a la cárcel.

PAYASO: — Todavía no te atormentes. Deja el dolor para después, no madrugues tanto. Para después, ¿qué quieres dejar?

TODO–AGUANTA: —¿Y puede haber cosa peor que esto?

PAYASO: —La hay, viejo. Ahora recién estás comenzando. Todavía falta lo gordo. Lo que más duele. ¿Verdad que tienes una mujer todavía joven y todavía guapa? ¿Verdad que tienes hijas bonitas?

TODO–AGUANTA: —(*Sonriendo al recuerdo de su dulce familia*). Claro que sí: mujer guapísima, e hijas muy hermosas.

PAYASO: —Entonces, bien hizo el payaso en prevenirte que dejes para después esta distracción de las lágrimas. Para cuando, desde la celda en la cual, si no te opones, te voy a depositar, notes que te han florecido cuernos en la frente porque Pica–Pleitos es hábil y tiene labia, y sepas que tus hijas bonitas están encinta[504] del joven Aprendiz. Antes de que sobrevenga todo esto, no llores todavía. No seas, viejo, tan madrugador. Las cosas, en su verdadera sazón... Tiempo hay por delante.

TODO–AGUANTA: —Oh, es que entonces correrá sangre, mucha sangre. Mataría a todos los culpables. El agua mansa se convertiría en torrente de sangre brava.

PAYASO: —No te pongas así, cholito. Ahora tengo que irte llevando a la celda, y tú tienes que ir conmigo porque yo soy, mala o buena, la autoridad y el orden, y como te he tratado bien y te he dado consejos, y no me he reído de tu dolor, debes darme una propinita de a sucre, porque el payaso está un poco triste; y desea ir a beberse un trago de puro.

TODO–AGUANTA: —(*Efusivo*). Toma, buen amigo. Eres la única persona con entrañas que he encontrado el día de hoy. Y tú harás menos dura mi soledad.

PAYASO: —Y ahora, que te deje en el encierro, voy volando a pedirle dos sucres al joven Aprendiz, por haber conducido, le diré, a lugar seguro, a uno de los más temibles enemigos del orden y de la paz social. Y yo sirvo al Estado, que, es su guardián. El Estado es un guardián y yo soy otro guardián. Solamente que mi pobre destino es guardar en la cárcel a quien no debo guardar y proteger a quienes deben estar en la cárcel. El Estado soy yo, como dijo mi Capitán. Y los dos somos una verdadera lástima. A conseguir dos sucres, que el payaso está triste, y los payasos carecen de ese derecho. Orden y seguridad. Obediencia y respeto. Viva la alegría, ¡ja, ja! Pobre amigo adiós. ¡A tu salud! ¡Ja, ja!

(*Telón de cuadro*)

## Cuadro Tercero

*En el despacho de la autoridad, que es un local sobremanera ridículo. En el ángulo izquierdo, el escritorio y sobre el escritorio un machete envainado. Dos*

---

504  *Encinta*: embarazada.

*bancas de tiras. En el ángulo derecho, una pared en diagonal con respecto a las otras, donde está empotrada la puerta del calabozo, que es de reja. A un lado de esta puerta, por afuera, una patilla de adobe, donde vigila el guardián.*

*Al levantarse el telón, entra un tropel de quince personas del pueblo, haciendo gran alboroto, por la puerta de la izquierda, y se detienen delante del escritorio de la autoridad. El señor Vela, al verlos penetrar en forma violenta, se pone de pie de un salto. El payaso y guardián, que se paseaba armado frente a la reja, se detiene perplejo, mirando a todos los asaltantes de hito en hito. Comienzan a oírse grandes gritos desde el fondo de la celda. Es la voz de Todo–Aguanta, que impetra auxilio de su gente.*

*Todos hablan en coro, fraseando bien, para que pueda entenderse claramente.*

CORO:
> Venimos, señor juez, porque queremos
> que dé la libertad a Todo–Aguanta,
> que ponga en su lugar a los ladrones,
> y nos libre por siempre de sus garras.

SEÑOR VELA:
> En nombre de la ley yo no podría
> conceder lo que ustedes solicitan:
> Todo–Aguanta está preso por sus culpas,
> y la ley al culpable lo castiga.
> Salid de aquí, amigos, yo lo exijo,
> respetad los mandatos justicieros,
> volved a trabajar en vuestra hacienda,
> de mi afecto a vosotros estad ciertos.

CORO:
> Salir de aquí nosotros no podemos
> dejando a Todo–Aguanta detenido,
> porque él para nosotros representa
> Juan del Pueblo injustamente escarnecido.

SEÑOR VELA:
> El derecho protege a los patrones
> y yo debo amparar ese derecho,
> yo no quiero valerme de la fuerza
> alterando la paz de nuestro pueblo.
> Nuevamente quisiera recordaros
> que soy la autoridad y represento
> ante los ciudadanos de esta aldea
> la voluntad suprema del Gobierno.
> Y quien se niegue a obedecer mi orden

denunciado será como enemigo,
y tendrá que sufrir las consecuencias
de haberse negado a darme oído.

CORO:

Por última vez, señor juez:
¿deja libre a Todo–Aguanta,
aprisiona a los ladrones
y abre la celda cerrada?

SEÑOR VELA: (*Indignado*)

Obedecer sólo debo
los mandatos del Gobierno,
ustedes no son Gobierno
sino solamente pueblo.
Y el pueblo obedecer debe
las órdenes emanadas
de autoridades y leyes
que la seguridad amparan.

CORO:

Muchachos: a proceder,
otro remedio no queda,
apresaremos al Juez
y franquearemos la celda.

(*Dos hombres del pueblo se adelantan y toman de los brazos al señor Vela, sacándolo de su sitio en el escritorio y empuñándole fuertemente de las muñecas*).

UNA VOZ.

Y ahora te damos licencia,
Todo–Aguanta, que estás preso,
para que rompas la puerta
y te vengas con el pueblo.

UNA VOZ:

Todo–Aguanta, ya eres libre,
el pueblo así lo ha querido,
tenemos que hacer justicia,
pues la hora esperada vino.

PAYASO: (*Viendo el giro que toman las cosas se encara con la multitud muy afectuosamente*):

Desde ahora en adelante
solamente hablaré en verso,
para no quedarme atrás
del nuevo preso que tengo.

Érase una autoridad
bastante ignorante y mala,
tan cobarde que de miedo
consiguió sonar la flauta.
Yo quiero estar con ustedes
porque represento el orden
y el orden está con la fuerza,
que es la que puede todo.

(*Se dirige, despectivamente, a la autoridad depuesta*):[505]

Y conmigo no se enoje,
pues cometió la torpeza
de olvidarse de pedirme
el auxilio de mi fuerza.
Que tan pronto como vuelva
a establecer en su puesto,
cumpliré con sus mandatos
sin temor a ningún riesgo.

OTRA VOZ:

Y ahora pido que vayamos
a traer a los ladrones
que a Todo–Aguanta metieron
injustamente en prisión.
Para que el pueblo los juzgue
como juez inapelable,
y que el jurado presida
el amigo Todo–Aguanta.

(*Salen seis personas, a todo correr. Don Todo–Aguanta, después de haber sido abierta la puerta de la celda por el Payaso, se incorpora, en medio de calurosos abrazos, al grupo de amigos. La celda vuelve a cerrarse con la autoridad adentro*).

PAYASO:

Hasta el momento en que vengan
presos los contraventores,
debiéramos designar
quienes la palabra tomen.
Me ofrezco como testigo
de iniquidades sin par
de la autoridad dispuesta
en contra testimoniar.
Podré declarar en verso
Si lo permite el jurado,

---

505　*Deponer*: destituir.

que abusar del consonante
es cosa que me ha gustado.

(*Vuelven trayendo presos al joven Aprendiz y al doctor Pica–Pleitos, quienes
miran sorprendidos a Todo–Aguanta sentado en el sitio de la autoridad y rodeado de gente del pueblo, que simula un tribunal improvisado. Una de las
bancas de tiras ha sido entretanto movilizada delante del escritorio, y en ella
son obligados a sentarse el doctor Pica–Pleitos y el joven Aprendiz. El payaso,
haciendo muecas, va a traer al señor Vela. Cuando éste ha ocupado un asiento
al lado de los otros, el Acusador, que ocupa un sitio cerca de la reja, haciendo
una venia, pide la palabra*).

ACUSADOR: —Somos un pueblo que vive de su trabajo y sin molestar
a nadie. Tenemos lo indispensable, y defendemos y defenderemos lo
que es nuestro, amando nuestra paz y nuestra libertad. Hemos recibido de nuestros mayores un patrimonio de experiencia, de tolerancia y de trabajo, que deseamos conservar y defender para nuestros
hijos. Anchos son los terrenos comunes, que son de todos los hijos de
este pueblo, pero que al mismo tiempo no son de nadie. La comunidad
es de uno y es de todos. La comunidad es de todos y no es de nadie en
particular. Es como el aire que se respira y como el agua que corre. Si
alguien viene, utilizando las malas artes de allá, a pretender despo-
jarnos de lo nuestro, nosotros tenemos que defendernos atacando. Si
alguien trata de arrebatarnos el aire que respiramos, tenemos que defendernos atacando. Si alguien, valiéndose de subterfugios, intenta
apoderarse de lo que nunca le pertenece, tenemos que defendernos
atacando. Y si la autoridad, en vez de estar de parte de quien tiene la
razón, sirve a quien la paga y la corrompe, tenemos que defendernos
de la autoridad atacándola, aun cuando ella, teóricamente, represente
al gobierno establecido. Como en el presente caso, a nuestro comunero
Todo–Aguanta han tratado valiéndose de una treta judicial, de des-
pojar de lo que le pertenece, atacando al propio tiempo los derechos
de un pueblo entero, y lo han puesto en prisión injustamente, porque
defendía lo que se le quitaba, alegándose en contra de él títulos obte-
nidos de mala fe, y un supuesto faltamiento a la autoridad, pido que
resolvamos proteger a este comunero, haciendo de su causa nuestra
causa y sentando un precedente ejemplarizador. En consecuencia solicito al tribunal del pueblo que conoce del asunto que se restablezca
en todos sus derechos al comunero Todo–Aguanta, declarando que
estamos listos a defenderlos como si fueran los del pueblo entero; que
a la autoridad venal se la desconozca e imponga un castigo que el
propio pueblo hará cumplir, y que a los verdaderos y genuinos usurpadores que han venido a turbar la seguridad y paz de la comarca se

los expulse para siempre de estos sitios, bajo severas penas en caso de contravenir lo mandado.

TODO–AGUANTA: —Amigos: no quiero oficiar de presidente porque abrigo rencor para los que me ofendieron, y deseo su castigo. Pido que se designe a otra persona que dirija este juicio popular. Me falta imparcialidad y me sobra gana de que ellos reciban su merecido, y no quiero ser tan mal juez como sería el señor Vela, por ejemplo.

UNA VOZ: —Que se nombre a otro. El caso es que nadie debe quedarse sin su castigo.

EL NUEVO PRESIDENTE: —Los acusados tienen la palabra.

PICA–PLEITOS: —¿Debo hablar en prosa o en verso, en forense o vulgar?

PRESIDENTE: —Hable como debe hablarse aquí: de manera que todos lo entiendan.

UNA VOZ, DETRÁS DEL TRIBUNAL: —¡Qué se les dé doscientos latigazos!

OTRA VOZ, IDEM: —¡Que se los saque montados en burros!

OTRA VOZ, IDEM: —¡Que se les ponga hollín en la cara a los sinvergüenzas!

OTRA VOZ, IDEM: —. ¡Que venga Reinoso para que se haga cargo de la autoridad!

CORO DE VOCES:– i Que se llame a Reinoso! ¡Que se llame a Reinoso! ¡Que se llame a Reinoso!

OTRO CORO: —¡Abajo los gamonales!

OTRA VOZ: —¡Afuera los enemigos! ¡Afuera los enemigos!

OTRO CORO: —¡Afuera los enemigos! ¡Afuera los enemigos ¡Afuera los enemigos!

UN CORO: —¡Guárdate del agua mansa!

OTRO CORO: ¡Afuera los gamonales!

OTRO CORO: —¡Hay que llamar a Reinoso! ¡Hay que llamar a Reinoso!

OTRO GRITO. ¡Montémoslos en un burro! ...

*(Telón de cuadro, antes de tiempo)*

10

«No hay que creer –prosiguió a esta altura el narrador– que la última parte
de la obra estaba escrita como se representó. No, hermanitos. El diálogo
fue cambiado al momento de ver a los gamonales frente a frente, sentados
en su banca de tiras, recordando sin querer al pueblo lo que ellos repre-
sentaban para nosotros. Don Vicente Muñoz no soñó con eso, él, que es
tan partidario de las palabras suavecitas... El resultado ya se iba viendo.
Cada frase era más dura que la anterior. En el segundo cuadro mismo, el
apuntador se iba por un lado y el actor por otro. Y de don Vicente eran
las angustias.

»Zaruma es un tipo bastante borrascoso cuando está bebido, y tiene un vozarrón que atruena. De él fueron los primeros gritos de la barra. Estaba
parado cerca del telón de boca, y, de rato en rato era de los que, de puro
comedido, ayudaba a subirlo o bajarlo, metiendo las mañazas donde no
había sido llamado, y hablando a gritos, y reprendiendo a los teloneros
que desempeñan su oficio por encargo expreso. Las voces del coro lo aca-
baron de despertar de la borrachera, y le provocaron a gritar al propio
tiempo que los actores. En esto lo siguieron inmediatamente las gentes
que estaban abajo. Unos lo hacían por remedarle su voz gruesa; los más
porque les pedía el cuerpo gritar contra los gamonales, pues la obrita no
podía ser más provocativa, en mi concepto.

»Y cuando una voz del coro gritó arriba, en el proscenio: "¡Abajo los gamonales!", esta frase se convirtió en un estribillo que repitieron cien
pechos. No solamente era Zaruma y su barra. Ahora era un vozarrón que
se extendía por toda la plaza, marcando una especie de compás. Después,
se les pegó esa otra frase: "Guárdate del agua mansa", que la repitieron
infinidad de veces, pateando también a compás.

»Ustedes saben, hermanitos, que donde está Zaruma está su amigo Agustín
Labanda. Verdad es que el herrero estaba casi bueno y sano de la cabeza,
pero él también se puso irritado porque el teniente político, al principio
del bochinche, poniéndose de pie, gritó "¡Saquen a ese borracho de allí!",
refiriéndose a su inseparable amigo, y entonces avanzó al lado de éste, y
sacando el pecho replicó, a voz de cuello: "¡Ven entonces a sacarlo,
adulón!". Ahora, tal vez ustedes, hermanitos, me dirán que cómo fue posible que los gamonales y el mismo político se hayan aguantado de semejante manera esas alusiones tan a boca de jarro que les hacían en la pantomima, cuando lo más acertado hubiera sido que se retiraran tan pronto
como dejaron de estar a gusto en la función. Pero yo creo que les dio recelo
de hacerle semejante desaire al pueblo; o bien que tuvieron miedo de salir

en medio de tanta gente como la que los rodeaba; o bien que creyeron que debían hacerse los chanchos rengos y no darse por notificados; o todas esas razones a un tiempo, pero lo cierto es que aguantaron hasta la hora del tumulto, ya cuando la fiesta se convirtió en un desbande y en una verdadera persecución; y cuando quisieron retirarse, el pueblo ya no los dejó... y vino la del mismísimo diablo. La de lamentar el mal, el terrible mal que nos cayó encima, como una fatalidad.

»Cuando el público asaltó el proscenio y se puso a gritar el estribillo que comenzó a decirse en el coro, los gamonales iniciaron el desbande, precedidos del cura, pero les fue imposible avanzar un solo paso. La gente se cerró a no dejarlos moverse, formando un cordón a su rededor, y gritándoles el estribillo en su cara. Entonces parece que el mosquimuerto de Joaquín Torres, que es medio brujo y curandero, se fue calladito donde Zaruma y le puso en la mano una botellita bien chiquita de cristal, del tamaño de una inyección de quinina, y le dijo, bajito: "¡Reviéntala cerca de los gamonales!". El curador cogió la botellita y la lanzó por los aires, sin ningún disimulo, y la botellita cayó a los pies de los patrones. En seguida produjo una pestilencia a huevos podridos que no se podía aguantar en ese lado. Los patrones se indignaron más todavía, y echaron unas palabrotas para que les permitieran salir. Pero nadie les hacía caso, porque en ese momento Zacarías Fierro, abriéndose difícilmente paso en el círculo que los rodeaba, avanzó hasta ellos, y les gritó: "Ustedes, pechugones, no salen de aquí sino cuando hayan prometido no volver nunca más. Este es el pueblo de Todo–Aguanta, pero hemos aguantado bastante. Y el que quiera irse sin nuestro consentimiento, aquí muere". Y quedó allí, frente a ellos, viéndolos en esos ojos feroces que tiene Zacarías cuando está furioso.

»Todo esto ocurría casi al pie del proscenio, en el sitio mismo donde habían estado los gamonales, como invitados de honor. Mientras ellos y el mismísimo cura estaban prácticamente presos en un cordón de hombres que no cedía una pulgada, doña Liberata Jiménez, bochinchera como siempre, y medio marimacho, se encaramó en el proscenio, rasgó una de las cortinas del telón que le quitaba la vista, y abrió los brazos pidiendo que hicieran silencio. Primero le recibieron con una pifia, pero todas las caras se volvieron hacia ella. Doña Liberata no hizo caso, y siguió haciendo señales de que callara el ruido. Cuando la gente se cansó de burlarse, comenzó la mujerona a decir:

»—¡Ahora o nunca, muchachos! Deben oír la indicación de una mujer que se ha envejecido litigando en busca de la justicia. Yo soy esa mujer, y por la experiencia que tengo les diré a ustedes que están metidos en un lío judicial que no tiene trazas de acabarse nunca. Ustedes podrán decirme que confían en que el gobierno les haga justicia ordenando la expropiación de

las haciendas que pertenecieron al pueblo de Yangana por razones de utilidad pública, y que esperan eso porque han recibido ofertas y tienen apo-
derados en Quito para que sostengan nuestro derecho. Ustedes me dirán
que el negocio que han propuesto al Congreso es excelente porque el Congreso va a dar a los hacendados por el valor de los terrenos que les ex-
propia la mitad y quizá menos de lo que va a recibir de los comuneros de
Yangana. Ustedes me dirán que el Congreso resolverá en favor de la mayoría, porque en un conflicto en que hay por una parte tres personas y por
otra mil, es un deber estar al lado de éstas aun cuando se perjudique a las
otras. Pero eso fuera así en el caso de que viviéramos en otro mundo.
Como vivimos en éste, no será como ustedes creen. Si los que están en el
Congreso empezaran a hacer lo que ustedes les piden, pronto ellos mismos
no tendrían dónde caerse muertos, pues tuvieran que vomitar todo lo que
han tragado. Tienen que defenderse los derechos de los gamonales,
porque gamonales son también. Son de los mismos, y tienen que ayudarse
entre si. ¿Cuándo ha ido al gobierno un descamisado a defender a los
demás descamisados? Cuando los gamonales lo permitan. Y ellos no son
tan brutos para consentirlo nunca. Eso hay que pelearlo. Aquí, amigos,
no tenemos más que dos caminos, según lo veo muy claro: o irnos del
pueblo, dejando todo esto, montaña adentro, al oriente, en busca de tierras
incultas para hacerlas nuestras, o tomar por la fuerza las tierras que nosotros sabemos que nos pertenecen y nos pertenecen. Yo creo, y lo digo a
gritos, que si ahora, que tenemos en nuestras manos a los patrones, no
aprovechamos la oportunidad, ésta no volverá a sernos favorable. Pienso
que si ahora les prohibimos poner los pies en Yangana bajo pena de
muerte, y después los vamos a encaminar hasta más allá del puente, y les
hacemos comprender a qué se exponen si vuelven, ellos se convencerán
al fin de que luchar contra un pueblo que está unido y firme, les resultará
inútil, porque ellos son el cántaro y el pueblo es la piedra. Yo, como litigante que he sido y que soy, opino que debemos dejar de creer, como lo
he dicho siempre, que todo nos va a venir arregladito de Quito, y arre-
glarlo nosotros mismos. Que por mal que salga, siempre estará mejor que
lo que hagan los gamonales de Quito a favor de los gamonales de aquí.
¿No saben ustedes el pleito en que me metí por una yegua? Bueno: sí lo
saben. Acuérdense de esto. Que no se vuelva a repetir. Y díganme qué
prefieren, muchachos. ¿Recuperar las tierras que son nuestras, pase lo que
pase, o irnos lejos de aquí, dejar nuestro pueblo, para buscar otras?
»—¡Quedarnos en lo que es nuestro! –gritaron unas voces.
»—¡Que se larguen ellos!
»—¡Que se guarden del agua mansa!
»—¡Que se les dé una manteada de despedida!
»—¡Que se los haga comer mierda!

»—¡Que hable don Froilán Zapata! –gritaron por allí algunos, porque, como ustedes lo saben, en confianza, hermanitos, a don Froilán le encanta tomar la palabra, sobre todo cuando ha tomado copas... Y en esa vez don Froilán estaba bebido todavía.

»—¡Brindo por la concordia en estos momentos de alegría! –dijo–. ¡Brindo por la unión y la confraternidad que une a Yangana la irredenta! ¡Brindo, en fin, por la fraternidad universal! ¡No debe haber aquí ni resentidas ni perjudicados! ¿Por qué enturbiar nuestro ánimo alegre? ¿No estábamos divirtiéndonos como acostumbramos hacerlo desde tiempo inmemorial, en nuestra fiesta sonada? ¡Que viva la concordia de todo el mundo! ¡Que viva la Liga de las Naciones!

»—¡Que calle ese borracho idiota! –exclamaron en algunas partes. Y unos cuantos brazos empuñaron al hombre y le obligaron a descender del proscenio.

»—Este tipo es pariente del doctor Zapata –comentaron a algunos–. Con razón se decía de él que está en contra de nosotros, y del lado de ellos.

»—¿Pero no se dan cuenta de que está hecho tierra de borracho?

»—Él entenderá de sus fierritos y tornillitos. Pero de estas cosas... No estamos para concordias, ¡imbécil!

»Lo dejaron nuevecito.

»En eso, sin que nadie le hubiera dicho esta boca es mía, resultó trepado en el proscenio un jumo que, desde que llegó a Yangana la antevíspera de la fiesta no había dejado de beber un solo día. Es el borrachito ese de las semillas, el tocayo tuyo; Joaquín. De apellido es Gordillo, si no recuerdo mal. Ese sujeto se nos pegó desde entonces, y no nos ha querido desamparar por nada de esta vida... ni por nada de la otra, según creo. Se las da de orador, y sobre todo, estaba tan bebido, que así hubiera dicho las peores burradas no se hubiera curado de ello. Habló de esta manera:

»—Ustedes pueden considerarme un advenedizo y negarse a escucharme diciendo que soy un intruso y que nadie me ha dado vela en ese entierro. Ustedes pueden negarme el uso de la palabra manifestando que están aquí para ventilar asuntos que les conciernen solamente a ustedes y que no hace falta que un extraño se ocupe de problemas que él no conoce por serle ajenos, impidiendo más bien que quienes realmente los dominan, tengan la oportunidad de opinar sobre ellos... Pero no pueden dudar de la sinceridad de mis propósitos si les declaro terminantemente que en esta pugna entre los intereses de unos cuantos y los intereses sagrados de una gran mayoría, yo estoy incondicionalmente con ustedes, que son quienes representan esa mayoría. Para mí la situación más cómoda habría sido la de un espectador que oye a los unos, oye a los otros y no se compromete con ninguno. Pero voy a decirles una franqueza, y que conste que no trato de conmoverlos para ganarme el aprecio de ustedes, que por cierto para mis

ojos vale mucho. Esa franqueza es la de que me han comprado con el
porte que ustedes observan con la gente que, aun sea ocasionalmente y a
la ventura, viene hacia ustedes en busca de hospitalidad transitoria. Tres
días he permanecido aquí, nada más. Poro esos tres días que he pasado en
Yangana me han bastado para aprender a quererla y respetarla ¿Qué
poseo? ¿Qué me pertenece a mí exclusivamente? ¿Que podría dar? Nada,
desgraciadamente. Mejor dicho, tengo solamente una cosa: tengo mi
destino, que por lástima, vale bien poco. No obstante: lo único que tengo
que dar, lo doy al pueblo de Yangana. Desde este momento, el destino de
este pueblo, que no dudo, está jugando, o va a jugarse una carta decisiva,
es mi destino. Sea ésta la oportunidad para ofrendarlo, públicamente. ¡Oh,
Yangana: tu destino es mi destino! ¡Desde ahora, a Yangana pertenezco!
¡Su suerte comparto!

»—¡Guargüero agradecido! –gritaron esas gentes que de todo hacen chá-
chara. Y le alcanzaron un jarro de aguardiente, que el borrachito se tomó
de un solo envión. Ya no pudo hablar más, y se lo apearon de un brazo
de ahí encima. Y con el apodo de "Guargüero agradecido" lo dejaron.
Ya para siempre.

»—¡Al grano, al grano! –vociferaron algunos. En esto volvió Zacarías
Fierro a la carga. Ya no podía contenerse.

»—Van a pasarse la noche en discursos –comentaba furioso–. Y aquí es otra
cosa lo que hay que hacer. Déjeme...

»Y avanzó todavía unos pasos más, hasta ponerse cara a cara con los gamonales. Estos estaban con miedo pánico, se notaba a la legua. Gurumendi estaba pálido como un papel, él que era tan coloradote. El doctor
Zapata se había puesto cenizo y los labios le temblaban. Villaviciosa tenía
el pelo parado. Así, hermanitos: el pelo parado y los bigotes erizos. El cura
fue el más hombre de todos ellos. Parecía estar sereno, aun cuando le
brincaba el un ojo de una manera muy especial. Resulta que así ha sabido
pasarles a algunos cristianos cuando están bastante impresionados. ¿Se
acuerda del Juancito Vásquez, el que se orina en la cama? Cuando está
asustado, le da una como pataleta, en el hombro derecho, y hace unas
muecas solamente de ese lado de la cara. Bien: al cura le brincaba un ojo,
y él, medio sonreído, se tapaba el párpado con la punta de los dedos, y
pedía permiso al público para salir, y para que dejaran salir a los gamonales a quienes él protegía. Entonces Zacarías dijo al curita; plantándosele
de firme: "Con usted, tayta curita, nada tenemos pendiente. La cuenta es
con estos facinerosos". Y aquí vino un regateo, que ya mismito me hacía
reír. Y fue así lo del regateo: Zacarías le decía al cura: "Déjemelos un
ratito, tayta curita, uno por uno". Y el cura: "No, Zacarías, la persona de
ellos y la vida de ellos son para el pueblo sagradas". "Un ratito no más,
tayta curita: les doy un par de soplamocos a cada uno, y me quedo tran-

quilo, y nos vamos, nosotros a nuestras casas, ellos, a sus haciendas". "No, Zacarías, detente; ¿qué locura vas a cometer?". "Pero vea, tayta curita: me los presta un momento, no más. Usted reza un padrenuestro, y yo los golpeo. Al primer chocolate con un poco menos de sangre mala que les salga por la nariz, se los devuelvo, tayta curita, bien sanitos nomás". "Por última vez, Zacarías: detente –porfió el cura...". Y entonces Zacarías, como loco, dio un empellón al cura, a quien hizo ladearse, y la gente hizo cancha, ensanchando el cordón, como para una pelea de gallos. Gurumendi, que difícilmente había estado conteniéndose retrocedió un paso y sacó el revólver. Y cuando sacó él arma, disparó seguido, seguidito, sin interrupción, hasta vaciar completamente el tambor. Y disparó al bulto: así era el miedo que tenía. Se oyeron unos gemidos, y por un lado oscuro alcanzó a divisarse una mujer que iba quejándose, doblada, tapándose la cara con ambas manos.

»—Nada más que un sopapo, tayta curita, seguía diciendo, como un demente, Zacarías Fierro, y así, siempre diciendo así, se lanzó sobre la mano de Ignacio Gurumendi. Más de diez hombres cayeron sobre éste... Oímos clarito los clamores de un perro, herido por los tiros de Gurumendi quizá. Desde este rato toda la gente que estaba rodeando a los patrones pareció volverse loca. Todos querían golpear con algo el cuerpo de Gurumendi, que estaba ya en el suelo. Zacarías Fierro era el más porfiado: —Déjenme a mí también un momentito –vociferaba, como un energúmeno–. Déjenme a mí también un momentito... Y maltrataba el cuerpo todavía caliente de Gurumendi...

»Después yo he pensado con extrañeza por qué ahí mismo no intervine enérgicamente para oponerme a las desgracias que entonces ocurrieron y no alcanzo a explicarme bien cómo fue eso. De lo que sí me doy cuenta es de que sentí una especie de adormecimiento de la voluntad, un desgano que antes no he tenido para que los demás hicieran lo que les pareciera. Ni más ni menos, hermanitos, que cuando uno está sesteando al pie de un árbol, después de una buena comida, y se da cuenta de que las moscas se pasean por los pies. Quisiera uno avanzar la mano y espantarlas, pero no pasa de ahí. Quisiera uno sacudir la pierna pero al mismo tiempo tiene una como cosquillita en la piel y una espantosa pereza para oponerse a que las moscas sigan haciendo de las suyas en el cuerpo. Y por último... para serles franco, no solamente sentí desgano para oponerme sino que un momento me dejé llevar por la embriaguez de la muchedumbre. Un momentito no más, como diría Zacarías. Y resulté, sin darme cuenta de cómo y a qué hora fue eso, con las manos pegajosas. No tenía ningún corte, ninguna herida. Hasta este rato no sé con seguridad de dónde salió esa sangre que tenía en las manos. Sangre de Gurumendi, tal vez. Inmediatamente volví a controlarme, a contenerme. Y quise subir al proscenio para gritarle a la gente que se contuviera, que no cometa esas estupideces, que la cuestión podía arreglarse sin sangre, pero ya en el pie sentía una como agradable cosquillita, igual que cuando uno está en la siesta y por él andan las moscas, y como tenía ya las manos pegajosas y manchadas, me abandoné a esa pereza que me cogió esa noche, sin duda por las copas del día y por el tremendo griterío de la gente. Me entraron también, hermanitos, los deseos de obedecer a esa gritería.

»—Que arranquemos el telón para hacer un desfile –pues a arrancar el telón.

»—Que apeemos las lámparas «Petromax» para encabezar el desfile –pues a apear las lámparas.

»—Que a conseguir hachones de bagazo para el acompañamiento –pues a traer brazadas de bagazo seco de las moliendas cercanas... "Usted pudo evitarlo" –me dijo el cura, ya después. Y entonces, hermanitos, yo sentí que el cura tenía razón–, y sentí remordimiento... En confianza: a mí me pesa todo ello como si fuera uno de los principales culpables. ¿Por qué ocultarlo? ¿Y ocultárselo a ti, Joaquín, que has sido mi compañero de aventuras y mi mejor amigo? ¿Y ocultárselo a ti, Rosa Elvira, a quien he visto crecer en el barrio? ».

La clara voz de Ocampo, a esta altura: voz límpida, honda, sonora, cálida, se enronqueció, se apagó, se quebró en la garganta. Pasaba su dueño muchas veces la diestra por el mentón, y a ratos parecía mesarse ligeramente la barba rizada. Ya no estaba en la hamaca. Rato hacía ya que ésta, abandonada por su ocupante, ofrecía el aspecto de una red de pescar, a medias recogida. El narrador había retrocedido hacia la pared, y ahí, arrimado a ella, y con la cabeza gacha, decía todo esto, como si se tratara de un delincuente fuertemente acosado por un fiscal implacable. Se compuso, por fin, el pecho, arrastró su ronquera en un registro de voz que corrió largo, cuan largo era el impulso de su respiración, y el timbre se aclaró notablemente, en tanto las llamas del fogón, como en contraste violento, se hacían confusas, oscuras, cárdenas, vistiendo en una pátina de bronce cada vez más cobrizo, la abatida figura del narrador.

«¿De qué me serviría ocultarlo hermanitos? Tenía, sin saber bien cómo ni a qué hora, las manos manchadas de sangre. Cobarde había sido la manera de matar a Gurumendi... No fue digno de hombres eso. No lo fue. Verdad es que todo lo que se refiere al asalto de Gurumendi fue tan violento, tan inesperado, tan incontenible... que no dio tiempo para reflexionar. ¡Ah, si hubiera tenido yo tiempo de reflexionar! ».

II

—La herida está fresca, Churón –comentó Reinoso–. Te duele todavía.
El tiempo tiene que ir cayendo sobre ella... suavizando tu amargura... Yo
también veía revolcándose en el suelo al teniente político a quien dejé por
muerto, en mis noches desveladas... Después, ese recuerdo me era un recuerdo
punzante, pero también era un recuerdo amigo, familiar.

Y variando el tono, después de una breve pausa, dijo a Ocampo:

—¿No quieres darnos licencia un ratito, para acomodar en la cocina algo
que está haciendo falta?

Ocampo volvió a tenderse en perezosa curva sobre la hamaca de Joaquín,
no sin sonreír un tanto aplacado por lo que le pareciera bondadosa comprensión de sus oyentes. Tiró un resuello ancho al acostarse, cruzó el un pie
sobre el otro, con las piernas estiradas, interpuso las manos con los dedos alternativamente cruzados entre su cabeza y el tejido de la hamaca, y poniendo
los ojos a la altura de los dedos de sus anchos pies descalzos, sintió un brusco
deseo de silbar. Y silbó un aire, triste y alegre, movido y llorón, que le recordaba su época de campeón de box en el campamento minero de Curipamba, contemplándose atentamente en la noche mal iluminada, los pies envueltos en sombra a cuyas cosquillas producidas por el andar de las moscas
en una tarde de siesta había aludido para explicar, hacía rato, su desgano para
oponerse a que una voluntad multitudinaria consumara, bestialmente, una
venganza. Así esperó, largo rato.

Los ajetreos en que se encontraban los esposos Reinoso parecían un poco
misteriosos. Tramaban algo, sin duda. Desde luego, una cosa era muy fácil de
colegir: toda aquella conspiración tenía por único escenario la cocina contigua,
de la cual salían resplandores que iban intensificándose paulatinamente. Las
llamas brillaban con más decisión que cuando Ocampo dijera sus últimas palabras. Estaban afectadas por menor desgano que cuando él hablaba refiriéndose al suyo propio. Y como la fogata flameaba ya enérgicamente, bien
podía cubrir los cuerpos humanos que cayeran bajo su coloración broncínea,
y convertir una figura yacente en una estatua que se balanceara ligeramente.

No dejaba de intrigarle que, cuando los esposos se restituían alternativamente a su sitio, no se despegan los ojos el uno del otro, en una como mirada
fija de complicidad. Complicidad que, por cierto, era alegre, tranquilizadora,
comprensiva y confianzuda. No le miraban como a réprobo, sino como al antiguo amigo que era, a quien había que quitar de la cabeza unos cuantos pensamientos dolorosos, que los dueños de la casa también tuvieron una época,
y que hubieron de derrotar en la más desesperante soledad. Algo tramaban
a espaldas de su huésped. Había que aguardar.

Y a poco que aguardo, desde la cocina teatro de las actividades sospe-
chosas, comenzó a llegar a manera de traicionera delación un olorcillo apetitoso, que, no obstante la opresión que había caído sobre su pecho, le puso
agua en la boca, excitada ya por la contracción de los labios y por el movimiento de la lengua y de los carrillos al silbar. Levantábase de la olla y llegaba
hasta su cabeza echada hacia atrás una vaharada espesa, caliente, untuosa, que
recordaba platos queridos de la cocina familiar. ¿Un caldo de gallina quizá?
¿Un guiso de carnes delicadas con verduras? El olor era sencillo, despojado
de emanaciones que hubieran podido volver difícilmente identificables sus
ingredientes, era familiar.

No tuvo que esperar muy largo para ver venir dos platos hechos de calabaza, llenos del puchero que tan escandalosamente había anunciado su presencia desde lejos. El Churón Ocampo recibió el suyo y lo sostuvo en la mano
izquierda, manteniendo en equilibrio la horizontal del líquido caliente, y
meneó la cuchara de palo en el caldo con la diestra. Buscó un sitio donde sentarse a firme, y lo halló junto a la pared opuesta a la entrada de la cocina, en
un tocón bajo que ocupó dejando a su cuerpo en una posición que pareciera
de cuclillas, por la altura a que le quedaba el pecho con relación a las dobladas
rodillas. Al fondo de la redonda calabaza encontrábanse sumergidas las
presas, que eran pesadas y jugosas, al parecer. Empezó a soplar haciendo
punta los labios en el caldo hirviente, con un prudente sorbo, a la boca. Las
presas las dejaría para después, para cuando el nivel del caldo haya descendido
poniéndolas a descubierto, la temperatura se haya enfriado y se haga fácil ma-
niobrar con ellas sin riesgo de volcarse el líquido sobre las rodillas. Mas ocurrió
que cuando el caldo había sido trasegado en cantidad suficiente, lo que quedó
sobresaliendo a manera de islotes en su grasa superficie fueron... manecitas
de apariencia humana, incontestablemente humana. Ocampo, no queriendo
dar crédito entero a sus ojos, y sin quitarlos de encima del plato, al cual había
vuelto de lado para dejar completamente en seco la parte sólida, avanzó hacia
el tabique que les separaba de la cocina, para ver con mejor luz. ¡Sí! Eran unas
manos de niño, no había duda. De siete años de edad quizá. Una de ellas, completamente extendida, se arrancaba en la muñeca, tenía la palma vuelta hacia
arriba, en ese clásico y doloroso ademán pordiosero de pedir. La otra, cerrada,
hecha puño, se arrimaba contra la curva pared de la vasija, y guardaba la posición de una mano que estuviera en actitud de dar puñetazos con el borde
inferior, manteniendo el pulgar hacia arriba. ¡Esa palma abierta! Las líneas
de los quirománticos corrían en esas palmas cocinadas. El dedo pulgar seguía
oponiéndose, póstumamente, a los demás. El índice y el medio estaban medio
erguidos. El meñique se doblaba un poco...« Bien hubieran podido ser las
manos de mi Juanito» pensó con horror y un estremecimiento. Tan cavernosa
y conmovida fue la voz que le salió del pecho al hablar que los esposos, que
estudiaban, silenciosamente, el curso de su expresión facial, por la cual habían

visto cruzar, mudos, los sentimientos más desconcertantes de miedo, ferocidad, asco, odio, y ternura, se pusieron graves y como avergonzados, cuando esa voz alterada horriblemente preguntó:

Pero maldición, ¿qué significa esto?

Comprendiendo que no era posible seguir la broma adelante, que venía en momentos de excitación nerviosa poco propicios para juegos, le confesaron a boca de jarro, y sin sombra de burla:

—Carne de mono, Churón. Está es la carne que más se nos facilita comer aquí. Ya irás aprendiendo a comerla...

—Y te diré –añadió la mujer de Reinoso–, que las manos del mono son el mejor bocado... Sobre todo con sal... con esa sal que ustedes han venido trayendo, y que nosotros no habíamos probado en la comida hace ya tanto tiempo...

Ocampo, que se sintió en una situación bastante desairada por haberse dejado sorprender tan infantilmente, creyó del caso mostrar a sus anfitriones que era una persona resuelta y "botada a todo", como decía siempre él de sí mismo. Y haciendo, no por cierto de tripas corazón, sino de corazón tripas, empuñó las dos manos del mono, poniéndo las palmas juntas, como en actitud de orar o aplaudir, empezó a comérselas; alternativamente, por el envés.

## 12

«El cura sí había resultado todo un hombre –insinuó, como con indiferencia Ocampo, acurrucado todavía, con la cara sobre las rodillas, en el bajo taburete de tronco de árbol que le sirviera de asiento para la comida sorpresiva, y aflojándose la correa de la cintura–. Todo un hombre, hermanitos, porque conservó su presencia de ánimo... y se acordó al mismo tiempo de que era cura. Cuando cayó Gurumendi, él pegó un grito muy fuerte, y abriendo los brazos y enseñando el pecho, dijo: "Apunten aquí, peguen aquí"... "Con usted, tayta curita, no hay nada" le contestaron los asaltantes. "Entonces, a respetar a mis huéspedes, majaderos" gritó. "Háganlo por mí". El cura salió ileso, y consiguió, con el auxilio de algunos de nosotros, sacar vivos a Villaviciosa y al doctor Zapata, éste último, con una oreja regularmente rebanada. "Son mis huéspedes" no se cansaba de decirnos. Y luego se ofreció valerosamente para llevar los sacramentos a los heridos que habían caído en la plaza, e ir a donde fuere necesario.

¡Agua para los heridos! Y también mueras a los potentados. El doctor Zapata y el señor Villaviciosa quedaban alojados en el convento, y el cura, al abandonarlos, recomendó a la multitud que respetara el derecho de hospitalidad, que el pueblo de Yangana, desde tiempo inmemorial, lo había siempre reconocido. Y, asegurando bien las puertas, se encaminó de seguida con los auxilios religiosos del caso, y precedido de una lámpara de petróleo gasificado, que llevaba un hijito del indio Benito Alulima, en busca de los heridos. Los que iban con él lo seguían ya mansitos, como borreguitos: no parecían ser los mismos que, unos momentos antes, eran capaces de comerse a los patrones a dentellada limpia. Viendo el desfile de los devotos por la plaza, y al cura con sus vestiduras doradas, daban deseos de no creer que hubiera acabado de pasar la desgracia que lamentaríamos tanto, ni que iríamos a tomar parte en los acontecimientos terribles que vinieron después... El escenario donde se representó a medias la pantomima esa donde los actores hicieron de las suyas sacando frases injuriosas contra los gamonales de su propia cabeza, estaba a oscuras y con el telón rojo medio desgarrado. Más adelante verán, hermanitos, esto del colorado a qué calumnia dio lugar, para nuestra mayor desgracia.

»La gente, que ustedes saben, hermanitos, que es en Yangana tan novelera, como que es gente ociosa, y esto me lo perdone, en confianza, andaba alborotadísima, haciendo grandes grupos, en la plaza. Las cantinas habían cerrado por lo pronto, sin duda temerosos sus dueños de que el zafarrancho[506] siguiera adelante. Donde había una fogata se hacía un corro, que comentaba lo que había pasado reciencito. Y algunos de los más compadecidos se aprestaban a recoger el cadáver del finado Ignacio Gurumendi de la plaza donde quedara abandonado por unos momentos (porque vuelvo a repetirles que todo esto ocurrió en menos de lo que se reza un padrenuestro, por más que me haya demorado en contarlo), cuando, al mismo tiempo ocurrieron en la plaza dos cosas que yo, después, viéndolo con más calma y detenimiento, encuentro que contribuyeron a empeorar la situación. La una fue la bola que empezó a correr de que la peonada del finado Ignacio Gurumendi había ido a armarse, y que venía a atacar la población; y la segunda, que entre los muertos y heridos que ocasionó el revolver loco de Gurumendi estaba agonizando Panchita Amancay, la sobrina de Fosforito López...».

—Pero nada me has dicho, hermano Ocampo, del malvado, del teniente político –interrumpió Joaquín bruscamente, encarándose con el narrador–. Y el fin de ese maldito me interesa saber.

Ocampo dióle satisfacción inmediata, bien que un poco oscuramente:

—Machetes finos hubo esa noche, Joaquín... Y el permiso que el facineroso tenía había expirado justito...

Y con un gesto que expresaba con más elocuencia que las palabras lo que

---

506 *Zafarrancho*: destrozo, proviene de la acción marina de  desembarazar (zafar) las baterías de vituallas (rancho) como preparación para el combate.

pretendía decir el hombre, hizo al odiado enemigo de Yangana en general y de Reinoso en particular, pasar a la otra vida. Tras una pausa, añadió todavía, a guisa de comentario:

—Profundo corte, vieras, hermano. Como haber hundido un machete en un zapallo tierno...

«Pero les venía contando, hermanitos, que empezó a correr la bola de que un pelotón de peones armados venía de la hacienda de Gurumendi a cebarse en el pueblo... y eso oyó Ángelo Maridueña.

»Y otra vez la gente volvió a concentrarse frente al proscenio, a oír a Maridueña, y lo que es peor, a creer a Maridueña. El pipón estaba todavía en la mano el garrote con las vejigas de res. Habló como sabe hablar él: con grandes ademanes, con grandes gritos, agachándose, adelantándose, retrocediendo, abriendoLas piernas, empinándose, bailando como si lo hubieran picado las avispas y haciendo tronar a cada rato las vejigas contra el piso. Dijo que sí... que venían los peones perfectamente armados, en número de cincuenta por lo menos, y encabezados por el mayordomo; que sí... que estaban enardecidos porque antes de salir de la casa de hacienda el mayordomo, que era un longo bastante malo de los "pupos" de Ibarra había dado a beber aguardiente con pólvora; que sí... que ya los habían oído galopar en el callejón de la casa de la Virgen del Higuerón, y que mascaban espuma de la ira; que sí... que un hijo del cholo Mayta los había visto él personalmente, caracoleando y sofrenando los caballos en ese mismo callejón, del lado de la plazuela por donde se entra a la finca de don Eliseo Aliaga, que sí... que un sobrinito del loco Matías Pitarque casi había sido atropellado por el pelotón de hombres armados, y que los vio que recibían instrucciones para atacar al pueblo entrando por la plaza por los cuatro costados; que sí... que traían la intención de incendiar a la población y para eso venían con algunas latas de querosín en sus monturas... Entonces Carlos Botado, que siempre ha llamado a Angelote Maridueña "bolsa de mentiras" pidió que le permitieran a él hacer una propuesta, y dijo lo siguiente:

»—No creo mucho en lo que nos está diciendo Maridueña, que aun cuando es mi buen amigo, más amigo es de abultarLas cosas. Creo que no hay peligro porque nosotros tenemos en el convento a Zapata y a Villaviciosa y saben que si pretendieran atacarnos nosotros nos desquitaríamos con sus patrones. Tampoco van a atreverse por el hecho de ser muy inferiores en número a nosotros. Soy del parecer que los pongamos a los potentados bajo la vigilancia directa de una guardia, porque bien pudiera ocurrir que se escaparan y vayan en efecto a soliviantar[507] a los peones para tomar contra nosotros alguna represalia.

»Maridueña se creció entonces hasta parecer un energúmeno. Y con una seguridad desconcertante manoteó, puso a Dios por testigo y a la memoria

---

507  *Soliviantar*: sublevar.

de su madre, jurando que él en persona había visto a los patrones y al cura
tomar por las huertas y potreros que quedan detrás del convento, saltar
unas tapias e irse enderezando, huertas adentro, con dirección a las respectivas casas de hacienda. Y calculó que, en habiendo ido en línea recta,
cruzando los potreros y las huertas, los fugitivos habían tenido ya tiempo
para estar de regreso al frente de la peonada, de dos gendarmes que se
escurrieron cuando comenzó la batahola y del guarda del estanco de
aguardientes... Todavía Carlitos Botado, que es amigo de la positiva, se
resistió a dejarse convencer, y pidió que se mandara una comisión al convento para ver qué fin tenían los gamonales, y que esa comisión, dejando
unos hombres allí, regrese a informar. La comisión volvió en seguida,
llena de ansiedad: en el convento todo estaba en silencio; no había nadie.
"¿Lo ven ustedes?" –vociferó Angelote Maridueña, ya con la razón que
le daban los hechos–. "¿No les dije que estábamos cercados?".
»Entonces los hombres, poseídos de miedo, y de furia, y comprendiendo
que la actitud del cura bien podía ser de traición, se pusieron a buscar de
casa en casa al cura y a los patrones, como si fueran agujas, para torcerles
el pescuezo, lo mismo que los gendarmes y al guarda del estanco, que suponían se habían quedado en la población para darles informes secretos
a los peones que preparaban el asalto, aguardando en la plazoleta donde
los viera el cholito Mayta. Y otra vez la gente se dio a beber, para mantener los ánimos decididos a lo que sobrevenga, como se decía en esa
noche.
»Muchas cosas se han dicho después en contra mía, inculpándome de mi
actitud en tales trances. Frente a frente me han encarado diciéndome que
nada hice para contener los desmanes de la gente, que bien pudieron ser
frenados a tiempo. Pero lo mismo podían decir de don Vicente, y de don
Vicente nada dijeron... El caso es que yo estaba, primero, bebiendo desde
hacía fecha. Nada: ustedes, hermanitos, saben, en confianza que yo tengo
de repente mis novenitas, y yo, como buen devoto, estaba siguiendo una...
Y, segundo, estaba, caliente. Pero lo que se llama caliente, pues no faltó
quienes charlotearon como unos bocones miserables que yo, por haber
ayudado al cura en rescatar a los otros dos gamonales, después de lo que
el pueblo se comió a Gurumendi, me había vendido a ellos, y estaba se-
cretamente a su favor. Por último, a mí nadie me pidió en esa noche
opinión. Claro: un borracho que bebe siete, ocho días seguidos, no merece
ser consultado, ni hay para qué tomarlo en cuenta».
—Pero tal como he visto las cosas, hermano Churón, no parece que la
gente siga creyendo eso que tú dices –replicóle, sonriendo, Reinoso, que había
visto hasta dónde, en la jornada última, Ocampo era el jefe supremo de la
marcha y del acampamento. Llamóle la atención el tono de cólera que dejaban traslucir sus palabras orgullosas. Aún no le pasaba el rencor de que,

desde el primer momento del conflicto, no se hubieran fijado en él y depositado en su mando el futuro de la población. ¿Y qué más? –preguntó Reinoso, incitándole a proseguir.

«Lo de Fosforito López fue así: Comenzó el hombre a acercarse al sitio donde había un grupo en torno de un herido, cuando éstos todavía estaban en la plaza. Así, como él es: medio serio, medio sonreído, con su cara llena de costurones. Traía un hachón de bagazo en la mano, y parecía más bien estar feliz. En la otra sujetaba un haz de bagazo seco para alimentar el fuego de su antorcha. Recién entonces se estuvo dando cuenta, de sorpresa, de que una de las personas que habían caído en el tiroteo de Gurumendi era su sobrina Panchita, a quien él quería tanto y había ayudado a criar. Cuando llegó con su hachón en la mano, Panchita acababa de morir. "Recién boqueó la Panchita", le informaron. Fosforito se arrodilló en el suelo, delante del cadáver de la muchacha, y mojándose la mano en el agua que había ahí en una calabaza, le puso con los dedos unas gotas en los labios. No le vio herida alguna, al principio. Después, advirtió, acercando un tanto el hachón a la cara de la difunta, que ésta tenía una pequeña lastimadura en el borde del labio superior. Nada más. La bala había entrado por la boca. Fosforito López se levantó de ahí muy despacito, enderezando primero la una pierna, después de un rato, la otra, y le rogó a un vecino que tuviera la calabaza bien defendida para que el agua no se llenara de polvo, y que no deje de verterle, de rato en rato, gotitas de agua en la boca de la muerta. "Tal vez todavía tenga sed la pobrecita", sospechó, y se fue, dejando a su sobrina, siempre con su hachón en la mano, y con una cara horrible, hacia el cañaveral de la hacienda de Gurumendi que quedaba detrás de la población. Algunas personas lo habían ido siguiendo. El se fue en línea recta, y a vista y ciencia de todo el mundo, prendió fuego con su hachón a dos cuarteles de caña que tenía Gurumendi del lado de allá de la acequia; y luego siguió adelante, por el filo de la acequia, aguas arriba, hasta dar con la casa del finado, y allí lanzó el hachón al techo. Como la casa de hacienda del patrón Gurumendi era la que quedaba más cerca del pueblo, a poco, desde la plaza, alcanzó a verse una gran fogata también ese lado. Después se supo que Fosforito, con otro hachón, y seguido de muchas gentes que aullaban como fieras, y gritaban "Viva Yangana libre, abajo los gamonales", había pasado a la hacienda del doctor Zapata y después a la de Villaviciosa, y quemado las casas y, ya para volverse, los cañaverales, defendiéndose ellos de la llama con la acequia, por en medio de la cual regresaron al pueblo, tiznados, mojados, enfurecidos.

»No podía ser de otra manera. Fosforito, como ustedes saben, es perseguido por las llamas, y él había ido por ahí. De la plaza se oía bramar la candela. El incendio en los cuarteles de caña duró como dos horas, y no pasó al pueblo gracias a la acequia que corrió detrás del convento. Que si no, esa misma noche hubiera Yangana quedado reducida a pavesas.[508] A pavesas. Como quedó después... ya para venirnos... cuando empecé yo a mandar...

»Los peones armados de los potentados nunca llegaron. ¡No podía ser que llegaran! El cura y los patrones que se escaparon del convento, poniendo a salvo prudentemente sus vidas, habían emprendido esa misma noche su fuga a la ciudad. Y los cuatro cadáveres que dejó antes de morir Gurumendi, y el de Gurumendi también fueron llevados a la iglesia, y allí comenzaron a velarlos, hasta el día siguiente. Este traslado lo hicieron mamá Justa acompañada de algunos devotos comedidos, que se pasaron la noche rezando en voz alta en la iglesia, y pidiendo perdón por los pecados que había cometido la población de Yangana con motivo de la fiesta del Señor del Buen Suceso.

»La pantomima del bueno de don Vicente se terminó así... con sangre, bala, lágrimas y llamas. Mientras duraba el incendio hermanitos, se me olvidaba de contarles que la campana nuevecita no cesó un solo rato de plegariar como un huérfano enloquecido. Por la mañana, había sonado por primera vez, anunciando una fiesta. Y nosotros habíamos tenido una alegría, una gran alegría. La última alegría de Yangana, hermanitos.

»Oíamos los rezos en la iglesia... y aún no amanecía. Todavía era noche cerrada. Había ardido horas y horas el cañaveral de los patrones que da sobre la acequia... y aún no amanecía. ¡Qué larga nos pareció esa noche! ¡Qué triste! De la mañana a la noche, así, como suena: de la mañana a la noche, el destino, o lo que sea, nos había hecho desgraciados. En la mañana teníamos las manos limpias. En la noche, estábamos ya con las manos manchadas. Cuatro cadáveres, y el de Gurumendi, y el del político... Y esto en Yangana, donde había paz, y nos queríamos los unos a los otros...».

Ocampo dobló la cabeza, como atormentado, retregándose las barbadas mejillas con verdadera desesperación. "Parecía que no iba a amanecer nunca" –repetía, como estribillo. Reinoso se levantó de su asiento, avanzó hasta él, y le puso, pesadamente la mano en el hombro:

—Bien lejos queda todo eso, ¿verdad? –le dijo, y señaló vagamente la tierra remota de la cual se habían desarraigado–. Bien lejos... por allá... queda lo que fue Yangana. Bien lejos... Aquí, como recién haber nacido... Lo pasado... pasado.

Y diole unas cuantas palmadas.

Y cambió de tono, en esa forma que tan agradable resultaba de oír. Porque Joaquín era inconsciente maestro de las transiciones de voz. En una forma ligera y alegre, y dándole un ligero empelloncito en el hombro al abatido narrador, pidió permiso para salir.

—Voy a achicar bomba –dijo y desapareció.

---

508 *Pavesa*: ceniza.

Ocampo pareció volver de su ceñuda pesadilla, alzó a ver, se encontró a solas con Rosa Elvira, y hallándose frente a frente, quedáronse mirando de hito en hito.

## 13

Cuando Ocampo se puso de pie delante de ella, en esa noche, saludándola, había sido muy grande y agradable la impresión que recibió la mujer. Antigua había sido su amistad, y pura y desinteresada. Se habían querido bien, como dos parientes afectuosos y sinceros que confiaran recíprocamente el uno en el otro. Se tuteaban. Y cuando los dos fueron solteros, hasta se habían hecho confidencias. Por cierto, ella nunca dejó de considerarlo, desde que él se casó, como un sacrificado, pues el matrimonio con la que ahora era su esposa le pareció un verdadero desastre. Él, su excelente amigo Ocampo, merecía otra mujer.

Aquí estaba él. No porque Joaquín fuera celoso y porque ella fuera casada y solamente a su marido pertenecía, dejaba de ser legítima la alegría que le produjera su insospechado encuentro, ni tenía por qué ser menguado y receloso el abrazo que se dieran. Pero el Churón Ocampo, había templado un tanto la entusiasta y alegre disposición de ella, y tendídole, lento y circunspecto, su mano ruda.

Lo midió, desde su asiento, de pies a cabeza. Aquí estaba el Churón Ocampo en persona, y muy largo había hablado acerca de lo que fuera Yangana. Alegrías y amarguras contara el recién venido. ¿Qué tiempo no se habían visto? ¿Qué edad tendría ya él? ¿Cuarenta años ya? Tal vez. Desde luego, él era mucho mayor que ella. La había tenido sobre las rodillas. Y según se lo había dicho, conocióla cuando andaba todavía con el pañal pegado a la rabadilla y la seguían las moscas. No era lo que pudiera llamarse un hermoso tipo de varón. Le faltaba quizá tener los hombros un poco más altos y no en ese sentido de "hombros de botella champanera" en que le arrancaban desde el cuello, por otra parte, vigoroso y ancho. La cara del hombre tenía el grave defecto de estar seriamente picoteada de viruela. Hacia la nariz especialmente habían arreciado las cicatrices. Al sonreír no mostraba una dentadura sana. Carecía de dos dientes, y en otro, la caries, ancha y próspera, le había teñido por dentro el esmalte con una gota de plomo. La mirada de su amiga gustaba detenerse en ese cuello fornido, porque era hermoso y viril. Su vigorosa musculatura, que permitía sobresalir rotundamente a la manzana daba a los movimientos de su cabeza una elasticidad enérgica. Cuando regresaba a ver lo hacía con un ademán resuelto y rápido. Lo que lo salvaba, pensaba ella, no era eso, desde luego: eran sus ojos, su frente, sus cabellos, su barba. Los ojos, medianos, tenían una fuerza excepcional y toda una considerable gama expresiva. Eran muy vivos, brillantes, duros. Y se clavaban de frente, recios como dos saetas, sin desprenderse una línea del interlocutor. Provocaban en él un involuntario deseo de seguir clavado en esos ojos, la mirada frente a la mirada, sumisamente. La frente era ancha y poderosa. Abombada, blanca y pura. La viruela la había respetado. Muy regular, enmarcábase entre la borrascosa línea de las cejas casi juntas y el dibujo trapezoidal que formaba en el nacimiento del pelo crespo y espeso. Los labios eran gruesos y rosados, y dejaba la barba, que era bella y se partía en dos, dando a su dueño un cierto aspecto selvático que las mujeres encontraban sumamente interesante. Era fosca su apariencia, pero cuando sonreía, quitándose el sombrero, rebosaba atractivo su figura y aquella su sonrisa de dientes incompletos.

Y luego su voz, esa voz que era melódica, sonora, de inflexiones lentas, que obedecía dócilmente al hombre cuando éste trataba de reflejar sus sentimientos, era de las que quedan resonando porfiadamente en el oído, y producen, lo sabía ella, un deseo de repasar algunas de las frases que él pronunció, como se trata de remedar una melodía que gustaba después de haberse oído una canción. El mismo quizá, gustaba de oírse, porque en sus conversaciones no olvidaba de reforzar los últimos párrafos con oraciones que repetía, una vez tras otra, como tratando de dejar bien apuntalado lo anterior para seguir adelante...

Por lo demás, encontraba que Ocampo no había echado vientre a pesar del tiempo transcurrido. Era casi delgado de cintura. Y al mismo tiempo, la rara característica de serle posible, indistintamente, andar muy bien o descalzo o calzado. Por lo menos, él lo hacía como nadie. Porque lo que hace a los otros, o bien solamente descalzos o solamente calzados. Cuando se ponían zapatos andaban lastimosamente ridículos, si no tenían costumbre. Y los que dejaron los zapatos, no hallaban la manera de meterse a andar, pongamos por caso, sobre una pampa de alfalfa recién cortada, por un camino llovido, o por un sendero medianamente pedregoso siquiera. Más aún: ni siquiera podían cruzar la quebradita con los zapatos al hombro. Preferían caminar con las niñas de los ojos a caminar con los pies descalzos. No así Ocampo: igual seguridad y dignidad tenía su andar en el un caso como en el otro.

Las manos con que se había ayudado a evocar ciertos retazos de la historia de los últimos sucesos de Yangana, eran grandes, carnudas, anchas, cubiertas de vellos en el dorso y sobre las falanges. Venas anchas corrían, bajo el abundante follaje capilar, de la muñeca a los nudillos. Los dedos pulgares estaban deformados por un grueso callo, que se insertaba cerca del punto de unión del pulgar con el índice. En contraste con las manos grandes y las muñecas anchas y huesudas, el pie era más bien breve y muy arqueado. Era característica su manera de andar, con el talón del pie izquierdo un poco torcido hacia su tobillo externo. Por todo ello quizá, las líneas de las piernas no se fundían cuando estaba parado con los pies juntos: esa misma pierna izquierda sufría una ligera estevadura.

... No era formal en sus compromisos, y siempre había trampeado a alguien, recordaba también la mujer de su amigo. El padre de ella, por ejemplo, no daba un pucho de tabaco por su palabra. Pretendían sus vecinos que no eran sobrado claras sus operaciones mercantiles, ni sus negocios de cambalache con gentes de la ciudad. Gustaba de cambiar caballos y de trabajar por obra en la realización de labores difíciles y aventuradas. Ulpiano Arévalo, el ex soldado en la guerra de Concha[509] de Esmeraldas, le profesaba una fe ciega. Estimábalo como un hombre valiente y lleno de iniciativas en la mitad del peligro. Era éste el único mérito que no se le había regateado jamás. Su moral creíanla eso sí un poco nebulosa. Se trataba de un sujeto amigo de quedar mal en los negocios, que no siempre brillaban por su limpieza, generoso hasta el punto de ser capaz de robar para poder dar lo que tenía, caprichoso y ensimismado, demasiado convencido de su propio valor e incapaz de perdonar el que alguien lo considerara figura secundaria en las decisiones de Yangana; que se casara mal, habiendo podido aspirar a una muchacha mejor. Pero que, llevado con habilidad y tomándolo en cuenta preferentemente, era el primero en cualquier actividad en que se emprendiera en su pueblo. Si de una cuota se trataba, era el primero; si de una semana de trabajo, era el primero; si de la suscripción de una solicitud, era primero. Ofrecía sus escasos bienes y su no exigua persona. «Un poquito abusivo también es...» se decía asimismo de él.

Sabía también de eso de leer y escribir y de echar números y cálculos. Le era posible, si a mano venía, hasta redactar él mismo un memorándum para las autoridades o una solicitud de las de cajón. Pero, ella lo recordaba bien, su amigo prefería dictar a un amanuense que no escribir de su propio puño. Daba entonces pasos ágiles, volvía hacia el escribiente su cabeza con un movimiento enérgico, y casi gritaba los períodos, por mucho que anteriormente hubiera estado hablando o conversando en voz baja. Le gustaba oír la frase que había dicho. Y lo gustaba no solamente oírse, sino oírla, en la lectura que verificaba el escribiente. Para Ocampo no había sino frases que le sonaban bien o frases que le sonaban mal ignorando las razones que pudiera tener para preferir una construcción a otra. Cuando la frase estaba sonándole mal a sus oídos, aun cuando alguna vez quienes le acompañaban abogaron por la salvación de la misma, abalanzaba como una fiera sobre la hoja escrita, le asentaba la palma extendida, y, bien abierta sobre la superficie de la hoja, cerraba la mano. Abría después el puño en ademán casi majestuoso, dejando

509 *La guerra de Concha*: con el asesinato de Alfaro en Quito, el 24 de septiembre de 1913 se levantó en armas en la provincia de Esmeraldas el coronel Carlos Concha Torres, antiguo soldado de Alfaro y hermano materno de Luis Vargas Torres. La campaña de Esmeraldas que duró desde 1913 hasta 1916, los soldados favoritos de Concha fueron los morenos de Esmeraldas quienes con armas blancas o machetes hacían verdaderas carnicerías en los soldados del gobierno.

caer una bolita arrugada en el suelo. Y a comenzar otra vez, fraseando lentamente, como si fuera a entonar una canción...

Y allí estaba ella, su antigua amiga y lejana admiradora mirándole en los ojos. Poco había variado Rosa Elvira, la verdad. Le pareció a él encontrarla un tanto más ancha, que no en vano, desde la última vez que la viera, a esta parte, había ya un hijo de por medio. Le hallaba un cierto aire de cansancio, pues las comisuras de su bella boca, que era curvada, de dibujo muy cuidadoso y regular, caían levemente con un gesto que antes esos labios firmes y sonrientes no tenían. La piel según la viera a la luz de la tarde no había perdido nada de su limpidez ni de su tersura, advirtiéndose solamente un no despreciable cambio en el color, mejor dicho, en el tono del pigmento que vivía bajo la satinada transparencia de esa piel, y que a Ocampo parecíale que podía atribuirse a la alimentación incompleta y difícil que habían podido procurarse en un lugar solitario tan hostil, sobre todo, en los primeros meses. «Esta gente se ha estado mucho tiempo sin comer con sal», pensaba él, y se sentía dispuesto explicar toda variación en el aspecto de los esposos Reinoso por tan decisiva circunstancia. Pero encontraba que había desaparecido el misterio de esos ojos de Rosa Elvira, su antigua amiga y lejana admiradora, que eran un tanto oblicuos, que estaban adornados por una sombra muy plácida de pestañas curvadas; que tenían más arriba la protección del arco perfecto de las cejas, y que no miraban sino soslayadamente. Ahora ya se instalaban frente a frente de los de él, ya miraban en línea recta, y eran mansas sus miradas. La sombra que caía sobre ellos, sombra formada por las pestañas alabeadas por los arcos superciliares sobresalientes en contraste con la profundidad a que quedaban con respecto a los pómulos, no era inquietante sino que los moderaba el brillo y atenuaba su oblicuidad antes tan agresiva. Y los hoyuelos de sus mejillas parecían ser, con la antes vigorosa línea del busto, la ofrenda que la joven madre había hecho a su hijo, para quien sonreía con inmensa dulzura y permitía que presiones y chupetones fueran derribando la peraltada posición de los senos. No estaba más alta, y él pareció apuntar, con una leve sonrisa y sólo mentalmente, que aquella regla de que las mujeres crecen hasta el tercero había fallado. Bueno... calculó él... es que, viéndolo bien, ella no era precisamente una muchachita cuando se casara... En su estatura baja, quedábale aún su cuerpo admirablemente proporcionado, evidenciado tras la tosquedad de su ropa hecha pedazos. Las piernas desnudas eran las mismas con que se viniera: carnudas, torneadas, firmes, muy rectas y con unos talones altos y finos, que al andar le impartían una cierta apariencia ágil de potranca. Sí, no había duda: la mujer de Joaquín Reinoso bien valía un sacrificio, pensó. ¡Y cómo había variado convirtiéndose en pacífica vecindad todo su fuerte atractivo! Seguía siendo interesante, interesantísima; seguía teniendo la misma conversación reposada y cantarina, llena de reflexiones profundas, que a veces desconcertaban a los varones, pero ahora su continente, su manera de poner las manos

tranquilamente sobre las rodillas, el modo de enfocar la mirada de sus ojos
levemente oblicuos, el tono con el cual hablaba de su hijo, la profunda simpatía humana con que sabía oír, sin el más leve asomo de ironía en la expresión, y al mismo tiempo esos labios casi marchitos por no confesados su-
frimientos y privaciones, habíanla vuelto propicio receptáculo para la
confidencia. Esto lo sentía Ocampo con una intuición que era casi un
mandato. Provocaba hacerla depositaria de secretos sacramentales, consejera
de voluntades ante las más difíciles situaciones, confesora de almas necesi-
tadas de aliviar el peso de sus padecimientos, paño de lágrimas ante otras personas más duras aun cuando más próximas a uno no vertidas... Tenía Rosa
Elvira, esta Rosa Elvira Torres de Reinoso que vino encontrar en Palanda, en
su choza solitaria, el sereno aspecto de una madre jovencita, sabia, reflexiva
y discreta, capaz aún de amar y por lo mismo, ampliamente dispuesta a comprender las penas, las alegrías, las luchas, las vacilaciones, los pecados de los
otros.

Joaquín, que entretanto, según su propio decir, había ido a «achicar
bomba», dejaba oír el sonido de un chorro que caía desde lo alto sobre el follaje que prosperaba tras la casa, y tarareaba, como acompañamiento al sonido
de las hojas golpeadas que oscilaban con el baño y volvían a dejar elevar en
él, una alegre y despreocupada canción. Algo como el deseo de hacer una frase
sobre fuerza viril de ese chorro, promisorio de cabales deleites para la mujer
de su propietario, tuvo Ocampo al oír la música de las hojas. Pero la aludida
le miraba de frente, tan sin suspicacia, blandamente, tan cordial y puramente,
que ahogó la frase en el pensamiento, con la seguridad de que poco faltó para
que se le escapara una torpeza que no tenían por qué escuchar esos oídos que
tan bien dispuestos estaban para atender la confesión ansiosa, el problema
humano indisoluble, la pena aguda o la balbuciente confidencia.

Joaquín, abotonándose todavía, transpuso el umbral. Y recuperó su posición, en espera de que Ocampo reanudara su relato.

«El manco Franco, a quien le decían "Manco–Franco–Potranco–Blanco–
Barranco–Estanco––Cojitranco", no supo nunca don Baltasar Zárate por
qué vino con tanto atraso de la ciudad, a donde lo habían mandado con
una piara de bestias para traer algunos géneros que pensaba tendrían
buena venta en la fiesta. El Manco–Franco–Potranco, sobre lo principal,
vino con la embajada de que las cargas que debían entregarle en la ciudad
estaban cuando él llegó todavía en camino, que por eso se vio forzado a
poner a potreraje las bestias de la piara, en una finca de los alrededores de
la ciudad; que tuvo después dificultades porque uno de los animales se
había saltado un cerco bajito e ido a comerse la chacra de un cholo, y que
éste, afecto al litigio judicial, en vez de contraerse personalmente con el
Manco–Franco–Potranco, etc., fue a la ciudad arrendando la bestia y la
depositó en la Intendencia de Policía, donde nuestro arriero tuvo grandes

dificultades hasta poder comprobar que estaba a su cargo y que venía desde Yangana. Entretanto, los días pasaban, y el hombre podía envejecerse sentado en las losas de mosaico de la casa de gobierno en espera de ablandar el ánimo del señor Intendente, sin que éste cediera ni el tanto de una uñita. "Lo que usted, buen hombre, tiene que hacer, es dejarse de estar calentado el cemento, y buscar dos testigos que lo conozcan y que abonen su conducta". Por desgracia, el manquito no es de los que tienen cara de santo, por esa maldita maña de ver de reojo y de reírse como que se está burlando en la cara de uno, y por eso el intendente creyó de buenas a primeras que se las había con un grandísimo bribón, y hasta había querido meterlo en chirona[510] por unos pocos días, gritándole que de él no se burlaba nadie, menos un chazo infeliz y malvado. Cuando al fin pudo rescatar su mulita, la fiesta hacía fecha ya que pasara y solamente entonces salía para Yangana con la recua de bestias trasijadísimas pero bien cargadas. Con él venían Basilio Cuenca, el sobrino de doña Manuela, muchacho muy voluntario, y el vetosito, ese de Nicolás Juela que es un demonio para la pata. Ellos, a piecito, el Manco–Franco–Potranco, a mula, en la que casi se queda en poder de la Intendencia. Les cogió la noche en el primer día de camino, antes de llegar al tambo. Cuando estuvieron cerca de éste, notaron que la chocita está bien iluminada, y que adentro había gente, y que afuera, en el corredor, manoteaba un regular tropel de caballos. El manquito hizo adelantar al vetoso Nico Juela para que le diera viendo bien lo que es, para según eso llegar o no con confianza a pedir posada. Lo que el vetoso Nicolás Juela vio era cosa que le llamó mucho la atención: el guarda del estanco y los gendarmes, con sus fusiles al hombro y con las piernas del pantalón cubiertas de lodo, tomaban una chicha, cada una a pico de botella, sentados en una banqueta. Más adentro, el doctor Zapata estaba acostado en las tablas sobre un poncho, con la cabeza amarrada, con el sombrero puesto entre la frente y la cabecera, y con un pañuelo ensangrentado que le rodeaba la mandíbula y subía por las orejas. Pedía, desde su posición, aguardiente bien fuerte y un pedazo de algodón para curarse la herida... Y el viejo Villaviciosa, con una cara de cursiento, aguarda ansiosamente, a que el dueño del tambo les preparara algo para comer, pues, según oyó decir el vetoso Nicolás Juela, por el camino apenas habían probado bocado. El manquito Franco, con esa noticia, quiso él mismo pescar algo, y avanzó despacito, y oyó lo que los gendarmes y el guarda contaban al tambero. Les parecía terrible lo que acababan de oír, pero no se atrevieron a presentarse en tambo, sino que, aprovechándose de la oscuridad, siguieron su camino, para acampar una hora más adelante.

»Esos fueron, hermanitos, los primeros que conocieron los arrieros que volvían de la ciudad. Ese encuentro tuvo su importancia, como lo van a

---

510  *Chirona*: prisión.

ver. El manquito, que no tiene un pelo de tonto (ya verán ustedes que se le han caído todos los que tenía), pensó más adelante que bien podía avanzar con su piara cansada en la sola compañía de Basilio; que era el más forzudo de sus dos ayudantes, hacer regresar al vetosito Nicolás para que les fuera siguiendo la pata a los fugitivos y husmeara en la ciudad lo que iban a decir, lo que podía pasar en contra de Yangana. El manquito sabía que en otra ocasión, cuando el faltamiento al teniente político, de la ciudad salió la comisión armada que estuvo meses enteros en Yangana para "imponer disciplina en un pueblo de salvajes", por orden del gobierno. Le dio unos reales a Nicolás para que estuviera merodeando por los corrillos, para que hiciera guardia en las boticas y para que leyera en las pizarras del periódico las noticias más destacadas de la semana. Con todo eso, pensaba el manquito, según nos lo contaba después, quitarle la rabia a Don Baltazar Zárate, que era muy justo que se encuentre furioso por semejante tardanza, y echarles el muerto a los comerciantes de la ciudad, que no lo habían despachado pronto con las mercaderías. Ya sabía entonces de antemano lo que diría don Baltasar Zárate: —Estos condenados comerciantes ecuatorianos, excepción hecha de mí, son unos grandes ladrones... La culpa la tuve yo, que en vez de ir a traer los artículos directamente de Guayaquil, me valí de estos revendones de acá... Los comerciantes de Alemania no son así... Pobre país el nuestro, en manos de banqueros y de comerciantes despóticos que compran al crédito, sin miedo en el bolsillo...; y que, refunfuñando y salvando al arriero de toda culpa, le abonaría hasta su último centavo, porque él también había sido arriero, y de los mejores. El caso es que el manquito lo hizo mucho mejor de lo que pensaba, pues el día siguiente de su llegada a Yangana, donde fue recibido con verdadera ansiedad, cayó, medio muerto de cansancio, el vetosito Nicolás Juela, llenecito de noticias; pero lo que se llamó llenecito de noticias. Así: llenecito de noticias. ¡Y qué noticias!

»En primer lugar nos hizo saber cómo se había dado modos a ir siguiéndoles la pata a los potentados y gendarmes armados, sin ser visto. Se metía por el monte que queda a los lados del camino, y se deslizaba como si fuera una víbora, y procurando verlos y oírlos, escondiéndose tras las cercas y los árboles. Donde ellos se apeaban, él aguardaba también. Si lo llegaban a descubrir, él sabía que arriesgaba mucho pues los gendarmes y el guarda lo conocían perfectamente. Pero pudo no despegarse un rato de los viajeros durante su último día de camino, y llegar prácticamente con ellos a la ciudad, a boca de oración. De la hacienda "Los Eucaliptos", que queda a dos horas de la ciudad, el doctor Zapata habló ya en el teléfono que tiene la hacienda, con la gobernación, haciéndole saber lo ocurrido, y pidiendo que manden a encontrar a los perseguidos por los salvajes de Yangana. Habló bastantito por teléfono, a eso de las cuatro y media de la tarde sería.

Salió de allí y volvió a montar, visiblemente aliviado. Cuando llegaron a la ciudad, mucha gente fue a esperarlos en el puente, y cayeron preguntas tras preguntas sobre los fugitivos. Allí es lo que el vetosito Nicolás Juela se acabó de enterar de cosas gravísimas. Por la noche, se estacionó en la botica del doctor Ventanas a oír lo que decían los caballeros de la ciudad, y en resumen de lo que ellos dijeron llegó a saber: que el gobernador había conferenciado con el ministro de gobierno de la capital, comunicándole lo ocurrido. "Hubo un caballero –nos contaba el vetosito– que parecía pariente de los gamonales, porque estaba en todo a favor de ellos. Era un señor con bastón y una leva bien larga y unos bigotazos. Ese les decía a los otros que el gobernador le había dicho a él que toda medida de rigor que se tome en contra de Yangana estaba muy bien porque éste es un pueblo irreductible, y que tenía un historial (¿historial dijo?) de malos antecedentes". "Dijo ese mismo caballero una cosa que a mí, que soy ignorante, me ardió –nos seguía contando el vetosito Nicolás Juela– que así como hay individuos criminales, que han nacido para ser malos y que son naturalmente mal inclinados, así también hay pueblos que son criminales de nacimiento y que a esos pueblos es necesario moderarlos a fuerza de sangre y de rigor". "Por ejemplo, dijo ese caballero, el pueblo de Yangana. Ese es un pueblo criminal. El boticario –nos contó el vetosito– no parecía ni agua ni pescado, porque dio a entender que la gente que él conocía de Yangana no le parecía mala gente: son buenos clientes míos, les dijo. Tengo especialmente uno, un tal Torres, que me consume mucha quinina. Pero había también otro caballero, frentón, con los dientes amarillos, que se pasaba tirando de la cadenita de un reloj que tenía en el chaleco, que se echaba a cada rato el sombrero para atrás y no podía estarse quieto un rato, y que en todo les llevaba en contra, y que parecía burlarse de ellos. Ese les decía que el gobernador le parecía un estúpido, que los que juzgaban a Yangana como un pueblo criminal eran también unos estúpidos y que si el gobierno ordenaba reprimir brutalmente la furia justísima de un pueblo enseñado antes a ser libre al cual traten los gamonales de convertir en un rebaño, era también un estúpido, y él sí, el gobierno, criminal". Después contó Nicolás Juela, todavía medio muerto de cansancio, que a eso de la diez de la noche, cuando cerraron la botica y él se hubo tomado el décimo vaso de agua gaseosa que allí preparaban, se fue, eructando y con la barriga completamente llena de aire, a buscar la posada en uno de los corredores de Santo Domingo, cuando vio un grupo de curiosos parados frente a una cantina muy bien iluminada, en la cual había un aparato de radio subido en un mostrador, que daba noticias a grito pelado. Oyó entonces, con verdadero terror, que ese exagerado aparato decía que por informes recogidos en los altos círculos de gobierno se sabía que había estallado una revolución de carácter comunista en uno de los

más prósperos poblados de la provincia de Loja, y que el gobernador de
la provincia había recibido instrucciones para sofocar inexorablemente
ese brote de criminales doctrinas exóticas. También decía ese mismo
aparato que el jefe de la zona militar había recibido instrucciones en el
sentido de cooperar con el gobernador a extinguir el golpe sedicioso con
el auxilio no solamente de la policía, sino con la intervención de la fuerza
militar. Y cuando el aparato ése dejó de hablar y se puso a cantar, Nicolás
Juela se fue a dormir, pero no pudo dormir. Al día siguiente, de mañanita,
fue a ver la pizarra del periódico, y vio que anunciaba una edición extraordinaria para las diez del día, con sensacionales noticias sobre el crimen
colectivo de Yangana. Compró dos sucres de ese mismo número del periódico, y comprendiendo que no había tiempo que perder, el vetosito, corriendo a pie día y noche, volvió a Yangana, casi pisándole los talones al
Manco Franco–Potranco. En el camino había encontrado a muchos mercachifles de los que fueron a la fiesta, que regresaban a la ciudad, despa-
voridos. De ninguno de ellos el vetosito Juela quiso dejarse ver. Ser de
Yangana, en esos trances, era muy peligroso.

»Nadie podría decir que nos alarmamos sin motivo –remarcó Ocampo,
después de un corto silencio, en el cual, probablemente, se repetía mentalmente las últimas palabras de su frase–. Nadie se atrevería a decirlo.
La amenaza que venía sobre nosotros era terrible. La prueba está... en este
periódico, hermanitos... –Y diciendo así se enderezó, metió la mano en el
bolsillo derecho de su pantalón, y sacó un pliego de papel impreso mal-
tratado y hecho numerosos dobleces–. Aquí está la prueba –repitió una
vez más, entregándolo primero a Joaquín y luego a su mujer, a quien le
rogó que leyera los artículos de la primera plana en voz alta, para lo cual
el mismo se ofrecía a traer encendido el mechero del cual le había hablado
en la mañana Joaquín».

A la luz del mechero, en el que ardía una fibra vegetal sumergida en grasa
de palmera enana, Rosa Elvira, que era efectivamente quien leía mejor de
los tres, comenzó a hacerlo en voz alta. Los dos hombres, el esposo y el amigo
de ambos, escuchaban. Ocampo, con un gesto en la cara propio de quien sabe
de memoria lo que está diciendo, Reinoso, con ese aire de ávida curiosidad
que había mantenido durante casi toda la relación del recién llegado. Y sin
fumar, porque el pertrecho de tabaco se había agotado por lo pronto, y no
había tienda en la esquina para mandar a comprarlo; y sin beber, porque la
ración de chicha de jora, calculada solamente para los dos esposos, se terminó
por el imprevisto consumo de un huésped a quien jamás soñaron en recibir.

Lo que Rosa Elvira leyó decía así:

*Sangrientos sucesos ocurridos en Yangana. –El día de la fiesta, los mo-
radores de esa parroquia han pretendido masacrar a los hacendados del
lugar. –Intervención del cura Arrau ha salvado a dos de ellos de una*

*muerte segura. – El teniente político y el malogrado joven Ignacio Gu-*
*rumendi, salvajemente asesinados. – El doctor Zapata, gravemente*
*herido, nos concede una entrevista. – Numerosas víctimas. – El go-*
*bierno está resuelto a reprimir criminales desmanes con mano de*
*hierro. – Comisión punitiva saldrá inmediatamente para reducir fa-*
*cinerosos. – Gobernador de la provincia atribuye carácter comunista*
*al sanguinario suceso. – Yangana, y su negro historial. — Noticias de*
*Quito. – Las extraordinarias.*

Personas que acaban de llegar de Yangana, a donde las había
llevado la fama de su fiesta anual del Señor del Buen Suceso, han
traído una relación espeluznante sobre los trágicos sucesos acaecidos en esa lejana población de nuestra provincia, en la noche
misma de la sonada festividad. En el afán de servir a los lectores
de este periódico, tan pronto como fuimos informados en la
oficina de la gobernación de que uno de los sobrevivientes
avanzaba a la ciudad gravemente herido, salvándose de una
muerte segura, destacamos a uno de nuestros diligentes repor-
teros, el cual incluso se entrevistó con el doctor Zapata y obtuvo
de él la información que publicamos en la página cuarta, con el
carácter de exclusiva. Habiendo confrontado las distintas versiones del horrible suceso, traídas por los demás fugitivos, estamos
en condiciones de resumir la verdad de los hechos en la forma siguiente:

**Antecedentes.–** *El día veinte del mes de agosto de cada año se celebra*
*desde tiempo inmemorial la fiesta religiosa del Señor del Buen Suceso,*
*que atrae numerosos devotos de distintos lugares de la provincia y aun*
*a mercaderes ambulantes de la vecina república del Perú. Además de*
*la festividad exclusivamente religiosa, la población se convierte con*
*este pretexto en centro de un activo intercambio comercial, que dura*
*normalmente unos cuatro o cinco días. En el presente año, la fiesta*
*prometía estar particularmente interesante por cuanto los moradores*
*de la población, a la cual no podría regatearse un cierto afán progre-*
*sista, se preparaban para estrenar una campana y festejar su bautizo*
*con una ceremonia solemne muy sonada. Y atrajo, en consecuencia, a*
*personas que en otras circunstancias se habrían abstenido de concurrir*
*a esa población, de acceso por otra parte tan difícil, por su carencia casi*
*absoluta de vías de comunicación. El caso es que, entre las asistentes a*
*la feria de Yangana, se encontraban los acaudalados propietarios Ig-*
*nacio Gurumendi, joven de raros merecimientos, vinculado a esta pro-*
*vincia por lazos de sangre, que cursara brillantemente sus estudios en*
*la capital de la República; el doctor Zapata, buen amigo de nuestra*

*casa, y el señor Villaviciosa, propietarios los tres de haciendas que se
encuentran situadas en las inmediaciones de la población de Yangana
y que concurrieron, confiadamente, a presenciar las diversiones populares, tan pintorescas y espontáneas como suelen ser las de las po-
blaciones rurales de esta provincia.*

**Aclaración que se impone.**– *Hay un detalle muy significativo que
no podemos pasar por alto: las relaciones entre Yangana y los propietarios a quienes nos hemos referido se encontraban tirantes, por un
hecho del cual hemos informado oportunamente a nuestros lectores.
Queremos referirnos al encarnizado litigio librado ante el Ministerio
de Previsión Social y el Congreso por los moradores de esa población
y los nombrados terratenientes, alrededor de la expropiación de los terrenos que constituyen sus haciendas, que los moradores de Yangana
sostienen que les pertenecieron, pero que venían solicitando se les res-
tituyera previo pago de su valor, a juicio de peritos. En este litigio la
tenaz oposición de parte de los propietarios tantas veces mencionados
ha venido hasta aquí dificultando la solución del problema. Sin ban-
derizarnos en esta agria discusión, diremos eso sí que acaso los terrenos
de la población resultan en cierto modo estrechos para satisfacer las necesidades de expansión de la fecunda comarca. Por lo que llevamos ex-
puesto, aparece claro que existía ya una pugna entre los hacendados y
el pueblo de Yangana y que tal vez fue una imprudencia de parte de
los primeros concurrir a una fiesta en la cual los ánimos del populacho
suelen exaltarse bajo el influjo de la diversión y del alcohol, expo-
niéndose así a los desmanes de las turbas irresponsables, tan difíciles de
controlar.*

**Otro dato revelador.**– *No quedaría completa nuestra información si
fuéramos a prescindir de ciertos antecedentes y pormenores que hablan
del pasado de la aldea que ha sido teatro de los vergonzosos sucesos que
luego narraremos; antecedentes que nos permiten calificar hasta de te-
meraria la actitud de los propietarios al concurrir a la fiesta de
Yangana. Pues bien debieron ellos saber que, hace unos dos años, más
o menos, esa misma población se levantó contra la autoridad, pretex-
tando que ésta había cometido ciertos abusos contra sus subordinados,
y le infirió un bestial maltrato, que al infortunado teniente político por
poco le produjo la muerte. Se salvó milagrosamente, a pesar de la repugnante profanación que hicieron de su cuerpo, porque como recordarán asimismo nuestros lectores, le introdujeron, con el ánimo de ma-
tarlo, por la cavidad posterior, grandes velas esteáricas.[511] Varios días
se debatió el infortunado entre la vida y la muerte, y hubo de ser conducido a esta ciudad, donde por fin pudieron contenerle la hemorragia.
¿No era de temer, nos preguntamos nosotros, que una plebe capaz de*

---

511  *Esteárica*: de estearina: mezcla de ácido esteárico y palmítico que se emplea para hacer
velas.

*cometer semejantes desmanes, tratara de repetirlos con los honorables*
*propietarios que arriesgaban, en ese estado de ánimo, a mezclarse con*
*chusma de tal calaña? Desde luego, dicho sea en honor de la verdad*
*por los datos que hemos recogido en fuentes insospechables, en esta*
*ocasión no intentaron con ninguno de los atacados hacerlos víctimas*
*de la profanación nefanda de las grandes velas esteáricas.*

**Una chusma repugnantemente ebria.–** *A pretexto de la ceremonia*
*del estreno y bautizo de la campana, que lo verificó el virtuoso cura*
*Arrau, cuyo comportamiento en esta ocasión le ha granjeado la admi-*
*ración de todos, por su valentía cristiana y caridad apostólica, la mayor*
*parte de los moradores de Yangana, sin distinción de sexos ni edad, se*
*dedicó a embriagarse con grandes cantidades de aguardiente, chicha y*
*guarapo, del cual se habían provisto haciendo caso omiso de las prohi-*
*biciones emanadas por el estanco de aguardientes, que tiene la con-*
*signa de impedir terminantemente la producción y venta de bebidas*
*fermentadas. Por la noche, una muchedumbre borracha y proclive a*
*todos los excesos, se congregó en la plaza, a presenciar la acostumbrada*
*velada y representación dramática que, como una venerable tradición*
*española, se conserva en los pueblos de nuestra provincia, para con-*
*memorar sus festividades. Parece que, en vez de la comedia de estilo,*
*el grupo de actores, que estaba borracho, o por lo menos, con los humos*
*de alcohol bebido al medio día, se puso a representar una farsa satírica*
*en contra de los hacendados, a quienes zaherían y ridiculizaban, me-*
*diante el insulto, el apodo y la alusión personal. El padre espiritual de*
*este engendro dramático nos han asegurado que es un buen amigo de*
*esta casa, y hemos creído del caso reservarnos su nombre hasta no do-*
*cumentarnos mejor sobre tal circunstancia, resistiéndonos a creer en*
*la insólita especie, por conocer sobradamente a ese amigo nuestro. De*
*esta forma dramática surgió el ataque de esta obra, el tumulto; el po-*
*pulacho, coreando los gritos en que prorrumpieron los actores contra*
*los honorables propietarios que venimos nombrando, se abalanzó sobre*
*ellos, trabándose una lucha desigual en la cual el joven Ignacio Gu-*
*rumendi, defendiéndose heroicamente con su revólver, vendió cara su*
*vida; el doctor Zapata resultó con una oreja casi totalmente seccionada*
*y numerosos cardenales; el señor Villaviciosa, con una luxación del to-*
*billo y el brazo izquierdo severamente magullado, habiendo sido ul-*
*timado a machetazos el teniente político de la parroquia, que dicho sea*
*de paso, fuera el mismo a quien anteriormente hicieron objeto del*
*bárbaro atentado que acabamos de recordar a nuestros lectores. Por*
*cierto que de parte del populacho también ha habido algunos muertos*
*y heridos, ignorándose con precisión su número y la gravedad de las le-*
*siones de los últimos.*

**El heroísmo del cura Arrau.–** *El héroe de esta trágica jornada ha sido el curita Arrau, a quien hemos aludido ya. Su serenidad ante el peligro, su valor para afrontar las situaciones más desesperadas, su presencia de ánimo delante de la muchedumbre ebria del alcohol y de sangre que los cercaba enloquecida, tratando de cortarles la retirada junto al proscenio donde se estaba representando la farsa contra los propietarios, determinaron el que hubieran podido salvar sus vidas las demás víctimas del ataque, entre las cuales estaban también dos gendarmes de la policía nacional que habían sido destacados para que mantuvieran el orden, y el guarda del estanco de aguardientes. El cura Arrau, una vez que hubo conseguido ponerles en el convento, les facilitó la fuga y él mismo, después de administrar los últimos sacramentos a los heridos, y de poner a salvo los ornamentos religiosos que quedan en la iglesia, se incorporó a los fugitivos.*

**Lo que nos dijo anoche el Gobernador.–** *Encontramos al señor Gobernador en su propio despacho, no obstante tratarse de una hora avanzada. Estuvo muy amable, autorizándonos para revelar al público los informes siguientes:*
*«Estoy seguro —nos dijo, más o menos, el señor Gobernador— que el horrible crimen de Yangana tiene raigambre comunista, pues tengo datos ciertos de que, una vez consumada la masacre, la masa procedió a desfilar por la plaza y principales calles de la población portando una bandera roja. Esto lo sé de fuente fidedigna También iban echando mueras a los terratenientes y vivas a Yangana libre. Después avanzaron sobre los cañaverales de propiedad de las haciendas vecinas y los incendiaron, como incendiaron también las casas de hacienda. Esto es comunismo incendiario, ni más ni menos, y un ataque a la propiedad de la peor especie. Sería una ceguera imperdonable no encontrar una estrecha relación entre los últimos sucesos de la capital, de la población del Milagro, el asesinato de los guardas en Sanagüin, con los hechos delictuosos que lamentamos. Aquí el ataque a la propiedad insisto en que ha revestido caracteres de extremada gravedad. La autoridad que represento, en guarda de la seguridad de las vidas y haciendas que le está confiada, se ha dirigido de urgencia al Ministerio de Gobierno, y conseguido conferenciar telegráficamente con el propio señor Presidente. Puedo a usted y a su periódico afirmarles que se han impartido ya las órdenes indispensables para ahogar en embrión este criminal brote de las morbosas doctrinas exóticas, y que la fuerza pública irá a reprimir los desmanes de Yangana antes de que el caos se agudice y trate de constituir un funesto precedente en el resto de los pueblos de nuestra provincia. Un juez de instrucción irá a levantar la causa criminal co-*

*rrespondiente, y con el encargo de proceder inexorablemente contra los culpables. Finalmente, la fuerza que será despachada dentro de esta misma semana, sin pérdida de tiempo, lleva la consigna de proceder con mano de hierro y sin contemplaciones. El Ecuador necesita paz, y ésta hay que asentarla cueste lo que cueste. Y con Yangana tenemos ya un precedente». Y aquí el señor Gobernador volvió a recordarnos algo de la primera insurrección contra el finado teniente político, de la cual hemos hablado ya en extenso a nuestros lectores. Nos retiramos del despacho de tan acucioso funcionario, agradeciéndole la atención que nos había dispensado y momentos después tuvo él mismo la amabilidad de llamar por teléfono a nuestra redacción para comunicarnos que había recibido un telegrama de la Jefatura de Zona que le participa tener instrucciones para cooperar con él en la cacería de los criminales, mediante la coordinación directa entre la autoridad civil y la militar, poniendo a disposición del gobernador dos compañías de infantería debidamente equipadas por pronta providencia.*

*Como otro semanario local ha recogido también ciertos datos en torno a este bullado[512] cuanto sangriento suceso, prevenimos, al público que es la nuestra la versión que más se aproxima a los hechos, como puede constatar, una vez más, el lector al confrontar la interesantísima entrevista que, con el carácter de exclusiva, nos ha concedido, desde su lecho de dolor, el doctor Zapata, uno de los protagonistas de los trágicos hechos motivo de esta información. El público puede encontrarla en la página cuatro, segunda columna. Ofrecemos tener a nuestros lectores al tanto de los sucesos, lanzando, si fuera necesario, ediciones extraordinarias, en el curso de la semana. Léanse nuestras pizarras.*

**Última hora.**– *Acabamos de recibir de nuestro corresponsal en Quito el siguiente telegrama: «Quito, agosto 28 (de Oliva).– las ediciones matinales de hoy traen amplia y sensacional información sobre el motín sangriento de carácter comunista que ha estallado en la provincia de Loja. El gobierno, justamente alarmado por la extensión del morbo revolucionario que lleva camino de propagarse incluso en los rincones más alejados de la República, se prepara a solicitar del Consejo de Estado las facultades extraordinarias. El Gobierno está recibiendo numerosas adhesiones, en apoyo de su política de sofocar inexorablemente la revuelta de la provincia de Loja buena parte de la cual parece, al tenor de las informaciones llegadas hasta esta capital, estar en manos de los facciosos. En muchos puntos, según afirman estos mismos informes, todos ellos de origen insospechable, flamea la bandera roja comunista, y se tiene noticia que las hordas revolucionarias despedazaron el tricolor nacional. La Jefatura de Zona correspondiente ha recibido órdenes de movilizar fuerzas hacia los lugares*

---

512  *Bullado*: confusión.

*amagados. La noticia se ha propagado a los cuatro vientos, y fue dada
anoche por las broadcastings norteamericanas. Existe en esta capital
gran expectación por conocer el desarrollo de los sucesos.– Atto.– Corresponsal».*

**Última hora.**–*(de nuestro corresponsal Oliva). Gobierno acaba obtener extraordinarias por sesenta días. Batallón «Andinos 27» y piquete
caballería movilízase grandes jornadas provincia revuelta. Comu-
nicaré mayores detalles. (Visado por la censura).– Corresponsal.*

*Editorial*
*«En otra sección de este semanario damos cuenta detallada con el ca-
rácter de primicia informativa para nuestros lectores, de los trágicos
sucesos que han ensangrentado la población de Yangana y arrojado
una ominosa mancha sobre su ya accidentada historia. Al suministrar
la crónica de tales sucesos, lo hacemos embargados por un sentimiento
de sincero pesar para las víctimas que cayeron en el desaforado motín
y llenos de lástima para los incautos que se lanzaron, instigados por
maquinaciones abominables, en una loca y criminal aventura, en la
cual está comprometido el presente y el porvenir de un pueblo entero.
Cumplimos al mismo tiempo con nuestro deber de periodistas, al de-
nunciar a la opinión pública los motivos y móviles que inspiraron en
hora malhadada la perpetración de los oprobiosos hechos que lamentamos.*

*»Son nuevamente las doctrinas políticas exóticas, con sus simientes de
odio y violencia, propagadas por elementos de los más bajos instintos,
que obedecen a oscuras consignas extranjeras, las responsables de este
tremendo crimen colectivo. Asombra constatar que ni siquiera los más
apartados rincones del mundo se escapan de su morbo. En la presente
ocasión ha hecho su agosto[513] de sangre en una población que, por su
aislamiento, por su incomunicación, era de confiarse que estaría lejos
de la funesta influencia de tales doctrinas.*

*»Ya no es solamente la urbe, ya no es solamente la fábrica o la mina
el sitio que escogen para la propaganda artera. No satisfechas con
sembrar su semilla rencorosa en las ciudades, avanzan por los medios
rurales también; y el resultado es, para el sufrido país ecuatoriano, que
hoy estalla una revuelta de indios en cualquiera de los fondos de las
provincias del norte, que ha de ahogarse en sangre; que mañana es una
horda de forajidos la que descuartiza a los guardas del estanco de
aguardiente en la provincia de Azuay; luego es un motín que siega
vidas sin tasa, en las calles de un poblado rural, hasta culminar en la
ráfaga delincuente que incendia las casas de los propietarios de la tierra*

---

513  *Hacer su agosto*: sacar provecho, obtener muchas ganancias de ciertas circunstancias:

*y asuela con el fuego los grandes cañaverales, y clava el puñal del asesino en el pecho y la espalda de quienes, trabajando sin cesar por la prosperidad de su terruño, han levantado con el fruto de sus labores, una fortuna para sus hijos, hecha a costa de grandes esfuerzos y sacrificios. Y es de esta manera cómo vivimos, bajo la amenaza constante, bajo el temor siempre creciente, bajo el peligro velado de armas que se afilan en la sombra, para sembrar el caos, la desolación y la ruina con que sueñan ciertos visionarios enfermos de la gran pesadilla roja, y cómo se minan así las bases mismas de la convivencia pacífica y fecunda sin la cual todo progreso social es imposible y toda iniciativa de alcance colectivo resulta vano empeño.*

*»Digna de mejor suerte ha sido esta población de Yangana, sobre la cual pesa, con el estigma de un crimen colectivo, la amenaza de una inexorable punición, de acuerdo con las instrucciones que el gobierno provincial tiene de los altos Poderes Públicos. Siempre se había distinguido por su entusiasta afán de mejoramiento y por su unida decisión en conseguirlo. Pero desde hace poco tiempo a esta parte, mal camino empezaron a señalarle, con fines proditorios,[514] los sicarios del terror político a que hemos venido aludiendo. Porfiadamente solicitó ser convertida en parroquia y obtuvo al fin su propósito, al cual este periódico, convencido del servicio que hacía, prestó decididamente su colaboración. El resultado de la obra nefasta de los agitadores se dejó sentir manifiestamente: la misma población, que en un movimiento unánime, pidiera ser parroquia, arrojó a su propio teniente político en una forma ignominiosa, infiriéndole una injuria a la persona humana de carácter verdaderamente asqueroso y abominable. Y ahora, que estaba quizá próximo el pueblo de Yangana a ganar legalmente una partida y obtener, con el asentimiento y autorización del Gobierno, la adjudicación de los extensos terrenos que circundaban al poblado, en vez de esperar jugarse la última partida, se lanza por el camino del crimen y se pone de este modo, colectivamente, fuera de la ley, haciéndose merecedor de la suerte que va a caberle en la presión que la fuerza pública habrá de emprender contra los amotinados, en la cual, dada la violencia de los acontecimientos, es probable que habrá numerosas víctimas, hasta que quede restablecido el orden que la rebelión ha subvertido tan salvajemente.*

*»Lamentamos una vez más, y de un modo profundo, lo que acaba de suceder, como lamentamos también tener que vernos obligados, por el imperio de las circunstancias supremas que atraviesa la provincia, a dar nuestra aprobación a las medidas de fuerza que el gobierno seccional, con la colaboración de las autoridades militares de zona, se apresta a tomar para sofocar la revuelta de Yangana, restableciendo el*

---

514  *Proditorio:* traicionero.

*tricolor nacional donde ahora flamea la roja enseña ensangrentada, el*
*orden donde está enseñoreada la anarquía, la paz donde el delito es la*
*consigna; restándonos solamente a nosotros pedir, en nombre de la*
*opinión pública, de la cual somos representantes, la persecución y*
*castigo ejemplar de los cabecillas de la infame y ya tristemente famosa*
*masacre del día 20, que tan profundamente ha conmovido a la familia*
*ecuatoriana y llevado el luto y la desolación a respetables hogares de*
*esta ciudad».*

—Como tú ves, Joaquín –acotó Ocampo–, también tienes una partecita
en el periódico. También tienes una partecita, amigo Joaquín, el de las grandes
velas esteáricas. –Y al pronunciar estas dos últimas palabras, lo hizo fraseando
tan lenta y sonoramente, y con tanta intención, que Joaquín, medio amoscado,
le preguntó:
   —Oye, Churón, ¿qué quiere decir velas esteáricas?
   —Ocampo se quedó un rato vacilando, y se limitó a opinar:
   —Hombre, debe de querer decir tal vez velas hechas expresamente para
usarlas como calilla.[515] ¿No te parece, mujer?
   Pero Rosa Elvira, con el periódico sobre las rodillas, no supo qué contestar.
   —Este periódico nos sacó el juicio, hermanitos –dijo Ocampo, soplando
la llama del mechero, que olía mal, y sumiendo al cuarto en una pasajera oscuridad, de la cual los ojos de ellos, a poco, comenzaron a ir extrayendo las
cosas, y desde el principio, las respectivas caras circunstantes. La lumbre, débil
y rojiza ahora, venía de la puerta que daba a la cocina–. Este periódico fue,
hermanito el que nos hizo perder el juicio. Nunca creo que se haya leído más
veces un pedazo de papel. Ni un chico de mala memoria cuando tiene la
amenaza de los látigos si no sabe la lección al dedillo habrá repasado como
nosotros este periódico. Cuando ya casi nos lo sabíamos al pie de la letra, cla-
mamos por una reunión, y en esa reunión, que fue en la plaza de Yangana,
volvió a leerse el periódico. No era necesario ser un sabio para entender el peligro en que estábamos. Sacamos en limpio que venía la tropa para darnos
bala; que el mismísimo Gobierno de Quito, que nunca nos había hecho caso
para darnos nada de lo que pedíamos, mandaba que nos hicieran comer
plomo; que en la ciudad nadie nos trataba de defender; y que teníamos una
bandera colorada, en vez de la bandera nacional, y que éramos comunistas.
   «Decirles que nos entró una gran canillera es poco decir. El miedo fue creciendo. Miedo, mucho miedo había. Y eso era porque recordaba la gente
lo mal que nos fue cuando el gobierno mandó a pacificar Yangana,
después de lo del teniente político con cierta persona a quien no quiero
nombrar... La memoria de los latigazos que aguantaron los más hombrecitos estaba fresca. Si eso pasó cuando las cosas fueron relativamente
pequeñas, ¿qué pasaría ahora, que francamente, habíamos hecho la de los

---

515  *Calilla*: de «cala», mecha de jabón aceite y sal que se utilizaba como supositorio para
     curar el estreñimiento.

diablos? Pero yo tengo mi experiencia, hermanitos, y por eso sabía que por grande que sea en un momento dado el miedo, la misma gente empieza, solita, a perderlo. Y así fue también en esta vez. Me acuerdo que fue ya de tarde, bien de tarde, lo que, un día martes, comenzó a volverle el ánimo a la población. Fue después de que los principales de Yangana habían discutido no sé cuántas horas, en medio de la mayor ruindad y cobardía, que las almas se regresaron a los cuerpos, y por fin se oyó propuestas decentes. Yo me las pasaba calladito, oyendo lo que los demás decían, pero sin tomar parte en esas conversaciones, que más bien me disgustaban. Estaba, como dije ya, un poco ardido con don Vicente y con otros de allí, y pocas ganas me quedaban para meter el pico en sus comadreos estúpidos. Pero como a eso de las cinco sería más o menos, lo que por fin pudo oírse un parecer muy racionalito. La propuesta era así: que según lo que decía el periódico, la justicia iba para Yangana con el encargo de perseguir y reducir a los cabecillas de la rebelión y del incendio, y que la población, para salvarse, convenía que determinara cuáles eran esos cabecillas con el fin de entregarlos a la justicia. Y que podía entonces escogerse de entre los habitantes de Yangana, por sorteo o de cualquier otra manera, los nombres de tres o cuatro, para que aparezcan como culpables y libren así a toda la parroquia de padecer la represión que la fuerza armada iba a ejercer. Esta propuesta dio lugar a un verdadero laberinto. Muchos de los concurrentes protestaron nuevamente; otros pusieron el grito en el cielo; otros aprobaron en principio la propuesta; se armó, en una palabra, la batahola más grande que se pueda imaginar. Hasta que Zacarías Fierro alzó el puño y pegó un grito descomunal, que hizo callar la bulla que hacían los demás; vuelvo a decirles que yo no tomaba parte en el alboroto: veía, oía y callaba.

»Zacarías Fierro, con ese cuerpazo que tiene y con esa facha de matón y de atarantado que Dios le ha dado, se abrió paso entre los curiosos, y parándose delante de los principales del pueblo, se encaró con ellos, bien colorado. "El culpable soy yo, porque si no hubiera sido por mí nadie hubiera ultrajado de obra a esos malvados. Quien se abalanzó sobre Gurumendi y le dio el primer soplamocos fui yo, y no me arrepiento de eso. El verdadero hombre, a lo hecho pecho. De mí pueden hacer lo que quieran. A la hora de declarar, no trataré de ocultar la verdad. Yo tengo la culpa, y aquí estoy. No niego mi responsabilidad. Yo, Zacarías Fierro, le di a Gurumendi el primer mamporro, y si hubiera llegado el caso, habría vuelto a repetirlo. ¿Y qué?".

»Esto que dijo Zacarías Fierro fue muy bien recibido, y es lo que, a mi entender, varió el temple de las gentes. Digo esto porque en seguida se presentó Fermín López, el Fosforito, con su cara de enfermo, entre triste y sonreída, y manifestó al público lo mismo: "Yo creo –dijo– que si alguien

es culpable de los incendios en las haciendas de los patrones y en los cañaverales, ése soy yo, porque fui en persona llevando el primer hachón, y
fui el primero que prendió candela a las casas y a las cañas. Y hubiera
prendido candela a las mismas barbas de mi bisabuelo, al haber sido
preciso".

»Maridueña no quiso quedarse atrás, y se puso a vociferar y a manotear
echándoles en cara a Fierro y a Fosforito ser unos mentirosos. En medio
de la risa que produjo a la gente oír a Maridueña que llame a alguien mentiroso él, que es una bolsa de mentiras, dijo así: "El culpable soy yo, no
ellos, porque en el papel que hice de cómico en la pantomima de... de...
don Vicente... cambié la letra a mi antojo, yéndome contra los gamonales
y solivianté al pueblo, que de otro modo no habría procedido en la forma
en que resultaron esas cosas de la noche de la fiesta: yo soy el principal
provocador, y si se trata de ir a la cárcel para salvar al pueblo de la venganza del gobierno, yo seré el primero en presentarme voluntariamente
a la justicia...".

»Recién parecía estar tomando impulso el pipón Maridueña para soltarnos
algunas de sus mentirotas, cuando el borrachincito ése de Gordillo, el forastero que se nos había pegado como emplasto a los de Yangana, se dio
maña a encaramarse sobre un banco y, cortándole la palabra a Maridueña,
nos dijo que el único responsable era él , y que estaba listo a entregarse
como el cabecilla a la fuerza pública que venía. "Porque sabrán ustedes
—nos decía el forasterito borracho–, que eso de la bandera roja fue cosa
mía. Yo rompí el telón de boca del proscenio y lo puse en el asta de un
palo. Yo me eché al hombro ese trapo y encabecé uno de los grupos que
íbamos a la plaza dando mueras a los gamonales y vivando a Yangana
libre. Si no hubiera sido por mí, no hubiera habido bandera roja y lo que
hizo el pueblo no habría tenido el carácter comunista que el gobierno le
ha encontrado y no hubiera tomado tan a pecho este asunto".

»Estaba cayendo en ese rato un poquito de llovizna, me acuerdo, porque
don Vicente se recogió debajo de un portal y se arropó en su poncho de
vicuña, medio ronco. Propenso es al resfrío el veterano, como ustedes
saben. Desde un rincón se puso a mirarme, y así se estuvo largo rato, con
su quijada pegada al puño del bastón, contemplándome como si nunca
me hubiera conocido y como lo hacen los perritos cuando están acostados
con las manos debajo del hocico. Y me dijo bien suavecito, pero en una
forma que no sabía si era de broma o de veras: "Y tú, Tobías Ocampo,
¿qué nos dices?". Y le bailaron los ojitos de mullo[516] de gentil al veterano
taimado. Yo, que tengo nada de tonto, y que no me gusta que nadie me
ningunee, medio mortificado, le contesté: "Quiero primero saber lo que
usted diga, don Vicente. Usted, que tanto sabe de libros...".

»Entonces gritaron allí muchas veces que don Vicente debía hablar. Y al

---

516  *Mullo*: chaquira. Originalmente procedía de las caracolas exóticas (Spondylus) que
cambian el color rojo de joven por el púrpura cuando llegan a ser adultas justipreciadas
y vinculadas a la vida religiosa del mundo andino. Servía en las civilizaciones andinas,
desde hace más de 5.000 años como objeto ritual para todas las cremonias agrícolas y fu-
nerarias.

fin, habló: "A mí –nos dijo el viejito– me sirven de mucho las cosas que
he aprendido en los libros (aquí me quedó viendo y calé que se dirigió
solamente a mí cuando dijo esto), que son mis mejores amigos, salvando
los presentes. A ustedes ya les ha de mortificar (de nuevo me miró a mí)
que a cada rato esté recordándoles lo que yo he leído, pero no puedo evitarlo. Un señor que sabía de estas cosas solamente pedía a Dios que le diera
'un rincón, un amigo y un libro'. Yo en cierto modo los tengo, o mejor
los tenía: el rincón estamos en peligro de perderlo ahora… y eso lo saben
ustedes mejor que yo. He oído con orgullo, con un dolorido orgullo, que
cuando se trató de establecer responsabilidades, nadie las ha rehuido. Numerosas son las voces que se han levantado para pedir que la sanción caiga
sobre los culpables, pero esas voces han tenido la nobleza de declarar
contra sí mismas, ofreciéndose como una especie de víctimas propicia-
torias para salvar a su propio pueblo de la infame punición que los sicarios
del gobierno tratarán de infligir a una población justamente indignada,
que tuvo que hacerse algo como una terrible justicia con su propia mano.
Esto que han tratado de hacer tan buenos hijos de Yangana, y ese generoso
joven que nos ha dicho que trata de unir su destino al de nuestro pueblo,
yo sé muy bien que no es corriente, es excepcional. Los libros, mis libros
me lo indican. Zacarías Fierro reclama ese honor para sí, por salvar a
Yangana… Fermín López dice que él es quien debe ser castigado, para
salvar a Yangana… Un forastero, desde ahora grato a nosotros, se pro-
clama el inspirador de los delitos, el cabecilla, para salvar a Yangana. Maridueña ha querido ser el único que disfrute de tan tremendo honor, para
salvar a Yangana. En este trance, solamente me queda decirles dos cosas:
que si ha habido quienes se declaren generosamente culpables, en su afán
de sacrificarse para que la población únicamente sufra en la persona de
esos delegados para recibir por ella el castigo, yo asimismo debo declarar
que soy uno de los auténticos comprometidos: a mí me toca una cuota en
reparto. Deben ustedes recordar y ser honrados en reconocer que la idea
de traer a los patrones a la fiesta fue exclusivamente mía, tan mía, que
Tobías Ocampo (y aquí otra vez me quedó viendo), por ejemplo, se opuso
terminantemente a ella; y a mí me corresponde también haber tenido la
idea de hacer representar para los señores de las haciendas una sátira que
les hiciera ver por medio del arte teatral las graves dificultades y peligros
que con su comportamiento estaban provocando. Que conste que si no
hubiera sido escrita ni representada esa obra, aun sin los cambios que le
hicieron a última hora los actores, y que por cierto no aprobaré jamás, los
ánimos de la multitud no habrían cobrado la violencia que llegaron a
tener, hasta el punto de que fue imposible oponerse a su estallido. De
modo que ténganlo bien en cuenta: primero, sin mi intervención directa,
no habrían venido los patrones; segundo, si hubieran venido al no haberse

representado la pantomima del agua mansa, tampoco les hubiera pasado nada grave... Pero esos mismos libros de los cuales no dejan de burlarse algunos amigos míos, y otros que no son menos (y aquí me clavó esos ojitos el bandido), me están dando una explicación de lo sucedido, una explicación bien clara. Los culpables no somos aquí individualmente ni Maridueña, ni López, ni Fierro, ni Gordillo, ni yo, ni fulano,[517] ni zutano... Hay unos versos que lo dicen muy bien, y ustedes sí los conocen, porque hace años en Yangana corrieron de boca en boca, después de la representación de una comedia que yo preparé para la fiesta. Esos versos, de un español, decían:

»—¿Quién mató al Comendador?

»—Fuenteovejuna, señor.

—¿Y quién es Fuenteovejuna?

»— Todos a una".

»Y entonces el veterano, que es bastante ducho para hablar, y que hasta a mí me desarma con sus habilidades y sus palabras bonitas, dándose cuenta del gran efecto que hacía, alzó un poco más la voz, y preguntó a la multitud: "¿Quién mató al Comendador?". Y la gente gritó a coro, con un vozarrón: "Fuenteovejuna señor". En seguida preguntó de nuevo: "¿Y quién es Fuenteovejuna? Y la gente contestó en un sólo golpe: "Todos a una".

»Nada, hermanitos, aquí en confianza, con esto, don Vicente se metió al pueblo en el bolsillo.

»Lo aplaudieron hasta producirme rabia. Y luego gritaron: "¡Viva Yangana! ¡Viva Yangana libre!". "—Sí, Yangana debe vivir continuó entonces don Vicente –bañándose visiblemente en agua rosada–. Tenemos que ver, en estos momentos en que Yangana libre, como dicen ustedes, está amenazada de muerte, la manera como podamos salvarla". (Y aquí el viejo bandido volvió a querer obligarme, y me quedé viendo otra vez). "—Por eso –dijo–, hace un rato pedí la opinión de Tobías Ocampo, que tanto ascendiente tiene en Yangana y que ha actuado ya en otros lugares en circunstancias sumamente difíciles, de atenernos a lo que nos ha venido a contar de los centros mineros. Pero el amigo Tobías Ocampo hasta aquí no ha dicho esta boca es mía, negándole al pueblo su opinión en esta hora decisiva, solamente porque la presencia de los hacendados no contó con su aprobación, quizá. Pero yo emplazo, a nombre de Yangana, de esta Yangana libre que estamos obligados a defender, al amigo Tobías Ocampo para que haga oír su voz en esta angustiosa deliberación en que nos hallamos, y nos proponga una formula de salvación, para discutirla, previniéndole eso sí que tenga la suficiente calma para no disgustarse en el caso de que su propuesta sea rechazada...".

»Nada, hermanitos: que al fin don Vicente me dejó en la merlina, y no pude

---

517   *Fulano*: expresión con que se designa a una persona indeterminada. Cuando se enuncian en serie varias de estas expresiones, «fulano» precede siempre a las otras: 'fulano, mengano, zutano o perengano'.

escurrir ya el bulto.[518] Ya les he dicho a ustedes, hermanitos, que por esos días yo andaba disgustado con el pueblo porque no me habían tomado en cuenta para nada, y hablando francamente, eso me tenía muy ardido. Desde que en la comisión de festejos yo me opuse a que concurrieran los patrones a la fiesta y no se me hizo caso, me retiré yo de toda participación activa, y me resolví a concurrir a todo lo que hagan, pero como espectador. Sería tal vez por eso por lo que pude ver tanto. En el fondo, estaba resentido: eso de olvidarme el pueblo de Yangana no puede hacer conmigo. Y yo sabía que le llegaría a pesar. Pero quería que ellos se convencieran por sí mismos. Y sabía que vendrían después, a darme satisfacciones y pedirme un apoyo. Entonces pensaba hacerme de rogar un poco, y luego sí hacer lo que convenía. Pero esta reunión de la tarde del día martes cambió las cosas, y antes de que vinieran a buscarme, y a rogarme, y a pedirme consejo, y de que yo me reconciliara con ellos, don Vicente me llevó al mismo resultado por otro camino. El rato en que yo pedí la palabra era ya casi de noche, y me había impresionado el aspecto enfermizo de don Vicente, hablando con su poncho de vicuña bien envuelto sobre el cuello, y tosiendo de rato en rato, porque la humedad de la tarde, como ustedes saben, hacía un poco de daño. Y me había tocado la tecla también. Verdad es, hermanitos, que la forma de decírmelo era un poco grosera, pero claramente me daban a entender que me necesitaban.

»Ello es que tuve que pararme sobre un banco, y entonces pasó lo que me pasa siempre que hablo delante de bastante gente: yo mismo no sé bien después lo que he dicho, pero me queda la idea de que lo dicho estuvo bien, por los aplausos y el entusiasmo de la gente. Claro está: yo no sé decir esas cosas almibaradas de don Vicente, que tanto sabe de libros, pero sí sé llamarle al pan pan y al vino vino, y creo que sí alcanzo a ver las piedrecitas del asiento aún cuando el agua esté un poco turbia. Les dije entonces con mi manera de hablar que tengo, que yo solamente veía una salvación: si todos estábamos comprometidos, toda Yangana iba a ser atacada, y atacada en el corazón mismo, porque ya tiene antecedentes que la harán aparecer ante el gobierno como una población de salvajes irreductibles, que cada vez está necesitando azotes y mano de hierro para entrar en vereda. Esto nos lo ha hecho entender bien claro don Vicente, y no hay que hacerse ilusiones creyendo en la clemencia de los verdugos que vendrán contra nosotros. Les dije también que para evitar semejante cosa yo creía que lo indicado era irnos en masa a otra parte, irnos al oriente a vivir donde nadie nos moleste, abandonando la población y reduciéndola antes a cenizas, para que de nosotros no encuentren ni rastro. Les dije que debíamos irnos a hacerle compañía a Joaquín Reinoso, para el lado de Palanda, en donde están las grandes vegas y el río, y en donde nadie iría a molestarnos porque por esas montañas desconocidas no se aventuraría

---

518 *Escurrir el bulto*: evadir un trabajo, riesgo o compromiso.

ningún pelotón de hombres armados. Y enseguida les expuse yo un plan
para efectuar esa huida, teniendo en cuenta que las fuerzas del gobierno
estaban ya en camino para caer sobre Yangana, y que era necesario irnos
protegiendo la espalda, hasta ponernos fuera del alcance de sus balas. Y
para eso yo les insinué que era necesario sacrificar a algunos valientes, que
saldrían a su encuentro, pero no para hacerles frente sino para contenerlos
un poco, sin presentarles combate, y dificultándoles el avance. Ese rato,
en medio del coraje, vi bien clarito cómo era lo que tenían que actuar los
muchachos: salir sin pérdida de tiempo de la población, bien armados y
en las mejores bestias, y esperarlos antes del primer vado,[519] y caerles
cuando estuvieran pasando el río. Correr de allí y ocultarse después en el
portete de Yanacocha, donde podrían hacer otra cosecha. Quemar el
rancho de Uchimba y tumbar árboles sobre el camino, que en lado es muy
estrecho y lleno de camellones.[520] Y por último, volar con dinamita el
puente que está antes de llegar al pueblo, en el momento en que esté pasando el grueso de la tropa. Claro está: yo no les comuniqué el plan que
tenían que seguir los muchachos, porque eso solamente ellos debían saberlo, pero en ese momento se me puso todo lo que les cuento a ustedes.
Lo que sí les previne fue que esos muchachos, que el propio pueblo esco-
gería, y a quienes yo estaba listo a acompañar aun cuando sea como su-
balterno, si lograban escapar con vida no tenían sino dos caminos: o bien
dedicarse a salteadores dentro de la provincia, para tener en jaque a la policía, hasta poder escaparse al Perú, o ver la manera de ir siguiendo el
rastro de los viajeros, y llegar a Palanda, donde los esperaríamos con los
brazos abiertos.

»Y con esto –prosiguió el Churón Ocampo, con tono orgulloso y pleno de
convicción, frotándose las manos–, le di en la cabeza al viejito taimado
de don Vicente, dejándomelo atrás, pero bien atrás. Porque lo que es él
sabrá mucho de libros: pero yo sé de vida. Y veo las cosas claro, clarito.
Las piedrecitas del fondo, aun cuando el agua esté medio revuelta. Así:
aun cuando esté medio revuelta».

De pie se puso entonces el narrador, y golpeándose el tórax con las palmas
abiertas, anotó, enfáticamente:

«La idea mía se impuso. Y por eso estamos aquí. Me eligieron jefe, y esto
con el voto del propio don Vicente, quien rechazó en cambio mi propuesta
de ir con los muchachos que guardarían, de Yangana a la ciudad, la retaguardia de los viajeros. Don Vicente, viéndose cogido, dio a entender que
en casos supremos los pueblos tienen que poner sus destinos en la voluntad
de un solo hombre, y que si se resolvía resistir, o capitular, o huir, lo indicado era elegir una especie de dictador, al cual obedecerían todos sin
chistar. Y dio a entender que ese hombre tenía que ser todavía joven, pero
experimentado y sereno; que debía ser enérgico y valiente, puesto que se

---

519  *Vado* lugar de un río o curso de agua por donde se puede atravesar sin barco o puente.
520  *Camellón*: caballón: lomo de tierra que queda entre cada dos surcos al labrar, que se hace
      para separar los bancales.

trataba en cierto modo de una lucha en la cual no habría cuartel. Y dijo
por último, que cuando una muchedumbre está atravesando por momentos difíciles, el instinto le aconseja en manos de quién ha de confiar
su suerte. Pero eso sí, terminó don Vicente, a ese jefe que elija el pueblo
de Yangana para las presentes circunstancias hay que decirle terminantemente que sólo ejercerá sus funciones hasta que se normalice la situación. Después volveremos a la vida libre y sana que hemos tenido y por
la cual estamos resueltos a luchar. Esto dijo, hermanitos, don Vicente. Y
el pueblo, de común acuerdo, se fijó en mí.

»Sí, hermanitos: en mí pensaron cuando se trató de elegir. Yo resulté ser el
hombre todavía joven, experimentado y sereno, enérgico y valiente, como
decía el viejito de don Vicente; yo resulté ser quien conduciría las vidas y
las haciendas a estos sitios... y yo debo ser también quien restituya el poder
al pueblo que me lo confió, el día de mañana, o cuando ellos me lo pidan».
Y aquí se le ensombreció un poco la voz, que vibró a otro diapasón. —
Devolver el poder –comentó– el día de mañana, porque hemos llegado ya, o
cuando ellos me lo pidan. ¿Y quiénes van a pedírmelo?

Volvió al parecer a recuperar su briosa confianza en sí mismo y con el tono
exultante en que hablara mientras se golpeaba los pectorales con las manos
abiertas continuó:

«Este viaje a Palanda, a la orilla del río donde ustedes viven, Joaquín y Rosa
Elvira, es la realización de una idea mía. Y yo soy el jefe. El jefe. Toda la
población de Yangana está en mi puño. Está en esta mano».

Y cerró, al decir esto, los dedos sobre la palma vuelta hacia arriba, y con
el pulgar puesto sobre el nudillo del índice, balanceó ligeramente el puño
ancho.

Después alzó a ver, y sorprendió infraganti a Rosa Elvira en un bostezo.
Se mortificó levemente al advertirlo. Pero esta mujer había sido siempre para
él la pacificadora, y se detuvo, súbitamente tranquilo, a contemplar la clase
de bostezo que le descubrieran: un bostezo ganoso de sueño, de esos que
medio desencajan las mandíbulas y humedecen los ojos. En cambio, esas miradas oprimidas de sueño, trataban de sobreponerse y contemplaban fijamente y con interés el varonil puño cerrado del amigo, que se esgrimía or-
gullosamente en la noche. No le cupo duda: la voluntad de Rosa Elvira
todavía está dispuesta... pero su cuerpo quería dormir.

Mas la exaltación de Ocampo aún tenía nuevos afanes. Volviendo a su
persona material, encontró de pronto que su cinturón estaba demasiado
apretado, no obstante haber corrido después de comer y de beber dos o tres
agujeros con relación a la hebilla, y creyó de todo punto necesario hacer dos
cosas inmediatamente– dos cosas, hermanitos, como habría dicho él, levantando en su mano derecha los dedos índice y medio, un tanto separados, como
las piernas de un compás, a la altura de los ojos–, toda vez que la defección

de Rosa Elvira como oyente advenía indefectible: darse una vuelta por el real, a fin de facilitar un tanto la digestión, y remojar el gaznate con unos tragos del fuerte que trajera consigo, a lo largo de la penosa caminata.

—Vamos a darnos una vuelta, hermano Joaquín –propuso, estirándose como un gato recién despierto, hasta el punto de hacer tronar las articulaciones–. Vamos a darnos una vuelta, hermano Joaquín, el de las grandes velas esteáricas. Quiero brindarte un trago de Yangana. Una copa de aguardiente de resaque, de ese que teníamos allá, allá lejos.

Rosa Elvira se puso de pie para verlos salir. Ocampo se despidió de ella estrechándole fuertemente la mano. Ya para bajar la escalera los dos hombres, Rosa Elvira, con esa voz cantarina, con su manera entre mimosa y suplicante que tenía la virtud de insinuarse hondamente en el sentido, díjole a su viejo amigo, a guisa de adiós:

—Oye, Churón: no sigas de jefe de esas gentes: Vuelve a ser que lo fuiste antes. Tu compromiso está cumplido. Mejor es que los dejes. Mejor para ellos y mejor también para ti.

Salieron los dos hombres a la noche de afuera sin decir una palabra.

Pero cuando, momentos después, y a poca distancia de la choza de Joaquín, se habían habituado a la oscuridad ambiente, Ocampo, tentando el hombro de su amigo, comentó lacónicamente: —¡Ah mujeres, ah mujeres!

## 14

Las fogatas iban languideciendo en el campamento improvisado. El humo era en algunas una columna espesa. En otras, apenas una leve nubecita. A veces brotaba grueso, ancho, despegándose de la llama en manchadas volutas que incluso le teñían de vetas negras su lengua rojiza. Las maderas resinosas comunicaban al ambiente sus olores pungentes y balsámicos mientras crepitaban en el fuego. Las ramas frescas se chamuscaban difícilmente y era considerable en cambio la cuota de humo que inyectaban en la llama. Los dos hombres caminaban dando trompicones, pero sigilosamente. No hablaban entre sí, se notaba que querían no delatar su presencia. Se abstenían de cruzar delante de las fogatas, a menos que estuvieran mortecinas, tan mortecinas como para ser incapaces de iluminar sus siluetas silenciosas. Fácil era comprender que la inspección que trataban de realizar era de las que no deben ser sentidas por los sujetos observados.

De rato en rato, algún perro gruñía y volvía a gruñir en un como sueño intranquilo, poblado acaso de pesadillas e imaginarias agresiones. Levantaba la cabeza soñolienta y venteaba con su húmeda nariz en el aire de la noche. Y volvía a poner la punta del hocico debajo del nacimiento de la cola, y el cuerpo del animal se ensamblaba por los extremos como una rosca se une por sus dos puntas. El sonido de las mandíbulas de las bestias de carga, que tascaban el tronco de algún árbol; un rebuzno trémulo; un balido[521] mansurrón de rumiante cansado... Y a veces, un estornudo caballar, como tributo a la húmeda frescura de la noche. Y también la tos: la tos humana, resonando en ese silencio intermitente. Un golpe de esa tos era frecuente que despertara un verdadero coro de tosigosos, que iban articulándose y se apoyaban los unos en los otros. A Reinoso no dejaba de sorprenderle oír en este descampado que él se había enseñado a mantener solo, una tos que no era la de él, una tos que no era de ella, una tos que tampoco era esa tosecita delgadiña, diminuta, de pulmoncejos minúsculos, que a veces sacudía a su pequeño, y que el padre y la madre oían con un inquieto y temeroso interés.

Los detuvo una fogata bien alimentada, en cuyo torno vivaqueaba un grupo compacto. Distinguieron desde su escondite las espaldas de unos y las caras patinadas por la llama de otros.

—Vamos, muchachos, cómo ha llegado la «señorita» —exclamó una voz en el centro del grupo, la de uno que quedaba frente a frente a los agazapados observadores. De seguida éstos alcanzaron a percibir que el hombre, acompañando la acción a la palabra, se levantó del suelo y se dirigió al fogón, de cual extrajo un tizón bien encendido, que comienza a agitar en el aire con un movimiento de vaivén, mientras procuraba iluminar sus propios pasos. Colgada de sus espaldas había tenido que venir la «señorita». Encontró, a la luz del tizón un hato blanco, que estaba envuelto en una sábana. Deshizo el nudo de ésta, después de que hubo asentado el tizón en el suelo, y se encontró con una figura forrada en un poncho guanaco[522] de color oscuro. Despójola de ese embozo, y la «señorita" quedó desnuda, brillando a la luz mortecina que tenía a su lado.

La «señorita» estaba charolada[523] en color amarillo y tenía incrustaciones de caoba en finas grecas.[524] La tentó su dueño, con una especie de cauteloso temor y titubeante gozo. Llevaba la «señorita» una cinta roja en el clavijero. Las cuerdas, aflojadas de propósito, se entrecruzaban golpeando sobre la caja de resonancia como ramalazos. El hombre, encontrando que, en la apariencia la «señorita» había llegado intacta, volvió a su sitio, caminando de esta guisa: en la diestra, el instrumento, cogido por el cuello y portándolo en lo alto, para guardarlo de cualquier golpe en las ramas de los árboles y en la izquierda, el tizón, que dejaba tras sí un reguero de chispas y una herradura ardiente en el aire. Y cuando estuvo donde sus otros compañeros tirando el tizón en la

---

521  *Balir*: emitir su voz propia la oveja, el cordero, el gamo y otros animales que la tienen semejante.
522  *Guanaco*: mamífero rumiante, parecido a la llama, que habita en los Andes meridionales.
523  *Charol*: barniz celulósico muy lustroso, flexible, que se adhiere perfectamente al material sobre el cual se aplica.
524  *Greca*: adorno o dibujo en forma de banda en que se repite un mismo motivo decorativo.

fogata, buscó un fardo donde acomodarse con la guitarra, templó, muy suavecito, cada una de sus cuerdas, y luego, en voz baja, musitó una canción. No tenía ya duda: la «señorita» había tenido una fortuna de llegar con su persona y su voz sanas y salvas.

—Que conste –recomendó Betancur, que era el dueño de la guitarra– que mi música es la primer música que ha sonado aquí, desde que el mundo es mundo. A mí deben hacerme el músico consagrado de lo que fue Yangana.

—Cuidado te oiga el centinela del lado de acá –exclamó una voz gruesa y ronca– porque te manda a hacer callar el pico a tu «señorita» y a lo mejor te la pone encima de la cabeza con un poquito de fuerza, haciéndotela entrar como si fuera poncho.

Y Betancur:

—Ni el propio Churón Ocampo me haría callar a la «señorita». ¿Tú crees que Ocampo odiará a la música? No es ningún animal para eso.

—Si yo no digo que el Churón Ocampo sea un animal, pero tiene prohibido que...

El humo de esa fogata que iluminaba la charolada guitarra que acariciaba y rasgaba lentamente el músico Betancur, se insertaba en la neblina que había descendido sobre el campamento desde la entrada de la noche, jaspeándola con estrías más oscuras, que recordaba las cuchillas de agua dulce que se hunden en el agua del mar, en la desembocadura de los grandes ríos. Y contra ese fondo de color aluminio, manchado a trechos, se destacaba ahora una cabeza juvenil, en la cual dominaba esa voz ronca y gruesa que acabara de imponer silencio a la música de medianoche de Betancur. Reinoso no conocía esa cara, pero pudo oír claramente lo que seguía diciendo, con un leve movimiento de su perfil de ave de presa:

—Yo quiero figurar... Yo quiero figurar como uno de los fundadores de esta nueva población... He de firmar el acta de fundación para que mi nombre quede en ella, y más tarde sepan que Marcos Quizpe fue de los mismos que vinieron por aquí... dejando atrás la esclavitud... Después nuestros descendientes se han acordar de nosotros con orgullo... Y cuando me case y tenga hijos, he de contarles, y ellos, cuando sean padres, han de contarlo también... Marcos Quizpe, fundador de esta población nueva. Así figurará Marcos Quizpe...

—Yo creo, dejándose de cosas, –sonaba por acá otra voz– que mañana debemos hacer la gran farra[525] al aire libre, para festejar nuestra llegada, relativamente feliz.

Y otra voz:

—No seas tonto: ahora lo que tendremos es que ponernos a trabajar como animales. Farrearemos después de un año, festejando el primer aniversario de la fundación de Yangana–nueva.

Junto a otra fogata, los observadores encontraron y fácilmente recono-

525 *Farra*: fiesta.

cieron a doña Liberata Jiménez, que había reunido en su rededor a Juan Vásquez, el ollero, a don Melchor Celi, el andariego, a dos hijos de éste, y al zapatero Picuita, el entrañable aficionado a ponerle parches oscuros en los pómulos de su mujer.

Doña Liberata decía:

—Yo sí soy partidaria de la gente fuerte. Por eso me gusta el Churón Ocampo, y yo he de ser del parecer de que él siga mandando aquí. Ustedes saben que yo al Churón Ocampo no le he tragado nunca, pero como dice el cura, al César lo que es del César. Es medio bocón, según me han contado, y había estado hablando mal de mí, diciendo que soy una veterana marimacho y entrometida. Dicen también que tampoco le gusta pagar las deudas. Pero, en fin, eso no viene al caso. A lo mejor eso de que ha hablado mal de mí era mentira...

Don Melchor Celi respondió:

—Perdone, doña Liberata, pero no estoy de acuerdo con usted. Nada de amos debemos admitir. El hombre debe ser libre como el pájaro y como el jíbaro. Si hemos huido de Yangana es para no depender de nadie. Me moriría o mataría si alguien tratara de ponerme una traba en las patas, o de impedirme que haga lo que me dé la gana. Y yo le digo, doña Liberata, que habría preferido tener tres malos vecinos, como teníamos, tener esos ladrones que nos quitaron el ejido pero que nos dejaran sueltos, a tener encima un capataz a quien pedirle permiso hasta cuando uno va a mear.

—Es que usted, don Melchor –objetaba doña Liberata Jiménez– es partidario del refrán que dice: «ande yo caliente y ríase la gente».[526] Yo en cambio me enfermo cuando la justicia no se hace, así sea un asunto que ni va ni viene con mis intereses. Si me doy cuenta de que a alguien le hacen una porrada, de que un fulano ha robado y se va a quedar impune la falta, de que a mengano lo van a castigar injustamente, soy capaz de armar una trapatiesta[527] y empeñar en ella hasta la vida: no puedo aguantar la injusticia, sea contra quien sea. A mí me interesa toda Yangana, y por eso quiero que estemos organizados y bajo el mando de una sola cabeza, para que podamos hacer algo de provecho en común. Usted mismo debe saber que ya no es libre. Tiene que hacer lo que el pueblo le pida. Si no cree así... puede hacer lo que le parezca, pero fuera de este pueblo. Y permita, don Melchor, que le diga la franqueza: usted es un egoísta... ¿Y usted, qué dice, amigo Picuita, digo, amigo Peñaflor?

—¡Hum! –contestó el aludido, saliendo bruscamente de su abstracción–. A mí me da lo mismo cualquiera de las dos cosas. Con tal de que no falte mi trabajito, con tal de que pueda dar mis puntaditas y ganarme mis pesetitas para tener un bocadito que comer y dar a mis hijitos... aquí o en Yangana es lo mismo, con amo o sin amo. Lo que es nosotros, el único amo que hemos tenido, mi mujercita y mis hijitos, ha sido éste –concluyó señalándose la barriga–. Con tal de tener qué poner en ella... me es igual.

---

526  *Ande yo caliente y ríase la gente*: señala la poca importancia que se da a los comentarios o habladurías de la gente. Recomienda actuar siguiendo cada uno sus propias ideas, sin tener en cuenta la opinión de los demás.

527  *Trapatiesta*: ruido o confusión grande.

—Brutito mismo es usted, amigo Picuita, y perdone que le diga así, en sus propias barbitas– replicóle doña Liberata, con un dejo de supremo desdén–. Sólo pensandito en llenar la barriguita de usted y de sus hijitos, como si en la vidita no hubiera otras cositas tan importantitas como ellita –terminó con ánimo sin duda de imponerle silencio.

Picuita, es decir, Peñaflor, amostazado, hizo ademán de irse, y comenzó una despedida en voz baja, que por cierto doña Liberata no se dignó contestar.

Ocampo y su compañero Reinoso, hendiendo la neblina tenuemente iluminada por las llamas, se acercaron con la misma cautela al grupo que rodeaba otro fogón.

Era un tanto singular la forma de iluminación que bañaba una parte del cuerpo de quien tenía el asiento más alto: la luz le daba de abajo para arriba, bruñéndole vivazmente la barbilla ancha y el cuello, y dejando el resto superior de la cara en una penumbra que, a la altura de la frente, era ya una oscuridad casi completa. La única persona que hablaba en ese vivac era ésta a la cual pertenecía la barbilla iluminada. Las palabras que caían en la zona iluminada, de su boca penumbrosa, tenían la entonación de una conseja:

«... Yo era el otro camillero, pero que quedó tras un recodo, para ver qué pasaba».

«El pobre Matías Ortega se quedó entonces a solas, como él lo había pedido con su voz cavernosa, con el Churón Ocampo. Sacó de debajo de la frazada una mano que hasta ahora me espanta. Era una mano de muerto, y sin embargo, esa mano se movía. Bien terrosa y con las uñas crecidas y enlutadas. Se le habían afilado de un modo atroz. Le amarilleaban a lo lejos, como pata de gallina o como si fuera de azafrán. Y con esa mano se ayuda para rogar.

»—¿Te acuerdas, Churón Ocampo, de cuando me botaron porque el gringo Mac Gregor me encontró prendiendo la dinamita con mi cigarro, y tú sacaste la cara por mí... y me restablecieron en mi trabajo?

»—Sí.

»—¿Te acuerdas de cuando nos fuimos juntos los cuatro paisanos a la huelga, Carlos Botado, recién llegado todavía, Joaquín Reinoso, tú y yo, y lo que nos daban bala, y lo que casi me matan?

»—Sí.

»—¿Y que los dos éramos los mejores amigos que había en el campamento de Curipamba, y que no nos conocíamos camisa?

»—Sí.

»—Bueno, Churón... ¿Verdad que sigues siendo mi buen amigo?

»—El de siempre, Matías.

»—Entonces, Churón Ocampo, mátame.

»El Churón se sentó en un bordo, casi en cuclillas, y se cubrió la cara con las manos, denegando. El pobre Matías había levantado la cabeza a duras penas, y sonreía, solitario, pues Ocampo no lo veía. Y era una sonrisa que, como la mano amarilla, tampoco puedo olvidar. Le brillaba con el sol. Tenía una dentadura blanca, sumamente blanca. Se veía que esos dientes eran huesos, huesos... En los demás hombres, en los que estamos sanos, no me ha parecido nunca que los dientes sean huesos... pero en Matías eran huesos disecados. Y se sonreía con una gran dulzura.

»—¡Churón Ocampo! –llamó–. ¡Mátame!

»La cabeza de Ocampo seguía denegando.

»Para eso había sido lo que, todos los días, quería quedarse a solas con el Churón Ocampo, y éste hacía despejar, para darle gusto al pobre enfermo.

»El Churón, desde que salimos, venía con un revólver en la cintura y una hachuela de mano para abrirse paso. El pobre Matías no le apartaba la vista del cinturón, y la cacha[528] del arma era el objeto de su ansiosa mirada. A ratos también era el machete, que descansaba debajo de la mano izquierda de Ocampo.

»—¿Verdad que eres mi amigo, Churón?... –le preguntaba, entre esas penosas interrupciones de tos que tenía. Parecía querer quejarse, y tener recelo de hacerlo, para no enternecer acaso al Churón, o porque le daba vergüenza de quejarse siendo hombre–. ¿Verdad que eres mi amigo?... Entonces no me niegues este favor: no puedo más...

»El Churón no decía nada, pero seguía con los ojos entristecidos la mirada del pobre Matías. Esta mirada del pobre Matías, no hacía otra cosa que ir del alma a la cara del Churón Ocampo. Cuando encontraba los ojos de él, Matías hacía un leve movimiento de cabeza, insistiendo, y movía la mano también. De cuando en cuando tosía, escupía, y se fatigaba horriblemente.

»La cabeza, en un falso movimiento, se le salió de la camilla y quedó colgando. El Churón Ocampo entonces, de un salto, se acercó al enfermo para volver la cabeza de Matías a su sitio en la chacana. De este movimiento se aprovechó el pobre para mover esa misma mano amarilla y echar mano al revólver del Churón. Cuando éste se hubo dado cuenta, el arma estaba apuntándole en el pecho, y los ojos amarillos también brillaban, como los de un loco:

»—Mátame, o te mato –le gritó con una voz cavernosa. El Churón Ocampo, ágil como un tigre, se abalanzó, con el machete desnudo, para hacerle caer, de un planazo, el arma, pero antes de que lo alcanzara, sonó un tiro. Ocampo, ofuscado por la violencia del ataque, se precipitó sobre el pobre Matías, cayendo encima de él con todo su peso para desarmarlo. La camilla se descuajó entonces y ambos descendieron, con la fuerza del salto, el uno sobre el otro. Oír crujir los huesos de Matías como cuando se arranca de raíz una planta de yuca que está bien cargada, así: truc... truc... truc... y la última sonrisa de Matías para su amigo le cubrió los dientes

---

528  *Cacha*: mango.

blanquísimos con una gran sangre espumosa».

El narrador del mentón iluminado hizo una ligera pausa.

«Es la primera vez que he visto llorar al Churón Ocampo –añadió.

»—Me quiso matar –nos contaba a nosotros, los camilleros cuando ha-
cíamos a machete una cruz para ponerla sobre la sepultura del pobre
Matías, el primer hombre a quien enterramos en el camino...».

—Vámonos de aquí –díjole Ocampo a Reinoso, empuñándole un brazo
convulsivamente–. Vámonos más allá... a esa otra fogata.

Y avanzaron.

Pasaron algunas fogatas casi apagadas, donde el fuego parecía dormitar
enterrado en una capa de ceniza. Suspiros humanos, algún ronquido, el
rumor de un cuerpo que cambia de postura durante el sueño, arrullos reprimidos... y en el aire, el mismo olor fresco, contaminado a veces por el humo
espireumático o por el vaho humano de cuerpos hacinados, en zonas que se
cortaban bruscamente alternando con otras en las cuales el aire estancado era
muy puro.

Oyeron de paso una conversación lánguida:

«—Y entonces... nos hemos de casar, hijita. Ya lo sabes: te doy mi palabra
de honor...

»—¿Y lo que me da miedo del hijo que puede venir y de que lo lleguen a
saber mis padres?»

No pudieron ver a la joven pareja que se amaba. El embozo de la niebla
oscura les cubría. Solamente las voces apagadas, como envueltas en algodones,
llegaban hasta Ocampo y su compañero.

«—Yo tengo pensado establecer un trapiche de palo para hacer raspaduras
–decía más allá un hombre invisible–. ¿Qué tiempo demorará la caña
hasta hallarse en estado de zafra, por estos lados? ¿Un año será? ¿Será
año y medio? Yo creo que en esta tierra, que es tierra virgen y húmeda,
con dieciocho meses será más que suficiente».

Pero su interlocutor parecía estar preocupado de otra cosa:

«Reinoso –decía– que ha estado tanto tiempo aquí, le ha dicho a Baltasar
que no se han enfermado con el paludismo ni la mujer, ni él, ni el pituso.[529]
Reinoso dizque dice que este clima es muy sano. Si no hubiera paludismo
estaríamos muy bien. Don Salvador dizque le había preguntado también
de la disentería. "No me ha dado tampoco, ni le ha dado a mi mujer" –le
había contestado Reinoso–. ¿Y las gripes? –dizque había vuelto a preguntar don Salvador–. Pero si aquí no hay semilla de la gripe –había dicho
Reinoso–. ¿Y la garrapatilla en los potreros? "Pero si aquí no hay potreros,
don Salvador" –le había contestado Reinoso–. Los potreros tienen que hacerlos ustedes ahora y la garrapata ha de haber venido con los ganados
que han traído. Entonces es lo que don Salvador dizque se había puesto
triste, y había dicho que si el clima de Palanda es así de bueno él iba a tener
que morirse de hambre, por no tener a quién curar».

---

529  *Pituso*: niño pequeño.

La neblina, más allá, parecía tener una voz propia: era ya impenetrable, y esa voz, que salía de sus algonodosas paredes, decía así:

«—Yo no soy ningún breva... Buena se la he jugado a los cuidadores. Me he venido hartando de frutas todo el camino. También les he robado huevos en cantidad. Vengo bien hartado sin que me cueste un centavo. ¿Por qué venir a ración, como los pendejos? Es que yo no soy pendejo. Soy vivo, muy vivo. Y tengo la panza llena de golosinas. ¡Allá otros con el ayuno! ¡A mí no me manda nadie, y a ayunar menos!».

Ocampo y Reinoso encontraban extraño oír estas conversaciones tan cerca de sus propios tobillos. Parecíales que salían del suelo mismo que estaban hollando. La costumbre es que nuestros interlocutores nos hablen desde lo alto de su estatura o cuando menos, de su posición sedente, a alguna distancia del piso. Pero aquí, en la niebla oscura forrada a los fogones mortecinos o definitivamente apagados que iban sorteando, las voces emergían de cuerpos yacentes que tenían a la tierra como lecho y le sugerían la idea de que brotaban de aquella con la presión de sus pasos.

Una de esas voces a ras de suelo, voz muy conocida para ambos, se refería a un profundo deseo; pensaba sin duda en la nueva vida que comenzaría para los aventureros al día siguiente, y no cesaba de exclamar.

«—Quiero ser desde mañana cabrón...[530] Quiero ser desde mañana cabrón... Quiero ser desde mañana cabrón...».

Era el hombre más mal hablado de la comarca, el bocón Camilo Isidro.

Dando un rodeo, para evitar el encuentro con un hombre armado, prosiguieron su caminata sigilosamente.

Voces de mujer, al pie de un fogón casi apagado, alcanzaron a escuchar. El sonido de las eses era un suave silbido intermitente.

«—Los chicos deben desde ahora aprender de un modo diferente. Hay que tener en cuenta que pertenecen a un mundo diverso del que fue el nuestro. Estamos obligados a educarlos conforme al medio en el que van a vivir. Lo primero que pienso pedir en la reunión de mañana es que hagan una buena casa de escuela. Y así como hay todavía que rozar el bosque para levantar la casa de escuela también hay que comenzar un nuevo cultivo en el espíritu de los niños. Es preciso explicarles esto que nos ha ocurrido, y por qué hemos venido para acá, a fin de que aprendan a conocer la historia de sus padres y a conocer a sus enemigos. También deben aprender con un nuevo sentido a amar la tierra y la patria. Sin esto, aun cuando la patria haya sido tan huraña con nosotros, no podrían ellos vivir... Todo esto y otras ideas más me propongo decirles mañana en la ceremonia de la fundación, para conseguir que construyan, desde el principio, un buen local...».

La otra voz era más apagada, y la cortaban golpes de una suave tos senil.

«—Lo mismo de siempre, hijita... ¡Cuj, cuj, cuj! Lindos discursitos has pre-

---

530  *Cabrón*: insulto. Se aplica como insulto violento a una persona contra la cual tiene el que se lo aplica graves motivos de irritación.

parado siempre para el día del examen, ¡cuj, cuj!, ¡cuj!... Y llega el día del examen y te pones a tartamudear, ¡cuj, cuj! No he visto mujer más vergonzosa, ¡cuj, cuj, cuj! Y total: que nadie te toma en cuenta, sino que haces el ridículo, ¡cuj, cuj, cuj! Llevas años y años de profesora, y no has podido hasta ahora dominarte, ¡cuj, cuj, cuj!... ¿Quién va a creer en tu talento entonces?».

—Y por acá está –indicó Ocampo señalando otro sitio, mal iluminado, –una jorga[531] de mozos que me ha venido dando qué hacer, pero que ha trabajado al fin–. Difícil era avanzar sin que ellos se dieran cuenta, y los exploradores redoblaron su cautela para ponerse a tiro de voz con respecto a los terribles muchachos. Que se hacían bromas tremendas, se echaba de ver. Se tiraban, por ejemplo, brasas encendidas de un extremo a otro y gozaban con hacerse el quite por medio de los esguinces más dislocados y audaces que se pudiera imaginar, sin que el cansancio de las interminables caminatas haya hecho nada por rendirlos. No se estaban quietos un sólo instante.

Especialmente arreciaban los ataques contra los muchachos que trataban de arrebujarse[532] en algún rincón, con ánimo de dormir. Un silbido delgadito anunciaba peligro por los aires. Al silbido delgadito seguía un zapato que cruzaba en veloz parábola por el espacio mal iluminado, con una fuerza viva de saetazo, o una rama desgajada lanzada como por una catapulta por algún brazo furtivo o un desconsiderado tirón de la manta donde el mozo había tendido sus espaldas, que dejaba a éstas en el suelo húmedo de hojas chafadas y el petate en las manos del travieso agresor... De rato en rato, en medio de la chacota, que culminaba instantáneamente cuando el centinela se acercaba, surgían conversaciones transidas de seriedad y consideración trascendentales.

Un muchachito, que Ocampo identificó como hermano menor de ese adolescente conirrostro[533] que, junto a otra fogata, hablaba en voz confiada pero exigente de su pasión por figurar entre los fundadores de la nueva población, para pasar a la historia, enderezaba a los jóvenes de la pandilla una pregunta que caía en el vacío y en la algazara.

«—Bueno, pero yo quisiera saber qué es eso de comunismo ¿Tú lo sabes, Abdón?».

El que respondía a este nombre le contestaba, cuando se dignaba contestar:

«—Déjeme en paz. De eso yo no sé ni una palabra».

Mas el hermano menor del mozo con cara de pájaro seguía con su cantilena.

«—¿Y tú, Juan de Dios, sabes de eso?... Porque yo quiero saber –explicaba, mientras el centinela observaba con curiosidad crítica al grupo juvenil de traviesos– por qué el gobierno dice que nosotros somos comunistas: ¿Será porque hemos querido defender lo que era nuestro?».

---

531   *Jorga*: pandilla.
532   *Arrebujarse*: arroparse.
533   *Conirrostro*: semejante a un pájaro carnívoro de pico fuerte y cónico.

Pero Juan de Dios parecía ser uno de los que quería dormir a todo trance:
«—Hazme el favor ¿entiendes? de no fregarme con tus latas a estas horas
¿entiendes?» Y se envolvía en la cabeza su cobija, bajo el fuego graneado
de bromas, de cuchufletas y de ocasionales proyectiles.
»—Ustedes son mayores que yo, y deben de saberlo. Mi padre todo lo que
me ha dicho es que se trata de una cosa de los gringos que quieren qui-
tarles a los otros lo que tienen demás, para darles a los que no tienen. Pero
si fuera así... nosotros no éramos comunistas, porque lo que hicimos fue
reclamar lo que nos robaron. ¿O será comunismo eso de no dejarse robar
los ejidos por los ladrones?»
»—¿Por qué no le preguntas, carajo, a don Vicente Muñoz, que lo sabe
todo, o vas a que te corrompa Juana Villalba, que también sabrá de estas
cosas, en vez de venirnos a jorobar con esta cuestión, como si fuéramos el
oráculo o el Sabio Salomón? –argumentó otro gruñón de perro humor,
en un afán de obligar a cerrar el pico al curioso–. Lo único que sé, Juan
Majadero, es que se trata de una cosa que se hace cuando se tiene
hambre».
«—Entonces, –glosó una voz– yo en este momento estoy comunista».
Siguieron unas frases más, pero las ahogó el silbido preventivo que anunciaba que un zapato cruzaba los aires vuelto proyectil, y el ruido del impacto
sobre alguna espalda desprevenida.
Damasio Sánchez, más allá, y en una impresionante oscuridad, cantaba
en voz muy baja. Su voz era de las que se levantaba del suelo mismo. Era
una voz que brotaba de la yerba, y a fe que les pareció extraño percibir un
canto a ras de tierra. Nada le acompañaba, como instrumento musical, como
no fuera la resonancia de la noche húmeda, elástica para las vibraciones como
un tímpano, y el susurro del viento que se daba trompicones contra los árboles familiares y contra los transeúntes extraños que no hallara en la noche
anterior. Pero ese concierto de voces de la naturaleza, en un seno musical sen-
sibilizado por la noche, ese rumor oscuro e indistinto de rebaños desvelados,
aquel coro de toses insólito, confluían en una integración sonora y ancha, en
la cual el canto pianísimo de Damasio Sánchez, el odiado cantor a quien su
rival Becantur hubiera querido ver cien veces muerto, transitaba por el fondo
como el devanado de una melodía:
La canción que Ocampo y Reinoso oyeron tenía saudades[534] obvias. Érase
una vieja canción.

«Cuando salí de mi tierra
de nadie me despedí...
Las nubes lloraban sangre
y el sol no quiso salir.
Me pediste que te deje:
el corazón te dejó.

[534] *Saudade*: añoranza.

Mi sombra te ha de hacer falta
cuando te fatigue el sol».

Cerca quedaba el inmenso silo[535] donde se amontonaban las semillas que
don Eliseo Aliaga, con su pierna anquilosada, condujera hasta allí. Alcan-
zaban a divisarse vagamente los contornos redondos de las alforjas panzudas,
de los grandes zurrones semienterrados, de los sacos repletos de informe hacinamiento. Entre las hileras de carga y el fogón pasaban de rato en rato algunos hombres que todavía se mantenían en vela, proyectando su sombra
brusca y saltarina contra los rimeros de semillas, y contra los troncos de los
árboles también. No era difícil distinguir que, sobre el montón, algún cuerpo
yacente cambiaba de postura. Los olores que la noche elaboraba por aquí
tenían la fórmula de otros ingredientes. Recordaban vivamente el perfume
casero de víveres acopiados, de frutos en colección, de abacería,[536] de plaza
de mercado. Y a buen seguro, les parecía a los dos hombres, que nada de
urbana plaza de mercado tenía este silo a medio hacer, instalado en un campo
abierto al infinito y aplastado por una noche cerril que no tenía un tejado
sobre qué detenerse. Por ahí, sin duda, estaría ese insigne bebedor de aguardiente que, según sus líricas palabras beodas, «unió su destino al destino de
Yangana», pero los furtivos observadores no lo vieron. La conversación, en
este corro, tenía una forma peculiar. Era un cuestionario en el que cada cual
formulaba alternativamente una pregunta, que nadie contestaba. Y en esa
forma, iban reviviendo pasajes que se venían a su memoria.

«—¿Se acuerdan de que esos mismos cuarenta hombres prendieron
candela a las casas de la plaza, ya cuando todos nosotros estábamos al otro
lado de la quebrada del Destrozo?

»—¿Y se acuerdan que en seguidita pasó la candela al barrio de los Leones,
saltando la casa de don Pedro Mejía y la de don Tomás Ramón, y que la
emprendió con la más vieja de todas, allí donde dizque espantaba porque
había un entierro[537] muy grande, que localizó el idiota ese de Serafín Armijos y que nadie pudo lograr?

»—¿Y se acuerdan de que la casa de tayta Lisandro Fierro ardió volunta-
riosamente antes de que le toque el turno?

—¿Y se acuerdan de la pena que nos entró cuando empezó a arder la casita
de don Baltazar Zárate, y después la de don Vicente y esa de dos pisos que
el cholito Presentación Quille tenía en la población?

»—¿Y se acuerdan de que después los hombres recibieron la orden de destruir las sementeras y las cosechas que no se podía llevar, y que de esa sentencia solamente se salvó la huerta de don Eliseo Aliaga?

»—¿Y se acuerdan de que el convento, con ser tan viejo, quedó casi en-
terito, y que solamente se desplomó una ala del techo, del lado de la
iglesia?

---

535  *Silo*: depósito de granos.
536  *Abacería*: tienda de comestibles.
537  *Entierro*: tesoro enterrado.

»—¿Y se acuerdan de lo que moqueamos casi todos cuando vimos desde el portachuelo de Cararango, el valle de Yangana, y los ejidos, y los campos ennegrecidos por las quemazones?

»—¿Y se acuerdan de lo que tayta Eliseo Aliaga se puso a llorar más que nadie allí mismo, y que llamaba a gritos a sus árboles, como si fueran perritos que iban a seguirle para Palanda?

»—¿Y se acuerdan de lo que Ocampo, que es tan atrevido, en ese mismo sitio, le mostró el puño a la cruz que había en el portete de Cararango?

»—¿Y se acuerdan de lo que la campana que fundió tayta Toro se quedó guachita[538] en medio del pueblo destruido, y que no pudimos lograrla?

»—¿Y se acuerdan de lo que José Clemente Piedra, dándoselas de primo de la cabezona, se le había estado gateando en las barbas del chino, en la primera noche que dormimos a campo raso?

»—¿Y se acuerdan del pobre Matías Ortega, a quien el Churón Ocampo le dio pronto el pasaporte al otro mundo?

»—¿Y se acuerdan del puente de Yangana, donde todos nosotros, de muchachos, poníamos nuestros nombres con tiza en el maderamen, aun a riesgo de caernos de las vigas al agua?

»—¿Y se acuerdan del día en que llegó el periódico a Yangana, y la noticia de que venían a vengarse con nosotros las fuerzas del Gobierno, diciendo que éramos comunistas?».

Quedaban en pie pocas fogatas. La inspección tocaba a su fin. Estaban cerca del punto de partida, y el quinto centinela, el que vigilaba la delgada y sinuosa tonsura que llevaba al río, y que había trasquilado la diaria caminata de Joaquín y su mujer, desde hacía tiempo, sentado en un tronco de árbol, completamente inmóvil, parecía dormitar, contra un fondo que era rojizo, negro y blanquecino, el fusil entre las rodillas. Muy de rato en rato, el vientre de cocuyo de su cigarro encendía una diminuta linterna sorda a dos dedos de sus labios. Esa brasa que se quemaba tan cerca de una cara cobriza era la única señal de vida que daba el centinela.

—Lo principal nos aguarda –dijo Ocampo, muy quedo–. En su tolda todavía está despierto don Vicente... Y con algunas personas también.

—Desvelado es el veterano –comentó Reinoso–. ¿Será que está leyéndoles algunos de sus libros?

—Dándome la contra, sin duda alguna estará –aventuró Ocampo con un leve tono de rabia–. No hay que hacer: no nos podemos tragar.

No les fue difícil oír la conversación, ni identificar a los interlocutores. Era vigorosa y franca la luz de la fogata en ese lado.

—Lo único que me gusta en don Vicente es que no es hipócrita –comentó, después de una pausa, el propio Ocampo–. Hace y dice las cosas de frente...

No había duda: justamente hablaba ahora del Churón Ocampo.

«—No podemos negar que se ha portado bien –iba diciendo don Vicente

---

538 *Guacha*: huérfana.

Muñoz–. Nos ha traído acá y ha administrado con energía y honradez lo que le hemos confiado. Su idea de abandonar y destruir las casas y las huertas necesitó poner una gran energía para imponerse, y de ello fue admirablemente capaz. Ha sido exigente con la disciplina y no ha tolerado derroches en la comida, que es la que más tenemos que cuidar si no hemos de pasar hambre en lo venidero, puesto que el maíz, los fréjoles, el arroz y la yuca está aún por sembrar... Los animales y las semillas han venido, gracias él en gran parte, sin mengua ni maltrato. El precio que ha pagado ha sido caro. Ha tenido que amanecerse de claro en claro, no descansar un momento cuidando tanto la delantera como la retaguardia, vigilando el transporte y la apertura de las picas, olvidarse de que tenía hijos y mujer a quienes cuidar; gritar mucho y rabiar más y hacerse de algunos enemigos ocultos, que no le perdonarán los castigos que ha impuesto, porque a ratos, algunos de los más alzados querían armarle camorra y hacer de las suyas... Pero no servirá para autoridad de la población nueva. Eso es otra cosa. Todo en su orden. Así como en tiempos de guerra, en tiempo de paz son los civiles quienes han de mandar. Nosotros hemos estado en campaña desde que hemos salido hasta hoy que hemos llegado. El jefe indiscutible era entonces él. Ahora tenemos que pensar en las autoridades que regirán la población para las jornadas de paz y de construcción. Y esas autoridades han de ser honorables, bien preparadas y saber lo que al pueblo le conviene más».

Ocampo, agazapado con su amigo Reinoso en la oscuridad, le tentó a éste la mano, con un ademán violento:

—¿Oyes, Joaquín? ¿Lo oyes? No soy honorable...

Don Vicente, entretanto, continuaba:

«—La autoridad militar reposa sobre el valor, sobre la temeridad, sobre el don de imperio en el ánimo de los demás ante el peligro... La autoridad que pudiéramos llamar civil debe residir en la confianza, en la preparación, en el tino y en la honestidad de antecedentes y de procedimientos. Ocampo, que resultó excelente como cabecilla de nuestra aventura hacia la tierra prometida, fracasaría metido a autoridad. Le falta equilibrio y le sobra imaginación. Y tiene errores en su vida pasada que tal vez ya no pueda remediar en lo futuro...».

El brazo de Reinoso seguía sintiendo de rato los dedos engarfiados del aludido, que sin querer hacían una presión convulsiva.

«—Yo propondré –proseguía don Vicente –en la junta que tendremos mañana, que cesen las facultades para Ocampo y que se elijan autoridades. Me gustaría el nombre de don Baltasar Zárate para primera autoridad. Ustedes me han hablado del problema que resultaría de elegir a otro que no fuera Ocampo, por el temor de producir en él un profundo disgusto y el descontento de sus partidarios. Pero yo debo decirles que ese problema tiene a mi modo de ver una solución bastante sencilla. Haremos a Ocampo jefe de la fuerza organizada que debemos seguir manteniendo aquí. Subordinado, eso sí, directamente, el mando de una primera autoridad civil. De don Baltasar, por ejemplo. Entendámonos: esa fuerza organizada no la hemos tenido nunca, porque no la hemos necesitado. Pero es que nunca nos habíamos visto en las circunstancias excepcionales en que ahora nos encontramos. Tenemos por delante el trabajo de construir una población. Y no por cierto mediante el esfuerzo aislado. "Todos a una". De manera que cuando nos pregunten "¿Quién hizo a Nueva Yangana?" nosotros podamos contestar: "Todos a una"... Ocampo a órdenes de don Melchor: he aquí una formula aceptable».

—¡Eso no! —musitó indignado Ocampo dirigiéndose a su compañero—. Subordinado a don Baltasar, y de jefe de gendarmes... ¡nunca! Prefiero regresarme, o hundirme en la nada, antes que eso. ¿De modo que yo he sido un bribón bueno solamente para traerles aquí, y una vez aquí, en lugar seguro, a darme la patada en el trasero diciéndome: hasta aquí no más te necesitábamos?

Pero la voz de don Vicente, en medio de la profunda atención de los oyentes, aún no callaba:

«—Creo, desde luego, que a Ocampo debemos nuestro más rendido agradecimiento. Ha sido el héroe de la travesía hasta llegar al término de nuestro viaje. Esto le ha rehabilitado ante los ojos más exigentes. Pienso proponer mañana que, como un testimonio de esa gratitud, el pueblo que vamos a fundar aquí tenga una plaza pública que se llame "Plaza de Ocampo", en su honor. Así lo recordará siempre la gente que él trajo, y le recordarán también sus renacientes con orgullo. ¿No les parece esto un medio de ganarnos su voluntad, al propio tiempo que hacemos honor al mérito y la recomendamos a la memoria de las generaciones? Además, como dijo Montalvo...».

Ocampo sacudió el brazo de su amigo, y le dijo con mal disimulada excitación:

—Sigamos. Ya este viejo imbécil va a empezar con sus citas de Montalvo... Te invito a beber. Quiero que bebas, y que hablemos. Tenemos que hablar, Joaquín. Te necesito, y necesito hablar.

Y empezaron a caminar ya sin desembozo. Y el centinela más próximo, dándose cuenta de que dos hombres caminaban cerca de él, poniendo en prevención su carabina, les gritó:

—¡Quién vive!

A lo cual Ocampo, con todo el imperio que pudo añadirle a la voz contestó:

—¡Yangana libre!

Y tuvo deseos de increpar como imbécil al centinela que recién se estaba dando cuenta a esa hora de su presencia, y que además le había irrogado la injuria de desconocerlo. Pero le pareció que no había en el vocabulario humano palabras suficientes para demostrarlo como se merecía, y prefirió seguir adelante, reprimiendo el estallido de su cólera.

De pronto, creyó percibir sin saber a cuenta de qué, una voz mimosa y cantarina, voz que él amaba, que le dijo, como dándole un consejo:

«—No sigas de jefe de esas gentes... Vuelve a ser lo que fuiste antes... Mejor es que lo dejes... Mejor para ellos, y también para ti...».

Se dirigió entonces a su amigo Reinoso:

—¡Qué cosas tienen a veces las mujeres!

Y se sintió un poco más aliviado.

Como era el relevo de la guardia, en los distintos ángulos del campamento se oían las consignas marciales. Y el grito de «¡Yangana libre!« fue repetido diez veces.

# Postludio

# El horizonte de una mañana distinta

I

Tobías Ocampo (a) el Churón, con las copas ingeridas, sentía una especie de lucidez un tanto extraña. Estaba ligeramente excitado, estaba en ese momento en el cual la borrachera incipiente es, si se quiere, hasta luminosa. Creía ver muy claro las cosas, «las piedrecitas del fondo aun cuando el agua esté turbia», como acostumbraba a decir él de su propia perspicacia, y sentía nacerle la decisión de hablar sin preámbulos al amigo de aquel su oculto afán.

«—Tengo aquí la visión de lo que la ciudad llegará a ser en el futuro, hermano Joaquín» –decía, señalando la vega con un gesto anchuroso–. La plaza la trazaremos teniendo como punto de referencia tu casita. Las calles serán anchas. Alrededor de la plaza levantaremos los edificios públicos. Más allá, a pocos pasos, el río, navegable en balsas, nos llevará a comerciar nuestros productos con la gente extranjera que vive allá abajo. Nuestras huertas cubrirán los márgenes. Habrá numerosas invernas para que los ganados pasten libremente sin cerramientos que les corten el camino al bebedero. Defenderemos a este ganado común, para que ninguna plaga, ¡ninguna plaga! nos lo aniquile. Obligaremos a los curanderos y brujos a que descubran el remedio para curarlo de las pestes desconocidas. Libres ya los ganados, en las grandes invernas que les haremos, serán muy numerosos y relucientes los rebaños. Mejoraremos la cría de mulares y de caballos, que para eso hemos podido traer lo más escogido que teníamos. La vega en esta orilla derecha es inmensa y alta. Y al otro lado, hay tierra anegadiza: allí sembraremos el arroz. De acá, haremos los extensos sembríos de plátano y de caña de azúcar. En el primer desmonte sembraremos maíz. Mañana mismo se buscará tierra adecuada para fabricar adobes, tejas y ladrillos. La madera para la construcción de casas la tenemos en las narices, nos estorba. Esto que nosotros hagamos tiene que volverse una ciudad grande, Joaquín. Y han de pasar los años sobre nuestras cabezas, Joaquín y hemos de irnos poniendo viejos viendo desarrollarse la población que nosotros fundamos aquí. Y cuando haya pasado mucho tiempo, el pueblo culpable habrá sido perdonado, y podrán entonces nuestros hijos hacer un camino a la ciudad, uno de esos caminos sumamente difíciles, que ni el gobierno se atrevería nunca a emprender, para que los renacientes puedan traer los carros por primera vez. Mientras esto llegue a ocurrir, deber nuestro será conservar la memoria de lo que fuimos y de lo que hicimos, y mantenerlos libres y disciplinados, y criar a nuestros hijos enseñándoles a sentir el orgullo de ser nuestros descendientes. Harán, por fin, ellos las paces con la nación ecuatoriana y tendrán la gloria, sí, amigo Reinoso, tendrán la gloria de pertenecer a un pueblo activo, que prefirió el destierro colectivo al despojo de lo suyo.

Y Joaquín Reinoso, con las copas ingeridas, sentía un deseo malsano de penetrar de golpe en las intenciones que latían detrás de las palabras de su amigo, pues estaba seguro de no engañarse al creer que el largo preámbulo tenía como objetivo preparar un estado de ánimo, un ambiente propicio para ciertas confesiones extremadas y profundas, y había que precipitar a Ocampo a que las haga, antes de hora.

Por lo cual, demostrando una frialdad que quizá no sentía, expuso a su amigo:

—¿No podríamos ir al grano? Porque yo comprendo que no me habrás traído acá para que hablemos a semejante hora de lo que puede llegar a ser o no el pueblo que aquí ustedes fundarán, ni para hacerme oír lo que ha estado diciendo la gente desvelada. He oído lo que me has contado sobre el viaje de ustedes, y yo, claro está, he tenido mucho gusto en escuchar al viejo amigo todo cuanto me ha dicho. ¿Pero no podríamos, de una vez, tratar de lo que en realidad me quieres decir? Porque tú recordarás que, cuando nos hallamos frente a la tolda de don Vicente me manifestaste de urgencia que necesitabas decirme algo, y también que necesitabas de mí. Bueno, pues: ¿en qué puedo servirte?

Y había, en las últimas palabras de Reinoso, una como estudiada cortesía, agresiva, un si no es burlona.

Pero Ocampo se obstinaba en seguir hablando de su visión del futuro:

—Tenemos además que llegar a ser mejores de lo que éramos. ¿Qué fue Yangana? Un pueblo que durante muchos años permaneció rezagado, estacionado, incomunicado. Esto mismo, por lo tanto, tiende a seguir ocurriendo con nosotros, en estas tierras nuevas. Debemos estar rezagados, abandonados, solos, entregados a nosotros mismos, incomunicados. Pero estacionarnos, imposible. Yangana, a mi modo de ver, estaba en franca decadencia: parecía un pueblo cocinado. No había crecido desde hacía largo tiempo. Esto, en cambio, tiene que crecer a nuestros ojos. Ninguna enjambrazón dejaremos que se separe de la colmena: aquí no habrá gente que salga. Debemos multiplicarnos, debemos ser fecundos, debemos poblar. Haremos una campaña con todas nuestras fuerzas al paludismo, si es que hemos traído enfermos, porque aquí me han dicho ustedes que no lo hay... Pero hemos de vivir de otra manera, de una manera mejor. Y pensar a cada instante en que somos un mundo aparte, que nada ha de esperar de afuera. Y que debemos resolver, como propietarios que somos de él, nuestro propio destino. Ahora bien. Joaquín: ese destino tiene que ser grande. No hay otro remedio: tiene que ser grande.

La voz de Ocampo, iba poco a poco subiendo de tono y volviéndose declamatoria. Si al principio las frases habían salido en dicción lenta, ahora empezaban a brotar precipitadas y llenas de emoción. Empero Joaquín se obstinaba en seguir averiguando a su amigo a qué le había traído a este sitio, a aquella hora, si no iba a franquearse con toda confianza, tal como lo había dejado entrever frente a la tolda de don Vicente Muñoz, cuando le dijera que necesitaba hablar con aquél y que necesitaba también su ayuda. Y tercamente propuso:

—Bueno, amigo dame una copa más, que me voy a dormir. No quieres decirme en qué me necesitas, y tengo sueño. Dame esa copa, hermano. Veo que me has perdido la confianza, y en tal caso, estamos también perdiendo el tiempo. Mañana podremos hablar detenidamente.

No era posible que Joaquín se fuera antes de tiempo. Que se beba una copa más, o varias otras, en tanto la botella dure, enhorabuena. Pero que se vaya así como así... Le abordaría entonces, y a fondo...

—¿Conque quieres que te diga para qué te necesito? ¿No lo has comprendido todavía, Joaquín, o es que no quieres comprenderlo? Allá iba, sino que tú te has mostrado demasiado impaciente. Pero bebe...

Y a pico de botella, alzando la cabeza hacia las copas de los árboles, Joaquín deglutió sonoramente tres tragos, y se enjugó la boca con la muñeca.

—Te necesito, Joaquín, porque ese plan de hacer una ciudad aquí, ese plan de echar las bases de lo que será mañana una verdadera ciudad, y trabajar unificadamente, sin desmayo, con toda ambición, para que nos proveamos de mucho más de lo indispensable, pensando en el ensanche futuro, necesitaba de un ejecutor que se ha de imponer de todas maneras a la indolencia de los otros, de los perezosos que querrán que esto sea otra cosa que la Yangana vieja trasplantada a otro terreno, y nada más... Aquí hay, al contrario, según lo creo yo, que trabajar hasta reventar. Si pudo ser penoso el desarraigo y la huida, más lento y duro es tener que bregar años y años en hacer algo que debe estar hecho no a la medida de lo que somos actualmente, sino a la medida de lo que llegaremos a ser cuando esto sea más grande, muy grande, inmenso... Y porque ese ejecutor quiero ser yo, Joaquín Reinoso. Quiero ser yo, Joaquín.

—Pero...

Ocampo, vehemente, ya en plena exaltación, le cortó la palabra:

—Ya te habrás dado cuenta, Joaquín, de lo que está pasando en el campamento. Se quiere y no se quiere que yo siga como esa persona con mando único. Nadie más opuesto a esto último que don Vicente. Tú mismo lo has oído. En los días que ha durado el viaje, he notado que se han formado dos bandos. Uno, a mi favor, otro, en favor de don Vicente. El trabaja para que se me despoje del mando así como el viaje termine, y para que se haga una administración que él llama civil, en la cual la primera autoridad sería don Baltasar Zárate, con un grupo de vejestorios que harían de lo que don Vicente llama consejeros. Hasta quiere meter en la merlina al mismísimo don Lisandro Fierro, que está hecho una callampa[539] de viejo... Y yo, por mi parte, de puro orgulloso y soberbio, no he hecho nada positivo para granjearme la voluntad de buen número de gentes. He creído suficiente muestra de mi valor y capacidad lo que he venido haciendo con la gente que se puso, cuando menos lo soñaba, bajo mi mando, en la hora de mayor peligro. Pero con mi actitud he ido perdiendo terreno y partidarios. Se murmura que pienso alzarme con el mando, y eso parece que es lo que más temen. Por eso es lo que don Vicente trata de entrar en componendas, y de darme un caramelo para que me entretenga, y me haga la ilusión de que se me agradece y se me distingue. Jefe de los gendarmes quieren hacerme, es decir, quieren degradarme como premio a mis esfuerzos. Pero yo creo, te diré en confianza, Joaquín, que todavía no cabe aquí otra cosa que el mando único. ¿Estamos o no en tiempo de campaña? Claro que sí. En la campaña tiene que haber un solo jefe. Nosotros estamos aún en campaña, y en campaña hemos de vivir largo tiempo, hasta que el plan de levantar una nueva vida donde ahora no existe nada todavía, se realice. Para eso, necesitamos una sola voluntad que mande y que haga. Hasta aquí, hermano, esa voluntad ha sido la mía. Para serte franco: estoy interesado en mantener mi puesto, y lo que es más, he resuelto defenderlo en cualquier forma contra quien o contra quienes quieran quitármelo. Tengo la seguridad de contar con toda la fuerza armada que vino a mi mando, y también con los sobrevivientes del pelotón suicida, quienes, según datos que he recibido reservadamente, ayer mismo estuvieron a punto de darnos alcance en el camino. Necesito de ti, Joaquín te decía por eso. Necesito que me sostengas mañana en la primera reunión, donde va a plantearse con toda seguridad la cuestión prórroga o cesación de las facultades que me concedieron. No tengo carácter para hacer mi propia alabanza y decir a los demás el esfuerzo que me ha costado el viaje y los méritos que he demostrado en esa prueba. ¿Puedo contar contigo, hermano Joaquín?

Reinoso no soltaba prenda, al parecer:

—¿Y por qué te empeñas a ser tú esa única persona, y aun cuando sea por la fuerza? ¿Serías capaz de derramar sangre si ellos no cedieran de buenas?

---

539  *Callampa*: (quichua: callapa): hongo, seta.

Ocampo hizo un gesto de impaciencia, pero dominándose ante la inesperada terquedad de su amigo, siguió:

—Voy a darte una explicación que, en otras circunstancias, no te la habría dado nunca. Además... ya comencé a decirte mis cosas, y tendré que hablarte de todas ellas. Hasta aquí, hermano Joaquín, te diré, en confianza, que he sido una bala perdida, un calavera. Nunca he servido para nada serio, y me voy poniendo viejo. Los mejores años de mi vida los he pasado sin que nada de bueno y sensacional haya ocurrido en ella. Las oportunidades como ésta no vienen todos los días. No siempre es posible encontrar ciento sesenta familias que hayan decidido irse a la montaña a fundar una nueva población. Nadie ha creído en mí, excepto tal vez una sola persona. Ni siquiera mi propia madre. He sido para mi pueblo un aventurero audaz y andariego, pero sin honradez: bebo a conciencia cuando me pongo a beber, y no pago mis deudas, porque, según ellos, prefiero beberme ese dinero de los otros. Hago negocios dudosos... Y ahora ya en esa edad en la que no me queda tiempo que perder, me ha entrado la ambición de demostrarle a mi pueblo, a ese pueblo que me miró siempre como a un perdido, lo que puedo llegar a ser para él: un hombre indispensable.

Quiero por eso seguir teniendo sobre mis hombros el peso de su presente y de su futuro. Eso quiero yo, Joaquín; esto quiero. (Y aquí se daba golpes con las dos manos en el pecho). Y si hay en la historia de lo que fue Yangana, en la historia de esas ciento sesenta familias, el borrón de un delito y la hazaña de una huida valiente, quiero ser yo el principal responsable de la gloria o el fracaso de su resurrección. Para eso es lo que hermano Joaquín, me haces falta... una gran falta. ¿Puedes ayudarme?

Mas Joaquín, en su impenetrable terquedad, devolvió la pregunta:

—¿Pero la verdadera razón es ésa? ¿No hay otra? ¿Cuál es el grano en todo esto?

Reinoso hablaba del «grano» con implacable insistencia.

—También hay, por otro lado, te lo diré de una vez –respondió Ocampo metiendo las manos en los bolsillos y ahuecando la voz–, que odio rendirle cuentas ni siquiera a Dios. No soporto el que nadie me las pida. Toda la vida he sido así. ¿No sabes que soy tramposo de profesión? (Se notaba un poco de amargura en el tono). Entre estos santos conspiradores del otro bando no faltan, lo sé muy bien, gentes que quieren pedirme cuentas de la muerte de Matías Ortega, porque, con buena o mala intención, han hecho circular el rumor de que lo asesiné con un hachazo en la cabeza, y de la violación de la hija menor del carnicero Medina, noticia que, muy por lo bajo, han tenido el cuidado de que llegue a oídos de mi mujer. Y en el fondo, lo que hay es que algunos están que destilan veneno porque los he puesto a ración en el camino y los he hecho sudar el quilo,[540] y he castigado a los que robaban provisiones para hartarse la panza, y de ellos, y de los viejos que se las dan de santos, es lo que sale una oposición descarada en contra mía.

---

540 *Sudar el quilo*: pasar muchos trabajos.

—Pero, dime una cosa, hermano: ¿cuál fue el convenio que hicieron al salir de allá, de Yangana?

Ocampo, un tanto mortificado por la respuesta en carencia de su taimado[541] amigo, se revistió sin embargo de calma, y explicó:

—Una cosa muy sencilla: que yo los trajera a las vegas de Palanda, y que yo sea el único que ordene y mande, con poderes supremos. Ellos me entregaban todo lo que tenían, y se comprometían a obedecerme. Hasta la última jornada. Pero es el caso, hermano, que estimo que la última jornada no es ésta todavía. Aún no hemos llegado. Todavía estamos en marcha, y el final está lejos. Y creo que puedo hacer mucho por mi pueblo. Y cuando ya haya obra, entonces es lo que yo mismo, sin que nadie me lo pida, voluntariamente, he de llamar a las gentes que me dispensaron en un principio su confianza, para decirles: "Eso que les entrego, eso lo he hecho yo, con la cooperación de ustedes. Les devuelvo, ahora que ha pasado lo más difícil, lo más penoso de las interminables jornadas del comienzo, eso que me entregaron una vez, allá, en Yangana, en un día terrible". ¿Me ayudas? Porque si no me ayudas, hermano Joaquín, tendré que hacerlo sin ti. Y pase lo que pase. No creo que te banderizarían a su lado. Yo tengo que hacer lo que te digo, de otras maneras. Si hay oposición, me impondré con la fuerza que tengo. O me eligen, o me hago elegir. No hay otro camino. Así hubiera que eliminar a alguien. Eso queda ya de cuenta de ellos, y ellos tienen la solución...

—¿Y si nos tomáramos unas copas más de ese bien fuerte?...

Y Ocampo, excitado, y Reinoso impenetrable, bien entrenado en la bebida el primero, desentrenado por un largo tiempo de carestía el segundo, volvieron a besar, alternativamente, la boca de la botella, levantando la cabeza hacia la copa de los árboles.


2


Joaquín Reinoso se había «aprovechado» mejor, no obstante beber más o menos cantidades iguales. Un pausado adormecimiento recorría sus espaldas y sus hombros. Tenía la lengua como dormida. Y cuando a Reinoso parecía dormírsele la lengua...

Cuando la lengua se le dormía a Reinoso nadie sabía de un expediente más eficaz para desentumecerla que su propio dueño. Consistía en ponerse a hablar en la forma en que lo hacen los norteamericanos que empiezan a cha-

---

541  *Taimado*: astuto, disimulado.

purrear el castellano. En consecuencia, viéndose Reinoso en ese trance, decidió curarse y dio en hacerse «el gringo», sintiéndose deliciosamente cómodo y rebosando afecto para su viejo compañero de aventuras, a quien había hecho rabiar poco rato hacía, ostensiblemente, quedándose sin contestarle una sola de sus preguntas.

—Tú comprender, «cholo», que yo estar mucho alegre contigo... A mi no importar que Yangana venga quitarme yucas que yo tener sembradas. A mi no importarle pasar hambre compañía mis amigos de Yangana. ¿Conque político no morir cuando yo meterle velas?

En la mina había aprendido a maldecir en inglés. No sabia de ese idioma sino algunas malas palabras e interjecciones. Y es que el gringo Mac Gregor, que era el capataz del nivel donde trabajaban Reinoso, Ocampo y el pobre Matías Ortega; ese gringo inmenso, de «cinco pisos», que andaba siempre metido en unos zapatos muy grandes de suela de caucho blanca y puesto de un calzón azul ridículamente alto –«salta–charcos», calzón que solamente le "daba al ombligo", calzón de "cagar parado", como le decían los mineros en su propia cara–, en las cuatro visitas diarias que verificaba en los rebajos que ellos hacían con sus pistolas a pulso, no hacía otra cosa que proferirlas.

—¡All right! ¡Son of a bich! –proseguía Reinoso–. Ustedes venir quitarme cuanto yo tener para comer. Pero traer animales y yo tener cómo darle mañana hijo mío. ¿Verdad? ¡God damn! No haber qué dar ganado, porque aquí no haber potreros. ¿Me comprende? Tumbar árboles, cosa difícil ser... ¿Recordar mister Mac Gregor? ¿Recordar pipón Mitmann? ¿Recordar que pipón Mitmann tener un ojo de vidrio, y que yo engañar Matías Ortega mintiéndole que gringo Mitmann tener no solamente uno sino ambos ojos de vidrio? ¡O.K.!

Había abandonado las reservas de hace una hora, y daba fuertes palmadas en el hombro de Ocampo.

—¡Churón Ocampo! Tú contarme que gente ingrata querer cambiarte con otros; tú estar furioso porque gente decir que estuvo bueno Churón Ocampo para traerla acá, pero no estar bueno para dirigir fundación. Yo, Churón Ocampo, creer que tú sí estar bueno para mandar aquí. Yo estar listo, ¡God damn!, para ayudarte contra cualquiera. Yo ser buen amigo tuyo, como antes, pero yo pensar que ya no debe correr más sangre. ¿Comprende? No más sangre. ¡All right!

A pesar de su borrachera, Joaquín permanecía en cierta manera vigilante. Tantas noches y tantos días en acecho la habían aguzado el instinto de montar guardia así estuviera dormido o despierto. En esa como hipnótica situación tenía los sentidos muy abiertos. La frescura de la noche y ciertos rumores del bosque le hablaban confusamente. Escuchaba con vacilante atención ese lenguaje oscuro, y pudo advertir que algo empezaba a ocurrir en la extensión que los ceñía con su embozo de niebla.

Ello es que se puso de pie, trastabillando un poco, y que, con una mano torpe, que cayó sobre el hombro de Ocampo, sacó a éste de su caviloso escuchar, y lo atrajo hacia sí, obligándolo a levantarse. Avanzaron entonces lentamente. Ocampo sosteniendo sobre el hombro izquierdo los bamboleos de su amigo.

—¿A dónde me quieres llevar Joaquín?, —preguntóle.

— Yo querer, «cholo», llevarte mirador, que estar bien cerca, ¿comprender?

El mirador era un otero que parecía una inmensa tola[542] rodeada de palmeras y coronada por una piedra negra de proporciones desmesuradas. No era difícil llegar a la cúspide del ciclópeo pedrusco, pues la superficie era rugosa y áspera.

Después de un cuarto de hora de jadeo y de lenta ascensión, los dos amigos alcanzaron el pedestal, y vieron cabecear a sus pies las copas flabeladas[543] de las palmeras, semicubiertas por la neblina.

—¡Churón Ocampo! —exclamó Reinoso, apartando un rato su brazo derecho del cuello de su amigo, y clavando su índice recto y agudo contra el aire, en una dirección que él previamente buscara dándose vueltas sobre el pedestal–. Atención, Churón Ocampo, ¡God damn! Mirar allí, yes. Mirar allí... ¡All right!

Y le señalaba, a picotazos de índice, una tenue claridad que se vertía a través de la niebla, a lo que parecía, bastante lejos.

Tobías Ocampo (a) el Churón, ya con la cabeza más despejada y tragando con delicia el aire fresco y untuoso de niebla húmeda, se frotó los párpados pesados, y miró...

## 3

En la vasta sabana blanca, hacia la derecha y la izquierda, emergía, como rompiendo la espuma que cubría la hondonada, una que otra cabeza de cerro de un color negro azulado. Eran ramales suaves de los Andes, que descendían a morir muy lejos, hacia el Amazonas. El tono de la niebla, alrededor de esas eminencias que se envolvían al cuello con sus cendales,[544] no era el mismo. A la espalda parecía ser más denso, por ejemplo. El río hacía llegar hasta ellos su estrépito hondo, pero se mantenía invisible. No obstante, su áspera y ruda canción denunciaba el cajón de su guarida. Ahora bien: en ese lado por donde

---

542   *Tola*: para los antiguos Quitos: sepultura.
543   *Flabelada*: en forma de abanico.
544   *Cendal*: lienzo fino, tela deseda o lino muy fina y transparente.

les parecía ver menos tupida la cortina de niebla, una luz difusa iba derra-
mándose lentamente, muy lentamente, como si fueran encendiendo uno a
uno fanales[545] inmensos provistos de un filtro que difuminara y deslustrara
los efectos luminosos detonantes. Luego, en ese mismo lado casi transparente,
de vidrios esmerilados, se rompió algo semejante a un cuadrilátero por donde
se vertió un torrente de neblina mejor iluminada, que aclaró la silueta de las
palmeras y les permitió verse mejor los rasgos fisonómicos en la oscuridad.
Ocampo se sentía deslumbrado por la visión, y con los brazos cruzados sobre
el pecho y engallado altivamente, se enfrentó a ella.

Era una visión grandiosa, pero tranquila, y Ocampo, dándose cuenta de
que no se trataba de desafiar a nadie, que no era una provocación ni una
amenaza, hundió el pecho, soltó los brazos, y se quedó mirando, sumisamente.

—¿Qué quiere decir eso, Joaquín? –preguntó maravillado.

—Ser la aurora –respondió Reinoso dulcemente, con esa dulzura que sólo
los borrachos y las mujeres enamoradas pueden poner a veces en la frase y en
la actitud, y volvió a señalar el inmenso cuadrilátero por donde, como si se
tratara de una represa a la cual acabara de levantarse la compuerta, se vaciaba
la neblina iluminada.

—¿Conque ésa es la aurora? –inquirió Ocampo nuevamente.

—Yes, «cholo»... Eso ser la aurora. ¿Me comprende? Eso ser el amanecer
–contestó Joaquín, dando un traspié–. Nosotros, «cholo», dejarnos coger por
el día, habernos amanecido bebiendo... Y ahora, darse la vuelta, y ver acá
detrás, «cholo». ¿Comprende? Ver dónde estar nuestra gente... Eso también
ser una aurora, un amanecer.

Ocampo, desde encima del picacho, sentía vagamente el nacimiento de
una nueva vida en torno. Para el enjambre que acababa de hospedarse en este
trozo de manigua, con sus voces, sus costumbres, sus temores, sus semillas y
sus rebaños, el pasado luctuoso quedaba ya lejos, carecía de presente y no tenía
por delante otro camino que el del porvenir.

Y era preciso decidirse acerca de ese porvenir.

¿Con él como jefe, o sin él, o en contra de él?

¿Utilizaría, si fuera preciso, la fuerza para imponerse a la gente que se
confiara en él como a un capitán para la travesía, y que ahora iba quizá a re-
chazarlo como un trasto servido? ¿Acabaría con la oposición mediante el
puño de hierro, arrasando, si la resistencia se corporizara con mayor empuje,
todo valladar que se resistiere a sus mandatos personales? ¿Debería desba-
ratar el grupo que encabezaba don Vicente? ¿Le convenía alzarse con el poder
aprovechándose de que la gente armada está a sus órdenes y respetaba su valor
y su don de mandar? ¿El pueblo que iba a fundarse ahí podía prescindir, sin
grave quebranto, de su concurso? ¿Qué resultaría mejor para los intereses supremos del pueblo, su renuncia o su proclamación? ¿No estaba su espíritu
lleno de fervor y de esperanza, no era recién ahora que había encontrado un

---

545  *Fanal*: farol.

norte a su vida un campo de labores para su exceso de vitalidad? ¿Tendría que dejar justamente en los actuales momentos un puesto que le había hecho sentir cuánto valía como cabeza y como autoridad suprema? ¿Qué le dijera Rosa Elvira, la confidente amada y mujer de su mejor amigo, con esa su voz mimosa, insinuante y cantarina? ¿No había por ahí un refrán que decía que el consejo de la mujer es poco, y el que no lo toma, un loco? ¿Tendría razón ella, cuando le dijo que mejor era que dejara el mando, y volviera a ser lo que fue?

La niebla iba disolviéndose en una rociada lenta, que se aplastaba sobre las frazadas de la gente que dormía a campo raso, en el amplio desmonte que hiciera la antes solitaria mano de Joaquín

—Y la aurora –continuaba éste– ser blanca, mucho blanca, por estos lados... La aurora aquí no tener sangre... ¿Me comprende? Fijarse mucho... ¿Ya? ¡All right, son of a bich! La aurora ser aquí mucho blanca, y la aurora ser también el Pueblo Nuevo que tú venir trayendo... ¡God damn! Oye, «cholo»: así como aurora no tener aquí sangre, Pueblo Nuevo tampoco derramar sangre. ¿Comprende? ¡All right! Debe ser como este amanecer... blanco... mucho blanco... ¡Sin sangre! ¡Damn it!

—Yo no quiero que corra sangre, Joaquín –respondió Ocampo, con voz firme, después de una pausa, comprendiendo todo alcance de la obstinada porfía con que su amigo le trajera al mirador–. Yo no quiero que corra sangre. Y no correrá... Volveré a ser lo que fui, a emborracharme cuando quiera y a trampear las deudas a mis vecinos. Tienes razón, hermano Joaquín. Me has convencido. La aurora no debe tener sangre. Debe ser blanca, muy blanca, como lo quería también anoche Rosa Elvira, tú mujer. Joaquín, como lo quería Ella.

Y con ese súbito arranque de desinterés de los ebrios generosos, y retrepado en su plinto[546] de piedra negra, y teniendo a la vista, un tanto irritada por el relente de la noche, la represa de luz que desbordaba en el oriente, y las palmeras resonantes a sus pies y la neblina que huía enredándose en las copas de los árboles, y los picachos que sacaban la aguda cabeza a través de algodones húmedos, y los manchones de las fogatas y de las frazadas, y el hacinamiento de los hombres y los animales en el descampado y la cara, ya bañada en luz nuevecita, de un amigo embriagado que le enganchaba el brazo y se hacía el gringo al hablar gritó:

—¡Viva Pueblo Nuevo!

## FIN

---

546   *Plinto*: basamento cuadrado de poca altura.

Thank you for acquiring

# EL ÉXODO DE YANGANA

from the
**Stockcero collection of Spanish and Latin American significant books of the past and present.**

This book is one of a large and ever-expanding list of titles Stockcero regards as classics of Spanish and Latin American literature, history, economics, and cultural studies. A series of important books are being brought back into print with modern readers and students in mind, and thus including updated footnotes, prefaces, and bibliographies.

We invite you to look for more complete information on our website, **www.stockcero.com**, where you can view a list of titles currently available, as well as those in preparation. On this website, you may register to receive desk copies, view additional information about the books, and suggest titles you would like to see brought back into print. We are most eager to receive these suggestions, and if possible, to discuss them with you. Any comments you wish to make about Stockcero books would be most helpful.

The Stockcero website will also provide access to an increasing number of links to critical articles, libraries, databanks, bibliographies and other materials relating to the texts we are publishing.

By registering on our website, you will allow us to inform you of services and connections that will enhance your reading and teaching of an expanding list of important books.

You may additionally help us improve the way we serve your needs by registering your purchase at:

http://www.stockcero.com/bookregister.htm